PROMESSE DE FEU

LA FAISEUSE DE ROIS - 1

www.editionsbookmark.com

AMANDA BOUCHET

Dear Anaïs,
Enjoy the
adventure!

PROMESSE DE FEU

LA FAISEUSE DE ROIS - 1

Happy birthday! ♡♡

Amanda Bouchet

Traduit de l'anglais par

CAMILLE PICARD

Infinity

Collection Infinity est un label appartenant aux éditions Bookmark.

Ceci est une œuvre de fiction. Les noms, les personnages, les lieux et les faits décrits ne sont que le produit de l'imagination de l'auteur, ou utilisés de façon fictive. Toute ressemblance avec des personnes ayant réellement existé, vivantes ou décédées, des établissements commerciaux, des événements ou des lieux ne serait que le fruit d'une coïncidence.

Edition originale américaine parue sous le titre : A promise of fire

Traduction © Camille Picard
Suivi éditorial © Lorraine Cocquelin, Axelle Langford, Alex Loiseau
Correction © Audrey Lancien
Maquette © Rémi Laporte
Illustration de la couverture © Miesis

ISBN: 9791038115576
Existe en format numérique

www.editionsbookmark.com

Pour ma famille proche, lointaine, et au-delà des étoiles.
Vous m'avez soutenue de toutes les manières possibles, toujours.
Merci.

Chapitre 1

Je tire sur ma tunique pourpre, décollant le léger tissu de lin de ma peau poisseuse. Je n'irais pas jusqu'à dire que le climat au sud du royaume du Sinta est mon pire cauchemar, mais, quelquefois, il s'en rapproche, tout comme les couches de maquillage étouffantes, qui dissimulent mon visage, mon pantalon de cuir et mes bottes, qui me montent aux genoux.

La chaleur, le cuir et les talons ne font pas bon ménage, mais, au moins, cette allure de brigand permet de se mêler à la foule du cirque. Ici, seuls les gens discrets se font remarquer.

Tendant le cou dans l'espoir de capter un souffle d'air frais, je me fraie un chemin dans le dédale des tables déjà dressées pour la fête foraine. Les artistes sur la scène centrale sont la principale attraction. Nous autres, nous les entourons, en nous battant pour une place dans la foule. Ce soir, encerclée de tous côtés dans un amphithéâtre éclairé par des centaines de torches et plein à craquer, je suffoque comme si un Cyclope s'était assis sur ma poitrine.

Mes boucles humides s'attachent à mon cou. Je les décolle et les coince à nouveau dans ma natte, parcourant la foule du regard, tout en me frayant un chemin. Je reconnais quelques habitués. Les autres, j'ignore qui ils sont. Mon regard tombe sur un homme et ne s'en détache plus. Il m'observe et il est difficile de ne pas lui rendre son regard. Il est frappant, d'une manière sombre et magnétique.

Sa taille, ses armes et sa façon de se tenir m'indiquent que c'est un seigneur de guerre tribal. Sa carrure est puissante et masculine, sa démarche parfaitement équilibrée et fluide. Il s'avance avec l'assurance d'un prédateur, sans hâte, et pourtant on ne peut se tromper sur sa capacité à entrer dans une rage soudaine et violente. Ce n'est pas latent ou dissimulé, juste retenu.

Aux aguets, en alerte, il est conscient de tout ce qui l'entoure. De moi, en particulier.

Nos regards entrent en collision, et quelque chose en moi se fige. Ses yeux m'évoquent la colère de Poséidon, orageuse, sombre, *intense*. Le genre de regard qui vous attire, vous retient et pourrait ne plus jamais vous laisser partir.

L'adrénaline monte en moi, accélérant mon pouls. Mon cœur bat la chamade. Je cligne des yeux et observe toute sa personne. Un visage intelligent. Une mâchoire puissante. Des lèvres pleines. Un nez aquilin. Des cheveux noirs qui tombent sur un cou noueux, surmontant des épaules larges qui, sans aucun doute, ont fait tournoyer son épée avant même qu'il ne puisse marcher. Son corps est musclé à la perfection, sa peau est tannée par une vie passée sous le soleil. Il est taillé pour la bataille et dur comme la pierre, le genre d'homme capable de trancher un ennemi en deux, sans que cela représente le moindre effort et encore moins de poids sur sa conscience.

Il continue à me fixer et un frisson remonte mon échine. *Cet homme est-il mon ennemi ?*

Je n'ai aucune raison de le penser, mais je n'ai pas survécu si longtemps sans l'aide d'une certaine dose de paranoïa.

Sur mes gardes, je m'assieds à ma table en gardant un œil sur lui, alors qu'il se fraie habilement un chemin à travers les étalages de potions, bibelots et amulettes. Il est accompagné de quatre hommes similaires. Leurs teints sont différents, mais ils possèdent tous cette même assurance, bien que la leur fasse pâle figure comparée à celle du chef de guerre, autant en autorité qu'en allure. L'homme aux yeux gris est un dirigeant né, et seul un idiot s'y tromperait.

Il me regarde si longtemps que je commence à me demander s'il peut, d'une manière ou d'une autre, voir à travers mes couches de maquillage et me démasquer. Mais je ne l'ai jamais vu auparavant, et il est impossible qu'il reconnaisse la personne qui se cache derrière ce déguisement. Je viens du nord du Fisa, un endroit où la magie est puissante. Lui vient du sud du Sinta, là où votre survie dépend de vos muscles et de votre fourberie. Nos chemins ne peuvent pas s'être croisés dans le passé, et les seigneurs de guerre ne fréquentent généralement pas le cirque.

Je détourne le regard en espérant qu'il en fasse de même. Il existe un bon nombre de raisons pour lesquelles un homme regarde une femme. Un visage exotique et une silhouette généreuse attirent autant l'attention qu'un bon mystère, sinon plus, et le regard intense et scrutateur du seigneur de guerre donne l'impression d'être plus élogieux qu'inquiétant.

Ignorant la chaleur qui envahit mes joues, je lisse les plis de la nappe de laine rugueuse qui recouvre ma table et arrange mon attirail de la manière habituelle. Ma pancarte aux lettres dorées et scintillantes annonce : *Cat la Magnifique, Devineresse Extraordinaire*, bien que les visions du futur ne me viennent que de temps à autre, en général dans mes rêves. Heureusement, il ne faut que peu de questions pour que les vérités se révèlent d'elles-mêmes, comme des fleurs s'ouvrant au soleil. C'est dans la gestuelle des gens que je découvre qui ils sont, ce qu'ils désirent, et, peut-être même, ce dont ils sont capables. Tout repose sur le savoir et l'illusion. Je reçois une pièce en cuivre en retour, ce qui est plus que raisonnable pour moi. Je ne marchanderai pas les futurs. Je me fais mon idée, et c'est bien assez.

Mes jambes commencent à s'agiter nerveusement. Les prophéties peuvent être interprétées librement, n'est-ce pas ?

Le public pousse une exclamation de surprise, et je me retourne pour voir ce qui se passe sur la scène. Vasili est en train de lancer des couteaux sur sa femme. Elle est sanglée sur le côté plat d'une roue verticale en mouvement et il a les yeux bandés.

Il ne l'a jamais touchée, pourtant, mon cœur cesse de battre à chaque fois qu'ils exécutent leur numéro. Ce soir ne fait pas exception, et je retiens mon souffle, à la fois fascinée et terrifiée, jusqu'à ce qu'il ait lancé toutes ses lames.

La foule, elle aussi, est trop captivée par le spectacle pour s'intéresser à la fête foraine, alors je me dirige vers l'entrée des artistes pour y regarder la fin de la représentation. Cela me permet aussi de mettre de la distance entre le chef de guerre et moi. Ses yeux sont toujours rivés sur moi, alors qu'ils ne devraient pas l'être.

L'air qui s'échappe des portes est rafraîchissant, et il porte avec lui le son des halètements de Cerbère et son odeur de sueur. C'est l'animal de compagnie d'Hadès, alors je doute que la chaleur ne l'atteigne. Je lui fais un signe de la main, et deux de ses trois museaux me gratifient d'un grognement. Un de ces jours, j'aurai droit aux trois, bien qu'en huit ans cela ne soit jamais arrivé. Je crois que sa tête du milieu ne m'apprécie pas.

Ayant terminé sa performance, Vasili détache sa femme, tandis qu'Aetos se jette sur la scène dans un triple salto et atterrit dans une position de combat accroupie, qui fait trembler la plateforme. Le bois solide grince sous son poids colossal, et la foule captivée murmure, impressionnée. Aetos se redresse, se frappe la poitrine, se débarrasse de la peau de cheval qui couvre son dos immense, et prend feu. Son grondement secoue l'amphithéâtre. Personne ne peut l'égaler dans ce domaine. Je l'ai vu présenter son numéro un nombre incalculable de fois, et pourtant j'en ai toujours des frissons.

Sept pieds et demi, les muscles bandés, et le corps entièrement tatoué de tourbillons bleus, symboles tribaux tarvans, il fait danser ses mains à une vitesse impossible, tissant le feu jusqu'à se retrouver emprisonné dans une sphère ardente. Il s'échappe avec fracas de la barrière crépitante en poussant un nouveau rugissement. Le souffle de l'explosion est tel qu'il repousse les cheveux de mon visage et sèche l'intérieur de mon nez.

J'ai beau me tenir à quarante pieds, j'ai l'impression de me trouver dans la fournaise des Enfers. M'éventer est inutile. Je ne me ferai jamais à la chaleur du sud, et avec le numéro d'Aetos, c'est encore pire.

Les Hoi Polloi sintans arrivent à peine à se contenir. C'est comme jouer un tour pour des enfants, un rien les enchante. Pour eux, le cirque est un tourbillon de pouvoirs et un délice de magie improbable. Partout, depuis le sol en terre battue qui encadre les tables de la fête foraine et la scène, jusqu'aux hauts et lointains gradins de pierre, les gens sautillent, poussent des cris et tapent des pieds.

Les miens frappent le sol en cadence avec eux, tandis que mes yeux suivent Aetos sur la scène. C'est un sacré soulagement d'être de retour au Sinta, malgré toute la poussière et la chaleur. Je fais ce que je peux pour rester à l'ouest de Thalyria. Notre récent séjour dans le royaume du Tarva, au centre, m'a serré la poitrine et mes doigts ont fourmillé de l'envie de s'emparer d'un couteau. Si le cirque devait se déplacer plus à l'est, jusqu'au Fisa, je bondirais probablement sur tout ce qui bouge, même les ombres. La simple pensée de mon royaume d'origine me donne des sueurs froides.

Sinta. Tarva. Fisa. D'ouest en est. D'ici à… un endroit auquel je ne vais pas penser.

La foule pousse des cris d'étonnement et d'approbation face aux mouvements enflammés d'Aetos. Les Hoi Polloi dans l'amphithéâtre sont extatiques, et pas seulement à cause du spectacle.

Ils sont en liesse depuis qu'un seigneur de guerre du sud tribal s'est frayé un chemin vers le nord jusqu'au château du Sinta, pour placer sa propre sœur sur le trône. On pourrait penser que Dionysos a vidé trois mois de réserve de vin dans tout le royaume. Les temples se sont retrouvés pleins à craquer de Sintans offrant des prières de gratitude, et leurs prêtres ont récupéré une multitude de dons pour aider à nourrir et à habiller les pauvres.

Des statues d'Athéna, qui est apparemment très appréciée du seigneur de guerre conquérant, ont été spontanément érigées en ville et dans les villages d'ici jusqu'aux plaines de Glace, au nord du Sinta. Le bonheur et la générosité sont abondants, et je ne veux même pas penser au nombre de moutons qui ont dû être égorgés pour des festins de célébration.

Pour la première fois, *depuis toujours*, c'est la majorité dépourvue de magie qui est au pouvoir, et les Hoi Polloi dansent littéralement dans les rues. Du moins, lorsqu'ils ne sont pas en train de se jeter au pied de la nouvelle famille royale dans une abjecte loyauté. Enfin, c'est ce que j'ai entendu dire. Je n'ai pas encore vu les nouveaux membres de la royauté, mais les nouvelles circulent vite lorsqu'elles sont intéressantes. Après que le seigneur de guerre et son armée du sud se sont assuré le trône du Sinta au cours du printemps, lui et sa famille ont mis des semaines pour simplement atteindre le nord. Pas par lenteur, mais en raison du nombre colossal de gens les vénérant sur leur chemin.

Ce n'est un secret pour personne que les membres de l'ancienne famille royale magoi, originaires du nord, étaient des tyrans, ici, au Sinta. Comme partout ailleurs en Thalyria, d'ailleurs. Les Hoi Polloi savent qu'ils sont mieux lotis avec l'un des leurs au pouvoir.

Mais une famille royale sans magie ? Mon reniflement cynique se perd dans l'effervescence de la foule. *Cela ne pourra pas durer.*

Ramenant la peau de cheval sur ses épaules, Aetos fait un grand bond dans les airs, et ne retombe pas. Il plane, bien au-dessus des sièges et lance des flammes dans le ciel assombri. Elles retombent dans une pluie d'étincelles, qui noircissent l'estrade de bois, ajoutant à la chaleur oppressante. Il repose les pieds sur terre avec les dernières étincelles, étouffe le début de feu sous ses larges bottes, rugit, bien sûr, puis s'incline de manière solennelle.

Souriant, je protège mes oreilles des applaudissements assourdissants.

Aetos se dirige avec la sortie dans un tourbillon de cape noire et de flammes rouges, me faisant un signe de la tête, alors que Desma monte sur la scène pour sa danse des mille couleurs.

Elle se meut au son de la mélodie d'une cithare, démarrant doucement et prenant de la vitesse jusqu'à ce qu'elle tournoie autour de la scène, dans une myriade de couleurs. Ses pieds touchent à peine le sol. Des arcs-en-ciel s'échappent depuis chacun de ses pores, depuis chaque mèche de ses cheveux et cils, illuminant le crépuscule d'été d'une lueur incroyablement complexe. Ses yeux brillent de tellement de couleurs que même les Dieux n'ont pas de noms pour les décrire. D'une beauté inconcevable, Desma est le bouquet final et la foule la vénère.

Je suis envoûtée par sa danse, comme tout le monde, si bien que je laisse échapper un petit cri lorsque Vasili me surprend en me donnant un coup de la pointe émoussée d'un couteau dans les côtes.

— Tu devrais être là-haut avec elle, Cat. Crée un nouveau numéro et appelle-le «Les fantastiques jumelles fisannes».

J'arrache le couteau de sa main, le retourne et lui en donne un coup à mon tour.

— Des jumelles sont censées se ressembler.

Ses yeux naviguent entre Desma et moi.

— Petites. De longs cheveux sombres. Des yeux vert clair. Fisannes.

D'accord. Il a raison, sur ce coup. En plus, nous avons le même âge, vingt-trois ans.

Je fais descendre ma main le long de mon corps tout en courbes pour le lui désigner, puis pointe vers celui de Desma qui est bien plus longiligne.

Vasili sourit, et sa moustache s'élargit de part et d'autre de son visage, rencontrant presque le bout de ses sourcils broussailleux.

— Tu as raison. Desma devrait manger plus.

Je ricane.

— Ou bien je devrais manger moins.

— Tu es une femme Cat, c'est à ça que tu es supposée ressembler.

Je grimace. Vasili me traite comme quelqu'un de sa famille depuis le jour où je suis arrivée, à quinze ans, émaciée et crasseuse, avec des cloques plein les pieds.

— Il n'y a rien de mieux que la famine pour qu'une personne se mette à apprécier la nourriture, dis-je.

Mes yeux errent sur l'endroit où j'ai vu le cirque itinérant de Séléné faire son show pour la première fois. Huit ans se sont écoulés, depuis, mais cet amas de poussière du Sinta est toujours mon lieu favori pour un spectacle.

Vasili récupère son couteau et fait virevolter la base du manche sur sa paume, l'envoyant tournoyer le long d'un axe imaginaire.

Je regarde la lame.

— Tu sais quoi ? J'aimerais bien savoir faire ça.

Souriant, il accélère le mouvement jusqu'à ce que le couteau en devienne flou.

— Frimeur, grommelé-je.

Il pousse un petit rire et se recule pour que Desma puisse passer les portes. Elle continue à avancer, oscillant en rythme, et je fais volte-face pour la suivre. Nous savons tous d'expérience qu'elle ne peut pas simplement s'arrêter, ou bien les couleurs s'accumuleraient en elle jusqu'à rendre la pression insupportable. Elle me prend la main et me fait entrer en tourbillonnant dans sa danse, nos pieds faisant voleter la poussière dans l'atmosphère scintillante. Nous passons à côté de Cerbère sur notre chemin, et une de ses têtes se redresse, les oreilles à l'affut.

Les couleurs de Desma glissent sur ma peau comme si elles possédaient de petites dents, me pinçant par endroit. Ses arcs-en-ciel plongent sur moi, avides, et je les absorbe si vite que la magie me coupe le souffle et me laisse sur un petit nuage.

— Tu m'apaises, Cat. Tu es comme un baume sur mon âme.

Elle nous guide le long du mur de pierres rugueuses alors que nous avançons vers l'arrière de l'amphithéâtre.

— Je suis un seau d'eau pour ta torche, répliqué-je.

Elle rit à ma réponse âpre et les couleurs se déversent de sa gorge pour sombrer en moi.

Il ne faut pas longtemps avant que Desma ne cesse de luire et que son pouvoir me laisse suffisamment pleine d'énergie pour que j'en oublie la chaleur suffocante. Des arcs-en-ciel s'envolent depuis le bout de mes doigts, peignant les ombres du soir d'éclaboussures colorées. Je dessine la forme du Minotaure sur le mur, puis je dirige les rubans de magie inoffensifs vers des amis qui passent par là. Tadd et Alyssa se lancent dans une course trébuchante sur le gazon sec pour éviter les faisceaux. Zosimo et Yannis se jettent sur mes salves colorées avant de tituber au sol avec des blessures imaginaires.

— Cat ! Tu es un danger public ! tonne Aetos derrière moi.

Dans un rire, je fais volte-face pour le frapper avec tout ce qu'il me reste. La magie ne peut pas lui faire plus qu'une chatouille, mais il agit comme s'il était à nouveau sur les glaciers, s'opposant à la Jument de Diomède mangeuse d'hommes.

Son visage se plisse, devenant plus menaçant à chaque pas. J'observe sa silhouette impressionnante et la peau de cheval géante qui claque dans son dos, telles des ailes sombres. J'aimerais avoir bravé les plaines de Glace, terrassé un monstre et fait une offrande aux Dieux comparable à la tête de cette jument.

Qu'ai-je fait pour mériter ma magie, à part survivre ?

Aetos traverse l'atmosphère épaissie de couleurs, m'attrape et m'écrase dans un câlin d'ours.

— C'est au tour de qui de rire, maintenant ? gronde-t-il quelque part au-dessus de moi.

— Trop serré, haleté-je alors que la magie pétille et que mes os se tordent.

— Désolé.

Il me relâche et je respire à nouveau. Ses yeux, d'un bleu aussi glacé que les plaines, se plissent au moment où il me regarde plus attentivement.

— Zeus ! s'écrit-il en tapotant les couches de maquillage sur mon nez du bout du doigt. On dirait que tu as quarante ans. Ces couches de peinture sont tellement épaisses que je te vois à peine, là-dessous.

— C'est l'idée, répliqué-je avec un sourire mystérieux.

Son expression s'assombrit.

— De qui te caches-tu Cat ? Qui es-tu ?

Je me tais, l'humour se drainant hors de moi comme la magie de quelqu'un d'autre. Aetos ne m'a pas regardée de cette manière depuis des années. Pas depuis qu'il a cessé de me demander d'où j'ai fui et pourquoi je hurle la nuit.

Je me force à esquisser un sourire arrogant.

— Je suis Cat la Magnifique, Devineresse Extraordinaire.

Il ne me rend pas mon sourire, mais il me laisse en paix après m'avoir adressé un regard signifiant qu'il n'a pas fini d'aller à la pêche aux informations.

— C'est le moment d'épater quelques Sintans, Cat la Magnifique, Devineresse Extraordinaire.

La tension que je hais tant se brise lorsque Desma me tapote la croupe.

— Soit ce pantalon a rétréci, soit tu manges de nouveau trop de gâteaux aux épices.

J'émets un son de dégoût.

— Pourquoi tout le monde se ligue contre moi ?

Elle sourit.

— Parce que tu es étrange et personne ne sait qui tu es.

— Mon pantalon est très bien.

En vérité, il commence à être vraiment inconfortable, mais je ne vais pas l'admettre maintenant.

Aetos croise les bras en fronçant les sourcils.

— Il est trop serré. Si je vois quiconque t'observer pendant plus de cinq secondes, je lui arrache la tête.

Je hausse un sourcil.

— Ce serait plutôt sanglant.

— Rigole tant que tu veux, grommelle-t-il. Fais juste attention à ne pas être éclaboussée.

J'adresse un signe aux Dieux de l'Olympe.

— Accordez-moi la patience…

— Sérieusement Cat, intervient Desma en attrapant mon bras d'une manière urgente un peu inattendue. Ce maquillage et cette tenue te font paraître plus vieille et plus expérimentée que tu ne l'es. Fais attention si tu t'aventures dans la foule.

Je lève les yeux au ciel.

— J'ai l'habitude.

— Je sais, dit-elle en me relâchant aussi brusquement qu'elle m'a saisie. Mais à présent, les choses sont différentes au Sinta, surtout au sud. Ces gens se sont rendu compte que les muscles peuvent surpasser la magie. Les Hoi Polloi ont été d'humeur bagarreuse tout le printemps et l'été, et tu ne voudrais pas tuer quelqu'un par accident.

Tout en moi se fige.

— Qu'est-ce qui te fait penser que j'en serais capable ?

Desma hausse les épaules. Aetos semble bien trop intéressé, alors je reporte mon attention sur lui.

— Tu peux tuer avec du feu.

— Je peux tuer avec un seul doigt, se moque-t-il en les faisant claquer de manière opportune. Et rapidement, en plus.

Les petites mains de Desma se posent sur ses hanches étroites.

— Nous parlons de magie, pas de géant outrageusement musclé.

— Qui traites-tu d'outrageux, femme arc-en-ciel ?

Le thorax d'Aetos se soulève d'indignation et son regard s'assombrit.

— Stop ! m'écrié-je pour interrompre leur querelle avant qu'elle n'ait une chance de dégénérer.

Le Destin s'est trompé sur toute la longueur entre ces deux-là. Un homme du sud, large et tatoué ; et une minuscule demi-déesse avec pour seules preuves de son héritage olympien sa rare beauté et son air chatoyant. Ils font bien la paire. Si seulement ils se décidaient enfin à coucher ensemble et cessaient de réprimer leur attirance qui crève les yeux.

— Je dois y aller. Ma table est prête.

Aetos me fait un clin d'œil.

— Fais attention à toi.

Je le bouscule du coude. C'est comme frapper une statue de marbre.

— Pourquoi est-ce que tout le monde pense que j'ai besoin d'être protégée tout à coup ? Vous ne venez pas juste de décréter que je suis une menace qui peut tuer par accident ?

— Donc tu en es capable ? demande Desma.

Je secoue la tête.

— Bien sûr que non.

Je déteste mentir à mes amis.

***

Un garçon avec une glace aux baies à la main et du liquide rouge dégoulinant le long de son menton passe à côté de moi à trois reprises avant de finalement s'arrêter.

Je désigne la chaise en face de moi.

— Assieds-toi.

Il se pose sur le bord de l'assise, l'air nerveux.

— Pouvez-vous voir mon futur ? m'interroge-t-il.

— Peut-être.

Ne jamais s'engager à faire quelque chose que tu ne peux probablement pas faire. Je peux essayer de boire le thé avec Zeus. Ça ne veut pas dire que je vais y arriver.

Son expression devient belliqueuse.

— Ça veut dire que vous ne pouvez pas ?

— Passons un marché, dis-je en baissant la voix et en me penchant en avant. Si tu n'es pas satisfait de mon boulot, tu n'auras pas à me payer.

Ses yeux noisette s'étrécissent et il hoche la tête.

— Dis-le, le pressé-je.

— C'est d'accord.

Je me rencogne dans ma chaise, satisfaite.

— Que souhaites-tu savoir ?

Il se tortille, mal à l'aise. Son visage, encore enfantin et ingrat, mais qui promet de briser des cœurs d'ici à quelques années, se froisse. J'attends, tout en essayant de rester patiente, jusqu'à ce que sa question émerge.

— Est-ce que je posséderai un jour des pouvoirs magiques ?

Je réprime un soupir. Soit on naît avec de la magie, soit non. Magoi ou Hoi Polloi. Pourtant, il paraît cruel de briser ses espoirs trop rapidement.

— Donne-moi ta main.

Avec confiance, il tend sa main droite.

J'essuie mes paumes glissantes sur mon pantalon de cuir, ce qui n'aide absolument pas, puis prends sa main dans la mienne. Ses doigts sont collants de jus de fruits rouges et nos peaux chaudes se lient.

Lire dans les lignes de la main est un rituel ancien, qui ne repose sur rien en particulier. On ne peut absolument rien lire sur les paumes de quelqu'un, mais si ce garçon a en lui ne serait-ce qu'un minuscule éclat glacial venant des plaines de Glace, je le sentirai. Son pouvoir voudra venir à moi de la même manière que les hommes tentent d'atteindre les Dieux.

Il n'y a rien. Il est chaud et sent les baies de Kala. Ses mains ne détiennent aucun pouvoir, mais cela ne veut pas dire que la magie sera pour toujours hors de sa portée. J'hésite avant de le diriger vers un chemin dangereux.

— Pourquoi veux-tu posséder de la magie ?

Ses joues s'empourprent.

— Je ne serai jamais aussi intelligent ou aussi fort que les guerriers tribaux. Si je ne possède pas de magie, alors je n'aurai rien.

Ce n'est pas vrai. Il a un cerveau. Il a l'air en bonne santé. Il peut faire tout ce qu'il désire. Mais le garçon croit ce qu'il dit, ou alors ma magie réagirait au mensonge.

— Es-tu courageux ? demandé-je.

Il semble surpris.

— Je… j'essaie de l'être.

— Est-ce que tu aimes ta mère ?

Il acquiesce, son front se plissant en entendant ma question.

— Dis-le à voix haute, insisté-je.

— J'aime ma mère.

— Ta famille est-elle bonne avec toi ?

Il commence à hocher la tête et je lève un doigt d'avertissement de ma main libre. Je dois l'entendre. Le langage parlé est composé de magie. Elle crée un lien. Chaque phrase prononcée par une personne peut être une promesse ou une trahison.

— Ils sont bons avec moi.

Une famille aimante, c'est nouveau.

— Si tu voyais un enfant se faire battre, tournerais-tu le dos ou interviendrais-tu ?

Ses yeux s'écarquillent.

— Que pourrais-je y faire ?

— Cela ne répond pas à la question.

Ma voix se fait tranchante et il pâlit.

Note à moi-même : ne pas effrayer les enfants.

Il carre les épaules.

— J'interviendrais.

Je me prépare à sentir mon âme se déchirer. Étonnamment, rien ne vient. Il a dit la vérité, ce qui le rend digne de recevoir mes conseils. De plus, il est courageux et a une famille qui le soutient, ce qui veut dire qu'il pourrait y survivre.

— Les Dieux privilégient la gentillesse et la générosité.

Du moins, c'est le cas de certains d'entre eux, et, alors, des gens méprisables comme mon cousin Aarken se font manger. *Ha !*

— Dans les bonnes circonstances, continué-je, la bonté et l'honnêteté peuvent être récompensées.

Le garçon semble confus.

— Je dois être bon et demander de la magie aux Dieux ?

Je me rassieds en arrière et relâche sa main.

— Oui, mais tu ne peux pas simplement aller dans des temples, prier et demander « s'il vous plait ». Ça ne fonctionne pas ainsi. Tu dois faire tes preuves. Lorsque tu seras plus vieux, plus sage et bien plus fort, choisis entre les plaines de Glace ou le lac des Oracles.

— Vous voulez dire, aller au nord ?

Son nez parsemé de taches de rousseur se plisse d'aversion.

— C'est là-bas que se trouve la magie. Ici, nous sommes si loin de l'Olympe qu'elle est faible et diluée, même pour les gens qui en possèdent. Même les Magoi ont du mal, si loin au sud. Il est difficile, pour la plupart d'entre nous, de manipuler nos pouvoirs.

— La plupart ?

Je lui adresse un clin d'œil conspirateur.

— La plupart, confirmé-je.

Le garçon mordille sa lèvre tachée de jus de baie avec ses dents blanches et bien alignées.

— Quel endroit dois-je choisir ?

Il est tellement sincère que quelque chose en moi se serre. Je suis en train de le diriger vers une créature vicieuse ou un poisson-Oracle de la taille d'un Dragon. Et si j'étais en train de l'envoyer à sa mort ?

— Tu dois être très fort pour survivre aux plaines de Glace. Les Oracles sont capricieux, mais c'est généralement le pari le plus sûr.

Il acquiesce, gardant l'information en lui. Je devrais demander deux pièces de cuivre pour ce genre de choses, encore plus dans le sud du Sinta. Il y a plus de lacunes sur la magie et l'histoire ici que partout ailleurs en Thalyria.

— Quel lac ? interroge-t-il.

Disons plutôt trois pièces de cuivre, voire quatre…

— C'est ton choix et il dépendra de quel Dieu tu désires la protection, expliqué-je en m'avançant et en baissant la voix. Mais si tu te retrouves près du Fisa et que tu croises la truite de Poséidon à trois tentacules, passe-lui le bonjour de Catalia.

Je me recule, alarmée. *Par les Enfers, qu'est-ce qui se passe ?* Je ne déblatère jamais ainsi. Je ne révèle pas des informations sur moi-même que je n'ai jamais dites à mes amis, y compris mon nom complet.

Les yeux du garçon deviennent aussi ronds que des pots de terre cuite.

— Vous êtes allée voir un Oracle ? demande-t-il de manière bien trop forte.

Mon estomac se soulève alors que je me demande quand j'ai cessé de contrôler ma propre bouche.

Satanés Dieux qui se mêlent de tout. Que veulent-ils de cet enfant ? Ou pire, de moi ?

Je hoche la tête à contrecœur.

— Et je suis ressortie du bon côté. Pas par l'arrière, clarifié-je, refusant de m'imaginer être digérée par un poisson géant. Les Oracles te regarderont dans les yeux, fouilleront dans ta tête et puis te goûteront. Si tu es chanceux, ils t'aideront. Si tu n'es pas digne, ils t'avaleront tout cru.

Il pâlit.

— Ils mangent… des gens ?

— Même les Oracles ont besoin de manger. J'ai un cousin qui l'a découvert à ses dépens.

La mâchoire du garçon tombe pratiquement jusqu'à la table.

— Oh, il l'avait mérité, lui assuré-je.

Mère savait qu'Aarken et moi étions rivaux et m'avait informée à sa façon habituelle, cruelle et déçue, que j'aurais dû m'occuper de lui avant que l'Oracle ne le fasse. Tuer ou se faire tuer, la devise de ma famille.

— Vous êtes incroyable.

Le garçon est pantois. Je ris. Plus ou moins.

— C'est ce que tout le monde pense.

Il sourit face mon humilité manifeste et commence à fouiller dans ses poches pour trouver une pièce.

— Garde-la, lui dis-je. Achète-toi une autre glace aux baies de Kala et ramène-m'en une.

Il fait tellement chaud que je suis tentée d'en laisser fondre une sur ma nuque, mais je suis suffisamment collante comme ça.

— Merci !

Son sourire s'élargit.

J'espère que l'information que je lui ai révélée sur moi restera entre nous. Son sourire est charmant, et je ne veux pas d'un autre ennemi.

— Quel âge as-tu ? lui demandé-je.

— Treize ans, répond-il avec fierté.

Ce n'est qu'un petit mensonge. Malgré tout, la douleur déchire mon âme. Les flammes me brûlent de l'intérieur, partant de ma poitrine, elles se répandent pour carboniser mes os. Je me retiens de bouger, me figeant jusqu'à ce que la brûlure passe.

— Tu as onze ans, répliqué-je froidement. Pourquoi mentir ?

Il baisse la tête et fixe ses pieds.

— Je voulais vous impressionner.

— Les mensonges n'impressionnent jamais, déclaré-je en essayant de ne pas grincer des dents et l'effrayer. Rappelle-toi cela si tu vois l'Oracle, ou tu pourrais sortir du mauvais côté.

Il hoche la tête sans relever les yeux.

De la sueur s'amoncelle au-dessus de mes lèvres. Une goutte de moiteur glisse le long de ma colonne. Entre le climat du sud et le mensonge du gamin, quelqu'un va devoir me décoller de mon pantalon. J'espère que Desma sera motivée pour le faire.

— Quel est ton nom ? demandé-je.

— Jason.

Sa tête est toujours pendante.

— Ramène-moi cette glace, Jason du Sinta. Je fonds sous la chaleur.

Il m'adresse furtivement un sourire soulagé avant de détaler.

Je me renfonce dans ma chaise en m'éventant et en rêvant au froid du nord, avec une vue sur les plaines, ainsi qu'un moyen de retirer une partie de ce que je viens de dire. Au moins, cet enfant ne réalise pas que c'est important. Poséidon et Fisa sont des mots lointains pour un garçon du sud. Catalia ne signifie rien pour lui.

Je commence seulement à me convaincre que ma gaffe inédite n'est pas si colossale lorsqu'une voix grave se manifeste à côté de moi, me faisant sursauter.

— Les Dieux ne récompensent pas la gentillesse et la générosité. Ils récompensent la force et le courage.

CHAPITRE 2

La voix grave déferle sur moi comme la marée montante dans une nuit noire, glaçante malgré la chaleur ambiante. Je me tourne, mon cœur faisant des bonds dans ma poitrine. Le seigneur de guerre, le même qui me fixait auparavant, s'approche. Ses longs doigts caressent presque mon épaule. Il désigne la banderole annonçant que je suis devineresse.

— Vous avez semé une idée. Vous ne lui avez pas dit son avenir.

— Ces conversations sont censées être confidentielles, dis-je d'une voix sifflante en sautant sur mes pieds.

Oh Dieux ! Qu'a-t-il entendu, au juste ?

— Ce garçon a demandé s'il posséderait un jour de la magie, et vous ne lui avez jamais dit que ce serait le cas.

J'en reste bouche bée. Comment cette brute a-t-elle pu avoir le culot de m'écouter ?!

— Je lui ai donné un moyen d'obtenir de la magie. C'est mieux que de répondre oui ou non à une question simpliste.

— Alors, l'obtiendra-t-il ?

Je n'en sais rien. Cela dépend de l'Oracle. Cela dépend de Jason.

— Ça ne vous regarde pas.

— Vous êtes allée voir un Oracle. Lequel ?

Je sens le sang quitter mon visage.

— Ça non plus, ça ne vous regarde pas.

Ses yeux se rétrécissent et il me regarde du haut de son nez aquilin.

— Qu'avez-vous murmuré à ce garçon ?

Mon cœur défaille.

— Ça ne vous…

— Regarde pas, termine sèchement le seigneur de guerre.

Si un regard pouvait tuer, j'y serais passée. Je réagis mal aux menaces, même celles qui passent par les yeux, et ma colonne se redresse plus droite que le trident de Poséidon.

— N'essayez pas de m'intimider, ce n'est pas la peine. Ça ne marchera pas.

Ses lèvres pleines se recourbent en un sourire froid.

— À en croire mon expérience, je peux intimider n'importe qui.

Je m'esclaffe, incrédule.

— Voulez-vous de mes services ? Si c'est le cas, installez-vous. Sinon, allez-vous-en. Vous faites peur aux clients avec cette allure.

Son expression s'assombrit.

— Quelle allure ?

— Celle-là, dis-je en faisant danser mon doigt devant son visage. Celle qui dit «je suis grand, je suis méchant et je peux vous dévorer, vous mastiquer, cracher vos tripes et utiliser vos os comme cure-dents».

Le chef de guerre reste bouche bée sous le coup de la surprise. On croirait que je viens de me transformer en Hydre et qu'il m'est poussé quelques têtes supplémentaires.

Un de ses quatre hommes, celui à sa gauche, un guerrier à la hache et à la chevelure auburn, ne peut retenir un éclat de rire. Il reçoit en retour le poing de son chef dans le ventre. Pas très fort, mais assez pour que la fin de son rire se mue en gémissement.

Je fusille du regard le demi-cercle d'hommes larges et musclés qui me coupent à présent du bruit et de l'effervescence du reste de la fête foraine. Ma table est au fond de l'arène et ils sont devant moi, si bien que je ne peux pas partir, même si je le voulais.

— Allez-vous-en avec votre violence. Cette table est un endroit paisible.

Paisible, moi ? Ha !

— Une fleur délicate, se moque le seigneur de guerre.

Son regard gris magnétique me jauge, d'une manière qui fait monter la température de mon corps. Il m'étudie intensément et un peu trop longtemps. Il ajoute :

— Qui se flétrit dans la chaleur.

Je grimace, résistant à l'envie d'essuyer mes paumes poisseuses sur sa tunique blanche. Il est trop propre pour un guerrier tribal. Il ne sent même pas mauvais, et ses cheveux noir ébène, légèrement en bataille, sont brillants et bouclent doucement sur sa nuque. Il n'y a pas une goutte de sueur sur lui, ce qui m'énerve particulièrement. Je contemple l'épée à deux mains dont la garde dépasse son épaule, retenue par le harnais de cuir dans son dos. Je suis quasi certaine que je serais incapable ne serait-ce que de soulever cette monstruosité. Heureusement que j'ai d'autres qualités.

Le pincement sec de la magie pique ma peau et je me tourne. Aetos nous observe.

— Soit vous vous asseyez et posez une question, soit cet homme là-bas, dis-je en pointant le doigt dans la direction de mon ami tatoué, vous éclatera la tête comme une cerise dans le bec d'une corneille.

Le guerrier montre les dents, de la même manière qu'un loup avant d'attaquer.

— Vous pensez qu'il en serait capable ?

— Je le sais.

Cet idiot rit tout bas.

— Il ne comprendrait même pas ce qu'il lui arrive.

Je renifle.

— Il vous brûlerait vif.

— Il pourrait toujours essayer, réplique-t-il, nullement inquiet.

Je grince des dents. Typique des chefs de guerre : un immense ego, une immense épée, un immense connard. Du côté des stéréotypes, tout colle.

— Allez-vous-en.

Je pointe mon doigt loin de ma table. Personne n'insulte mes amis.

Ses sourcils se lèvent.

— *Allez-vous-en ?* répète-t-il.

— Vous avez besoin que je vous le dise en langue des signes ?

Je lui adresse un geste de la main grossier qui transmet de manière universelle ce que je veux lui dire.

Serrant les mâchoires avec détermination, le guerrier contourne ma table. Je fais de même. Ses hommes le suivent, et le demi-cercle de muscles se décale de l'autre côté, protégeant le dos du guerrier et laissant le mien à nouveau ouvert sur la fête foraine du cirque, et sur une douzaine de personnes très puissantes, qui n'hésiteraient pas à venir si j'avais besoin d'elles.

Le seigneur de guerre s'assied sur la chaise que le garçon utilisait, la rendant minuscule.

— Vous êtes affreusement petite pour proférer des menaces, fait-il remarquer sur le ton de la conversation.

— C'était plus un message, rétorqué-je, toujours debout.

Ses yeux gris deviennent d'acier, il se lève à moitié, plante ses mains sur la table et se penche jusqu'à ce que nous nous trouvions presque nez à nez.

— Envoyez encore ce message, et je vous apprendrai comment faire une vraie menace et la tenir.

Mon cuir chevelu picote. Il faut le reconnaître, le guerrier profère des menaces avec un grand M. Mais j'ai grandi dans un régime constant de terreur, et je sais reconnaître la malveillance lorsqu'elle se présente. Ce n'est pas le cas, ici. Ce n'est qu'une blague pour les gens comme nous.

Révélant mes dents dans quelque chose qui peut difficilement être appelé un sourire, je lui renvoie ses propres mots.

— Vous pourriez toujours essayer.

— Ne me tentez pas, gronde-t-il doucement.

— Vous essayez de m'effrayer ?

— Heureux de voir que ça fonctionne.

Je ris, même si je ne devrais peut-être pas. Il semble vexé, tout à coup.

Dans des combats magiques, je peux absorber les pouvoirs des autres Magoi et retourner leurs capacités contre eux. Si je dois combattre des Hoi Polloi, il faut que je sois plus rapide, plus forte ou plus rusée. Sinon je ferais mieux d'avoir de la magie utile stockée quelque part. Là, tout de suite, je n'ai rien. Je doute d'être plus rapide et je sais que je ne suis pas plus forte. Pour ce qui est de la ruse, cela reste à déterminer. Au moins, il me reste m on sens de l'humour.

Décidant de tester cela, je jette un œil au ciel nocturne, puis je m'aplatis comme si quelque chose de terrifiant fonçait droit sur nous. Immédiatement sur ses gardes, le guerrier saute sur ses pieds tout en dégainant son épée. Il est d'une férocité spectaculaire. Sa main libre passe par-dessus la table et me pousse durement en arrière. Je trébuche, vois rouge, et me redresse rapidement pour le combattre lorsque je réalise qu'il essaie de me *protéger*.

Sous la chaleur de sa main, quelque chose en moi se tord vivement. Ses yeux perçants regardent vers le haut, autour, partout, scrutant avec vigilance l'amphithéâtre à la recherche d'un danger. Il n'y a rien, bien sûr, et son bras retombe.

— Ne froncez pas les sourcils ainsi, le grondé-je, bien que légèrement essoufflée sans raison valable. Vous allez creuser des rides sur ce joli visage.

Il n'est pas «joli». Il est bien trop viril pour ça, avec son regard gris intense et son corps puissant. Une cicatrice récente coupe son sourcil droit en diagonale. Associée à sa bouche large et son nez aquilin, elle lui donne un air de pirate, qui provoque des sensations étranges dans mon ventre.

Lorsqu'il repose son regard sur moi, je ne sais pas quoi penser de son expression. L'homme à la chevelure auburn devient rouge dans ses efforts pour retenir un esclaffement, alors je m'aplatis à nouveau et couvre la tête de mes mains.

— À *quoi* jouez-vous ? demande le guerrier.

Il se rassied et pose son épée en travers de ses cuisses.

— Les Dieux pourraient punir votre ego titanesque, Ô Grand Vilain. J'essaie d'éviter la foudre.

Le garde à la hache éclate de rire avant de faire vivement un pas en arrière.

— Est-ce de cette manière que vous traitez tous vos clients ? s'étonne le seigneur de guerre.

Ma surprise doit être évidente.

— Jusqu'ici, aucune question n'a été posée, aucune pièce n'a été échangée. Je ne vous considèrerais pas comme un client. Vous êtes plutôt quelqu'un qui laisse traîner ses oreilles et harcèle les autres.

— Bon Dieux ! s'exclame l'homme à la hache. Elle a plus de couilles que moi.

Une pointe d'humour traverse le regard tinté d'argent du seigneur de guerre.

— Les couilles ne sont pas forcément accompagnées d'un cerveau.

— Les miennes, si.

Si mon sourire était encore plus milieux, mes dents seraient pleines de caries.

Il hausse un de ses sourcils sombres, comme s'il me défiait de les lui montrer. Je ne sais pas si je dois rire ou partir en courant. Face à mon indécision, je me tourne vers le guerrier aux cheveux auburn.

— Vous voulez que je lise votre avenir ? Je vous le fais moitié prix.

— Ça marche.

Il ajuste la hache sur son épaule. Celle-ci reflète un rayon de lumière qui m'éblouit.

Je me décale. Être aveuglée est trop semblable à se trouver dans le noir, et ce n'est jamais une bonne chose.

— J'ai une question, nous interrompt le seigneur de guerre.

La curiosité s'allume en moi.

— Enfin.

Je lâche un soupir tourmenté et me laisse tomber sur ma chaise. Je ne risque sûrement plus rien en me rasseyant. Bien que le seigneur de guerre soit loin d'être inoffensif, je n'ai pas l'impression qu'il a l'intention de *me* faire du mal.

— Je commençais à penser qu'on allait y passer la nuit, ajouté-je.

Il lève sur moi un regard qui pourrait faire plier quelqu'un qui n'a pas été torturé, battu jusqu'aux portes de la mort, et presque assassiné dans son propre lit au moins six fois avant l'âge de quinze ans.

— Dans mon entourage, les langues bien pendues sont attachées à des cadavres, commente-t-il.

Je soupire tout en secouant la tête.

— Quel genre de personne passe son temps à émettre des menaces de mort ?

À part la plupart des gens avec lesquels j'ai grandi, bien sûr.

Il se penche en avant et, de manière inattendue, me fait un clin d'œil.

— Ceux qui le peuvent.

Des papillons s'agitent à l'intérieur de moi.

— Soit vous êtes d'une suffisance de niveau olympique, soit vous compensez un manque cruel de confiance en vous.

Les coins des yeux du guerrier se plissent, et ses lèvres frémissent dans le plus bref des sourires. Son visage passe de saisissant à bien trop attirant, en moins de temps qu'il n'en faut pour que mon cœur émette un battement.

— Faisons la paix, propose-t-il d'une voix profonde et sincère.

Je me mords la lèvre, endiguant un sourire réciproque que je ne peux pas vraiment empêcher, et je fais mine d'y réfléchir.

— D'accord. Mais n'allez pas relâcher les colombes tout de suite.

Il s'esclaffe, et ce son chaud et appréciateur déclenche en moi une vague de chaleur, qui n'a rien à voir avec le climat du sud. Mes mots sont étonnamment rauques lorsque je lui demande quelle est sa question.

S'adossant à sa chaise, il désigne les quatre hommes autour de lui.

— Mes compagnons me sont-ils loyaux ?

Et voilà, je suis de nouveau mal à l'aise. Sa question me renvoie vers une autre vie, une où des gens m'ont torturée pour obtenir des vérités.

— Les devineresses prédisent le futur.

Je me force à avoir l'air mesuré, malgré les bonds soudains de mon cœur.

Il reformule sa question, sans jamais détourner les yeux :

— Mes hommes me resteront-ils fidèles ?

J'essaie de ne pas me tortiller de malaise. Je n'aime pas beaucoup plus sa précision.

Le guerrier fronce les sourcils devant mon hésitation. Il demande :

— Qu'est-ce qui est plus important que la loyauté ?

Il y a de la dureté dans sa voix, et sa question touche une corde sensible. *Ai-je été déloyale ? Ma fuite fait-elle de moi une traîtresse ou quelqu'un d'intelligent ?*

Peu importe, je préfère être déloyale que morte.

Mes yeux perçants se posent sur les hommes derrière lui.

— Tous les quatre ?

— Tous les quatre, acquiesce-t-il en faisant un signe de tête vers sa bande.

Je ravale mon appréhension. Le guerrier ne me connaît pas. Il ne sait pas de quoi je suis capable.

— Quatre pièces de cuivre. Une pour chacun.

Il pose la monnaie sur la table et je l'empoche, me tournant d'abord vers le guerrier à la hache.

— Qu'est-ce qui est le plus important, la vie de votre seigneur ou la vôtre ?

— Celle de mon seigneur.

Il n'y a aucune hésitation. Et pas de déchirure dans mon âme.

— Si vous deviez choisir entre ce *sauvage*, dis-je en ajoutant une dose de mépris à ma phrase, juste pour m'amuser, ou votre femme, qui choisiriez-vous ?

— Je n'ai pas de femme.

— Mais si c'était le cas ?

— Si je choisissais de me marier, ma femme et mes enfants seraient les plus importants.

Pas de flammes lancinantes. Pas d'os en fusion. Pas de vérité en cascade pour contrebalancer un mensonge.

Le regard plongé dans le vide quelques instants, je pose ensuite les mains sur ma boule de cristal et prétends faire des trucs de diseuse de bonne aventure pendant un temps adéquat. Je devrais probablement inventer une incantation, mais je ne peux pas m'y résoudre.

— Votre homme est loyal, annoncé-je finalement. Mais je vous suggère de ne pas utiliser sa future famille contre lui.

— J'aurai une famille ? m'interroge le guerrier à la hache, un sourire large lui fendant le visage.

Euh…

— Oui. Une femme charmante. De nombreux enfants costaux, affirmé-je, bien que ce soit faux.

Ou peut-être pas. Comment, par les Enfers, pourrais-je le savoir ?

Le regard inébranlable du chef de guerre me fait me tortiller sur ma chaise, mal à l'aise.

— Recule, Flynn, ordonne-t-il. Carver, à toi.

Un homme aux cheveux sombres s'avance avec une démarche confiante. À peu près de mon âge, grand et élancé, il a l'air de quelqu'un qui serait mesquin lors d'une bagarre. Il est le genre d'épéiste nerveux, qui peut bouger comme une ombre et frapper avant qu'on ait pu cligner des yeux. Le genre avec lequel il faut surveiller ses arrières et ne pas tenter de le surprendre. Il y a une certaine ressemblance entre le chef et lui, dans les traits du visage, la chevelure noire et les yeux gris, mais les similarités s'arrêtent là. Le chef de guerre doit peser pas moins de trente kilos de plus que lui et a probablement dix ans de plus.

L'homme, Carver, m'adresse un sourire. Il y a une lueur assez désarmante et plutôt amicale dans ses yeux, mais je ne doute pas que son sourire débonnaire pourrait devenir acéré et menaçant.

— La loyauté est-elle importante pour vous ? demandé-je.

— Oui.

Je pointe mon doigt vers le chef de guerre.

— Suivriez-vous cet homme dans un combat ?

Carver hoche la tête.

— Dites-le, insisté-je.

— Je le suivrais. Je l'ai déjà fait et je le referais.

Je jette un coup d'œil vers le seigneur de guerre. Son expression est insondable, mais ses yeux sont comme les pieds d'un Cyclope sur mon visage. Je demande gauchement à Carver de me tendre la main. Même si la lecture des lignes de la main est une arnaque, sa peau calleuse raconte tout de même une histoire de batailles et de sang.

— Mourriez-vous pour cet homme et la cause qu'il défend ?

— Oui.

Un simple mot, une réponse honnête.

Je fixe les doigts longs, puissants et endurcis de Carver. Quelle est la cause que défend ce seigneur de guerre ? D'après ce que j'ai entendu dire, la nouvelle famille royale a proscrit les guerres entre les tribus sintannes. Ils sont tous supposés s'entendre, maintenant que l'un des leurs a pris le pouvoir.

Je réprime un rictus. *Bonne chance pour ça.*

— Je saignerais pour lui, je mourrais pour lui.

La vérité de Carver est si puissante qu'elle porte avec elle un autre mot. *Frère.* Sous le choc, je lâche sa main comme s'il s'agissait d'un serpent venimeux. Je n'entends presque jamais d'échos dans les vérités.

Le mot est toujours en train de se répercuter en moi lorsque je déclare :

— Votre frère vous est fidèle, mais je pense que vous le saviez déjà.

— Hmm.

Je lance un regard noir au chef de guerre.

— Qu'est-ce que c'est supposé vouloir dire ?

— Je n'ai jamais dit qu'il était mon frère.

Bon sang ! Qui a volé mes filtres, ce soir ?

— Vous vous ressemblez.

— Pas tant que ça.

J'agite mes mains au-dessus de la table.

— Devineresse, vous vous souvenez ? Je *sais* des choses.

Il penche le visage, me fixant durement, droit dans les yeux. Il continue à me dévisager jusqu'à ce que le malaise me submerge, me faisant me tortiller sur ma chaise.

Le guerrier détourne le regard.

— Basil, appelle-t-il catégoriquement, en faisant signe à un autre homme d'avancer.

Un blond prend la place de Carver. Il est beau, sans sortir du lot, fort, sans avoir une présence écrasante. Il se fond dans la masse. J'imagine que c'est son talent. Le seigneur de guerre, Flynn et le cinquième homme sont trop grands, trop puissants : ils attirent notre attention. Carver non plus ne se fond pas dans la masse. Il est longiligne, anguleux, et possède un regard rusé. Basil est juste… *ennuyeux*, pour autant que je sache.

Basil se déplace sur la droite, loin du seigneur de guerre, et plus proche du cinquième guerrier. Celui-ci a des yeux bleus attentifs et une masse d'arme colossale, qui pourrait probablement fracasser trois crânes en un seul coup. Le mouvement de Basil est très subtil. Je le remarque seulement parce que je me suis entraînée à repérer dans la gestuelle les petites choses qui m'aideront à duper les gens pour les convaincre que je ne suis pas une mystificatrice.

Super. La question du seigneur de guerre prend soudain tout son sens. C'est une mise en scène pour Basil. Dommage que je sois invitée à la fête.

— Basil, c'est bien cela ? demandé-je, bien que je sois déjà au courant.

Je ne fais que reporter l'inévitable.

L'homme hoche la tête.

Je prends une profonde inspiration et bande mes muscles, me préparant au mensonge.

— À qui va votre loyauté ?

Basil arbore un air suffisant. Comme la plupart des gens du sud, il n'a aucune idée du pouvoir magique des mots. Si c'était le cas, il prendrait ses jambes à son cou.

Le feu agonisant explose en moi à l'écoute de sa réponse fourbe. Mes os se mettent à frire. Mes organes à rôtir. J'essaie de ne pas blêmir alors que les vérités s'enflamment avec son mensonge, me brûlant de l'intérieur comme des charbons ardents. Dans un soudain enchaînement de mouvement, le seigneur de guerre désarme Basil et l'attrape à la gorge.

— Pour qui travailles-tu ?

— Je suis loyal ! couine Basil.

Il a l'air aussi surpris que moi. Son mensonge m'assaille à nouveau comme le souffle d'une explosion.

— J'ai vu l'expression de son visage, indique le chef de guerre en serrant le cou de Basil jusqu'à ce que l'homme halète à la recherche d'air. Tu es un menteur.

Il a vu ma douleur ? Cela m'inquiète plus que quoi que ce soit d'autre. J'ai contrôlé ma réaction. Je le fais toujours. Comment un guerrier Hoi Polloi peut-il comprendre ce que ce petit tressaillement signifie ?

Basil plonge sa main dans sa poche et en sort une fine fiole de verre remplie d'une poudre grise. Celle-ci scintille d'argent sous la lumière des torches et appelle la magie en moi. Il recule sa main gantée, prêt à écraser le poison sur le visage du seigneur de guerre.

Je bondis par-dessus la table, entraînant avec moi la nappe de laine qui la couvre et la fausse boule de cristal, et bloque le bras de Basil. Il me faut y mettre tout mon poids pour empêcher sa main de bouger.

— Reculez. C'est de la poussière de Méduse. Ça vous transformera en pierre, avertis-je le chef de guerre.

Il déroule ses mains de cou de Basil et fait un pas en arrière, me laissant pendouiller comme une idiote au poignet du traître.

— Comment le savez-vous ?

Sa question est tranchante. Le seigneur de guerre tourne son attention vers moi, et je me dis que j'aurais peut-être dû le laisser mourir.

— Je suis experte en poisons.

En quelque sorte. Je souffle sur une boucle humide qui tombe devant mes yeux. La seule chose qui empêche Basil de s'ébrouer pour se débarrasser de moi est la très longue et très dangereuse épée de Carver dans son dos. Nous sommes encerclés par des hommes imposants aux armes terrifiantes, et personne ne fait rien.

— Que quelqu'un lui coupe le bras, dis-je. Ou le tue. Si je le lâche, il va jeter de la poussière partout.

Flynn soupèse sa hache.

— Ce serait du suicide pour lui.

— Merci, Flynn, raillé-je en levant les yeux au ciel puis dans la direction de l'homme aux cheveux auburn. Vous croyez qu'il en a quelque chose à faire ?

Flynn hausse les épaules.

— Il est fichu, de toute façon.

Exactement. Alors, finissons-en.

Avant que je ne puisse le dire, Basil tord son bras tandis que je le tiens toujours et, je ne sais comment, réussit à briser la fiole contre mon cou. Mes yeux s'écarquillent tandis que la poussière de Méduse s'insère profondément dans ma peau, la poudre aussi affamée qu'une sangsue des marais. L'assaut de la magie fait voler mon équilibre en éclat, et je trébuche en arrière contre la table, le souffle coupé, étourdie et désarçonnée.

Arborant une expression redoutable, le seigneur de guerre rugit et se précipite vers moi.

— Ne me touchez pas ! m'écrié-je en l'esquivant.

Dès que le poison se sera répandu dans mon système, il infectera quiconque entrera en contact avec moi. Je ne sais pas combien de temps cela prendra. C'est rapide pour une personne normale. Plus long pour moi.

Rapidement, mes membres deviennent lourds. Plus lentement, ma peau se durcit et se colore de gris. Je ne suis pas inquiète. La poussière de Méduse est faite de magie.

Mon corps va croquer le poison comme un steak d'agneau pour le dîner. Si quelqu'un me faisait ingurgiter assez de baies toxiques ou mettait quelques vipères dans mon lit, je mourrais comme n'importe qui. Mais la magie ne va pas me tuer.

Le seigneur de guerre observe ma peau perdre sa couleur, les yeux sombres, la mâchoire serrée et les poings serrés. Quelque chose dans son regard me perturbe. Je ne lui demande pas en quoi mon sort lui importe, même si je suis à deux doigts de lui révéler que, dans quelques minutes, je serai à nouveau rose et douce et vide de tout poison. Mais il n'a pas besoin de le savoir.

Je me tourne vers Basil. Il a un sourire narquois, visiblement heureux d'avoir entraîné cette devineresse agaçante avec lui.

— Merci pour le cadeau, déclaré-je en lui offrant un sourire qui colle bien avec la folle sanguinaire que j'aurais dû être. En voilà un pour toi.

Je saisis son poignet à mes deux mains, juste au-dessus du gant qui le protège du poison. La poussière de Méduse remonte le long de son bras. Il se durcit, se figeant sous forme solide dans un cri, sa bouche grande ouverte et ses yeux écarquillés de terreur.

Je le lâche, déçue.

— C'était rapide.

Le seigneur de guerre me dévisage, l'air si abasourdi que c'en est presque comique.

— Pourquoi n'êtes-vous pas morte ?

Je lui lance un regard effronté.

— Vous pensez que je suis si facile à tuer ?

Le soulagement s'affiche sur son visage. Il sourit, et un petit éclair se répercute le long de ma colonne.

— C'est elle, déclare-t-il à ces hommes. C'est elle que je veux.

Waouh. Quoi ?

Qui ? Moi ?

Pour quoi faire ?

Ses guerriers se rapprochent. Je tends les bras, créant un périmètre empoisonné.

— Reculez ou vous finirez comme Basil.

— Est-ce qu'il y a un problème, Cat ?

Le visage paré de bleu d'Aetos dépasse de leurs têtes. Le seigneur de guerre semble petit en comparaison, bien qu'il dépasse les six pieds.

Je secoue la tête.

— Dis à Séléné que nous avons une nouvelle gargouille. Elle aime bien ce genre de choses.

Je jette à coup d'œil à Basil, essayant d'ignorer son expression pétrifiée et ses dents de travers. Ses narines sont dilatées, comme s'il essayait toujours d'aspirer de l'air.

Après avoir posé un bref regard sur la statue humaine, Aetos hausse un sourcil à mon encontre, la ramasse et l'emporte avec lui. Desma et lui avaient raison. Je vais peut-être accidentellement tuer quelqu'un, ce soir. Ou pas si accidentellement que ça.

Le visage du seigneur de guerre trahit son agacement.

— J'ai essayé de le pousser à se trahir pendant des jours. Maintenant, je n'ai personne à interroger.

— Une femme tarvanne veut votre tête en échange de la vie du frère de Basil.

Le choc me secoue. Les mots sont sortis sans mon consentement. Je jure devant les Dieux que je n'ai même pas formé cette pensée avant qu'elle ne m'échappe, flottant maintenant de manière exaspérante entre nous. Qui, par les Enfers, contrôle ma bouche, ce soir ?! Parce que ce n'est *pas* moi !

Les lèvres du chef de guerre s'ouvrent, non pas de surprise, mais en une expression satisfaite que je ne comprends pas et que je n'aime pas.

Mon ventre se serre. Je lève les paumes et hausse les épaules.

— Devineresse, vous vous souvenez ?

— Vous êtes exactement ce que je pense que vous êtes, n'est-ce pas ?

La femme qui devine la vérité à travers les mensonges ? L'arme diplomatique la plus convoitée à travers les royaumes ? La Faiseuse de rois ?

Je me recule, toujours toxique, en faisant attention de ne rentrer dans personne. Je sens que les Dieux sont en train de me pisser dessus depuis l'Olympe. J'étais heureuse ici. Le cirque était ma famille.

— Des femmes comme vous, il n'y en a qu'une tous les deux cents ans, déclare le chef de guerre en me suivant dans la foule avec ses longues foulées qui dévorent l'espace entre nous. Des royaumes s'érigent et s'effondrent pour vous. À cause de vous.

Ses intenses yeux gris sont plus facilement déchiffrables à présent. Il est en train de réfléchir à des moyens de me contenir, de m'attraper et de m'utiliser. Il révélera ma nature. Il me mettra en cage et me fera chanter comme une sirène.

Non, oubliez ça. Il *essaiera* de me faire chanter comme une sirène.

— Ne me touchez pas ou je vous tue.

Il pince les lèvres.

— Vous pourriez essayer.

Si cela peut m'aider à fuir, je lui montrerai, devant tous ces gens, un autre de mes talents. Mais nous n'en arrivons pas là, grâce aux Dieux. Je sors à reculons par l'entrée des artistes, et Cerbère s'interpose entre nous, bloquant le chemin du chef de guerre et l'obligeant à s'arrêter. Les énormes crocs du molosse reflètent la lumière des torches, des gouttes de sa salive venimeuses grésillent en tombant au sol. Trois grognements bas et inquiétants se répercutent dans le couloir tandis que je sors rapidement de l'amphithéâtre. Hadès a un faible pour Séléné, il a donc envoyé son chien de garde veiller sur son cirque plutôt que sur les portes des Enfers. Cerbère retiendra le seigneur de guerre. Dommage, il retiendra aussi Jason et ma glace aux fruits rouges.

CHAPITRE 3

« J'aimerais pouvoir rester. Merci d'avoir pris soin de moi. Oikogeneia. »

Je prononce le mot qui signifie *famille* à voix haute, tout en écrivant dans l'ancien langage des Dieux. J'espère que quelqu'un dans le cirque sera capable de le lire et de comprendre le pouvoir et la promesse qu'il détient. Aetos n'a pas ce genre d'éducation. Desma et Séléné peut-être, et je leur fais confiance pour utiliser cette magie seulement si elles sont au pied du mur. Aetos mourrait pour moi. Desma aussi. Vasili et Séléné, peut-être, et probablement une douzaine d'autres personnes. S'ils m'appellent, il n'y a pas un seul danger dans les trois royaumes qui m'empêcherait de revenir vers eux.

Avant mon arrivée au cirque, il n'y avait qu'une seule personne que j'aurais refusée de tuer ou de laisser mourir pour moi en cas de nécessité. Maintenant, il y en a plus que je ne peux les compter, et cela me rend vulnérable.

Famille.

Cela m'agace qu'un mot si souillé à mes yeux contienne un tel pouvoir. C'est pourtant moi qui le lui ai donné, puis j'en ai fait cadeau à mes amis. En revanche, je préférerais mourir plutôt que de le laisser franchir mes lèvres pour désigner ceux de mon sang encore en vie.

Le peu de choses que je possède est rangé dans un vieux sac à dos brun que j'ai volé à un marchand endormi sur la route de bord de mer au Fisa, huit ans auparavant. Quelques vêtements et une paire de vieilles bottes, une cape, trois dagues de jet, quelques liens pour m'attacher les cheveux, un peigne et mon maquillage de scène. J'attache le sac de couchage du cirque et la couverture aux sangles sous mon sac. Je ne pense pas que Séléné m'en voudra. Cela peut à peine être considéré comme du vol, à ce stade.

En me redressant, je réfléchis à la prochaine étape. Quand Poséidon m'a octroyé mes dons, il m'a aussi transmis son obsession. Les lacs glacials du nord et l'océan fisan sont tous deux à environ trois semaines de voyage. Comme d'habitude, cela signifie que je dois me contenter des rivières sintannes. C'est toujours de l'eau, même si elle est chaude. Je m'arrêterai à un ruisseau, m'extirperai de mon pantalon d'une manière ou d'une autre, me laverai, me rafraîchirai et ensuite… Je ne sais pas. Rien ne changera jamais, peu importe où je vais. Je vivrai toujours dans la peur, l'épée de Damoclès au-dessus de ma tête.

Le cirque était différent. Avec Séléné et Cerbère présents, je me sentais presque en sécurité. Jusqu'à ce qu'un satané seigneur de guerre décide de fourrer son gros nez crochu dans ma vie.

Avec un grognement de frustration, je parcours ma tente du regard pour la dernière fois. Personne ne me verra partir. Avec moi, la furtivité est d'un tout autre niveau.

Le seigneur de guerre m'a tout dérobé. Une maison, une famille… ces mots ont un sens pour la plupart des gens. Moi, je n'avais jamais compris ce qu'ils signifiaient, jusqu'à ce que Séléné m'accueille, et qu'Aetos et Desma décident que je faisais partie des leurs. Ils font partie des miens, eux aussi. Les quitter est comme m'amputer d'un membre.

Je prends une longue inspiration. Expiration. *Cat, ne pleure pas.*

Le battant de ma tente s'ouvre en claquant et le seigneur de guerre, masse d'ombre et d'acier, se dresse à l'entrée.

Je me fige, abasourdie. L'incrédulité me laisse un goût amer dans la bouche.

— Co… Comment êtes-vous arrivé ici ?

Il entre, croise les bras et s'appuie négligemment contre le poteau central de la tente. La torche émet un craquement, envoyant une vague de lumière enflammée illuminer ses cheveux d'encre et sa peau tannée par le soleil. Le rayon vacillant souligne les muscles durs qui ondoient sous ses manches retroussées et descendent le long de ses avant-bras noueux, de ses poignets épais et de ses mains puissantes. Des mains qui pourraient me briser en deux.

Il me montre ses dents. À la manière d'un loup. Sûr de lui.

— J'ai mes méthodes.

J'en reste bouche bée, et un frisson remonte le long de mon dos. Je reste rarement sans voix.

— Vous avez pris ma pièce de cuivre et n'avez pas évalué le dernier de mes hommes, explique-t-il en faisant un signe de tête à son compagnon. Kato, à toi.

Le dernier des hommes s'avance avec une démarche légère, décontractée, suivi de Carver et Flynn. Ils sont tous tellement à l'aise. C'est quoi, le problème de ces gens ? Ne se rendent-ils pas compte que mon monde s'effondre autour de moi ?

L'homme prénommé Kato s'arrête à quelques pieds de moi. Je l'observe de haut en bas. Il est imposant, blond, et d'une beauté presque irréelle, avec des yeux cobalt saisissants. La masse d'arme qu'il tient à la main me fait dire qu'il est plus du genre bourrin qu'à faire dans la finesse. Je peux le comprendre. Donner de grands coups dans la tête des gens a quelque chose de satisfaisant.

Tout en me reculant, je farfouille dans ma poche, ce qui n'est *pas* aisé. Je sors l'une des pièces en cuivre du seigneur de guerre.

— Voilà votre pièce. Maintenant, sortez.

Je lui jette sa monnaie.

Il l'attrape par réflexe et me la renvoie, m'atteignant au torse.

Je lui lance un regard noir, écumant de rage.

— Je suis loyal, lance volontairement Kato, avec gaieté.

Il semble heureux en permanence. Il y a des rides de bonheur gravées dans la peau mate autour de sa bouche et de ses yeux. Des dents parfaites comme les siennes sont faites pour être exposées par un sourire.

À présent, je foudroie du regard le guerrier blond. Au passage, je remarque à contrecœur qu'il est un spécimen d'homme pas loin d'être parfait, mais je ne cesse pour autant de lui adresser un regard mauvais. Mon âme ne se déchire pas, cette fois, et tout le monde le sait.

Apparemment satisfait, le seigneur de guerre s'approche plus près.

— Maintenant que c'est réglé, venez avec moi.

Je ricane en faisant un pas en arrière.

— Jamais. Pas dans un milliard de soleils. Pas même si Zeus se pointait sous la forme d'un cygne pour me pousser à coups de bec dans votre direction. Je ne viendrais pas avec vous, même si mon autre option était de me faire traîner aux Enfers par Hadès pour un plan à trois éternel avec Perséphone.

Le seigneur de guerre me transperce d'un regard dur.

— Nous pouvons faire ça de la manière douce, ou de la manière forte.

— Ou d'aucune manière, riposté-je.

Il plonge vers moi. La tente est petite et il est étonnamment rapide. Ses mains se referment sur mon biceps, et la satisfaction flamboie dans ses yeux.

— Vous n'êtes plus empoisonnée ?

— C'est bien dommage.

Je marche sur son pied, l'écrasant du talon de ma botte.

Il rit. *Connard.*

Je disparais. Je suis toujours là, juste invisible, et il me lâche. Ils le font toujours. Le seigneur de guerre laisse échapper un son entre le grognement et le mugissement et fixe ses mains vides. Les gens ne songent jamais à simplement conserver leur prise.

Je m'écarte petit à petit, en silence. Quatre hommes bloquent la porte. Ils se sont dépouillés de leur décontraction comme s'il s'agissait d'une deuxième peau, se mettant sur le qui-vive en un instant, alertes, l'air autour d'eux chargé de tension.

— Gardez la porte, gronde le seigneur de guerre. Elle est toujours ici.

Bons Dieux ! Je jette un coup d'œil à la ronde. Il n'y a pas moyen de s'échapper sous la tente. L'étoffe est tendue et fixée au sol. Aetos a planté les piquets pour moi, et il faudrait ses muscles pour les ressortir. J'ai un couteau à ma ceinture. Je pourrais découper la toile, mais le temps de faire une ouverture assez grande pour y passer, le seigneur de guerre se jetterait sur moi. Ma seule option est de les attirer loin de la porte. Si Flynn et sa hache monstrueuse bougeait, ne serait-ce que d'un pied sur la droite, je pourrais probablement passer.

Le silence dans la tente est absolu, je ne les entends même pas respirer. Le seigneur de guerre fait volte-face et plante son regard droit sur moi. *Impossible.*

Un instant il est immobile, le suivant il m'assaille brusquement et se saisit de moi. Je suis tellement choquée que je me déconcentre et réapparais à leur vue. Une main large s'agrippe à mes seins et l'autre est accrochée par-dessus mon oreille, les doigts enfoncés dans ma natte.

Je prends une inspiration sifflante et frappe son poignet, essayant de déloger sa main de ma poitrine. Je suis ébranlée par la taille du seigneur de guerre et par la chaleur impossible de ses mains, une tempête de muscles, de vigueur et d'os.

Ses yeux s'embrasent et il ajuste sa poigne, encerclant mon bras gauche de ses doigts durs. Je me jette sur lui avec mon poing droit fermé et le frappe dans le cou. Il se décale soudainement et le coup l'atteint à l'arrière de la nuque au lieu de l'avant, plus sensible. Je me recule pour recommencer, mais il intercepte mon poing au vol, me force à le baisser, et l'emprisonne facilement avec mon autre poignet dans une de ses mains. Il utilise l'autre pour me désarmer, faisant passer le couteau de ma ceinture vers la sienne.

Je grince presque des dents face à ma propre stupidité. Huit années avec le cirque m'ont rendue molle. J'avais un couteau et je n'ai même pas songé à poignarder mon adversaire quand il ne pouvait pas me voir arriver.

Avec un grondement de hargne, je balance mon front dans sa mâchoire.

Un muscle tressaille le long de la joue du seigneur de guerre. Tout en se saisissant de mes bras, il me soulève comme une plume.

— Ça, ce n'est pas une bonne idée.

Il place opportunément son nez à ma portée. Je balance ma tête dans sa direction, mais il m'évite et grogne un juron lorsque mon visage heurte sa pommette. La douleur emplit mes yeux de larmes. Tout en prenant une nouvelle inspiration rapide, je repars à l'attaque, craignant le flot de sang. Quand il devient évident qu'il n'y en a pas, je hurle comme une Harpie et le frappe dans les tibias.

Ses yeux pleins d'éclairs, il me repose, me fait tournoyer dans ses bras, puis écrase mon dos contre sa poitrine.

— Calmez-vous, devineresse.

Me calmer ? Me calmer !

— Étiez-vous capable de me voir ? sifflé-je, alors que son bras compresse lourdement ma cage thoracique.

— Non, mais je savais où vous étiez, explique-t-il en reniflant bruyamment avant d'exhaler un souffle chaud qui chatouille mon oreille. Vous puez.

Charmant.

— Qui êtes-vous ?

Il me fait faire volte-face tout en maintenant sa prise sur mes bras.

— Bêta Sinta.

Le choc m'engourdit pendant un quart de seconde avant que la peur ne me submerge dans une vague paralysante. C'est *lui,* le seigneur de guerre qui a mis sa sœur sur le trône ? C'est *lui,* le Hoi Polloi qui, d'une façon étrange, a vaincu la magie de la précédente famille royale ? C'est *lui,* l'homme qui est à présent commandant en second de tout le royaume du Sinta ?

Ce n'est pas étonnant qu'il ait réussi à passer Cerbère. Il lui a suffi de donner l'ordre à quelqu'un de l'escorter jusqu'ici. Nous lui appartenons tous. Il aurait pu faire arrêter Desma, faire exécuter Aetos, Tadd, Alyssa, Vasili et faire torturer tous mes autres amis jusqu'à ce qu'ils crient grâce. Sélené aurait pu être dépouillée de l'œuvre de sa vie. Sans même avoir besoin de se justifier. Il est Bêta Sinta.

— La meilleure question est : *vous,* qui êtes-vous ? m'interroge-t-il en étudiant mon visage. Vous êtes fisanne. Je peux le voir, même à travers toute cette peinture.

Je lui dis presque que je suis Bêta Fisa, juste pour voir ses yeux s'emplir d'incompréhension, mais cette blague ne serait plus vraiment drôle, à présent.

— Cat, répliqué-je sèchement.

Je ne nie pas être fisanne. Ma peau mate, mes yeux vert clair en amande, mes cheveux sombres et longs, mon nez droit : ils me trahissent tous. Peu importe. Beaucoup de gens sont originaires du Fisa.

— Juste Cat ? me questionne-t-il en inclinant la tête. Je ne vous crois pas.

Je le fixe, un tumulte infernal de haine au fond des yeux.

Bêta Sinta pince les lèvres et fait un signe de tête à Kato. L'Adonis blond prend une corde à la ceinture de son chef, en noue lâchement un bout autour de ma taille et l'autre autour de celle du seigneur de guerre. À la seconde où nous nous trouvons attachés, ce dernier me lâche. Je commence à me démener avec le lien, et personne n'essaie de m'arrêter. Ce n'est qu'un simple nœud. Rien de plus compliqué. Alors pourquoi ne cède-t-il pas ?

— Une corde enchantée, annonce Bêta Sinta avec un air suffisant et mes yeux s'écarquillent de surprise. Je suis le seul à pouvoir le défaire.

Mon esprit se rebelle.

— Vous ne possédez pas ce genre de magie.

Il ne possède aucune magie.

— Vous seriez surprise de tous les trésors qu'on peut trouver dans les entrailles du château d'un tyran.

En fait, je ne le serais pas.

— Mais la poussière de Méduse…, m'écrié-je en bredouillant un juron. Je vous ai sauvé la vie !

Décidément, pas l'une de mes idées les plus lumineuses. Il fut un temps, j'étais douée pour ce genre de choses. Si les gens avaient pu profiter de moi si facilement lorsque j'étais enfant, je serais morte.

— Vous *pensez* m'avoir sauvé la vie. Mais j'apprécie le geste, c'est la raison pour laquelle vous êtes encore consciente.

Je pousse un cri et tente de la frapper à nouveau.

Il saisit mon poing au vol, avant qu'il ne puisse entrer en contact avec lui, et l'écrase légèrement.

— Contrôlez votre tempérament, m'avertit-il.

Il relâche ma main tout en me repoussant légèrement.

J'ai hérité de mon sang des choses que, même moi, je ne peux nier. Le tempérament est l'une d'elles.

— Je vais vous en montrer, du tempérament, espèce de géant, mégalomane, meurtrier fils de Cyclope !

Je lui donne un coup de pied dans l'aine.

Bêta Sinta se plie en deux le souffle coupé. Je réitérerais bien mon geste, mais je préfère courir. Je fais glisser mon couteau hors de sa ceinture, puis l'abaisse violemment sur la corde avant de me frayer un chemin vers la porte.

Une seconde plus tard, je me retrouve sur les fesses. La corde est parfaitement intacte et trois hommes me regardent de haut, arborant un identique sourire narquois qui aurait grand besoin de se faire effacer de leur visage. Définitivement.

Le pied de Flynn atterrit sur mon poignet, appuyant juste assez fort pour me faire lâcher le couteau. Bêta Sinta se redresse tout en me jetant un regard furibond. Il récupère mon arme et la glisse dans sa botte.

Je change de tactique et commence à aspirer la magie de la corde. Le pouvoir pique ma peau et s'infiltre en moi, mais la corde conserve son enchantement. Je continue d'aspirer et la corde continue à donner. Une source perpétuelle de magie !

Bons Dieux ! Je frappe le sol de mes deux mains avant de pousser un hurlement.

— Debout, ordonne Bêta Sinta.

Je me tords pour me retourner et m'acharne contre lui à grands coups de pieds. Il saute pour éviter mes balayages, et la rage jaillit en moi. Je suis rapide et bien entraînée, mais il a toujours un coup d'avance. Une part de moi est émerveillée par sa vitesse et son agilité. Mais la plus grande partie veut prendre la masse de Kato et lui donner un bon coup dans la tête. À plusieurs reprises.

Il m'a bien eue à la fête foraine, cet homme avec son sourire décontracté et sa chevelure couleur de nuit. Je l'ai pris pour un seigneur de guerre parmi tant d'autres. Son intérêt m'a fait rougir et je suis entrée dans son jeu de menaces taquines. Je me suis amusée. À présent, le regarder évoque en moi quelque chose de bien plus puissant qu'une attirance passagère. Il n'y a rien, dans ce monde ou dans les Enfers, que je hais plus que les membres de la famille royale.

— Je préférerais laisser Cerbère me noyer dans sa salive empoisonnée plutôt que de vous suivre.

Bêta Sinta serre les mâchoires et tire sur la corde jusqu'à ce que je sois forcée, soit de me mettre sur pieds en catastrophe, soit de me laisser traîner vers les siens.

— Venez et je n'aurai pas à faire arrêter vos amis un à un sous vos yeux.

Je me sens pâlir. Il n'y a pas de mensonge dans ses propos. Il ne bluffe pas.

Voilà donc ce que ma mère essayait de m'apprendre, de faire entrer dans ma tête à force de coups et de tortures. L'amour est une faiblesse, une faille exploitable.

Ma vision devient floue et je sens les ongles acérés de ma mère s'enfoncer dans mon menton alors qu'elle tourne mon visage pour me forcer à regarder mon grand frère éviscérer ma nourrice, la seule femme à m'avoir jamais tenue dans ses bras. Mère m'avait frappée lorsque j'avais pleuré. Le lendemain, elle m'avait offert un chiot.

Et dix mois plus tard, quand ce chien était devenu la chose la plus importante pour moi, à part ma sœur, elle avait recommencé la leçon depuis le début.

Je cligne des yeux et le visage de Bêta Sinta, beau et traître, se rematérialise sous mes yeux.

Que Poséidon me protège. Je récupère mon sac, le jette sur mon épaule et avance, sans un regard en arrière.

CHAPITRE 4

Une maison. Disparue.

Des amis. Partis.

Capturée par un Hoi Polloi sans foi ni loi, qui va m'utiliser pour conserver le royaume qu'il a dérobé.

La vie peut-elle encore s'empirer ?

Laissez-moi réfléchir... Je suis attachée au seigneur de guerre, montant son immense cheval, je pue, et mon pantalon, serré comme une deuxième peau, me rend dingue.

Nous chevauchons dans la nuit et la corde envoûtée m'empêche de sauter à terre. Lorsque l'aube se lève, je suis endolorie et épuisée, et mon corps entier est lourd de fatigue. Mon nez me fait toujours mal, et mon postérieur, qui n'a pas été en contact avec un cheval depuis des années, m'élance furieusement. Mais je continue à bâiller et j'ai l'impression que des statues de marbre sont suspendues à mes paupières. La rage et l'angoisse me maintiennent généralement alerte. Pourtant, à cet instant, elles n'arrivent même pas à me garder éveillée. Je me laisse aller contre le dos du seigneur de guerre tandis que le soleil se lève sur notre droite. Ma dernière pensée cohérente est d'espérer que mes couches de maquillage poudreux laisseront l'empreinte d'une grimace sur sa chemise blanche et propre.

Ce sont des mouvements sur la corde qui me réveillent. Ouvrant un œil, je vois Carver, élancé et fin, refaire le nœud afin que Bêta Sinta et moi ne soyons pas seulement entravés par la taille, mais aussi sous les aisselles. Je n'ai même pas senti Bêta Sinta dénouer la corde, et je me renfrogne à cette opportunité manquée. J'aurais pu devenir invisible et me jeter du cheval.

Carver resserre le nœud, me poussant durement contre le dos de son frère.

— Vous dormez d'un sommeil de plomb. Kato et Flynn sont déjà en train de parier sur le moment où vous allez tomber.

Je lui jette un regard sombre et Carver pouffe, m'adressant un sourire débonnaire. *Se croit-il drôle ?*

À midi, le soleil est haut dans le ciel et brûlant. Il tape sur mes cheveux noirs et à l'arrière de ma cape pourpre. Mon pantalon en cuir est officiellement l'une des pires choses dans ma vie, en cet instant, et ça en dit *long*. Je réussis tout de même à me rendormir. Je n'ai pas dormi ainsi depuis des années, voire jamais. Je suis peut-être sanglée à un homme que je hais, mais il se démènerait probablement pour me garder en vie. Sans doute même qu'il serait doué pour ça. Ironiquement, je me sens presque en sécurité.

Je vais m'enfuir. *Après* avoir dormi.

La chaleur de l'après-midi est suffisamment insupportable pour me réveiller une bonne fois pour toutes et me donner envie de me soustraire à mon enveloppe charnelle. Bêta Sinta dégage lui aussi une bonne dose de chaleur, et je ressens l'envie de nous asperger d'eau glacée tous les deux. Pour éviter de devenir folle, je songe au nord, au froid, à la lueur flamboyante du soleil au travers d'un rideau de glace, et à la douceur frémissante des flocons givrant ma peau. Mais tout ce que cela m'apporte, c'est de creuser un peu plus douloureusement le vide béant à l'intérieur de moi. Me languir de choses que je ne peux pas avoir est inutile, tout comme espérer la liberté et rêver à une vie que personne ne voudrait me dérober.

Réprimant un soupir, je cligne des paupières face à la luminosité sèche de l'été et jette un œil à la ronde. De la poussière, de la poussière et encore de la poussière. *Fabuleux.*

Mon estomac se réveille dans un grondement grave.

— Vous ne mangez jamais ?

— Nous avons mangé. Vous avez dormi tout du long.

La voix grave de Bêta Sinta vibre à travers ma cage thoracique, et je me tortille en arrière aussi loin que la corde me le permet.

— Je dois descendre.

Il me jette un coup d'œil par-dessus son épaule.

— Maintenant ?

— Je dois… Vous savez…

Il y a un petit blanc. Bien sûr qu'il sait.

— Il y a un bois et un ruisseau devant. Nous nous arrêterons là-bas.

Je plisse les yeux. Je peux à peine distinguer la verdure sur l'horizon. C'est à des milliards de pieds. De quoi me pense-t-il constituée ?

— Je dois faire pipi. *Maintenant.*

Sans un mot, il tire sur les rênes de sa monture et lâche du lest sur la corde pour me donner une marge de manœuvre de quatre pieds.

Je me glisse au sol pour atterrir sur mes jambes vacillantes tout en me retenant contre le flanc fumant du cheval. Je foudroie Bêta Sinta du regard.

— Vous devez descendre. Ou dénouer la corde.

Tout en se mouvant aisément, avec une grâce masculine, il saute à terre. Il est irritant de fraîcheur, si ce n'est pour l'empreinte de sueur de la forme de mon visage dans son dos. *Ha !*

— Un peu d'intimité ? grogné-je.

Il lève un sourcil. On pourrait penser que je viens que lui demander d'attraper Pégase pour qu'il l'emmène sur la lune. Il n'y a pas d'intimité, de toute façon, pas même un buisson derrière lequel s'accroupir. Il n'y a que la plaine brûlée par le soleil déformée par les ondes de chaleurs, de la poussière et des herbes sèches roulées par le vent.

Avec un haussement d'épaules, je deviens invisible, entraînant la corde et le seigneur de guerre dans mon sillage. Ses hommes poussent des cris, alarmés.

— Tout va bien, les rassure Bêta Sinta. Je suis toujours là.

Mais il ne peut pas me voir. À cet instant, il ne peut même pas se distinguer lui-même. Tout ce qui est lié à moi devient invisible avec moi. Les vêtements, les cordes, les seigneurs de guerre… C'est une façon géniale de terroriser les autres en leur faisant croire qu'ils sont morts et se sont transformés en fantômes errants. Personne ne veut finir ainsi.

À la seconde où nous réapparaissons, Bêta Sinta enfourche à nouveau sa grosse créature brune et me tend la main. Mes muscles sont si rigides que je n'arrive pas à remonter sur le cheval. Aucun ne coopère avec mon cerveau et il doit me soulever comme un sac de grains.

— Vas-y doucement, Griffin, marmonne Flynn sur notre gauche. Elle n'est pas habituée à chevaucher.

Je lui adresse presque un regard reconnaissant, mais je le transforme en froncement de sourcils, ce qui est chose aisée, puisque je plisse les yeux face au soleil et que la touffe de cheveux auburn de Flynn est si brillante que c'est pratiquement une arme en elle-même.

Bêta Sinta ignore la recommandation de son homme, choisissant plutôt de foncer plus rapidement vers les bois et l'ombre. Il adopte une cadence qui me fait regretter de ne pas avoir l'arrière-train plus enrobé qu'il ne l'est déjà. Je plante mes ongles dans ses flancs, à moitié pour me tenir, à moitié pour l'estropier, mais il ne réagit même pas.

Griffin. Je fais tourner le nom dans mon esprit, curieuse malgré moi. Les Griffons sont des créatures exceptionnellement rares, mi-lions, mi-aigles, ils règnent sur les bêtes et les oiseaux. Ses parents doivent être du genre prétentieux. Mais après tout, il a bien conquis le Sinta.

Il ralentit enfin pour passer au pas, j'imagine que c'est pour mon bien, même si nous ne nous trouvons pas encore dans la forêt. Mon estomac gronde, plus fort, cette fois, et Bêta Sinta fouille dans sa sacoche pour me tendre quelque chose emballé dans des feuilles de vigne. Ça sent fort et c'est un peu mou. Du fromage de chèvre. *Beurk !*

— Vous avez du pain pour diluer cela ?

— Diluer ?

Bêta Sinta semble amusé.

Les yeux bleus de Kato pétillent d'humour et il me lance un sourire rayonnant, presque aussi éclatant et ensoleillé que ses cheveux.

— Griffin a tout mangé.

Je soupire.

— Pas besoin de s'en réjouir. M'avez-vous enlevée juste pour me laisser mourir de faim ?

— J'avais faim et vous dormiez. Et puis, on ne peut pas dire qu'on vous affame, fait remarquer Bêta Sinta.

Il est compliqué de réfuter son argument lorsque ma bouche est pleine de fromage. J'avale avant de demander :

— Pourquoi Bêta ? Pourquoi couronner votre sœur, faire d'elle l'Alpha, alors que c'est vous qui avez fait tout le boulot ?

Il semblerait qu'il ne va pas répondre, alors je prends une autre bouchée de fromage et continue à manger jusqu'à avoir dévoré tout le morceau. Il s'avère que le fromage de chèvre est mangeable si on a vraiment faim.

Lorsque nous nous trouvons presque à la lisière de la forêt, il parle enfin.

— Quand j'étais enfant, les soldats royaux déchiraient nos tribus, fouillant nos maisons pour nous dérober le double de la somme que nous devions en taxes, violant parfois nos femmes, embarquant souvent nos hommes dans des guerres sans fin. Nous ne collections rien de valeur parce que ce serait inévitablement volé, et couvrions nos toits avec de simples herbes d'hellipses parce que nous savions que la moitié du village serait réduite en cendres. Nous fauchions des champs entiers de cette herbe pour le tissage et les toits. C'est une plante souple, mais solide. Et abondante. Nous reconstruisions, encore et encore, faisant tout à partir de cette foutue herbe.

Il se tourne et je le vois de profil, son regard acéré scrutant le pré qui devance la forêt. Il est probablement en train de relever l'abondance d'herbes hellipses. Les longues tiges dures sont la seule chose qui pousse ici, à moins qu'il y ait de l'ombre, une source naturelle d'eau ou de l'irrigation. Elle est partout au nord aussi, mais elle y est plus verte et plus douce, similaire à l'herbe d'été d'ici, avant qu'elle ne s'assèche et jaunisse à la chaleur.

— Un jour, mon père a décidé qu'il en avait assez de l'assujettissement. Il a combattu pour devenir le chef, a gagné la tribu, puis il a fait de même de village en village jusqu'à avoir unifié une multitude de gens et de terres à travers tout le sud du Sinta. Avant que la Maison royale ne le remarque, il avait créé une armée juste sous leur nez. Après cela, quand les soldats sont venus, ils n'ont pris que les taxes que nous leur devions, ils ont laissé nos hommes et nos femmes tranquilles et n'ont fait flamber aucune maison.

Il marque une pause pour me tendre sa gourde d'eau. Puis il boit après moi et continue :

— Je sais qu'il suffit d'une seule décision, d'une seule personne, pour tout changer. Mais je crée et j'exécute des plans. Je ne réfléchis pas à deux fois avant d'agir et je ne me remets que rarement en question. Ce n'est pas de ça que le Sinta a besoin. Notre but n'est pas juste de dominer, comme les précédentes familles royales. Nous voulons diriger.

La réalité éteint l'étincelle d'intérêt qui vacille en moi. Cela ne fait que quelques mois. Quelle sera son attitude lorsque sa famille et lui se seront habitués au pouvoir et à la fortune ? Est-ce que la position de Bêta le satisfera ? Et, si cela dure, quelle sera l'attitude de ses enfants une fois qu'ils entreront en rivalité pour le trône ? D'après les rumeurs, Alpha Sinta n'est pas mariée, et, de toute façon, elle est trop âgée pour avoir des enfants. Ce qui veut dire que c'est Bêta Sinta qui succédera à sa sœur sur le trône, tôt ou tard, puis sa descendance viendra après lui. Et peut-être même qu'elle s'en prendra à lui pour y parvenir.

— C'est terriblement noble de votre part.

— Égérie est chaleureuse, enchaîne-t-il en ignorant mon sarcasme. Elle sourit aux gens. Elle souhaite faire installer des centres de soins et des écoles. Elle sait comment réconforter la veuve et l'orphelin. Elle compense ce dont je manque.

— L'humanité ? l'interrogé-je, narquoise, sans vraiment le penser, malgré ma situation fâcheuse.

Il hausse les épaules.

— D'une certaine façon.

Je renifle avec cynisme. Je ne m'attendais pas à ce qu'il acquiesce.

— Si vous essayez de me faire peur, ça ne fonctionnera pas.

Je sais à quoi ressemble le réel manque d'humanité, et comment il se ressent. Si Griffin n'en avait pas, il se serait emparé du trône pour lui-même. Il ne se soucierait pas de montrer le visage plus doux de sa sœur au Sinta, ou de diriger plutôt que de dominer. Et je serais inconsciente sur la croupe de son cheval.

Ça ne veut pas dire que je l'en apprécie plus.

— Je n'essaie pas de vous faire peur, Cat.

— Alors *qu'essayez-vous* de faire ?

— De vous expliquer. Comme dans tous les royaumes, Sinta se faisait traîner dans la poussière par une famille royale égoïste et avide de sang. Les choses devaient changer. Je ne manque pas d'humanité. Je fais juste ce qui doit être fait.

Je fais les gros yeux à la nuque bronzée de Bêta Sinta, tout en remarquant quelques taches de rousseur qui parsèment sa peau. J'aurais presque pu être d'accord avec lui, si « ce qui doit être fait » n'incluait pas *mon* enlèvement.

***

Les vieux arbres noueux de la forêt ancienne se dressent comme un mur de sentinelles, surmonté d'une canopée épaisse loin au-dessus de nous, qui nous soulagent instantanément de la chaleur. Je penche la tête en arrière pour inspirer profondément l'air plus frais.

— Pitié, dites-moi que nous allons faire une pause, murmuré-je en expirant.

— Droit devant, répond Bêta Sinta, à côté de la rivière.

Pendant une seconde, la simple pensée de l'eau, une eau rajeunissante et revigorante, me distrait de tout le reste.

— Combien de temps nous arrêtons-nous ?

— Jusqu'à demain. Nous devons chasser.

— Merci mes Dieux, grogné-je.

Carver, Flynn et Kato étouffent un rire et je leur lance un regard acéré.

— Vous rigolerez moins quand mes lames vous auront transpercé le cœur.

Leurs rires deviennent plus francs, comme si je plaisantais.

Flynn étire le haut de son corps et ajuste sa hache.

— Elle a la langue bien pendue, mais elle est faite de crème.

— Crémeuse… Et douce ? suggère Kato en agitant ses sourcils vers moi.

Les lèvres de Carver se courbent dans un sourire narquois.

— Vous pensez qu'elle est sucrée aussi ?

Mes yeux lancent des flammes.

— Venez me mordre. Vous le découvrirez.

Leur éclat de rire, profond et tonitruant, fait s'envoler les oiseaux des arbres alentour. Une secousse remonte même le long du dos de Bêta Sinta, et j'ai l'impulsion presque incontrôlable de lui donner un coup de dents.

Nous mettons une éternité à atteindre une clairière convenable pour y monter un camp. Il y a suffisamment d'ombre pour que l'herbe soit toujours parfumée et verte. L'air a une odeur fraîche, de feuillage et de terre fertile. Le cheval de Bêta Sinta commence à brouter avant même que ce dernier ne soit descendu en balançant ses jambes par-dessus le cou de l'animal. Il glisse aisément au sol. Il n'y a pas assez de jeu dans la corde et elle se tend, m'envoyant sur la gauche en m'irritant les hanches avec le frottement.

Avec mes muscles endoloris, reprendre mon équilibre est difficile. Je marmonne un juron qui aurait rendu Aetos fier de moi.

Bêta Sinta lève les yeux. Une trace d'humour inattendue adoucit ses prunelles, qui adoptent un gris argenté chaleureux.

— Que faites-vous toujours là-haut ? Je pensais que vous aviez hâte de descendre de cheval.

Un sourire taquin courbe un coin de sa bouche, et mon cœur sursaute brusquement dans ma poitrine. *Imbécile de cœur.*

Je détourne le regard. C'est soit ça, soit le frapper dans les dents.

Je suis sérieusement en train de considérer l'option « frapper » quand il me soulève tout à coup du cheval et me fait descendre, me soutenant à la taille alors que je pose pied à terre. Ma main atterrit sur son biceps pour garder mon équilibre, ce qui me permet de renouveler mon appréciation pour son physique de combattant aguerri. La force d'acier qui serpente sous mes doigts me pousse à me demander de quel type de magie j'aurais besoin pour le battre, ce à quoi j'aurais besoin de l'exposer dans le but de m'enfuir.

Non pas que ça m'intéresse.

Sa poigne sur ma taille se resserre et un frisson me parcourt en sentant la subtile pression de chaque bout de doigt chaud et calleux. Me gratifiant d'un regard intense qui assombrit ses yeux, il murmure :

— Vous vous en remettrez.

Une chaleur traîtresse naît dans mon ventre et s'épanouit dans ma poitrine.

— Éblouissez-moi donc par votre compassion. Oh attendez ! Vous n'en avez pas. Le grand vilain Bêta Sinta doit se cacher derrière sa sœur pour ne pas effrayer la veuve et l'orphelin. Combien de femmes avez-vous rendues veuves et combien d'enfants sont devenus orphelins à cause de votre guerre ? Est-ce que ça valait le coup, *Bêta Sinta* ? Combien de temps pensez-vous rester au pouvoir ?

Son regard, précédemment chaleureux, devient glacial et intraitable alors que ses mains retombent, et j'ai soudain froid à la taille.

— Longtemps, maintenant que je vous tiens.

Ses mots me frappent violemment, chassant l'air de mes poumons.

— Je préférerais mourir que de passer ma vie comme une esclave vous fournissant des renseignements, me faisant consumer de l'intérieur par les trahisons de vos diplomates et les mensonges de vos courtisans, rétorqué-je en reculant d'un pas et en secouant la tête. Vous ne pourrez pas m'utiliser. Je ne vous laisserai pas faire.

Son expression sévère s'adoucit.

— Il n'est pas question de vous utiliser, Cat. Nous travaillerons ensemble. Vous verrez.

Les bras m'en tombent. Je ne sais que répondre à ce brin de démence. Il reprend la parole.

— Les Hoi Polloi n'ont jamais été au pouvoir dans Thalyria. Vous pensez que j'ignore que j'ai besoin d'un Magoi à mes côtés ? *De mon côté ?* demande-t-il. Les Magoi sont une minorité puissante au Sinta. S'ils décidaient de se retourner contre nous, ce serait catastrophique, encore plus avec le soutien des nobles du nord. Ma famille et moi-même avons réussi à recruter quelques conseillers Magoi qui semblent réellement plus intéressés par le royaume que par le sang qui coule dans nos veines, mais ce n'est pas suffisant. J'ai besoin de plus que ça.

Il me regarde intensément et se penche légèrement en avant. Ses poings se serrent de part et d'autre de son corps, presque comme s'il résistait à l'envie de me toucher à nouveau.

— C'est pourquoi, ajoute-t-il, je suis parti à la recherche de Magoi dans tout le Sinta, mais personne ne semblait convenir. Jusqu'à vous. J'ai senti que vous étiez la bonne.

Sa voix est devenue plus profonde, me caressant comme un secret de velours que je ne devrais pas vouloir connaître.

Mon souffle devient court. Des sensations étranges me transpercent et je répète stupidement :

— La bonne ?

Il hoche la tête.

— J'ai besoin de quelqu'un dans mon entourage. Quelqu'un qui poussera les Magoi à y réfléchir à deux fois avant de se rebeller. Quelqu'un qui pourrait même les pousser à se demander ce que j'ai à offrir. Quelqu'un de puissant. Quelqu'un de confiance.

Je cligne des yeux, choquée par sa manifeste confiance aveugle en moi.

— Vous ne savez rien sur moi !

— Je sais que vous êtes la Faiseuse de rois. Je sais aussi que vous n'avez pas hésité à vous mettre en danger pour protéger un étranger Hoi Polloi du sud du Sinta et ses hommes.

Merde, merde, merde ! Pourquoi est-ce que j'ai fait ça ? Fichue poussière de Méduse. Fichu Basil. Fichue *moi !*

Les sourcils de Bêta Sinta se froncent soudainement.

— Ne refaites jamais ça.

Je renifle, l'air dédaigneux.

— Ne vous en faites pas. Je ne le referai pas.

Il hoche la tête, comme si je ne venais pas de l'asperger de mon ton acide.

— Venez.

La conversation sur le fait qu'il prévoit de bouleverser ma vie entière pour en tirer un avantage politique est visiblement close. Il tire sur la corde. J'ai deux possibilités : poser un pied devant l'autre ou me faire traîner. Je pose un pied devant l'autre.

Après s'être occupé des chevaux, Bêta Sinta envoie Kato et Carver à la chasse et ordonne à Flynn de veiller sur le camp. C'est lui qui a porté mon sac à dos jusqu'ici, et je grince des dents lorsque Bêta Sinta le fouille, faisant voler mes affaires à droite à gauche comme si elles lui appartenaient. Il renifle mon savon au citron, sort les couteaux de jets pour les tendre à Flynn, farfouille dans les poches de mes différents pantalons, puis me jette le sac.

— Il est temps de vous débarrasser de votre puanteur.

Je lui jette un regard mauvais.

— Charmant.

— Les seigneurs de guerre n'ont pas besoin de charme.

Peut-être pas, mais un membre de la famille royale, si.

Il me guide jusqu'à la rivière et m'observe, dans l'expectative. Cela se transforme en bataille de regards épique jusqu'à ce que je lève finalement les mains au ciel de frustration en me haïssant d'avoir craqué la première.

— Vous ne pensez pas sérieusement que je vais me déshabiller et me baigner nue devant vous !

— Devenez invisible.

— Je n'atteindrai pas la rivière avec ces quatre pieds de corde !

— C'est vrai.

Il passe sa chemise par-dessus sa tête, révélant un torse puissant, sculpté et couvert de cicatrices. La plupart d'entre elles sont petites, mais il y en a une plus longue sous son bras gauche, qui serpente le long de ses côtes jusqu'à son dos. La chair est dentelée, saillante et un ton plus clair que le reste de sa peau brunie par le soleil. Aucun guérisseur n'a soigné ça.

— Je vais aussi me baigner.

Mes yeux se bloquent sur les sillons durs de son abdomen. *Il n'est pas sérieux !* Sa ceinture tombe dans l'herbe. *Il l'est !*

Lorsqu'il commence à faire descendre son pantalon sur ses hanches, je disparais à la hâte, entraînant Bêta Sinta dans l'invisibilité avec moi. Ses vêtements réapparaissent dans une pile soignée sur ma gauche, juste avant que sa voix ne résonne de nulle part :

— Tirez sur la corde lorsque vous êtes prête. N'oubliez pas le savon.

Mon cœur galope comme une horde de Centaures et il me faut un instant pour retrouver ma capacité à parler.

— Utilisez votre propre savon !

— Le vôtre sent meilleur.

Je suis effarée, bien qu'il ne puisse pas le voir. De toutes les situations étranges et gênantes dans lesquelles je me suis retrouvée, celle-ci prend la tête de la liste. Je m'apprête à me mettre à poil avec Bêta Sinta, un Hoi Polloi. Mère aurait une attaque, ce qui en vaudrait presque la peine.

Avec cette pensée en tête, je déboucle ma ceinture et retire ma tunique. Mes bottes suivent, mais je n'arrive pas, malgré tous mes efforts, à sortir de mon pantalon. Incertaine de la marche à suivre, je remets ma tunique et nous réapparaissons. Bêta Sinta est bien plus proche que je ne m'y attendais. Il fait brusquement volte-face et son coude heurte mon menton.

— Cat !

Alors que la douleur transperce ma mâchoire, il tend la main vers mon épaule pour m'aider à garder l'équilibre. De l'autre, il relève mon visage, observant l'endroit où il m'a frappée.

— Est-ce que vous avez mal ?

Je repousse brusquement sa main. Bien sûr que j'ai mal, mais j'ai déjà subi pire qu'un coup au visage.

Il fronce les sourcils.

— Qu'est-ce qui ne va pas ?

Qu'est-ce qui va, plutôt ? Me sentant rougir, je me concentre sur son torse. C'est un torse particulièrement spectaculaire. Je refuse de regarder plus bas. Fermant les yeux, je murmure :

— Je n'arrive pas à enlever mon pantalon.

Le silence emplit l'espace pendant un battement de cœur. Puis il éclate de rire. Il rit *vraiment*. Mes yeux remontent vivement vers son visage. Je serre le poing en me demandant ce qu'il ferait si *je* le frappais au menton.

Sans cesser de se marrer, Bêta Sinta dit :

— N'ayez pas l'air si furieuse, je vais vous aider.

— Arrêtez de rire, le sommé-je à travers mes dents serrées.

Étonnamment, il fait un effort. Il pince les lèvres bien que ses yeux restent rieurs, ce qui transforme son visage en un intrigant mélange de bonne humeur et de dureté.

Il prend une profonde inspiration, et je desserre mon poing avec réticence. À cet instant, entre deux mauvaises options, Bêta Sinta est la plus acceptable.

Ses yeux se reposent sur mon menton.

— Vous avez bien encaissé le coup. Comme un homme.

— C'est censé être un compliment ? La dernière chose dont j'ai envie, c'est d'être poilue et stupide.

Son sourire me surprend.

— Tout le monde ne sait pas encaisser les coups. Expérience personnelle ?

Je ne réponds pas. Je ne vais pas lui déballer toute ma vie.

Bêta Sinta secoue la tête et déclare :

— Cat, ça n'a pas besoin d'être…

— Ce n'est pas la peine, dis-je en levant ma main pour le couper.

Je ferme à nouveau les paupières, ne voulant pas me rincer l'œil, puis je m'assieds et me penche en arrière en m'appuyant sur mes coudes. À la seconde où je sens ses mains s'approcher, je redeviens invisible.

— Comment suis-je supposé vous aider si je ne peux pas vous voir ? m'interroge-t-il.

— Je suis juste devant vous, murmuré-je. Faites-le au toucher.

Il grogne quelque chose qui ressemble à « devineresse têtue » avant que l'une de ses mains ne tombe lourdement sur mon ventre, juste sous ma poitrine. Ses doigts glissent vers mes hanches, passant par-dessus la corde. Des frissons roulent sur ma peau. Je sens sa chaleur à travers ma tunique et ses doigts calleux alors qu'il repousse l'étoffe. La tension me paralyse sur place. Avoir les mains de Bêta Sinta sur moi est étrange et perturbant. Je suis révulsée. *Absolument* révulsée.

Son autre main rejoint la première, me transperçant d'une vague de chaleur. Je pince les lèvres, entièrement déstabilisée.

Il doit tirer durement à plusieurs reprises sur le pantalon avant que je ne sois finalement libre.

— Je vais le brûler, grondé-je, soulagée.

— Non, réplique-t-il, sa voix désincarnée soudain devenue rauque. Je l'aime bien.

Son ton m'effraie presque au point de déconcentrer ma magie. La dernière chose dont j'ai besoin, c'est bien d'être distraite, de perdre mon invisibilité et de me retrouver allongée nue sur le sol avec Bêta Sinta.

Je cligne des yeux, bannissant cette image.

— Raison de plus pour le cramer.

— Je ne suis pas votre ennemi, Cat.

Je me redresse difficilement, aussi loin que la corde me le permet.

— Tout le monde est mon ennemi.

Silence. J'imagine qu'il n'a rien à répondre à ça. Je balance ma tunique, ramasse mon savon et tire sur le lien.

La rivière est revitalisante, bien que pas assez fraîche à mon goût, et l'eau m'aide à rincer les souvenirs d'une main dure, chaude, courant le long de mon ventre, de doigts calleux sur mes hanches, glissant sous ma…

Stop !

Tout en rougissant, je frotte chaque parcelle de mon corps, ayant l'impression de pouvoir enfin respirer sans ces couches de maquillage, et malgré tout, appréhendant d'être vue sans elles. Lorsque je tends à contrecœur le savon à Bêta Sinta, il s'ensuit un échange gênant dans lequel nous tâtonnons à la recherche de nos mains, et trop de peau entre en contact. Tandis qu'il se lave, je flotte, la corde me gardant près de lui.

— Ça ne m'aide pas, se plaint-il en tirant un grand coup sur l'entrave.

Je me retrouve en travers du courant, le visage baigné d'eau.

— Dommage, craché-je en me laissant à nouveau porter en aval de la rivière.

— Vous n'avez pas froid ?

— Froid ? répété-je, en riant presque. J'ai grandi en me baignant dans les fontes des neiges des plaines de Glace. C'est un bain thermal, pour moi.

Son silence me fait réaliser ce que je viens juste de révéler. *Tes filtres, Cat. Tes filtres.* Ils ne semblent pas exister autour de lui. Même les gens du sud savent que les Magoi les plus puissants sont originaires du nord lointain. Et du Fisa, par-dessus le marché.

— Allons-y, déclare finalement Bêta Sinta en grimpant sur la rive et en me traînant dans son sillage.

— Je n'ai pas de quoi me sécher.

— Utilisez votre tunique.

Il doit être en train de tendre ses mains vers mes vêtements, car ses doigts caressent accidentellement le bas de mon dos. Il prend une inspiration rapide et je saute en avant, choquée et confuse face aux crépitements étranges qui se déploient sous ma peau depuis le point de contact. J'ai soudainement bien trop chaud. Le cœur battant, je me demande ce que ces sensations, pas entièrement déplaisantes, mais très réelles, signifient.

Alors que mon corps fourmille des pieds à la tête, je laisse échapper un lent soupir, haïssant son tremblement.

— Ma tunique est trop sale.

— Alors, utilisez la mienne, me propose-t-il d'une voix bourrue.

Je me mords la lèvre et ramasse son vêtement pour m'éponger délicatement. La senteur masculine de sel et de soleil chatouille mon nez et imprègne ma peau, persistant alors que j'aimerais que ce ne soit pas le cas. Lorsque j'ai fini, je jette la chemise au sol, en visant à un endroit où l'herbe est fine. Hasard du destin, elle réapparaît en exposant la trace de sueur en forme de visage. Bêta Sinta la remarque pour la première fois et pousse un juron. *Ha !*

La tunique disparaît une nouvelle fois, et, avec elle, le reste de ses habits.

La chaleur que je ressens est ridicule. Je prends mon temps pour peigner et natter ma chevelure, tout en essayant d'aspirer la fraîcheur relative de l'air du soir.

Bêta Sinta jure tout bas.

— Qu'est-ce qui, par les Enfers, vous prend si longtemps ?

Sans répondre, je me rhabille lentement, en sachant que cela va l'irriter. Je n'arrive pas à croire qu'il va bientôt me voir sans mes couches de peinture sur le visage.

Finalement, je ne peux pas repousser l'échéance plus longtemps.

— J'arrive. Et vous aussi, ajouté-je en tentant de mon mieux de m'exprimer d'un ton aussi acide que si je suçais un citron.

Nous réapparaissons et il me jauge avec un regard minutieux et déconcertant. Quelque chose de brûlant et d'alarmant flotte au fond de ses prunelles.

Je rougis, et la chaleur dans mes joues me donne envie de le frapper. Ou de lui jeter de la boue au visage.

— Quoi ?

Il m'offre un sourire en coin, bref et teinté de surprise.

— Tu es bien plus jeune que je ne le pensais.

Mon visage est propre, débarrassé de son masque, et mes cheveux noirs sont repoussés en arrière dans une simple natte, nouée d'un lien de cuir, qui se balance jusqu'à la moitié de mon dos. Je porte un pantalon de voyage marron ample, des bottes en cuir souple, une tunique vert clair sans manches, qui ne masque en rien les cicatrices sur mes bras. Je n'ai pas été aussi exposée, en dehors de la protection du cirque, depuis huit années. Cela me terrifie presque autant que le regard brûlant de Bêta Sinta.

Une prise de conscience malvenue et brutale s'impose à moi. Plus il me fixe avec cette intensité incandescente, plus agitées deviennent les minuscules flammes frémissantes qui lèchent le bas de mon abdomen. Après un instant d'immobilité totale, pendant lequel je réalise, stupéfaite, que mon cœur bat avec frénésie, Bêta Sinta se détourne et s'en va.

Une fois qu'il me tourne le dos, je parviens à nouveau à respirer. Tout en rangeant brutalement mon tourment interne dans le compartiment « à ne pas ouvrir » de mon cerveau, je le suis en traînant des pieds pour le forcer à raccourcir ses foulées à chaque fois que la corde lui rentre dans les hanches.

Carver, Flynn et Kato me dévisagent lorsque nous nous retrouvons au camp.

— Qui êtes-vous et qu'avez-vous fait de Cat ? plaisante Flynn.

Je lui jette un regard amer.

— Elle est partie chasser.

Carver m'observe, puis regarde son frère. La conversation silencieuse qui passe entre les deux hommes me met sur les nerfs. Lorsque je m'échapperai, j'aurai besoin d'un nouveau déguisement. La femme voluptueuse d'une quarantaine d'années vient juste de se faire démasquer. Ou du moins, en ce qui concerne les quarante ans.

La nuit dernière, entourée de mes amis et de la lueur des torches du cirque, je pensais que le seigneur de guerre ne pourrait pas m'intimider. Je me pensais en sécurité. Cachée.

Il s'avère que je suis une idiote.

CHAPITRE 5

Je n'ai jamais eu un bon sens de l'orientation, mais, même moi, je sais que nous avons passé la même roche en forme d'œuf deux fois, le troisième jour après mon enlèvement.

— Pourquoi est-ce qu'on tourne en rond ? lancé-je.

La corde est plus courte que jamais. Il y a environ trois pouces entre le dos de Bêta Sinta et l'avant de mon corps. Et il est foutrement chaud ! Être assise si proche de lui me donne envie de lui balancer de la neige sur la tête.

— Nous sommes suivis.

Mon cœur frémit dans ma poitrine. Est-ce qu'Aetos et Séléné viennent me chercher ?

J'en doute. Ils ont lu mon mot. Ils y penseront sûrement, débattront, mais, au final, ils me laisseront tranquille.

— Comment le sais-tu ?

— J'ai vu la fumée d'un feu de camp par deux fois au cours des deux derniers jours.

— C'est peut-être une coïncidence.

— C'est pourquoi nous tournons en rond. Pour découvrir s'ils nous suivent réellement.

— J'espère que c'est le cas, annoncé-je.

— Pourquoi ça ?

Il ne semble pas inquiet le moins du monde.

— Parce qu'il y aura un combat. Avec un peu de chance, quelqu'un te tuera, et je pourrai enfin détacher cette stupide corde.

Je dois manger près de lui, dormir près de lui, pisser et… d'autres choses, tout ça près de lui. C'est horrible et humiliant. C'est une punition pire que Prométhée qui se fait manger le foie tous les jours par un aigle géant.

Poséidon, pourquoi me faire subir ça ?

Si je dois me réveiller le nez dans le torse de Bêta Sinta une fois de plus, je crois que je vais hurler.

— Je t'ai nourrie, je ne t'ai pas blessée, je ne t'ai pas demandé de faire quoi que ce soit en particulier. Ta situation pourrait être bien pire, argue-t-il. Avec ceux qui nous suivent peut-être, ça pourrait être le cas.

— Premièrement, l'enlèvement est un point majeur en ta défaveur. Deuxièmement, ils ne m'attraperaient pas forcément. Troisièmement, tu m'as frappée au visage.

Il se raidit.

— Ce n'était pas intentionnel.

— C'est tout de même arrivé.

— Tu m'as frappé bien assez de fois aussi, marmonne-t-il.

— Bonne idée.

J'enfonce mon poing dans ses reins, sans aucun remords. Il m'a arrachée du cirque et a menacé les personnes que j'aime. Il le mérite, et plus encore.

Ses yeux gris luisant se posent sur moi par-dessus son épaule. La voix de Bêta Sinta devient un peu trop calme pour être réconfortante.

— Cat…

— Votre Altesse ?

Mon ton est un chef-d'œuvre de douceur caustique.

— Prends garde, lâche-t-il.

Ses yeux se plissent et il prend son temps pour se détourner.

Après avoir monté le camp, plus tôt qu'à l'habitude, Bêta Sinta se détache pour la première fois et me lie à Carver. L'inquiétude me tord le ventre d'une manière étrange.

— Qu'est-ce que tu fais ? le questionné-je.

— Ils nous suivent. Tu vois la fumée ? me dit-il en pointant quelque chose qui ressemble à un nuage. Je vais aller enquêter.

— Seul ?

Il sourit faiblement et se penche vers moi. Mes joues s'échauffent sous l'effet de la chaleur qu'il dégage.

— Inquiète pour moi ? demande-t-il.

— Quoi ? Non ! J'espère que tu vas mourir.

Son sourit s'évanouit. Il se redresse brusquement et dit à Carver :

— Tu sais quoi faire.

Carver hoche la tête et tape son frère dans le dos. Après des signes de tête à Kato et Flynn, Bêta Sinta s'en va vagabonder, sans un regard en arrière. Les adieux sont très minimaux, à mon avis.

— Qu'est-ce que tu es supposé faire ? l'interrogé-je lorsque Bêta Sinta n'est plus à portée de voix.

Carver me tire vers le feu de camp, alors que je traîne des pieds. Les gens du sud veulent toujours se trouver là où il fait chaud.

— S'il ne revient pas, je t'emmènerai à Sintaville moi-même. Chez Égérie.

S'il ne revient pas, cela voudra dire qu'il sera mort, et la corde ne fonctionnera plus, à moins que quelqu'un ne la revendique. Cette personne, ce sera moi et je me serais échappée bien avant d'atteindre Sintaville.

Je regarde Bêta Sinta disparaître à pied sur une colline rocheuse constellée de broussailles.

— Bon débarras.

— Tu ne le penses pas réellement, dit Flynn.

Je croise les bras en fronçant les sourcils.

— Si.

— Pourquoi ? me questionne Kato.

Ses cheveux dorés brillent d'un blanc presque céleste sous les rayons puissants du soleil du soir, et je dois plisser les yeux pour le regarder.

Il ajoute :

— Il a été décent avec toi.

— Si décent veut dire m'enlever et me garder entravée, alors j'imagine qu'on peut dire qu'il a été décent, d'après tes critères.

Carver bouge, oubliant que je suis attachée, et je me fais entraîner, tombant sur les mains et les genoux. Une pierre s'enfonce dans ma paume et je siffle entre mes dents. Marmonnant un juron, j'attrape la corde et tire dessus assez fort pour faire trébucher Carver.

— Je déteste cette foutue corde !

Aucun de ces gens ne possède de magie. Il n'y a pas une once de pouvoir à voler, rien pour me sortir d'ici.

Flynn se retrouve instantanément à mon côté, tendant la main pour m'aider à me relever.

Je repousse sa patte titanesque.

— Ne me touche pas. Je vous hais tous.

Cet air compatissant qu'il arbore me donne envie de le jeter sous les pieds d'un Cyclope.

— Ce n'est pas vrai, déclare-t-il.

Je le foudroie du regard.

— On m'a privée de liberté, d'intimité, et, maintenant, on essaie de me priver de mes propres pensées ? N'essaie pas de m'expliquer ce que je ressens !

Flynn dépose sa hache avec un soupir.

— Tu détestes Griffin, même si tu ne le devrais pas, et tu nous mets tous les quatre dans le même panier, parce que c'est plus simple pour toi.

Je lève les yeux au ciel tout en contemplant l'idée de me jeter sur la hache et de m'en saisir. Je le ferais si je me pensais capable de la soulever.

— Épargne-moi ton babillage psychologique.

— Est-ce que tu veux te baigner ? demande Carver, sa question coupant brusquement court à notre dispute.

Nous sommes à une cinquantaine de pieds d'un ruisseau avec une retenue d'eau claire très tentante. J'ai chaud et je suis pleine de poussière, et j'ai désespérément envie de m'y jeter. Nager fait partie de moi. Je suis un poisson dans la mer de Poséidon.

Je plante mes mains sur mes hanches.

— Non.

Il hausse les épaules.

— C'est juste que Griffin et toi allez tout le temps prendre de longs bains.

Ma bouche s'ouvre brusquement. *Qu'est-ce qu'il sous-entend, par les Enfers ?*

— Il ne me laisse pas le choix ! Apparemment, je pue.

Kato se penche vers moi pour me renifler, une étincelle d'humour dans ses yeux cobalts.

— Tu ne sens pas si mauvais.

Si mauvais ?

— C'est parce que je prends des bains.

Carver jette un coup d'œil vers le cours d'eau, puis vers moi. La corde pend lâchement autour de sa taille fine.

— Sauf ce soir ?

Il a l'audace de sembler amusé, alors je lui adresse le même regard que, il fut un temps, j'adressais à mes frères et sœurs. C'est mon regard « Il gèlera en Enfer et le brasier règnera dans les plaines de Glace avant que je ne cède d'un pouce ».

Carver hausse un sourcil ; ce faisant, il ressemble d'une façon très énervante à un certain seigneur de guerre dont j'aimerais botter les fesses jusqu'au nid d'une Harpie.

— Fais comme tu veux.

Un sourire amer courbe mes lèvres.

— Toujours.

Heureusement que mes propres mensonges ne me brûlent pas.

***

Je *déteste* puer. J'en ai une divine horreur. Avant même le dîner, je regrette d'avoir été têtue, et encore plus après, lorsque je suis forcée de m'allonger près de Carver, qui sent encore plus mauvais que moi. Kato fait le guet, Flynn est déjà en train de ronfler, Bêta Sinta est parti dans la nature, et la présence de Carver n'est pas *juste*. Son corps n'est pas assez solide. Il ne sent pas le savon au citron et le soleil. Il n'est juste… pas le même. Bien que je déteste l'admettre, je commençais à m'habituer à son frère.

Le sommeil met longtemps à venir, puis il est agité, troublé par des souvenirs qui refont surface en rêve. L'anxiété bouillonne dans mon estomac, acide et âcre. Mon angoisse me fait tâtonner dans l'obscurité, trébucher dans une mer de songes et lutter contre le courant, m'entraînant vers des endroits où je ne veux pas aller.

Le premier coup s'écrase dans mon estomac, et je me réveille en sursaut avec un cri alarmé. Il n'attaque que la nuit, lorsque je suis endormie et que je ne peux pas le voir. Je ne sais pas comment il entre malgré la porte verrouillée, mais c'est lui, toujours le même. Il n'oserait pas s'en prendre à moi lorsque je suis prête et alerte. Je suis trop douée avec un couteau.

Sa magie se propage en moi, me dévastant. Les aiguilles enflammées transpercent ma peau et brûlent jusqu'au plus profond de mon cœur. Je m'arc-boute contre le lit, à l'agonie, et je hurle jusqu'à en avoir la gorge à vif. Je suis aveuglée par la douleur. Rouge de fureur.

Il fait une pause et je réprime de justesse un sanglot. Il n'est pas assez puissant pour continuer. Si sa magie était mienne, je pourrais faire durer cela des heures, le brûlant lentement jusqu'à ce qu'il rende son dernier souffle. Il n'est pas moi. Pour cinq minutes de torture, il a besoin d'une minute pour se reposer. C'est à ce moment-là que les coups de poing pleuvent.

Je bloque l'attaque en me roulant en boule, attendant, soit l'instant où je pourrai le frapper en retour sans laisser d'ouverture, soit celui où Thanos viendra le détacher de moi. Mon agresseur plane au-dessus de moi et ses doigts se plantent dans mes épaules pour me repousser au sol. Ses mains sur ma peau couverte de cloques sont atrocement douloureuses, mais je me débats pour desserrer sa prise, poussant des cris aussi perçants que possible, puis je lui décoche un coup de poing dans la gorge.

Mes phalanges entrent en contact avec de la chair, et, soudain, tout est trop réel. J'ouvre brusquement les yeux et découvre Carver qui me surplombe, les mains sur son cou. Ses yeux sont écarquillés, et le souffle qu'il arrive enfin à faire passer par sa trachée lui racle la gorge.

En le voyant, mes muscles se relâchent immédiatement sous l'effet du soulagement. Un souffle tremblant se retrouve coincé dans ma poitrine. *Je ne suis pas là-bas.*

— Par les Enfers, qu'est-ce que c'était que ça ? s'écrie-t-il d'une voix éraillée en frictionnant la marque de la taille de mon poing qui ombre déjà sa peau.

Je jette un œil à mes mains tremblantes, m'attendant à y voir des cloques rouges et des coupures, le sang devenu lave dans mes veines. Elles ont l'air normales, mais je connais la vérité : elles sont tachées.

— Un cauchemar, répliqué-je d'une voix rauque.

Carver se rassied sur ses talons. Il passe une main dans ses cheveux en fronçant les sourcils.

— Tu te contorsionnais et criais comme une folle furieuse. C'était la chose la plus terrifiante que j'aie jamais vue.

Je pince les lèvres. Si j'ouvre la bouche, je risque de me mettre à hurler.

Attirés par le vacarme, Kato et Flynn échangent un regard. Flynn tire son sac de couchage plus près, jusqu'à ce que je sois coincée entre Carver et lui. Kato s'assied près de ma tête. Il utilise un de mes couteaux pour graver une représentation d'Athéna dans un morceau de cèdre odorant.

Je devrais les sommer de partir. Je le devrais vraiment. Je déverrouille ma mâchoire, mais quelque chose d'autre en sort.

— Pourquoi Athéna ?

— La sagesse et la guerre, répond Kato. Ce dont chaque homme a besoin.

— Pas d'une maison et d'une famille ?

Il sourit.

— Pas les jeunes. Le foyer et la femme sont pour plus tard, lorsque les batailles ont été remportées.

— N'avez-vous pas gagné ? Le Sinta vous appartient.

— Le Sinta appartient à Égérie, dit Kato. D'autres batailles nous attendent.

Ses mots mystérieux font naître un frisson le long de mon dos. Est-ce que le Tarva est le royaume suivant ? Puis le Fisa ?

— Qu'est-ce qui vous fait penser qu'elle dirigera mieux que les monarques avant elle ? Capricieux, violents, cruels, accordant des faveurs seulement pour les reprendre…

— Tu comprendras quand tu la rencontreras.

Cela n'arrivera jamais. Je m'échapperai d'ici peu. Il le faut.

— C'était plus qu'un simple cauchemar. Qui t'a fait du mal ? demande Flynn.

Il semble en colère, et son inquiétude sincère me fait me sentir à nu.

Je pince les lèvres et observe le ciel nocturne. J'ai une meilleure question. Pourquoi n'ai-je pas eu ma dose quotidienne de cauchemars depuis que Bêta Sinta m'a enlevée ? Avant ce soir, du moins ?

***

Le lendemain matin, Bêta Sinta n'est toujours pas revenu. Ses hommes ne semblent pas particulièrement inquiets et ils ne lèvent pas le camp. Je serre les dents et laisse entendre que je voudrais prendre un bain. Même Poséidon me dit que je pue.

Carver a un sourire narquois.

— Alors, comment on fait ?

— Comment, d'après toi ? On devient tous les deux invisibles. Le reste va de lui-même.

Étouffant un rire face à mon irritabilité, il agite ses sourcils en direction de Kato et Flynn, qui plaisantent en disant qu'ils veulent aussi un tour de baignade invisible. Je lève les yeux au ciel et leur adresse un geste grossier de la main. Puis nous disparaissons avant qu'ils ne puissent me rendre la pareille.

Sur la rive, je me déshabille et prends mon savon.

— Prêt ?

— Nu comme un ver, répond Carver d'une voix bien trop fière.

Je tire sur la corde et le guide jusqu'au ruisseau. La retenue d'eau sur la berge à l'est est parfaite, profonde de quatre pieds avec un fond sableux et un courant léger.

— Dommage que je ne puisse pas te voir, dit Carver.

Je sens mes joues s'échauffer.

— Quoi ? Pourquoi ?

— Ce serait plus amusant, répond-il d'une façon détachée.

Je ne peux retenir un rire.

— Fais des éclaboussures.

— Pourquoi ?

— Pour que je sache où tu te trouves.

L'eau clapote à trois pieds de moi et je jette le savon dans sa direction. Carver laisse échapper un grognement qui me satisfait.

— Ne flirte pas avec moi, lui dis-je.

— Pourquoi pas ?

Il a l'air d'être l'innocence incarnée. Le vaurien.

— Parce que je te tuerai.

— Tu peux toujours essayer, réplique-t-il en imitant la voix profonde de son frère.

Je renifle en étouffant un rire plus franc.

— Est-ce que c'est la nouvelle devise de la famille royale ? Très plébéien. Parfait pour votre genre.

— Qu'est-ce qui ne va pas avec la plèbe ? m'interroge Carver. Je nous préfère à eux.

Par « eux », il désigne les Magoi de sang noble et royal.

— Idem, acquiescé-je honnêtement.

Je plonge et souffle des bulles. Carver doit les apercevoir, parce que quand je ressors, il m'asperge d'un grand jet d'eau. Tout en crachant, je l'éclabousse en retour, ou, du moins, je crois que j'y arrive. À un moment, au milieu de notre bataille d'eau, je me rends compte que je m'amuse. Je ne devrais pas apprécier ces moments, mais je n'arrive pas à m'en empêcher. En plus, être attachée à Carver est bien mieux qu'être liée à Bêta Sinta. Avec ce dernier, tout est étrange et empli de tension.

— Tu as gagné ! s'écrie Carver, un frisson dans la voix. Je suis en train de devenir bleu.

— Comment tu le sais ? Tu es invisible.

— Je peux le sentir. Fais-moi confiance.

Te faire confiance ? Ce n'est pas près d'arriver.

— Vous les sudistes êtes tellement fragiles.

Des gouttes d'eau apparaissent de nulle part, éclaboussant tout autour de moi.

— Secoue ta tête ailleurs ! m'exclamé-je en renvoyant de l'eau sur lui.

Il doit sauter en arrière, car la corde se tend, me tire d'un coup sec et je tombe la tête la première dans le cours d'eau. Je me remets d'aplomb tout en poussant des jurons colorés entre deux quintes de toux.

Carver éclate de rire.

— Je suis surpris que Griffin ne t'ait pas encore noyée. Je n'arrête pas d'oublier que tu es attachée.

Je repense aux derniers jours, alors que nous remontons sur la berge. Bêta Sinta est étonnamment attentif à la corde et ne tire pas dans tous les sens.

Tout en fronçant les sourcils, je rassemble ma chevelure et commence à l'essorer.

— J'ai besoin d'un linge pour pouvoir me sécher. Et de plus de savon.

— Demande à Griffin, dit Carver.

Je soupire lourdement.

— Oublie ça.

Je dénoue mes boucles emmêlées à l'aide de mes doigts et laisse sécher le reste de mon corps à l'air libre avant de m'habiller. Je reste pied nu. Puis je demande :

— Prêt ?

— Je suis toujours prêt.

J'enlève notre invisibilité et découvre Carver toujours complètement nu, ses habits roulés en boule dans une main.

— Ça, ce n'est pas être « prêt », ça ! m'écrié-je en plaquant une main devant mes yeux. Quel idiot !

— Mais un idiot impressionnant.

— Non ! crié-je. Oh mes Dieux ! Maintenant je dois remplacer mes globes oculaires.

Il rit et ses habits bruissent.

— Tu m'as demandé si j'étais *prêt*, pas si j'étais habillé. Mais c'est sans danger à présent.

— Je ne te crois pas.

Je garde ma main où elle est, même si je suis tentée d'écarter mes doigts pour jeter un œil.

— Alors, marche à l'aveuglette.

Carver avance et la corde m'entraîne à sa suite.

Un instant plus tard, je baisse la main et je rentre tout droit dans Bêta Sinta, rebondissant dans sa stature formidable. Il empoigne mes bras pour m'aider à garder l'équilibre, me soulevant légèrement en même temps. Je termine sur la pointe des pieds, affaissée sur lui, les mains à plat sur son torse.

Surprise, je lève la tête et le découvre en train de m'observer, ses yeux orageux ombrés de larges cernes foncés. Ses iris s'enflamment, prenant une chaude teinte argentée, et quelque chose d'étonnamment possessif éclot au fond de son regard.

Je suis parcourue de crépitements de chaleur, qui s'enroulent au fond de mon ventre. J'inspire, surprise, et ses yeux tombent sur ma bouche. Une faim dévorante raidit son visage aux traits remarquables, et un frisson inattendu me remonte l'échine. Le son grave qui lui échappe est cru, primitif et profondément viril. Il semble prêt à plaquer ses lèvres sur les miennes.

Instinctivement, mes yeux se bloquent sur sa bouche. Il a le genre de lèvres généreuses qui semblent à la fois dures et douces, demandeuses et cajolantes, prêtes à me faire oublier mes appréhensions et à faire fondre mes bonnes résolutions.

Il m'attire plus près et mon cœur bondit furieusement en retour. *Stupide, stupide cœur.*

— Respire, chuchote-t-il.

Mes yeux s'écarquillent et j'aspire une grosse goulée d'air. C'est soit ça, soit je tombe dans les pommes.

Il ricane. *Connard.*

Je me renfrogne et le repousse, sans aller nulle part, car Bêta Sinta ne me laisse pas partir.

— *Toi.*

Je dois réussir à paraître aussi méprisante que le ton de ma voix le laisse entendre, car il se raidit et me relâche finalement. Je retombe, atterrissant lourdement sur mes plantes de pieds nus, et un frisson étrange se répercute à travers moi à notre soudaine séparation.

Ses yeux passent d'un mercure ardent à un granit givré.

— Tu t'amuses ?

— Plus maintenant.

— Cat…, m'avertit Carver en faisant passer sa tunique sur sa tête.

— Quoi ? rétorqué-je brusquement.

— Tu n'es ni une invitée ni une amie, s'agace Bêta Sinta. Exprime-toi avec respect.

— Si tu n'aimes pas ma langue bien pendue, alors laisse-moi partir !

Les yeux de Bêta Sinta s'étrécissent en direction de son frère avant de retomber sur moi. Son regard est sombre et intense, déroutant. Un muscle tressaille sur sa mâchoire. J'ignore pourquoi *il* est si en colère. C'est *moi* qui me fais trimballer à travers tout Sinta par une corde magique.

Je me penche et j'enfile mes bottes.

— Non ? Alors, tue-moi et finissons-en.

— Je n'ai aucune intention de te tuer.

Ma colère flambe.

— Tu veux m'utiliser ! Tu m'as arrachée à mon foyer parce que tu penses que c'est ton droit. Bêta Sinta peut faire tout ce qui lui plaît. Ruiner la vie de qui il veut. Fichues familles royales ! craché-je. Tu n'es pas différent de tous les autres. Les Sintans, les Tarvans ou les Fisans.

— Tu te trompes, intervient Carver. Tu auras une vie agréable.

Je lui décoche un regard furieux, ne remarquant que vaguement que je ne détecte aucun mensonge dans leurs mots.

— Une vie agréable ? À vivre dans la peur ? Captive ? À attendre que quelqu'un me dérobe ? Me torture ? M'assassine ?

Les yeux de Bêta Sinta tombent sur les cicatrices couvrant mes bras, un éclair de compréhension passe sur ses traits, mais il se reprend en un instant et redevient stoïque.

— Alors, c'est ça qui t'est arrivé.

Ma poitrine entre en éruption, un millier d'instants de terreur et de douleur met mon cœur en suspens et me coupe le souffle. Je titube en arrière alors que des remontées acides me remontent dans la gorge, résidus de la peur qui ne m'a jamais quittée.

— Et au cirque ? demande-t-il avec douceur.

J'ai les yeux si écarquillés qu'ils doivent me manger la moitié du visage. Je déglutis, mais ma bouche est si sèche que cela me fait mal.

— Là-bas, personne ne *savait.*

Son expression se départit d'une grande partie de sa colère.

— Tu peux te détendre, Cat. Je n'ai pas l'intention de faire flotter une bannière « Faiseuse de rois » au-dessus des portes du château.

Sa voix est égale, raisonnable, presque apaisante. Elle me donne envie d'exploser. Ou de vomir. Ou les deux.

— Ça commence avec quatre personnes, expliqué-je avec véhémence en agitant ma main vers notre camp. Et puis ça devient quatre cents !

— Ça n'arrivera pas.

Il tend la main et referme délicatement ses doigts sur les miens.

Je suis si choquée par ce contact intime et la chaleur absolue de sa peau, qu'il me faut un moment pour m'arracher à sa prise. Je tire brusquement sur ma main et il me lâche.

— Tu n'en sais rien !

Bêta Sinta dénoue la corde de Carver et me rattache à lui. J'ai l'impression d'être un chien, bon sang. Avec une laisse. Avec un satané propriétaire ! Apparemment, la querelle est terminée. Même ça, c'est manifestement à lui d'en décider. *Fils de Cyclope !* J'emploie tout mon minuscule sang-froid pour ne pas le frapper dans les tibias.

— Kato et Flynn m'ont déjà fait leur rapport. Quelque chose à ajouter ? demande Bêta Sinta, qui est en train d'observer le bleu sur le cou de Carver.

Les autres lui ont forcément reporté mon cauchemar. Ont-ils aussi précisé qu'ils m'ont encerclée comme un troupeau de mamans poules surdimensionnées ?

Carver sourit tout en se frottant son cou.

— Son crochet du droit est redoutable.

Bêta Sinta ne lui rend pas son sourire.

— Peut-être que tu as dormi trop près d'elle.

CHAPITRE 6

Bêta Sinta pointe son doigt vers le sud-est. Du moins, je *crois* que c'est le sud-est.

— Six hommes. Des Tarvans. Ils sont sur nos traces, sans aucun doute.

— Des Tarvans ? répète Flynn en frottant sa barbe auburn naissante. Qu'est-ce qu'ils veulent ?

Tout le monde tourne ses yeux vers moi.

Je secoue la tête.

— Impossible. Je n'ai pas attiré l'attention sur moi depuis des années.

Pas étonnant que ma garde ait été si basse lorsque Bêta Sinta est venu au cirque.

— Quatre contre six, expose Carver en faisant planer ses doigts au-dessus de la garde de son épée. On peut tenter notre chance.

— L'un d'entre eux est un Géant, ajoute sombrement Bêta Sinta. Ils doivent l'avoir ramené du nord.

Silence. *Décidément, ils ont encore beaucoup à apprendre.*

— Les Géants sont faciles à tuer.

En quelque sorte.

Quatre paires d'yeux se tournent à nouveau vers moi et je me demande pourquoi j'ai ouvert ma grande bouche. Nous plaisantions en comparant Aetos à un Géant, mais ce n'est qu'un homme de grande taille.

Les vrais Géants sont stupides et lents, mais leur chair est si épaisse qu'ils sont difficiles à taillader. Des guerriers accomplis se sont retrouvés battus à mort, simplement parce qu'ils n'arrivaient pas à enfoncer leur épée assez profondément.

— Visez les yeux. S'il ne peut pas voir, il tombe à genoux, paniqué. C'est un réflexe. Ensuite, vous devez atteindre sa tête. Les vertèbres de la colonne font de bonnes prises pour grimper. Et les Géants sont… naturellement grumeleux, expliqué-je en grimaçant à la mémoire des muscles cartilagineux agrémentés de poches de graisse et de la peau épaisse et abîmée. Tranchez la colonne à la base du crâne, là où la peau est la plus fine, et l'os aussi.

L'espoir étincelle dans leurs yeux et je soupire, dégoûtée de moi-même.

— La hache de Flynn fera l'affaire, ajouté-je.

— Comment est-ce que tu sais combattre un Géant ?

Kato semble impressionné.

La satisfaction enfle dans ma poitrine. Je ne peux m'en empêcher. J'aime en mettre plein la vue à des gens de deux fois ma taille. Je hausse les épaules.

— Peut-être que je mens pour tous vous faire tuer.

Aucune réaction, pas même un haussement de sourcil. Comment font-ils pour ne jamais s'énerver ? Ce n'est pas normal.

Kato se tourne vers Bêta Sinta.

— Combien de temps avons-nous ?

— Quelques heures, répond-il. Tout au plus.

— Est-ce qu'on repart pour les pousser à nous prendre en chasse ou est-ce qu'on les attend ? demande Carver.

Sa main se contracte près de son épée. Il est comme moi avec mes couteaux, et je ressens un surprenant sentiment de connivence.

Qu'est-ce qui ne tourne pas rond chez moi ? Je dois avoir attrapé quelque chose, comme de l'empathie. *Beurk !*

— On attend. On sera plus frais de cette façon et il y a une grotte juste au nord. On peut cacher les chevaux et nos affaires dedans. Et Cat, ajoute Bêta Sinta en faisant un signe de tête dans ma direction.

— Hors de question que vous m'entraviez dans une grotte !

Son regard intraitable tombe sur moi.

— Je ne peux pas t'avoir attachée à moi pendant que je combats.

— Alors, détache-moi !

Il ricane et je lève les yeux au ciel.

— Deux heures, puis la grotte, dit Bêta Sinta. Profite bien de la lumière du soleil.

— Je peux me battre. Je peux faire pencher la balance.

Il secoue la tête.

— Tu te retourneras contre nous.

— Tu ne sais même pas si ce sont des ennemis !

Son expression devient sévère. Je suis surprise de voir à quel point cela change son visage.

— Tout le monde est mon ennemi.

— Tu as appris ça de moi ?

Mon ton glacial et sarcastique me choque moi-même, tant ma voix ressemble de façon inquiétante à celle de ma mère. Je ravale la panique qui m'étreint. Et si la devise «les chiens ne font pas des chats» était plus juste que je ne le croyais ?

Bêta Sinta pose un regard dur sur moi.

— Je n'ai pas besoin d'une diseuse de bonne aventure irascible pour apprendre ce que tout conquérant sait déjà.

***

Pour ma plus grande frustration, me voilà encordée à une grosse pierre dans une grotte qui sent le renfermé et la bouse de cheval. Au moins, je peux maintenant profiter des quatre pieds de corde.

Des cris et des fracas de métal finissent par rompre le silence sinistre. Je déteste ne pas savoir ce qu'il se passe. Je pourrais aider, encore plus si les Tarvans possèdent de la magie. Non pas que je *veuille* aider, mais je peux planter une dague dans l'œil d'un Géant à quarante pieds de distance, et je doute qu'un de ces Sintans en soit capable.

Ne parvenant pas à me détendre, je tire sur le côté effiloché de ma botte. Ils sont en train de combattre un Géant. Une créature des plaines de Glace. Un monstre. J'en ai vu un dans toute sa gloire. Il était colossal et aussi laid qu'il est possible de l'être.

Mère regarde le pied de la colline, le vent frais fait voler ses cheveux et teinte ses joues de rose.

— Soit il te violera, soit il te mangera. Peut-être les deux. Alors je te suggère de trouver un moyen de le tuer rapidement.

La neige glacée pique mon visage et mes mains. Je baisse les yeux le long de la pente gelée jusqu'au trou béant de la caverne du Géant. Le froid est supportable, mais je tremble malgré tout.

— Un autre conseil ?

Elle hausse un de ses sourcils parfaitement sculptés, impérieuse.

— Avez-vous un autre conseil, mère ? corrigé-je.

Un sourire fin et dur courbe ses lèvres avant qu'elle n'attrape mon épaule et me pousse.

Elle m'avait laissé mes armes, c'était déjà ça. J'avais aveuglé le Géant d'instinct, l'avais paralysé avec un coup de couteau bien placé, puis lui avais scié la tête avec une dague de jet. J'avais onze ans, et rien n'avait été rapide. Au moins, les flots de sang m'avaient tenu chaud. Et mère avait eu ce qu'elle voulait. Elle m'avait testée et couverte de sang.

Ce jour-là, la stratégie pour vaincre m'était venue d'instinct. Les Sintans n'auront pas ce genre d'intuition. Ce n'est pas inné, chez eux.

Anxieuse, je me force à éloigner mes mains de ma botte pour ne pas la détruire.

Dehors, quelque chose frappe le sol du pied assez violemment pour faire trembler la terre. De la poussière et des gravillons tombent en cascade du plafond sombre de la grotte et je me protège en couvrant ma tête de mes bras.

M'ont-ils écoutée à propos du Géant ? Je disais la vérité.

Je gémis en tirant sur le nœud que Bêta Sinta a noué. Je ne peux suivre la bataille extérieure qu'à l'aveuglette. J'entends les souffles profonds, les fracas du métal, les grognements, reniflements et les coups sourds. N'importe quoi pourrait être en train de se produire, là, dehors. Une victoire. Un massacre. Cela pourrait signifier mon évasion.

Pourquoi cette pensée me donne-t-elle l'impression d'avoir du sang sur les mains ? Je n'en sais rien.

Finalement, je n'en peux plus et j'enroule la corde autour de mes deux mains pour tirer la pierre de toutes mes forces. Elle glisse de quelques pouces dans la poussière. Je tire encore et encore, me déplaçant lentement. Lorsque j'atteins l'entrée de la grotte, je suis pantelante, pleine de sueur et je lâche à voix basse une flopée de jurons.

Enfin, j'arrive à me pencher assez loin pour voir l'affrontement. Avec une efficacité aguerrie, je compte les têtes. Auburn. Blonde. Deux aussi noires que la nuit. Trois Tarvans sont toujours debout.

Et puis, il y a le Géant. Il est difficile de le manquer.

Tout en respirant lourdement, je cherche Bêta Sinta du regard. Il est engagé dans un combat à l'épée avec deux Tarvans. Carver s'occupe du dernier alors que Kato et Flynn esquivent l'immense gourdin du Géant, en essayant de s'approcher suffisamment près pour l'aveugler. Flynn lance un couteau en direction de sa tête, mais il ne vise pas bien. Kato crie quelque chose et envoie un autre couteau à Flynn, qui est plus proche de la créature. Flynn tente à nouveau sa chance à l'instant où Kato bouge pour distraire le monstre avec un grand coup dans son mollet grumeleux. Bien qu'ils soient coordonnés et travaillent en équipe, ils n'iront pas loin sans crever les yeux du Géant et sans le faire tomber à genoux. Sa peau est trop épaisse.

Comme attirés par une force irrésistible, mes yeux trouvent à nouveau Bêta Sinta. J'observe chacun des coups puissants de son épée, ses pas agiles et ses feintes sournoises. Il est impressionnant, c'est le moins que l'on puisse dire. Mais les Tarvans le sont aussi. Ils possèdent le genre de capacités qui ne peuvent venir que d'années d'entraînement et d'une vie passée à pratiquer. À la simple vue de leurs armes et de leur expertise au combat, je peux dire qu'une quantité d'or impressionnante a été déboursée pour acheter leurs services et les envoyer à la poursuite de Bêta Sinta et de ses hommes.

Mais ce dernier est tout de même plus habile de sa lame. Carver aussi. Ils ne seront plus en infériorité numérique bien longtemps.

Quelques secondes plus tard, Bêta Sinta abat l'un de ses opposants en le tranchant en deux. Sans ralentir, il tourbillonne pour faire face à l'autre, le sang giclant de la pointe de sa lame. Son visage ne trahit aucune émotion, seulement sa concentration et sa résolution de fer. Mon souffle se bloque. Détermination qui vous glace le sang. Efficacité. C'est lui, l'homme qui a conquis le Sinta, le seigneur de guerre qui pourrait être roi.

À gauche de Bêta Sinta, Carver prend le dessus, entraînant son adversaire hors de mon champ de vision. Bêta Sinta et le Tarvan restant suivent le même chemin, dans un méli-mélo de coups d'épée. Le Géant les suit, probablement lié aux mercenaires par une magie quelconque, et Kato et Flynn disparaissent à leur tour, en essayant toujours d'aveugler le monstre avec leurs couteaux.

Les mains à vif à cause de mes efforts précédents, je me remets à tracter la corde pour sortir un peu plus de la grotte. La lourde pierre refuse de bouger et je me retourne pour découvrir qu'elle s'est fermement coincée entre deux autres pierres.

Bon sang ! Je ne peux plus les voir à présent !

Je me débats contre la grosse roche, l'insulte, fais marche arrière pour essayer de la soulever, mais ça ne mène à rien.

Le temps semble ralentir sa course, et l'attente, pour savoir ce qu'il se passe, devient interminable. Le son des combats s'estompe petit à petit. Je fais les cent pas devant la pierre tout en observant l'entrée de la grotte. Puis, étrangement hésitante, je tire à nouveau sur le nœud fait par Bêta Sinta. Lorsqu'il ne cède pas, un sentiment étrange m'envahit. Je ne suis pas soulagée. *Absolument pas* soulagée.

Quelques minutes plus tard, les quatre hommes entrent, bloquant la lumière à l'entrée étroite de la grotte. Ils semblent surpris de me trouver si proche de la sortie.

Ma poitrine s'affaisse quand je relâche le souffle que je retenais.

— Sérieusement ? *Aucun* d'entre vous n'est mort ?

— N'aie pas l'air si déçue, me réprimande Flynn en souriant comme un idiot. Et merci pour le conseil.

Il m'adresse un signe de tête reconnaissant, mais je ne réponds rien.

— Un Cyclope aveugle vise mieux que Flynn, plaisante Kato. Il a perdu six dagues, y compris les tiennes, en essayant d'atteindre les yeux du Géant, avant de finalement réussir à en percer un.

Un ? Qui a percé l'autre ?

Peu importe !

— Les miennes ? répété-je en me tournant pour regarder à extérieur. Je dois les retrouver !

— C'est la pagaille là dehors. On achètera d'autres couteaux, dit Bêta Sinta avant d'ajouter de manière prononcée : Pour Flynn.

— Non. Elles sont à moi, rendez-les-moi !

C'est Vasili qui me les a données. Mes dagues fisannes ont fini dans une bouche d'égout au Tarva il y a quatre ans. À l'époque, j'essayais de «me libérer». Évidemment, ça n'a pas fonctionné.

Je fixe Bêta Sinta de mon regard meurtrier, jusqu'à ce qu'il accepte finalement de partir à la recherche de mes couteaux avant notre départ.

— Comment en sais-tu autant sur les Géants ? m'interroge-t-il.

Dans ses yeux gris, je vois qu'il se demande ce que je sais d'autre, et combien d'informations il peut me soutirer. Je devrais vraiment arrêter de les donner sans contreparties.

J'agite mes bras.

— Devineresse, tu te souviens ? Je *sais* des choses.

Son sourire me surprend. Des dents blanches et bien alignées apparaissent dans l'obscurité et un éclair se répercute le long de mon dos, envoyant une onde de chaleur dans mes nerfs. Je cligne des yeux et me détourne, déroutée et envahie d'une chaleur préoccupante.

— Rends-moi mes couteaux et j'apprendrai à Flynn comment lancer autre chose que sa hache, proposé-je d'un ton maussade.

Mon ventre est noué et mes doigts fourmillent à l'idée de saisir une dague.

Bêta Sinta détache la corde de la pierre et la rattache autour de sa taille.

— Nous verrons.

Au moins, ce n'est pas un refus pur et simple. Surprise, je lève les yeux. Peu coopératifs, ils s'arrêtent sur les ombres de son visage, sa mâchoire anguleuse et son nez aquilin créant un profil saisissant. Il sort de la grotte et je le suis, mon estomac faisant des cabrioles énervantes lorsque Bêta Sinta me prend la main pour m'aider à traverser les ronces à l'entrée. Je n'avais pas besoin d'aide et il le sait.

Mes doigts picotent toujours de la chaleur de sa paume après qu'il m'a lâchée et je demande :

— Qu'est-ce que les Tarvans voulaient ?

Il hausse les épaules.

— Ils ne se sont pas arrêtés pour discuter et nous non plus.

— C'est de notoriété publique que les mercenaires ne sont pas bavards.

Il hoche la tête, et je ne peux m'empêcher de penser que, bien qu'ils s'en soient juste pris à un petit groupe d'Hoi Polloi, ils ont embauché un Géant pour s'assurer de les tuer. Je suis certaine qu'ils n'étaient pas là pour moi. Je dois donc m'interroger sur qui en a après Bêta Sinta et qui possède assez d'argent pour se le permettre.

***

Les jours qui suivent, nous chevauchons vers le nord. L'allure est plus lente à cause de la chaleur assommante de l'été. Notre chemin est dicté principalement par les sources d'eau et d'ombre. Bêta Sinta me rend mes dagues pour des entraînements au lancer avec Kato et Flynn. C'est un témoignage modéré de sa confiance, et j'espérerais presque qu'il s'en soit abstenu, car je semble avoir plus de mal à le haïr depuis le jour où il m'a rendu mes dagues.

J'aurais pu le poignarder à ce moment-là. J'y ai pensé. Vraiment. Mais une part de moi ne voulait simplement pas le faire. J'ignore pourquoi, puisque Bêta Sinta me rend dingue. Il est toujours là, exaspérant, et pratiquement *sur* moi, et je déteste le fait que je m'habitue à sa présence.

Soupesant une lame dans ma main, je jauge la distance qui me sépare de Bêta Sinta et réfléchis sérieusement à jusqu'où je serais prête à aller pour m'échapper. Je ne manque jamais ma cible.

En ce moment, il est seul, assis avec un coude posé sur son genou et son menton soutenu dans sa main. Une brise soulève ses cheveux, exposant les traits masculins de son visage à la peau tannée et légèrement abîmée par le soleil. Il y a une ride entre ses sourcils, et son expression préoccupée me donne l'envie étrange d'abandonner l'entraînement pour lui demander ce qui ne va pas.

Tout en ignorant ce grain de folie, je me retourne vers la cible, qui consiste en un bouleau argenté avec un nœud dans le tronc à six pieds de hauteur. Je vise et lance en plein dans le mille.

— Vasili a un numéro de lancer de couteaux. Il n'y a personne de plus rapide que lui avec une lame. Il en lance dix vers sa femme en dix secondes. Il ne l'a jamais touchée une seule fois.

Flynn grogne en jetant un coup d'œil au bouleau.

— Il semble être un sacré fils de Cyclope. C'est lui qui t'a appris ?

Les trois dernières soirées, nous avons été inséparables, *littéralement* attachés à la taille, et le lancer de Flynn ne s'est pas beaucoup amélioré. C'est sûrement un coup de chance qu'il ait pu aveugler le Géant. Ou une intervention divine.

Cette pensée soulève trop de questions, alors je la fais taire.

— J'étais déjà douée avec un couteau avant, mais Vasili m'a poussée à m'améliorer. Tout est question d'équilibre et d'anticipation. Ressens l'endroit où se trouve ta cible. Comprends la manière dont elle bouge.

— Les arbres ne bougent pas, ronchonne Flynn.

— S'il y a du vent, si.

Il me jette un regard en coin, lance, rate et pousse un juron lorsque la lame arrache un morceau d'écorce sur le côté de l'arbre, puis s'écrase par terre.

— Ne lâche qu'au moment où la pointe s'aligne directement avec la cible. Et ne te presse pas, répété-je pour la quinzième fois.

— C'est difficile de ne pas se dépêcher quand un Géant balance vers toi une masse de dix pieds de long couverte d'épines.

Je lève les yeux au ciel.

— Tu t'es trop approché.

— Je n'aurais pas pu l'atteindre, sinon !

Il enfouit une main dans ses cheveux, les mettant encore plus en bataille qu'auparavant.

Je frappe la main de Flynn pour la lui faire baisser.

— Tu vas te rendre chauve. « Ne te presse pas » ne veut pas dire que tu ne peux pas te déplacer ou combattre. Juste, détends-toi et ne te précipite pas pour lâcher. Attends jusqu'à ce que tu sentes le bon moment.

Ses lèvres s'affaissent, il se concentre et lance à nouveau. La dague se plante deux pieds en dessous du nœud et un peu sur la droite. Flynn pousse un cri triomphant.

— Bien, dis-je. Tu l'as eu dans l'estomac. Les blessures dans le ventre sont les pires.

Il me jette un regard.

— Tu parles d'expérience ?

J'arque un sourcil.

— Comme si j'aurais laissé n'importe quel idiot m'empaler.

Flynn émet un son étranglé.

— Quoi ?

— Tu as raison, Cat, dit Kato en venant se placer à côté de moi avec un air soudain terriblement sérieux. Ne laisse pas n'importe qui t'empaler. Seulement quelqu'un de spécial.

J'en perds mes mots. Si je dois me fier à la chaleur que je ressens au visage, il est tout à fait possible de devenir aussi rouge que des baies de Kala. Ils sont ridiculement fiers d'eux-mêmes et sourient comme des Sirènes repérant des marins à l'horizon.

Je secoue la tête, mais les coins de ma bouche se soulèvent dans une réponse involontaire, qui n'a rien à voir avec le fait que je m'amuse. Parce que ce n'est pas le cas. *Du. Tout.*

— Concentrez-vous ! m'écrié-je en me retournant vers la cible.

Si j'avais un fouet, je le ferais claquer. Ou peut-être pas. Ils auraient trop à en dire.

Tout en ricanant, Kato prend un couteau, s'arme, puis lance. Le manche rebondit sur le pied de l'arbre, et il pince les lèvres, agacé.

— C'est plus dur qu'il n'y paraît.

— C'est un des couteaux les plus légers. Il n'est pas très stable et la cible est trop loin pour lui. Essaie avec celui-là.

Je lui tends une lame plus lourde puis je le guide pour placer sa main autour de la garde, comme s'il tenait une hache. Je lui conseille :

— Souviens-toi, bloque ton poignet ou bien tu ne pourras pas contrôler les rotations.

Il plisse les yeux en direction de la cible, prend une grande inspiration et soupèse le couteau dans sa main. Lorsqu'il la lance, la lame atteint le bas du nœud et il laisse échapper un cri à m'en percer les tympans. Je ne peux retenir le sourire immense, idiot, qui étire mes lèvres. Trois jours auparavant, ni l'un ni l'autre ne pouvait toucher un arbre.

Bêta Sinta s'approche de nous, gâchant mon humeur.

— C'est une bonne chose que tu leur enseignes, Cat. Tu es douée pour ça.

— Pour enseigner ou au lancer de couteaux ?

Plutôt que de le regarder, je jette l'une de mes dagues, l'enfouissant jusqu'à la garde au centre du nœud. Elle est si proche de mon autre couteau que les deux vibrent l'un contre l'autre dans un son métallique.

— Les deux, répond-il.

— Et je suis supposée en avoir quelque chose à faire de ton avis ?

Sa mâchoire bouge comme s'il grinçait des dents ou ravalait une réponse agacée.

— Je suis content de voir que tu travailles avec eux, dit-il d'une voix égale. C'était un compliment.

Je pose ma main sur mon cœur en prenant une inspiration théâtrale.

— Ça rend le fait de m'enlever et de menacer mes amis tellement plus acceptable.

Bêta Sinta grogne de frustration.

— Tu ne lâches jamais l'affaire, n'est-ce pas ?

Je le foudroie du regard.

— Pourquoi le ferais-je ? répliqué-je d'une voix à glacer le sang. Je ne suis ni une invitée ni une amie.

Un muscle tressaille sur sa joue. Il sort un couteau de sa ceinture, le fiche dans le bouleau à côté des miens, puis s'en va.

Je soupire. Au moins, *lui* n'a pas besoin de cours de lancer.

— Pourquoi n'a-t-il pas aveuglé le Géant ?

— Il s'est occupé du deuxième œil, explique Flynn en haussant les épaules. Et j'avais besoin de m'entraîner. Tu ne devrais pas le provoquer, tu sais.

Je ricane.

— C'est la seule façon dont je peux m'amuser ici.

Flynn pousse un long soupir réprobateur.

— Tu nous as aidés avec le Géant. Tu nous apprends à Kato et moi à lancer des couteaux. Tu nous as révélé des choses sur la magie du nord, des choses que nous n'aurions jamais sues. Tu es membre de l'escouade, à présent. Et la moitié du temps, tu agis comme si c'était le cas, que tu le veuilles ou non. Il y a pire comme situation. On se protège les uns les autres.

— Je me protège toute seule.

Je l'ai toujours fait.

— C'est mieux si des amis s'occupent de ça, dit Flynn.

— J'ai des amis ! Ils sont tous au cirque.

Il pince les lèvres. Impossible d'argumenter contre ça.

— Tu n'es pas une invitée, c'est vrai. Mais pour ce qui est d'être une amie, Cat… ça, c'est à toi d'en décider.

Mon corps entier se fige. Mon rythme cardiaque s'accélère. Flynn me tend un rameau d'olivier. Je peux pratiquement le voir dans sa main. J'ai sur le bout des lèvres une centaine de choses désagréables à rétorquer, mais elles refusent de franchir ma gorge nouée. *Mes Dieux, je suis tellement bête.*

— Nous avons travaillé dur et mené des batailles sanglantes pour être là où nous sommes, dit Kato. Les gens seront jaloux de la manière dont tu t'es invitée dans notre cercle.

— Je ne me suis pas invitée. J'ai été forcée.

Il me tend un couteau en souriant.

— Ça continue de me sortir de la tête.

Même si c'est une blague, son mensonge met quand même feu au brasier des Enfers dans mes os. La douleur rugit en moi et je suis agitée de tremblements. Le cacher semble inutile à présent.

— Désolé, murmure Kato en fronçant les sourcils face au brasier infernal qu'il sait avoir causé par inadvertance.

Je me secoue pour faire partir la brûlure avant de lancer le couteau, touchant à nouveau la cible.

— Tu es un atout, continue Flynn en pointant du doigt le nœud de l'arbre et mes couteaux plantés en plein dedans. Utile au-delà de ta magie.

Même si sa main désigne la cible et mes couteaux, j'ai l'impression qu'il parle aussi de mon érudition.

— Et quand tu verras les richesses et les trésors dans le château, tu n'en croiras pas tes yeux. Tu penseras être morte et avoir atteint les Champs Élysées au lieu du Tartare. Tu auras une chambre remplie de mobilier en or, des draps du lin le plus fin, des robes et des oreillers de plumes.

La voix profonde et animée de Flynn me rappelle les grondements des orages du nord. Quelque chose en lui me remémore la maison, ses bons aspects du moins, même s'il est purement un homme du sud. Peut-être que c'est sa stature. Tout est grand au nord : les lacs, les montagnes, les Oracles, la magie.

Flynn continue avec un petit rire :

— Tu peux te prélasser en sirotant du vin et en dégustant des fruits confits toute la journée.

Je l'observe, confuse. Qu'est-ce qui fait penser à Flynn que je vais être au château alors que Kato et lui ont parlé de vivre dans les baraquements militaires ? Peu importe, être enfermée, c'est être enfermée, même si c'est dans une cage dorée.

— Les Champs Élysées sont réservés à ceux aimés des Dieux. Et je refuse d'être une alcoolique aux dents pourries.

Flynn rit, un grand sourire aux lèvres, avant que son expression n'arbore un sérieux déconcertant.

— Tu seras protégée.

— Protégée ? répété-je en haussant les sourcils très haut. Qui me protégera de Bêta Sinta ?

Les sourcils de Flynn se lèvent aussi haut que les miens.

— Laisse tomber, murmuré-je. Je me protégerai moi-même.

Il se renfrogne et secoue sa tignasse auburn hirsute.

— Tu ne t'en es pas encore rendu compte, mais tu fais partie de l'escouade de Griffin. Il ne laissera rien t'arriver.

Une vague de chaleur déconcertante m'envahit.

— C'est *lui,* le problème. Et pour le reste, il ne peut pas tout contrôler.

— Ne lui dis pas ça, suggère Carver en nous rejoignant d'un pas las.

Carver n'a pas témoigné d'intérêt pour l'entraînement au lancer. Il a passé son temps à polir son épée jusqu'à ce que la lame luise comme le givre d'une aube glaciale.

— Ne pas lui dire quoi ? demande Bêta Sinta, en me prenant par surprise.

Cet homme se déplace comme une ombre, malgré sa carrure.

Je fais volte-face et le fusille du regard.

— Que je ne suis pas une actrice dans ta tragédie sintanne.

Il me décoche un regard dur, se campe sur ses jambes et croise les bras. Apparemment, il est ici pour y rester.

— Si tu es loyale envers Griffin, déclare posément Flynn, il sera loyal envers toi.

— Et qu'y a-t-il de plus important que la loyauté ? répété-je. Mon ton raille celui de Bêta Sinta à la fête foraine du cirque.

— Eh bien ? demande Bêta Sinta. Qu'y a-t-il ?

— La liberté. Le libre arbitre.

Je fais volte-face vers la cible et lance, touchant à nouveau le centre. Il n'y a plus de couteaux, alors Carver rengaine son épée pour aller chercher les dagues, il en redonne trois à Flynn, trois à Kato, et il garde celles de Bêta Sinta pour lui. Je n'ai pas le droit de jouer, cette fois. Peut-être que Carver a peur que je poignarde son frère.

— Qu'est-ce que la liberté et le libre arbitre sans honneur ? interroge Bêta Sinta.

— Quel honneur y a-t-il à me garder contre ma volonté ?

— Quel honneur y a-t-il à abandonner une arme importante, juste parce qu'elle se plaint tout le temps ? réplique-t-il, rugissant presque.

— Je ne me plains pas tout le temps !

Ses yeux se parent d'un éclat argenté.

— Si !

Ma bouche s'ouvre en grand, mais, avant que je ne puisse rétorquer, Kato se mêle à la conversation. Sa voix monte dans les aiguës, imitant la mienne :

— *Je* déteste *cette corde. Je veux du pain. Il n'y a plus de fruit. Il fait tellement chaud. Laissez-moi partiiiiiir !*

— Ça ne me ressemble pas du tout ! m'écrié-je en le frappant durement au bras. Et je déteste *vraiment* cette corde ! Et je veux du pain. Et des fruits. Vous bouffez de la viande à chaque repas, même pour le petit déjeuner. Ce n'est pas normal. Et ne me lancez pas sur le fromage de chèvre.

Je grimace, parce que je ne peux simplement pas m'en empêcher.

— Cat, tu sais des choses à propos des Magoi et des Maisons royales. Des choses sur les Géants, les Oracles et les Dragons du nord. Des choses dont nous ne savons quasiment rien. En plus, il y a ton pouvoir de Faiseuse de rois. Tu es précieuse pour nous, explique Bêta Sinta avant de tourner sa tête vers le bouleau. Et tu es plutôt douée avec un couteau.

Plutôt douée ? Plutôt douée ! Je croise les bras, furieuse.

— On en revient toujours à en quoi je peux être utile.

— On se résume tous à ça. En quoi peut-on être utiles.

Bêta Sinta s'avance vers moi jusqu'à ce que je doive lever le menton pour le regarder, ou faire un pas en arrière, ce à quoi je ne saurais me résoudre. Ses yeux gris sont orageux, et un frisson me traverse. Ce n'est pas de la peur et cela me rend fébrile.

— J'ai conquis un royaume et trouvé un trésor, déclare-t-il d'une voix rocailleuse et profonde. Je ne te laisserai pas partir. Ni maintenant. Ni jamais.

Un tumulte d'émotions s'agite dans ma poitrine. Quelque chose de nouveau. Quelque chose d'étrange. Je l'enterre et me détourne, faisant un signe de tête à Flynn pour lui indiquer de préparer sa dague.

— D'accord, je comprends. Tu ne me laisseras pas partir.

J'imagine qu'il faudra que je m'échappe.

Alors, pourquoi est-ce qu'une petite part de moi envisage d'aider ces gens ? Le Sinta a été à la fois une maison et un refuge. J'ai vu des visages sintans se fendre d'émerveillement et de plaisir. Je les ai conseillés et j'ai entraperçu ce que recèlent un millier de cœurs. Ils ne sont pas mauvais, pour la plupart. J'ai été protégée, par Selana, par mes amis fidèles, par Cerbère qui gardait nos portes, par Poséidon quand cela lui prenait. La majorité des Sintans ne possèdent pas de magie ou de refuge, et les Magoi de sang royal étaient comme des Dieux. Ils mutilaient, frappaient, tuaient et récompensaient à leur bon vouloir. Le changement de dirigeant a été source d'un nouvel espoir. Pour la première fois, une famille Hoi Polloi est au pouvoir, et la majorité des Sintans pensent que leur sort va s'améliorer.

Je ne peux m'empêcher de penser qu'ils ont raison. Cela me rend négligente. Je ne cesse de laisser des choses m'échapper, comme si ma bouche et mon cerveau n'étaient plus connectés. Hier soir, j'ai raconté à ces hommes tout ce qu'il faut savoir sur les Dragons. La Maison royale fisanne possède Sybaris, une terrifiante Dragonne.

USA TODAY BESTSELLING AUTHOR

AMANDA BOUCHET

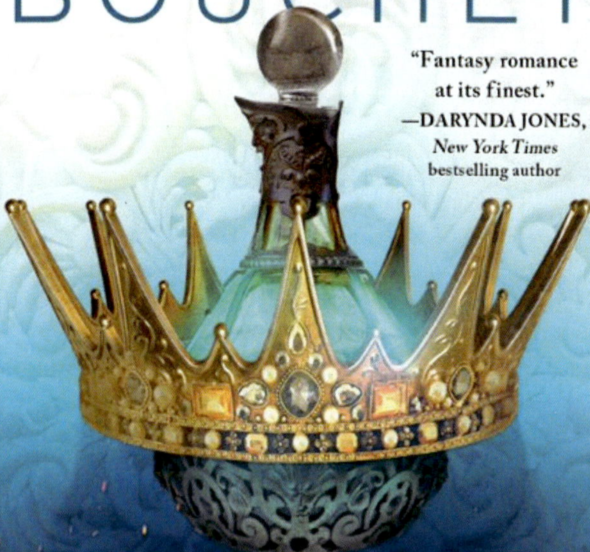

"Fantasy romance at its finest."
—DARYNDA JONES, *New York Times* bestselling author

A CURSE OF QUEENS

A KINGMAKER CHRONICLES NOVEL

Son passe-temps favori : dévorer les mortels. S'ils ne s'en servent pas pour envahir le Tarva, c'est seulement parce que le Tarva possède Scylla, la sœur de la Dragonne. Des liens magiques les astreignent toutes les deux à protéger leur royaume respectif, mais elles refusent de se battre l'une contre l'autre. Des générations plus tôt, l'utilisation des Dragons est tombée dans une impasse, pleine de souffles plus ou moins enflammés, mais sans aucune armée dévorée. Beaucoup ne se souviennent même pas que les Dragons sont toujours là. Le Sinta avait Échidna, la troisième sœur, pour garder les deux autres à distance. N'importe qui avec un peu de bon sens et de connaissance de l'histoire de Thalyria se doute qu'Échidna a dû s'envoler vers les plaines de Glace aussitôt que la magie royale a cessé de la contenir. Avant, tout le monde avait un Dragon. Aujourd'hui, le Sinta est le seul royaume qui n'en a pas.

— Comment est-ce qu'on combat un Dragon ?

La voix de Bêta Sinta est profonde et juste dans mon oreille. J'ai deux pieds de corde, et pas assez d'espace.

— Avec un autre Dragon.

— Comment est-ce qu'on obtient un Dragon ?

— Avec de la magie.

Il m'observe, mais je ne lui rends pas son regard. Mes yeux suivent les étincelles qui craquent dans le feu de camp.

Son ton devient tranchant.

— Et si tu ne possèdes pas de magie ?

— Alors, tu ne possèdes pas de Dragon.

Mon esprit vagabond revient soudainement aux bouleaux, aux dagues et aux guerriers sintans.

— Trouvez-moi des fruits et du pain et j'envisagerai la possibilité d'être moins pénible. Et plus jamais de fromage de chèvre !

Bêta Sinta me fixe un long moment avant de s'en aller.

D'accord. Je me retourne vers Flynn. Ses cheveux auburn capturent les derniers rayons du soleil à travers les feuilles de la canopée, entourant son visage carré aux lignes bien définies d'un halo rouge doré. L'air satisfait, il me donne une tape dans le dos comme si je faisais partie de la bande. Il me frappe si fort que je m'étale presque la tête la première.

Je n'ai pas envie de l'apprécier. Ni aucun d'entre eux. Je ne veux pas faire partie de la bande.

— Je pourrais peut-être être capable de contraindre un Dragon.

Eh ! D'où ça sort ça ?

Carver, Flynn et Kato poussent des cris de joie, attirant l'attention de Bêta Sinta. Il semble curieux et je lui tourne le dos, vaguement nauséeuse.

Vingt minutes plus tard, Flynn plante deux dagues près du bord du nœud de l'arbre, et je ne peux m'empêcher de sautiller en frappant dans mes mains.

CHAPITRE 7

Je plisse les yeux à travers les brumes de chaleur, tout en me demandant si je suis en train d'halluciner.

— Est-ce que c'est une ville ?

Je commençais à penser que nous allions faire toute la route vers Sintaville sans jamais passer la nuit dans une auberge.

Dormir dans un lit ? Avec Bêta Sinta ?

Mon estomac fait une cabriole à cette pensée, bien que je dorme déjà à côté de lui au sol.

Peut-être qu'il m'attacherait simplement au lit ?

Ce qui traverse mon esprit fait naître un brasier qui s'étend sur mes joues, alors que je devrais fulminer de colère. Je fulmine ! La manière dont Bêta Sinta me garde proche de lui me rend furieuse. À cheval, aux repas, dans les cours d'eau. La nuit. Son odeur est constamment dans mes narines, et la chaleur qui émane de lui dessèche ma peau.

— Mieux que ça. Une ville marchande.

Il se retourne en me souriant, et l'extérieur de sa cuisse effleure l'intérieur de la mienne. Mon pouls s'emballe et un sursaut excité monte dans ma poitrine. Ma réaction physique indisciplinée, face à lui, me donne envie de me frapper la tête. Ou de *lui* frapper la tête.

— Pourquoi maintenant ? Non pas que je m'en plaigne.

Je peux museler mon animosité pour quelques heures en échange d'une ville marchande.

— Tu as dit que tu serais moins pénible en échange de fruits et de pain. Et si on oubliait le fromage de chèvre.

Je combats le sourire qui tente d'étirer mes lèvres.

— J'ai dit que je l'*envisagerais*.

— Pour plus de savon et une serviette, peut-être que tu nous obtiendras un Dragon, ajoute-t-il plein d'espoir.

Évidemment que les autres le lui ont répété. Une vraie bande de pipelettes. Je ne peux même pas bâiller sans que cela soit rapporté à Bêta Sinta dans l'heure.

— J'aurais besoin de plus que ça pour un Dragon. Et je ne suis même pas sûre d'en être capable.

— Tu pourrais essayer.

Je renifle.

— Ce n'est pas *ma* devise.

Bien que je ne puisse pas distinguer son visage, je sais qu'il sourit. Son optimisme me donne envie de sourire en retour, ce qui m'inquiète. Bêta Sinta pense-t-il avoir gagné ? Comment me suis-je seulement retrouvée dans cette situation ?

— Que faisais-tu au cirque seulement quelques mois après t'être emparé du Sinta ? N'avais-tu pas d'autres choses à faire ?

Il s'esclaffe, le son profond fait vibrer tout mon être. Les papillons s'agitent à nouveau dans mon ventre.

— Je te l'ai dit, j'ai besoin de Magoi de mon côté. Le cirque en est rempli, mais, d'après ce que j'ai pu voir, ils ne sont pas de l'habituel acabit, prétentieux et pleins de préjugés.

C'est vrai.

— Et l'enlèvement a semblé être une bonne idée ?

— J'ai commencé par demander.

— C'était plutôt « ordonner ». Et menacer mes amis.

Il hausse les épaules.

— Je te l'ai dit. Je fais ce qui doit être fait.

Je me hérisse instantanément.

— Et qui es-tu pour décider ce qui doit être fait ? C'est subjectif par nature. Il n'y a pas deux personnes qui pensent pareil.

— Quelqu'un doit bien décider. Sans dirigeants, c'est le chaos.

Bon sang ! Il a raison.

— Nous avions des dirigeants. Il y avait de l'ordre.

— C'était de l'oppression.

Bon sang ! Il a raison sur ça aussi.

— Accroche-toi.

Mes mains se posent automatiquement sur sa taille alors qu'il pousse le cheval à sauter une ligne d'éclairs. La marque de Zeus s'étire à longueur de vue, dans les deux directions, une cicatrice zébrée à travers la poussière, les pierres et l'herbe jaunie, preuve que les Dieux ne sont jamais loin de Thalyria.

Bêta Sinta tire sur les rênes pour attendre que les autres nous rattrapent.

— Le caractère, le passé, l'environnement influencent tous les choix que nous faisons. L'astuce, c'est de choisir un chemin et de le suivre. Prendre une décision et ne pas faire machine arrière.

— Et si c'est le mauvais choix ?

— Je ne sais pas. Ce n'est jamais arrivé, ajoute-t-il en me faisant un clin d'œil par-dessus son épaule.

Je lève les yeux au ciel, déchirée entre l'envie de rire et celle de m'arracher les cheveux.

— Puisque le kidnapping ne te dérange visiblement pas, pourquoi moi ? Je ne peux rien faire. Si je le pouvais, je ne serais plus là depuis longtemps.

Il se retourne à nouveau, les sourcils haussés.

— Est-ce que ma rare et irritable Faiseuse de rois a vraiment besoin que je réponde à ça ? me taquine-t-il.

La sienne ? Mon pouls s'accélère.

— Oui, d'accord. À part *ça.*

Il ne se détourne pas. Ses yeux parcourent mon visage, sans se presser, et je peux presque sentir leur chaleur sur la courbure de ma joue, puis sur ma bouche. Son regard brûlant s'arrête sur ma natte, puis il suit la ligne de mon épaule jusqu'au renflement de ma poitrine. Alors que ses yeux descendent, sa bouche s'ouvre et ses doigts tressaillent sur sa cuisse.

Mon souffle devient laborieux. Des muscles auxquels je ne fais pas attention en temps normal se crispent au plus profond de moi, devenant douloureux de tension. La chaleur qui bouillonne dans mon bas-ventre monte rapidement dans le reste de mon corps, couvrant mon visage de couleurs. Je déteste la manière dont je réagis à lui. Je déteste que cela se voie.

Tout en me renfrognant, je jette ma natte par-dessus mon épaule.

Bêta Sinta cligne des yeux et se retourne vers l'avant.

— C'était *ça*, sur le coup. La Faiseuse de rois. Mais tu es bien plus que ça, n'est-ce pas, Cat ?

Le sang qui me monte toujours au visage disparaît brusquement, comme Icare tombant dans la mer. Les Dieux, la magie et la prophétie que j'essaie si fort d'ignorer entrent tous en collision à l'intérieur mon estomac, dans une explosion de secrets et de terreur. L'anxiété imprègne ma langue, tandis qu'un frisson glacé me parcourt l'échine. La sensation est si familière, et pourtant elle me paralyse à chaque fois.

Je prends une profonde inspiration et la relâche aussi silencieusement que j'en suis capable.

— Pas vraiment. Je viens du nord. La connaissance des créatures et de la magie sont normales pour nous.

Ma voix sort légère et régulière, bien que je sois à deux têtes d'Hydre d'avoir une crise de panique.

Bêta Sinta émet un grognement. Est-il d'accord ou sceptique ? Je ne peux le déterminer.

Je me mords la lèvre, tout en me demandant ce qu'il sait réellement.

— Pourquoi se focaliser sur moi ?

Bêta Sinta hausse les épaules, faisant rouler ses muscles juste sous mon nez. Sa tunique légère ne masque presque rien. Il est difficile de ne pas le fixer.

— Je n'ai pas besoin de plus de force brute, dit-il. J'ai gagné cette guerre. Il faut s'occuper des relations politiques, maintenant. Les nobles Magoi, et les familles royales tarvannes et fisannes. Je dois savoir qui me ment. Je dois connaître la vérité pour que le Sinta évite d'autres guerres.

— Le seigneur de guerre souhaite la paix ? raillé-je.

— Est-ce que je mens ?

Je grince des dents. Je devrais le savoir mieux que personne.

— Non. Mais le pouvoir corrompt, ajouté-je.

— Le pouvoir corrompt les faibles.

Mes Dieux ! Je déteste être d'accord avec lui.

— Comment savais-tu seulement de quoi je suis capable ? le questionné-je.

Il y a un léger blanc.

— Au début, sans attirer l'attention sur moi, j'essayais de me faire une idée sur les différents Magoi du cirque, mais, à la place, je me suis retrouvé à te regarder sans cesse. D'abord en dehors des murs de Sintaville, quand les caravanes sont passées en provenance du Tarva. Puis je suis allé à quelques spectacles à Kaplos. Lorsque le cirque est descendu dans le sud, j'ai décidé de le suivre. Je savais qu'il y avait quelque chose de différent chez toi, quelque chose de spécial, mais je ne pouvais pas mettre le doigt dessus.

Ses mots m'abasourdissent et je me trouve incapable de répondre quoi que ce soit. Bêta Sinta m'a observée pendant des *semaines* sans même que je m'en rende compte ? Je ne suis pas négligente ou inconsciente. Rien de cela n'a de sens, ni son intérêt pour moi ni ma langue incontrôlable à la dernière fête foraine du cirque. Et depuis. Les informations ont de la valeur, et j'en ai dispersées comme si cela valait du cuivre au lieu de l'or.

— Comment as-tu compris ? l'interrogé-je finalement.

Il reste silencieux plus longtemps cette fois.

— Aussi étrange que cela puisse paraître, c'était en rêve. J'ai rêvé que je nageais dans un océan vaste et agité dans la nuit noire. Je n'arrivais plus à nager. J'ai coulé jusqu'au fond et tu étais là. Tu as éclairé l'obscurité dans un éclat de lumière, tu as pris ma main et m'as ramené à la surface. Tu m'as dit que nous pouvions tout changer. Que tu connaissais la vérité.

Mon cœur se serre puis s'écrase violemment contre ma cage thoracique. Un oracle ! Bêta Sinta a reçu un oracle en rêve, un oracle de *Poséidon*, et il ne le sait même pas.

La nausée me retourne le ventre. *Poséidon, pourquoi m'as-tu trahi ?*

Mon esprit tourne à plein régime alors que mon estomac se noue. Par les Enfers, qu'est-ce qu'il se passe ? Pourquoi Poséidon s'intéresse-t-il au Sinta ? Il n'y a pas d'océan à l'ouest, ses Oracles sont de l'autre côté du royaume et la magie a toujours été plus faible ici. Les plaines de Glace s'étirent et s'allongent en allant vers l'est. Le Sinta en possède la bande la plus étroite. En tant que royaume du milieu, le Tarva a deux fois plus de territoires gelés, et le Fisa, à l'est, encore plus. Pour les Olympiens pure souche comme Poséidon, ces collines poussiéreuses, ces plaines et ces vieilles forêts n'ont pas beaucoup d'importance. Bien que j'aime le Sinta, je sais que c'est le royaume le moins prisé.

— À partir de là, j'ai commencé à penser aux légendes anciennes, enchaîne-t-il. Je suis allé à Mylos pour lire les parchemins du savoir, et je t'ai trouvée, ou plutôt ton équivalent. La Faiseuse de rois, la femme qui entend les mensonges et connaît la vérité. Basil était la mise à l'épreuve parfaite. Je savais qu'il n'était pas celui qu'il prétendait. J'étais constamment attiré vers toi. Le rêve m'a révélé que j'avais besoin de toi. Après avoir vu ta réaction au mensonge de Basil, j'ai su quoi faire.

Constamment attiré vers moi ? Un spasme étrange étreint ma poitrine. *Concentre-toi !*

— Me dérober à l'aide d'une corde magique ?

Il rit.

— Exactement.

Mes mains qui, pour quelque raison ne cessent de s'arrêter sur sa taille ces derniers temps, s'enroulent en poings. Bêta Sinta se saisit de l'une d'elles et la retient.

— Lâche-moi, ordonné-je.

— Non.

Mes sourcils se froncent brusquement.

— Pourquoi ?

— Parce que ta réaction instinctive est toujours de frapper, et je n'aime pas les chatouilles.

Chatouilles ? Chatouilles ! L'indignation me submerge. Je vais lui en montrer des *chatouilles*.

Avant que je ne puisse bouger, il lâche les rênes et capture mon autre main, manœuvrant aisément pour piéger les deux dans une seule des siennes. Il récupère les rênes de l'autre. Comme d'habitude, il prend l'avantage avec si peu d'effort que c'en est écœurant, et je termine avec mes deux bras autour de lui, le visage enfoui dans son dos.

L'odeur rafraîchissante de Bêta Sinta, mélange de citron et de soleil, emplit mon nez. Ses muscles durs ondulent sous ma joue. La conscience aiguë que j'ai de tous les endroits où son corps large et puissant est en contact avec le mien m'effraie. Je frissonne malgré la chaleur.

— Lâche-moi, grogné-je.

— J'ai. Dit. Non.

J'ouvre la bouche, montrant les dents.

— Si tu me mords, je jure devant les Dieux que je te balance du cheval et que je te fais marcher.

Je ferme la bouche. La ville est toujours à plusieurs centaines de pieds.

— Je ne mordrai pas.

— Pareil si tu me frappes.

Je serre les dents.

— Tu en demandes beaucoup.

— Vraiment ? dit-il d'une voix traînante en resserrant sa prise sur mes poignets jusqu'à ce que je siffle.

— Aïe ! D'accord. Je ne frapperai pas.

Ses doigts se relâchent.

— Est-ce que tu en fais le serment ?

Mes yeux s'écarquillent. Bêta Sinta affirme qu'il a besoin de moi pour avoir des informations, mais il a déjà trop de connaissances, pour mon propre bien, sur certains principes de la magie.

— D'accord. J'en fais le serment.

C'est comme m'arracher une dent, mais j'ai désespérément besoin d'arrêter de l'enlacer. Il est trop chaud et… et… *quelque chose.*

— Pour toujours, stipule-t-il.

Je renifle avec dérision.

— N'exagère pas.

— Pour un jour, alors. À partir de maintenant.

— D'accord. Un jour, accepté-je, non sans agacement.

Il relâche mes poignets et je me redresse si rapidement que je dégringole presque du dos du cheval. Le rire étouffé de Bêta Sinta est presque aussi énervant que la secousse de la magie qui conclut l'affaire. Les Hoi Polloi peuvent dire des choses et faire le contraire, même s'ils ne devraient pas. Ils pourraient ressentir de la culpabilité, des regrets, ou, peut-être, rien du tout, mais il n'y a pas de conséquences physiques. Moi, je ne peux y échapper.

Un air renfrogné épique collé sur le visage, je me tortille en arrière, tout en frottant la marque sur mon poignet et en pensant à Poséidon. Entre l'oracle que Bêta Sinta a vu en rêve et ma bouche incontrôlable, il n'y a pas de doute que le Dieu des océans est en train de fourrer son trident là où il ne devrait pas. Lorsque les Dieux se mêlent des affaires des mortels, tout peut arriver. Ce n'est certainement pas quelque chose à ignorer. Si le Dieu auquel je suis affiliée désire que Bêta Sinta et moi soyons liés, il doit avoir une très bonne raison à cela. Du moins, je l'espère.

***

Nous mettons les chevaux à l'étable du *Pavillon de Pan*, une auberge complètement anodine à l'ouest de la ville. Je ne comprends pas pourquoi Bêta Sinta n'entre pas en grande pompe dans une ville conquise. Quel intérêt y a-t-il à s'emparer d'un royaume si c'est juste pour vagabonder comme n'importe qui ?

Il rit lorsque je lui pose la question. *Il rit.* Qu'est-ce qui *cloche* chez ces gens ?

— Si quelqu'un découvre qui je suis, nous serons encerclés par la foule, m'explique-t-il. Il vaut mieux rester anonymes si nous voulons atteindre Sintaville avant l'hiver.

J'imagine que cela explique pourquoi nous avons évité les lieux peuplés jusqu'ici. Je lève les yeux au ciel.

— Quel fardeau que d'être adoré.

Bêta Sinta sourit.

— C'est une vie difficile.

— Pffff.

Dommage que j'aie fait ce serment de ne pas le frapper. À cet instant, il serait particulièrement satisfaisant d'effacer l'air suffisant de son visage d'une claque.

Nous nous dirigeons tous les cinq droit vers le marché. Les rues sont étroites et ombragées à proximité de l'auberge, mais, plus nous nous approchons de l'agora, plus elles s'élargissent, nous inondant du soleil de l'après-midi. Il est si implacable, que c'est comme si Zeus s'était assis sur ma tête. Mais où sont les lacs glacés quand j'ai besoin d'eux. Ou les chapeaux.

L'architecture évolue près du cœur de la cité, plus riche. Les temples constellent le quartier central. Un flot constant de gens y entrent et en sortent.

J'insiste pour aller dans un temple dédié à Poséidon. Je n'ai que quelques pièces en poche, ainsi que l'obole que je n'envisage même pas de donner. Cette pièce est pour Charon, et elle restera dans ma poche jusqu'au jour où je devrai payer le passeur afin qu'il me guide à travers le Styx jusqu'au pays des morts.

Je m'agenouille devant une statue gigantesque du Dieu de la mer et récite une prière silencieuse pour la protection de mes amis au cirque. Puis je pose deux de mes trois pièces de cuivre dans le bol en bronze poli au pied de Poséidon. Ce n'est pas grand-chose, et les disciples de Poséidon sont nombreux, mais j'espère que mes pièces trouveront un moyen d'être utiles à des gens qui en ont plus besoin que moi.

Bêta Sinta s'agenouille à côté de moi et prend une poignée de pièces d'argent de la bourse qu'il porte sur le côté, pour les déposer à côté des miennes. Je reste stupéfaite à la vue de tant d'argent.

— Habituellement, je donne à Athéna et à son culte, dit-il en haussant les épaules. Mais puisque nous sommes ici…

Carver, Flynn et Kato s'agenouillent à leur tour et donnent aussi une pièce d'argent.

Après que le prêtre a béni chacune de nos têtes, nous retournons dans la lumière aveuglante du soleil. La chaleur qui s'infiltre dans mon crâne me rend dingue. Tout en plissant les yeux et en m'éventant, j'observe les bâtiments de pierre à la ronde, ornés de colonnes de marbre cannelées et de sculptures de créatures et de Dieux. Ce que je vois donne enfin du sens à la géographie de notre périple sinueux.

— Nous sommes à Velos, dis-je.

Bêta Sinta me jette un œil, apparemment surpris.

— Tu es déjà venue ici ?

— Non, mais Artémis et Apollon sont partout, et les Vélans vénèrent les jumeaux.

Ils sont présents sur presque toutes les façades dans leur glorieuse nudité.

J'enchaîne :

— L'économie de Velos dépend de la forêt à l'est. Outre le marché, c'est la viande et le cuir qui rendent la cité prospère. Il est logique de vénérer les Dieux du tir à l'arc et de la chasse.

— Comment en sais-tu tellement sur Velos ? Le cirque voyage sur une route plus loin à l'ouest.

Des heures de cours et un tuteur armé d'un fouet ?

— J'ai rencontré des gens et entendu des choses, dis-je avec désinvolture.

Bêta Sinta s'arrête et pince les lèvres dans un agacement évident.

— Aide-moi, Cat. Ou au moins, dis-moi la vérité. Je sais quand tu mens.

— Vraiment ?

Mon cœur rate un battement.

— Tes yeux s'agitent.

— Mes yeux ne s'agitent pas !

— L'un s'étrécit, explique-t-il en touchant le coin de mon œil droit du bout de son doigt, me faisant frissonner. C'est comme si tu t'attendais à ce que le mensonge te blesse, mais ça n'arrive pas, puisque c'est le tien.

J'écarte ma tête et recommence à marcher.

— Merci de me l'avoir dit. Je vais devoir travailler là-dessus.

— Cat…, gronde-t-il en me suivant à la trace. Tout serait tellement plus simple si…

— … tu me laissais m'en aller.

Bêta Sinta secoue la tête.

— Je ne peux pas. Tu es trop précieuse.

— N'es-tu pas un tyran chanceux ? Celui qui a capturé la Faiseuse de rois. Excuse-moi de ne pas sauter de joie à l'idée de devenir ton esclave.

— Pas une esclave, corrige-t-il en attrapant mon bras et en me ramenant à lui. L'une des nôtres.

Étonnamment, il croit en ce qu'il raconte, même si ce n'est pas mon cas. Je dégage mon bras de sa prise, ressentant chacun de ses doigts comme du fer chauffé à blanc sur ma peau. J'aimerais que mes yeux puissent lancer des flammes. Ou mes mains. Ou vraiment, n'importe quel endroit de mon corps ferait l'affaire.

— Je ne serai jamais l'une des vôtres.

Bêta Sinta passe une main dans ses cheveux noirs, tirant légèrement dessus.

— Tu es trop têtue pour ton propre bien.

Je lui lance un regard noir. Il me fait face paisiblement, et son calme me donne envie de frapper quelque chose. *Ou quelqu'un.*

Notre petit groupe continue à avancer avant de s'arrêter à nouveau devant une rangée d'étals colorés. Une brise légère glisse sur mes épaules et je me tourne vers elle, essayant de me rafraîchir. Pendant ce temps, Bêta Sinta ouvre à nouveau sa bourse de cuir pour y prendre quatre pièces d'argent.

Flynn se frotte les mains, les yeux brillants.

— C'est jour de paie !

Flynn, Carver et Kato prennent tous une pièce, en laissant une dans la paume de Bêta Sinta.

— Cat, dit-il en me tendant la dernière. Ta paie.

De toutes les choses que j'aurais pu l'imaginer dire, celle-ci n'en faisait pas partie. Je ferme la bouche et me détourne. J'ai ma dernière pièce de cuivre.

Il n'insiste pas, glissant à nouveau la pièce d'argent dans sa bourse.

— Je la garde pour toi. Je sais ce que tu veux. Tu t'en plains assez souvent.

Je le regarde brusquement et remarque ses yeux débordant d'humour. *Est-ce qu'il me taquine ?*

Nous nous approchons des vendeurs, la corde enchantée me tirant à leur suite. Je me demande ce qui se passerait si je m'asseyais et refusais de bouger. Est-ce que je me ferais tirer sur les fesses ? Jeter sur une épaule ? Les possibilités poussent mes pieds à rester en mouvement.

Bêta Sinta achète assez d'abricots et d'oranges pour une semaine, trois miches de pain, du fromage de vache à pâte dure et des raisins verts. Je veux les rouges, mais, puisque j'ai refusé de prendre l'argent, je me tais. Il trouve du savon chez le vendeur suivant et prend une éternité pour sentir les différentes odeurs.

Je lève les yeux au ciel.

— On n'a pas toute la journée, commenté-je. Prends simplement le jaune, c'est toujours le meilleur.

Il le soulève et inhale.

— Citron. Ça sent comme toi.

Je ne sais pas si c'est à cause de sa voix soudain grave ou de ses longs cils sombres et épais s'abaissant pour recouvrir ses joues et ombrer ses yeux, mais cette remarque me rend si mièvre que c'en est révoltant.

— Et toi, craché-je. Mon savon aurait dû durer un mois de plus.

— Nous en prendrons deux, dit-il au vendeur avant de payer et de continuer à descendre la rangée d'étals.

— Il n'y a pas de «nous». Ne fais pas comme si j'avais le choix.

Bêta Sinta fait brusquement volte-face, les yeux assombris par la frustration.

— Tu *pourrais* avoir le choix. Et tu pourrais parfaitement choisir ton propre foutu savon !

— C'est le cas ! Je t'ai dit de prendre le jaune.

— Et c'est ce que j'ai fait !

Murmurant un juron, il s'en va en marchant si rapidement que la corde se tend, m'envoyant bouler dans quelqu'un. Ou peut-être est-ce l'homme qui trébuche sur moi. Il a les yeux dans le vague et il penche sur la gauche.

La magie pince ma peau. Mon corps y répond instantanément. Je ressens le vortex. Je le laisse s'étendre, préparant le tourbillon dans lequel j'aspirerai la magie de cet inconnu pour la faire mienne.

Je tends la main dans un frisson. À part la morsure légère et constante de la corde que je ne sens quasiment plus, je n'ai pas été en contact avec la magie depuis presque deux semaines. Quelle que soit celle qui circule dans les veines de cet homme, elle est excitante et puissante. Je ne sais pas ce que c'est, mais cela pourrait signifier mon évasion.

Je le prends par les épaules, avec l'impression d'être une enfant dans une cuisine remplie de gâteaux. Je vais me goinfrer jusqu'à exploser.

Chapitre 8

— Cat ?

La voix de Bêta Sinta semble lointaine.

— Cat ! Qu'est-ce que tu fais ?

Riant, flottant, je relâche l'homme seulement lorsqu'il ne reste plus de magie à lui prendre. En me tournant, je percute Bêta Sinta. Il agrippe mes bras nus et j'inspire, surprise. Des yeux comme un orage. Des doigts tellement chauds.

— Tu es rose !

Je glousse, cette phrase est étrange. Elle est inconnue à mes oreilles.

Il fronce les sourcils, ce qui me fait rire. J'ai du mal à faire la mise au point sur son visage. Tout est embrumé, rosé et vraiment pas très droit. Le monde vrombit. Il est devenu élastique et vibre sur les bords.

Nauséeuse, je pose la main sur la poitrine de Bêta Sinta, pour retrouver l'équilibre. Son cœur bat sous ma paume, et le mouvement régulier de sa poitrine, montant et descendant, me fascine. *En haut, en bas, en haut, en bas.* Il semble parfaitement normal de régler le rythme de ma respiration sur le sien.

— *Par les burnes de Poséidon !* Qu'est-ce que vous m'avez fait, par les Enfers ?

Je me tourne vers le grand homme rougeaud à qui j'ai dérobé la magie. Les pouvoirs qui sont naturellement siens lui reviendront en quelques heures, mais cela ressemble à un sort.

Je cligne des yeux pour le distinguer, inclinant ma tête de côté afin qu'il ne soit pas penché. Il chancelle et une secousse traverse sa silhouette nerveuse. Il est rose, lui aussi, et plus énervé que le Minotaure dans son labyrinthe.

Bêta Sinta se raidit sous ma main en voyant l'homme s'énerver.

— Cette dose était censée durer toute la journée ! J'ai dépensé beaucoup d'argent pour l'avoir. Rendez-la-moi ! rugit-il en se précipitant vers moi.

Le bras de Bêta Sinta s'enroule autour de ma taille, et il me fait tournoyer hors de son chemin. L'homme hurle, mais je ne parviens qu'à rire, même lorsqu'il sort un couteau et l'agite vers moi, avec de la folie dans les yeux.

Un grondement de rage monte dans la poitrine de Bêta Sinta. Il tend le bras et fait sauter le couteau de la main tremblante de l'homme. Soudain, Bêta Sinta le tient par la gorge. C'est impressionnant. Rapide.

Un des bras de Bêta Sinta m'enveloppe toujours, me plaquant contre son flanc. L'autre est tendue sous mon nez. Puissant sans étalage de muscles inutile, bronzé, noueux, sculpté. Son bras tout entier est presque trop séduisant pour y résister. Ses muscles gonflent et roulent, et j'ai toutes les peines du monde à ne pas tendre les doigts vers son biceps pour le presser.

Il jette l'homme au sol. Kato, Flynn et Carver prennent position autour de nous, avec des airs incroyablement meurtriers. J'applaudis et souris. J'*adore* les combats, bien que celui-ci ne semble pas très loyal. Puis je cligne des yeux. Soit Flynn vient de grandir de plus d'un pied, soit j'ai des hallucinations.

— Dose de quoi ?

L'intonation létale de Bêta Sinta fait dresser les poils de ma nuque. Un frisson me traverse et sa poigne autour de ma taille se resserre.

L'homme reste bouche bée devant nous, puis se prosterne. Bêta Sinta tire un couteau de sa ceinture et le lance, sans aucune hésitation. Il se plante à moins d'un pouce de l'oreille de l'homme, tranchant une mèche cheveux bruns emmêlés.

— Le prochain se plantera quelque part où ça fait mal, déclare Bêta Sinta d'une voix grave et furieuse.

Je fronce le nez.

— Brutal.

Son regard orageux se tourne vers le mien.

— Personne ne te touche.

Je me mords la lèvre inférieure, confuse.

— Toi, tu me touches.

Son regard se pose sur ma bouche.

— Je suis l'exception.

Ma respiration se bloque dans ma poitrine. Tout, à l'intérieur de moi, semble soudain liquide et léger. Il me fait de nouveau penser à un pirate. Sombre. Vif. Féroce. Je lui souris, en me demandant s'il accepterait que je lui saute dans les bras pour enfouir mon visage dans son cou.

Nos regards se croisent. Ses yeux sont comme de l'argent en fusion et mes jambes faiblissent. Je m'incline vers lui, et les doigts de Bêta Sinta se crispent sur mes hanches pour m'attirer plus près. Il ferme les yeux, le temps d'un profond soupir. Quand il les rouvre, sa mâchoire se crispe, et il se retourne vers l'homme au sol.

— J'attends, gronde-t-il.

Je me retourne à mon tour, plisse les yeux et pointe un doigt accusateur.

— Réponds ou meurs !

Le visage de l'homme se vide du peu de couleur qu'il lui restait et j'éclate de rire.

— Euphoria, lâche-t-il dans un sifflement en peinant à s'asseoir. Je l'ai payée cinq pièces d'argent, et cette petite sangsue me l'a volée en un seul contact.

Il crache dans ma direction. Le crachat tombe à un pied de ma botte. Il est rose.

Le grondement de gorge de Bêta Sinta me fait penser à un volcan sur le point d'entrer en éruption. Il risque d'y avoir du grabuge. Je ne suis pas d'humeur pour ça.

— C'est *toi* qui m'es rentré dedans.

Du moins, je pense que c'est lui. Je décolle le bras de Bêta Sinta de moi et m'éloigne, découvrant qu'il me faut une quantité d'effort inhabituelle pour mettre un pied devant l'autre. La corde tire, et je titube. Bêta Sinta me rétablit d'une main ferme sur mes reins, hésitant avant de me suivre. Je suis sur le point de lui demander s'il souhaiterait réduire l'homme en bouillie avant que nous passions à autre chose, mais, vraiment, Bêta Sinta est Bêta Sinta. Inutile de se montrer poli.

— Qu'est-ce qu'on fait du drogué ? demande Carver à voix basse, en tendant à son chef le couteau qu'il a lancé.

— Laisse-le, répond Bêta Sinta en rengainant la lame. Assure-toi qu'il ne nous suive pas.

Il me tient par le coude et sa chaleur me brûle le bras.

J'oublie le drogué dès lors qu'il disparaît de mon champ de vision. Celui-ci devient de plus en plus embrumé comme tout le reste. Joyeuse et insouciante, je fredonne en flottant le long des rangées du marché. J'ai besoin d'autre chose. Mais *quoi ?*

Je ne m'en souviens pas. Je m'en fiche un peu.

Je trébuche. Bêta Sinta me rattrape en encerclant ma taille de ses mains.

— Tu es droguée à l'euphoria. Une forte dose, calibrée pour un homme de deux fois ta taille.

Il me retient. Je pense qu'il est en train de me faire tenir debout. Ses grandes mains frôlent mes flancs en remontant pour me stabiliser.

Il baisse son regard sur moi et je vois mon visage se refléter dans la partie la plus sombre de ses yeux gris.

— Comment est-ce arrivé ? demande-t-il.

Je lui fais signe de baisser la tête afin de pouvoir lui parler à l'oreille. Quand sa joue caresse la mienne, sa chaleur déferle en moi. Je m'appuie contre sa mâchoire, curieuse de sentir l'effet d'une barbe de deux jours sur ma peau. C'est piquant, mais pas désagréable.

Je lui explique :

— Je peux voler de la magie. Si tu en avais, je te l'aurais volée.

Il lève la tête, le regard ombragé. Je ne sais que penser de cette expression. Je ne sais que penser de tout. Je ne me suis jamais sentie ainsi auparavant, déconnectée de moi-même, l'esprit confus, et heureuse. C'est un soulagement de ne plus avoir peur. Si libérateur. Je devrais faire ça plus souvent. Profiter de la vie !

— Je peux aussi en donner.

Je dirige un peu d'euphoria vers Bêta Sinta. Elle revient vers moi avec un frémissement et je fronce les sourcils.

— Tu n'en veux pas ? l'interrogé-je.

Est-ce qu'il est censé avoir le choix ? J'essaie encore, et la même chose se reproduit.

— Il y a quelque chose de très bizarre chez toi, déclaré-je.

Et pour je ne sais quelle raison, cela me fait rire si fort qu'on croirait entendre un âne.

Après que je m'arrête de braire, il me vient à l'idée que le problème vient peut-être de moi. Je me tortille hors de l'étreinte de Bêta Sinta et envoie un peu de magie à Kato.

Kato sourit et penche sur la gauche.

— Tout est rose !

Il se tourne, perd l'équilibre et fait valser un étalage entier de chaussures, ceintures et autres articles de cuir.

— Nom des Dieux ! murmure Bêta Sinta en tendant une pièce d'argent au vendeur furieux, pour le dédommagement. Flynn ! Occupe-toi de lui. Ramène-le à l'auberge. Assure-toi qu'il ne fasse rien de stupide, comme bousculer quelque chose d'autre ou tuer quelqu'un par inadvertance.

— Oh, non ! m'écrié-je. Nous ne devons pas tuer par accident. Seulement intentionnellement.

— C'est exactement mon avis, marmonne Bêta Sinta en me prenant la main pour me tirer dans la rue.

On dirait que je vais me retrouver sur sa liste de personnes à tuer.

Je rigole. Carver nous suit.

— Où allons-nous ?

Je danse une gigue fisanne autour de Bêta Sinta, le poussant à tourner en rond. La poussière que je soulève scintille comme des cristaux de glace sous un soleil d'hiver. Je me languis du froid, le genre de froid qui vous gèle la cervelle.

Où est mon cerveau ? Je ne sens plus ma tête !

Je lève brusquement les mains et plonge les doigts dans ma tresse, la défaisant jusqu'à ce que je sente mon cuir chevelu. *Oh, c'est bon. Elle est toujours là.*

— Nous avons encore une chose à acheter, dit Bêta Sinta.

— Je le savais ! m'exclamé-je en frappant dans mes mains, triomphante. Quoi ?

— Une serviette.

Voilà qui me semble peu divertissant. Un objet brillant attire mon regard. Je vire à droite, entraînant Bêta Sinta avec moi.

— Une épée ! Je veux une épée. Est-ce que je peux avoir une épée ?

— Tu ne peux même pas soulever une épée, réplique-t-il.

Mais il me suit à la table du marchand.

— Si, je peux. Regarde-moi faire.

Je tends la main vers la lame la plus grosse et la plus brillante de tout l'étal. Elle refuse de bouger.

— C'est bizarre. Quelqu'un a dû la coller, dis-je.

Je me penche sur l'épée et continue à avancer jusqu'à ce que mon visage atterrisse sur le métal.

— Aïe ! m'exclamé-je.

Je me frotte le nez et, lorsque je recule mon doigt, il est plein de sang. La vue de cette tache rouge devrait m'inquiéter, mais je ne me rappelle plus pourquoi.

— Le sang, déclare la voix de ma mère qui me hante de très loin. Verse-le. Répands-le. Baigne-toi dedans. Fais-toi craindre des autres.

Un rire bouillonne au fond de moi. Jusqu'à présent, je n'ai jamais trouvé ma mère drôle. Cette euphoria est géniale !

Bêta Sinta se penche tout près pour inspecter mon nez. Il balaie les cheveux de mon visage de ses doigts calleux, mais légers et chauds.

Sur une impulsion, je passe les doigts sur la barbe foncée qui assombrit ses joues.

— Hmmm, ça gratte.

Il m'observe en attrapant mes mains. Il les fait doucement redescendre, en les gardant vaguement prisonnières des siennes. Ses pouces passent sur mes phalanges et d'agréables papillonnements me chatouillent de l'intérieur.

— Ce n'est rien qu'une égratignure, dit-il d'une voix étrangement douce.

Quelques secondes passent avant qu'il ne me lâche et ne se tourne vers le vendeur, indiquant d'un mouvement de tête une épée courte à l'autre bout de la table.

Le marchand la lui tend, et Bêta Sinta inspecte l'arme, teste son poids, son équilibre et vérifie que la lame est bien droite.

— On la prend, annonce-t-il finalement. Et votre plus petit ceinturon pour épée, avec des attaches pour les dagues.

— Tu m'achètes une épée ? Et une ceinture pour mes couteaux ?

Excitée, je bondis sur lui comme une pieuvre, m'agrippant à lui avec mes bras et mes jambes. Donc plutôt, comme une pieuvre à quatre bras. Est-ce que ça existe au moins ?

Mes Dieux ! Sa peau est en feu *!*

Les bras de Bêta Sinta se referment autour de moi. Le tonnerre gronde dans mes oreilles et je penche la tête afin d'en entendre plus. Bêta Sinta s'immobilise entièrement. Est-ce qu'il entend l'orage, lui aussi ? Puis, il inspire si profondément que sa poitrine gonfle et se presse contre moi. Une sensation étourdissante me traverse. Dans mon cou, son souffle frémissant agite mes cheveux et un frisson me remonte l'échine.

Je tremble, et pouffe, le souffle court.

— Ah ! Ça chatouille !

Avec un petit rire forcé, il se défait de mes membres et me remet sur pied, tout en se tenant au-dessus de moi dans une attitude protectrice. Je ne peux m'empêcher de lui sourire. Il est tellement contradictoire. Si arrogant et pourtant si raisonnable à la fois.

— L'épée est vraiment pour moi ? le questionné-je.

Ses mains s'attardent sur ma taille, ses doigts écartés pressant légèrement mes flancs.

— Tu as dit que tu en voulais une.

Mon sourire s'élargit.

— Dans ce cas, j'en veux *deux* ! Une pour chaque hanche.

J'imagine déjà mon allure.

Il rit, son expression reflétant un mélange déconcertant de bonne humeur et d'indulgence.

— Commençons déjà avec une seule, réplique-t-il en m'attirant un peu plus près.

Je lève les yeux vers lui. J'ai l'esprit embrouillé, les membres légers et personne ne m'a jamais regardée de la façon dont il le fait. La chaleur non dissimulée de son regard vif-argent rend ma respiration laborieuse.

Bêta Sinta paie l'épée. Courte, elle fait un peu moins de trois pieds, et possède une garde arrondie décorée de feuilles de laurier.

— Est-ce que je peux l'avoir ? demandé-je en bondissant à côté de lui. Je peux ? S'il te plaît, s'il te plaît ?

— Non.

— Pourquoi pas ?

— Tu pourras l'avoir quand je pourrai te faire confiance.

Cela paraît logique.

— D'accord.

— D'accord ? répète-t-il en arquant un sourcil sombre. C'est tout ?

— Qu'est-ce qui est tout ?

Il y a une abeille qui bourdonne dans mon oreille. Je la tape, en riant. Elle se transforme en un Centaure qui part au galop.

Je m'écrie :

— Tu as vu ça ?

— Vu quoi ?

— L'abeille. Le Centaure abeille. Le rose.

Bêta Sinta lève les yeux au ciel, quelque chose que je ne l'aurais jamais imaginé faire, prend ma main et m'entraîne à travers le marché. Les couleurs, les sons et les parfums épicés tourbillonnent dans mon cerveau embrumé. Je flotte au travers. Il faut que je danse. Je danse et sautille comme l'enfant qu'on ne m'a jamais permis d'être. Je suis heureuse. Je n'ai peur de rien. Je n'ai pas besoin d'assurer mes arrières. Il y a un papillon géant qui s'en charge.

Il atterrit sur mon épaule, bat de ses ailes poudrées, et murmure :

— Je vais prendre soin de toi.

Je lève les yeux, rayonnante.

— Merci.

— Je t'en prie, répond Bêta Sinta.

— Pas *toi*.

Il fronce les sourcils, et je ris en reprenant ma danse. Lorsque je tombe, Carver m'aide à me relever. Je souris et lui fais ma plus belle révérence. Elle est vraiment très réussie. Il n'y a pas une princesse dans les trois royaumes qui pourrait faire mieux.

Carver s'incline en retour, et c'est affreux. Je ris si fort que je pousse un grognement. Mère n'approuverait pas du tout.

Bêta Sinta tire légèrement sur ma main et je trébuche vers la droite, atterrissant dans une mer de serviettes. Mises à sécher en hauteur, elles s'agitent comme des voiles arc-en-ciel dans la brise de l'après-midi. Je bondis, essayant d'atteindre la plus haute pendant que Bêta Sinta farfouille dans le stock sur la table, en cherchant quelque chose avec cette efficacité qui lui est propre.

— Celle-ci, dit-il au marchand.

Elle est de taille moyenne et d'une teinte de jaune épouvantable.

— Est-ce qu'elle est pour moi ?

Il acquiesce et je grimace.

— Non, pas celle-là. On dirait que Cerbère a vomi dessus, dis-je en jetant un regard le long de l'étal. Je veux *celle-là* !

Elle est rouge vif et trois fois trop grande. *Je l'adore !*

Il remet la jaune sur la table et achète la rouge.

En ayant fini avec le marché, il m'entraîne à nouveau vers l'auberge. Soudain étourdie, je m'étale au milieu de la rue pavée. J'entends le grognement de Bêta Sinta lorsque la corde s'enfonce dans sa chair.

Je le regarde par en dessous, les yeux plissés.

— Bien fait pour toi. Tu pourrais juste me détacher. Ou me relâcher.

Il a un sourire narquois.

— Et manquer cette comédie ?

J'éclate de rire. Une seconde plus tard, il me sourit en retour. Son sourire est large et fait battre mon cœur à un rythme irrégulier. Son nez est un peu crochu, ce qui rend son visage différent, intéressant. Sa cicatrice aussi. Je n'arrive pas à me rappeler pourquoi je ne l'apprécie pas. En fait, je…

Je tourne brusquement la tête. J'ai senti quelque chose. Je *veux* quelque chose. Je me relève d'un bond, mes pieds décollent.

— Où est-ce que tu vas ?

Bêta Sinta se cale sur ma foulée à côté de moi. Carver, de l'autre côté, suit aisément la cadence.

Je ne réponds pas parce que je ne le sais pas. Pas avant que nous ne tournions à un coin de rue. Nous courons droit vers des bains publics. Je déboule à travers la porte d'entrée, en faisant sursauter un couple sur le point de sortir. Leurs robes blanches sont sanglées avec des ceintures en or martelé assorties. *Brillant !*

Je tends la main vers la ceinture de la femme. Elle se décale loin de moi et je la laisse faire. Il y a plus important ici.

Il y a un côté pour les dames et un côté pour les hommes. Je me moque de savoir lequel est lequel et je ne prends pas le temps de le déterminer. Je tourne à droite et cours le long du couloir en marbre.

Il y a des vagues sous mes pieds. De l'écume fraîche se glisse entre mes orteils. Je pousse un cri strident et éclate de rire lorsqu'un Satyre part à ma poursuite, essayant de me pincer les joues.

Une haute et lourde porte me stoppe sur mon chemin. Je tends la main vers le loquet, mais, pour une raison inconnue, je n'arrête pas de le louper.

— J'ai comme l'impression que tu n'as jamais été droguée avant, commente Bêta Sinta en se penchant à côté de moi pour ouvrir la porte.

— Et toi ? lui demandé-je.

Il secoue la tête. Des éclairs d'argent dansent dans ses yeux. Ils scintillent comme les galaxies lointaines dans la profondeur de la nuit. Mes yeux se perdent dans l'éparpillement des étoiles, tombant, tombant…

— On dirait que c'est amusant, dit Carver en me tirant hors de l'espace.

Je me tourne vers l'épéiste fin et musclé.

— Tu en veux ? C'est fabuleux !

— Non merci, sourit Carver. Tu as autre chose à offrir ?

Je glousse et rougis. Puis mon sourire se transforme en moue.

— Ne flirte pas.

Carver fait de son mieux pour avoir l'air abattu, ignorant le regard noir de Bêta Sinta.

— Pourquoi ?

— N'es-tu pas au courant ? Poséidon a envoyé ton frère incroyablement horripilant vers moi dans un oracle. C'est le genre de chose qui n'arrive qu'une fois dans une vie. Sauf pour la plupart des gens. La plupart des gens n'en reçoivent jamais. Bref.

Je souffle en levant les yeux au ciel.

— Il pense probablement que cela *signifie* quelque chose. J'aimerais mieux manger des couilles de chèvre ou des crottes de chèvre, déclaré-je en fronçant les sourcils, perplexe. Ou du fromage de chèvre !

J'ajoute cette précision avec une exclamation triomphante.

Les deux hommes me regardent, médusés. Si ça continue, ils vont gober les mouches. Je ne veux pas de mouches, même des roses.

— Un oracle ? dit Bêta Sinta.

— Cette fille est une mine de renseignements, murmure Carver.

— Quoi ? Vous n'en avez jamais entendu parler ? demandé-je en haussant les épaules. J'ai chaud.

Me rappelant l'eau, je fais volte-face, m'emmêle les pieds et m'écrase sur le sol.

Bêta Sinta me remet debout et je recommence à courir, guidée par un besoin aveugle. Des bruits de bottes me suivent. La corde se tend puis se relâche lorsque nous entrons soudainement dans une salle de bains où se trouvent trois hommes nus. Je ris de leurs airs interloqués et je passe d'un coup sec ma tunique par-dessus ma tête.

Les yeux de Bêta Sinta s'élargissent.

— Pour l'amour des Dieux, Cat !

Je continue à me déshabiller, jetant mes vêtements en tas au sol.

— Dehors ! aboie Bêta Sinta à travers la pièce.

Il doit y avoir quelque chose d'effrayant chez lui, parce que les trois hommes sautent hors du bassin et s'enfuient en courant, parsemant le sol de flaques d'eau.

Ils disparaissent et je me retourne vers Bêta Sinta. Il ne me paraît pas si effrayant. Je lève le menton pour l'inspecter. Ses cheveux sont de la couleur d'une nuit sans étoiles, brillants, et ils bouclent légèrement sur sa nuque. J'y porte les mains et joue avec les mèches soyeuses. Elles ressemblent à des taches d'encre sur mes doigts.

Tout en souriant, je lisse les mèches folles pour dégager son visage, puis lui tapote la tête.

— Gentil Bêta.

Un grondement sourd résonne dans sa gorge.

— Ouaf ! aboyé-je en retour.

Il sourit. Puis, ses yeux tombent sur ma poitrine nue. Son sourire se fige, ses narines se dilatent et il serre les poings.

La chaleur explose en moi accompagnée de milliers d'ailes minuscules. Je sens mon cou qui s'empourpre, mes tétons qui durcissent sous son regard brûlant, et j'ai soudain une conscience aiguë de mes propres seins. Leur balancement et leur poids, leur galbe. Un muscle de sa mâchoire se crispe avant que son regard ne se dirige plus bas, détaillant le reste de mon corps. Son expression me fait penser à un homme affamé qui vient de tomber sur son prochain repas. Hypnotisé. Alléché. Prêt à bondir.

— Détache-moi ou plonge avec moi.

Ma voix est rauque. Il y a une colonie de papillons à l'intérieur de moi.

Bêta Sinta se rapproche de moi pour me masquer à la vue de Carver, ordonnant à son frère de quitter la pièce. Emportant la plupart de nos achats, Carver se retire avec sa bravade habituelle. Je lui envoie un baiser effronté par-dessus l'épaule de Bêta Sinta. Je sursaute lorsqu'un bruit violent résonne dans le torse de Bêta Sinta.

Carver rit en sortant de la pièce. Rapidement.

L'air chaud effleure ma peau. *Toute* ma peau. C'est la chaleur de Bêta Sinta. Il est si proche. J'ai l'impression d'oublier quelque chose d'important.

Il plonge ses yeux d'argent dans les miens.

— Fais le serment que tu ne partiras pas sans moi.

— Très bien.

— Dis-le.

Je lève les yeux au ciel et m'incline, levant la main pour y ajouter de la cérémonie.

— Je ne quitterai pas cette pièce sans vous, Ô Grand Homme Impérieux.

Sa bouche frémit, et je me redresse fièrement, étrangement ravie de le faire rire.

Bêta Sinta dénoue la corde, chose à laquelle je pense que je devrais faire plus attention. Ses doigts effleurent à peine ma taille, mais le contact me coupe le souffle et me serre le ventre. De petites flammes lèchent ma peau à l'endroit où elle entre en contact avec la sienne. Je ne devrais pas aimer cela, mais c'est le cas.

Au moment où la corde tombe, je prends une profonde respiration, plonge dans le bassin et nage toute la longueur sous l'eau. *Un bonheur.*

J'émerge en riant, puis nage pendant ce qui me semble des heures. Mes mains et mes pieds sont fripés comme des raisins secs, mais je continue à nager, l'océan de Poséidon dans les oreilles. Bêta Sinta fait les cent pas le long du bassin, me suivant comme mon ombre. Je l'éclabousse et il fronce les sourcils. Je l'invite à me rejoindre et il secoue la tête. Je ne sais pas pourquoi il ne veut pas. Je ne me suis jamais autant amusée depuis… eh bien, *jamais*. Dommage qu'il soit si grognon.

Un peu après la tombée de la nuit, la fatigue s'abat sur moi comme la poigne d'un Cyclope. Je m'amollis, les muscles usés et fatigués, et si lourds que je peux à peine bouger. Rien n'est rose. Rien n'est merveilleux. Je ne suis ni étourdie ni heureuse, et le fait que Bêta Sinta me regarde nager toute nue n'est plus du tout amusant. Tout en prenant une inspiration, j'essaie de devenir invisible. Voilà la chose importante que j'oubliais tout à l'heure. Toutefois, je n'y arrive pas. Je suis trop faible. J'essaie encore, mais rien ne se produit. Le sang se retire de mon visage si vite que des taches noires envahissent ma vision.

Le regard de Bêta Sinta s'affûte. Il fait un pas en avant, hésite, puis s'arrête, sans sauter le pas.

Mon visage s'enflamme alors que l'humiliation m'entraîne dans des recoins sombres de mon esprit. Je préférerais me faire battre cent fois plutôt que ça. *Ça*, c'est de la torture.

Mes yeux piquent et je lutte contre les larmes. *Cat, ne pleure pas.* Mais cette fois, je crois qu'il est possible que ça m'arrive. Des années de terreur s'écrasent sur moi et je tremble, tout en me demandant si je peux me noyer, afin de sauver les royaumes de Cat, la calamité.

Debout dans l'eau, je laisse retomber ma tête en arrière. Mes cheveux foncés flottent autour de mes épaules comme les plumes d'un paon dans la nuit. Je distingue mes orteils à travers l'eau. Je peux tout voir. Et lui aussi.

— C'est pour ça que les drogués ne cessent d'en prendre, explique Bêta Sinta depuis le bord de la piscine. C'est trop horrible lorsque l'effet se termine.

Je renifle. Je ne peux pas le regarder. Je ne le ferai pas.

— Viens.

Il me tend la serviette rouge criard que j'ai choisie. Elle est hideuse et bien trop grande.

Il détourne le regard lorsque je remonte les marches. Mes yeux me font mal. Ils projettent leur douleur dans ma tête. Je suis secouée de tremblements. Je n'ai pas froid, mais je ne peux pas m'arrêter. Même mes dents claquent, ce qui est une toute nouvelle expérience.

Tenant à peine droit, je laisse Bêta Sinta m'envelopper dans le linge. Il me tapote pour me sécher, ses mains étonnamment douces. Son toucher est efficace, pas trop invasif, et étrangement réconfortant. *Mes Dieux, je n'arrive pas à croire que je viens de penser ça.*

Je serre les paupières, me haïssant moi-même plus que je ne le hais lui, pour une fois.

— Pourquoi l'as-tu pris ?

Il se penche au-dessus de moi pour m'emmitoufler un peu plus dans la serviette. Ses cils ébène masquent ses yeux. Des mèches de cheveux noirs s'échappent vers l'avant, caressant mes épaules nues.

Un frisson me traverse, plus chaud cette fois.

— La magie voulait se loger en moi. Je ne pouvais pas le contrôler. Je… Je n'ai même pas essayé.

Ma voix est aussi faible qu'une volute de fumée. Elle reflète la façon dont je me sens.

— Ce n'était pas de la magie. C'était un sort, annonce Bêta Sinta.

Il se redresse. Ses yeux, ombrés sous la lueur des torches, sont comme un océan dans la nuit, obscurs et profonds. Il est proche, trop proche, mais je n'ai pas la force de reculer, ou même de détourner le regard.

— Peu importe, répliqué-je avec indifférence. C'est la même chose pour moi.

Il manipule à nouveau le linge rouge avant de le tirer doucement au niveau de mes coudes.

— Allons-y, dit-il d'une voix plus grave que d'habitude.

Je ne suis pas sûre de pouvoir. Je repère mes habits, fais un pas, un deuxième, puis je m'effondre au sol et me roule en position fœtale, ma joue posée sur le marbre frais.

Bêta Sinta récupère mes affaires, puis il glisse un bras sous mes genoux, l'autre dans mon dos et me soulève comme si je ne pesais rien. Je n'arrive pas à trouver l'énergie pour protester. Ma tête tombe lourdement sur son épaule, mouillant sa tunique. Je ferme les yeux en sentant la chaleur de mon propre souffle me revenir vers moi après avoir rebondi sur son cou.

— Tu ne sens jamais mauvais, marmonné-je.

— Je devrais ?

— Cela te rendrait humain, comme le reste d'entre nous.

— Je suis humain. C'est pourquoi j'ai besoin de…

— … ton aide, finis-je d'un ton las en obligeant mes paupières à se relever.

— Ce n'est pas un jeu, Cat.

— Laisse-moi ici, gémis-je. Tu ne peux pas me porter tout le chemin jusqu'à l'auberge.

Il grogne, comme si je devais déjà savoir que, évidemment, il ne va pas me laisser.

— Et abandonner mon plus précieux trésor ?

Malgré ma valeur magique, je n'ai jamais été le plus précieux trésor de quelqu'un.

— Je refuse d'être utilisée.

Un sourire étire ses lèvres si expressives et si… *proches.*

— Égérie gagnera ton respect et ton soutien.

J'en doute. Je bâille bruyamment et le bout de mon nez effleure accidentellement le cou de Bêta Sinta. Attirée par sa chaleur et sa force inébranlable, je suis tentée de me lover plus près. Je suis sur le point de craquer lorsqu'un brusque coup de panique me transperce.

Oh Dieux ! Tout est fini. Huit ans à se cacher, et maintenant ça.

Je ne pensais pas qu'il soit possible de me détester encore plus à cet instant, mais j'avais tort.

— Je n'arriverai pas jusqu'à elle, affirmé-je.

— Tu as tort. Tu as tort sur beaucoup de choses.

J'abandonne le sujet. J'ai de plus gros problèmes.

— J'ai saigné sur cette épée et je ne l'ai pas dilué.

Je m'en fichais lorsque c'est arrivé, au stand d'armes. C'est vrai ce qu'on dit, les drogues rendent idiot.

J'ajoute :

— Ils vont pister mon sang. Ça fait des heures. Ils sont déjà en chemin.

Il se raidit et sa voix devient dure et tranchante, comme la lame d'un couteau.

— Qui ?

Je bâille à nouveau. Apparemment, même les gens les plus terrifiants des royaumes ne peuvent pas faire concurrence à la fatigue profonde induite par la descente de la drogue.

— C'est ta faute. Tu m'as découverte.

Ses bras se resserrent, me calant contre sa poitrine.

— Je te protégerai.

Mes yeux se ferment et l'obscurité m'enveloppe tel un linceul. Je me demande pour la énième fois combien de temps il me reste à vivre.

Le cœur de Bêta Sinta bat sous ma main.

— Tu peux toujours essayer, soupiré-je en disparaissant dans le néant.

CHAPITRE 9

Des bruits de conversations me tirent de mon sommeil. Ma tête me fait souffrir le martyre. Je suis sur un matelas, toujours enveloppée dans ma serviette, sous une couette légère. Mes poignets sont attachés au lit. Obéissant à mon premier instinct, je tire sur les liens. Lorsqu'ils ne bougent pas, je feins le sommeil et tends l'oreille. La première chose que j'entends est la voix revêche de Flynn, qui demande qui est à mes trousses.

— C'est ce que j'aimerais savoir.

La frustration teinte la réponse de Bêta Sinta. Il fait les cent pas, ses longues foulées battant le sol de bois à un rythme régulier.

— Elle m'a dit que tout le monde est son ennemi, enchaîne-t-il. À ce moment-là, je pensais qu'elle exagérait, mais n'importe quel membre d'une famille royale ou noble tuerait pour mettre la main sur la Faiseuse de rois. Elle peut voler de la magie. Devenir invisible. Elle pourrait même être capable de contrôler un Dragon. Les Dieux seuls savent ce qu'elle peut faire d'autre. Elle est même plutôt douée avec un couteau.

Plutôt douée ? Plutôt douée ! Mes yeux s'ouvrent presque d'indignation.

Les pas de Bêta Sinta s'arrêtent près du lit. Des doigts chauds effleurent les miens.

— Qui ne voudrait pas d'elle ?

Quelque chose dans son ton me serre le ventre. Cette horrible sensation mièvre me prend à nouveau.

Carver se joint à la conversation, la voix morose.

— Il y a plus, là, derrière, que ce que nous savons. Elle cache plus de secrets que ce que nous pensions, dit-il en soupirant bruyamment. Est-ce qu'on peut la protéger ?

J'en doute.

— La cacher ? demande Flynn.

Peut-être.

— Nous devons l'amener à Égérie, affirme Bêta Sinta.

Rah ! Encore elle.

— Notre premier problème, c'est ceux qui sont à sa poursuite en ce moment même, déclare Kato. Nous nous occuperons du reste plus tard.

Ce bon vieux Kato. Il sait comment se débarrasser des déchets et de la puanteur associée. Dans ma tête, je visualise ses larges épaules, ses traits d'Adonis, des yeux bleus rieurs et des cheveux blonds comme les blés. Dans mon esprit, il me fait un clin d'œil, ses trois couteaux plantés dans le nœud d'un arbre. C'est moi qui le lui ai appris.

— Je pourrais chevaucher sans m'arrêter et ramener un tiers de l'armée, propose Flynn.

— Non, ils protègent le château, rétorque Bêta Sinta sur un ton définitif

Je lève les yeux au ciel mentalement. *Ils protègent le château et sa très chère Égérie.*

— Nous pourrions trouver plus de Magoi et les embaucher pour la protéger, suggère Carver.

— Ça ne ferait que l'exposer un peu plus, réplique son frère en recommençant à faire les cent pas.

D'autres bruits de pas se joignent à ceux de Bêta Sinta. Le rythme est plus lourd et moins précis.

— Alors, que faisons-nous ? l'interroge Flynn.

Personne ne parle pendant un moment. Puis, la voix de Bêta Sinta résonne au-dessus de moi, grave et assurée.

— Nous restons ensemble, comme nous l'avons toujours fait. Nous quatre ne sommes jamais tombés sur un ennemi que nous n'avons pas réussi à battre.

Un sentiment de vide se répand en moi. En ce moment, je pourrais être allongée sur mon lit de camp au cirque, à écouter Aetos, Desma, Vasili et Séléné avoir cette même conversation. Mais ils m'ont aimée et protégée pendant des années. Bêta Sinta ne me veut en vie que pour m'utiliser.

Je veux vivre. Au moins, un de nos intérêts converge.

Je laisse échapper un soupir et me mets à parler.

— Ils commenceront par envoyer des hommes armés. Au moins une vingtaine avec un peu de magie. Si ça ne fonctionne pas, ils se rabattront sur des créatures. Centaures, Kobaloi… ce genre de choses. Peut-être même un Dragon.

J'ouvre les yeux. Ma tête m'élance et la lueur de la lampe à huile est comme une dague plantée dans mon crâne.

— Au fait, ajouté-je, j'espère que Lamia vous videra de votre sang et dévorera vos cœurs.

— Lamia ne mange que des enfants, réplique Carver, amusé.

— C'est ce que tu crois, soufflé-je.

— Bon retour parmi nous, dit Flynn en tapotant mon pied à travers la couverture.

Je me redresse en position assise avec un grognement avant de porter mes mains à ma tête.

— Le mal de crâne est aussi amusant qu'un nid de Harpies, dit Kato, les traits tendus et le visage plus pâle que d'habitude. Merci pour ça.

Je fronce les sourcils dans sa direction.

— Les Dieux n'aiment pas le sarcasme.

— Tu vois un Dieu dans cette chambre ? demande-t-il en écartant largement les mains.

— C'est bien ce que je dis. Tu ne les vois pas, jusqu'à ce qu'ils te balancent des éclairs dessus.

Il esquisse un faible sourire, puis ferme les yeux. Il laisse tomber sa tête en avant, tout en se pinçant l'arrête du nez.

Super. J'ai abattu Adonis avec une dose d'euphoria. Je me sens comme une délinquante.

Bêta Sinta s'accroupit à côté de mon lit, ses yeux au niveau des miens.

— Comment sais-tu ce qui nous attend ?

Je me détourne en rougissant. Je ne peux m'empêcher de me remémorer son regard brûlant sur moi dans la piscine, ou la façon dont ses bras se sont serrés autour de mon corps avant que le sommeil ne me dépouille de toute pensée consciente.

Je baisse les yeux et joue avec les peluches de la couverture.

— Par expérience. Et un pressentiment. Je me trompe peut-être.

— Tu n'as jamais tort ?

— Malheureusement, ça m'arrive.

Son poids enfonce le matelas.

— Coopère, Cat. Nous t'aiderons.

Je relève brusquement les yeux.

— Sans toi, je ne serais même pas en danger ! Du moins, pas en danger immédiat. Je ne fais pas partie de ta bande. Quand est-ce que ça rentrera dans ton crâne ?

— Tu auras tout ce dont tu as besoin, argue-t-il. De l'argent, un refuge, une protection.

Pense-t-il réellement que c'est tout ce qu'une personne désire ? Je pourrais me vendre à un bon nombre de nobles Magoi en échange de ça.

— Est-ce que *tu* as besoin de protection ?

— Quelques fois.

— Moi pas. Je n'ai besoin de personne.

Est-ce que mes yeux s'agitent face à ce mensonge ?

Bêta Sinta m'observe, son expression calme.

— Cela semble être une vie bien solitaire.

Un creux familier s'ouvre dans ma poitrine, et je déglutis en fermant les yeux pour ne plus voir les quatre hommes. Lorsque je relève les paupières, ils m'observent toujours, et je suis incapable de trouver en moi la force de les haïr.

Enfin, je hais toujours un peu Bêta Sinta, mais ce n'est plus aussi dramatique, même dans mon propre esprit. Je ressens cela comme une nouvelle défaite. Il m'a attrapée. M'a emprisonnée. Et maintenant, je ne le déteste même pas réellement. C'est humiliant. Et j'ai déjà été assez humiliée pour la journée.

Je disparais.

— Cat ? m'appelle Bêta Sinta.

Je ne sais pas pourquoi. Je suis toujours reliée à cette fichue corde, qui est attachée à ce fichu lit, qui est maintenant aussi fichtrement invisible que moi.

— Je m'habille.

Je repousse la couverture et récupère mes vêtements. Je m'en sors bien pour les remettre malgré la corde, sauf pour la tunique. Je la fais passer par-dessus ma tête, glisse mon bras libre dans une manche puis tire sur le reste du tissu pour me couvrir en grande partie avant de réapparaître.

— Tu dois détacher la corde.

Les yeux de Bêta Sinta se verrouillent sur moi lorsque je redeviens visible, leur intensité brûlante déclenchant un brasier en moi. Son regard ne cesse de revenir sur mes cheveux. Eux qui ne sont quasiment jamais lâchés retombent en cet instant dans un désordre de boucles sauvages ondulant jusqu'à ma taille.

Hésitant, il avance la main et touche légèrement mes boucles sombres.

— Tu es trop jeune pour être si cynique.

Je frisonne tout en prenant horriblement conscience de moi-même. Être presque couverte ne fait que me rappeler le moment où j'étais complètement nue et je rougis de manière incontrôlable. Même mes oreilles deviennent rouges.

Alors que je m'empourpre, les lèvres de Bêta Sinta s'ourlent d'un sourire un peu trop suffisant à mon goût. Il enroule ses doigts chauds autour de mon poignet libre et tend lentement la main de l'autre côté, pour libérer mon deuxième poignet. Dès que je le peux, je balance mon bras dans la tunique, sans tenir compte du tiraillement traître de mon estomac et des horribles papillonnements dans ma poitrine.

Il me tire hors du lit, puis ordonne à Carver de nous rattacher ensemble à la taille. Je me sens mal assurée sur mes pieds, et pas à cause de l'euphoria.

— Est-ce que c'est vraiment nécessaire ? demandé-je en jetant un regard noir à la corde.

— C'est toi qui rends cela nécessaire, rétorque Bêta Sinta.

Il n'a pas tort. Je filerais comme la flèche d'Artémis si je pouvais m'échapper.

— Est-ce que tu pensais réellement que je t'offrirais ma loyauté juste parce que tu affirmes que tu ne vas pas massacrer des Sintans au hasard, et parce que ta sœur, l'Alpha, est « trop sympa » ?

— Je pensais que tu finirais par avoir un peu de bon sens, déclare Bêta Sinta avec raideur.

— Le bon sens et moi, on ne fait pas bon ménage.

— Je vois ça, murmure-t-il.

Mon sang boue instantanément. Tout, le concernant, me rend dingue et fait monter en moi une pression que je ne sais pas gérer. Sans autre échappatoire que ma réaction viscérale, je balance mon poing dans le ventre de Bêta Sinta.

La douleur explose dans un éclair de chaleur dévorante, fracturant mon corps en éclats. Je me recroqueville au sol, mon cri étouffé par une déflagration de tonnerre si violente qu'elle fait trembler l'auberge. Je hurle. En feu. Brûlante. Déchirée. Les mensonges ne sont rien comparés à ça. C'est le déluge de feu de l'Olympe, écorchant ma peau, mes yeux, mon âme !

Je serre ma gorge et ma poitrine à pleines mains, là où la brûlure est atroce. La pièce s'emplit d'un long gémissement. C'est moi. Le gémissement, c'est moi !

Bêta Sinta attrape mes mains et me remet sur pied.

— Tu te fais du mal !

Je me débats, le frappant et criant, m'agitant comme une Furie. *Oh Dieux ! Les Furies !*

— Nom de Zeus, qu'est-ce qui ne va pas chez elle ? demande Flynn en se mêlant à la lutte pour m'empêcher de bouger.

Je tourne ma tête dans tous les sens. Mon crâne se fend, me laissant à moitié aveuglée par la douleur.

— Sortez ! Sortez ! crié-je.

— Quoi ? Quoi, Cat ? questionne Flynn qui semble aussi paniqué que moi.

— C'est la trahison, explique Bêta Sinta, dont les mains sont comme des menottes autour de mes poignets.

— Quelle trahison ? interroge Flynn.

— Elle a fait le serment de ne pas me frapper pendant une journée. Elle l'a brisé.

Je n'arrive pas à croire que j'ai commis un parjure. Je n'ai jamais brisé de serment auparavant. Seul Bêta Sinta peut me rendre assez furieuse pour que j'en oublie ma parole. Je n'avais pas idée de ce que les Furies me feraient subir, et je n'aurais jamais imaginé ça, cette furieuse envie de me scinder en deux, ces flammes qui me consument, ces cris que je pousse à m'en casser les cordes vocales. Pourquoi pas plutôt une claque derrière la tête de la part d'une déesse secondaire ? Un petit pincement énervé des Enfers ? Personne ne m'a jamais parlé de *ça* !

Je me débats comme une bête en cage. Je pourrais arracher le feu de ma peau si Bêta Sinta me *lâchait*.

Carver m'attrape par la taille pour m'empêcher de continuer à frapper son frère.

— On peut difficilement appeler ça une trahison, grogne-t-il en réussissant à peine à me contenir.

Je suis déchaînée, enragée. La douleur me transperce. Aveuglante. Coupante. *Cuisante* est un terme bien trop faible pour la décrire. C'est *insupportable.*

— Elle est pratiquement faite de magie ! s'énerve Bêta Sinta. À quoi tu t'attendais ?

— Elle te frappe tout le temps ! rétorque Flynn en lâchant un grognement lorsqu'un de mes coudes lui rentre dans les côtes.

— Et je suis supposé la laisser faire ? mugit Bêta Sinta.

— À quoi tu t'attendais alors que tu la gardes attachée ? Attachée *à toi* !

— J'en avais assez !

— *Elle* en a assez ! tonne Flynn.

— De quel côté es-tu ? hurle Bêta Sinta en retour.

— Guéris-la ! rugit Flynn.

— Je ne sais pas comment faire !

Bêta Sinta me plaque contre son torse, coinçant mes bras à l'aide des siens, bien plus lourds.

Je m'effondre, vidée de mon énergie, mes muscles trop douloureux pour continuer à combattre. Je sanglote à présent. Je n'ai pas pleuré depuis des années. Les larmes coulent le long de mes joues, salées et humides.

— Qu'est-ce que je dois faire ? me demande Bêta Sinta d'une voix pleine d'urgence.

Il m'écrase contre lui. Le poids de ses membres répand la douleur dans mes os.

— Dis-moi, ajoute-t-il, et je le ferai. Dis-moi !

Je ne peux qu'émettre des hypothèses. Ce sujet n'est jamais abordé. Lorsqu'on fait un serment, on ne le brise pas. Point. Maintenant, je sais pourquoi.

Il me faut toute mon énergie pour faire sortir trois mots de ma gorge

— Délivre. Moi. Serment.

— Je te délivre de ton serment, déclare-t-il et je sens son souffle précipité sur ma tempe. Je te délivre, Cat. Rétablis-toi. Rétablis-toi.

Quelque chose à l'intérieur de moi change. Le serment se dissout instantanément. La douleur fond lentement, me laissant tremblante.

Les bras de Bêta Sinta restent verrouillés autour de moi.

— Cat ?

Mon nez est enfoui dans son torse. Je l'y laisse, respirant avec difficulté. Le respirant, *lui*.

— Est-ce que ça va ? demande-t-il.

Ma peau me pique là où je l'ai grattée, et j'ai sûrement saigné, mais ce n'est pas important pour l'instant. Je jette un œil à mes mains, m'attendant à les trouver carbonisées.

Ce n'est pas le cas. Elles semblent normales, à part mes ongles pleins de sang, et, pourtant, j'ai l'impression qu'elles sont carbonisées, comme le reste de moi-même.

— Je suis en vie. C'est tout ce dont tu as besoin.

Ma gorge me fait mal d'avoir trop crié. Ma voix est un crissement enroué.

Il soupire longuement, agitant les mèches sur le haut de ma tête.

— Est-ce que tu te rends compte que tu es à la fois butée et agaçante ?

Je ne réponds pas. S'attend-il vraiment à ce que j'acquiesce ?

— Si je n'avais pas tellement besoin de toi, enchaîne-t-il, je t'aurais…

— … déjà tuée ? proposé-je.

Il rit doucement. Le son vibre à travers moi, perturbant et trop intime.

— Laissée partir. Juste pour me débarrasser de toi.

Je relève le visage suffisamment pour lui jeter un regard furibond.

Comme si c'était la chose la plus naturelle du monde, Bêta Sinta me caresse la colonne vertébrale de haut en bas, lent, apaisant.

— Viens manger quelque chose. Tu n'as rien avalé depuis des heures, et on a enfin de la nourriture que tu apprécies.

La chaleur suit le chemin de sa main, réchauffant plus en moi que juste mon dos. Je la ressens dans des endroits des plus étranges. Elle s'enroule profondément en moi. Elle ondule dans mon ventre. Elle me chatouille les côtes.

Aucun de nous ne bouge. Finalement, je rassemble la force, ou peut-être la volonté, de le repousser et de tituber loin de lui. Je suis assaillie de cette horrible sensation dès l'instant où je quitte ses bras : je veux y retourner.

Les yeux écarquillés, je me recule, le cœur envahi d'un enchevêtrement de peur et d'émotions. J'ai l'habitude d'avoir peur, mais, cette fois, c'est différent. Cette fois, j'ai peur de moi-même.

***

Bêta Sinta change d'avis sur le fait d'aller directement à Sintaville. Nous restons à Velos pendant presque une semaine, puis nous errons dans la campagne environnante comme des vagabonds, dans l'attente que quelque chose se produise. Habituellement, je me cache, mais il veut découvrir qui me pourchasse et je refuse de le lui révéler.

Au point où nous en sommes, je serais plus en sécurité à Sintaville, dans le château. Il y a une armée là-bas. Mais il ne veut pas attirer ces ennemis mystérieux dans le cœur du royaume, et il veut protéger sa famille et sa sœur parfaite qui sourit à la veuve et à l'orphelin et dont tous les Sintans baisent les pieds. *Beurk !* Elle ne restera pas Alpha plus d'un mois.

Le bon côté des choses, c'est que j'ai le droit d'avoir une opinion, à présent. Qu'est-ce que je veux manger ? Ai-je besoin de descendre du cheval ? Est-ce que je veux trois ou quatre pieds de lest sur la corde ? De quel côté je veux dormir ?

Des fruits. Je me suis habituée au cheval. Quatre pieds. Sur la gauche.

Bêta Sinta propose même de me montrer comment utiliser l'épée qu'il m'a achetée à Velos. Dans son arrogance, il pensait réellement que j'avais besoin de leçons. À l'instant où il me tend l'épée, j'entaille son menton jusqu'au sang.

Il plisse les yeux et s'essuie sur sa manche.

— Je pensais que tu t'y connaissais seulement en couteaux.

— Je suis plus douée avec eux.

Je lance à nouveau mon épée dans sa direction. Il pare, cette fois, me renvoyant en arrière si brutalement que je tombe presque. Je serais peut-être vraiment tombée s'il n'y avait pas eu la corde. C'est étrange de s'entraîner ainsi, mais je suis trop heureuse de faire quelque chose de différent pour me plaindre.

— Ça ne veut pas dire que je ne sais pas utiliser une épée, ajouté-je.

— Tu te bats sans honneur, murmure-t-il.

Je lui lance un sourire carnassier.

— Existe-t-il une autre manière ?

Il joue avec moi pendant un moment. Je me défends plutôt pas mal, mais seulement parce qu'il se retient. Un seul coup avec sa réelle force et je céderais instantanément.

— Tu ne peux pas battre une fille ? raillé-je en sachant qu'il ne me blessera pas, du moins pas beaucoup. Est-ce que le grand vilain seigneur de guerre est devenu tout mou ?

— Tu as envie de mourir ?

Bêta Sinta s'avance et m'arrache quasiment l'épée de la main. Les vibrations remontent dans mes os, de mes doigts jusqu'à mon épaule.

Je lève les yeux au ciel.

— J'aimerais bien. Ça rendrait ma vie, ou ce qu'il en reste, bien plus simple.

Kato, Flynn et Carver étouffent des rires sur notre droite. Je rejette ma natte par-dessus mon épaule et leur lance un regard noir.

— Riez tant que vous voulez, mesdames. Vous serez les prochaines.

— Non merci, dit Flynn. Je ne voudrais pas te blesser.

— Pauvre Flynn, soufflé-je. Si effrayé.

Ils rient. Malheureusement, je les imite. Je baisse ma garde et Bêta Sinta en profite, me désarme et me fauche les jambes. Je m'écrase au sol et l'air est chassé de mes poumons. Il me suit au sol, me bloquant avec une prise classique que j'ai vue venir à plusieurs coudées. Mais j'ai été trop lente pour faire quoi que ce soit.

Il termine en me surplombant, son visage à quelques pouces à peine du mien. L'air s'échappe à nouveau de mes poumons, mais pour une raison complètement différente. Je ne peux m'empêcher de m'interroger sur les rides du sourire autour de ses yeux, ou de remarquer que le cercle au bord de son iris est plus argenté que gris. Il ne s'est pas rasé depuis des jours, et la barbe qui ombre ses joues semble presque assez longue pour être douce. Les poils sombres qui entourent ses lèvres pleines font ressortir leur courbe sensuelle. Je n'arrête pas de les fixer.

Ses cheveux retombent en avant, nous emprisonnant. Ses yeux prennent une couleur grise orageuse. Ils me font penser à l'océan à l'aube, un jour de vent violent, juste avant que le soleil n'embrase l'horizon. Je parie que s'il me regardait d'une certaine manière…

Mes Dieux, n'est-il pas en train de me regarder de cette manière, maintenant ?

Paniquée, je donne un coup de tête dans son nez.

— Par les couilles de Zeus ! beugle Bêta Sinta.

Le sang jaillit de son nez, me trempant.

— C'est dégoûtant ! craché-je. Va-t'en !

Son nez, déjà crochu, est aussi tordu à présent. *Oups.*

— Tu es aussi lourd qu'un cheval.

Je plante mes paumes sur ses épaules et essaie de le déloger. Je peux sentir chaque parcelle d'acier de sa personne. C'est bien trop, et il est bien trop proche.

Quelque chose de dangereux brille dans son regard.

— Admets que j'ai gagné.

— Quoi ? Non ! Dans tes rêves ! Le genre sans oracle caché dedans.

Je balance à nouveau ma tête vers l'avant, sans grande conviction cette fois-ci. Il évite et mon front rate sa joue.

Sa voix devient plus grave, presque un grondement.

— Admets que j'ai gagné.

— Hors de question.

Il s'appuie plus lourdement sur moi. Je peux à peine respirer.

— Es-tu certaine que ce soit bien sage ?

— Tu as besoin que je te le dise en langue des signes ?

Je lève la tête et le mords à l'endroit où son épaule rencontre son cou. Il a un goût de sel, de soleil et de citron, similaire à son odeur. Ma langue possède apparemment une volonté propre, car elle ondule sur sa peau, pour goûter plus.

Il arrête de respirer. Il ne lutte pas. Il ne bouge même pas.

Au nom de Zeus, qu'est-ce que je suis en train de faire ? Je le délivre de ma morsure et crache au sol.

— Dégoûtant !

Je tousse, essayant de mon mieux d'y croire.

Bêta Sinta lève la tête; dans ses yeux pleins de nuages sombres étincellent de la colère et quelque chose d'autre, quelque chose d'intense qui me fait frissonner. Je me sens figée sur place et envahie d'émotions confuses : hostilité, regrets, excitation… et légère inquiétude.

Il se redresse et me tire brusquement pour me remettre sur pieds. Il m'attache à un arbre et me laisse là tandis qu'il s'en va laver le sang sur son nez et tenter de remettre ce dernier droit. Je suis couverte de sang, moi aussi, mais il ne semble pas s'en préoccuper.

Plus ou moins seule pour la première fois depuis des jours, je trouve un endroit sans pierre ni racine et m'étire, en faisant une tonne sur comment c'est super d'avoir enfin mon espace à moi. Ce qui est le cas. En quelque sorte.

Nouant mes mains derrière ma tête, j'observe les feuilles au-dessus de moi. Un poids pèse sur ma poitrine. Je ne voulais pas lui casser le nez.

Une heure plus tard, Bêta Sinta m'emmène à la rivière en silence. Son nez est enflé et ses yeux ont des bleus sombres en dessous. Au lieu de devenir invisible pour un bain, je me lave le visage, le cou et les mains, puis je commence à chanter. Bien qu'instantanément sur le qui-vive, il n'essaie pas de m'arrêter. Lorsque j'ai fini, je plonge ma main dans l'eau et saisis dans la boue la salamandre que j'ai conjurée avant qu'elle ne puisse s'enfuir en nageant.

Je la rince puis la tends à Bêta Sinta.

— Tiens. Mange ça.

— Pourquoi ?

— Ça réparera ton nez.

Il observe avec suspicion la créature qui gigote.

— Comment ? interroge-t-il.

— À ton avis ? Avec de la magie.

— Tu es aussi une guérisseuse ?

— Non, mais je connais quelques astuces, dis-je sans ajouter que c'est parce que j'en ai eu besoin. Vas-y. Mange. Et ne la gobe pas d'un coup. Tu dois mâcher. Crac. Crac.

Je la fais pendouiller devant son visage.

L'air dégoûté, il louche légèrement parce qu'elle est si proche. Je suis surprise qu'il ouvre la bouche. J'y balance la salamandre et Bêta Sinta croque dedans. Il a un haut-le-cœur, ses yeux s'emplissent de larmes face au goût immonde, mais il mâche toujours puis avale.

— Je n'arrive pas à croire que tu aies mangé ça, dis-je avec une grimace.

— Pourquoi ? C'est toi qui m'as dit de le faire.

Il se racle la gorge, visiblement nauséeux.

— Parce que c'est horrible. Comment sais-tu que je ne t'ai pas simplement empoisonné ?

— C'est le cas ?

— Non, mais j'aurais pu.

Il hausse les épaules, ne se sentant pas du tout inquiet.

— D'ailleurs, tu aurais pu simplement la gober.

Maintenant il semble énervé. *Ha !*

— Et, juste pour te prévenir, ne mange jamais un amphibien bleu. La plupart des couleurs, ça va, mais le bleu n'est jamais bon.

Il touche son nez, l'agite de droite à gauche et le plisse à plusieurs reprises. Pas une seule trace de blessure ne subsiste.

— Je m'en souviendrai si quelqu'un essaie un jour de me servir un crapaud.

Je grimace et lève les yeux au ciel.

— Je n'ai jamais vu personne conjurer un crapaud magique. Les crapauds sont principalement terrestres, de toute façon. Je ne pense pas qu'ils comptent.

— Ça ne me surprend pas. Je voulais juste te voir faire la grimace et lever les yeux au ciel. C'est adorable.

Adorable ? Ma bouche s'ouvre si grand que ma mâchoire tombe sur la rive. Personne ne m'a jamais accusée de *ça* auparavant.

Super. Maintenant, je ne peux plus grimacer ou lever les yeux au ciel. Ma vie vient juste de devenir un peu plus morne. Alors pourquoi est-ce que j'ai envie de sourire ? *Argh !*

Après le dîner, Bêta Sinta me rattache à l'arbre, visiblement pour avoir une discussion avec Carver, que je n'ai pas le droit d'entendre. Malgré moi, je m'endors en regardant la lune dans le ciel. Je me réveille en hurlant, mon poing fonçant droit dans la gorge de Bêta Sinta. Il attrape ma main et la retient. Mes doigts se desserrent lorsque je réalise l'endroit où je me trouve, et avec qui ; le cauchemar est repoussé.

Les ombres du passé s'estompent alors que Bêta Sinta trace de lents cercles sur la paume de ma main avec le bout de son pouce. Je ne suis pas certaine qu'il sache lui-même ce qu'il est en train de faire. Mais c'est, soudainement, tout ce à quoi je peux penser. Les cercles chauds et rythmiques sur ma main. La peau calleuse, combinée au contact apaisant, intensifie les frissons qui s'accumulent en moi. Je ne me recule pas. Je serais dégoûtée de moi-même, sauf que cela vaut certainement mieux que les aiguilles de feu, et un poing de la taille de mon visage.

Sans un mot, Bêta Sinta nous rattache à la taille, puis me guide jusqu'à son sac de couchage et étale le mien sur la gauche. Je m'allonge, les yeux dans le vide, en rejetant le sentiment complètement irrationnel de soulagement que m'apporte le fait d'être à côté de lui.

— Qui t'a fait du mal ? demande-t-il d'une voix basse et furieuse.

Je me raidis sous ma couette.

— Ça n'a pas d'importance.

— Ça en a pour moi.

Mon corps entier se fige.

— Pourquoi ?

— Parce que je punis ceux qui font du mal aux femmes.

Ma poitrine se serre de douleur. C'est quelque chose que je ressens sans cesse, récemment. Je n'aime pas ça.

— Je n'étais pas une femme, à cette époque. J'étais juste une fille.

Un grondement sauvage résonne dans sa gorge. Un grondement similaire à celui de l'hybride lion duquel il tire son nom.

— Qui ?

— Comme je l'ai dit, ça n'a plus d'importance, à présent.

— Comment peux-tu dire ça ? m'interroge-t-il en se retournant vers moi.

Ses sourcils ressortent sur son visage comme des fissures sombres et pleines de colère.

— Ne me dis pas que tu es du genre à pardonner.

Je renifle avec dérision.

— La personne qui me donne des cauchemars a été punie il y a bien longtemps. Tuer ou être tuée. C'est la manière dont fonctionne mon monde, expliqué-je en roulant pour lui faire face. *Je* suis toujours là.

Sa bouche s'ouvre, mais je l'interromps :

— Lâche l'affaire, Bêta Sinta.

Ses yeux sont noirs sous la lueur de la lune. Je n'arrive pas à déterminer à quoi il pense.

— J'ai un nom, finit-il par dire.

Je reste silencieuse. Son nom ne change rien, Bêta Sinta reste ce qu'il est.

Il se redresse sur un coude et pose sa tête dans sa main. Il n'a clairement pas l'intention de laisser tomber.

— Mais il y en a eu d'autres. Des gens qui t'ont blessée.

Cela ne ressemble pas à une question. Et même si c'était le cas, je ne répondrais pas. Je roule sur moi-même, lui tournant le dos, et je ferme les yeux. Un visage apparaît dans mon esprit. Beau. Peau mate. Cheveux sombres. Des yeux aussi froids que la glace. Elle rit.

— *Tu es comme moi,* déclare-t-elle. *N'essaie même pas de prétendre le contraire.*

Je tremble si violemment que Bêta Sinta doit le voir. Les cicatrices sur mes bras me brûlent. Un frisson glacial se répand dans tout mon corps. Je ne suis pas elle. Pas encore, en tout cas. Le problème, c'est que je pourrais être pire.

Le sommeil tarde à venir. Un peu avant l'aube, je me réveille en ayant bien trop chaud, avec un seigneur de guerre collé contre mon dos. Un bras lourd est drapé autour de ma taille, sa large main possessive posée sur mon ventre, me calant contre lui.

Mon cœur bat fort dans ma poitrine, et une sensation de chaleur effrayante infuse les morceaux vides de moi-même. Dans cette chaleur s'agite prudemment quelque chose, comme les premiers battements d'ailes d'un oisillon. Mais je ne sais pas s'il va s'envoler ou s'écraser.

CHAPITRE 10

Il faut douze jours pour que l'attaque arrive, le temps que mes ennemis traversent le Fisa, le Tarva et la moitié du Sinta à une cadence exténuante. Je me trompais sur les vingt hommes, elle en a envoyé trente.

— Je vous ai dit que nous aurions dû fuir.

Kato et Flynn ajustent leurs armes, masse et hache. Carver tire son épée, le regard aussi aiguisé que sa lame.

— Trente contre quatre, résume Bêta Sinta. J'ai déjà vu mieux.

Sa décontraction me laisse bouche bée. Il s'énerve toujours parce que je râle et que je ne contrôle pas bien du tout mon humeur, mais *ça,* ça ne l'effraie pas ? Qu'est-ce qui ne *tourne pas rond* chez lui ?

Mes doigts fourmillent, dans l'impatience de retrouver mes dagues. Je corrige :

— Trente contre cinq.

— Ils sont fisans.

Leur bannière blanche comme neige ornée de vagues bleues me remplit d'une foule d'émotion.

— Je sais. Et alors ?

Il se tourne sur sa selle.

— Tu n'as pas envie de retourner dans ton royaume d'origine ?

Non.

Vraiment, pas.

Non, pour un millier de pièces.

— Si je voulais être au Fisa, j'y serais.

Il regarde de nouveau au loin et éperonne son cheval. Je m'accroche à sa taille et nous galopons vers un terrain plus en hauteur.

— Je pensais que tu n'étais pas une des nôtres, lance Bêta Sinta par-dessus son épaule.

— Je ne le suis pas. Peut-être que vous allez vous entre-tuer et que je m'échapperai.

— Ce sera peut-être ton jour de chance, dit-il d'un air sombre.

Ce n'est pas mon jour de chance. J'en ai la confirmation au moment où je vois l'homme à la tête des Fisans. De tous les royaumes, il est l'une des rares personnes qui désire réellement ma mort, et non pas simplement ma capture. Et dire que je pensais qu'elle avait envoyé quelqu'un pour me ramener au Fisa. Je devrais peut-être réévaluer ma valeur.

Bêta Sinta s'arrête et observe attentivement les cavaliers, en se concentrant sur leur chef.

— Mes Dieux, qu'est-ce que tu as fait ? Éviscéré sa mère ?

Je ris. Mon rire est suraigu et complètement inapproprié, mais je ne peux m'en empêcher. Il a raison en ce qui concerne la manière dont Otis me regarde. *Haine, haine, haine.* Cela m'importe peu. Je suis presque sûre de le haïr encore plus.

— Les gens cessent de réfléchir quand ils sont en colère, dis-je.

— Tu es bien placée pour le savoir, grommelle Bêta Sinta.

Mes narines frémissent. Je ne suis pas du tout comme Otis. Si je l'étais, je serais toujours au Fisa.

— Ce n'est pas le moment de faire des remarques désagréables. Ils vont nous massacrer.

— Ils peuvent toujours essayer.

Cela me fait sourire. Enfin, je montre plutôt les dents.

Bêta Sinta me jette un coup d'œil.

— Je pensais qu'il n'y avait pas de *nous.*

Est-ce que j'ai employé le mot qui commence par N par inadvertance ?

— Détache-moi, lui dis-je en ignorant ce que je ne peux expliquer et à quoi je n'ai pas envie de réfléchir. Donne-moi mes armes.

— Je ne te fais pas confiance.

— Tu ne peux pas te battre attaché ainsi, et moi non plus ! expliqué-je et je le sens hésiter. Oh, pour l'amour des Dieux ! Je fais le serment que je ne m'échapperai pas pendant la bataille.

Ce qui ne veut pas dire que je ne pourrai pas le faire par la suite. Mais pour le moment je préfère combattre avec Bêta Sinta, plutôt que d'être une proie facile pour Otis. Au moins, les Sintans ne me veulent pas morte.

Ses yeux gris plongent dans les miens.

— Tu n'essaieras pas de t'échapper ?

Je secoue la tête, incapable de fuir son regard.

— Non. Je le jure.

— Jamais. Tu n'essaieras *jamais* de m'échapper. Pas tant que je vivrais.

Mes yeux s'agrandissent, et je ravale une réplique cinglante.

— C'est beaucoup demander, rétorqué-je durement.

— J'ai beaucoup à perdre, répond-il sur le même ton.

Mon cœur bat fort contre mes côtes. Otis ou Bêta Sinta ? Le Fisa, probablement la mort, ou ça, peu importe ce que c'est.

— Je n'y pourrai rien si je suis capturée.

Ses traits se durcissent.

— Alors, j'ai intérêt à faire en sorte que cela ne se produise pas.

Je déglutis pour faire passer la pilule amère. Pour ce qui est des choix, celui-ci n'est pas le pire que j'ai eu à faire. Poséidon nous a dirigés sur ce chemin. Est-ce que mon Dieu-père chercherait à m'induire en erreur ? Il a envoyé Bêta Sinta vers moi avec un oracle. Qu'est-ce que je suis censée faire de lui ? Probablement pas le laisser mourir. Ou me faire tuer.

Je sens des crépitements dans mes poumons, et je dois m'arracher les mots de la gorge, en les regrettant dès l'instant où ils franchissent mes lèvres.

— Je n'essaierai pas de t'échapper tant que tu seras en vie.

La promesse nous lie dans une décharge de magie qui m'ébranle. Et m'effraie.

Une expression de pur triomphe traverse le visage de Bêta Sinta.

— Je te protégerai, Cat. Je te le jure.

Mon cœur se serre violemment dans ma poitrine.

— Ne fais pas de promesse que tu ne peux pas tenir. Cela déplaît aux Dieux.

De ses doigts habiles, il défait rapidement les nœuds. Il fourre la corde dans sa sacoche, m'attire sur ses genoux, et puis il plante sa bouche sur la mienne.

Le baiser, rapide, brutal, crépite dans tout mon être, me secouant de la tête aux pieds. Mes lèvres frémissent de sa force et de sa chaleur. De la chaleur se répand dans tout mon corps, courant sous ma peau comme une tempête dans le vent.

Il s'écarte et me fixe.

— Quoi qu'il arrive au reste d'entre nous, toi, tu survivras.

Mon pouls s'affole, je le repousse, sous le choc, et bafouille :

— Dégoûtant !

En quelque sorte.

Pas vraiment.

Bon sang.

Bêta Sinta sourit et me fait descendre du cheval.

— Va-t'en. Deviens invisible et cache-toi.

Je desserre les dents.

— Je ne vais pas fuir !

Ses sourcils se froncent.

— Tu feras ce que je te dis de faire !

— Bien sûr, quand est-ce que c'est déjà arri…

Ma tête se tourne brusquement. Le pouvoir crépite sur ma peau lorsqu'une flèche passe en sifflant, laissant une traînée de Feu de Chimère dans son sillage. Mon sang ne fait qu'un tour ; j'attrape la magie et arrête la flèche à quelques pouces de la poitrine de Flynn.

Flynn au rire contagieux. Flynn, qui m'a défendue quand je souffrais.

La fureur colore le monde en rouge. Je rassemble la magie ardente, retourne la flèche d'un geste de la main, puis la renvoie vers l'archer, la plantant dans son œil.

— Bons Dieux, Cat ! s'écrie Flynn avec un soupir de soulagement. Ça m'aurait brûlé vif.

— Une chance que je sois là, commenté-je d'un ton impertinent.

— Et modeste, comme d'habitude, murmure Bêta Sinta, bien qu'il semble impressionné.

— Tu peux parler !

— En avant ! gronde-t-il.

Je tends la main.

— Donne-moi mon épée.

Mes poignards sont quelque part dans le sac de Flynn.

Il me la donne. Il pense que je vais me sauver.

Un autre archer encoche une flèche. Il est un peu loin. J'essaie de l'atteindre… je l'atteins… *Je l'ai !* Il la décoche et la flèche tourbillonne vers le haut, puis de retour vers le bas pour lui fendre le crâne. *Ha !*

Les Fisans rugissent de fureur.

Eh oui. J'ai appris de nouveaux tours.

Ils chargent. Bêta Sinta pousse son cheval devant moi, arrêtant la première attaque et me hurlant de m'en aller. Les armes apparaissent. Les Sintans forment un solide mur de chevaux et de muscles entre mes ennemis et moi. Ils sont féroces et font peur à voir, et, pendant un moment, je me surprends à penser que les Fisans ne vont peut-être pas passer. Mais quatre contre trente, cela ne se passe jamais bien, peu importe qui sont les quatre.

Au début, je suis la seule à pied. Les sabots des chevaux labourent la terre. La poussière vole dans mes yeux. Les lames s'entrechoquent, étincellent, échauffant l'air et m'assourdissant. Je ne sais pas combien de temps cela prend pour que les Sintans soient désarçonnés, mais ils terminent au sol. À part l'archer mort, personne n'a de magie. Excepté Otis. Je sais ce qu'il possède, et j'ai hâte de le lui renvoyer.

Une brèche se forme dans ma ligne de défense. Kato est à terre, saignant d'une grande entaille à la cuisse. Il roule de côté pour échapper à une attaque alors qu'il est à terre. Son pied valide se porte à la tête de son attaquant, et il en repousse un autre de sa masse.

Je me précipite vers lui, cherchant une dague qui n'est pas là.

— Talia !

Je m'arrête en dérapant face à Otis. Quelle idiote, mais ce n'est pas comme s'il ne savait pas que c'était moi. Il bondit à travers le passage laissé par Kato, qui est aux prises, maintenant, avec trois hommes, au sol. Bêta Sinta rugit quelque chose que je n'arrive pas à saisir par-dessus le choc des épées. Il est probablement encore en train d'essayer de se débarrasser de moi. Il voudrait me voir partir *maintenant ?* Ça fait un mois qu'il refuse de me quitter des yeux !

— Elle est à moi ! gronde Otis.

Ah, super. Il me veut pour lui tout seul.

— Sale chienne meurtrière, crache-t-il. Tu vas payer pour ce que tu as fait.

Je fais la grimace et imite le bruit des sanglots.

— Il ne le méritait pas du tout. Arrêtons-nous tous de nous battre et pleurons ensemble.

— Ça t'a plu de l'éviscérer ?

Pas le moins du monde.

— C'était très satisfaisant. Particulièrement sanglant. Mais tu sais de quoi je parle, n'est-ce pas ?

Otis sourit vicieusement.

— La faiblesse n'est jamais récompensée.

— C'est une bonne chose, que je ne sois pas faible.

Avec un rictus, il rassemble dans sa main du pouvoir chauffé à blanc et le tient devant lui, juste pour essayer de m'effrayer.

— Tu sais ce que je peux t'infliger.

Oui.

— Je l'ai déjà fait auparavant.

Maintenant, je peux lui rendre la monnaie de sa pièce.

Il y a une lueur tellement démente dans ses yeux que cela m'effraie. Non pas que je le craigne, mais parce que j'aurais pu *être* exactement comme lui.

Le premier coup arrive trop vite pour que je puisse me défendre. Long, fin, brûlant, le fouet se déroule de sa main et frappe à la vitesse d'un serpent.

Je lâche un cri, une ligne rouge apparaît en travers de mon cou et de ma poitrine. Avec la douleur et les pulsions de chaleur arrive une décharge de pouvoir alors que la magie de feu d'Otis se mélange à mon sang. Je flotte sur la vague d'une magie qui ne m'est pas familière. Puis je souris, d'un sourire assez dément, j'imagine, et frappe en retour.

Otis glapit et se touche le visage. Le coup de fouet que je lui ai lancé traverse son œil droit en diagonale, lui arrachant le milieu du sourcil. Ces blessures d'origine magiques ne guérissent pas en quelques secondes comme chez moi, un autre avantage du don de Poséidon.

— Je te donne juste une cicatrice pour aller avec celle de Bêta Sinta, déclaré-je en relevant fièrement la tête. Je suis assez impressionnée par mon talent pour viser.

Otis fronce les sourcils, ou ce qu'il en reste.

— Bêta Sinta ?

Il ne savait même pas contre qui il se battait ni qu'attaquer mes compagnons constituerait un acte de guerre majeur. Cela lui était égal.

— Traîtresse ! s'exclame-t-il.

— Bla-bla-bla !

Je fais semblant de bâiller.

— Cat ! rugit Bêta Sinta.

Il repousse violemment deux hommes, plante une dague dans le sternum d'un autre, puis lance son pied pour atteindre un quatrième, qui s'écrase sur le sol. Il a ouvert une brèche pour moi.

— Cours ! m'ordonne-t-il.

Féroce, adroit, puissant, extrêmement autoritaire. À cet instant, il est difficile de l'ignorer. Heureusement, je me suis entraînée.

— Il porte mieux la cicatrice, dis-je en me retournant vers Otis. Elle fait beaucoup plus virile chez lui. À propos, comment va ta mère ?

Otis montre les dents, rassemblant la magie dans sa paume, de nouveau.

Tu es stupide ou quoi ?

Ça me revient. Oui, il est bel et bien stupide.

Brandissant mon épée de la main gauche, j'attrape la lanière de flamme dans la droite, puis je la renvoie. Au lieu de la lâcher, je frappe une fois, deux fois, trois fois.

Otis pousse un cri strident, le rouge s'épanouissant sur son visage, son cou et son torse.

— Pas très marrant, n'est-ce pas ?

Je continue à frapper jusqu'à ce que sa tunique soit en lambeaux. La peau dessous est à vif et boursouflée, suintante de sang. Lorsqu'il attaque de nouveau, son feu ne m'inquiète pas. Il renforce simplement ce que j'ai déjà récupéré.

Je ris en décelant une lueur de terreur dans ses yeux. Utiliser la même magie ne signifie pas avoir la même puissance. Otis sait que je peux l'écorcher vif.

— Ça, c'est pour moi ! m'exclamé-je.

J'abats le fouet sur sa tête avant de transformer celui-ci en une cage de feu. Je ne l'ai encore jamais fait auparavant, mais j'ai observé Aetos transformer son feu en une sphère vivante des centaines de fois. Au début, elle oscille et est plus ovoïde que ronde. Puis elle emprisonne Otis au fur et à mesure que je l'abaisse vers ses pieds. Il ne devrait pas pouvoir s'en échapper. Seul le créateur de la sphère peut la défaire. La magie d'origine vient de lui, cependant, c'est pourquoi je ne suis pas sûre de savoir où cela nous mène. Dans une zone grise, c'est le moins qu'on puisse dire.

Je me détache des flammes dès qu'Otis est emprisonné et regarde autour de moi. Kato est de nouveau debout et se bat toujours, mais sa mobilité est réduite par la grave blessure sur sa jambe. Carver est près de lui, maniant son épée si rapidement que personne ne peut s'approcher.

Bien qu'il soit intact, il fatigue. Flynn est en sang, et son bras gauche pend, inerte et inutile, à son côté, et, pourtant, il se bat toujours de sa main droite.

Je ne vois Bêta Sinta nulle part, et la façon dont mon ventre se serre me rend malade.

Quelque chose atterrit derrière moi, et je fais volte-face. Bêta Sinta se bat comme un enragé pour venir droit vers moi. Nos regards se croisent. Il ne va pas m'atteindre, pas avant les Fisans. Il en reste plus d'une douzaine, et il n'y a pas la moindre étincelle de magie chez eux. Uniquement des épées, des hommes et des muscles, et je n'ai pas assez de fouets de feu pour en neutraliser plus de quelques-uns. J'ai trois minutes, peut-être quatre, avant qu'ils ne massacrent les Sintans et ne se jettent sur moi.

Un homme se glisse du côté blessé de Flynn et agrippe mon bras armé. Je balance mon autre main sur son nez avec la magie d'Otis. J'en laisse trop partir d'un coup et ce qu'il me reste de fouet de feu me quitte. Le visage du Fisan fond sous ma paume, laissant ma main poisseuse de sang. J'essuie la bouillie sur mon pantalon et tourne maladroitement en rond, dans l'attente de la prochaine attaque. Mon cœur s'alourdit à mesure que la situation se dégrade. Il y a trop de Fisans. Nous n'avons aucune chance. Les Sintans ne *peuvent* pas l'emporter.

Une idée prend forme. Si Bêta Sinta meurt, je pourrai retourner au cirque. Il n'y aura plus de serment qui tienne. Personne qui sait qui je suis. Je n'ai pas besoin de me battre. Je pourrais devenir invisible. Quand tout sera terminé, je pourrais m'enfuir discrètement.

Cette pensée m'oppresse la poitrine comme un poids de plomb. Sans m'arrêter pour me poser la question, je la repousse et tombe à genoux, levant les mains vers l'Olympe.

— Cat ! rugit Bêta Sinta.

Je jette un coup d'œil par-dessus mon épaule, les yeux plissés.

— Debout ! s'écrit-il. Bats-toi !

Ses yeux sont sauvages. Son visage est sévère et éclaboussé de sang.

Je serre les paupières et me détourne. Je l'efface de mes pensées. J'efface tout. Les sons du métal qui s'entrechoque, les rugissements des hommes, la puanteur de la peur et du sang, et la sensation de la poussière se transformant en une épaisse boue rougeâtre qui colle à mes genoux.

— Aidez-moi, murmuré-je sans savoir ce qui va arriver, ignorant même si *quelque chose* va arriver. S'il vous plaît.

Le monde s'écroule autour de moi. Mon estomac se soulève alors que je tombe dans un long tunnel. J'atterris dans une gerbe glaciale, coulant profondément dans une eau noire. Le temps que je distingue le haut du bas et que je batte des pieds, mes oreilles sont douloureuses et mes poumons me brûlent.

Je fends la surface et prends une goulée d'air, essuyant les gouttes de mes yeux. Je suis à la dérive dans un vaste océan. C'est un crépuscule d'ombre et de ténèbres. L'eau est grise et agitée, une tempête se prépare à l'horizon. Des vagues s'enroulent, puissantes, violentes, sombres.

— Poséidon !

Peut-être que mon Dieu-père n'est pas en train d'écouter. Peut-être qu'il s'en fiche.

Je nage en regardant frénétiquement à la ronde. Les vagues sont monstrueuses, et il n'y a pas de terre en vue. Je m'élève avec la houle, puis replonge dans un manège qui me soulève l'estomac. Des projections de sel me piquent les yeux et le nez.

Une vague déferlante s'ouvre soudain, et le dos lisse d'un serpent de mer géant fend l'eau à portée de main. J'inspire bruyamment et mes bras battent la surface pour faire marche arrière. Sa queue heurte mes jambes et je laisse échapper un cri. Je sais exactement où j'ai atterri. L'océan d'Oracles de Poséidon n'est pas réputé pour sa tolérance. Soit il va m'aider, soit il va me manger. À cet instant, les paris sont ouverts.

La créature m'encercle en se rapprochant. Je tourne sur moi-même dans l'eau, et son corps sinueux crée un vortex qui me fait tourbillonner. Des yeux rouges aux pupilles étroites m'étudient fixement. Quelque chose pousse contre ma tête de manière insistante. Mon instinct me crie de me barricader, mais je ne peux pas. Pas maintenant. Serrant les dents, je me force à m'ouvrir et à présenter mon esprit à l'examen de l'Oracle. Il s'infiltre à travers mes pensées et mes souvenirs. Mes actes les plus sombres. Mes sacrifices. Mes peurs.

Le long regard qu'il m'adresse me rappelle le lac des Oracles. Il prend son temps pour décider si je suis digne. Après une éternité, sa langue fourchue sort et vient lécher ma joue. Elle est douce, glacée, et engourdit mon visage sur son passage. Je frissonne, espérant avoir le goût de la clémence, plutôt que du dîner.

La mâchoire reptilienne géante se déboîte et s'ouvre largement, révélant deux énormes crocs dégoulinants d'eau de mer, de salive et de venin. L'haleine de l'Oracle sent aussi mauvais que les intestins des Enfers. Le cœur lourd, je fais la grimace. Il va m'avaler tout entière. Je ferme les yeux dans l'attente de l'inévitable. Il était arrogant et idiot de ma part d'appeler Poséidon ainsi. Je suis surprise que les Dieux m'aient même laissée vivre si longtemps, en sachant ce que je suis destinée à détruire.

— Preeeeeends, siffle la créature.

Mes yeux s'ouvrent brusquement. Je reste bouche bée devant son énorme tête qui me surplombe. Ses crocs, dont le bout est en forme de lame de rasoir, se trouvent à seulement un pied de mon visage. Une luette rose et glissante pulse derrière eux.

Ai-je à nouveau frôlé la mort ? Hadès doit être allergique à moi.

Mon cœur bat la chamade, je suis nauséeuse d'avoir tourbillonné, mais je n'hésite qu'une seconde avant de tendre la main pour me saisir d'une dent courbée dans chaque main. Elles se détachent dans un léger bruit de succion.

Surprise par la grandeur de ce cadeau, je commence à balbutier ma gratitude, mais l'Oracle se met à tourner avec une telle frénésie que son corps se brouille. L'écume de l'océan se dresse, rugissant dans mes oreilles et se fracassant sur ma peau. L'eau m'engloutit, étouffant mon cri alors que le vortex m'entraîne profondément dans son abysse étroit. Mon estomac se soulève à nouveau, quelques secondes avant que le monde ne se vide de son air et de sa lumière lorsque le tourbillon m'avale.

J'atterris durement sur les genoux, crachant l'eau saumâtre logée au fond de ma gorge. L'océan n'est plus là. La tempête qui fait rage dans mes oreilles est remplacée par les sons métalliques de la bataille. Trempée jusqu'à l'os, j'observe les deux crocs venimeux qui pèsent lourd dans chacun de mes poings serrés. *Je suis en vie !*

L'adrénaline me submerge comme un éclair et me pousse à passer à l'action. Je me redresse, faisant face à la cage d'Otis, puis je brise la prison de feu d'un coup de poing. Ma peau se couvre de cloques jusqu'au coude dans un éclair de douleur fulgurant, avant de se mettre à guérir lorsque mon corps aspire la magie.

Otis me fixe, les yeux écarquillés, la bouche grande ouverte.

— Ça, c'est pour Éléni ! m'exclamé-je.

Je plonge une dent dans le cœur d'Otis. Son visage blêmit.

— Tu es bien pire que le reste d'entre nous, râle-t-il dans un dernier soupir. Ça fait deux.

Mes yeux se plissent. *Tuer ou être tuée. Mère ne serait-elle pas fière ?*

L'étincelle de vie disparaît de ses yeux. Des yeux verts. Des yeux fisans.

Je retire le croc de son torse. Celui-ci se libère avec un nouveau bruit de succion faible alors qu'Otis s'écroule au sol.

Je plonge dans la bataille, et un rythme m'entraîne, un rythme mené par Poséidon, son Oracle et les crocs. Frapper, esquiver, tourbillonner, frapper, plonger, rouler. Frapper !

Bêta Sinta et les autres bataillent pour se frayer un chemin vers moi. Parfois, dans le feu de l'action, il est difficile de distinguer les amis des ennemis. Je n'ai aucun problème à le faire aujourd'hui. Bêta Sinta me rejoint, et, dès l'instant où nous nous trouvons dos à dos, je ne m'inquiète plus de ce qui se passe dans mon angle mort.

Je plonge en avant, tranchant un torse fisan de part en part à l'aide du croc. La hache de Flynn siffle au-dessus de ma tête, alors que je suis toujours accroupie au sol, et du sang gicle. Je me redresse et continue à me battre, en utilisant les dents comme des dagues. Elles sont aiguisées et empoisonnées, mais je n'ai pas beaucoup de portée, et mes ennemis et leurs épées se rapprochent de moi à une vitesse alarmante.

Quelqu'un me frappe sur le côté du genou et je lâche un cri en m'écroulant. Depuis le sol, je vois Carver et Kato se frayer un chemin avec acharnement parmi une montagne d'hommes. Bêta Sinta rugit quelque chose et se place devant un énorme Fisan qui fonce droit sur moi depuis la gauche. Il bloque un coup brutal qui m'aurait tranchée en deux, mais l'élan est assez fort pour faire voler l'épée des mains de Bêta Sinta.

Ses yeux s'agrandissent. Les miens aussi.

Le visage du Fisan trahit son triomphe. Je pivote et lève un croc, puis je le lance comme un couteau. Il se fiche dans son œil. Avant que l'homme ne tombe, Bêta Sinta attrape la dent et la retire de la tête du Fisan, puis la plante par-derrière dans la poitrine d'un ennemi que je n'avais même pas vu venir dans mon dos.

Il vient juste de me sauver. Deux fois.

— Lève-toi ! s'écrie Bêta Sinta.

Je saute sur mes pieds, mon genou douloureux. Nos dos entrent à nouveau en contact, et nous tournons sur nous-mêmes, chacun avec un croc étroitement serré dans une main. Mais c'est fini. Flynn arrache sa hache d'un torse broyé. Carver essuie son épée sur la tunique bleue de quelqu'un d'autre. Il ne reste personne à tuer. Entre les hommes de Bêta Sinta, et nous deux, nous avons gagné. Ils sont tous morts. Des corps fisans jonchent le sol à nos pieds et je suis maculée de leur sang.

Je cligne des yeux, reconnaissant certains morts.

Je cligne à nouveau des yeux, essayant de les oublier.

Tuer ou être tuée.

Les crocs fondent dans nos mains avec un sifflement à peine audible, disparaissant dans le néant. Le pouvoir de Poséidon aussi me quitte, me laissant affaiblie et vidée. Haletante, je me plie en deux, les mains sur les cuisses.

Kato gronde et s'effondre contre Carver. Son visage devient livide, maintenant que la poussée d'adrénaline de la bataille se retire. Le bras gauche de Flynn est cassé et a besoin d'être immobilisé. Bêta Sinta est couvert de sang, mais il n'est pas blessé à un endroit vital, et la majorité n'est même pas le sien.

Je reprends mon souffle, me faisant à l'idée que je n'ai perdu personne. Je suis stupéfaite, et bien trop soulagée pour mon propre bien.

Je chancelle en me mettant droite.

— C'était marrant, déclaré-je.

En quelque sorte.

Pas vraiment.

Ils me regardent comme si j'étais cinglée.

Peut-être que c'est le cas.

J'ajoute :

— Ça fait des jours que je vous dis qu'il valait mieux s'en aller et se cacher !

Flynn se remet le premier.

— Qui a besoin de fuir quand tu as des crocs magiques ? Et des cages de feu.

Il agite sa main valide en cercle, en m'imitant, j'imagine.

Bêta Sinta m'attrape par les épaules et me fixe d'un regard furibond. Il semble sur le point d'exploser. Peut-être veut-il me secouer. Ou m'embrasser à nouveau. Je ne saurais dire. Des deux options, je préférerais une bonne secousse. *Assurément*, une bonne secousse.

— Quand je te dis de courir, tu cours !

Je lève les yeux au ciel et il me secoue si fort que mes dents s'entrechoquent.

— Si je l'avais fait, vous seriez tous morts.

— C'est pas le sujet ! s'écrie-t-il.

— C'*est* le sujet !

Ses doigts s'enfoncent dans ma peau. Marmonnant un juron, il me lâche et passe une main sanglante dans ses cheveux, les plaquant en arrière.

— Comment ?

— Comment quoi ?

Ses yeux lancent des éclairs. Un muscle tressaille sur sa mâchoire.

— Comment, au nom des Dieux, as-tu obtenu des crocs magiques ?

Il tend sa main vers les morts. Je refuse de les regarder.

Je pense que ce qu'il me demande réellement, c'est pourquoi je n'ai pas fait ça plus tôt. Pourquoi n'ai-je pas appelé les Dieux une semaine auparavant, pour les tuer, ses hommes et lui, dans leur sommeil. Je suppose que j'aurais pu, si les Dieux avaient été disposés à m'écouter, et un en particulier. Mais puisque Poséidon a pris Bêta Sinta sous son trident, je doute qu'il m'octroie un moyen de le tuer. Et je ne prends pas le meurtre à la légère. Tuer ou être tuée, oui, mais jusqu'ici, les Sintans ne m'ont pas fait de mal.

— On s'en fiche, lancé-je en haussant les épaules. La Faiseuse de rois est en vie et liée par un serment inviolable. Hourra pour toi. Félicitations au tyran chanceux.

— Cat. Sois raisonnable.

Raisonnable ? Raisonnable !

— Ne me pose pas de questions sur la magie et les Dieux et je ne t'en poserai pas sur tes trucs de seigneur de guerre.

Mon ton lui laisse entendre à quel point ses « trucs de seigneur de guerre » sont insignifiants comparés à la magie et aux Dieux.

L'irritation flamboie dans les yeux de Bêta Sinta. *Ha !*

Enfin, pas vraiment « ha ».

L'énerver n'est, en fait, pas si satisfaisant que ça.

Ses yeux au regard dur se plissent encore plus qu'à l'habitude.

— Fille d'un Dieu ? Ou amante ?

Je déglutis. Pour un Hoi Polloi du sud du Sinta qui ne ferait pas la différence entre de la magie et une chèvre, il sait exactement comment viser droit dans l'œil du Cyclope, de temps en temps.

— En quoi ça t'importe ?

Quelque chose de primitif embrase son regard.

— Dans tous les cas, tu m'appartiens, à présent.

Un rire nerveux me secoue.

— Ton arrogance ne cesse jamais de me surprendre. Tu défierais un Dieu pour une Faiseuse de rois ?

— Il t'a donnée à moi.

Mon cœur s'arrête. *C'est vrai, n'est pas ?*

— Fille d'un Dieu, répliqué-je avec un haussement d'épaules. Pas d'amant olympien pour moi.

Ce regard primitif devient totalement possessif, déclenchant des choses inacceptables dans mon ventre. Avant que je ne puisse penser à quelque chose, surtout pas à ce baiser brut et rapide, un pouvoir crépite à la limite de ma conscience. Je me tourne vers la source et vois un archer encocher une flèche.

Les Fisans emmènent toujours trois archers. Je ne peux pas croire que je l'ai oublié. Il doit avoir grimpé la colline par l'arrière, et il vise la plus grosse cible. Toujours éliminer le plus fort en premier.

Il décoche et la flèche fonce sur nous à une vitesse surnaturelle, laissant une traînée brillante de Feu de Chimère dans son sillage. Je me tends vers elle, mais le combat et les crocs m'ont vidée et je ne peux pas attraper la magie.

— Griffin !

Je fais volte-face et me jette devant lui. La douleur me transperce le dos alors que la flèche me pousse contre le torse de Bêta Sinta. Je ravale un cri et le repousse aussi fort que je le peux avant de m'enflammer. Têtu, il s'accroche, le visage blême sous l'effet du choc. Je le frappe dans l'oreille, le surprenant assez pour qu'il me laisse aller, quelques secondes avant que les flammes infernales ne m'engloutissent.

Mon cri déchire l'air. Une chaleur écarlate m'avale tout entière. Mon dos se voûte, à l'agonie. Ma peau se couvre instantanément de cloques. L'embrasement me rend sourde à mes propres lamentations, alors que mon monde se réduit à la douleur, intense, saisissante. Puis les flammes cessent brusquement, aspirées en moi pour plus tard.

Je titube et lâche un souffle tremblant. Mon corps entier est parcouru de frissons. Mes vêtements ont été anéantis, pour la plupart, et ma peau est écœurante. Un furieux mélange carbonisé de rouge et de noir. Une secousse violente me traverse, atrocement douloureuse, puis la guérison commence.

L'archer est en train d'invoquer frénétiquement du feu dans une nouvelle flèche en chantant. Je ne peux pas le laisser s'en aller après ce qu'il a vu ou le laisser tuer quelqu'un d'autre. D'une manière ou d'une autre, je force un filament de Feu de Chimère à sortir de mes profondeurs et le lance vers le Fisan.

La magie est rapide, un faisceau brillant dans l'air. Le Fisan prend feu, mais, contrairement à moi, il ne se relève pas de ses cendres. Et c'est tout ce qu'il reste de lui. Son cri résonne toujours dans mes oreilles, alors qu'il n'y a même plus d'os à voir.

La tension qui me gardait debout disparaît en même temps que l'archer et mes genoux se liquéfient. Mon souffle ressort en halètements courts et douloureux. Mes yeux font tout leur possible pour se fermer.

Je cligne rapidement des paupières, à quelques pouces du sol, lorsque Bêta Sinta se saisit de mon bras guéri, stoppant ma chute. Je pivote comme une marionnette, en essayant de reprendre mon équilibre.

Ses yeux sont immenses.

— De toutes les choses, stupides, bêtes, idiotes, imprudentes…

— J'ai compris, gémis-je.

— … à faire ! s'exclame-t-il alors que ses doigts se resserrent douloureusement. Ne refais plus jamais quelque chose comme ça !

La colère me fait voir rouge à nouveau.

— Pourquoi pas ? Si je veux sauver quelqu'un, je le fais ! À quoi sert une Faiseuse de rois sans roi !

Il trébuche en arrière, clairement aussi choqué que moi. Ce n'était pas ce que je voulais dire, mais je crois que je viens juste de lui faire serment de ma loyauté.

— Je ne suis pas Alpha, dit-il brutalement.

— Tu devrais l'être !

Mon exclamation ressemble plus à un gargouillis. Fronçant les sourcils, je m'essuie la bouche de la main. Celle-ci se couvre de sang. Je suis soudain consciente de la douleur palpitante dans mon dos, et je me remémore la flèche. C'est à cause d'elle que j'ai tant de difficulté à respirer ?

— Griffin ?

J'oscille vers l'avant, et il me retient à nouveau contre sa poitrine. C'est comme un roc. Un roc sanglant, suant et sale. C'est agréable. J'inspire légèrement, et distingue le vague parfum du citron à travers tout le sang, avant que mes jambes ne lâchent.

— Cat ?

Je grimace, mon dos m'élançant.

— Peux pas… Peux pas respirer bien.

Il s'assied et me dépose en travers de ses cuisses, passant ses mains puissantes sur mon dos avec une délicatesse incroyable.

— La flèche doit avoir percé un poumon, commente Carver en s'accroupissant près de nous.

Bêta Sinta jure, brise la hampe de la flèche, mais cela ne fait pas sortir la tête, et il jure un peu plus fort.

— Tu n'aurais pas dû faire ça, répète-t-il.

— Le Feu de Chimère, sifflé-je. Tue. Fait très mal.

Sans oublier que la flèche se dirigeait droit sur sa tête.

Bêta Sinta me retourne dans ses bras. Mes yeux papillonnent et se ferment, mais pas avant que je n'aie aperçu l'expression hantée de son visage.

Je dois m'être évanouie, car il est soudain sur son cheval et je suis soulevée par Carver. Une des tuniques de Bêta Sinta me couvre du cou aux genoux. Il a dû y percer un trou pour faire passer le morceau de flèche brisée, car je ne le sens pas tirer.

— Brûlez le chef des Fisans, murmuré-je. Diluez mon sang.

Il donne l'ordre sans me poser de question et verse de l'eau sur ma bouche, mes mains et mon dos, alors que Carver et Flynn font ce que j'ai dit. Kato est effondré sur son cheval, à peine conscient.

— Griffin ?

Il se penche, plaçant son oreille près de ma bouche.

— Le cirque, murmuré-je. Kaplos.

Nous sommes plus proches de Velos, mais les deux cités sont voisines, et Kaplos ne doit pas être à plus d'une heure d'ici.

— Séléné, expliqué-je. Guérisseuse.

— Tu voudras rester avec eux.

Ses doigts maculés de sang se referment sur le tissu qui couvre ma hanche. L'expression de son visage me tord le cœur.

En réalité, si je survis, j'ai bien envie de rester avec lui. Je suis vraiment une idiote.

— Pas le choix, grogné-je.

Il pince les lèvres. Ses yeux remontent alors qu'il talonne son cheval en direction de l'ouest. Les soudaines secousses envoient une rafale de douleur dans mon dos et je gémis. Les bras de Bêta Sinta se resserrent autour de ma taille, et je me blottis contre son torse, en me retenant à lui. Peut-être que je lui ferai confiance pour combattre les monstres qui hantent mon sommeil. Peut-être que je n'ai pas le choix.

Sa voix est féroce dans mon oreille.

— Tu m'appartiens à présent, Cat. Je t'interdis de mourir.

CHAPITRE 11

Je me réveille dans une tente familière. Elle sent comme à la maison.

— Séléné ?

Celle-ci se penche au-dessus de moi en souriant. Sa natte blonde glisse et vient effleurer mon bras. Ses cheveux brillants et lisses sont si épais que sa tresse fait la taille du poignet d'un homme. Son visage est parfait. Sans âge. Elle pourrait avoir trente ans comme deux cents. Ses yeux ont la couleur d'un lac nordique un jour calme, un bleu sombre et si profond que lorsque je m'y plonge, j'ai parfois l'impression d'être dans un autre monde.

Elle repousse doucement mes cheveux de mon visage, et j'éclate en sanglots.

Séléné courbe un sourcil délicat, d'un ton plus foncé que sa natte.

— Ça, c'est une première.

— Tu m'as manqué, hoqueté-je d'un ton légèrement embarrassé.

— Je suis flattée, je ne pensais pas que tu allais pleurer.

— Je ne pleure pas, déclaré-je en essuyant mes larmes.

Elle s'adosse à son siège, avant de tendre vers moi son pouce et son index, ils se touchent presque.

— Je suis à *ça* de mourir de curiosité.

Je cligne des yeux avec surprise. Séléné semble toujours au courant de tout, en tout cas, avant tout le monde.

— Ça ne ferait pas plaisir à Hadès, murmuré-je.

Elle me renvoie un sourire satisfait et mystérieux, qui me pousse à me demander ce que cela fait d'être aimée d'un Dieu, même si celui-ci a déjà une femme.

— Le seigneur de guerre ne révèle rien, j'imagine dans un effort peu judicieux pour te protéger. Les informations de mon côté ont été éparses, ces derniers temps. Alors, dis-moi, qui est l'homme qui t'a ramenée au cirque en me hurlant de te sauver ? demande-t-elle alors que son sourire devient espiègle. « Guérissez-la ! Maintenant ! Ou je jure devant les Dieux que les Furies feront pleuvoir la mort et la destruction sur vous, et il y aura de lourdes conséquences. »

— Il n'a pas fait ça ! m'exclamé-je.

— Eh si.

Son hilarité illumine ses yeux extraordinaires, et je masque mon sourire involontaire dans une quinte de toux. Il faut avoir une sacrée paire pour oser menacer Séléné. Elle peut être très effrayante dans le genre maman-poule-reine-guerrière. La magie qui l'entoure est palpable, étonnante et, honnêtement, d'une intensité un peu étrange. C'est une bonne chose qu'ils veuillent tous deux me protéger. Sinon, Bêta Sinta aurait pu avoir des ennuis.

— Depuis combien de temps suis-je ici ? demandé-je.

— Deux jours. Tu devais te reposer. Moi aussi.

Séléné dort rarement, à moins d'avoir fait quelque chose d'incroyablement énergivore. Si elle doit se reposer, Hadès l'emmène dans les Enfers, bien que j'aie du mal à imaginer comment elle pourrait beaucoup dormir là-bas.

Embêtée, je demande :

— Ça s'est joué à si peu ?

— À quelques *minutes* près. Et tu as toujours besoin de te reposer.

Mes poils se dressent un à un. J'ai toujours été consciente de ma propre mortalité. Cela ne rend pas le fait de passer si près de la mort plus facile. J'y ai encore échappé.

Hadès ne doit *vraiment pas* vouloir de moi. Il est probablement effrayé que je cause autant de problèmes dans les Enfers que j'en causerai dans Thalyria.

Je fronce les sourcils en frottant ma peau pour en faire disparaître la chair de poule.

— Il ne t'a pas dit qui il est ?

Séléné secoue la tête.

— Bêta Sinta, révélé-je. La nouvelle version améliorée.

Mon ton, censé être sarcastique, ne l'est pas vraiment.

Quelque chose étincelle dans ses yeux, peut-être un éclair d'agacement. Il est parti si vite que j'aurais aussi bien pu l'imaginer.

— Définitivement amélioré, dit-elle. Surtout après que j'en ai eu terminé avec lui.

L'inquiétude me traverse.

— Est-ce qu'il a été gravement blessé ?

— Est-ce que ça t'importe ?

J'hésite, alarmée par l'intensité de ma réaction.

— Je… Je n'en suis pas sûre ?

Séléné renifle avec élégance.

— Tu n'es pas très convaincante. Et non, il n'était pas gravement blessé. Des entailles et des estafilades. Une légère perte de sang. Rien d'irréparable.

Le soulagement me submerge, mais c'est une sensation bien éphémère.

— Est-ce que j'ai saigné ? demandé-je.

— Oui, mais j'ai brûlé la tunique et dilué tout le reste. Rien de traçable ne s'est trouvé ici pendant plus de quelques minutes.

Séléné n'a jamais demandé de qui je me cache et pourquoi. Elle me protège, en dépit de ça.

— Merci.

Elle incline le visage d'une manière si royale que j'ai l'impression que je devrais me courber ou m'agenouiller.

— Et les autres ?

— Le brun efflanqué était épuisé, mais ça allait. Carver, je crois ? Le joyeux manieur de hache avait besoin de se faire réparer le bras, mais il n'était pas trop abîmé, à part ça. Un peu comme ton Bêta Sinta.

Mon cœur palpite un instant.

— Ce n'est pas *mon* Bêta Sinta.

Elle enchaîne, comme si je n'avais rien dit :

— Et le très beau Kato a failli perdre sa jambe. Il m'a fallu tout ce qu'il restait en moi après en avoir fini avec toi pour la sauver.

— Ils vont tous bien, alors ?

Je souris comme une idiote. Qu'est-ce qui *ne va pas* chez moi ?

Elle se lève de sa chaise, fluide et légèrement chatoyante. Sa grâce est légendaire. Je suis agile et forte, mais je préférerais me mouvoir comme les reflets du soleil sur l'eau, à la manière de Séléné.

— Ils sont en bonne santé et constamment en train de se disputer avec Desma et Aetos. Ces deux-là ont l'impression que les Sintans t'ont enlevée.

Elle pose une question. Je lui dois une réponse.

— Ils l'ont fait. En quelque sorte.

Elle pince les lèvres.

— Aide-moi à comprendre ce qu'est une « sorte » d'enlèvement.

Eh bien, ça a l'air vraiment idiot, dit ainsi.

Elle me sert un verre d'eau. Comme j'ai la gorge sèche, je le bois avant de répondre.

— Il est Bêta Sinta. Il a dit qu'il vous ferait tous arrêter si je ne le suivais pas.

— Et tu l'as cru ?

C'est une question pleine de sous-entendus venant de Séléné. Je hoche la tête. Après presque un mois passé avec lui, je sais aussi qu'il l'a fait parce qu'il avait l'impression d'y être contraint, et non par plaisir.

— Il a besoin de Magoi puissants pour l'aider et aider l'Alpha, sa sœur adorée Égérie.

Égérie n'est pas une Alpha dans l'âme. D'après ce que j'ai entendu, elle est comme un papillon. D'un autre côté, Bêta Sinta, lui, a l'âme d'un Alpha. Redoutable sur le champ de bataille, sanglant, concentré sur ce qui compte, sans merci, et… *juste ?*

— En plus, il avait une corde magique.

Séléné rit, et ce son est comme les carillons du vent dans une brise printanière.

— Toi ? Attrapée par une corde magique ?

Je rougis.

— Ne me le rappelle pas.

Elle se racle la gorge pour étouffer un nouvel éclat de rire et demande :

— Est-ce que tu vas l'aider ?

Séléné ne sait peut-être pas *qui* je suis, mais je suis certaine qu'elle sait *ce que* je suis. La Faiseuse de rois. Même si nous n'en avons jamais discuté.

— Mes capacités peuvent être précieuses dans des situations diplomatiques, dis-je avec prudence.

— Il est venu ici pour te sauver. On dirait qu'il se soucie de toi.

Je hausse les épaules en baissant le regard.

— Je suis une arme qu'il ne veut pas perdre.

— Je pense qu'il y a plus.

Mes yeux remontent brusquement.

— Ne déduis pas quelque chose qui n'existe pas. Nous sommes tous les deux des monstres.

Elle me scrute de son regard bleu foncé, déconcertant.

— Les monstres s'accouplent aussi.

Je m'étouffe à moitié avant de me mettre à tousser.

Un sourire faible étire ses lèvres.

— Pourquoi ne t'es-tu pas simplement échappée ?

— La corde.

Cette corde enchantée énervante et stupide m'a poussée à faire le serment de rester avec Bêta Sinta jusqu'au jour de sa mort. Ou au mien, s'il survient avant.

Elle semble incrédule.

— Tu n'as pas pu trouver un moyen de passer outre ?

— C'était une sacrée bonne corde !

Soupirant, elle abandonne le sujet et me prend la main.

— De tous les monstres qui te poursuivent, Cat, tu aurais pu être attrapée par pire.

Je détourne le regard. Des tissus colorés pendent du plafond voûté de la tente de Séléné. Je les fixe, tout en songeant qu'elle a raison.

Habituellement, je n'apprécie pas le contact des autres, mais je laisse ma main où elle se trouve. Personne ne m'a tenu la main depuis des années. Sauf Bêta Sinta. Mais c'était différent, lui, il me trimballait derrière lui.

— Est-ce que c'est ta sage parole du jour ? demandé-je.

— Non, c'est ça : écoute ton cœur. Tu penses qu'il est noir. Je ne sais pas tout ce que tu as traversé, mais j'en sais assez pour comprendre que ton passé est empli d'hostilité et de haine. Mais tu ris toujours. Tu aimes toujours et tu protèges les gens à qui tu tiens. Tu n'es pas celle que tu penses être. Tu es meilleure. Tu es *plus*, déclare-t-elle. Peu importe ce que tu crois, ton cœur est toujours rouge et il bat. Écoute-le.

Son regard puissant et insondable soutient le mien et un picotement remonte de mon nez vers mes yeux.

Elle serre mes doigts et je lui réponds d'un hochement de tête en retenant les larmes qui me montent aux yeux.

Dès l'instant où Séléné s'en va, Desma et Aetos font irruption dans la tente.

— Cat ! Tu es réveillée !

Elle tombe sur moi et me serre dans ses bras. Cela aurait pu être douloureux, si elle ne pesait pas moins lourd que moi.

Aetos apparaît au-dessus de nous, immense et bleuté.

— N'essaie même pas de faire pareil ! le préviens-je.

Il sourit et je tends les mains vers lui pour l'attirer dans une étreinte rapide. Le bonheur bouillonne à l'intérieur de moi tant je suis heureuse de revoir ces deux-là.

— Comment allez-vous ? demandé-je en souriant.

Il me tapote la main.

— Mieux, maintenant que tu es de retour.

Mon sourire retombe.

— Je ne peux pas rester.

— Il le faut ! s'écrie Desma.

Les couleurs font irruption en elle. Sans y penser, je rassemble la magie qu'elle émet. J'en relâche une partie qui scintille à travers la tente, donnant à l'air chaud les couleurs de pierres précieuses brillant au soleil.

— Tu ne vas pas partir avec *lui.*

Nous savons tous qui est *lui.*

— Je le dois. J'ai prêté serment.

— Ce fils de Cyclope !

Aetos frappe la chaise vacante de Séléné de son poing massif. Celle-ci éclate comme un jouet fait de brindilles.

Il en conclut :

— Il te l'a fait promettre avant de t'amener à Séléné.

Je secoue la tête.

— J'ai fait ça avant d'être blessée.

Sa bouche se referme brusquement. J'ai laissé Aetos sans voix. C'est clairement une première.

— Pourquoi ? demande Desma.

— Une bataille était sur le point d'éclater. J'étais enchaînée par de la magie. Attachée à lui, en fait. Aucun de nous ne pouvait se battre de cette manière.

— Donc il t'a détachée en échange de ta promesse de rester avec lui ?

Je hoche la tête et Desma semble consternée par ma stupidité.

— Tu as échangé des fers pour d'autres, bien plus puissants.

— Je sais, dis-je avec dégoût. J'avais de meilleures chances de m'échapper d'une corde enchantée que de mon propre serment. Mais nous sommes en vie, n'est ce pas ?

— *Nous* ? répète Desma ostensiblement.

Mon visage s'échauffe.

— Ils ne sont pas si terribles. Et ils pourraient être bons pour le royaume.

À moins que le fait d'avoir un Alpha Hoi Polloi pousse le Tarva et le Fisa à faire pleuvoir sur nous des années de feu et de monstres.

— Quel rapport ont-ils avec Sinta ? demande Aetos.

Comme je leur explique qui sont les Sintans, mes deux meilleurs amis prennent une couleur jaune intéressante. Aetos semble un peu vert, en fait, à cause de ses tatouages bleus.

— Donc, un seigneur de guerre bien bâti, qui est en réalité Bêta Sinta, pose les yeux sur toi une seconde et décide que tu dois lui appartenir ? demande Desma.

— Bien bâti ? grogne Aetos.

— Pas autant que toi, mon chéri.

Desma lui adresse un sourire tendre. Aetos semble amadoué et baisse la tête pour l'embrasser fermement sur les lèvres.

Ma mâchoire se détache. Ça fait des années que j'attends ça. Je m'en vais pendant un mois, et cela se produit en mon absence ? La vie est injuste !

Je me racle la gorge et Desma rompt le baiser, rougissante.

— Apparemment, répliqué-je.

Mes yeux naviguent de l'un à l'autre si rapidement que cela me donne le vertige.

— Mais pourquoi ? Pourquoi toi ? demande Desma, qui est toujours rose.

— Parce que je suis mignonne et marrante ?

Ils me fixent.

— Non, sérieusement, insiste Desma. Pourquoi *toi* ?

Je soupire.

— Il a besoin d'un Magoi avec mes talents. Il pense que je peux être utile dans des situations diplomatiques. Pour les alliances et les traités. Ce genre de choses.

Aetos s'étrangle en entendant cela.

— Toi ? Diplomate ?

— Je sais ! m'exclamé-je en levant les mains au ciel. Je pense qu'il s'imagine que « les insultes d'abord, la mort ensuite » sera efficace et bon pour le royaume.

Nous rions tous, mais cela semble forcé.

— Il y a plus que ça, insiste Desma.

Je secoue la tête.

— C'est un Hoi Polloi. Il a besoin de Magoi. Je suis une devineresse.

— Tu es plus que ça, affirme Aetos.

Il ne pose pas de question. Il expose un fait.

Voyant que je garde le silence, Desma reprend :

— Comment Bêta Sinta sait-il que tu n'es pas une simple devineresse ? Pourquoi se donner tant de mal pour te sauver quand il pourrait juste enlever une autre devineresse ? Tu ne lui as pas dit ce que tu es réellement, peu importe ce que c'est, n'est-ce pas ? interroge-t-elle, visiblement blessée.

— Bien sûr que non ! C'était un rêve prophétique. Merci beaucoup, Poséidon, ajouté-je en levant les yeux au ciel.

Silence. Il dure si longtemps que je me mets à somnoler. La guérison magique sape mon énergie comme rien d'autre.

— Poséidon ? répète finalement Aetos.

Je bâille.

— À cause de lui, Bêta Sinta m'a observée, en a déduit des choses, puis il a trouvé des parchemins qui ont tout confirmé.

Nouveau silence. Puis Desma demande :

— Est-ce que tu nous le diras un jour, Cat ?

Il devient difficile de me concentrer. La fatigue transforme la tente multicolore en caléidoscope.

— Je ne sais pas. Ce n'est pas ce que je veux faire de ma vie. C'est ce que j'ai fui.

Des rides bleues se plissent autour de la bouche d'Aetos.

— Mais tu le ferais pour lui ?

Je ne réponds pas et mes paupières se ferment.

***

Je me réveille tard dans l'après-midi et mange comme une personne de trois fois ma carrure. Une quantité embarrassante de poulet rôti et un plateau entier de gâteaux aux épices, très certainement laissés près de mon lit par Desma, disparaissent en moins d'une heure. Je me sens plus forte, mais plus collante que les gâteaux que je viens juste de dévorer.

Un défilé de visiteurs m'empêche de quitter la tente pour aller prendre un bain. Des douzaines de résidents du cirque passent la tête par l'entrée pour voir si je suis réveillée et si je vais bien.

La fatigue me reprend rapidement, mais je suis trop heureuse de voir tout le monde pour le dire. Tadd et Alyssa m'apportent un pot de miel des ruches qu'ils emportent partout où va le cirque. Zosomo et Yannis me racontent les spectacles que j'ai loupés en mon absence. Vasili et sa femme m'offrent un nouveau couteau, pensant visiblement que j'ai besoin de plus de lames.

— Au cas où tu en perds une dans les intestins du seigneur de guerre, déclare Vasili l'air parfaitement indifférent.

Qui, moi ? Est-ce que j'ai l'air violente et portée sur le massacre ?

Enfin seule, je me lève pour ranger la dague dans mon sac et me rends compte que je suis encore très faible. Je grogne en faisant quelques pas prudents à travers la tente. Mes jambes tremblent, comme si elles étaient faites d'une pâte à gâteau pas encore cuite.

Kato, Carver et Flynn arrivent au moment où je me traîne à nouveau sur le lit de camp. Au lieu de m'y effondrer, comme je l'aimerais, je m'assieds et les accueille avec une expression amère.

— Vous n'êtes pas tous morts ?

Flynn sourit, ses yeux bruns éclairés de bonne humeur.

— Presque.

Je grimace et dis :

— Ça sera peut-être pour la prochaine fois.

Carver semble plus sérieux.

— Tu ne nous as pas laissés mourir, dit-il.

Je baisse les yeux et tripote les draps, gênée par sa gratitude.

— Vous ne m'avez pas laissée mourir non plus.

— C'était surtout Griffin, déclare Carver. Il a chevauché comme une chauve-souris sortie des Enfers pour t'amener ici. Nous sommes arrivés avec Kato alors que Séléné en finissait avec toi.

— Eh bien, dis-je en ignorant la chaleur qui m'envahit. Les Faiseuses de Rois n'apparaissent que tous les deux cents ans environ. Quand tu en as une, mieux vaut la garder en vie.

Kato secoue la tête en m'adressant un regard qui signifie que je suis aussi têtue qu'un Cyclope.

— Ce n'est pas simplement ça. Tu as donné ta parole. Tu fais partie de la bande, à présent. Griffin te protégera ou mourra en essayant.

Je lève les yeux au ciel.

— Encore ça ?

Bêta Sinta ne mourrait pas pour moi. Se sacrifier irait à l'encontre de, eh bien, *tout*. Il était beaucoup trop confiant là-bas, à l'extérieur de Velos, bien que je lui aie conseillé de fuir. Il ne prendra plus un tel risque.

— *Toujours* ça, rétorque Flynn d'un ton plein de reproches. Qu'est-ce qui est plus important que…

— … la loyauté ? finis-je, acerbe.

Les trois hommes m'observent comme si j'étais une créature étrange dont ils ne savaient pas quoi faire.

— Griffin te fera changer d'avis, annonce Flynn.

Je renifle, incrédule.

— Il peut toujours essayer.

Soudain, nous sommes tous en train de nous esclaffer, et c'est la chose la plus naturelle au monde. Une part de moi se sent horriblement coupable.

— Trente contre cinq, dit Carver en secouant la tête et en souriant d'incrédulité. Dommage que personne n'ait fait de paris là-dessus.

Le sommet haut et nuageux du mont Olympe surgit dans mes pensées.

— Peut-être que les Dieux l'ont fait.

— Ça expliquerait leur intervention ? interroge Kato.

Il tournoie dans la tente, m'imitant face aux Fisans, un croc venimeux dans chaque main. Il crée un tourbillon de cheveux blonds, d'yeux bleus et de muscles durs. Il est rapide, chaque mouvement empreint de force et de puissance, même si je peux voir que sa jambe le handicape toujours.

— Où as-tu appris à manier les crocs comme ça ? demande-t-il avec un sourire.

J'agite ma main dans l'air.

— Çà et là.

— Non, mais vraiment ? me questionne Kato en se rasseyant sur une chaise, son visage particulièrement coloré pour un si maigre effort. Comment as-tu fait ?

Je hausse un sourcil supérieur.

— Tu n'es pas encore au courant ? Je suis incroyable.

— Et modeste, avec ça, raille Flynn.

Je souris.

— J'ai pris des leçons de Ô Son Altesse si terrifiante et arrogante.

Des rires masculins emplissent la tente. Je ris moi aussi. J'espère que les oreilles de Bêta Sinta sont en train de siffler.

S'asseyant à côté de moi, Carver demande :

— La plupart des gens ont peur de Griffin. Pourquoi pas toi ?

Je leur fais signe d'approcher. Ils se penchent en avant, l'anticipation marquant leurs beaux visages. La comédie est un art, et j'ai appris quelques petites choses là-dessus. Je les fais attendre, puis je murmure :

— Parce que je suis encore plus terrifiante que lui.

Ils éclatent de rire. Ils pensent que je plaisante.

— Tu es arrogante et impétueuse, déclare Flynn.

— Et alors ?

— Griffin est arrogant et pondéré. Il te battra à chaque fois.

Je me renfrogne. Il est aussi plus grand, plus fort et plus rapide. Il n'est pas bête, non plus, même si les savoirs que nous avons accumulés ne sont pas les mêmes. Pire, la magie rebondit sur lui. Je l'ai vu à Velos, même si j'étais trop droguée par l'euphoria pour m'en préoccuper.

— Oh mes Dieux ! m'exclamé-je en me frappant le front. Le Feu de Chimère ne l'aurait pas brûlé. Je suis *tellement* bête.

Pas étonnant qu'il ait mangé ma salamandre magique sans une once de doute. Séléné l'a guéri. Je l'ai guéri. Mais la magie offensive ne doit simplement pas fonctionner sur lui.

Je fronce les sourcils. Je n'ai jamais entendu parler d'une chose pareille.

Carver hoche la tête, confirmant mes doutes.

— Mais une flèche le traversera toujours, comme pour toi.

— C'est comme ça qu'il est entré dans le château pour abattre la famille royale du Sinta ? Leur magie ne pouvait pas l'atteindre, et il était simplement meilleur qu'eux à l'épée ?

Carver me le confirme d'un signe de tête, et je pince les lèvres, dégoûtée. Cette prise de conscience est difficile à avaler. Bêta Sinta l'emporterait sur moi dans un combat, peu importe la magie que j'aurais en réserve.

Je lâche un long soupir et essaie de regarder le bon côté des choses : il l'emporterait sur la plupart de mes ennemis aussi.

Comme si mes pensées l'avaient invoqué, Bêta Sinta écarte le battant de la tente et y fait irruption, nous observant tous les quatre avec un éclat dur dans le regard. Le voir me fait l'effet d'un étrange coup dans le ventre, qui me coupe le souffle, mais qui n'est pas complètement désagréable non plus.

Il baisse le menton.

— J'ai entendu dire que tu étais réveillée, *Talia.*

Je murmure un juron qui fait rougir Flynn.

Kato, Carver et Flynn s'en vont si rapidement que je sens presque le coup de vent sur mon visage. *Tant pis pour ce qui est d'assurer mes arrières.* Au moins, ils laissent le battant de la tente accroché et la porte grande ouverte.

Bêta Sinta arque un sourcil sombre, visiblement dans l'attente de quelque chose.

Ne voulant pas avoir cette conversation assise, je me relève trop rapidement, et des points blancs envahissent ma vision.

— Je suis réveillée, confirmé-je, même si c'est assez évident. Et ?

Bêta Sinta croise les bras.

— Alors, explique-moi ce qu'il se passe. Parle-moi comme tu l'as fait à Velos.

— Je n'étais pas moi-même, dis-je avec raideur.

— C'est vrai. Tu étais plus marrante.

Mon visage se plisse dans une expression renfrognée de première catégorie. Je fais un pas courroucé dans sa direction, et je titube, complètement déséquilibrée.

Il est là en une seconde, ses mains sur ma peau, la chaleur qu'il émet s'embrasant entre nous. Mon pouls s'accélère.

— Tu es faible, dit-il d'un ton dur. Je pensais qu'elle t'avait guérie.

Je me tortille loin de ses mains dont la chaleur brûlante semble faire des trous sur le côté de ma tunique.

— Pas besoin d'avoir l'air si énervé. Séléné a fait ce qu'elle pouvait.

Il fronce les sourcils.

— Parle-moi, Cat. Pourquoi Talia ? Qui étaient-ils ?

Je secoue la tête.

— Je ne peux pas.

Ses yeux gris magnétiques capturent les miens.

— Tu peux me faire confiance.

— Dit le kidnappeur, raillé-je avec mépris.

Il me fixe comme s'il s'attendait réellement à ce que je me mette à parler.

Mes Dieux ! Il est tellement énervant !

— Il gèlera dans les Enfers avant que je ne te fasse confiance.

Ou il y fera modérément froid. Ou il y aura peut-être une brise fraîche. Argh !

Je recule jusqu'à ce que mes jambes entrent en contact avec mon lit de camp. J'ai étrangement froid après m'être tenue si près de lui.

— Comment est-ce que tu te sens, *Talia* ?

Je le foudroie du regard.

— Ce n'est pas mon nom.

— D'après le Fisan, si. Tu sais, celui qui criait «elle est à moi !» avec des envies de meurtre sanglant au fond des yeux.

Mon cœur bat fort contre mes côtes.

— Il a dû me prendre pour quelqu'un d'autre.

Les yeux de Bêta Sinta s'étrécissent. Il n'est visiblement pas du tout convaincu.

— Pendant des jours, tu m'as répété qu'ils venaient pour *toi.*

Ah oui, c'est vrai… Je hausse les épaules.

Un éclair d'argent passe dans son regard.

— Qui étaient-ils ?

— Je n'en sais rien ! Les Fisans sont cinglés. Il va falloir t'y habituer.

Je souris d'un air fou, mais c'est sans effet sur lui.

— Vous étiez en train d'avoir une petite discussion, alors que le reste d'entre nous se battaient à mort. On ne fait pas ça avec quelqu'un qu'on ne connaît pas.

Bêta Sinta n'a pas pu entendre ce que nous disions. Il y avait trop de bruit et de confusion pour cela.

— Je prends toujours le temps de connaître les gens avant de les tuer, expliqué-je. Ça rend le tout beaucoup plus satisfaisant.

Voilà. Ça semblait suffisamment dérangé.

Il fronce les sourcils

— Ne m'oblige pas à te le redemander, dit-il.

Au son de sa voix, on dirait qu'il écrase des pierres entre ses dents.

Je me détourne et plie ma couverture, juste au cas où mes yeux s'agiteraient vraiment lorsque je mens.

— C'est mon ancien amant. Ça ne s'est pas bien fini. Il essayait de me tuer depuis.

Les mains de Bêta Sinta atterrissent sur mes épaules, lourdes et chaudes. Je sursaute avant de me raidir. Il me fait faire volte-face si rapidement que la tête me tourne. J'arrive à peine à empêcher mes pieds de s'emmêler entre eux.

— Je croyais que tu avais fini de me mentir, déclare-t-il en faisant retomber ses bras, mais en restant si près que c'en est perturbant. Tu sais quand les gens te mentent. Ils ne peuvent pas s'en sortir avec la moindre fausse vérité. Toi, d'un autre côté, tu peux mentir autant que tu le souhaites.

— Et alors ?

— Et alors, je ne peux pas te protéger si tu ne me dis pas la vérité ! lâche-t-il en me grognant réellement dessus – et d'une voix forte. Je veux te protéger, Cat.

Je cligne des yeux. *Je veux*. Pas « j'ai besoin ». Le mot me percute violemment, comme une dague essayant de percer le nœud serré de muscles qui bat bien trop rapidement dans ma poitrine.

Mes lèvres s'écartent puis se referment. Je ne peux pas gérer ça. Je suis prise de vertiges et mon estomac semble être fait de plomb. C'est beaucoup trop.

Une horrible pensée me vient soudain à l'esprit.

— Est-ce que tu peux me voir lorsque je suis invisible ?

Il secoue la tête, maîtrisant aisément sa colère pour me répondre.

— Je ne rejette que la magie qui blesse.

Merci mes Dieux !

Je plisse les yeux.

— C'est bien pratique.

— Ça l'est, acquiesce-t-il.

— J'aurais dû te laisser prendre la flèche.

— Tu aurais dû, dit-il alors que ses yeux plongent dans les miens à la recherche d'une réponse. Pourquoi ne l'as-tu pas fait ?

Bonne question. Une brise du soir se glisse par l'ouverture de la tente, agitant ses cheveux un peu longs. Ses yeux sont de la couleur d'un ciel d'orage, à la fois lumineux et sombres, saisissants sur à sa peau brunie par le soleil. Il y a une stabilité en eux, et mes nerfs se calment. Pour quelque raison, sa force et sa capacité à tuer, qu'il garde si facilement en cage, font de lui l'homme le plus attirant que j'aie jamais rencontré. J'envie son sang-froid.

— Une folie temporaire, expliqué-je en haussant les épaules. Un moment d'idiotie complète. J'ai dû oublier qui tu étais.

Il semble déçu et quelque chose tire à l'intérieur de moi. Ses yeux s'égarent sur les cicatrices de mes bras, s'attardant sur les nouvelles que Séléné a dû faire pour me garder en vie.

— Peu importe, ne refais plus jamais ça. Maintenant, réponds à mes questions, *Talia.*

Je me tais. Je suis douée pour ça.

Bêta Sinta patiente pendant ce qui semble être un temps raisonnable pour lui, puis il grogne :

— Il t'a blessée et tu refuses de me dire qui il était !

— Blessée ? répété-je, éclatant d'un rire fou un peu trop naturel.

Mes filtres se brisent. Ou peut-être est-ce une part plus profonde de moi-même. La discrétion n'est pas la seule raison pour laquelle je ne parle pas de mon passé. Je ne parle pas des choses qui me sont arrivées, car les admettre me plonge dans des cauchemars et aspire la lumière de mon monde.

Je continue :

— Me blesser, c'est me garder dans une cage pendant huit mois ? Pas un bain. Pas de coussin. Ne jamais changer de vêtement. Seulement assez de pain et d'eau pour survivre. Et me cracher sans cesse du feu et des mensonges à la figure, juste pour me voir agoniser.

Le visage de Bêta Sinta devient orageux.

— C'est ce que le Fisan t'a fait ?

— Toute la Maison royale !

Un grain d'hystérie se glisse dans ma voix. Je l'entends. Je le hais. Je ne peux rien y faire. J'enchaîne :

— Ce sont eux qui m'appelaient Talia. C'est Bêta Fisa que j'ai tué. Ne m'appelle pas comme ça. Jamais !

Gamma Fisa en réalité, mais ça n'a plus vraiment d'importance, à présent.

Il pose ses grandes mains chaudes sur mes joues, croisant les doigts sur ma nuque, m'empoignant légèrement, mais avec fermeté. Il incline mon visage vers lui et dit, d'une voix basse et apaisante :

— Je ne le ferai plus. Tout va bien. Tu es Cat. Juste Cat.

— Tout ne va pas bien ! fulminé-je en attrapant ses poignets, je ne sais pas si c'est pour le retenir ou le repousser, alors je fais un peu des deux. Ils ne s'arrêteront pas tant qu'ils ne m'auront pas récupérée.

Le tremblement qui naît dans mes jambes se répand au reste de mon corps.

— Ou tuée. Ils ne me prendront jamais vivante. Jamais !

Je l'ai dit avec une conviction telle qu'elle semble flotter dans l'air entre nous, épaisse comme ma peur.

Bêta Sinta émet un son apaisant et glisse ses doigts dans mes cheveux, les lissant à l'arrière de ma tête. Ce geste déclenche une multitude de tourbillons étranges dans tout mon corps.

Il se penche en avant et pose délicatement son front contre le mien.

— Je ne laisserai rien t'arriver.

Il semble si sûr de lui. Je résiste à la tentation de me laisser aller contre lui, de trouver refuge dans ses bras. Ma bataille interne est d'autant plus compliquée que je sais qu'il ne me repousserait pas. Il berce toujours ma tête, la massant doucement. Nous respirons le même air.

La conscience de ce qui se passe me submerge d'un coup. La chaleur se répand dans mes veines, mon estomac me semble soudain lourd. Mes yeux se ferment et mes mains glissent de ses poignets. La gauche tombe, ballante. La droite plane au-dessus de son torse avant de s'y presser. Sous ma paume, son cœur cogne lourdement puis s'accélère. J'ouvre les yeux et j'observe mes doigts en me demandant ce qu'ils font ici, à le toucher, à absorber sa chaleur.

— Ne fais jamais une promesse que tu ne peux pas tenir, murmuré-je.

— Je peux essayer, chuchote-t-il en retour.

Je me hais d'en sourire. La tension s'évacue de moi, me laissant bien trop consciente de sa taille, de sa force, de son odeur subtile et du fait que cet homme m'a embrassée.

Il lève la tête et caresse ma mâchoire. Son contact est aussi léger qu'une plume, malgré la puissance de ses mains et les cals de ses doigts.

— Parle-moi de la Maison royale fisanne. Plus j'en sais, mieux je pourrai te défendre.

— Je peux me défendre toute seule.

Il sourit. Un sourire tordu qui fait battre mon cœur, bien plus que je ne souhaite l'admettre.

— C'est pour ça que tu t'es fait capturer par un seigneur de guerre avec une corde magique ? me taquine-t-il.

Je me renfrogne et frappe durement sa poitrine là où ma main repose toujours.

— Parle-moi des Fisans, répète-t-il en reculant volontairement.

Je frissonne.

— Plus tard, accepté-je en jetant un œil dans la tente de Séléné. Il y a des noms que je ne veux pas voir flotter dans l'air.

Il comprend et hoche la tête.

— Bientôt, alors.

J'acquiesce en réponse. Je n'y échapperai pas. Il est bien trop têtu.

Tout en gardant les yeux sur moi, Bêta Sinta recule vers l'entrée de la tente. Je peux encore sentir ses doigts sur ma peau, durs et masculins, et je dois réprimer l'envie de toucher les endroits qu'ils ont effleurés. C'est perturbant. Je me mords la lèvre.

— Cat ?

Il y a assez de chaleur dans sa voix pour entraîner mon cœur sur un terrain dangereux.

— Oui ?

— Tu es douée pour te défendre.

Je hoche la tête.

— On m'a bien appris. Je suis l'enfant favorite.

— De Poséidon ?

Sans répondre, je me retourne et fais tournoyer du bout des doigts l'eau d'une bassine posée près de mon lit. Je regarde les formes que j'engendre se faire et se défaire. *Oui, certes, de Poséidon aussi.*

CHAPITRE 12

Nous prenons encore trois jours pour recouvrer la santé. Les Sintans campent hors des terres du cirque, mais je dors dans mon ancienne tente. Les retrouvailles temporaires sont douces-amères. Parfois, il vaut mieux ne pas revenir du tout, plutôt que d'avoir à repartir. Pourtant, je n'ai pas le choix, serment ou non. Otis a peut-être échoué, mais Alpha Fisa n'abandonnera pas. À présent, Andromède sait que je suis à Sinta. Elle me pourchasse toujours, et, la prochaine fois, elle enverra quelque chose de bien pire.

Mes amis se réunissent derrière nous alors que nous nous apprêtons à partir. Ils jettent des regards noirs à mes compagnons sintans. Seuls les sourcils de Séléné ne se froncent pas, comme si elle savait quelque chose que nous autres ignorions. Avant que nous ne partions à cheval, elle rompt les rangs et s'avance à grands pas vers moi.

— Voilà pour toi. De la part d'Hadès.

Elle laisse tomber une petite amulette dans le creux de ma main. C'est une figurine en or de Cerbère. Le chien possède six yeux de rubis, une paire pour chacune de ses têtes.

Je ne peux masquer mon étonnement.

— Pourquoi Hadès s'intéresse-t-il à moi ?

— Ne l'utilise que si tu y es obligée, dit-elle en refermant mes doigts sur le métal chaud sans répondre à ma question.

— Comment fonctionne-t-elle ?

— Il ne me l'a pas dit.

Je la regarde, incrédule.

— Tu ne le lui as pas demandé ?

— J'étais occupée à d'autres choses.

Je ris doucement.

— Voilà qui est utile.

Ses yeux bleus scintillent.

— Ce talisman était pour moi, ajoute-t-elle.

Je pense à autre chose avant que mon imagination ne devienne trop débordante.

— Est-ce que tu sais au moins ce qu'il fait ?

Séléné secoue la tête.

— Vraiment ? Rien ? demandé-je.

Elle me tapote la joue. Fin de la discussion.

Bêta Sinta me tend la main depuis son immense cheval pour m'aider à monter en selle. Je prends une profonde inspiration alors que nous nous tournons pour partir. Je ne regarde pas en arrière. Je ne veux pas voir cet homme immense tatoué de bleu, son bras passé autour d'une femme arc-en-ciel en larmes, et une dame qui brille comme le soleil. Je ne veux pas voir ces douzaines de personnes auxquelles je tiens. Ni les têtes poilues, laides et terrifiantes de Cerbère. Parce que si je les regarde, le tiraillement déjà douloureux dans ma poitrine risque de se transformer en quelque chose que je ne pourrais pas supporter.

Bêta Sinta tente de me parler, mais je reste muette, par peur que les mots refusent de passer le nœud de ma gorge. Après trente minutes à chevaucher en silence, nous tournons vers l'ouest, contournant les fermes qui bordent la cité au lieu de nous diriger vers le nord.

— Nous restons à Kaplos ? m'exclamé-je, confuse.

Il secoue la tête et sa chevelure couleur de nuit effleure son cou, bouclant légèrement autour de ses oreilles. Je me trouve à observer un peu trop fixement sa nuque bronzée. La multitude de taches de rousseur qui la constelle est… plutôt attirante.

— Nous allons chez un éleveur de chevaux que je connais.

Oh ? Les chevaux semblent pourtant aller bien, d'après moi.
— Pourquoi ?
— Ne veux-tu pas ton propre cheval ?
En réalité, ça ne m'est jamais venu à l'esprit.
— Maintenant que tu en parles, ce serait merveilleux de m'éloigner de toi et de… c'est quoi le nom de ton cheval ? Tout ce temps, je n'ai jamais pensé à demander.
— Cheval.
Je lève les yeux au ciel.
— Quelle originalité.
— Cheval brun, rectifie-t-il.
Difficile de ne pas rire.
— C'est bien mieux, mais je ne peux pas me payer un cheval.
— Je le prendrai sur ta paie.
— Alors, je ne peux pas me payer à manger.
— Ne t'en préoccupe pas, Cat.
— Je ne veux pas que tu m'achètes un cheval !
Ma voix ressort plus tranchante que prévu, mais je ne veux pas être dépendante, ou redevable, ou rien du tout, vraiment.
— Alors, chevauche avec moi.
Je pèse le pour et le contre.
— Je préférerais être affamée et avoir un cheval.
Il ne discute pas. Peut-être qu'il a vu la quantité de gâteaux aux épices que j'ai consommé durant les derniers jours et songe qu'un peu de retenue me ferait du bien.
La ferme où nous nous arrêtons est de taille moyenne, mais je peux dire, au vu de la manière dont les clôtures sont entretenues, que nous trouverons des animaux de grande qualité, ici.
— Choisis, me dit Bêta Sinta après que l'éleveur nous a présenté cinq chevaux qui pourraient, selon lui, me convenir.
Je lui jette un œil, surprise. Je pensais qu'il allait choisir pour moi.
— Je n'y connais rien en chevaux. La dernière fois qu'on m'a laissé le choix, j'étais trop jeune pour me soucier d'autres critères que joli ou pas joli.

Il me glisse un long regard. Je ne lâche jamais volontairement d'informations sur mon passé, alors je suis surprise lorsqu'il n'insiste pas pour en savoir plus. Il pointe du doigt un cheval marron dont la robe légèrement alezane reflète les rayons du soleil.

— Il est de la bonne taille et assez placide.

— Pourquoi est-ce que j'aurais besoin de placidité ?

Il me lance un regard dur.

— Pour qu'au moins l'un d'entre vous reste calme.

— Le calme, c'est ennuyant, rétorqué-je.

Son sourire découvre ses dents blanches et plisse les coins de ses yeux gris.

— Absolument, acquiesce-t-il en m'observant, une chaleur non dissimulée dans le regard.

Mon estomac se retourne d'une manière qui me donne envie de vomir pour de multiples raisons, mais diminue de façon significative mon besoin d'argumenter.

Je prends une profonde inspiration.

— Le marron du coup ?

— Ou le gris. Il est rapide.

Il fait un signe de la tête vers un cheval qui a la couleur de la neige sale, quatre chaussettes noires et un museau foncé.

— Plus rapide que le marron ? demandé-je.

Bêta Sinta acquiesce.

— Mais le marron aussi peut courir vite. Il est suffisamment puissant.

— Lui. Il. Et pourquoi pas un cheval fille ?

Il secoue la tête.

— Tu ne veux pas de jument.

— Pourquoi pas ?

Il penche sa tête vers la mienne, les yeux toujours souriants. Je ne suis pas sûre que les miens soient capables de la même prouesse.

— Les femelles ont un sale caractère, explique-t-il avec un sourire espiègle.

Je plisse les yeux et le pousse amicalement. Joueur, il me pousse à son tour. J'atterris sur les fesses.

— Pour l'amour des Dieux, chuchoté-je.

Bêta Sinta semble surpris.

— Tu tombes trop facilement.

— Excuse-moi de faire la moitié de ta taille !

— La prochaine fois, je m'en souviendrai, dit-il en me tendant la main.

La prochaine fois ? La prochaine fois ! Je saute sur mes pieds et me jette sur lui. Sans être sûre de comprendre pourquoi.

Flynn, qui se trouve de l'autre côté de moi, m'attrape à la volée.

— Nous formons une escouade, Cat, tu te souviens ? On ne se bat pas les uns contre les autres.

Le bras musclé de Flynn couvre tout mon ventre. Je renonce et je souffle sur mes boucles couvertes de sueur, pour les éloigner de mes yeux. *Toutes ces règles stupides de camaraderie ! Beurk !*

Bêta Sinta me sourit. Flynn me repose à terre.

— Alors, tu veux lequel ? demande Bêta Sinta comme si je n'avais pas essayé de déclencher un combat à mains nues avec lui sans raison apparente.

Il est juste... Juste tellement... Argh !

— Le marron, répliqué-je avec aigreur. Au moins l'un d'entre nous restera calme.

***

J'apprécie d'avoir mon propre cheval. Voyager avec les Sintans sans être attachée est, en fait, assez amusant. Mais je mourrais de mille morts horribles avant de le leur avouer. Carver trouve que ma technique de combat à l'épée pourrait être améliorée, alors il me propose de m'entraîner avec lui. L'ayant vu manier l'épée, je ne peux pas refuser.

Nous tournons en cercles, les armes levées. Kato est parti chasser. Flynn fait le guet, et Bêta Sinta est en train de polir sa propre épée, tout en gardant un œil sur nous. Mes attaques sont un jeu d'enfant pour Carver. Il manie sa lame avec tellement de souplesse que je commence à me demander s'il y a quelque chose de magique dans son agilité, une magie que je ne peux dérober ou même sentir. Après une heure d'entraînement, je suis fatiguée et en nage, et je ne l'ai pas touché une seule fois.

Frustrée, je me défais en tournoyant d'une clef de bras avant que Carver ne me désarme ou ne me pousse à nouveau au sol. Alors que je m'apprête à faire volte-face, il me met une claque sur les fesses du plat de l'épée. La douleur est cinglante et je pousse un cri.

Tout en me frottant le derrière, je demande :

— Est-ce que tous les hommes ont un truc pour les fessées ?

Carver agite ses sourcils.

— La plupart des femmes aussi.

Je soupire de colère, *bien que j'aie entendu dire que…*

— Tu en as déjà reçu ? interroge-t-il.

— Ne sois pas coquin.

Pour une raison inconnue, une image de Bêta Sinta essayant de claquer mes fesses nues alors que je tente sans réelle conviction de m'échapper passe dans mon imagination bien trop active. Je sens mes joues s'échauffer.

— Ça t'est déjà arrivé ! sourit Carver.

— Je ne me prononcerai pas.

Non. Du coin de l'œil, je vois Bêta Sinta lever les yeux vers moi.

— Il y a différentes sortes de fessées, tu sais, continue Carver d'un ton qui devient plus gai chaque seconde qui passe.

Je pince les lèvres pour m'empêcher de sourire.

— Éclaire ma lanterne.

Il secoue la tête, comme si je venais juste de confesser une tragédie colossale.

— Ça doit vouloir dire que tu n'as pas reçu assez de fessées.

Je suis quasiment certaine que la « fessée » est une métaphore, à présent.

— Non, acquiescé-je avec tristesse en jouant le jeu. Pas assez.

Avant que je ne m'en rende compte, il est de l'autre côté et frappe à nouveau mes fesses avec son épée. Je laisse échapper un cri strident, qui rendrait fière une Harpie, je projette ma lame, je ne tranche que l'air.

Tout en riant, Carver virevolte sur ma droite et fait une feinte, me dupant pour que je fasse un pas du mauvais côté, puis il me frappe une nouvelle fois.

— Je pourrais te donner un coup de main, dit-il. Il suffit de demander gentiment.

Il est de nouveau en train de flirter. Quelle calamité. Mon derrière est un étrange mélange d'engourdissement et de chaleur. Je refuse d'être à nouveau frappée, alors je baisse ma garde et bats des cils, suffisamment pour le distraire. Ma voix prend une teinte suave tandis que j'avance droit sur Carver.

— Avec une offre comme celle-ci, comment pourrais-je refuser ?

Il en reste bouche bée. Clairement, il ne s'attendait pas à ce que je retourne ses avances. Je sors une dague de ma ceinture et la plante dans son entrejambe, l'enfonçant juste assez pour le faire glapir. Carver s'immobilise.

J'incline ma tête et déclare froidement :

— Je n'ai pas reçu de fessées parce que c'est moi qui les distribue.

Bêta Sinta éclate de rire, effrayant les oiseaux perchés dans les branches qui nous surplombent.

— Carver, dit-il, elle vient juste de t'offrir tes couilles sur un plateau.

Carver sourit.

— Ce n'est pas grave, du moment que je peux les garder.

Je ne peux m'en empêcher. Je m'esclaffe. Carver profite de ma distraction pour me faucher les jambes. J'atterris sur le côté et une pierre s'enfonce dans ma hanche. Il se penche, peut-être pour m'aider, mais je me tords et le frappe dans la mâchoire. Pas très fort, mais suffisamment. Il titube en arrière et je saute sur mes pieds en levant mon arme. Nos épées entrent en contact et nous bataillons à nouveau, jusqu'à ce qu'il me désarme, envoyant mon arme voler de l'autre côté de la clairière. En une fraction de seconde, sa lame est sur mon cœur. Je bondis en arrière avec une série de saltos arrière et récupère mon épée, prête.

Carver hausse les sourcils.
— Où as-tu appris ça ?
— Au cirque. Lorsque Alyssa était enceinte, je prenais sa place dans le numéro d'acrobatie.
Au lieu d'essayer de reprendre le combat, Carver rengaine son épée, signal de la fin de notre entraînement. Il s'approche en me reluquant d'un air aguicheur.
— J'aime les femmes qui ont de nombreux talents.
— Je crois que tu aimes juste les femmes.
Une étrange expression traverse son visage, un éclair de vulnérabilité, mais qui disparaît si vite que je pourrais l'avoir imaginé.
— De toutes tailles et de toutes formes, admet-il, magnanime.
Je lève les yeux au ciel, et il pose son bras musclé sur mes épaules pour m'attirer contre son flanc plein de sueur.
— Tu n'es pas trop mauvaise avec une épée, mais ça ne te mènera pas très loin, vu que tu es toute petite et faible.
Je me renfrogne et le pince un bon coup.
— Contente-toi de tes couteaux, dit-il en se tordant pour se dégager de ma prise. Fais un peu de magie. Ne t'engage dans un combat en face à face que si tu es certaine de pouvoir l'emporter.
Autrement dit, mon épée est juste là pour faire joli. Tout en la rengainant, je repousse son bras.
— Je veux devenir meilleure avec une épée.
Il hausse les épaules.
— Tu as d'autres talents.
— Les hommes ne comprennent pas la notion de discrétion. Mon but est de survivre grâce à mes capacités les plus faibles. Cela permet de garder les autres talents pour le moment où j'en aurai vraiment besoin et de ne pas révéler mes points forts à n'importe quel idiot qui pourrait être en train d'observer.
Carver s'esclaffe.
— Toi et « discrète » ça fait deux.

Je le pince encore. Sa réaction est de m'attraper et de m'envoyer valdinguer au sol. Je suis immobilisée pendant cinq bonnes secondes. Je le sais, car il les compte.

Une ombre vient planer au-dessus de nous.

— Va te baigner, Cat.

Bêta Sinta ne semble plus aussi amusé, maintenant que Carver est allongé sur moi.

— Puis, j'aurais des questions à te poser, ajoute-t-il.

Je fronce les sourcils. Il m'a donné trois jours. Honnêtement, c'est plus que ce à quoi je m'attendais. Mon humeur s'assombrit, je lui jette un regard noir, me tortille pour me dégager d'en dessous de Carver, qui est très peu coopératif, puis je me dirige vers le cours d'eau. Au moins, je peux me baigner seule.

Séchée et habillée, je marche d'un pas tranquille vers la clairière, pas vraiment pressée d'aller répondre aux questions de Bêta Sinta. Kato est revenu avec deux lapins et j'ai attrapé un poisson. Il ne cessait de me cogner dans les jambes, alors je l'ai récupéré, en pensant qu'il s'agissait certainement d'un cadeau de Poséidon.

Kato vide le poisson et dépèce les lièvres, puis il se met à tailler quelque chose avec son couteau pendant que Flynn fait la cuisine. Carver patrouille le périmètre, tout en restant relativement près du camp. Je fouille dans mon sac pour faire l'inventaire de mes possessions et, à chaque fois que Carver s'approche, je le prends pour cible avec des baies de Kala trouvées dans le buisson à côté de moi. Bêta Sinta doit en avoir assez d'attendre, car il finit par me fixer d'un air impatient et me fait signe de le rejoindre près du feu.

— Il est temps, dit-il, alors que je me pose à côté de lui à contrecœur. Je veux savoir tout ce qu'il y a à savoir à propos des monarques Fisans.

Je m'étends, appuyée sur les coudes, pour m'éloigner de la chaleur du feu. J'aperçois les premières étoiles du soir au-dessus de nous.

— Et je veux un steak d'agneau badigeonné d'une sauce au beurre et à l'origan, avec des petites pommes de terre rouges, cuites dans l'huile jusqu'à être craquantes.

Le regard qu'il me renvoie est indéchiffrable et dénudé d'humour.

— Et moi, je voudrais avoir droit à une soirée où tu réponds à mes foutues questions et où tu te rends finalement compte qu'il y a de plus gros problèmes que ton amour évident pour le sarcasme, la fuite et le silence renfrogné.

Je fais la moue, soudain extrêmement mal à l'aise. Quelque chose s'agite à l'intérieur de moi. *De la culpabilité ?*

— On ne peut pas toujours avoir ce qu'on veut.

— Visiblement, grogne-t-il.

Je lui jette un coup d'œil en fronçant les sourcils. Ce n'est pas qu'il ait tort, je suis sarcastique, renfrognée et évasive, mais il est toujours de mauvaise humeur après que j'ai passé du temps avec Carver. Ou Flynn. Ou Kato.

Est-ce qu'il est jaloux ? C'est ridicule.

Pourtant, cette idée me comprime le cœur et une vague de chaleur se répand dans mon ventre avant de remonter vers mon cou.

— Je croyais que tu prenais soin de ton escouade.

Ses yeux prennent une couleur grise tempétueuse.

— Tu as décidé d'en faire partie ?

Je pensais que c'était évident. Je hausse les épaules.

Il me fixe jusqu'à ce que je sois à deux doigts de frémir, puis dit :

— Alors, commence par me dire ce que tu sais sur la famille royale fisanne.

J'en sais beaucoup. La question est : que dois-je révéler à Bêta Sinta ? Ce soir, il y a une lueur sombre dans ses yeux, qui me pousse à me demander avec combien de vérités détournées je peux m'en sortir.

J'étire mes jambes et les croise au niveau des chevilles, en espérant avoir l'air plus détendue que je ne le suis en réalité.

— La reine, Andromède, a huit enfants.

— Andromède. Souveraine des hommes.

— Souveraine des hommes, femmes, enfants, monstres… Elle contrôle tout et tout le monde. Le roi consort, Dimitri, est inutile. Il est juste là pour faire joli et fournir de la semence au ventre de sa femme.

— Huit enfants et Alpha Fisa. Une femme occupée.

Il mentionne les enfants en premier, ce qui m'intrigue.

— Effectivement, j'imagine que passer sa vie à terroriser tout le monde, surtout ses propres enfants, ne lui laisse que peu de son temps à accorder à quoi que ce soit d'autre.

— Pourquoi avoir huit enfants seulement pour les terroriser ?

Je soupire en laissant tomber ma tête en arrière.

— Le Sinta va se faire écraser.

— Qu'est-ce qui te fait dire ça ?

Le regard oblique qu'il m'adresse est lourd de mise en garde.

Voilà quelque chose que je ne pensais jamais dire…

— Tu es trop gentil.

Les yeux de Bêta Sinta étincellent dangereusement.

— Je suis presque sûr que les dirigeants Magoi sintans ne pensaient pas ça, le jour où je les ai transpercés de mon épée. Et tu ferais bien de te souvenir de quoi je suis capable, toi aussi. Ne me trahis pas, Cat. Jamais.

Je fais semblant de frissonner.

— Je suis terrifiée.

Il ignore mon sarcasme et me lance un regard encore plus dur que d'habitude.

— Je suis tout aussi capable que les autres membres des familles royales de rendre les gens malheureux, explique-t-il. Simplement, je ne le fais pas pour m'amuser. Ça ne veut pas dire que j'en suis incapable.

Est-ce qu'il vient de me menacer ?

— D'accord. J'aime bien provoquer les autres. Mais mise en garde ingérée, dis-je sans ajouter qu'elle a aussitôt été recrachée. Tu es grand et méchant. J'essaierai de m'en souvenir.

Il arque un sourcil sombre. Je crois que ses lèvres frémissent.

— Alors, huit enfants, reprend-il.

Il plante un bâton dans le feu, envoyant des étincelles tournoyer dans l'obscurité ambiante.

Je respecte sincèrement la manière dont Bêta Sinta peut mettre fin à une situation gênante et passer à autre chose comme si de rien n'était. Une bagarre ? Et alors. Tout le monde se relève et c'est fini. Je nage à poil, droguée à l'euphoria ? C'est oublié. Presque. Je pense... Je l'insulte et j'insinue qu'il ne peut pas protéger son royaume ? Il me dit qu'il est tout aussi méchant qu'un autre lorsqu'il le souhaite, et c'est fini, revenons aux huit enfants.

J'explique :

— Huit enfants, ça devrait être suffisant pour s'assurer que la lignée perdure, même avec tous les conflits qu'il y a entre eux. Andromède est l'Alpha. Comme la plupart des souveraines, pour éviter d'être constamment attaquée par sa propre progéniture, elle passe leur enfance à leur apprendre comment la craindre et se haïr entre eux. Pour eux, elle est terrifiante. Intouchable. Ils se battent pour devenir Bêta, pour hériter du trône. Il serait suicidaire de seulement imaginer éliminer une Alpha comme elle.

— Mais les Bêta défient les Alpha, argumente-t-il.

— Pas les Alpha comme Andromède. Mais oui, ça se fait dans d'autres familles. Si le pouvoir de l'Alpha s'amenuise. Et si les autres menaces, comme les frères et sœurs, sont éliminées.

— Ce n'est pas normal. Pourquoi ne pas élever sa famille pour lui être loyale ? Et les uns envers les autres ? Ils seraient plus fort, ainsi. Une unité.

— Parce que les monarques, et Andromède spécifiquement, ne pensent pas comme toi. Le pouvoir est leur but ultime. C'est pour ça qu'ils vont jusqu'à se battre entre eux. Ils tuent pour l'obtenir, et ils tuent pour le conserver. Tout le reste est secondaire, y compris les émotions et les liens familiaux.

— Et tu as glané tout ça en passant huit mois dans une cage ?

Euh...

— Ça a été une période instructive de ma vie, déclaré-je, hésitant avant d'ajouter : Mais j'ai été au château bien plus longtemps que ça.

Il m'étudie, ses yeux sombres et métalliques sous la lumière du feu. En reflétant les flammes, ils luisent d'un bronze brûlé.

— Quel âge avais-tu ?

— Tu veux dire dans la cage ?

Ce n'est pas la question à laquelle je m'attendais.

Il hoche la tête.

Mes poumons se contractent d'une manière familière, et j'ai de la peine à respirer au milieu des souvenirs, des mensonges, des rictus moqueurs, de la nourriture juste hors de ma portée, ainsi que des poings, des flammes et des lames qui ont été lancées à travers les barreaux. Et le visage froid d'Andromède, un masque de marbre, qui observe tout.

— Neuf ans.

— Neuf ans !

— Ne prends pas cet air horrifié. J'ai de la chance qu'aucun d'entre eux ne m'ait tuée. Andromède avait des gardes qui me surveillaient nuit et jour pour éviter d'en venir à ça, dis-je en lâchant un rire amer. Mais les gardes n'ont pas empêché beaucoup plus que ça.

Seul Thanos l'a fait. Pendant de brefs instants de félicité, je pouvais dormir tandis qu'il tenait tout le monde à distance.

La voix de Bêta Sinta devient rude de colère.

— Elle t'a emprisonnée pour ta magie.

Je suis tentée de répondre « comme toi », mais les choses ont bien trop changé pour ça. Ce ne serait pas juste, et il n'a rien à voir avec Andromède.

— Oui.

Ce n'était pas vraiment une question, et je n'approfondis pas. Je ne lui raconte pas qu'elle encourageait les enfants de la famille royale à me mentir ou qu'elle m'a cachée derrière des panneaux lors d'un rassemblement et a ordonné à Ajax de consigner chacune de mes convulsions, afin qu'elle sache qui lui mentait.

— Comment t'es-tu sortie de la cage ?

Je fixe le bout de mes bottes. Ma peau me gratte ; je suis malade à l'idée qu'Andromède ait fait de moi sa complice pour ordonner des meurtres par centaines.

— Lorsque j'ai découvert qu'elle éviscérait des gens pour des mensonges sans importance, j'ai appris à contrôler mes réactions. Elle savait que je ressentais toujours les mensonges, mais quand elle a compris qu'elle n'arriverait pas à me les faire avouer même en me tabassant, elle m'a laissée sortir de la cage.

— Étrange qu'elle ne t'ait pas simplement tuée.

Je pose mes yeux sur lui. Il aurait tout aussi bien pu dire : « Étrange qu'elle ne t'ait pas servi un faisan au dîner. » Peut-être que le Sinta va survivre, après tout.

— Je suis trop précieuse pour être tuée. Les Faiseuses de Rois sont rares et utiles. Elle m'a soudoyée. Plus de gardes, plus de nourriture, et de superbes appartements. Ça a fonctionné, pendant un temps. Je n'avais que neuf ans et je venais juste d'être torturée et privée de tout confort pendant huit mois.

Un mélange de fureur et de dégoût tord ses traits.

— Comment t'es-tu enfuie ? Les gens ne laissent pas les armes comme toi s'en aller sans rien faire.

Je lui adresse un regard mauvais.

— Tu es bien placé pour le savoir. Mais tu voulais en apprendre plus sur la famille royale. Parlons-en.

Il tente de dire quelque chose, mais je l'interromps :

— Sur les huit enfants, il en restait quatre. J'ai tué Otis. Ce qui laisse Laërte, Priam et Ianthé. Ils sont probablement occupés à essayer de s'entre-tuer, maintenant qu'ils sont montés d'un rang.

Ianthé n'avait que neuf ans lorsque je me suis échappée de Fisaville. Priam en avait neuf et Laërte treize. Andromède travaillait déjà dur sur leur transformation en monstres. Otis avait quatorze ans. À présent, il est mort.

— Ce sont tous des Magoi ? interroge Bêta Sinta.

Je renifle.

— La lignée d'Andromède ne produirait pas moins. Si, par un hasard de la nature, cela arrivait, elle noierait sûrement l'enfant à la naissance, comme l'avorton de la portée dont elle n'a pas voulu.

— Une dame charmante, grogne-t-il.

Je souris presque. C'était drôle. Cela aurait été plus amusant si elle ne m'avait pas terrorisée durant des années.

— Ils maîtrisent principalement la magie de feu. C'est commun au sein de la famille royale de Fisa, mais ils peuvent faire toute sorte de choses avec. Des aiguilles de feu, du Feu de Chimère, des fouets de feu, des boules de feu, des oiseaux de proie enflammés… Tu vois, ce genre de choses.

— Non, dit-il sombrement. J'en connais très peu sur ce genre de choses.

Je fixe les flammes. De la graisse de lapin dégouline en crépitant, faisant luire le feu et siffler les braises.

— Utilise ton imagination. C'est super marrant.

Il reste silencieux pendant un moment, et utilise son imagination, je suppose.

— Est-ce qu'ils t'ont attaquée avec du feu, dans la cage ?

Je me remets en position assise et ramène mes genoux sous mon menton.

— Entre autres. La torture est un passe-temps favori, au château de Fisa.

Il me regarde étrangement, un pli se formant entre ses sourcils. De la compassion, de la pitié ? Je ne peux pas le déterminer. Je ne le veux pas non plus.

— Mais tu l'as absorbée et la leur as renvoyée ?

Je secoue la tête.

— Pas à l'époque. Je ne savais pas encore faire ça.

Je vois le moment exact où il assemble les morceaux. Ça ne prend pas longtemps.

— L'Oracle. Son cadeau.

Je ne nie pas. Je ne confirme pas non plus. Et je ne lui dis pas que j'ai reçu deux cadeaux ni que je sens la présence de Poséidon non loin de moi, depuis.

— Les nobles fisans sont des abominations, proclame Bêta Sinta.

Je hoche la tête. Je suis on ne peut plus d'accord.

— Que dirais-tu de tous les tuer jusqu'au dernier ?

Je me tourne et plonge les yeux dans les siens. *Pour moi ?*

— Je dirais que nos objectifs se rejoignent, répliqué-je avec précaution.

J'ai le souffle un peu court.

Son regard devient encore plus intense que d'habitude et la chaleur m'inonde.

— Parle-moi des autres. Des quatre premiers.

— Pourquoi ? Ils sont tous morts.

Enfin, plus ou moins.

— Fais-moi plaisir.

Ce n'est pas dans ma nature de faire plaisir aux gens. Je commence tout de même à parler :

— Thaddée a tué Ajax. Lukia a tué Thaddée. Otis a tué Éléni. Et Lukia a disparu.

— La princesse perdue ?

Je souris vaguement.

— Tu as entendu parler d'elle ?

Il hoche la tête.

— Je ne connaissais pas son nom, mais je crois que tout le monde a entendu parler de la princesse perdue de Fisa. Tu sais pourquoi elle a disparu ?

— L'ambiance dans le château de Fisa ne l'aidait sûrement pas à s'y sentir bien, répliqué-je vertement.

Il sourit. Un sourire large et inattendu qui me fait soudain frissonner.

Je me trémousse, mal à l'aise, et repousse ce sentiment.

— Andromède a piégé Lukia et Éléni, puis les a mises de force dans une arène, en voulant les pousser à se battre à mort, expliqué-je en utilisant des mots que Bêta Sinta comprendra. Elles formaient une équipe. Elles survivaient ensemble, dans ce château. Les deux filles s'appréciaient sincèrement, et Andromède ne pouvait pas les laisser faire. Elles grandissaient, devenaient plus puissantes et commençaient *à penser*. Leur popularité atteignait des niveaux dangereux, surtout puisque Andromède n'est guère appréciée.

— Du coup, elle a trouvé le moyen de les séparer ?

Je secoue la tête.

— Elles ont refusé de se battre. Elle les a privées de nourriture, puis d'eau. Lorsque ça n'a pas fonctionné, elle est entrée dans leur tête. La compulsion, expliqué-je. Elle sert à planter des idées. Contrôler des actions. Rendre les choses... différentes de la réalité. Elles ont résisté. Il a fallu sept jours et beaucoup d'affaiblissement pour que les deux princesses finissent par en venir aux mains. Elles étaient toutes deux déjà à moitié mortes, à ce point. Éléni était plus grande, plus forte, et la magie de Lukia n'avait aucune utilité au combat. Mais Éléni refusait de tuer sa sœur, peu importe ce qu'Andromède faisait.

— Que s'est-il passé ? demande-t-il lorsque je me tais.

— Éléni pouvait à peine marcher. La pression dans sa tête devait être insupportable. Elle saignait des oreilles, du nez, des yeux... Elle s'est quand même interposée entre sa mère et Lukia. Andromède l'a saisie par les cheveux et a dit : « la faiblesse ne restera pas impunie ». Elle l'a traînée vers Otis et lui a tendu un couteau. Il a poignardé Éléni en plein cœur.

— Mes Dieux ! souffle Bêta Sinta avec un juron. C'est barbare.

Pour une fois, nous sommes d'accord.

— Étais-tu toujours au château ? Qu'est-il arrivé à Lukia ?

— Quelques jours plus tard, elle était partie, et on ne l'a jamais revue.

— Qu'a fait Andromède ?

— Elle est devenue folle. Lukia était sa préférée.

— Elle avait des préférés ? s'écrie-t-il comme si je racontais des sornettes.

— Ce n'est pas le cas de tes parents ?

— Non. Jamais.

Je fronce les sourcils, en essayant d'imaginer une vie ainsi.

— Pourquoi Lukia était-elle sa favorite ?

Je me suis toujours posé la même question. Je lui donne la vérité, du moins, celle que je connais.

— Lukia était la seule qui ne maniait pas le feu, comme sa mère. Leur magie était différente, plus… interne. J'imagine qu'Andromède pensait que ça la rendait spéciale.

— Ça ne la rendait pas tout simplement plus faible ? demande Bêta Sinta.

L'ombre d'un sourire ourle mes lèvres.

— Peut-être que ça la rendait plus forte. Elle devait se battre plus dur pour survivre.

— Logique.

Il sort un long couteau, la lame étincelle au coin de mon champ de vision. Il la brandit, me faisant sursauter, et mes jambes jaillissent d'instinct, frappant et éjectant l'arme de ses mains. On dit qu'il faut toujours choisir entre se battre et s'enfuir. C'est faux. Ce qu'il faut faire, c'est se battre *et* s'enfuir. Je me contorsionne et prends la fuite.

— Ah !

L'air quitte mes poumons lorsque ma poitrine frappe le sol.

Une seconde, Bêta Sinta est à côté de moi, la suivante, il est sur moi, lourd et aussi bouillant qu'un volcan. Il me retourne et épingle mes poignets au sol, de chaque côté de ma tête.

Je cligne des yeux. *Qu'est-ce qui vient juste de se passer ?* Il semble se poser la même question.

— Qu'est-ce que tu fais ? grogne-t-il.

Mes yeux s'élargissent. *Je ne sais pas !*

— J'ai vu un couteau.

— Et tu as présumé que j'allais t'attaquer ?

Sa voix est teintée de surprise, et peut-être d'un peu de colère, aussi. Son expression semble remettre en question mon état mental.

— J'allais te couper un morceau de lapin pour le dîner.

Il allait me nourrir ? Je déglutis, la gorge soudain sèche. Bien sûr qu'il n'allait pas s'en prendre à moi. C'est cette conversation qui m'a mise à bout de nerfs. Je n'ai pas réfléchi. J'ai juste réagi. La peur et l'agression prête à jaillir en moi. J'ai été élevée pour me battre, me battre, me battre.

— Je suis violente par nature.

Sa prise se desserre sur mes poignets. Il secoue la tête, visiblement perplexe.

— Garde ça pour tes ennemis, Cat. Je n'en fais pas partie.

Je lâche un rire et commence à me débattre.

Son corps me presse contre le sol.

— Tu ne peux pas me combattre. Alors, tu ferais mieux d'arrêter.

Argh ! C'est vrai. Ça ne mène à rien. Bêta Sinta ne me laisse pas me relever, et il est si proche que je peux distinguer les cercles sombres au bord de ses iris et sentir l'odeur du soleil et du vent accrochée à ses cheveux après le bel après-midi venteux que nous avons eu. Son souffle chaud effleure mes lèvres, et mon traître de corps devient tout mou, certaines parties de moi-même s'alanguissant tandis que d'autres se réchauffent, faisant monter la tension. Mes lèvres s'entrouvrent et ses yeux se portent sur ma bouche, s'y attardent, avant de remonter. Son regard est plus doux, ses paupières plus lourdes.

La chaleur tourbillonne en moi, accompagnée d'une sensation plus puissante, semblable au désir. Je la refoule et le foudroie du regard.

— Va-t'en ! Tu pèses plus lourd qu'un Dragon.

Je me débats à nouveau, réussissant à bouger d'un pouce.

Les muscles de ses bras se tendent. Il baisse la tête et inhale longuement et profondément dans le creux de mon cou. Lorsqu'il parle, ses lèvres effleurent la peau sensible sous mon oreille. Un frisson me parcourt des pieds à la tête. Dans un soupir bas, il dit :

— J'aime te sentir contre moi.

Pardon ?!

Il relève la tête et hausse un sourcil, ce qui me fait comprendre que je n'ai pas juste crié cela dans ma tête.

— Et tu ne l'admettras jamais, dit-il à voix basse, mais tu aimes aussi me sentir contre toi.

Mes yeux s'écarquillent brusquement, alors que le choc ricoche à travers mon être. *Est-ce que j'aime le sentir contre moi ?* Il est chaud et lourd et *dur*, y compris ce qui prend de l'ampleur contre ma cuisse.

Mes joues me brûlent tandis qu'une sensation dangereusement proche de l'excitation papillonne dans mon ventre. Entre mes jambes naît une sensation de vide, et tout à coup mes muscles palpitent et se tendent d'anticipation. *Stupides muscles.*

— Tu vois comme nous allons bien ensemble ? demande-t-il.

Sa question est comme une caresse douce, mais insistante, qui fait se recourber mes orteils.

— Tu n'as pas idée d'à quel point j'ai envie de te toucher.

Je lâche un cri étouffé. Je pensais que nous avions des limites à ne pas dépasser. Apparemment pas.

Il profite de ma surprise pour se caler plus fermement contre moi dans un basculement de hanches. Le mouvement est à peine perceptible, mais suffisant pour me faire de l'effet. Il penche la tête et sa joue effleure la mienne. Sa langue caresse rapidement mon oreille. J'inspire brusquement alors qu'une décharge de désir se répercute dans tout mon corps. Ses lèvres descendent sur mon cou. Sa chaleur et son souffle, soudain pantelant contre ma nuque, captivent mes sens. Il mordille l'endroit où mon pouls martèle ma peau. Tout mon corps s'arc-boute sous lui. J'étouffe un gémissement.

Tout en faisant doucement passer ses pouces à l'intérieur de mes poignets, il se dresse au-dessus de moi. Ses yeux refusent de quitter les miens. Son contact sensuel me fait trembler. De la même manière que la dureté dans sa voix.

— Je ne sais jamais à quoi m'attendre avec toi. Parfois professionnelle du cynisme, parfois innocente rougissante. De quoi rendre un homme fou.

J'arrête de respirer, restant parfaitement immobile, alors que mon cœur se jette contre mes côtes. Je combats l'envie de plier les genoux pour inviter Bêta Sinta entre mes cuisses. Pendant un moment tendu, je me demande ce qui va gagner : le bon sens ou l'instinct. Cela ne semble pas normal qu'ils soient en conflit.

Mes poumons commencent à me brûler. Bêta Sinta sourit du souffle frémissant qui m'échappe, et le désir brut que trahissait son expression se transforme en amusement.

Je plisse les yeux et balance ma tête vers l'avant, mais il esquive et se redresse, loin de moi, dans une torsion puissante et habile.

Hébétée, je me rassieds et jette un œil à la ronde. Kato, Carver et Flynn sont très occupés à regarder partout, sauf dans notre direction. Je sens mon visage s'enflammer ; je dois être de la couleur des baies de Kala.

— Pourquoi Andromède enverrait-elle son enfant préférée se battre à mort dans une arène ? demande Bêta Sinta.

Sérieusement ? C'est fini, juste comme ça. Plus de lutte. Plus de corps puissant et lourd sur moi. Plus de souffle chaud dans mon oreille. Plus de langue.

Merci mes Dieux !

Beurk !

En quelque sorte…

Sauf que pas du tout.

Argh ! Je suis en train de devenir folle.

Ce papillonnement se produit à nouveau, semblable à des plumes qui me chatouillent les côtes. Je presse mes paumes sur ma poitrine pour repousser les plumes à l'intérieur, alors que Bêta Sinta récupère une brindille au sol et la porte vers les flammes. Je la regarde brûler. Il y a bien trop de feu dans ma vie.

Et je déteste la chaleur.

— Probablement parce qu'elle pensait que Lukia pouvait gagner.

Je suis surprise que ma voix soit si stable. Je ne me sens pas stable.

— Mais elle ne pouvait pas, déclare-t-il.

Je ramène mes jambes contre mon torse et encercle mes genoux avec mes bras.

— Peut-être qu'elle ne pouvait pas. Peut-être qu'elle n'a même pas essayé, suggéré-je.

Il se tourne vers moi, le regard résolu, ses yeux profonds et agités comme les mers de Poséidon.

— Où est-elle allée ?

Je lève les yeux au ciel.

— Comment, par les Enfers, veux-tu que je le sache ? Je ne suis pas une Oracle, et ça n'a pas d'importance. Tu poses les mauvaises questions, Bêta Sinta.

— Je m'appelle Griffin.

— Tu t'appelles Bêta Sinta.

— C'est *ce que* je suis, pas *qui* je suis.

Je grogne et cache mon visage entre mes mains.

— Tu es incorrigible !

— Appelle-moi Griffin et je poserai les bonnes questions.

— D'accord. Griffin. Heureux maintenant ?

— Oui.

Il vient juste de prouver qu'il est possible, en un mot, de m'affecter autant qu'un verre de vin, puissant et un peu enivrant.

— Quelle est la bonne question, *Cat* ?

Il me fait un clin d'œil.

Je soupire en réprimant l'envie de mordre et de griffer. Je ne me suis pas sentie aussi sauvage depuis des années. C'est de sa faute. Il fait ressortir cette tendance chez moi. Je lui rétorque :

— Si la princesse perdue est toujours en vie, qu'est-ce que ça signifie ?

— Qu'est-ce ça signifie ?… Cat.

Je lui lance un regard noir. Il me taquine et cela commence à m'affecter, m'agacer et… me rendre heureuse. Tout cela est dangereux. Dans le pire des cas, cela poussera l'un d'entre nous à se faire tuer, et ce ne sera probablement pas moi.

— Ça veut dire qu'aucun membre de la famille royale fisanne qui succédera à Andromède ne peut régner en paix. Les Bêta, Gamma et Delta actuels seront toujours en train de se demander si Lukia est en vie, et si elle reviendra pour les défier. Les Fisans seront toujours en train de se demander s'ils s'inclinent devant le mauvais souverain, surtout qu'ils auraient sûrement préféré Lukia à celui qui reste, peu importe lequel. Quand les gens commencent à poser des questions comme celles-là, à eux-mêmes, aux autres, c'est là que les royaumes implosent, expliqué-je en regardant Bêta Sinta – *Griffin.* C'est à ce moment-là que des seigneurs de guerre venus du sud arrivent et massacrent les familles royales.

Ses yeux deviennent plus acérés.

— Es-tu en train de dire qu'il y a des gens qui seraient prêts à défier Andromède ?

L'adrénaline submerge mon système, poussant soudainement mon cœur à partir au galop.

— Pas sans Lukia ou quelqu'un d'autre pour les rallier. Mais le Tarva et le Fisa sont similaires au Sinta. Les nobles d'ici étaient trop occupés à se combattre les uns les autres pour se rendre compte que tu étais devenu extrêmement puissant. Tu les as tous pris par surprise. Tu as rallié le Sinta en promettant simplement d'être différent. Il ne restait à la famille royale que leurs pouvoirs et leur armée. Comment cette dernière s'est-elle battue pour eux ?

Il fronce les sourcils en y réfléchissant.

— Étrangement, bien peu de soldats étaient prêts à sacrifier leur vie, une fois que la victoire a commencé à se dessiner pour moi.

— Bien sûr que non. Qui voudrait mourir pour des gens cruels et égoïstes ? Éléni et Lukia étaient différentes. Les Fisans les appréciaient, surtout Éléni. Elle est morte et Lukia a disparu. Si Andromède fait preuve de faiblesse ou meurt, il suffirait que les Fisans pensent qu'ils ont une chance de gagner, au lieu de se faire massacrer, pour qu'ils se rebellent. L'armée fisanne ne se battra pas plus que l'a fait celle du Sinta. Les Maisons royales gardent le pouvoir grâce à la peur. Plante une graine de doute et la plante s'épanouit. Tant que les Fisans n'auront pas vu le corps sans vie de la princesse perdue ou tant qu'elle ne reviendra pas régner, ils n'accepteront jamais complètement un autre Alpha. Ils se soumettent par peur, un peu à cause de la tradition. Mais la tradition se brise sans un vrai Alpha.

Il reste silencieux pendant un moment. Lorsqu'il prononce mon nom, quelque chose dans son ton me fait relever les yeux. Il y a de l'admiration dans les siens, et cela fait naître en moi une sensation de chaleur que je n'aime pas du tout.

— Tu es plus que la Faiseuse de rois. Tu es une stratège. Tu comprends la façon dont les gens pensent et tu peux prédire leurs actions. Tu ferais une bonne dirigeante.

Ses mots envoient des éclairs de peur dans mon cœur. Sa déclaration suivante m'ébranle comme le gong annonçant un massacre.

— Il semblerait que le royaume de Fisa soit prêt à être cueilli.

— Tu as déjà le Sinta, dis-je en ravalant des protestations plus véhémentes que je ne peux expliquer.

— C'est Égérie qui a le Sinta.

Je ne réponds rien. Je ne vais pas l'encourager à prendre le Fisa, maintenant que je suis liée à lui pour la vie. De moins, pour sa vie.

— Alors, pourquoi Otis était-il si décidé à te tuer, au lieu de te ramener au Fisa ?

Je hausse les épaules.

— Je ne sais pas s'il souhaitait me tuer ou me capturer. On n'a pas discuté autant.

Ses yeux se rivent aux miens, me défiant.

— Il *semblait* vouloir te tuer.

N'est-ce pas ?

— Andromède me veut en vie. J'en suis certaine. Peut-être qu'il voulait contrecarrer les plans de sa mère. Ou s'assurer que personne ne m'obtienne à la place.

— Ton œil s'agite.

Foutu œil !

— De la poussière.

Il renifle.

D'accord, je n'y ai pas cru non plus.

— Otis savait que c'était lui ou moi. Andromède a fait une erreur en l'envoyant, lui, plutôt que quelqu'un d'autre. Elle ne comprend pas les émotions humaines ou l'attachement, donc elle n'a pas pris cela en compte dans sa décision. Mais Otis savait que j'allais le tuer pour ce qu'il a fait à Éléni. Elle était gentille avec moi. Nous étions… proches et elle a fait de son mieux pour protéger sa sœur. Je ne me suis échappée que grâce à elle.

Elle est morte, Lukia s'est enfuie, et, avec toute la confusion qui régnait au château, j'ai pu m'enfuir, moi aussi. Je dois à Éléni ma liberté. Je lui dois la vie.

Il hoche la tête. Il me croit, cette fois.

— Alors, tu as dû apprécier de tuer Otis.

Mes lèvres se courbent dans un sourire qui rendrait mère fière.

— Tu n'as pas idée.

CHAPITRE 13

Bêta Sinta me réveille et se recule brusquement pour esquiver mon poing.

— Tu pleurniches et tu es toute roulée en boule.

Charmant. Il est de garde. À présent, je ne fais des cauchemars que lorsque Bêta Sinta… *Griffin…* n'est pas en train de ronfler à quelques pieds de moi. Enfin, il ne ronfle pas vraiment, du moins pas beaucoup. Mais il m'a habituée à dormir près de lui avec cette satanée corde. Et maintenant, je ne dors plus aussi bien, sans lui.

Savoir cela me donne envie de le frapper. Je résiste. Je ne veux pas finir avec sa langue dans mon oreille comme c'est arrivé plus tôt.

Vraiment pas.

Non, vraiment pas.

Non.

Je me racle la gorge.

— Monte la garde avec moi, m'invite-t-il.

Je l'observe avec circonspection.

— Pourquoi ?

— Pour que tu puisses me parler des Tarvans.

Oh. Je me lève, mon sang battant toujours le chaud et le froid dans mes veines. Je frissonne et me frotte les bras jusqu'à ce que je remarque que Griffin me fixe en fronçant les sourcils.

— Est-ce que tu fais des rêves ? l'interrogé-je.

— N'est-ce pas le cas de tout le monde ?

— J'imagine, mais est-ce que tes rêves sont simplement des scènes inventées dans ton esprit ou est-ce qu'ils sont réels ?

Il se frotte la mâchoire, ses doigts crissant sur son chaume épais.

— Réels, dans le sens de souvenirs ?

Je hoche la tête.

— Non, ce sont juste des rêves normaux.

— *Hum.*

Ça doit être sympa.

— Et les tiens ?

— Des souvenirs.

Et parfois des prémonitions.

Alors que je parcours le périmètre du camp, je force le cauchemar à retourner dans un coin de ma tête en me concentrant sur un autre rêve, survenu plus tôt dans la nuit. Mes souvenirs ne sont pas tous mauvais.

Éléni et moi montons une colline en courant, sur le point de franchir le sommet et de glisser de l'autre côté. Je force avec peine mes jambes de fille de sept ans à s'étirer pour suivre la cadence des siennes, plus longues, plus puissantes, de fille de neuf ans. Je suis seulement à quelques pieds derrière elle et son rire résonne jusqu'à moi, porté par le vent. Mon cœur s'envole. Nous nous sommes échappées. Cela ne durera pas longtemps, mais nous sommes loin d'eux.

Nous dévalons la pente depuis le sommet de la colline et rentrons tout droit dans un fermier et son troupeau. Éléni et lui s'écrasent au sol dans un enchevêtrement de bras et de jambes. Je trébuche, moi aussi, écorchant mes genoux et renversant un agneau. Il émet un bêlement pathétique, saute sur ses pieds et détale. Nous nous observons tous les trois, figés sur place, et puis, soudain, le père du garçon est là et nous aide tous à nous relever.

Il blêmit lorsqu'il voit le sceau royal fisan sur le fermoir d'épaule de la cape d'Éléni. Balbutiant des excuses, il s'écroule au sol, se prosterne et entraîne son fils avec lui jusqu'à ce que leurs deux fronts touchent l'herbe. Éléni leur ordonne de se lever, mais ils ont trop peur pour se redresser plus haut que les genoux, gardant les yeux baissés.

Je m'avance entre quelques moutons avec ma finesse habituelle, puis je tends au garçon le bouquet de fleurs à moitié flétries que je serre dans ma main. Il doit avoir à peu près mon âge. Je ne veux pas qu'il ait peur.

Le vent fait voler mes cheveux sombres. Ils sont lâchés, et je sais que je ressemble à un chat sauvage, avec mes yeux bleus, de la saleté et des écorchures sur tout le corps. Les yeux du garçon s'agrandissent. Il hésite, mais, lorsque j'essaie encore de lui donner les fleurs en soufflant et en me renfrognant, il prend les plantes tombant de ma main crasseuse.

Le fermier murmure des excuses sans fin, implorant la pitié d'Éléni. Suppliant pour leur vie. Elle sourit gentiment et s'agenouille devant lui en prenant la pince en pierre précieuse qui retient ses cheveux. Ses boucles blondes se soulèvent dans le vent, les rayons pâles de l'aube encadrent son visage radieux. La pince est incrustée de saphirs et de minuscules perles fisannes, qui forment plusieurs délicates étoiles de mer sur le centre. Bleu et blanc. Océan et glace.

Elle place le trésor dans ses mains et referme délicatement dessus les doigts de l'homme, usés par le labeur.

— Pour nourrir le village, murmure-t-elle.

Mon souffle devient soudain frémissant et Griffin me glisse un regard en coin.

— Est-ce que ça va ?

— Je vais bien, répliqué-je en me demandant s'il est possible que le soleil se lève encore chaque jour alors qu'Éléni n'est plus de ce monde.

— Tu peux te confier à moi, Cat.

Je secoue la tête. Pourtant, la même chaleur soudaine et écrasante, qui continue de me toucher chaque soir, s'enroule à l'intérieur de mon corps et me réchauffe. Depuis le moment où cet homme s'est placé au-dessus de moi, où il a pressé son corps contre le mien et où il m'a dit qu'il voulait me toucher, il m'est plus difficile de jouer les indifférentes en sa présence.

Mais j'y parviens, plus ou moins, et nous nous déplaçons plus loin des autres pour nous asseoir à un endroit où nous notre discussion ne les réveillera pas. Je lui parle de la Maison royale tarvanne, mais mes informations sont pour la plupart de notoriété publique, il en sait donc déjà beaucoup.

Je lui donne des noms, ce qui est inutile, car on ne se réfère aux membres de la royauté que par leur rang, mais je le fais pour lui faire plaisir, puisqu'il semble penser qu'ils sont importants.

— Galen est Alpha uniquement parce que son père a contracté une maladie mystérieuse et est mort avant la fin prévue de son règne. Tout le monde suspecte que c'était du poison, et que c'est Galen qui l'a tué, mais personne ne peut le prouver. Malgré leur cruauté, les nobles ne s'abaissent généralement pas à cette méthode.

Et un Alpha est Alpha par la magie et la puissance. Tout le reste rend les gens nerveux, et laisse la porte ouverte aux défis. Les deux enfants de Galen en paieront le prix. Ils ont déjà perdu leur mère, Galen n'est pas assez fort pour durer, et ils sont trop jeunes pour se défendre. Il faut faire attention à Acantha, Delta Tarva. C'est la sœur de Galen et elle a déjà tué ses deux autres frères. Galen et ses enfants sont les prochains. Elle attend juste son heure, puisque nous sommes déjà à l'orée d'une Lutte des Pouvoirs.

Il hoche la tête et je sais que je n'ai pas besoin d'expliquer ce terme. Cela se déroule environ tous les quarante ans, parfois moins, parfois plus. Les dirigeants actuels ne sont plus jeunes. Leurs enfants sont au sommet de leur puissance. Les Alpha changent. Les royaumes brûlent.

Je jette un œil à Griffin en me demandant si tout a commencé avec lui. Je me pose des questions sur mon rôle. La prophétie me revient à l'esprit, et une langue de glace me remonte l'échine.

— Qu'est-ce qui la rend si puissante ? demande-t-il en m'extirpant de mes sombres réflexions.

— Acantha est une charmeuse de Drakons. Ça aide d'avoir des serpents géants, généralement avec plusieurs têtes et un venin mortel, qui écoutent la moindre de tes paroles.

Il esquisse ce sourire en coin, qui ne manque jamais de faire louper un battement à mon cœur. Sa lèvre inférieure est plus pleine, mais la supérieure a une courbe décadente très déconcertante. Il est difficile de ne pas imaginer ce que je ressentirais si je la touchais ou si elle me touchait.

— Ça semble effectivement utile, acquiesce-t-il. Tu n'as pas quelque chose du genre dans la poche ?

— Pas en ce moment, rétorqué-je sur un ton énigmatique.

Son sourire s'élargit, faisant plonger mon estomac d'une façon particulièrement énervante.

— Appoline est la suivante, mais elle possède peu de magie et encore moins d'intelligence. Personne n'a pris la peine de la tuer pour l'instant. Je ne sais pas grand-chose sur Bellanca et Lystra, les deux plus jeunes sœurs. Elles pourraient avoir des pouvoirs significatifs, ou pas. Leur magie n'était pas encore à maturité lorsque j'ai quitté le Fisa, et je n'ai plus accès aux mêmes informations, depuis.

— Quand y as-tu eu accès, alors ?

Sa question est posée sur un ton si faussement désinvolte que je commence à parler sans réfléchir, puis je ne vois pas de raison de m'arrêter.

— J'avais des tuteurs. Andromède voulait que je sache tout sur sa cour, ses rivaux, les Dieux, les créatures, les autres royaumes, leurs dirigeants et leurs élites…, expliqué-je en haussant les épaules. Je devais savoir ce qui était important pour filtrer les mensonges.

— As-tu découvert des mensonges utiles ?

Mes yeux se perdent dans le vide de la nuit.

— Tout le temps.

— Que se passait-il ensuite ?

Quand je ne me consumais pas de l'intérieur, saisie d'une douleur permanente, tu veux dire ?

— Si j'en parlais à Andromède, habituellement, les gens mouraient.

— Et est-ce que tu le lui disais toujours ?

Je lève un sourcil.

— À ton avis ?

Nous cessons de parler. Je ne sais pas ce que Griffin est en train de penser. Il se demande probablement si je lui dirai la vérité et à quelle fréquence je la tairai.

— Est-ce qu'elle savait quand tu mentais ? demande-t-il après un moment.

Andromède le savait toujours. Un peu comme Griffin. Je hoche la tête.

— Et que faisait-elle ?

Le ton de sa voix devient prudent, comme s'il ne voulait pas vraiment entendre la réponse.

Je relève ma manche pour dévoiler mon bras sous la lueur de la lune. De longues et fines cicatrices brillent comme des fils d'argent, altérant ma peau de mon épaule jusqu'à mon coude. L'autre bras a le même aspect. Je ne prends pas la peine de le lui montrer. Il l'a déjà vu.

— Est-ce que tu sais ce que c'est ? lui demandé-je.

— Des Marques de la Mort. Il y en a une nouvelle ici, dit-il en touchant doucement mon bras.

Son doigt est chaud contre ma peau.

— C'est Séléné qui l'a faite. C'est ce que font les guérisseurs lorsque tu es si proche de la mort qu'ils doivent ensorceler ton sang pour le refaire circuler. Ils le font couler sur un couteau, prononcent un enchantement alors que tu es en train de lutter pour ton dernier souffle, et ils reversent le sang à l'intérieur en priant pour que tout aille bien.

— Il y en a au moins une dizaine, dit-il avec gravité, en comptant les deux bras. C'est Andromède qui les a causées ?

— Elle a essayé de me faire cracher la vérité de force à plusieurs reprises. Elle n'a pas réussi.

Il pince les lèvres, faisant disparaître cette courbe qui m'empêche de me concentrer.

— Tu n'es pas du genre à craquer sous la torture.

Il y a du respect dans sa voix, ce que je choisis d'ignorer. Je redescends mes manches.

— Je préférerais mourir, donc n'essaie même pas.

Les sourcils de Griffin se froncent.

— Cat…

Je me redresse, m'époussette et retourne à mon sac de couchage sans le laisser finir. Ma couverture est froide. Étrangement, moi aussi.

Griffin secoue Kato pour le réveiller. Celui-ci prend le tour de garde suivant alors que Griffin étend son sac de couchage à dix pieds du mien.

En quelques minutes, il semble endormi. Je débats intérieurement pendant un moment, puis je rapproche mes affaires de lui, m'arrêtant à quatre pieds environ.

Parfait. Juste comme la corde.

Quelque chose m'éblouit et je réalise qu'il s'agit des dents de Kato. Il me sourit. Je lui adresse un geste grossier de la main puis lui tourne le dos avant qu'il ne puisse répondre.

— Tu peux venir plus près.

La voix rocailleuse de Griffin vibre sur moi à travers l'obscurité, taquine.

Mon cœur sursaute et mon visage brûle d'embarras.

— Je ne pense pas, non, dis-je.

— Comme tu veux.

— Je te déteste.

Il est silencieux pendant un moment, avant de déclarer très délibérément :

— Je te déteste aussi.

Son mensonge me déchire en même temps que la vérité, brûlant mes os et mes organes, surtout mon cœur.

CHAPITRE 14

— Par Hadès, Héra et Hestia ! jure Flynn en pointant du doigt devant nous. Par les Enfers, qu'est-ce que c'est que ça ?

Je plisse les yeux face au soleil. *Oh mes Dieux !*

— Une Dragonne.

Tout le monde se retourne vers moi, et bien que j'apprécie toujours d'avoir quatre hommes magnifiques m'observant avec stupéfaction, là, tout de suite, je m'en passerais bien.

— Qu'est-ce qu'on fait ? demande Griffin avec insistance.

Les créatures magiques s'aventurent rarement loin des plaines de Glace. Pour les gens du sud, elles sont presque mythologiques.

— On détale comme des souris.

— Sois sérieuse !

— Je suis sérieuse ! Courez !

Il y a un lac au loin, à quelques minutes de cheval de nous. Je plante mes talons dans les flancs de mon cheval, le lançant au galop.

— Cat ! s'écrie Griffin en me prenant en chasse. Où vas-tu ?

— Au lac ! hurlé-je par-dessus mon épaule.

— Il n'y a pas d'endroit pour se mettre à couvert là-bas !

— Il n'y en a nulle part !

Chevauchant à ma hauteur, il se penche dans un mouvement digne des acrobates du cirque et attrape mes rênes pour tirer durement dessus.

— Il n'y a rien pour se protéger là-bas. Ici, il y a… enchaîne-t-il en jetant un œil autour de lui. Des rochers.

— Les rochers ne nous aideront pas contre un Dragon !

— Mais l'eau, si ?

— Je ne sais pas ! Peut-être.

Il lève les yeux vers le ciel.

— Nous n'y arriverons jamais. Elle avance trop rapidement.

J'ai peur de regarder vers le haut, et je grimace presque au moment où je le fais. Ses caractéristiques sont reconnaissables, à présent. Il n'y a pas de doute, il s'agit de Sybaris. Ce qui veut dire qu'Alpha Fisa est en train de la diriger mentalement. J'ai toujours pensé que je hurlerais, fuirais, paniquerais, lorsque ce moment arriverait, s'il arrivait un jour, mais, plus elle approche, plus je me fige, hébétée. Mes pensées s'arrêtent brusquement. Je me sens comme enracinée au sol, vide. Je crois que je viens de découvrir le vrai sens du mot *terreur*.

— Mes Dieux, souffle Griffin.

Son ton est à moitié horrifié, à moitié admiratif. Je ne peux pas le lui reprocher. Le haut du corps de Sybaris est celui d'une femme magnifique, bien qu'immense. Une chevelure blonde et soyeuse vole dans son sillage dans une longue vague. Inhumain, le bas de son corps est couvert d'écailles reptiliennes allant du vert marin au noir brillant en passant par toutes les nuances de ce spectre. Ses ailes sombres tendineuses sont couvertes de veines et leur extrémité est dentelée. Elles frappent l'air dans un battement sinistre. Ses puissantes pattes arrière se terminent par des pieds énormes avec des griffes recourbées et acérées, chacune faisant la taille de mon propre pied. Je l'ai vu faire exploser des hommes de la taille de Griffin. Pour elle, c'est comme écraser une mouche.

— Alpha Fisa a envoyé Sybaris pour moi, déclaré-je.

J'ai l'air effrayée, ce qui m'effraie encore plus.

— Elle me veut vivante. Séparez-vous de moi et il y a une chance pour qu'elle ne vous tue pas.

Arrachant mes rênes des mains de Griffin, je crie :

— Allez-vous-en !

Je ne veux pas non plus que mon cheval meure. Il est puissant et calme et il semble m'apprécier. J'étais juste en train de me décider sur un nom. J'allais l'appeler Panotéen à cause de ses fichues grandes oreilles, juste comme celles des hommes insaisissables des tribus du Nord. Je me glisse de son dos et me mets à courir.

Griffin jure et galope après moi.

Je m'arrête et fais volte-face en dégainant mon épée.

— Recule, imbécile !

— Je ne t'abandonnerai pas ! tonne-t-il.

— Nous non plus, déclare Kato en faisant halte à mon côté.

Mes Dieux ! Ils vont tous mourir !

Sybaris pousse un hurlement. Je secoue la tête pour essayer d'en déloger le son plus perturbant, qui se superpose à son appel funèbre, à savoir un écho du rire triomphant que moi seule peux entendre.

— Est-ce qu'on peut la combattre ? demande Griffin.

Je repousse Andromède hors de ma tête d'un brusque coup mental, en espérant avoir fait saigner ses oreilles.

— Sybaris est énorme. Elle crache du feu. Elle dévore des gens, expliqué-je en secouant la tête, les yeux ronds comme des disques de lancer. Non.

— Est-ce que tu peux la contrôler ?

A-t-il une telle foi en moi ?

— J'ai dit que je pourrais *peut-être* en être capable. Je ne l'ai jamais fait et la magie d'Andromède est bien plus puissante que la mienne. Elle a des années d'entraînement. Il n'y a aucune chance que je puisse briser son influence sur Sybaris.

Il regarde en l'air, la mâchoire serrée. Les ailes parcheminées de la Dragonne claquent, immenses, deux ombres menaçantes qui s'étirent à travers le ciel azuré. Griffin reporte son attention sur moi.

— Tu pourrais essayer.

Mon cœur rate un battement.

— Je le ferais. Mais seulement si vous quatre reculez. Je suis sérieuse. Si vous vous approchez de moi, je jure devant les Dieux que je sauterai sur son dos et je lui dirai de me ramener à la maison.

Est-ce que je viens juste de dire maison *? Ça me rend malade.*

J'ai l'impression que Griffin est sur le point de descendre de Cheval Brun pour me tacler.

— Je croyais que tu ne faisais pas partie de l'escouade et qu'il était absurde de te sacrifier pour quelqu'un d'autre !

— Ça l'est ! me récrié-je.

Je regarde les hommes un à un. C'est probablement la dernière fois que je les verrai.

— Cat…, commence Flynn.

— Tais-toi ! Et… ne mourez pas.

Je pars en courant. Je leur laisse les chevaux et cours plus vite que je ne l'ai jamais fait de ma vie. Sybaris se déporte, ajustant sa trajectoire pour me suivre. Je l'entraîne aussi loin des Sintans que je le peux, jusqu'à ce qu'elle interrompe ma course dans une explosion de poussière et de feu. Je m'arrête brusquement et rassemble le pouvoir à l'intérieur de moi. Les couleurs de Desma font irruption le long des écailles de la Dragonne, en même temps que le fouet de feu d'Otis et une rafale brûlante de Feu de Chimère.

Sybaris s'envole loin des flammes, indemne, mais ses yeux s'emplissent d'inquiétude et elle interrompt sa progression dans ma direction. Une voix aux inflexions d'Andromède flotte depuis sa bouche gargantuesque.

— Enfant de Fisa, je t'ai trouvée.

— Je ne reviendrai pas !

— Qui sont tes compagnons ?

Faites confiance à Alpha Fisa pour viser directement la jugulaire. Andromède ne peut pas nous voir. Elle se connecte à Sybaris à travers ses pensées, pas ses yeux. Tout ce qu'elle sait, c'est que Sybaris voit une femme, moi, quatre hommes et cinq chevaux.

— Des Sintans, dis-je en les voyant s'approcher légèrement du coin de l'œil. Personne.

Andromède a toujours pensé que les Fisans sont bénis des Dieux, les Tarvans tolérables et les Sintans de la vase de marécage. Mis à part l'ancienne famille royale et quelques nobles triés sur le volet, ils n'ont pas suffisamment de magie.

— Des Sintans. Sacrifiables, alors.

Mes yeux s'écarquillent quand je vois Sybaris ouvrir la bouche. Sa gueule béante s'enflamme et du feu s'en déverse, carbonisant le sol au pied des Sintans. Les chevaux se cabrent en piétinant en arrière.

Les hommes poussent des cris alarmés. Une pluie d'étincelles s'échappe des narines de la Dragonne, mettant feu aux maigres buissons. L'une d'elles atterrit devant moi, roussissant ma peau avant que mon corps n'absorbe la magie et ne guérisse.

Je reste bouche bée devant ma peau inaltérée. *Je peux absorber la magie des créatures ? Je peux absorber la magie des créatures !*

Sybaris rouvre la bouche pour donner le coup de grâce. Avant de réaliser pleinement ce que je fais, je saute au-devant des flammes. Le flot se condense, se resserrant sur moi alors que mon sang pulse pour saisir la magie.

La Souffle de la Dragonne me frappe de plein fouet. Il me soulève de mes pieds et m'entraîne dans son chemin de feu. Mes vêtements s'enflamment. Ma natte se défait, fouettant autour de mon visage dans une danse sauvage de feu et d'étincelles. Ma peau se couvre de cloques et je hurle en brûlant vive pour la deuxième fois en quelques semaines. Comme une poupée désarticulée, je titube à travers le déferlement, la douleur si déchirante que je suis prête à m'évanouir, accablée.

À travers un brouillard de rouge, de noir et d'agonie, j'entends le hurlement déformé d'Andromède mélangé au rugissement du souffle de Sybaris. La Dragonne ravale son feu, et le brasier des Enfers s'interrompt avant d'atteindre les Sintans. Je tombe, glissant et roulant jusqu'à ce que la force de la poussée s'amoindrisse.

Mon gémissement est pathétique. Je ne peux pas bouger. Je peux difficilement respirer. Il n'y a pas de mots pour décrire ce type de supplice. L'obscurité m'appelle, me promet une nuit sans fin où je pourrais enfin trouver la paix. La tentation est si forte que je m'en approche, désespérée de sentir la douleur s'arrêter.

Griffin ramène ma conscience défaillante à la surface en criant mon nom. Il ne faut pas qu'il accoure vers moi. Le Souffle de la Dragonne ne pourra peut-être pas le blesser, mais Sybaris pourrait quand même le tuer de centaines de manières différentes. Je roule sur mes genoux, tremblante et essoufflée.

Je remercie les Dieux lorsque le processus de guérison s'enclenche. Sous mes vêtements en ruine, ma peau se reforme rapidement, mon corps retrouve sa force et son équilibre. Je me redresse alors que les derniers élans de douleur s'estompent, un sourire étirant lentement mes lèvres.

Un pouvoir comme je n'en ai jamais connu auparavant s'installe profondément dans mes os. J'étire les bras et plie les mains. Je me sens envahie d'une magie ancestrale et terrifiante, elle inonde mes veines et se répercute en moi. Pendant une surprenante et magnifique seconde, je ressens mon héritage comme jamais auparavant. Je me sens *invincible*.

Avec un rire qui sonne beaucoup comme la gaieté malsaine d'Andromède, je redresse mes épaules en arrière, fixe Sybaris droit dans les yeux avant de lâcher une cascade de flammes depuis ma bouche grande ouverte.

Sybaris plonge sur la droite. Trop tard. Une brûlure à vif marque de rouge son visage et son épaule. Le côté gauche de son cuir chevelu est carbonisé jusqu'à l'os. Une mèche de cheveux glisse vers le sol en grésillant.

— Ahah ! m'écrié-je et, *par les Dieux,* je n'en pense vraiment pas moins.

Les yeux de Sybaris se révulsent. Elle crie et rue tout en faisant battre ses ailes gigantesques contre le sol, créant un maelström de poussière et de chaleur. Je me baisse pour protéger mon visage des grains qui écorchent ma peau.

Les mots d'Andromède se glissent de la bouche brûlée de Sybaris, aussi froide que jamais.

— Tu as appris de nouveaux tours.

J'en ai d'autres, mais, à la seconde où je disparaîtrais, elle s'en prendrait à Griffin et aux autres. De plus, Sybaris peut me traquer à mon odeur, alors à moins que je n'aie carbonisé son nez, je ne peux pas prendre le risque. De toute façon, je ne veux pas qu'Andromède sache que je peux disparaître. Cela expliquerait trop de choses et je ne peux pas supporter de lui donner cette satisfaction.

La magie de Sybaris me rend plus forte que jamais. Je cours vers elle et bondis aussi haut que je le peux avant de la frapper de mon épée. Je ne peux pas atteindre sa tête, ou même son cou, alors j'entaille sa poitrine exposée depuis le dessous.

Sybaris hurle et lance ses griffes vers moi, se défaisant du contrôle d'Andromède dans sa douleur et sa rage. Je retombe, roule puis jaillis à nouveau alors qu'elle gronde au-dessus de moi.

— Assez !

L'ordre d'Alpha Fisa contient une telle autorité absolue que je me recroqueville presque comme autrefois.

Sybaris change de cap si soudainement que c'en est stupéfiant. Elle saute par-dessus moi et charge les Sintans. Elle les atteint en deux battements de ses énormes ailes. Sa bouche s'ouvre amplement, et le feu naît.

— Attends ! m'écrié-je.

Elle s'arrête, le feu roulant entre ses mâchoires. Je jette mon épée au sol et lève les mains en l'air. Elles tremblent, et mon cœur bat la chamade, gonflé d'effroi. Au moins, j'ai la satisfaction de savoir que mère a échoué. Je ne hais pas tout le monde. Je ne sacrifierai personne.

Sybaris se tourne vers moi, et je repense à ce que mère a essayé de m'inculquer sur le contrôle des créatures. Je ne l'ai jamais fait, pas une seule fois, juste pour la contrarier. Pour la première fois, je regrette mon obstination.

Tout en me concentrant, je palpe l'esprit de Sybaris, rencontrant d'abord de l'obscurité, puis une plaque de glace. C'est l'influence d'Andromède sur la Dragonne.

Je creuse plus profondément, mais mes poussées mentales glissent sur la puissante barrière de magie. Sybaris secoue la tête, repoussant ma tentative inexpérimentée de la contraindre aussi facilement qu'elle l'aurait fait avec une satanée mouche. Il me faut à peine quelques secondes pour comprendre que ça ne fonctionnera pas.

Du plomb dans l'estomac, je croise les yeux de Griffin. Les siens s'agrandissent, puis en un éclair d'écailles chatoyantes et de peau brûlée. Sybaris m'attrape et me jette sur son dos. Ses puissants membres postérieurs nous propulsent haut dans le ciel. En quelques secondes, les sifflements du vent et le battement des ailes parcheminées noient le rugissement déchirant de Griffin.

Je serre fort mes paupières face au sentiment de défaite qui m'accable. Huit années de liberté étaient loin d'être suffisantes. Je n'ai même pas commencé à vivre. Les larmes me brûlent les yeux, et elles ne sont pas uniquement causées par l'air vif et le vent cinglant. Je sens en moi des choses dures et fragiles commencer à se briser et je suis presque tentée de regarder en arrière. Le besoin de voir Griffin une dernière fois est à la fois écrasant et terrifiant, ce qui prouve juste à quel point je suis une idiote. Je garde les yeux fermés pour ne pas regarder en bas. Je ne peux pas supporter de voir ce que je laisse derrière moi.

Lorsque je rouvre les yeux, nous sommes au-dessus du lac. Je ne peux pas m'empêcher de nous imaginer sur la berge, Panotéen, Cheval Brun et les autres buvant à leur soif, moi plongeant dans les profondeurs, Griffin réfléchissant à Dieux savent quoi, Kato taillant du bois, Carver se comportant comme un crétin, Flynn cuisinant un repas pour nous tous. Tout le monde assis près du feu.

Ma vision est si séduisante que je commence à glisser du dos de Sybaris. Elle se penche pour me remettre en place et je regrette presque de ne pas être tombée. De cette altitude, je mourrais à la seconde où je toucherais le lac.

Après tout, à quoi tout cela rime-t-il ? Pourquoi Poséidon me voulait-il aux côtés de Griffin ? J'imagine que je ne le saurai jamais. Je ne m'échapperai plus jamais. Andromède s'en assurera.

Je frissonne en imaginant les méthodes qu'elle pourrait utiliser. Et pour la première fois de ma vie, je regrette d'avoir survécu.

Glacée jusqu'aux os par la connaissance de ce que le futur me réserve, je rive mes yeux sur le lac, prise d'une soudaine clarté. Chaque muscle de mon corps se tend et je retiens mon souffle. Je ne peux pas faire machine arrière. Je ne peux pas *la* laisser m'avoir. Je préférerais mourir dans les profondeurs.

Sans me laisser le temps d'y réfléchir à deux fois, je me contorsionne et saute du dos de Sybaris. Le hurlement d'Andromède déchire mes oreilles. Mes vêtements en lambeaux claquent. L'air écrase ma peau. Le vent fouette mes cheveux. Mon cœur se brise et explose.

L'eau brille comme l'intérieur d'une nacre, iridescente et lumineuse. Peur, regret, soulagement. Je ressens tout alors que j'écarte largement les bras, sans autre choix que d'accueillir la fin.

L'eau sous moi s'agite, changeant de forme dans une ruée de remous et de vagues. Une main énorme s'élève du lac. Une fontaine vivante, une cascade déferlante, se précipite en direction du ciel dans un enchevêtrement de vagues et d'écume. Les doigts liquides se détachent, amortissant ma chute, me berçant, incroyablement frais, infiniment protecteurs.

— *Fille de mon cœur.*

— *Poséidon !* dis-je en sanglotant presque de joie.

— *Tu es courageuse, mais imprudente.*

Mon cœur cogne contre mes côtes, si fort que je pense qu'elles vont se rompre.

— *Qu'étais-je supposée faire ?*

Un rire profond et chaleureux résonne dans ma tête.

— *Les Dieux te font des présents et tu ne songes pas à les utiliser ?*

— *Si j'étais devenue invisible, elle les aurait tués.*

— *Cela t'importe-t-il ?*

— Cela ne devrait-il pas être le cas ? Vous avez envoyé Bêta Sinta vers moi.

— Je te l'ai donné, corrige Poséidon.

Qu'est-ce que c'est supposé signifier ?

— Pourquoi ?

— Pour guérir.

Le volume de la voie de Poséidon augmente et fait écho dans ma tête, les mots se superposent des douzaines de fois d'une manière qui fait mal à mon cerveau.

— Je ne comprends pas !

La main m'entraîne délicatement vers le bord, puis se retire, se dissolvant dans le lac en emportant les réponses que j'aurais pu avoir. Je nage cinq brasses puis rampe sur la rive, claudiquant à cause du surplus d'émotions. Je commence à trembler et je n'arrive pas à arrêter.

Je me ressaisis. En quelque sorte. J'arrive à tenir debout.

De quel présent Poséidon parlait-il ? Sybaris ne soufflera plus de feu vers moi maintenant qu'elle sait que je peux le lui renvoyer. Et je ne deviendrais pas invisible pour m'enfuir, alors que Griffin et les autres peuvent toujours être utilisés contre moi. Je me creuse la tête. Il doit bien y avoir quelque chose.

Hadès ! La figurine de Cerbère !

Je plonge ma main dans ce qu'il reste de ma poche. Les doigts se referment sur du métal froid, et je sors la figurine. Trois têtes en or pivotent dans ma direction et aboient, les yeux rubis brillant.

Dieux tout puissants de l'Olympe !

Sybaris atterrit en s'écrasant en face de moi, furibonde. De la même manière que l'est Andromède.

— Tu aurais pu mourir ! fulmine-t-elle.

— Et alors ? Combien de fois m'avez-vous quasiment tuée vous-même ?

— Tu es protégée des Dieux.

Il y a une intonation surprise et intriguée dans sa voix. Je ne sais qu'en penser. Je jette la figurine de Cerbère en direction de la tête de Sybaris, en priant Poséidon, Hadès et tous ceux qui pourraient être en train d'écouter que quelque chose d'utile se produise.

La minuscule statue d'or touche la Dragonne et explose, laissant place au vrai Cerbère fait de chair et d'os. Il retrousse ses babines en grondant, puis ses gueules gargantuesques claquent une fois avant de se refermer sur le cou de Sybaris à trois endroits différents. Des canines de la taille de mes avant-bras percent sa chair et commencent le processus sanglant consistant à lui arracher la gorge. Les griffes arrière réduisent en lambeaux les écailles de son ventre, transperçant celui-ci pour exposer le sang et les muscles en dessous. Il est fort, féroce, et il la prend complètement par surprise. Les yeux de Sybaris s'écarquillent avant de se voiler. Tout se passe rapidement, sans même un gargouillis. Le sang de la Dragonne tache la rive et coule vers le lac, son pouvoir pinçant ma peau. J'absorbe la magie, la sentant couche après couche s'enrouler profondément dans mon corps.

Cerbère continue de ronger et mutiler, apparemment juste pour s'amuser. Lorsqu'il est pleinement satisfait, il tourne ses six yeux brûlants vers moi, tout en grondant profondément. Il est terrifiant. Moche. Vicieux. Je l'ai toujours aimé.

— Tout doux, Cerbère.

Je garde la voix basse.

Il hurle, un long cri sinistre qui me donne la chair de poule. Il continue, encore et encore, ses trois têtes se succédant tour à tour, pour que cela ne s'arrête jamais. J'essaie de ne pas me boucher les oreilles et de ne pas me recroqueviller. Le lac fume et siffle à l'endroit où sa salive éclabousse la surface, et je m'éloigne vers les profondeurs pour éviter les gouttes venimeuses.

Il finit par devenir silencieux et me fixe, ses babines toujours retroussées et agitées de spasmes.

Je tends une main dans sa direction.

— Merci.

Cerbère renifle bruyamment en réponse, puis il disparaît dans un frisson de fourrure et de crocs, laissant son carnage derrière lui.

Je coule dans le lac, excessivement fatiguée malgré le pouvoir que je viens d'absorber. Respirant pour la première fois depuis ce qui semble des années, je relève les yeux pour voir Griffin, Flynn, Carver et Kato galoper vers le rivage en entraînant Panotéen derrière eux.

J'attends, seule ma tête émergeant de l'eau. Je regarde Griffin sauter de Cheval Brun et s'avancer vers moi dans des gerbes d'eau. Plus il est proche, plus mon cœur tambourine dans ma poitrine, remettant un peu de vie en moi.

Il attrape mes épaules et me remet sur pieds.

— Est-ce que tu es cinglée ? hurle-t-il.

— Légèrement, dis-je en toussant, car il a réussi à envoyer de l'eau jusque dans mon nez.

— Toi. Le Dragon. Tombée. Géante… main d'eau. Cerbère. *Mes Dieux, Cat !*

— Ça résume plutôt bien le tout.

Griffin me fusille du regard comme s'il voulait m'étrangler. À la place, il m'attire contre lui et m'embrasse. Il y a de la chaleur et de l'urgence et du soulagement dans la façon dont il me touche. Mes lèvres s'écartent de surprise et il approfondit le baiser, m'encerclant de ses bras et me soulevant jusqu'à ce que je me trouve sur la pointe des pieds.

Des ailes se déploient dans mon ventre, les plumes frappant légèrement mes côtes. Je suis douloureusement consciente de son contact, de sa chaleur, de ses lèvres fermes qui bougent sur les miennes, de son torse solide écrasé contre moi, de ses larges mains plaquées dans mon dos. Avant que je ne puisse me poser des questions sur ces ailes étranges, il penche le visage, et sa langue touche la mienne, me faisant perdre le fil de mes pensées.

Les sensations grondent à travers moi. Une des mains de Griffin remonte le long de mon dos, plonge dans mes cheveux mouillés pour bercer ma tête. Le son sauvage, presque désespéré, qui s'élève de sa gorge me donne une impression de puissance, qui n'a rien à voir avec la magie, les couteaux ou le savoir. La chaleur crépite en moi, le désir me brûlant de la tête aux pieds.

La bouche de Griffin quitte la mienne, glisse sur ma joue puis ma mâchoire, avant de s'arrêter là où mon pouls bat à un rythme effréné. Me serrant étroitement contre lui, il place un baiser brûlant juste sous mon oreille. Je sens la pression chaude de ses lèvres qui me marquent comme au fer et je me demande si c'est permanent.

Sa voix s'approfondit dans un grondement bas et ardent.

— Je serais venu te chercher.

Ses bras puissants exercent une pression farouche autour de moi. Son expiration pantelante réchauffe mon cou, me donnant envie de me blottir contre lui.

— Quand tu as sauté, je pensais t'avoir perdue.

Je cligne des yeux. *Est-ce qu'il croit m'avoir ?*

Le brasier de désir à l'intérieur de moi vacille. Je repousse impitoyablement la passion qui m'affaiblit et je me dégage de ses bras d'une poussée, faisant quelques pas en arrière. En titubant, pour être honnête. Mes lèvres me brûlent. Mon corps est en feu.

D'une manière ou d'une autre, je parviens à arborer l'air le plus renfrogné de tous les airs renfrognés et j'essuie ma bouche sur tout le long de mon avant-bras en le fusillant du regard.

Il sourit.

Je disparais.

Tout en tremblant et en respirant lourdement, pour des raisons que je refuse d'examiner, je remonte sur la rive, prends mon sac du dos de Panotéen et le fouille à la recherche de vêtements. Décemment couverte *et* invisible, je m'assieds sur une pierre en touchant compulsivement mes lèvres. J'ignorais qu'un baiser pouvait me faire ressentir tout ça. *Je n'en avais aucune idée.*

Flynn scrute les environs, les mains sur les hanches et demande :

— Où est-elle ?

— Pas loin, répond Carver.

Comment le sait-il ? Salaud arrogant.

— Cat ?

C'est Kato.

— Pas besoin de te cacher. On est juste heureux que tu ailles bien. Je me serais contenté d'une tape dans le dos, ajoute-t-il en gloussant. Mais tu connais Griffin, il est trop émotif.

Je renifle.

— Je resterai invisible jusqu'à ce que Bêta Sinta apprenne à contrôler ses pulsions.

Ils rient tous. Sauf Griffin. Lui ne rit pas du tout.

Je frissonne, bien que je n'aie pas froid, tout au contraire.

Carver approche en flânant et s'assied sur mon caillou. Sur moi.

— Va-t'en ! grogné-je en le frappant.

Il se relève.

— Alors c'est *ta* pierre ?

— Ce sont toutes mes pierres ! Va-t'en.

Carver pose les mains sur sa tête.

— Tu voudrais que je laisse notre loyale amie soldate ? Celle qui a pourfendu une Dragonne ?

Je lève les yeux au ciel. Dommage que personne ne puisse le voir.

— C'est Cerbère qui a tué la Dragonne.

— C'est toi qui contrôlais Cerbère.

— Plus maintenant, dis-je d'un ton maussade.

Carver fronce les sourcils.

— Comment as-tu fait pour invoquer Cerbère ?

— Grâce à Hadès.

Ce qui explique tout et rien à la fois.

— Cat n'est pas seulement loyale, elle est encore meilleure.

Mon cœur bondit au son de la voix de Griffin. Des choses tirent dans ma poitrine, et de minuscules créatures ailées fourmillent dans mon ventre bombardant en piqué à droite à gauche. Je le déteste. Déteste, déteste, *déteste !*

— Quoi de meilleur que la loyauté ? demande Flynn.

— La loyauté, couplée à l'abnégation, déclare Griffin.

Je me sens blêmir. *Moi ? De l'abnégation ? Beurk !*

CHAPITRE 15

Je ne peux pas regarder Griffin dans les yeux après ce baiser. Mon niveau de maturité est visiblement celui d'une enfant de cinq ans, car je reste invisible durant deux jours complets, jusqu'à ce que Panotéen se mette à protester. Je suis là, mais je ne le suis pas, et cela commence à rendre tout le monde nerveux, même ma monture calme et fiable. La placidité ne dure que jusqu'à un certain point, et on ne peut pas en demander trop à un cheval.

Ses yeux bleus pétillants, Kato laisse échapper un soupir de soulagement lorsque je réapparais enfin.

— Ça a été les deux jours les plus étranges de ma vie. C'était comme parler à un fantôme qui hante les royaumes.

— Avec le sale caractère en plus, fait remarquer Flynn.

— Vous auriez simplement pu faire comme si je n'étais pas là. C'est le but de l'invisibilité.

À la place, ils m'ont martelée de questions. Sur les Maisons royales, les royaumes, les Magoi, les créatures magiques, les plaines de Glace, le lac des Oracles. Ma voix est enrouée à force de parler, alors que tout ce que je voulais, c'était qu'on me laisse seule. Je dois penser à Andromède, à ce qui viendra par la suite, à ce dans quoi je me suis engagée avec les Sintans, et pas du tout au baiser de Griffin.

Pas. Du. Tout.

Non.

Au moins, toutes ces discussions m'ont appris une chose ou deux à propos de la nouvelle Maison royale sintanne. Il s'avère que Carver n'est pas Gamma Sinta comme je le pensais. Il est Delta Sinta. Il y a un frère, Piers, entre Griffin et lui, qui est en charge de l'armée lorsque le Bêta est absent. Après Carver, il y a deux plus jeunes sœurs, Jocaste et Kaia. Leurs parents, Anatole et Nerissa, sont toujours en vie. Anatole a été à la tête de leur tribu pendant quarante ans, en faisant l'une des plus puissantes dans le royaume, avant de passer les rênes à Griffin.

L'idée que la fleur délicate Égérie soit Alpha alors que son père est toujours en vie et qu'elle a de puissants frères guerriers me perturbe énormément. Les choses ne *fonctionnent* pas comme ça. Comment un seigneur de guerre du Sud peut-il arriver et tout chambouler si profondément, y compris moi ?

Panotéen rejette sa tête en arrière, protestant contre ma poigne trop serrée sur ses rênes.

— Désolée, murmuré-je en lui tapotant l'encolure et en essayant de me détendre.

— Je suis heureux de te voir, déclare Griffin en me détaillant d'un regard lent, qui s'attarde sur des endroits qui font augmenter ma température. Je n'aurais pas aimé présenter à ma famille une personne invisible.

Nous sommes à deux jours de Sintaville et d'un futur qui promet d'être une véritable torture.

— J'ai des conditions.

Griffin sourit, avec juste assez d'humour résigné pour me donner envie de lui coller un pain.

— Pourquoi ne suis-je pas surpris ? demande-t-il.

J'ouvre la bouche et des étincelles en sortent.

— Tu as volé ça à la Dragonne ?

Il ne semble même pas impressionné. Il est détendu, de bonne humeur. Ils le sont tous. Même Carver est en train de siffler. Ils m'ont forcée à sortir de l'ombre après huit ans. Nous nous sommes battus contre trente hommes et nous avons survécu. Nous avons tué une Dragonne dirigée par Alpha Fisa, qui est de loin la mortelle la plus puissante en Thalyria. Nous pourrions être attaqués par les Dieux ne savent quoi, à tout moment. Qu'est-ce qui *ne tourne pas rond* chez ces gens ?

— Ton feu ne fonctionnera pas sur moi, dit Griffin. Tu finirais juste par cramer Cheval Brun et ensuite, je devrais chevaucher le marron.

— Panotéen. Laisse mon cheval avoir un vrai nom.

— Panotéen ? À cause des oreilles ? interroge-t-il en étudiant la tête de Panotéen pendant plusieurs secondes, avant de rire doucement. Peut-être qu'il est en partie âne.

— Chut ! Ne dis pas ça. Tu pourrais le blesser.

— C'est un cheval.

— C'est *mon* cheval. Toute attaque contre lui est une attaque contre moi, déclaré-je froidement.

La bouche de Griffin se relève sur les coins, attirant mes yeux sur la courbe déconcertante de ses lèvres. Ses lèvres pleines. Chaudes. Fermes, exigeantes, possessives…

Bon sang ! Remets-toi !

— Panotéen.

Ses oreilles immenses pivotent dans ma direction. Je continue :

— Abandonnons ces sudistes pour trouver des gens qui nous comprendront.

Flynn remonte sur ma gauche, si grand et large qu'il me fait de l'ombre face au soleil de l'après-midi.

— Tu nous aimes trop pour ça, déclare-t-il tandis que son sourire joyeux menace de m'infecter avec quelque chose de terrible, comme de la bonne humeur. Et tout va parfaitement bien.

— *Parfaitement bien ?* Tu as failli mourir. Deux fois ! Comme nous tous.

Il hausse les épaules en souriant.

— Mais je suis toujours là. Et tu es amusante.

Amusante ? Amusante ! Je lui rends son sourire. Je ne peux m'en empêcher. Je suis tellement bête.

— Alors, quelles sont tes conditions ? demande Griffin.

Mon sourire s'évanouit alors que je me tourne vers lui.

— Premièrement, personne en dehors de ce groupe ne devra savoir que je suis la Faiseuse de rois. La plupart des gens ne savent même pas ce que c'est, mais je ne peux pas prendre le risque. Dites-leur que je suis une devineresse qui peut lire en chacun de vous. C'est tout.

— Je vais devoir le dire à Égérie.

— Je suis sérieuse, Griffin. Personne. Si un jour je décide de faire confiance à Égérie, alors *je* le lui dirai. Mais pas toi. Aucun d'entre vous ne le fera.

— Ou bien ?

— Ou bien je ne vous aiderai pas. Essayer de m'arracher la vérité ne va pas te plaire, et je ne craquerai pas sous la torture.

— En es-tu sûre ? interroge-t-il.

— Est-ce que je suis sûre de ne pas craquer ? Je croyais qu'on avait déjà fait le tour de la question.

— Est-ce que tu es sûre que t'arracher la vérité ne va pas me plaire, clarifie-t-il.

Ses yeux s'illuminent d'espièglerie, et je suis presque sûre que son esprit est à un endroit où il ne devrait pas être. *Définitivement* pas.

Je sens mon cou s'empourprer et Griffin rit. À l'entendre me taquiner, la chaleur semble s'installer en moi, allégeant mon ossature.

— Arrête de me montrer tes dents, grogné-je. Elles m'éblouissent.

— Je n'aime pas ça, mais d'accord, accepte finalement Griffin, qui sourit toujours. Tu me rapporteras directement tous les mensonges que tu entends et les vérités qu'ils révèlent.

Je fais le tour du groupe des yeux. Carver regarde droit devant lui, mais il n'a pas manqué un mot de notre conversation. Flynn semble indifférent, sa hache immense en travers de son épaule. Kato me sourit, ressemblant à Adonis, trop beau pour son propre bien.

— Ne t'inquiète pas, dit Kato. Ton secret est en sécurité avec nous.

— Avec vous *tous* ?

Flynn et Carver donnent leur assentiment.

D'accord, alors.

— Deuxièmement, personne ne doit savoir que les Fisans me pourchassent, pas même votre famille.

Griffin fronce les sourcils.

— Pourquoi pas ? Nous pouvons te protéger.

Mon cœur trébuche un peu à son ton bourru.

— Je me protégerai toute seule.

Il fronce encore plus les sourcils, alors que je balaie sa remarque d'un geste désobligeant.

— Tu peux m'aider, si j'ai besoin de toi, lui accordé-je.

Il grogne.

— Comme c'est généreux.

— Si personne ne sait qu'Alpha Fisa me veut, personne ne sera tenté de me vendre. C'est aussi simple que ça. C'est dans la nature humaine. Les gens possédant certaines informations finissent forcément par les révéler, parfois par cupidité, parfois par malice, parfois par nécessité. Cela arrive tout le temps. C'est pourquoi je n'ai jamais dit à personne au cirque qui j'étais.

— Qui es-tu ? demande Griffin.

— Ce que je suis, rectifié-je.

Il me lance un regard qui signifie qu'il n'est pas né de la dernière pluie. *Et alors ? Moi non plus.*

— Troisièmement, aucune mention de Poséidon, d'oracle ou d'aucune de mes capacités. Devenir invisible, absorber de la magie, potentiellement contrôler des créatures, faire appel à un Dieu… on n'en parle pas à la légère.

— Pourquoi ? demande Flynn, qui semble réellement perplexe. Notre peuple tomberait à tes pieds. Il te vénérerait.

Je ricane.

— Comme vous tous ?

Flynn m'adresse un sourire.

— Exactement.

— La magie est une arme. C'est toujours mieux de pouvoir sortir de son chapeau quelque chose à quoi personne ne s'attend.

Il hoche la tête.

— C'est malin.

— Bien sûr que ça l'est. J'ai de l'expérience avec ce genre de choses.

Griffin s'étrangle sur un rire.

— Une modestie époustouflante, comme d'habitude, dit-il.

— Vous pouvez parler, Votre Arrogante Majesté.

Griffin se penche un peu plus près, et sa voix adopte un grondement bas et suggestif que je suis la seule à pouvoir entendre.

— Moi aussi j'ai des choses dont je pourrais me vanter, mais je préférerais les montrer que les dire.

Ma tête pivote brusquement et nos regards se croisent. Il me fait un clin d'œil et je le regarde avec des yeux de merlan frit. Je pensais que cet instant de folie était terminé, laissé derrière nous au lac. À quoi exactement fait-il référence ? *Oh mes Dieux !* Maintenant, voilà que j'y pense. À lui. À nous. *Stop !*

— Tu vas attendre longtemps, répliqué-je froidement bien que je sois rouge de mon décolleté jusqu'au sommet de ma tête.

Ses yeux tombent sur ma bouche et s'y accrochent.

— C'est ce que nous verrons.

Je me retiens de justesse de me lécher les lèvres et je talonne Panotéen pour me trouver à l'avant. *Mange ma poussière, seigneur de guerre.*

— Quatrièmement, je ne vivrai pas à l'intérieur du château.

— Hors de question, dit Griffin en poussant Cheval Brun pour revenir à ma hauteur. Tu resteras derrière les murs du château, point final.

Ses yeux emplis de nuages orageux brillent tellement que je croirais entendre le tonnerre.

— Calme les éclairs dans tes yeux. Je ne vois pas pour quelles raisons je ne pourrais pas rester en ville.

— Pour quelles raisons ?

Il commence à les énumérer en comptant sur ses doigts. Il lui faut ses deux mains :

— Au château, je peux garder un œil sur toi. Je saurai où tu es. Carver peut garder un œil sur toi. Je n'aurai pas à perdre du temps à te chercher. Flynn peut garder un œil sur toi. Quand j'aurai besoin de toi, tu seras déjà ici. Kato peut garder un œil sur toi. Tu ne te feras pas embarquer de force sans que personne ne s'en aperçoive. Et, surtout, *je peux garder un œil sur toi !*

— Tu l'as déjà dit. C'est le point numéro un sur ta longue liste de futilités.

Un muscle de sa mâchoire tressaute.

— Je t'accorderai tes autres conditions, mais pas celle-là. Tu auras accès au château et à une surface de mille stremma de terrain d'entraînement, de jardins, et de bois. Il y a des bains et tous les baraquements de l'armée à explorer si tu le veux, mais tu ne quitteras pas les terres du château sans l'un d'entre nous. C'est bien compris ?

— Non.

— Promets-le, Cat.

Je ricane.

— J'espère que c'est une blague.

Ses yeux s'écarquillent lorsqu'il se rend compte de l'énormité de ce qu'il vient juste de me demander.

— Pas de serment, alors. Accepte simplement. C'est mieux pour tout le monde.

— Mieux pour toi.

— Et toi.

— Pas vraiment.

Un grondement résonne dans le fond de sa gorge.

— Par les *couilles* de Zeus, tu me rends dingue !

Ses yeux s'assombrissent. Il semble prêt à me tordre le cou.

— Le sentiment est partagé, lui assuré-je.

Avec un rugissement soudain, Griffin m'arrache de ma selle si rapidement que j'émets un cri strident en atterrissant tête vers le bas en travers de ses jambes.

Je me tortille en le foudroyant du regard.

— Qu'est-ce que tu fais ?

— Je n'en suis pas encore sûr, gronde-t-il.

Dans ce cas... j'enfonce mon genou dans ses côtes. Il grogne et claque mon derrière de sa main lourde, puis la laisse en place pour me maintenir. Je lui mords la cuisse.

— Bons Dieux, Cat !

Il lance Cheval Brun au galop en direction d'une formation rocheuse devant nous. La chevauchée horizontale est si brutale que mes dents me font mal à force de s'entrechoquer lorsqu'il tire finalement sur les rênes, me laisse glisser au sol et saute après moi.

Griffin attrape mon poignet et me tire vers l'entrée d'une caverne. Aucune chance que j'aille dans une grotte sombre avec un mâle bouillant de colère. S'il y a bien une chose que la vie m'a apprise, c'est ça.

Je lui balance mon poing dans sa mâchoire. *Fils de Cyclope !* J'ai l'impression d'avoir frappé un mur.

— Frappe-moi encore et tu le regretteras.

Ce n'est pas un mensonge. Il le pense très sérieusement. D'apparence, il a l'air d'avoir maîtrisé sa colère, d'être à nouveau calme, comme s'il était l'œil et moi le cyclone. Il me rend cinglée ! Pourquoi est-ce toujours moi qui explose ?

J'arrache mon bras de sa prise, pivote et le frappe de toutes mes forces, l'atteignant en pleine poitrine. À peine déséquilibré, il plisse les yeux et me tacle. Je tombe durement, à moitié étourdie par l'impact.

Griffin attrape mes poignets, les immobilise au-dessus de ma tête, puis pose son front sur le mien. Nos bouches sont soudain l'une en face de l'autre. Son souffle effleure mes lèvres, dans une caresse chaude et séductrice. La chaleur me submerge et ma colère s'envole comme un oiseau s'échappant de sa cage.

— Qu'est-ce que tu fais ? m'écrié-je.

— Je m'assure que tu ne vas pas me mettre un coup de boule, petite Harpie.

Oh. Non, je ne suis pas déçue. *Vraiment* pas déçue.

Il roule loin de moi, se relève, puis me soulève et me jette par-dessus son épaule. Je n'aime pas ça du tout, et je claque ses fesses aussi fort que je le peux. Je le frappe encore, juste au cas où il ne l'aurait pas senti la première fois.

Griffin claque mes fesses en retour, et la douleur est cinglante.

— Contrôle-toi ! Tu n'es pas un satané animal.

Il ne me fesse plus, mais il élabore une longue phrase très imagée détaillant pourquoi mes fesses le méritent. *Énervante, insouciante, et irascible* ressortent souvent, saupoudrés de jurons que je n'ai pas entendus souvent, bien que j'aie vécu dans un cirque.

Sa diatribe me laisse momentanément sans voix, mes oreilles bourdonnent de cette regrettable vérité qu'ils contiennent.

La grotte est fraîche et sombre comparée à l'extérieur. Il me pose au sol et je cligne des yeux pour m'ajuster à la pénombre.

— Qu'est-ce que tu comptes faire ? Me frapper là où personne ne peut te voir ?

Griffin me regarde comme si j'avais perdu la tête et ne prend pas la peine de répondre. Sa mâchoire se serre et il me lance un regard noir, écumant de colère en silence. Les yeux levés vers le plafond, il se met à hurler. C'est un son de frustration pure, et je ressens un vif moment d'anxiété lorsqu'il serre les deux poings. Peut-être que je n'aurais pas dû le pousser à bout. Sa peau bronzée et ses cheveux foncés se fondent dans les ombres de la grotte. Seuls ses yeux ressortent, et ils sont sauvages.

Il se passe les deux mains sur son crâne, repoussant ses cheveux en arrière en tirant fort dessus.

— Tu te fais transpercer par une flèche. Tu meurs presque brûlée vive. Deux fois. Tu penses qu'un bon plan pour s'échapper est de sauter du dos d'un Dragon. Tu disparais pendant deux jours, puis tu reviens, aussi fascinante que d'habitude. Tu fais des demandes impossibles et égoïstes.

Son ton est cinglant et je sens mon visage s'enflammer. Je devrais lui crier dessus. Je devrais le frapper sur la tête. Qui est-il pour me gronder ainsi ? Il devrait être en admiration devant moi, pas me balancer à droite à gauche comme s'il avait tout à fait le droit de faire ce qui lui plaît.

Griffin donne un coup de pied dans un caillou qui file dans les ténèbres. Sa fureur à peine contrôlée semble être comme une troisième personne dans la grotte. Je ne peux pas détacher mes yeux de lui. Je ne suis pas sûre que je le devrais.

— Tu es irréfléchie, entêtée et hostile. Tu n'as aucune maîtrise de toi-même, déclare-t-il en avançant vers moi. Réfléchis-tu seulement avant d'agir ?

Je le fixe, les yeux écarquillés, la tête embrouillée. Il est en train de lister mes pires traits de personnalité, tout ce qui m'effraie et que j'aimerais changer, des choses qui me rendent comme *elle*, et ça fait *mal*.

Mes yeux picotent. J'essaie de respirer.

— Impétueuse, obstinée…

Le plat de sa main s'enfonce dans une stalactite, l'envoyant voler dans un craquement. Il souffle par le nez et repose son regard ardent sur moi.

— Si je te revois une seule fois te jeter devant un Dragon… Ou du haut d'un Dragon…

Sa voix laisse place à un grondement sinistre, puis il reprend :

— Je jure devant les Dieux que je t'enfermerai pour le reste de ta vie.

Ma bouche s'ouvre, mais aucun son n'en sort. Ma poitrine se serre douloureusement. Est-il… inquiet pour moi ?

— N'as-tu donc aucun instinct de survie ? gronde Griffin. N'as-tu pas peur ?

— Peur ? demandé-je et le mot résonne de façon mystérieuse, plus forte et plus aiguë que je ne le souhaitais. Mon instinct de survie est tout ce que je possède et il n'y a qu'une seule chose que je crains.

Un petit muscle se contracte sous l'œil de Griffin.

— Alpha Fisa, déclare-t-il.

Je hoche la tête tout en le regardant avec attention. Il pousse un juron et commence à marcher. Il fait les cent pas dans la caverne pendant un long moment, mâchoire et poings serrés, en me jetant des coups d'œil furieux de temps en temps. Les minutes passent et je finis par voir la fumée retomber.

Tout en prenant une longue inspiration, il s'arrête devant moi, les mains sur les hanches.

— Ne quitte pas l'enceinte du château sans l'un de nous, dit-il finalement. S'il te plaît. Je m'inquiéterai, si tu le fais.

Tout en moi se fige. *Vient-il juste de demander gentiment ?*

Je déglutis, la gorge soudain serrée. Ma voix ressort enrouée.

— Pourquoi ? Je reviendrai toujours. Je ne peux pas te quitter, à moins que tu ne me libères de mon serment.

Ou que je ne me fasse enlever, donc il a un peu raison.

— J'ai assez de soucis à me faire comme ça. Je ne veux pas m'inquiéter pour toi aussi.

Je pince les lèvres et détourne le regard, pour échapper à cette étincelle dans ses yeux, à laquelle je ne veux pas faire face, ou même identifier. Je m'époussette, puis repousse mes cheveux ébouriffés loin de mon visage. Ma natte ne ressemble plus à rien, mes vêtements sont poussiéreux, et je suis quasiment sûre d'avoir une écorchure sur la hanche. Elle m'élance, mais elle ne saigne pas. Si je pouvais utiliser de la magie contre lui, Griffin n'oserait pas me ballotter dans tous les sens et je ne serais plus la perdante de chaque dispute. Je le déteste. Vraiment.

En quelque sorte.

Pas vraiment.

Mes Dieux ! Je fais n'importe quoi.

— Bien.

— Bien ?

Il semble surpris.

— Est-ce que je dois le répéter ? m'écrié-je.

Il m'adresse un sourire en coin.

— Ou le dire en langue des signes ?

Mon estomac plonge, devenant vide et léger. Un papillonnement éclot au fond de mon ventre.

— Pourquoi est-ce que je ne songe jamais à te poignarder ? demandé-je en faisant glisser mes doigts sur la lame accrochée à ma ceinture.

Griffin étouffe un rire, et, avant que je ne puisse lui lancer un regard noir ou dire quelque chose de cinglant, il réduit l'espace entre nous, m'attire dans ses bras et m'embrasse.

Je dois être démente, car je ne me débats même pas. Un long roulement de tonnerre vibre à travers mon corps. Des éclairs courent sous ma peau. Stupéfaite par l'étrange et étonnante ruée de pouvoir, j'ouvre la bouche, et Griffin l'envahit, sa langue chaude caressant la mienne. Le désir déferle soudain dans une tempête sauvage et irrépressible. Je n'ai jamais été embrassée comme ça avant, un mélange de passion, de possession et de besoin. Le tout agrémenté d'une chaleur irrépressible.

Temporairement atteinte de folie, je glisse mes mains autour du cou de Griffin et touche sa langue avec la mienne. Je goûte son grondement rauque alors qu'il glisse ses doigts dans mes cheveux, les empoignant pour me faire pencher la tête en arrière et approfondir le baiser. Son autre main se resserre sur ma taille, rapprochant encore nos corps. Il est intense, affamé, et, pourtant, étonnamment doux. Personne n'a jamais été précautionneux avec moi, avant ça. Je n'ai pas besoin de précaution, et, pourtant, quelque chose à l'intérieur de moi craque, une fissure créée par ce séisme d'homme.

Je devrais lutter. Vraiment. Mais mes doigts se recourbent dans ses cheveux et ma langue se mêle à la sienne avec plus d'urgence. Il me caresse de sa main qui remonte dans mon dos, puis redescend jusqu'à la courbe de mes fesses, qu'il empoigne. Alors que nous sommes ainsi serrés l'un contre l'autre, je peux le sentir dans son ensemble, ce qui me rend intimement consciente de sa force tranquille et de la tension qui monte dans sa carrure puissante. Ses lèvres couvrent les miennes, caressantes, exigeantes, me noyant sous les sensations. Incapable de m'arrêter, je prends appui sur lui et mon corps s'enflamme. Les ailes tambourinent, attisant le brasier, et j'entends un gémissement qui ne peut pas être le mien. *Vraiment* pas.

Je devrais faire quelque chose à propos de ça.

Bientôt.

Très bientôt.

Ma jambe remonte le long de la sienne pour s'accrocher à sa hanche.

Le souffle court, Griffin empoigne ma cuisse et arrache sa bouche de la mienne, traçant un chemin avec ses lèvres le long de ma mâchoire et jusqu'à mon cou. Il aura probablement la bouche pleine de poussière. *Ha !*

Plus ou moins.

Hmmm…

Sa langue tourbillonne à nouveau contre ma peau et j'inspire brusquement. Sa voix est rauque de passion lorsqu'il dit :

— Tu es un brasier vivant. Je brûle.

J'ouvre les yeux. En réalité, je suis la Fisanne sans feu. Ses lèvres se mêlent à nouveau aux miennes dans une perfection alarmante, mais je me détourne, brisant son étreinte en reculant d'un pas. C'est une des choses les plus dures que j'ai eu à faire.

— Ne m'embrasse pas.

Mes jambes sont chancelantes. Ma voix ressort éraillée. Nous sommes tous les deux essoufflés.

Griffin me fixe, les yeux sombres, sa poitrine se soulevant et s'abaissant.

— Pourquoi pas ?

Un poing se resserre sur mon cœur et l'écrase.

— Tu m'as enlevée. Tu m'as gardée encordée. Tu m'as piégée pour me forcer à travailler pour toi. Je ne veux pas être avec toi.

— Tu mens.

La fissure s'ouvre un peu plus largement. Je pince les lèvres, comme si cette petite connexion pouvait empêcher le reste de moi-même de s'effondrer.

Griffin lâche une longue expiration, puis il touche ma joue d'une façon qui fait trembler mon souffle.

— Qu'est-ce qui te fait peur ?

Tout. Elle. J'ai envie de pleurer.

— Ne m'embrasse plus, fais-en le serment.

Ses doigts retombent de mes joues et il se passe une main sur le visage, l'air soudain très las.

— Est-ce que c'est vraiment ce que tu souhaites ?

Je hoche la tête, trop effrayée pour ouvrir la bouche. Quelque chose d'inattendu et de dangereux pourrait en sortir.

Carver entre dans la caverne juste au moment où Griffin semble prêt à parler.

— J'ai été l'infortuné désigné pour venir ici et m'assurer que vous n'étiez pas en train de vous entre-tuer, annonce-t-il joyeusement.

— Ce n'est pas le cas, répond Griffin d'un ton neutre.

— Pas encore, murmuré-je.

Griffin me jette un regard maussade, puis sort de la grotte à grands pas. Il n'a jamais donné sa parole. Comme je fixe, choquée et confuse, les empreintes de pas brûlées qui se ramifient comme un éclair dans la poussière, là où je me suis trouvée, il ne m'échappe pas non plus que je suis soulagée qu'il ne l'ait pas fait.

CHAPITRE 16

Griffin discute projets et politique avec Carver pendant le reste du voyage. Avec Flynn et Kato chevauchant côte à côte, je passe mes deux derniers jours sur la route à traîner à l'arrière de la troupe. Il n'y a plus de disputes, plus de taquineries, plus de questions incessantes. Il n'y a plus de plaisanteries, en tous cas, pas pour moi. Et me sentir à l'écart m'emplit soudain d'aigreur.

Je remonte au côté de Flynn.

— Pourquoi est-ce que tout le monde m'ignore ?

Il hausse les sourcils.

— On ne t'ignore pas. On ne comprend simplement pas. Griffin a accepté tes conditions. Il a demandé *une* chose en retour, et tu es devenue complètement folle.

Sa déception m'ébranle.

— J'ai dit que je ne quitterai pas le château toute seule.

— Sous la pression. Et on aimerait tous bien savoir ce que Griffin a fait pour que tu acceptes.

Je réponds âprement :

— Il me l'a demandé gentiment.

Je ne dirai rien d'autre. Je ne penserai rien d'autre. Je n'admettrai rien d'autre. Jamais.

Flynn se tourne vers moi avec des yeux ronds.

— C'est tout ? S'il suffit d'être gentil avec toi pour te rendre moins irascible, pourquoi est-ce que j'ai toujours l'impression de m'adresser à un hérisson ?

Me sentant plus qu'un peu offensée, je presse Panotéen vers l'avant et ne retourne à l'arrière que lorsque nous atteignons les murs de Sintaville. Je n'en reviens pas que Griffin n'ait pas envoyé quelqu'un en éclaireur pour préparer une escorte ou au moins préparer son arrivée en grande pompe. Après tout, c'est le retour de Bêta et de Delta Sinta après des semaines d'absence. Il devrait y avoir une cérémonie.

Au lieu de ça, nous chevauchons tranquillement vers le château sans être reconnus ou presque. Tout en prenant les rues secondaires tranquilles, Griffin et Carver discutent de ce que le garde leur a dit au portail. Apparemment, rien à signaler. Les gens sont contents, installés. Le commerce se porte bien. Les récoltes sont bonnes. Une famille royale Magoi s'est fait massacrer. Une famille Hoi Polloi s'installe. Tout ça dans la même journée. Même si ça devrait me laisser indifférente, je trouve ça bizarre, honnêtement.

Entrer dans Sintaville donne un peu l'impression d'un retour à la maison. Le lieu d'installation principal du cirque est situé juste à l'extérieur des murs, et nous venions tous ici pour faire les courses, aller au culte et nous distraire. C'est un endroit ouvert et éclairé, plein de statues de marbre, de fontaines froides à l'eau claire, de temples qui s'élèvent haut dans le ciel et d'architecture symétrique. Les bains principaux sont presque aussi vastes que ceux de Fisaville, et le marché est le plus grand que j'aie jamais vu : une véritable agora où les gens achètent, bavardent et complotent. Le château est perché sur un promontoire au nord-ouest, d'où il domine la ville. Comme j'évite les nobles comme la peste, j'en suis toujours restée loin. J'imagine que cette stratégie a été jetée par-dessus bord en même temps que ma liberté.

Il y a une agitation un peu plus satisfaisante à l'entrée du château. Une corne tonne bruyamment deux fois puis quatre fois, pour Bêta et Delta Sinta. Un instant plus tard, la foule se déverse hors des casernes, applaudissant, souriant et serrant leurs mains.

La cour d'honneur est énorme, aussi grande qu'un pâté de maisons de la ville, et entièrement pavée de marbre blanc. Un haut mur fortifié et une imposante guérite s'élèvent derrière nous, et sa herse garnie de pointes claque avec un bruit métallique en se refermant bruyamment. À notre gauche s'étend un ensemble de dépendances bâties en grès et face à nous et à notre droite se dresse le château lui-même. Il est énorme, s'élève sur cinq niveaux, d'épais murs de marbre et de grandes fenêtres voûtées, situées bien en retrait pour protéger de la chaleur. Des colonnes décorées et des arcades forment une galerie, qui entoure l'enceinte du bâtiment. Du côté qui domine un vaste espace boisé au-delà du château, les arcades s'étendent en terrasses étagées, constellées de fontaines et ombragées de citronniers et de cyprès en pots.

Le palais blanc ornementé brille dans le soleil du soir, la lumière oblique, orangée, lui conférant des allures de joyau nacré couleur de pêche. C'est d'une beauté à couper le souffle, et rien à voir avec le château de Fisa. Il y a de la chaleur, ici. Le château de Fisa est aussi froid que les plaines de Glace qui se cachent derrière.

Une statue d'Athéna domine la cour. Elle est d'un marbre de couleur différente, veiné des tons roses du sud. Elle a dû être amenée ici. Les soldats qui emplissent la cour embrassent leurs doigts puis touchent les pieds de la déesse lorsqu'ils passent devant.

Sagesse et guerre. Ils auraient pu choisir pire.

Nous traversons la cour, et nous sommes à mi-chemin lorsque la porte principale du château s'ouvre à la volée. Quatre femmes courent vers nous en relevant leurs jupes. Ce sont, sans nul doute, Égérie, Jocaste, Kaia et Nerissa, les sœurs et mère de Griffin. La ressemblance familiale est frappante.

Griffin descend de Cheval Brun et ouvre les bras. Les quatre femmes lui sautent dessus toutes en même temps, babillant comme des oies excitées. Elles s'attaquent ensuite à Carver, qui vacille sous l'assaut. Elles accueillent Flynn et Kato avec à peine moins d'enthousiasme avant de virevolter vers Griffin et Carver à nouveau.

Ces gens s'aiment-ils vraiment ? Quel genre de famille est-ce donc là ? Je me détourne avec un sentiment amer qui se répand et serre ma poitrine.

Égérie, Alpha Sinta, s'approche de moi, les cheveux noirs amassés d'un seul côté, les yeux gris pâle inquisiteurs. Je sais que c'est elle, parce qu'elle a au moins trente-cinq ans, tandis que les autres sœurs sont toutes deux plus jeunes. Et puis, il y a Nerissa. Elle est simplement vieille.

— C'est elle que tu as trouvée pour nous, Griffin ? demande Égérie, protégeant du soleil couchant ses yeux gris tourterelle.

— *Elle* a un nom, dis-je d'un ton glacial. C'est Cat.

— Et elle a des griffes, ajoute Griffin avec un clin d'œil à sa sœur. Alors, ne la provoque pas.

— Ce n'était pas mon intention, affirme Égérie en me souriant. Bienvenue, Cat.

J'essaie de sourire en retour, mais je sens mon visage arborer plutôt une expression un peu meurtrière, avec une pincée de fureur et une dose de « surveille tes arrières ». *Oups.*

Égérie déglutit si fort que je vois sa gorge bouger.

— Griffin est parti pour trouver des Magoi à employer. Qu'est-ce que tu sais faire, Cat ?

— Rester vivante. Je suis très douée pour ça. Et vous ?

Ses yeux déjà grands s'écarquillent encore plus. Je vois sa gorge bouger de nouveau.

— Endurcissez-vous, Alpha, commenté-je sèchement.

Me tournant vers Griffin, je demande :

— C'est ça, ton plan ? Une reine inoffensive et un seigneur de guerre implacable ?

Je lève yeux au ciel et ajoute :

— J'ai du mal à cacher mon scepticisme, là.

Égérie répond la première, à ma grande surprise.

— S'il te plaît, fais-le. Au moins jusqu'à ce que nous soyons à l'intérieur.

— Où est Basil ? demande une des jeunes filles qui doit être Kaia, la plus jeune. Est-ce qu'il a avoué ?

— Cat l'a démasqué, dit Griffin. Elle a lu en lui. C'est son don. C'est pourquoi elle est ici.

La prise de conscience se lit sur leurs visages. C'est comme regarder les étoiles apparaître l'une après l'autre dans la nuit. Ces gens sont si transparents que c'en est effrayant.

— Où est père ? demande Griffin.

— Il dort, répond sa mère.

Nerissa a les cheveux poivre et sel et une silhouette ronde et maternelle. Ses bras semblent doux et accueillants. Si je l'avais connue étant petite fille, j'aurais voulu me blottir sur ses genoux.

— Et Piers ?

— Il patrouille avec l'escouade Gamma. Ils seront de retour ce soir.

Après quelques autres questions, Griffin renvoie les femmes dans la fraîcheur du château. Avant de s'en aller, elles s'abaissent bizarrement dans ma direction, en signe de respect, je pense. Envers une Magoi ? Envers moi ? Officiellement, je ne suis personne. Ignorent-elles que c'est moi qui suis censée m'incliner devant elles ? Je ne peux m'empêcher de secouer la tête tandis qu'elles disparaissent dans le château.

Griffin, surprenant mon geste, se tourne vers moi avec un regard dur.

— Quoi ? demande-t-il.

Mon cœur bondit. C'est la première fois qu'il me regarde vraiment ou m'adresse la parole depuis deux jours. Il ne s'est pas montré froid ni désagréable. Je ne pense pas qu'il puisse être si puéril. Il a simplement passé son temps avec d'autres personnes et d'autres occupations, jusqu'à ce qu'il n'y ait plus de place pour moi.

Le pouls anormalement rapide, je réponds :

— Tu es clairement le dirigeant, qui que soit l'Alpha. Et elles devraient travailler leur révérence et à qui elles doivent l'adresser. Le peuple rira en les voyant se dandiner de cette façon.

— Qui se soucie de ce que pensent les gens ?

— Toi. À la seconde où les gens rient de vous, c'est fini. Vous avez pris cette place, maintenant vous avez tous votre rôle à jouer. Impeccablement. Sinon…

Je mime une gorge tranchée.

— Est-ce que tu peux leur enseigner l'étiquette de la cour ?

— Sérieusement ? Je dois jouer les nounous, maintenant ?

— Est-ce que tu le peux ? répète-t-il posément.

J'hésite. Devenir la gouvernante personnelle de princesses peut tourner à mon avantage.

— En échange de quelque chose.

Le ton de Griffin se durcit.

— Quel est ton prix ?

— Si des membres des familles royales fisannes ou tarvannes viennent ici, je reste cachée. De même pour leurs conseillers les plus proches.

— Cachée invisible ? Ou cachée dans une autre pièce ?

Je le regarde comme s'il lui manquait une case pour fonctionner.

— Cachée invisible. Je ne serai pas d'une grande efficacité pour détecter leurs mensonges si je ne peux pas les entendre.

Il m'étudie un moment, comme s'il évaluait mes intentions, puis il accepte.

Ouah. C'était facile.

— C'est une promesse ?

Il hoche la tête.

— C'est une promesse, répète-t-il

Dans la lumière déclinante, ses yeux gris sont plus sombres, plus doux, mais toujours aussi magnétiques. J'arrache mon regard de lui, avant d'obéir à quelque désir ridicule, comme celui d'être gentille avec lui.

— Est-ce que je peux prendre un bain, maintenant ? J'ai besoin de me laver de la crasse de cette grotte.

Je ne parle pas de la poussière, et Griffin le sait. Son expression se durcit en un instant et le vide au creux de mon estomac ressemble beaucoup à du regret.

Nous laissons les chevaux à l'écurie derrière les casernes puis traversons une deuxième cour, plus petite.

— Tu peux utiliser les bains royaux, dit Griffin avec une voix d'une neutralité insupportable en indiquant une entrée voûtée.

J'examine les bâtiments.

— Où sont les bains des femmes ?

Un quart des soldats qui sont sortis autour des casernes étaient des femmes. Inhabituel, mais pas inédit non plus.

Il pointe du doigt notre gauche.

— Ils seront bondés. Il y a plus d'une centaine de femmes dans les casernes. Tu auras plus d'intimité dans les bains royaux.

C'est juste, mais l'idée de partager l'espace personnel de sa famille est simplement trop gênante.

— Cat ? M'appelle Flynn.

Je me tourne et il m'attrape, écrasant mes côtes de ses grands bras.

— Oh ! Espèce de gros mufle ! Qu'est-ce que tu fais ?

Kato me saisit les chevilles et les balance vers le haut. Carver ouvre le chemin en sifflant un air de marche militaire et ils commencent à s'avancer en direction des bains royaux, Griffin derrière nous.

— Qu'est-ce qu'il se passe ?

Je lâche une bordée de jurons tout en gigotant désespérément. Enfin, pas trop désespérément non plus ; avec toute la Magie du Feu que j'ai emmagasinée, je n'ai pas envie de blesser ou de tuer quelqu'un.

— Une initiation, dit Griffin laconiquement. Inutile de te débattre.

Dix secondes plus tard, Kato et Flynn me jettent dans l'eau, avec mes bottes et tout. Furieuse, je me laisse couler au fond du bassin et y reste jusqu'à ce que mes poumons soient près d'éclater, observant leurs visages fiers changer d'expression et virer à l'inquiétude.

— Mes Dieux, Cat ! dit Kato lorsque je refais enfin surface. Tu es la dernière personne que je pensais pouvoir noyer.

Je lui crache à la figure une énorme lampée d'eau. Kato se sert de son bras sale pour s'essuyer le visage, y laissant une traînée boue, et je ne peux m'empêcher de rire quand il me fait un grand sourire derrière sa moustache de crasse.

— Ne traîne pas. C'est notre tour, ensuite, dit Griffin d'un ton sec.

— Au moins, vous ne vous êtes pas tous déshabillés pour sauter tous nus dans l'eau avec moi, plaisanté-je.

Kato ricane.

— La prochaine fois, peut-être.

— Dehors ! aboie Griffin.

— Tu as perdu ton sens de l'humour quelque part ? lui demandé-je en pataugeant dans l'eau et en essayant de retirer mes bottes en même temps.

Des yeux de granit me lancent des éclairs.

— Il doit être dans la grotte.

***

J'ai le choix entre le château et les dépendances militaires. Je choisis d'habiter dans ces dernières, mais, au lieu d'être logée dans l'aile des femmes, on me donne la chambre qui se trouve entre Kato et Flynn. J'imagine que Griffin ne plaisantait pas quand il disait qu'ils allaient tous garder un œil sur moi.

Griffin vit dans le château, et, alors que je m'installe dans ma nouvelle chambre, je me sens si abattue que c'en est agaçant. Je m'étais habituée à sa présence solide et à l'entendre respirer dans le noir. Cela va me manquer de ne plus dormir d'une traite.

Comme je suis seule et que je m'ennuie, je fais une petite sieste parce qu'il est impossible de résister au lit. Plus tard, Griffin arrive, lavé, rasé, et d'une beauté saisissante dans des habits plus distingués que tous ceux que je lui ai vus jusqu'alors. Il m'informe que je vais dîner au château et me conduit ensuite à travers la cour, une main fermement appuyée au bas de mon dos. Il me pousse lorsque j'ai un mouvement de recul à l'entrée de la salle à manger solennelle.

— Je ne suis pas assez habillée, marmonné-je en freinant des quatre fers.

Il me regarde de haut en bas.

— Tu me sembles habillée. Je me souviens de beaucoup plus de peau quand tu ne l'es pas.

La rougeur qui monte instantanément à mon visage allume dans ses yeux une lueur taquine. Maintenant qu'elle est de retour, je me rends compte à quel point elle m'a manqué.

— Et quelques taches de rousseur par-là, ajoute-t-il en glissant le bout de ses doigts vers le haut de mes côtes, dangereusement près des rondeurs de ma poitrine.

Une vague de pure chaleur déferle sur moi et je bondis loin de sa main.

— Je vais bientôt dîner avec la famille royale sintanne. Ce n'est pas que je ne prenne aucun de vous au sérieux, mais il existe une chose qu'on appelle la tradition.

Il hausse les épaules et dit :

— Je suis en pantalon.

— Et les femmes ?

Il prend un air résigné.

— Je t'emmènerai faire des achats demain.

— Je peux y aller toute seule. Je suis déjà allée dans Sintaville.

Il secoue la tête.

— Tu as d'autres choses à faire. Envoie Kato. Ou Flynn.

— Non.

— Qu'est-ce que tu veux dire par « non » ?

Il passe de la résignation à la détermination en un instant.

— Est-ce qu'il faut que je te le dise en…

— … En langue des signes ? Ce ne sera pas nécessaire, le coupé-je avec une mine renfrognée.

Mécontente, je redresse les épaules et lève le menton. Je vais montrer à ces gens comment on fait la révérence, même si je porte des bottes trempées et une saloperie de pantalon. Littéralement. Il est salopé de taches de sang que je n'ai pas réussi à nettoyer, peu importe combien j'ai frotté. Au moins, il n'est pas à moi.

Je fais un pas en avant, seulement pour me faire tirer brusquement en arrière.

— Y a-t-il des choses que les hommes doivent connaître au sujet de l'étiquette de la cour ? Des choses que *je* dois connaître ?

Je souffle.

— Les hommes restent juste debout à ne rien faire, à part arborer un air féroce, froncer les sourcils et faire jouer leurs muscles. C'est très injuste.

Griffin a un petit rire et lève la main. Je sursaute, sur la défensive ; les vieilles habitudes ont la vie dure. Il se rembrunit en avisant ma réaction. Plus doucement, il lisse ma tresse ; les cals de sa peau s'accrochent à certaines mèches de cheveux. La rugosité de ses doigts qui effleurent mon cou me fait frissonner.

— Tu devrais vraiment arrêter de me résister, murmure-t-il.

Je ravale ma salive, retenant mon envie de m'éloigner. Ou de me rapprocher. *Mes Dieux ! Qu'est-ce qui ne tourne pas rond chez moi ?* Je reconnais à peine ma propre voix lorsque je réponds :

— Pourquoi ?

Il se penche pour me souffler à l'oreille.

— Parce que tu n'en as pas envie.

Il glisse sa main autour de ma taille, et ses lèvres effleurent ma joue, douces et chaudes.

Je me fige, étrangement consciente que mon corps est attiré vers le sien. Lorsqu'il relève la tête, ses yeux gris sont orageux et emplis de choses qui me sont interdites ou auxquelles je ne devrais pas penser. Mon cœur commence à battre la chamade, son martèlement sauvage et erratique me laisse à bout de souffle. Je recule, grommelant quelque chose sur les seigneurs de guerre arrogants, et j'essaie de lisser mes habits, qui n'en ont pas besoin. D'un air suffisant, Griffin m'offre son bras. Je l'ignore et entre dans la salle la première, brisant l'étiquette juste pour m'éloigner de lui.

Encore échauffée et rougissante, je plonge dans une révérence courtoise. Ce n'est pas aussi joli qu'en faisant voler les plis d'une robe autour de moi, mais ça fera l'affaire. Je tiens la pose. Et encore. Mes cuisses deviennent douloureuses.

— Alpha Sinta est censée me dire de me relever ! sifflé-je à l'intention de Griffin.

— Égérie !

Je le vois mimer quelque chose du coin de l'œil.

— Cat ! s'écrie-t-elle. Relève-toi, je t'en prie.

Je m'exécute en réprimant un grognement de soulagement.

— C'était une très jolie révérence, dit Kaia.

Elle applaudit, rayonnante. Assurément la plus jeune. Tellement enthousiaste, et complètement inconvenante.

— Est-ce que tu peux me l'apprendre ? ajoute-t-elle.

Griffin tire affectueusement une de ses boucles folles avant de prendre une couronne d'herbes tressées dans le sac de cuir qu'il porte sur sa hanche. Kaia semble ravie, et cela me fait un drôle de pincement au cœur, lorsque je réalise qu'il a dû la faire pour elle.

— Ce sera un des rôles de Cat, explique-t-il en positionnant la couronne sur la tête de sa sœur avec une concentration et un soin exagéré. Elle va tout nous enseigner au sujet de l'étiquette de la cour, en particulier à vous, mesdames.

Égérie sourit chaleureusement.

— Où as-tu appris l'étiquette de la cour, Cat ?

— Au château de Fisa.

— Et que faisais-tu là-bas ?

Elle semble réellement intéressée, et un peu impressionnée.

— J'étais principalement torturée. Super marrant, répliqué-je.

Ils poussent tous des cris d'étonnement, alors que j'observe Piers et Anatole. *Mes Dieux !* Et dire que je pensais que Nerissa était vieille. Anatole, le père de Griffin a l'air de ne même pas pouvoir se tenir debout. Quant à Piers, il ressemble à Griffin, mais en moins vigoureux et moins buriné, et il a des taches d'encre sur les doigts, bien qu'il soit sorti patrouiller aujourd'hui.

— Torturée ! s'exclame Jocaste en brisant finalement le silence. Quelle horreur !

Elle a à peu près mon âge. Comme tous ses frères et sœurs, elle possède des cheveux foncés. Ils sont nattés et épinglés sur le haut de son crâne. L'azur de ses yeux brillants la distingue des différentes teintes de gris de ceux du reste de la famille.

— Cela ne vous est jamais arrivé ? demandé-je comme si être torturée était aussi commun que de manger du ragoût de mouton.

Sa mâchoire tombe avant de se refermer d'un coup sec.

— Griffin ne permettrait jamais qu'on nous torture.

Quelque chose se noue dans ma poitrine. Je me demande quel effet cela fait de se sentir en sécurité.

— Prends place, je t'en prie. Et tu peux nous tutoyer.

Égérie indique une chaise entre Griffin et Piers, me mettant à un rang supérieur à tous, excepté Griffin et elle-même. Je ne dis rien. Griffin est encore debout et tire la chaise pour moi.

Des servants habillés en costumes traditionnels tribaux commencent à remplir mon assiette de feuilles de vigne farcies, de grosses olives vertes et de poitrine de pigeon laquée. Je les arrête. Les leçons d'étiquette commencent maintenant, et pour tout le monde.

— Alpha Sinta doit être servie en premier, puis Bêta, et ainsi de suite. Et moi, la dernière.

— Mais tu es notre invitée ! proteste Égérie.

Je ricane presque.

— Est-ce bien le mot qui convient ?

— Ne l'est-elle pas ? demande Égérie en regardant Griffin, apparemment déstabilisée.

Il hausse les épaules, et je serre les dents.

— Vous êtes la famille royale, vous êtes les premiers.

— J'ai du mal à voir comment le fait d'être reine change les règles de l'hospitalité, souffle Égérie.

Sans espoir. Ils sont sans espoir.

— C'est ainsi que se passent les choses dans vos tribus ?

Il me vient à l'esprit que j'en sais aussi peu sur leur mode de vie qu'ils en savent sur le mien.

Égérie hoche la tête, les yeux grands ouverts.

Je me résigne en soupirant :

— Vous avez déjà bouleversé tout le reste. Alors, un peu plus, un peu moins !

Parce que, d'un autre côté, l'idée d'être servie en dernier me chiffonne, et je ne suis même pas sûre d'où placer les parents dans l'ordre de service. Ils sont généralement soit les premiers, soit morts.

Égérie reprend son air royal et fait signe aux servantes de continuer.

— Qu'est-ce que mes enfants ont bouleversé d'autre ?

La question vient d'Anatole. Je suis surprise que sa voix soit plus alerte que le reste de sa personne. C'est un homme grand, aux épais cheveux blancs et au visage taillé à coups de serpe, mais son corps, qui était manifestement puissant à une époque, semble être devenu frêle, à présent. Néanmoins, son esprit a l'air intact. Il y a un éclat certain dans les yeux, qui me fait comprendre qu'il sait exactement ce que sa famille a bouleversé.

— Dans une famille royale traditionnelle, un parent est l'Alpha jusqu'à ce qu'il ou elle s'affaiblisse et se fasse finalement tuer, en général par le prétendant au trône qui souhaite *être* Alpha. Alors, Anatole… Puis-je vous appeler Anatole ?

Il hoche la tête et j'enchaîne :

— Égérie aurait pu vous assassiner dans votre sommeil, il y a bien longtemps. Mais puisque Griffin est clairement plus fort et sans pitié qu'Égérie, c'est probablement lui qui vous aurait éliminés Égérie et vous pour s'emparer du royaume, expliqué-je avant de me tourner vers la femme ronde et charmante au côté d'Anatole. Nerissa, vous êtes juste la Consort. Vous ne comptez pas.

La mère de Griffin hausse un sourcil. Lentement. J'aurais probablement pu tourner ma phrase autrement.

— Piers, bien qu'il soit probablement un guerrier compétent, ne me semble pas être du genre à se soucier de gouverner, ajouté-je.

Je jette un nouveau coup d'œil vers l'intéressé. Il semble assez en forme, mais il ne fait pas partie de l'escouade de Griffin comme c'est le cas pour Carver, et ces traces d'encre sur ses doigts me font penser qu'il vit pour s'instruire, pas pour se battre.

Je continue :

— Pourtant, Carver aurait tout de même pu trancher la gorge de Piers pour grimper d'un rang. Puis Carver et Griffin seraient entrés en conflit ouvert, attendant que l'un ou l'autre passe à l'action.

Je me tourne vers les plus jeunes sœurs pour les analyser à leur tour :

— Jocaste et Kaia sont loin d'être assez brutales pour s'en mêler, alors elles seraient mariées à des Tarvans ou des Fisans de sang noble ou royal en échange d'alliances qui ne durent jamais. Les royaumes ne sont pas en train de s'attaquer en ce moment, mais ça ne veut pas dire que ça n'arrivera pas. Les filles seraient malheureuses, mais probablement en vie, ce qui est toujours une bonne chose. Mais leurs enfants, comme ceux de vous tous, dis-je en faisant un geste qui englobe les six frères et sœurs autour de la table, se retrouveraient embarqués dans une course pour le pouvoir et commenceraient à essayer de se tuer les uns les autres dès leurs premiers pas. La royauté appelle ça le bain de sang de la nurserie. C'est pourquoi ils ont tant d'enfants. C'est comme jeter des chiots vicieux ensemble et attendre de voir lesquels survivent.

Alors que toute la famille me fixe dans un silence choqué, je lève mon verre en faisant semblant de trinquer.

— À la vie à la cour ! ironisé-je.

Les yeux couleur ardoise d'Anatole deviennent amusés.

— Alors, Cat… Est-ce que je peux t'appeler Cat ?

Je hoche la tête et mes lèvres tressaillent.

— Je suis absolument ravi que nous préférions déroger à la tradition plutôt que de nous entre-tuer.

— On ne sait jamais. Griffin pourrait toujours vous tuer tous dans votre sommeil, plaisanté-je en portant mon verre à mes lèvres.

— Il pourrait essayer, dit Anatole avec un rire bas et je manque de recracher mon vin.

Les servants débarrassent le premier plat et amènent le suivant, me servant à nouveau la première. Je fixe la pièce d'agneau badigeonnée de sauce au beurre et à l'origan accompagnée de pommes de terre rouges frites, bien croustillantes. Je regarde Griffin, puis réalisant que je suis bouche bée, je me ressaisis. Il m'adresse un clin d'œil et je le frappe sous la table.

— Tout le monde sait que la Maison royale Magoi est assoiffée de sang, dit Nerissa. Ils sont cruels entre eux et envers le peuple. Nous donnerons un nouvel exemple aux royaumes.

— Bonne chance, dis-je.

Cela ressort moins sarcastique que je l'avais prévu.

— Griffin dit que tu es une devineresse, intervient Kaia en me souriant depuis l'autre côté de la table. Est-ce que tu peux voir mon avenir ?

Elle est jeune et jolie. Dommage qu'elle se fasse entraîner dans cette pagaille.

Je secoue la tête.

— Ça ne fonctionne pas comme ça, du moins, pas pour moi. Je fais plus de la lecture de personnalité. Cela aide à déterminer à qui on peut faire confiance.

— Ça semble utile, remarque Piers qui a l'air intéressé pour la première fois.

— Oui, eh bien, c'est pour cela que Griffin m'a enlevée. Pour être *utile.*

Silence. Égérie se gratte la nuque et dit :

— D'après Griffin, tu possèdes beaucoup de connaissances et ta magie est vaste. Que peux-tu faire d'autre ?

Est-ce que j'ai besoin *d'autre chose ?* Contre tout bon sens, je leur dis :

— En ce moment, je peux cracher du feu et tous vous réduire en cendres.

Kaia glousse.

— Tu crois que je plaisante ?

Elle glousse encore plus.

— Pourquoi «en ce moment» ? demande Égérie, peut-être plus perspicace que je ne le pensais.

J'essaie d'avoir l'air désolée.

— Je n'ai le droit de révéler mes secrets que si les étoiles s'alignent parfaitement et que Zeus fait de moi sa femme.

Griffin s'étouffe sur une bouchée d'agneau. Carver tousse dans son poing. Tous les autres semblent essayer de décider si je suis sérieuse ou non.

— Crache du feu pour nous, supplie Kaia en se balançant dans son siège.

Je secoue la tête.

— Ce serait contraire à l'étiquette. Pas de crachat de feu à la table du dîner.

— Pourquoi Zeus ? interroge Jocaste en fronçant les sourcils. Il est si… lunatique.

Oui, eh bien, moi aussi.

— J'ai oublié de manger, répliqué-je à la place.

Je choisis dans mon plat la pomme de terre la plus croustillante, combinée à un gros morceau d'agneau que je mâche doucement pour arrêter de parler.

Kaia se balance encore. Elle ne peut pas avoir plus de quinze ans, probablement un dernier sursaut de vie inattendu de l'utérus de sa mère. Elle est tellement différente de moi au même âge que je me trouve étrangement fascinée par elle.

— Montre-nous, dit-elle. *S'il te plaît.* Je n'ai jamais rencontré personne avec de la vraie magie auparavant.

— De la vraie magie ?

Il y en a-t-il une autre sorte ?

— J'aimerais posséder de la magie, dit Jocaste. Tu peux faire tout ce que tu veux.

Euh… non.

— Je ne peux pas voler, indiqué-je.

Griffin n'essaie même plus de retenir son rire. Je repose mon couteau avant de déraper et de le planter en lui.

— Est-ce que vous avez quelque chose à ajouter, Votre Altesse ?

— Bel effort de discrétion, murmure-t-il en riant toujours.

Je lui lance un regard mauvais.

Kaia prend une patate dans sa bouche et demande :

— Vous êtes partis pendant des lustres. Qu'est-ce que vous avez fait tout ce temps ?

Lorsque personne ne répond, elle prend un air pathétique et recommence :

— Crache du feu pour nous, Cat. S'il te plaaaaaaaaît.

Anatole, Nerissa et Jocaste me supplient aussi. Égérie a l'air d'utiliser tout son sang-froid pour ne pas se joindre à la chorale. Piers n'en a rien à faire. Il a fini son dîner et semble clairement vouloir retourner à la bibliothèque. Il est même en train de lire un parchemin à table. Carver sourit comme un idiot et Griffin… je ne le regarde pas.

— Je n'ai vraiment pas terminé mon repas, dis-je pour essayer de me défiler.

Griffin se penche vers moi, réchauffant tout mon flanc gauche.

— Tu as le trac de monter sur scène ? ronronne-t-il dans mon oreille.

Moi ? Ha !

D'un coup sec du poignet, je frappe son menton et il se recule.

— Désolée. Il y avait une mouche.

Les femmes hoquètent de surprise. Les yeux de Griffin étincellent, mais je n'arrive pas à déchiffrer son expression.

— Apprendre l'étiquette de la cour est une chose. Savoir quand l'appliquer en est une autre, dit sagement Nerissa. En ce moment, c'est juste la famille.

Comment, par les Enfers, puis-je être considérée comme juste la famille *?*

Je jette un œil autour de la table et grogne presque.

— Vous êtes tous si spontanés. Et innocents. L'étiquette de la cour est horrible. Je ne suis pas certaine de vouloir vous changer.

Griffin ricane et je lui jette un regard renfrogné.

— Sauf *toi*. Tu pourrais définitivement t'améliorer.

— Innocent ? demande-t-il en arquant un sourcil.

Je lève les yeux au ciel.

— C'est un grand mot.

— Spontané ?

Je hausse les épaules, évasive.

Carver se racle la gorge, ses yeux sombres sont joueurs.

— Et moi ?

— Tu es un dragueur incorrigible et une épine dans le pied de tout le monde.

Kaia claque dans ses mains, radieuse.

— Cat est géniale, Griffin ! Je suis heureuse que tu l'aies trouvée.

Je pose mes coudes sur la table et plonge mon visage entre mes mains. Aux Enfers l'étiquette. Personne d'autre n'en a, alors pourquoi le devrais-je ?

— Vous êtes sans espoir ! Vous tous.

— Pourquoi sommes-nous sans espoir ? demande Égérie en se resservant en pommes de terre.

— Parce que vous être tous trop *gentils*, expliqué-je en étant presque sûre qu'ils ne peuvent pas se tromper et prendre cela comme un compliment. La Lutte des Pouvoirs est sur le point de se produire. Vous allez tous vous faire pulvériser. Sauf toi.

Cette partie-là s'adresse à Griffin.

— Je ne suis pas gentil ou bien je ne vais pas me faire pulvériser ? demande-t-il.

Il prend une bouchée d'agneau avec désinvolture. Il est complètement insouciant, malgré l'énormité qu'ils commettent en anéantissant un système de régence vieux comme le monde. Et personne ne semble s'inquiéter le moins du monde du fait que tous les quarante ans environ, soit maintenant, une nouvelle génération de prétendants Alpha décide s'ils vont se faire la guerre et mettre les royaumes à feu et à sang au passage. Qu'est-ce qui ne tourne pas rond chez eux ? J'ai l'impression d'être au cirque.

Non, attendez, les gens du cirque étaient plus sains d'esprit que ça.

— Je doute que tu te fasses pulvériser, répliqué-je. Tu es imperméable à la magie et c'est foutrement énervant.

— Est-ce un langage approprié à table, Cat ? me réprimande Nerissa.

Je cille et me tourne vers elle. *Bons Dieux ! J'ai déjà une mère et c'est* plus *qu'assez.*

Je me lève de ma chaise, la repoussant avec un geste théâtral.

— Oublions l'étiquette. C'est l'heure de voir du feu !

Ils applaudissent. La Maison royale sintanne m'applaudit.

Gâcher du pouvoir que j'ai engrangé, ou même le révéler est stupide. Mais je suis arrogante et frimeuse, et le sang-froid n'a jamais été un de mes points forts. Le fouet de feu d'Otis n'est plus là. Il y a toujours quelques grains des couleurs de Desma en moi, une large dose de Feu de Chimère et tout ce que j'ai pu absorber du sang de Sybaris.

Je sépare les courants de magie qui s'enchevêtrent dans mes veines et fais appel à ce que je souhaite. Une boule de Feu de Chimère s'embrase en prenant vie dans ma main. Je pince le dessus et l'étire dans une ligne fine, que j'envoie vers le plafond. Elle forme un arc que je rappelle vers moi et connecte à la flamme originelle. Un cercle.

Je le tourne pour qu'il soit parallèle au sol, me positionne au milieu, puis je le soulève, l'étirant jusqu'à que ce que je sois encastrée dans un cocon. Le cyclone de flamme craque autour de moi. Il est brûlant et bruyant et je peux à peine supporter sa chaleur. Les élites de ce pays me fixent, envoûtées, leurs visages stupéfiés vacillant derrière le mur de feu. Ils me rappellent le public fasciné lors de la dernière représentation du cirque dans le sud du Sinta et un nœud se forme dans ma poitrine. Mes amis me manquent.

— *Les amis et les amours te rendent faible.*

— *Et père ?*

Je suis pieds nus et je porte une robe en lambeaux, qui atteint à peine mes genoux. Elle était blanche, il fut un temps. Je suis sale et je meurs de faim, tandis qu'elle mange une part de gâteau dégoulinante de miel à la cannelle juste devant ma cage.

Mère rit, mais il n'y a aucune joie dans ce son. Il est cruel.

— Tu crois que sa vie ou sa mort m'importe ?

Je la regarde, effrayée. Je ne pense pas que la vie ou la mort de qui que ce soit lui importe. Sauf peut-être la mienne.

Écrasant mentalement mes souvenirs, je passe mon poing au travers du cocon brûlant. L'explosion se répercute dans la pièce, faisant cliqueter la vaisselle sur la table. Des étincelles font briller les lapis-lazulis et l'or des fresques du plafond. J'envisage de rugir comme Aetos, mais ce serait probablement ridicule. À la place, je relâche une bouffée de souffle de Dragon et me lance dans une série de sauts périlleux alors que mes narines brillent toujours, laissant des traînées orange dans l'air. Lorsque je me redresse, c'est dans une brume chatoyante de tant de couleurs que même les Dieux ne possèdent pas assez de mots pour les nommer.

La famille m'observe, bouche bée. Même Griffin semble surpris.

Les couleurs s'estompent alors que je retourne calmement à table, en me demandant combien de temps il faut à Desma pour arrêter de luire après sa danse, maintenant que je ne suis plus là pour absorber sa magie.

— Eh bien, dit Nerissa. Je suis impressionnée.

Anatole commence à applaudir, avec un sourire jusqu'aux oreilles et tout le monde se lance dans une ovation. Les yeux de Griffin ne quittent jamais mon visage, son expression un peu trop chaleureuse pour mon bien.

Mes joues s'échauffent alors que je retombe sur la chaise à côté de lui.

— Tu pensais que j'avais passé huit ans au cirque sans apprendre à donner une représentation ?

Ses lèvres pleines esquissent un sourire qui déclenche des choses alarmantes dans mon ventre.

Égérie semble ravie.

— Avec tes capacités, tu seras certainement une alliée précieuse.

Mes sourcils se dressent.

— C’est donc ce que je suis ?

Cela ne cesse de changer. Captive. Membre de l’escouade. Invitée. Alliée.

Égérie, elle aussi, semble surprise.

— Qu’est-ce que tu pourrais être d’autre ?

— Une prisonnière.

— Non ! Tu ne dois pas penser ça !

Je me tourne vers Griffin.

— Alors je suis libre ? Je peux partir quand je veux ?

Ses épaules se raidissent. Sa mâchoire se serre.

Son silence est une réponse suffisante. Je me retourne vers Égérie. Elle est Alpha, après tout.

— J’aimerais retourner dans ma chambre, maintenant.

Elle fronce les sourcils.

— Mais tu n’as pas terminé. Et il y a encore le dessert.

— Merci pour votre hospitalité.

Je me lève, plonge dans une profonde révérence, puis je m’en vais sans permission.

Je suis peut-être capable de faire un spectacle, mais je sais aussi comment faire une sortie.

CHAPITRE 17

Tout ce feu m'a fait transpirer. Les bains des femmes sont petits, moitié moins grands que les bains royaux, mais l'eau est propre et il est assez tard pour qu'ils soient quasiment vides. À part les trois femmes qui occupent une place tout au fond, le bassin est désert. Je me glisse dans l'eau, me lave rapidement, puis m'enveloppe dans ma serviette outrageusement flamboyante. Je resterais bien plus longtemps, mais les Sintannes ne cessent de me jeter des regards mauvais.

Alors que je suis en train de nouer le bout de ma natte, les femmes émergent de l'eau et s'avancent lentement vers moi, totalement nues.

— Sympa, la cape, dit une grande blonde.

Je l'ignore. Passer outre son sarcasme est plus compliqué.

— Tu es la nouvelle membre de l'escouade Bêta ? demande une autre.

Lorsque je confirme, elle semble incrédule.

— Comment as-tu fait pour être invitée à dîner ?

Avant que je ne puisse répondre, ou ne pas répondre, la première crache :

— C'est évident. Elle a écarté les cuisses.

Je plisse les yeux. Les gens sournois m'énervent particulièrement.

Une des deux autres femmes pose une main sur le bras de la blonde.

— Griffin va se lasser d'elle. Tu verras.

La douleur, épineuse, se répand en moi. J'étudie la femme aux traits ciselés, les jambes environ huit pouces plus longues que les miennes, de longs cheveux blonds lisses de la couleur du miel au soleil. Mes cheveux sont indisciplinés, ondulés et sombres, et je suis plus petite et plus ronde, malgré le poids que j'ai perdu depuis que j'ai quitté le cirque. Comme les miens, ses yeux sont verts, mais les tons diffèrent complètement. Les siens sont foncés avec des taches brunes. Les miens sont allongés et possèdent le vert d'eau clair de la magie et du nord. Je déteste le simple fait d'être en train de nous comparer, mais puisque je ne semble pas pouvoir m'arrêter… malgré mes yeux inhabituels et une apparence correcte, je me sens juste petite.

Je me détourne pour partir, en me consolant à l'idée que je serais capable de la tuer d'un souffle.

Elle m'arrête avec une question :

— Comment tu t'appelles ?

Je ne me retourne qu'à moitié.

— Cat, et toi ?

— Daphné. Surveille tes arrières, Cat.

— Pourquoi ?

Je suis sincèrement curieuse.

— Parce que j'ai mes yeux sur toi.

Je ne peux m'en empêcher d'en rire.

— Je te ferais savoir quand je serai effrayée.

Un éclair de colère passe dans ses yeux une seconde avant qu'elle ne se jette sur moi. Je l'esquive par réflexe et son coup part au-dessus de ma tête. Je me redresse, balançant mon poing dans son ventre. Son grognement de douleur me réchauffe le visage. J'aurais bien continué, mais les deux autres femmes attrapent les bras de la blonde, et je ne frappe pas les gens qui ne peuvent pas se défendre.

— Surveille *tes* arrières, Daphné.

Je fais glisser un doigt le long de sa joue, laissant une fine ligne rouge depuis le coin de son œil jusqu'à la courbe de son menton. Je retiens la partie la plus brûlante du Feu de Chimère, pour ne pas laisser de cicatrice, mais je ne retiens pas mon sourire de folle.

— J'adore la manière dont les brûlures piquent pendant des jours, déclaré-je.

Les deux autres femmes pâlissent, mais Daphné semble juste furieuse. Ma première ennemie au château de Sinta. *Super.*

— Griffin te punira pour ça, lâche-t-elle.

Elle semble si sûre d'elle que quelque chose d'amer se déploie dans mon estomac.

— Non, il ne le fera pas.

Je suis la Faiseuse de rois. Je suis un millier de fois plus importante pour lui que ne l'est Daphné, même si je n'écarte pas les cuisses. Clairement, ça, c'est son truc à elle.

Je refuse de penser à ça ou à la douleur que ça me provoque, tandis que je traverse la cour d'Athéna en direction des baraquements. Kato et Flynn entrent dans ma chambre dès l'instant où ils m'entendent bouger à l'intérieur.

— Comment était le dîner ? demande Kato.

— Instructif.

Il sourit.

— Est-ce que tu as apprécié la famille ?

Je hausse les épaules, réticente à admettre que je les ai trouvés amusants. À la place, je dis :

— J'ai du mal à croire qu'Anatole soit si vieux.

Flynn ferme la porte avec sa botte. Il porte une nouvelle tunique. Pour une fois, ses cheveux auburn sont peignés et soigneusement attachés en arrière, révélant les traits droits de ses pommettes et de sa mâchoire fraîchement rasée.

— Vieux, mais avec l'esprit vif, dit-il. Il a unifié la plupart du sud-ouest avant de passer les rênes à Griffin.

Et Griffin a pris le Sinta. Pas mal.

— Comment les filles ont-elles réussi à rester si innocentes ? Même Égérie, et elle n'est pas tout à fait jeune.

Kato se laisse tomber en travers de mon lit et croise ses bras derrière la tête. La position décontractée étire sa tunique le long de son torse et sur ses biceps. Je ne peux m'empêcher de le remarquer. Je ne suis pas intéressée, mais j'ai toujours des yeux.

— Elles ont été protégées par nous tous, dit-il. Peut-être trop.

Son ton affectueux et fraternel me remplit immédiatement d'une pointe d'envie. *Mes Dieux ! Je suis la personne la plus irrationnelle possible !*

— Est-ce qu'elles pourront supporter de faire partie de la famille royale ? demandé-je.

Kato fait la grimace.

— Elles ne verront que le bien chez les gens. Elles ne penseront jamais qu'ils veulent les utiliser ou les blesser. Elles considèrent tout le monde comme un ami potentiel.

Je secoue la tête.

— Pas pour longtemps.

Flynn prend un air sinistre.

— Je détesterais voir de la désillusion chez elles.

Étrangement, moi aussi.

— C'est la faute de Griffin. Les filles auraient pu être des enfants tribales de haut rang, heureuses, à leur aise et en sécurité dans un endroit qu'elles comprennent. Tout est différent à présent.

— Mais tu les aideras, n'est-ce pas Cat ? demande Flynn, ses grands yeux bruns suppliants.

Bon sang. Je suis vraiment la nouvelle nounou.

— Qu'est-ce qui te fait penser que je peux tout faire ?

Il écarte largement les mains.

— Tu sais tout.

Je souris et rejette ma natte par-dessus mon épaule.

— C'est vrai, n'est-ce pas ?

Les yeux cobalt de Kato deviennent rieurs.

— Effrontée et autoritaire, s'esclaffe-t-il.

D'une manière ou d'une autre, il arrive à faire passer ces mots pour des compliments.

J'aime entendre le son profond de leurs voix, alors j'attends un moment avant de les virer de la chambre, bien que je sois épuisée et impatiente de dormir dans un vrai lit.

Enfin seule, ce que je n'apprécie pas vraiment, je tombe dans les bras de Morphée, un Dieu qui est rarement gentil avec moi.

Les aiguilles brûlantes s'enfoncent profondément dans ma peau, une douleur acérée dans la nuit. Soudaine. Lancinante. Je me redresse d'un coup, les sens en alerte, sondant l'obscurité.

Je n'y vois rien ! Où est-il ?

Mes épaules effleurent quelque chose. Je tourbillonne et le frappe.

L'impact me réveille et je hurle en serrant le poing que je viens juste de balancer dans le mur. Tout à coup, Kato et Flynn déboulent dans la pièce avec l'éclat d'une lumière vacillante d'une torche du corridor.

Flynn me tacle et me maintient sur le lit.

— Tout va bien. C'est juste nous, déclare-t-il d'une voix apaisante. Tu n'es pas là-bas.

Je déglutis pour ravaler un cri. Je ne peux pas respirer. Je n'avais pas eu de cauchemars depuis longtemps. C'est encore pire quand je n'y suis plus habituée.

— Chut, murmure Kato.

Il tombe à genoux à côté de mon lit et me tapote la tête. Sa main est si grande qu'elle la couvre en grande partie.

J'essaie, mais je ne peux pas me calmer. Je continue à sentir cette attaque finale, à voir la fin que j'ai choisie. Elle se déroule encore et encore dans ma tête. Et le pire, c'est que même si je pouvais la changer maintenant, je ne crois pas que je le ferais.

À la seconde où il arrête de me brûler pour invoquer plus de pouvoir des plaines de Glace, je me saisis d'un poignard sous mon oreiller et le plonge dans sa gorge. Je n'hésite pas. Il a déjà eu trop de secondes chances.

Je suis plus rapide, bien qu'il soit plus grand et plus fort. Ses yeux s'écarquillent alors qu'il s'effondre sur moi dans un gargouillis. Je le repousse dans un cri étouffé, et mon instinct me pousse à le faire tomber du lit. Il se recroqueville en tressaillant, pas encore tout à fait inerte.

Des coups retentissent à ma porte. Combattant la nausée, je sors mes jambes du lit pour m'asseoir sur le bord du matelas, mes doigts cramés s'enfonçant dans les draps. Je ne sens pas tellement de douleur. Je suis engourdie malgré les brûlures, ici, à regarder un garçon à peine plus âgé que moi saigner à mort sur le sol de ma chambre.

Nos yeux se croisent, et j'envisage de tourner vicieusement la lame, en sachant qu'il le ferait si nos places étaient inversées.

Malgré cela, j'hésite. Il meurt avant que je ne prenne de décision.

Le corps endolori et tremblant, je me rallonge sur le lit sanglant, en attendant que Thanos brise la porte que mon frère a bloquée et m'aide à nettoyer tout ça.

Presque aussi tremblante qu'il y a onze ans, je jette un œil à mes doigts. Pendant un court instant, ils me semblent toujours rougis par la mort sur les mains de cette enfant de douze ans.

Dès que j'arrive à prendre une goulée d'air sans m'étouffer avec, je repousse Flynn loin de moi. Ce qui n'est pas facile, étant donné sa large carrure.

— Tu es en train d'en profiter ?

Tout en se relevant, Flynn sourit.

— Je ne suis pas intéressé.

Le rire tremblant qui m'échappe ressemble plus à un sanglot. Pourquoi n'ai-je pas eu des frères comme Kato et Flynn ? Ma vie aurait été tellement différente.

Je me redresse, me frotte le visage et en éloigne les mèches de cheveux qui s'y sont collées.

— Allez-vous-en. Oust ! Avant que tout le monde pense que je couche avec vous aussi.

Flynn fronce les sourcils. Ses yeux s'étrécissent dangereusement.

— De quoi parles-tu ?

— Apparemment, les femmes soldats pensent que je suis entrée dans l'escouade Bêta en étant la catin personnelle de Griffin.

Leurs deux visages se vident sous le choc, puis les lèvres de Kato se retroussent.

— Quelle fille de Cyclope a dit ça ? demande-t-il d'un ton autoritaire.

La fureur protectrice dans sa voix m'aide beaucoup à me sentir mieux.

— Je ne connais pas leur nom, affirmé-je.

Je m'occuperai de Daphné moi-même.

— Lorsque tu les apprendras, tiens-moi au courant, grogne-t-il férocement.

— Pour que tu fasses quoi ?

Il n'est pas du genre à commettre un meurtre de sang-froid. Malgré les efforts calculés de mère, même pour *moi* ce n'est pas mon genre.

Kato se renfrogne, ses yeux bleus ombragés et durs.

— Je ne sais pas, répond-il. Quelque chose.

Je ris, et ce son repousse le passé.

— *Moi*, je sais, dit Flynn en frappant son poing droit dans sa main gauche avec un air bien méchant.

Je lève les yeux au ciel. Je ne crois pas une seule seconde que l'un d'eux frapperait quelqu'un pour quelques insultes.

— Ce n'est rien que je ne peux pas gérer. J'ai tué un Dragon, vous vous souvenez ?

— C'est Cerbère qui a tué la Dragonne, corrige Flynn.

— Mais c'est moi qui contrôlais Cerbère. Ça revient au même, à la fin.

Il secoue la tête, ses cheveux auburn lâchés et sauvages à nouveau.

— Tu compares des raisins à des olives. Parfois, ils ont l'air similaires, mais ils ne le sont pas du tout.

Je ricane.

— Merci Ô Grand Sage. J'attends avec impatience la prochaine leçon.

— Bien sûr, répond Flynn en ébouriffant mes cheveux. Dors mieux, maintenant.

Kato me tapote gentiment la tête.

— Je ne suis pas un satané chien, murmuré-je en écartant sa main d'une claque.

Après leur départ, j'allume une lampe dans ma chambre sans fenêtre et observe les ombres qui vacillent sur les murs, sans vouloir refermer les yeux.

***

Je ne sais absolument pas ce que je suis censée faire le matin suivant, mais je m'ennuie et j'ai faim, alors, dès que je distingue de l'agitation dans la caserne, je me rends dans le réfectoire en cherchant Kato et Flynn des yeux. Ils me font signe de les rejoindre et je m'assieds avec eux, un plateau de fruits et de petits pains au beurre dans les mains.

Kato déplie une serviette et me tend un morceau de gâteau aux quatre épices.

— La cuisinière m'aime bien, explique-t-il en essuyant les miettes qui collent à ses doigts.

Tu m'étonnes. Je commence immédiatement à saliver.

— J'adore ces gâteaux !

Kato sourit, et la moitié des femmes dans la cantine s'arrêtent de parler pour soupirer, l'air rêveur.

— Il y en a un chaque matin pour l'escouade Bêta, dit-il.

Il est complètement inconscient de l'effet qu'il a sur les tables alentour.

Je grogne en ignorant les regards mauvais orientés dans ma direction, juste parce que je suis assise à côté de lui.

— Je ne peux pas. Je ne rentrerai plus dans mon pantalon.

— Celui en cuir que tu portais au cirque ? pouffe Flynn. Griffin ne pouvait pas détacher ses yeux de tes fesses.

Je m'étouffe avec ce qui reste de mon gâteau aux quatre épices et Flynn me tape dans le dos.

— Qu'est-ce qu'on fait, aujourd'hui ? grogné-je, mon visage ridiculement chaud.

Kato hausse les épaules en se renfonçant dans sa chaise. Des yeux féminins suivent le moindre de ses gestes.

— Griffin et Carver seront occupés à prendre connaissance de tout ce qui a pu se passer pendant notre absence et de tous les messages qu'ils ont reçus. Je doute qu'on les voie.

Une déception aussi vive que stupide m'étreint le cœur. Avais-je vraiment *si* hâte de voir un certain seigneur de guerre devenu deuxième dans l'ordre de succession d'un trône ?

— On pourrait s'organiser un lancer de couteaux, suggère Flynn.

Je hoche la tête.

— Les Dieux savent à quel point vous deux avez besoin d'entraînement. Et je suis toujours plus heureuse avec une dague dans la main.

Nous finissons le petit déjeuner dans une conversation tranquille, puis nous convenons de nous retrouver devant la statue d'Athéna dans une heure. De retour dans ma chambre, je trie mes maigres possessions en mettant des affaires de côté. Il ne reste pas grand-chose entre tout le sang versé et le feu expérimenté récemment. Alors que je mets un couteau dans ma ceinture à moitié carbonisée, quelqu'un frappe à ma porte. Je prends une dague avant d'entrouvrir le battant.

Jocaste me regarde, puis fixe mon couteau. Je le glisse à nouveau à ma ceinture et elle tend son bras chargé d'une énorme pile de robes.

— Griffin m'a dit qu'il avait promis de t'emmener t'acheter des vêtements, mais je sais qu'il n'aura pas le temps. Ces robes se trouvaient dans le château. Je pense qu'elles doivent être à peu près de ta taille.

Surprise par son attention, j'ouvre la porte plus grand.

— Merci.

— Ta chambre est très petite, dit-elle en faisant un pas à l'intérieur. Tu devrais vivre au château.

— Je n'y ai pas été invitée, répliqué-je, bien que ce soit un mensonge.

Elle tourne vers moi.

— Je viens juste de le faire.

Epsilon Sinta n'a pas l'autorité pour inviter des gens à vivre dans le château, mais c'est gentil, et je possède de bonnes manières lorsque je décide de les utiliser. On m'a frappée jusqu'au sang pour me les faire intégrer.

— Je préfère rester ici, mais merci pour l'invitation.

Elle hausse les épaules d'un mouvement léger et naturellement gracieux.

— Je redemanderai. Peut-être que tu changeras d'avis.

Quelque chose dans sa façon de le dire me rappelle Griffin. Jocaste semble inoffensive, et elle est plus subtile, mais j'ai le sentiment qu'elle est aussi obstinée que son frère.

— Voyons ce qui te va, dit-elle en choisissant une robe dans le tas.

Je passe la demi-heure suivante à essayer des tenues qui ont été faites sur mesure pour la famille royale. Jocaste donne avec honnêteté son opinion sur chacune, et je me sens mal à l'aise, comme si Éléni était dans la pièce avec nous, une présence fantôme qui n'a plus sa place dans ma vie. Nous finissons avec quatre robes qui me vont et quelques autres qui auront juste besoin d'être légèrement raccourcies. Elles sont toutes similaires au niveau de la coupe, avec un col arrondi qui descend assez bas, une taille cintrée, et de longues jupes qui flottent autour de mes chevilles. Certaines ont des motifs géométriques qui bordent les ourlets, d'autres ont des cordons dorés qui s'entrecroisent sur le devant du buste ou plus bas sur les hanches. Elles sont tenues par des chaînettes en or qui s'attachent aux épaules ou derrière la nuque.

Je baisse les yeux en faisant bruisser mes jupes. Le blanc et l'ivoire flattent mon teint, mais je préfère les couleurs vives. La vanité me pousse à préférer la robe vert marin. Elle fait ressortir mes yeux. L'étoffe, douce et légère, met en valeur mes courbes. Je n'ai pas porté de tissus si agréables depuis cinq ans, et je n'arrive pas à savoir si les frissons qui me parcourent, alors que la jupe me chatouille les jambes, sont dus au plaisir ou au malaise.

— Celle-ci te va bien, déclare Jocaste en faisant écho à mes pensées. Porte-la ce soir.

— Ce soir ?

— Pour le dîner.

— Je n'ai pas besoin de m'habiller comme ça pour aller au réfectoire.

— Mais tu dînes avec nous.

Mon estomac plonge à l'idée de voir Griffin, d'autant plus habillée ainsi.

— Pourquoi ? demandé-je.

Elle me regarde étrangement.

— Parce que nous le voulons.

— L'escouade Bêta ne mange pas avec les membres de la famille royale.

Jocaste rit. Ce son est léger et empli de joie. Je me demande comment serait mon rire si j'avais eu une vie comme la sienne.

— La moitié de l'escouade Bêta est composée de membres de la famille royale. En plus, tu es plus qu'une simple membre de l'escouade Bêta, ajoute-t-elle.

Ouah. Quoi ?

— Qu'est-ce que tu veux dire par là ?

Je garde une voix égale et légère, qui ne reflète en rien mes années de méfiance.

Jocaste saisit un ruban vert d'eau dans la pile d'accessoires sur mon lit. La nuance est similaire à celle de ma tenue.

— Griffin a dix ans de plus que moi. Toute ma vie, j'ai vu les femmes le regarder, le *vouloir*, explique-t-elle en pressant le ruban dans mes mains. Il te regarde de la manière dont *elles* le fixent.

L'adrénaline me submerge jusqu'à ce que j'aie l'impression que mon cœur est sur le point d'exploser.

— Tu viens dîner avec nous, dit-elle fermement.

Ses yeux azur sont solidement plantés dans les miens.

Je secoue la tête en combattant une montée de panique.

— Jamais de la vie.

Elle rassemble les robes éparpillées qui n'allaient pas.

— Le dîner ou Griffin ? interroge-t-elle.

— Griffin. Ça lui passera. Il s'en remettra.

Elle me sourit comme si elle avait pitié de moi.

— Il est très persistant.

— Je suis têtue.

— Lui aussi.

Je déglutis, saisie de l'envie de m'apitoyer un peu sur mon sort.

— Il m'a enlevée. Il a menacé mes amis. Il m'a gardée attachée à lui à l'aide d'une corde magique. Je ne pouvais même pas aller faire pipi toute seule. Il est odieux.

— Tu t'en remettras, dit Jocaste en me renvoyant joyeusement mes propres mots. On se voit au dîner.

J'ouvre la bouche alors qu'elle s'en va. C'est étrange de ne pas avoir le dernier mot.

***

Après nous être enfoncés dans la forêt, nous nous entraînons au lancer de couteau jusqu'à ce que nos mains soient à vif. Flynn et Kato touchent presque toujours la cible, désormais. Je ne manque jamais, ce dont je me vante avec joie, tandis qu'eux cherchent un moyen de me faire tomber de mon piédestal. La lutte à mains nues fait l'affaire.

— Mes Dieux ! Avec quoi ils vous nourrissent dans le sud ? De la viande de Minotaure ?

En grognant, je repousse Flynn, qui s'est jeté sur moi.

Il sourit et tournoie agilement pour se remettre sur pieds.

— On y retourne ? propose-t-il.

Je secoue la tête, déclinant une nouvelle session d'écrasement.

— Pourquoi est-ce qu'on ne s'entraîne pas avec les autres ? demandé-je.

Tous les autres occupants des baraquements sont dans la chaleur assommante de la cour d'Athéna avec Piers, subissant l'entraînement habituel.

Kato me fait un clin d'œil.

— Parce que nous sommes meilleurs.

— C'est vrai, avoué-je en jetant un œil vers le ciel.

Kato plisse les siens dans la même direction.

— Qu'est-ce qu'on cherche ?

— Des éclairs. Une punition pour notre accablante arrogance.

— Tu crois que les Dieux sont en train d'écouter ? demande-t-il en grattant la courte barbe blonde sur sa mâchoire.

Je hausse les épaules.

— Tu crois qu'ils ne le font pas ?

— Ils t'écoutent, toi, en tout cas, dit Flynn.

— Un, oui.

Peut-être deux, possiblement trois….

Flynn me prend par le coude et tire.

— Allez viens, courons. Comme ça, tu pourras manger ton gâteau aux épices demain.

Nous prenons le chemin le plus long pour retourner en courant vers les baraquements, puis nous nous séparons. Je rends visite à Panotéen avec une pomme, que nous partageons, car Kato, Flynn et moi-même avons sauté le repas lorsque nous étions dans la forêt. Je panse Panotéen jusqu'à ce que sa robe marron brille. Puis, je m'assieds sur un tonneau en caressant l'une de ses énormes oreilles et en réfléchissant au dîner.

J'utilise à nouveau les bains des femmes. J'y repère Daphné et ses amies, qui me fixent d'un regard noir. La peau est toujours rouge et plissée à l'endroit de la brûlure. Je ne sais pas si elle a dérangé Griffin à ce propos ou même si elle l'a vu. Ou *combien* elle a pu le voir.

Je ressens un vide dans l'estomac à l'idée d'eux ensemble. Je me connais bien ; la liste de mes défauts est si longue que tous les énumérer me priverait de tout l'air de mes poumons. Je ne suis pas immunisée contre la jalousie, la rancune ou les comportements complètement illogiques. Le fait de voir Daphné me décide : j'irai dîner au château.

De retour dans ma chambre, je m'habille de la robe verte et remercie silencieusement Jocaste pour avoir laissé une paire de sandales à talons hauts sous le pied de mon lit. Je ne peux rien faire d'élaboré avec mes cheveux sans une dame de compagnie, alors j'améliore simplement ma natte en l'attachant avec un nœud dans ma nuque. J'ai probablement l'apparence de quelqu'un de l'âge de Kaia, mais je m'en fiche.

De délicates sandales. Une longue robe à volants. Des chaînettes aux épaules. Un ruban vert.

Je devrais me sentir à l'aise. Dans mon élément. À la place, j'ai l'impression que le passé s'insinue en moi sans me donner le choix.

L'anxiété me taraude alors que je toque à la porte de Flynn. Kato est à l'intérieur avec lui. Ils jouent aux cartes. Cela me fait mal de ne pas avoir été invitée.

Redressant les épaules, je demande :

— De quoi j'ai l'air ? Je n'ai pas de miroir.

Ils sifflent avec enthousiasme, et je ne peux m'empêcher de rougir.

— Aussi jolie qu'une fleur. Tourne pour nous, dit Flynn.

Je tournoie tout en leur jetant un regard effronté par-dessus mon épaule.

— Viens t'asseoir sur mes genoux, me prie Kato en tapotant sa cuisse. Pour que je puisse inspecter.

Je ris.

— Je ne vais pas me faire avoir comme ça.

Griffin fait irruption dans la pièce, emplissant tout l'encadrement de la porte.

— Qu'est-ce que tu fais ici ?

Il me regarde de haut en bas avec une expression à la fois mécontente et accusatrice.

La chaleur monte en moi à sa simple vue. Mais l'irritation la noie.

— Je m'amusais pendant dix secondes. Maintenant, je suis énervée.

— Réponds à ma question, grogne-t-il.

Je pose mes mains sur mes hanches.

— On était en train de faire une folle orgie. Tu n'es pas invité.

Ses yeux se plissent dangereusement. Il fait volte-face pour partir, et je *sais* que je suis censée suivre.

— Attends ! m'écrié-je, alarmée. Où sont mes sous-vêtements ?

— Mes Dieux, Cat ! s'exclame Flynn en pâlissant à vue d'œil.

Kato explose de rire.

Griffin se retourne brusquement vers moi. Sa large main se referme sur ma nuque, et son toucher fait courir de petites décharges électriques le long de ma colonne vertébrale. Je recule alors qu'il commence à tirer, mais me retiens à l'encadrement de la porte en sortant.

— Vous voyez ce que je dois supporter ? demandé-je.

Flynn et Kato échangent un regard avant de retourner à leur jeu de cartes.

— Merci pour votre aide ! grommelé-je.

Griffin me traîne vers ma chambre et me jette à l'intérieur.

— Et le dîner ? demandé-je en me massant le cou.

Il ferme la porte et suit mon mouvement pour m'emprisonner contre le mur entre ses bras musclés, en plaçant un de chaque côté de ma tête.

— Jocaste a dit qu'elle n'était pas sûre que tu viennes.

Je le repousse au niveau des épaules, ce qui est sans effet.

— Je ne me suis pas habillée comme ça pour le réfectoire.

Il baisse les yeux, observant mon apparence.

— Qu'est-ce que tu faisais avec eux ? me questionne-t-il.

Sa jalousie flagrante envoie une pulsation de chaleur en moi, qui finit dans un endroit complètement inapproprié entre mes jambes.

— On parlait. Ce sont mes amis.

— Ton escouade ?

— Oui ! N'est-ce pas ce que tu souhaitais ?

Une expression que je ne peux pas déchiffrer traverse son visage.

— Est-ce que cela veut dire que tu resteras avec nous si je te libère de ton serment ?

Mon cœur rate un battement. Je ne réponds pas. Je ne sais pas.

Il se penche vers moi, et, soudain, je n'arrive plus à penser à autre chose qu'à sa taille, sa puissance et son odeur. Je me fige complètement, effrayée à l'idée de bouger, ce qui me rapprocherait de lui.

— J'ai pensé à toi toute la journée, avoue-t-il d'une voix bourrue. Maintenant, de te voir comme ça…

Il inhale à travers ses lèvres entrouvertes. Son regard devient vorace en tombant sur la fente exposée entre mes seins. Son souffle est tremblant lorsqu'il expire.

Ma réaction est immédiate. Intense. Des choses flambent en moi. D'autres fondent. Une attirance profonde, presque irrésistible me renverse quasiment contre lui. J'appréhende ce pouvoir qu'il a sur moi. Il me donne envie de lui révéler tous mes secrets pour découvrir s'il voudrait toujours de moi après ça.

Je déglutis, bannissant cette pensée.

— Laisse-moi partir.

Les yeux chauds de Griffin remontent pour trouver les miens.

— Je ne te retiens pas.

Oh.

C'est vrai.

Je pourrais facilement me pencher pour passer sous son bras. Je me lèche les lèvres à la place. Il m'est impossible de faire autrement.

Le grondement dans sa poitrine m'embrase. C'est un son de prédateur. *Affamé.* Griffin baisse le visage jusqu'à ce que sa bouche survole la courbe de mon cou. Son souffle bouillant effleure avec paresse mon épaule nue, et une traînée de frissons descend le long de mon bras. L'anticipation vibre en moi, attisant la frénésie de mes battements de cœur alors qu'une lente brûlure se répand dans mon corps, aussi languide et enivrante que du vin chaud.

Ses lèvres effleurent mon épaule, puis glissent plus bas, taquinant la peau sensible le long du col arrondi de ma robe. Ce contact, léger comme une plume, me fait frémir. Je plante mes mains dans le mur derrière moi, les paumes à plat contre la pierre fraîche pour m'empêcher de le toucher. Mes tétons durcissent, se tendant contre l'étoffe de ma robe. Il pousse un grognement grave et sauvage, puis sa langue sort.

J'inspire brusquement, surprise alors que le désir tonne à travers moi. Je sais l'endroit exact où il m'a léchée. Il y a une tache de rousseur, en haut, vers l'intérieur de mon sein droit. Mon souffle devient erratique, presque douloureux. La main de Griffin glisse du mur et se pose sur ma hanche, m'ancrant à lui alors que sa bouche se déplace plus bas et que ses lèvres caressent la pointe cachée d'un de mes seins.

Je prends une nouvelle inspiration brusque, tout en ressentant mes deux rondeurs se raidir encore plus. Le tiraillement dans mon bas ventre fait écho à mon pouls galopant. Le rythme du sang et du désir. Mes mains sont douloureuses tant je désire le toucher, glisser mes doigts dans ses cheveux, le tenir contre moi pour un autre contact brûlant et bouleversant. Un gémissement s'élève depuis ma gorge, et je me mords la lèvre pour l'étouffer, pour lutter contre la pression croissante en moi, contre le besoin irrépressible de plaquer mon corps contre le sien.

La langue de Griffin passe à nouveau sur cette tache de rousseur, et mes genoux cèdent presque. Sa voix profonde vibre contre ma peau.

— J'avais envie d'y goûter depuis des semaines.

— Quel goût ça a ?

Ce murmure haletant ne me ressemble en rien.

— Comme un flocon de neige sur ma langue. Si froid qu'il brûle, chuchote-t-il en relevant la tête avec des yeux ardents. Ça a le goût de la magie. Et de toi.

Il prend ma joue en coupe. Des ailes se déploient dans ma cage thoracique, plus grandes et plus fortes que jamais auparavant.

— Ne m'embrasse pas, soufflé-je.

Les ailes s'étirent en protestation.

Son pouce glisse sur ma joue dans une tendre caresse qui serre ma poitrine.

— Donne-moi une bonne raison de ne pas le faire.

Lorsqu'il me regarde ainsi, qu'il me touche, il est difficile ne serait-ce que de penser. Une part de moi n'en a même pas l'envie. Mais il y a des choses que je ne peux ignorer.

— Alpha Fisa. Elle tuera tous ceux qui se mettront en travers de son chemin.

— Je la combattrai avec toi.

— Tu ne peux pas. Tu mourras.

Il secoue la tête.

— Je ne la laisserai pas t'enlever à moi.

Je ferme les yeux, si fatiguée de me battre. Incapable de m'en empêcher, je pose mon front contre le torse solide de Griffin. Ses bras m'enlacent, et, pendant un court instant, je laisse mon corps aller contre le sien.

— Tu ne comprends pas, dis-je d'une voix à moitié étouffée par sa tunique. Elle ne laissera personne m'enlever à *elle*.

— C'est *toi* qui ne comprends pas, rétorque-t-il en me faisant reculer assez pour me regarder dans les yeux. Tu es à moi. Pas Cat la devineresse. Pas Cat la Faiseuse de rois. Juste Cat.

Je tremble à son dernier mot, saisie d'un frisson à la fois brûlant et glacial.

— C'est inévitable, ajoute doucement Griffin.

Ses yeux gris sont comme des ancres qui pèsent sur mon cœur.

Je secoue la tête.

— Ça ne l'est pas.

— Tu as été faite pour moi. Je le sais.

Je le dévisage, saisie d'une peur extrême. Il le croit vraiment. Je sens le poids écrasant de sa confiance peser sur mes os.

— Tu as besoin de temps, dit-il en faisant un pas en arrière, à contrecœur, pour me redonner de l'espace. En temps voulu, tu verras. Pour l'instant, viens juste avec moi.

Griffin prend ma main et ne la lâche pas jusqu'à ce que nous nous trouvions dans la salle à manger. J'omets de faire la révérence et m'assieds sur la chaise qu'il a tirée pour moi, trop préoccupée pour penser à l'étiquette, surtout quand personne n'y fait attention.

— Tu es pâle, déclare Nerissa en s'avançant pour tapoter ma main. Est-ce que ça va ?

Je fixe ses doigts boudinés, résistant à l'envie d'arracher ma main de ce contact.

— Je vais bien, affirmé-je en lançant un regard à la ronde. Où est Anatole ?

Elle se rencogne dans sa chaise en fronçant les sourcils, inquiète.

— Il ne se sent pas bien. Il est resté en haut.

— Pourquoi ne pas appeler un guérisseur ?

Un malaise tendu emplit la pièce.

— Nous avons du mal à faire coopérer les guérisseurs, finit par murmurer Égérie.

Évidemment. Comme la plupart des Magoi, ils regardent de haut les Hoi Polloi, refusant le plus souvent de les aider.

— Choisissez-en un au hasard, suggéré-je. S'il ou elle, refuse de vous aider, pendez-le aux portes du château. Le suivant ne fera pas la même erreur.

Le visage de Nerissa reflète son choc.

— C'est cruel, ma chère.

C'est la vie.

— Comment votre tribu gère-t-elle les dissidents ?

— Ils combattent Griffin, répond-elle prudemment.

— Ça peut fonctionner.

Je prends une bouchée de quelque chose emballé dans de la pâte filo. *Du fromage de chèvre. Beurk !* Je repose le reste sur mon assiette et me force à avaler. Les femmes me fixent, visiblement scandalisées. Je crois que Piers l'est aussi.

— Je ne préconise pas de tuer au hasard, dis-je, légèrement sur la défensive. Demandez d'abord. Mais si un guérisseur refuse d'obéir pour aucune autre raison apparente que le snobisme…

— Ils devront en tirer une leçon ? propose Nerissa.

Je hoche la tête.

— C'est Égérie, l'Alpha, dit Griffin. L'ordre devrait venir d'elle.

Tout le monde se tourne vers Alpha Sinta. Ses doux yeux gris s'écarquillent, alarmés et je ravale mon haut-le-cœur dégoûté, encore plus après ce fromage de chèvre.

— Je pense que nous continuerons à négocier pour l'instant, dit-elle doucement. J'essaie de leur donner l'impulsion de travailler avec nous en ouvrant un centre de soins à Skathos.

— Skathos ? répété-je.

Je secoue la tête.

— C'est trop loin au sud. Les guérisseurs ne veulent pas vivre si loin des plaines de Glace. Plus ils descendent vers le sud, plus ils sont faibles. Non seulement ils seront plus faibles, et malheureux à cause de ça, mais ils ne seront pas capables d'aider beaucoup de monde, puisque leur magie ne sera pas aussi puissante. Skathos est une mauvaise idée. Construisez votre centre de soin plus au nord. Ios pourrait marcher, ajouté-je rapidement en voyant l'air découragé d'Égérie.

— Mais, et le sud ? Nous ne voulons pas que les tribus pensent que nous les avons abandonnées.

Je sirote mon vin en réfléchissant.

— Si Ios fonctionne, alors vous pourrez probablement trouver des guérisseurs qui iront plus au sud, même si ce n'est pas leur préférence. Les guérisseurs sont vaniteux et cherchent constamment l'attention. Une fois que le centre d'Ios sera reconnu, et ses guérisseurs avec, ceux qui refusaient initialement d'aider commenceront à essayer d'y associer leur nom. À ce moment-là, vous pourrez être magnanime et leur donner leur propre centre de soin, à Skathos.

Jocaste me sourit.

— C'est un plan excellent.

Je lui souris en retour. Ce qui s'avère moins compliqué que je ne le pensais, en fait.

— Griffin aussi soutenait l'idée de commencer au nord, dit Égérie. Il a également mentionné Ios. Vous deux allez si bien ensemble. Vous pensez même de manière similaire.

La chaleur me monte aux joues et mon cœur commence à marteler comme une horde de Centaures lancée au galop. Je ne regarde pas vers Griffin. Je ne *regarderai pas* vers lui.

— Je commencerai tout de même la construction des deux centres en même temps, continue Égérie comme si elle ne venait pas de nous afficher Griffin et moi devant toute la tablée. Je ne veux pas offenser les gens du sud.

J'essaie de me concentrer, ce qui est très dur lorsque l'homme à côté de moi fait vrombir mon corps tout entier par sa simple présence.

— Alors, construisez plus rapidement dans le nord et installez-le d'abord. Ça ira plus vite, de toute façon. Tout est plus efficient lorsque la magie est proche.

— Toi aussi ? demande Griffin.

— Je suis efficiente partout.

— Et modeste, comme d'habitude, fait remarquer Carver en levant son verre dans ma direction.

Il le repose sans y boire.

J'incline le visage pour le remercier.

— Heureuse de te revoir, Carver. Ton existence m'était complètement sortie de la tête.

Kaia s'étouffe sur quelque chose, probablement du fromage de chèvre.

Carver sourit.

— Je te ferai t'en souvenir demain quand je te frapperai les fesses à coup d'épée lors d'une joute.

— Me frapper les fesses ? Je doute que tu sois immunisé à la magie comme l'est ton frère.

Une boule de Feu de Chimère crépite dans ma paume.

— Cat ! dit sèchement Nerissa. Tes manières, s'il te plaît. Et ne menace pas Carver à la table du dîner.

— Il a dit « fesses » en premier !

— Tu es une dame, montre-toi plus digne que lui.

— C'est injuste, dis-je en ayant étrangement l'air d'une enfant de quatre ans.

Nerissa me regarde comme si elle me grondait depuis ma naissance ou presque.

— Qui t'a dit que la vie était juste ?

C'est vrai. Je me renfrogne en réabsorbant les flammes. Aussitôt que sa mère a les yeux tournés, je jette un regard mauvais à Carver et articule : «demain».

Griffin fait de son mieux pour ne pas rire. Il échoue et je lui donne un coup de pied sous la table.

Kaia trépigne sur sa chaise.

— Parle-nous de la princesse perdue de Fisa.

Nous venons juste de commencer le plat principal, et je recrache presque ma moussaka. J'avale et me racle la gorge.

— Il n'y a pas grand-chose à en dire. Elle est partie, et, à moins qu'elle soit retrouvée ou tuée, la lignée royale fisanne pourra toujours être remise en question après l'Alpha actuelle.

— Mais comment peut-elle juste disparaître ? demande Kaia.

Je hausse les épaules.

— Peut-être qu'elle est allée dans les plaines de Glace.

— Si c'est le cas, n'est-elle probablement pas déjà morte ? interroge Piers.

— Tous les gens qui vont dans les plaines de Glace n'y meurent pas. J'ai un ami, Aetos, qui y a survécu.

— Elle aurait pu aller au lac des Oracles, dit Griffin.

Mon cœur frappe contre mes côtes alors même que je secoue la tête.

— Je ne pense pas.

— Pourquoi pas ? Un Oracle pourrait l'aider dans sa fuite.

— Cela suppose qu'elle ait besoin d'aide.

Il fait tournoyer le vin dans son verre en fonçant les sourcils.

— N'est-ce pas le cas de tout le monde ?

— Est-ce le tien ?

La question est sortie avant que je ne réalise que je viens juste de me piéger.

— Oui, me répond-il en me regardant dans les yeux, ancrant en moi cet unique mot grâce à sa voix douce.

Mais je vois davantage qu'un besoin d'aide dans ses yeux. Je vois du désir, de l'inquiétude, de la possessivité, et un paquet d'autres choses que je refuse de démêler.

Je ravale le nœud qui remonte dans ma gorge.

— Moi, je n'en ai pas besoin, déclaré-je.

Le déni fonctionne. Il a toujours fonctionné.

D'une certaine manière.

— Et les crocs ? rétorque Griffin. La main géante ?

Euh…

— Qu'est-ce que c'est que cette histoire de crocs et de main géante ? demande Kaia.

— Rien ! m'écrié-je en même temps que Carver.

— Eh bien, c'est intrigant, dit Égérie d'une manière qui la fait ressembler parfaitement à sa mère.

— Nous commencerons les leçons pour faire la révérence après le dîner, annoncé-je.

— Subtil, murmure Griffin à mon oreille.

Je tourne la tête pour le foudroyer du regard et me rends ainsi compte que nous sommes si proches que nos souffles se mêlent, une situation que je ne gère pas très bien.

— Excellente idée, dit Égérie. Surtout avec les nobles qui viendront bientôt.

Quoi ?

— Quand ? la questionné-je.

Ses mains s'agitent nerveusement au-dessus de son assiette.

— Dans un mois. Les invitations ont déjà été envoyées pour notre première réception royale.

C'est intelligent. Rapide.

— Ce sera une soirée importante, dis-je.

Égérie et Griffin échangent un regard et elle déclare :

— Cela déterminera sûrement si les Magoi sintans décident de nous soutenir, de nous abandonner à notre sort ou de comploter pour nous destituer.

Je hoche la tête.

— Si vous souhaitez réellement du changement, vous allez devoir trouver un délicat équilibre que personne n'a tenté avant vous. Vous avez le cœur des Hoi Polloi du royaume, mais les nobles Magoi sont toujours le sang qui pulse à travers toute la moitié nord du Sinta, jusqu'aux petits fiefs qu'ils dirigent, de la même manière que le font les seigneurs de guerre dans le sud. Gagnez leur respect, et ils pourraient devenir un outil précieux. Au moins, gagnez leur indifférence pour les empêcher d'essayer activement de contrecarrer vos plans. Si vous échouez à l'une et l'autre de ces stratégies, ils se demanderont tous pourquoi ce ne sont pas eux qui sont sur le trône.

— Il y a tellement à apprendre, se tracasse Égérie. Qui ils sont. Ce qu'ils peuvent faire… et il y a l'étiquette de la cour. Comment les saluer. Comment faire la révérence. Qui parle à qui. Tout est si différent dans le nord, parmi les Magoi. Et si nous n'étions pas prêts ?

Ses yeux s'écarquillent et son visage pâlit. Elle regarde Griffin comme s'il possédait toutes les réponses.

— Un mois, c'est beaucoup de temps pour se préparer, dit-il d'un ton rassurant.

Je tente de lui adresser un sourire encourageant.

— C'est vrai. Et j'ai hâte que vous leur prouviez que les Hoi Polloi du sud ne sont pas des païens complets, en fin de compte. La moitié des nobles vont en faire une crise cardiaque.

Égérie se tourne vers moi, le rose lui montant aux les joues. J'ai le ventre noué. Je vais devoir travailler sur ma façon de me montrer encourageante.

— J'écrirai des parchemins à étudier sur les nobles et leur magie, proposé-je. Vous n'aurez qu'à les mémoriser, et le jour de la fête, vos manières seront les meilleures du royaume, je vous le promets.

La magie siffle à travers moi avec ce serment. Je tourne le regard vers Griffin.

— Beaucoup reposera sur tes épaules et sur l'accueil que tu leur feras avec ton meilleur sourire carnassier. Ils doivent savoir que tu leur arracheras la gorge s'ils te trahissent. Ça ne devrait pas être trop compliqué, il te suffira de faire comme d'habitude, ajouté-je, incapable de m'en empêcher.

— Comme ça ?

Il m'adresse un sourire féroce qui dévoile toutes ses dents.

Je lève les yeux au ciel.

— Oui, exactement comme ça.

Tout le monde rit, et je réalise ce qu'il vient juste de faire. Il a détendu toute sa famille, qui était au bord de la panique. Mère se serait délectée de la peur et aurait soufflé sur les braises de la frayeur jusqu'à ce que nous entrions tous en collision les uns avec les autres comme des chèvres terrorisées.

Je me tourne vers Égérie.

— Tu es *Alpha*. Tu diriges tout et tout le monde, depuis le plus haut des nobles jusqu'au dernier grain de poussière dans ce royaume. Ne l'oublie pas, mais garde le sourire, celui pour la veuve et l'orphelin. C'est ce qui te rend différente.

Égérie cligne des yeux et hoche machinalement la tête.

Nerissa m'observe par-dessus le rebord de son verre à vin.

— Ton honnêteté est rafraîchissante, Cat. La vie est toujours tellement plus simple quand les gens disent ce qu'ils pensent vraiment.

Mon cœur manque un battement avant d'accélérer sa course. Je suis presque sûre que quelque chose nous concernant Griffin et moi, surtout moi, vient juste d'être à nouveau étalé en travers de la table.

— Et toi, alors ? demande Griffin.

Pendant une seconde, je ne comprends pas de quoi il parle.

— Quoi, moi ?

— Tu seras là pour étudier les gens, dit-il en agitant ses mains autour de lui. Devineresse, tu te souviens ?

Je ris presque. *Presque.*

— Je ferai semblant d'être une servante.

Il fronce brusquement les sourcils.

— Non.

— Comment ça, non ? Ce n'est pas important si…

— Tu seras l'amie de Jocaste, décide-t-il en me coupant. Sa dame de compagnie. Tu vis au château.

Je me mords la lèvre.

— Ça semble raisonnable. Qu'en penses-tu ? interrogé-je Jocaste en me tournant vers elle.

— Je pense qu'il serait merveilleux de t'avoir comme amie, répond-elle.

Une vague de chaleur se répand en moi. *Beurk !* Quand suis-je devenue si émotive ?

— Les gens ne vont-ils pas se demander pourquoi Jocaste a une amie fisanne ? intervient Carver. Elle vient du sud. Tu viens du nord. Tes yeux te trahissent.

Je lui adresse un regard neutre.

— Dites simplement qu'elle m'a récupérée au cirque.

Égérie se racle la gorge et lève les yeux vers les fresques du plafond. Tous les autres décident que c'est un bon moment pour se concentrer sur leur assiette.

Après quelques minutes, Nerissa rompt le silence en racontant la fois où Griffin s'est fait chasser par un taureau lorsqu'il était jeune. C'est à partir de là qu'il s'est entraîné plus sérieusement à l'épée.

— Il était déterminé à en posséder toujours des plus longues, plus pointues et plus acérées que les cornes de ce taureau.

— C'était le Minotaure, grommelle Griffin. Aussi grand qu'une maison.

Un tic agite les lèvres de Nerissa.

— C'était le vieux Cosmo du champ de l'autre côté de la rivière.

Je souris, mon esprit s'emplissant d'images d'un garnement aux cheveux noirs, fuyant un vieux taureau grognon si vite que ses jambes faisaient des moulinets.

— En parlant de créature, dit Égérie, les autres conseillers me parlaient justement des Dragons. Apparemment, il m'en faut un.

— Ce n'est pas urgent, lui dis-je.

Elle semble surprise.

— Mais nous sommes le seul royaume sans.
— Fisa n'en a pas non plus.
Égérie fronce les sourcils.
— Qu'est-il arrivé à Sybaris ?
— Elle est morte.
Une explication complémentaire n'est pas utile.
— Cat l'a tuée, annonce Carver.
Il reçoit mon regard meurtrier.
— Ce n'est pas *tout à fait* vrai, temporise Griffin.
— D'accord. C'est Cerbère l'a tuée, mais c'est Cat qui contrôlait Cerbère, clarifie Carver.
— Oh, tu m'aides beaucoup, là ! m'écrié-je.
Carver hausse les épaules.
— C'est la famille. Tu peux leur faire confiance.
— De la même manière que je peux te faire confiance ? rétorqué-je, bouillant de colère.
— Tu contrôlais Cerbère ? Comment ? demande Piers en m'observant.
Il en pose même son parchemin.
Tant pis pour les secrets.
— Hadès me l'a prêté. En cas d'urgence.
Presque tous les visages autour de la table pâlissent. *Ha !* Cela les a tous réduits au silence.
— Tu converses avec les Dieux ? finit par lâcher Égérie d'une voix étranglée.
— Pas toujours, dis-je en me levant. Mesdames, faisons donc la révérence.

Chapitre 18

Le lendemain matin, au cours d'un duel à l'épée, Carver me met des raclées de toutes les manières imaginables. Comme je ne veux pas le blesser réellement, je ne peux rien faire, à part m'améliorer au maniement des armes. Ensuite, il part avec Piers, qui a concocté un plan pour sortir les gamins des rues, en les recrutant pour des projets de construction. En échange de nourriture, vêtements et chaussures, ils ont commencé à réparer des points faibles dans le mur sud de la cité.

Griffin et Égérie sont occupés à mettre en place les plans pour le centre de soins et les préparatifs de la réception royale. Du coup, il ne reste que Kato, Flynn et moi et nous devons trouver de quoi passer le temps tout seuls. Nous faisons du lancer de couteau dans les bois, de la lutte, ce qui ne me réussit jamais, de la course, de l'équitation, puis nous allons nous baigner dans nos bains publics respectifs.

Au dîner, ce soir-là, la famille royale se chamaille et rit, je frappe Griffin aussi souvent que possible, Nerissa me réprimande, Anatole mange comme le Minotaure, maintenant qu'il se sent mieux, et Égérie pose des questions auxquelles je ne veux pas répondre. Après le dessert, je montre à ces dames comment étirer leur cou pour regarder de haut les personnes qui sont plus grandes qu'elles. Le soir, je m'effondre dans mon lit, épuisée, et me réveille en hurlant, emmêlée entre Kato et Flynn. Ces grands garçons me soufflent «chut» dans l'oreille et me tapotent doucement la tête. Je me sens stupide, mais je n'ai pas envie qu'ils arrêtent.

Le lendemain, c'est la même chose.

Peu de choses changent la semaine suivante, si ce n'est que Daphné s'enhardit. Je la surprends à rôder devant ma porte, et, par deux fois, elle me menace aux bains.

— Griffin était à moi avant que tu ne débarques.

Je suis sûre que si elle me mordait, j'en sentirais le venin.

Un poids s'installe dans ma poitrine.

— Reprends-le. Je ne veux pas de lui.

— La question est de savoir ce que *lui* veut !

Son regard est incendiaire, comme si elle ne pouvait concevoir ce qu'il me trouve.

— Alors, je suppose que ta chance est passée.

S'il y a un point sur lequel Griffin a été clair, c'est sur ce qu'il désire.

Elle attaque, toutes griffes dehors. J'évite en grande partie ses ongles, mais l'un d'eux m'entaille tout de même la joue. Je plonge sous l'eau pour diluer le sang. Alors que je suis sous la surface, j'entraîne Daphné vers le bas avec moi et l'y maintiens jusqu'à ce qu'elle manque de se noyer.

— Vraiment ? la nargué-je. Tu es dans l'armée, tout ce que tu peux faire, c'est une petite égratignure ?

Elle récupère plus vite que je ne le pensais et me met son poing dans la figure. J'imagine que je l'ai bien cherché. Je lui rends son coup assez fort pour que son nez se mette à saigner.

— Maintenant, tu as sali l'eau du bain.

Je l'attrape par les cheveux, plonge sa tête sous l'eau et lui donne une bonne secousse avant de la laisser remonter. Elle se dégage de ma prise et attaque en force avec des mouvements de guerrière expérimentée, mais je suis comme un poisson dans l'eau, insaisissable, et rien ne m'atteint.

Enfin, Daphné renonce et me lance hautaine.

— Tu n'es rien pour lui. Une fantaisie passagère. Et maintenant, tu fais aussi la putain pour le reste de l'escouade Bêta.

— Vraiment ? demandé-je, glaciale.

— Je t'ai vue aller dans leurs chambres. La nuit, je les ai vus aller dans la tienne.

Ce qui signifie aussi qu'elle sait que je hurle à en perdre haleine dans ces moments-là.

— Tu n'as rien de mieux à faire que de me surveiller ?

— Oh, je te surveille.

Mes yeux s'étrécissent. La menace réveille mes instincts primaires.

— Je n'ai aucune pitié, lui dis-je en la repoussant. Essaie de me toucher encore une fois et tu le regretteras.

***

Quand Griffin vient me chercher pour le dîner, il me trouve en compagnie de Kato et Flynn. Cela ne semble pas lui plaire et il me reconduit dans ma chambre, une main possessive posée sur le bas de mes reins. À part à quelques moments pour me demander des conseils, de temps en temps, certains d'entre eux que je soupçonne d'être de simples prétextes pour me faire venir au château, je ne le vois presque jamais en dehors des soirées. Il est évident qu'il n'aime pas me voir passer la plus grande partie de la journée loin de lui, et particulièrement en compagnie d'autres hommes.

— Qu'est-ce qui est arrivé à ton menton ? demande-t-il.

Son inquiétude est teintée de jalousie agressive.

Je tâte la griffure.

— Rien. Juste une coupure.

— Est-ce que je dois m'inquiéter ?

Je secoue la tête, mais ses yeux se plissent, et il me prend le bras pour me rapprocher de lui. Ses doigts chauds et puissants font accélérer mon pouls.

— Tu n'as pas l'intention de recommencer à me malmener, n'est-ce pas ?

J'essaie de me dégager, mais mon effort semble manquer de conviction. C'en est écœurant.

Il ne répond pas et passe le bout de ses doigts juste sous mon œil. La peau est sans doute en train de changer de couleur. Demain, ce sera hideux.

— Qu'est-ce que c'est que ça ? questionne-t-il.

Il est suffisamment près pour que son odeur masculine taquine mes sens. Soleil, citron, et quelque chose de purement Griffin, auquel il m'est de plus en plus difficile de résister.

— Rien.

Je détourne la tête.

Il la ramène vers lui, son ton de plus en plus tranchant et dangereux.

— Qui t'a frappée ?

Sans répondre, je croise les bras, créant une barrière entre nous. Il les déplie et prend mes mains dans les siennes, les tenant fermement. Elles sont fermes et chaudes, et si grandes que les miennes semblent perdues dedans.

— Tu n'as pas à tout gérer toute seule, Cat. Et j'ai besoin de savoir ce qui se passe. Égérie est peut-être Alpha, mais c'est moi le roi de cette armée. Tu fais partie de mon escouade. Une attaque contre toi ne peut rester impunie.

Un sentiment de chaleur que je n'aime pas du tout se répand en moi. Je ne peux pas me permettre de dépendre de qui que ce soit pour me protéger. Ma vie ne fonctionne pas ainsi.

— Nous faisons des combats tout le temps, les gars et moi. J'ai probablement juste foncé dans un de leurs coudes avec mon visage.

— Ne me mens pas.

Argh ! Il le sait toujours !

— Et si je ne te le dis pas ?

Il m'accule contre le mur, un sourire carnassier s'épanouissant sur son visage. Mon cœur se met à battre plus vite et une peur nerveuse palpite dans mon ventre. J'ai vu combien d'idées créatives un mur peut donner.

Avec un grondement sourd, il penche le visage vers le mien.

— Alors, tu seras aussi punie.

Ma respiration faiblit. Des picotements glissent le long de ma colonne vertébrale.

— Comment ?

Bons Dieux ! Est-ce que c'était bien ma *voix ?*

Il prend son temps pour répondre, tout en me dévorant des yeux. Apparemment satisfait seulement une fois que ma peau s'enflamme, il baisse finalement la tête et murmure dans mon oreille :

— Une fessée ?

Une anticipation traîtresse me traverse d'un coup en un éclair de désir chauffé à blanc. Avant que je n'aie le temps de cligner des yeux, il m'attire contre lui, ajustant nos deux corps ensemble comme deux pièces d'un puzzle brûlant. Je suffoque, me demandant si la fessée est de nouveau une métaphore.

— N'y pense même pas, lui dis-je sévèrement en renversant ma tête en arrière pour le regarder.

Je n'aurais pas dû. Son regard est sombre, intense, et empli de choses qui me sont interdites, mais auxquelles je ne cesse de penser. Penser en détail. En détail *explicites.*

Arrête.

Arrête immédiatement.

Stop !

Griffin baisse les yeux vers moi, et la braise qui y couve me donne envie de plonger la tête la première dans le désastre. Sa grande main encercle ma cuisse et la relève pour accrocher ma jambe autour de sa hanche. Je suis obligée d'agripper ses épaules pour ne pas perdre l'équilibre. Il n'y a qu'un souffle d'air entre nous. Son renflement dur se presse contre mon bas-ventre. La peur et l'excitation tourbillonnent en moi dans une danse sauvage. Je prends feu, je me consume. Je me sens comme Icare trop proche du soleil, et nous savons tous comment cela a fini.

La main libre de Griffin se pose sur ma taille et remonte, ardente, jusqu'aux rondeurs de ma poitrine. Les sensations déferlent en moi et je frissonne.

Son regard se voile.

— Ou bien je pourrais t'arracher l'information avec un baiser, dit-il en se penchant.

Je panique et me jette en arrière, me cognant le crâne au mur.

— C'était une femme blonde. Elle ne m'aime pas. C'est sans importance.

Il se raidit et fronce les sourcils.

— Qui ?

S'il n'a pas deviné, cela montre simplement combien Daphné est insignifiante pour lui, malgré ce qu'elle imagine manifestement. Le nœud qui se défait en moi est la preuve de tout ce que je refuse d'admettre. Cette réalisation me contracte l'estomac.

— Ne t'inquiète pas pour ça. Elle a encore plus mal que moi. Elle ne m'embêtera plus.

Griffin hésite encore un moment et puis il bat en retraite. La chair de poule m'envahit. Le seul moment où j'ai vraiment froid, c'est après m'être approchée trop près de sa chaleur.

Son expression devient aussi dure que la pierre.

— Qui qu'elle soit, si elle te touche encore une fois, elle sera punie.

Sa voix est neutre et faussement décontractée, me rappelant le seigneur de guerre implacable que j'ai rencontré à la foire du cirque. C'est étrange comme il est devenu simplement Griffin pour moi, souvent souriant, la clef de voûte de sa famille, jaloux, autoritaire, amusant à tourmenter, fort, avec une bouche incroyable qui me transforme en un volcan en fusion, au bord de l'éruption.

Je me racle la gorge.

— Elle sera punie ? Pas d'une fessée, je présume.

Je me rends compte que je viens de flirter, ou de le taquiner, ou quelque chose de tout aussi épouvantable, et mon visage s'enflamme.

Les yeux de Griffin brillent d'amusement, et je lance :

— Je songe encore sérieusement à te poignarder dans ton sommeil.

Il sourit.

— Tu n'en as pas envie.

— On parie ?

— Je te manquerais, affirme-t-il d'un ton assuré.

Je lève les yeux au ciel pour lui montrer ce que je pense de cette absurdité pleine d'arrogance.

— Voilà ce qui te manquerait, souffle-t-il.

Il se penche soudainement et m'embrasse de ses lèvres doucement impérieuses. Invraisemblablement séduisantes. Tout ce que je peux faire, c'est rester fermée, l'empêcher de m'envahir et ne pas chercher à le conquérir en retour. J'ai envie de passer les bras autour de son cou, de me serrer contre lui et d'emmêler ma langue à la sienne. Je le veux tellement que c'en est douloureux.

Le désir se déploie en moi. Un besoin ardent doublé d'une insatisfaction plus profonde encore. Des ailes battent dans ma poitrine, confinées et brimées. Je les retiens. Je le retiens. Je me retiens.

Je manque de fondre sous la chaude pression de la bouche de Griffin alors qu'il me cajole pour que je lui rende son baiser. Je ne le fais pas. Je *refuse*. Je fais de mon mieux pour ignorer cette chaude pulsion entre mes jambes et l'impatiente tension qui s'enroule en moi et emprisonne un cri de désir, de frustration et de rage. Il m'enflamme. Il me met en *manque*. Si ce n'était que physique, je pourrais simplement céder. Je me moquerais de ce qui lui arriverait par ma faute ou de ce qu'il penserait de moi une fois qu'il *saurait*.

Après un autre frottement brûlant de ses lèvres sur les miennes, Griffin relève la tête. Ses pouces rugueux tracent une ligne incendiaire le long de ma mâchoire et ses yeux d'argent scintillants me font presque tendre les deux mains vers lui pour prendre ce qu'il m'offre. Au lieu de cela, je me raidis et me frotte le dos de la main sur la bouche.

— C'était pire que du fromage de chèvre.

Pas vraiment.

Pas du tout.

Dieux, je déteste ma vie.

Griffin rit, m'attrape la main et me tire à sa suite hors des casernes.

Je murmure :

— Tu ne te décourages pas facilement, n'est-ce pas ?

Il me conduit à travers la cour où Athéna veille de ses yeux de marbre.

— Crois-tu que j'aurais conquis le Sinta si je me décourageais si facilement ?

Je le fusille du regard. *J'imagine que non.*

Il me conduit à la table de la salle à manger avant l'aller reprendre position aux portes pour échanger un mot avec les gardes. L'un d'eux s'en va immédiatement.

Mon œil semble empirer durant le dîner. À la fin du repas, les femmes me submergent de leurs gentillesses comme une volée de mères poules incroyablement horripilantes. Je bats des mains pour les maintenir à distance.

— Oust ! Ou je vous fais à toutes un œil au beurre noir en échange.

Kaia fronce les sourcils.

— Est-ce que tu es censée nous menacer ? Est-ce que Cat est censée nous menacer ?

Elle se tourne vers Griffin, se redressant joliment sur son siège.

Il hoche la tête.

— Ça veut dire qu'elle vous aime bien.

— Ça n'a aucun sens, dit Kaia, qui m'adresse néanmoins un magnifique sourire. Moi aussi je t'aime bien, Cat.

Griffin a un sourire narquois, manifestement satisfait de lui-même.

— Tu me le paieras, lui chuchoté-je de manière à ce que Nerissa n'entende pas.

Griffin arque un sourcil et mime discrètement une fessée entre nos deux chaises. Je considère sérieusement l'idée de fuir, serment ou non.

— J'ai un remède aux herbes pour cela, me dit Nerissa en attrapant mon menton et en me tournant le visage sous la lumière d'une lampe. Reste au château ce soir et je te le préparerai.

— Il n'y a aucune raison de retourner à la caserne toutes les nuits, intervient Jocaste. Tu serais bien mieux logée ici.

— Ce serait amusant, s'écrie Kaia en sautillant d'enthousiasme. Et j'ai vraiment beaucoup trop de vêtements de nuit qui traînent dans ma garde-robe. *Il faut* que tu viennes les voir.

Kaia a une préceptrice, maintenant. Elle commence à parler comme une vraie princesse. C'est énervant.

Je regarde Griffin d'un air renfrogné. Je n'ai, en effet, aucune chemise de nuit.

— Tu devais m'emmener faire des achats.

Il semble surpris.

— Je croyais que Jocaste s'était occupée de tout.

— Je n'ai apporté à Cat que des tenues pour le dîner, explique cette dernière en se tournant vers moi. J'ignorais que tu avais besoin d'autre chose.

Griffin fronce les sourcils.

— Cela devra attendre. Je m'en vais.

— Fantastique !

Je me force à sourire exagérément alors que mon estomac s'alourdit.

— Cat...

Un grondement sort des tréfonds de sa gorge.

— Nous avons ici tout ce dont Cat a besoin, le coupe Nerissa en mettant un terme à ce qui pourrait bien devenir une dispute orageuse. La famille royale précédente avait assez de vêtements pour une vie entière.

Je n'en doute pas, mais j'ai besoin de vrais habits, comme des pantalons, et je suis presque sûre que les anciennes princesses n'en portaient jamais. Mais là n'est pas la question, aujourd'hui.

— Je vais rester dans les baraquements, dis-je en revenant au point de départ. Mais je vous remercie pour votre offre.

— Je vais quand même mettre de côté quelques chemises de nuit pour toi, me promet Kaia avec entrain.

Je suis surprise de voir Kato et Flynn entrer dans la salle à manger avant que je n'en sorte.

— Ramenez Cat avec vous, ordonne Griffin. Et, Cat, ferme ta porte à clef.

Aucune chance. Si je le fais, Kato et Flynn ne pourront pas entrer, et je me suis habituée à les sentir me maîtriser au milieu de la nuit et me tapoter la tête.

— Je n'ai pas besoin d'escorte. C'est ridicule.

L'attention de Griffin reste rivée sur Kato et Flynn, à qui il lance d'un ton brusque :

— Obéissez aux ordres. Soyez prêts à l'aube. Nous partons pour Ios demain matin.

Nous partons ?

— Bien. Panotéen a besoin d'exercice. Et pourquoi personne ne m'a dit que nous partions pour le site du centre de soin ?

Griffin jette un coup d'œil vers moi.

— Pas toi. Tu restes ici.

— Quoi ? Pourquoi ?

— Tu seras plus en sécurité.

— Non !

Quelque chose ressemblant à de la panique monte en moi. Je ne comprends pas. Je ne sais pas d'où cela vient. Et je n'aime *pas* ça.

Un éclair de colère brille dans son regard.

— Arrête de protester pour tout. C'est exaspérant.

Je cligne des yeux, surprise. Comment ose-t-il me donner ce genre d'ordres ? *À moi* !

— Tu ne peux pas…

— Je le peux et je le ferai, me coupe-t-il.

— Espèce d'arrogant fils de…

Griffin referme sa main autour de mon poignet et me tire brusquement vers lui.

— Tu disais ? demande-t-il d'un ton glacial.

Des étincelles giclent de mes narines, cramant sa tunique. Mes yeux suivent une braise incandescente qui se dirige vers sa gorge aux lignes dures et sèches, ses muscles noueux, aux formes masculines. Plaquée contre lui, il m'est difficile de me raccrocher à ma colère. J'ai une conscience aiguë de chaque point de contact entre nous, qui allume une soif démente et enfiévrée.

Il y a une montée subtile de la pression autour de mon poignet. Je lève brusquement les yeux.

— Je me disais que je me ferais un plaisir de donner tes yeux à manger à Cerbère un de ces jours.

Un tic fait trembler la bouche de Griffin. Il me laisse aller.

Je ne me frotte pas le poignet. Je *refuse* de me frotter le poignet.

Kato demande :

— Est-ce que tu as besoin de nous deux ?

Lentement, délibérément, Griffin se tourne vers lui.

— Pourquoi poses-tu la question ?

— Quelqu'un devrait rester avec Cat.

Les yeux de Griffin étincellent dangereusement.

— Elle peut faire face à quiconque la frappe.

— Quelqu'un devrait quand même rester, insiste Kato.

Griffin me fait passer derrière lui, et sa voix se réduit à un grognement sourd.

— Pourquoi ? Tu voudrais que ce soit toi ?

Kato me jette un regard. Je secoue la tête. Bien que notre échange soit discret, Griffin le remarque tout de même. Ses poings se serrent. Il semble prêt à s'en servir.

Flynn murmure quelque chose d'inintelligible et fait un pas entre eux.

— C'est parce qu'elle hurle à mort toutes les nuits, et elle est terrifiée à l'idée de rester seule.

J'en reste bouche bée.

— Flynn !

Griffin me lance un regard perçant.

— Pourquoi n'ai-je jamais entendu parler de cela ?

— Tu l'as vu par toi-même, dit Kato. Avant qu'on arrive ici.

Griffin fronce les sourcils, secouant la tête.

— C'est arrivé quelquefois. Pas plus.

Flynn soupire.

— C'est parce qu'elle était presque tout le temps avec t…

Je m'élance depuis derrière Griffin et donne un coup à Flynn dans les reins. Il grogne et s'arrête, mais c'est trop tard. Tout le monde sait ce qu'il allait dire. Griffin a un petit air triomphant à vomir, et tous les membres de sa famille ont soudain une lueur détestable dans les yeux. Je les hais tous.

Bon, enfin peut-être pas les filles.

Ou les parents.

Ou personne, vraiment.

Mes Dieux ! Qu'est-ce qui ne tourne pas rond chez moi ?

Piers, qui parle rarement et ne prête pas attention aux chamailleries habituelles, déclare :

— Elle peut rester au château.

Je grogne.

— Nous venons juste d'avoir cette conversation.

— Si tu fais des cauchemars, tu peux rester avec moi, propose Jocaste. Mon lit est assez grand pour au moins quatre Flynn.

Elle jette un coup d'œil au guerrier aux cheveux auburn et devient aussi rouge qu'une baie de Kala.

— Non, répliqué-je en secouant la tête et en me tournant vers Griffin. Je pourrais la tuer avant même de me réveiller.

— Dors dans ma chambre.

— Quoi ? Non !

Sa bouche généreuse s'étire dans un sourire sournois.

— Vois si ça t'aide.

— Absolument hors de question !

— Ce n'était pas une suggestion.

— Je ne suis pas ta propriété !

Sa voix s'approfondit, me faisant frissonner :

— Je ne cherche pas à être ton propriétaire.

— C'est inutile, grogné-je. Abandonne.

Griffin me perce d'un regard inébranlable.

— Jamais.

À l'intérieur de mon ventre, mes organes font une pirouette, plongent et entrent en combustion. *Il n'abandonnera jamais ? Il est sincère ?*

— Pourquoi ? Je ne suis pas si jolie, je suis carrément pénible, et les gens autour de moi ont une fâcheuse tendance à mourir de manière prématurée.

Griffin rit, et à cet instant, il est si attirant, sans aucune crainte face à toutes les choses qui me terrifient, que j'ai envie de lui sauter dessus et de l'embrasser jusqu'à m'en meurtrir les lèvres.

— Tu penses que je plaisante ? lâché-je. Tu. Vas. Mourir.

— Tu t'inquiètes pour moi ? demande-t-il en me faisant un clin d'œil et je vois rouge. Et, Cat ? La modestie ne te va pas. Tu es la plus belle femme que j'aie jamais vue.

Ma mâchoire s'en décroche sous le choc. Tout mon corps semble se ramollir. Est-ce qu'il vient réellement de dire ça ? Devant tout le monde ?

— T… tu délires, craché-je. Et je resterai dans les baraquements !

Griffin se tourne vers son frère.

— Piers ! Si Cat n'a pas déménagé dans ma chambre d'ici demain soir, tu la déplaceras de force de la caserne et l'emmèneras au château. Compris ?

Piers hoche la tête et retourne au parchemin qu'il ne pouvait pas poser assez longtemps pour finir son dîner.

Je suis choquée. La discussion est terminée. *Encore.*

— Comment sais-tu que je ne vais pas l'incinérer s'il me touche ?

— Je te fais confiance, dit Griffin.

Ces quatre mots me compriment les poumons et en évacuent tout l'air. Je ne mérite pas sa confiance.

— Pourquoi ?

— Parce que je le veux.

— C'est idiot ! m'écrié-je.

Je suis prête à m'arracher les cheveux et à geindre. Protéger cette famille va s'avérer être comme essayer d'arrêter un Cyclope. Avec rien d'autre qu'un bâton.

— Ne quitte pas l'enceinte du château pendant notre absence, dit Griffin.

— Où veux-tu que j'aille ? Je suis liée à toi jusqu'à la fin de mes jours !

— Juste le temps de notre absence, ajoute-t-il alors que ses mains encerclent le haut de mes bras et que ses yeux s'assombrissent d'inquiétude. Promets-le, Cat. S'il te plaît.

Quelque chose dans son ton annihile mon besoin de m'entêter. Pour cette fois, en tout cas.

— D'accord. Je te promets que je ne partirai pas, sauf en cas de force majeure.

— Du tout, grogne-t-il en me secouant légèrement. Je ne partirai pas du château *du tout.*

— *Sauf* en cas de force majeure. Si tout est en train de brûler autour de nous ou que nous sommes attaqués, est-ce que tu veux réellement que je sois physiquement incapable de quitter cet endroit ?

Je peux dire à la manière dont sa bouche se pince qu'il n'avait pas pensé à ça.

— Sauf en cas de force majeure, concède Griffin en m'adressant son regard dur alors que le serment m'ébranle en se mettant brutalement en place. Et notre définition de « force majeure » a intérêt à être la même.

CHAPITRE 19

Je me lève avant l'aube et entre dans la chambre de Flynn en me frottant les yeux.

— Ne fais rien de stupide, marmonné-je d'une voix endormie. Comme mourir.

Il hoche gravement la tête en resserrant les sangles de son sac de cuir.

— Je vais barrer ça de la liste, alors.

Je grogne.

— Combien de temps serez-vous absents ?

— Pas plus d'une semaine, probablement moins. Ios n'est pas loin, et Griffin et Égérie doivent se concentrer sur la prochaine réception royale.

Une envie de vomir me prend à l'idée de tous ces nobles ici. J'ai instruit la famille royale sur leur magie et leur lignée. J'ai entendu parler de beaucoup des gens que nous rencontrerons, bien qu'ils soient sintans et que je ne les aie jamais vus en personne.

— Je n'arrive pas à croire que vous ayez dit à Griffin que je ne fais pas de cauchemars quand je suis avec lui.

Flynn hausse les épaules.

— C'est la vérité.

— Il ronfle juste trop fort pour que vous puissiez entendre mes cris.

— Bien tenté, dit Kato en arrivant derrière moi.

Il ébouriffe mes cheveux lâchés. Je me mords la lèvre, me sentant à la fois vide et triste. Le cirque m'a rendue gentille. Être ici me transforme en quelque chose d'encore pire : quelqu'un d'émotif.

Incapable d'évacuer la douleur dans ma poitrine, je pose ma tête sur le bras de Kato, sentant son biceps rouler sous mon oreille.

Flynn me regarde fixement en fonçant les sourcils.

— Qu'est-ce que qui ne va pas ? Est-ce que tu es malade ?

Je soupire.

— On m'abandonne.

— Prépare quelque chose de désagréable pour Daphné, suggère Kato. Ça te tiendra occupée.

Évidemment, ils m'ont harcelée jusqu'à ce que je lâche son nom.

— Je pense que je vais détruire la chambre de Griffin avec l'épée qu'il m'a achetée, pour lui faire regretter de me forcer à aller dedans.

— Peut-être que tu devrais retenir tes poussées d'ironie martiale, dit Flynn. Tu ne resteras là-bas que le temps de notre absence.

Je doute qu'un seul de nous y croie. Je suis terrorisée à l'idée que Griffin revienne d'Ios et me convainque, d'une manière ou d'une autre, de rester. Andromède le démantèlerait joyeusement, un morceau à la fois, si elle pensait un jour que j'ai besoin de lui. Elle irait jusqu'à déplacer l'Olympe pour lui mettre la main dessus, le dépecer, et me le servir pour le dîner. Elle l'appellerait probablement le «steak sintan» et présenterait une tranche de viande sur de la céramique fisanne avec un brin de romarin et mes pommes de terre croustillantes préférées. Je ne pense pas qu'elle s'attendrait à ce que je mange. Avec un sourire aiguisé comme un couteau, elle me raconterait comment elle s'est amusée à le cuisiner.

Nous nous rendons dans les écuries. J'aide Kato et Flynn à seller leur monture, ma part du travail consistant principalement à caresser le museau des chevaux et à leur glisser des pommes trouvées dans un tonneau, de l'autre côté des box.

Griffin arrive pour retrouver Cheval Brun et prépare aussi la jument d'Égérie. Carver se montre en dernier, mais il rattrape le temps perdu en étant particulièrement efficace. Panotéen semble aussi grincheux que moi d'être mis à l'écart.

— Nous prendrons notre revanche, murmuré-je dans l'une de ses oreilles d'âne.

Il me pousse au niveau de l'épaule comme s'il comprenait. Mais bon, il veut peut-être simplement une autre pomme.

Quelques minutes plus tard, je me retrouve à fixer la cour vide, confuse. La seule chose dehors, à part nous, est la statue d'Athéna, qui brille sous les rayons du soleil matinal, ses doigts de pieds polis par l'adoration des hommes jusqu'à refléter la lumière.

— Où est l'entourage d'Égérie ?

Griffin guide Cheval Brun derrière lui, les fers de l'étalon cliquettent sur le marbre et son souffle chaud devient haletant en sentant une galopade approcher.

— Nous sommes son entourage.

Je grogne. Apparemment, j'ai besoin d'être plus proactive dans mon rôle de conseillère, mais je pensais que c'était de notoriété publique. Ou au moins logique.

— Elle est *Alpha.* Elle ne devrait pas se déplacer sans une partie de l'armée, au moins dix gardes et quelques servants.

L'expression de Griffin devient butée.

— Elle n'a pas besoin de gardes ou de servants. Cela ne fera que nous ralentir.

— Ce n'est pas une question de besoin. C'est une question d'apparence. Vous voulez que les guérisseurs vous prennent au sérieux. Ils n'écouteront pas Égérie à moins qu'ils pensent qu'elle est une force avec laquelle il faut compter. Ils respectent le pouvoir.

— Le pouvoir n'a rien à voir avec la prétention. Seuls les résultats comptent.

Je secoue la tête.

— Pas seulement. Pas pour eux.

— Égérie les convaincra.

Soit il a trop confiance en Égérie, soit il a trop confiance en la nature humaine. Probablement les deux.

— Ils ne sont pas raisonnables. Ce sont des lèche-bottes à la recherche de la moindre reconnaissance. S'ils ne pensent pas que le règne d'Égérie va durer, ils ne lui prêteront aucune attention. Ils chercheront quelqu'un d'autre à flatter pour recevoir des récompenses. Tu te retrouveras avec un exode massif de guérisseurs sur les bras. Ils pourraient même tous plier bagage et aller dans les autres royaumes, retourner chez des personnes qui les comprennent.

— Des dirigeants capricieux qui pourraient les tuer autant que les récompenser ?

— Oui.

Il hausse les sourcils, plein de doute.

— Tu as une expérience limitée avec les guérisseurs parce qu'ils évitent les Hoi Polloi et le sud. Mais tu dois comprendre que les façons de faire millénaires ne sont pas si faciles à changer.

La main qui repose sur l'encolure musclée de Cheval Brun se referme en poing.

— Comment les gens peuvent-ils être si aveuglés ?

Je hausse les épaules.

— Ne surestime pas les masses. Ils t'aiment jusqu'à ce qu'ils te détestent. Ils te détestent jusqu'à ce qu'ils t'aiment.

— Les guérisseurs ne sont pas des masses. Ils sont même peu nombreux.

— Ce n'est pas important. Le principe reste le même.

Griffin exhale lentement en dépliant sa main.

— Comment les guérisseurs fonctionnent-ils au Fisa ?

— Ils ont besoin de la permission d'Andromède pour lever la main, encore plus pour soigner quelqu'un. Ils sont tous confinés dans Fisaville.

— Et combien de gens meurent inutilement à cause de ça ?

Cheval Brun pose ses lèvres sur ma paume à la recherche d'une pomme. Je lui donne la dernière qu'il me reste.

— Beaucoup. Les gens envoient des demandes par pigeon constamment, mais on leur répond rarement, même s'il s'agit de nobles puissants.

Griffin semble incrédule.

— Et tu vois du mérite dans ce système ?

— Je n'ai jamais dit ça. Ne t'attends simplement pas à ce que les gens changent d'un jour sur l'autre. Il faut plus de quelques mois pour dénouer les traditions des royaumes.

— Je ne veux pas dénouer les traditions des royaumes. Seulement celles qui n'ont aucun sens.

— Bonne chance.

Il n'y a pas de sarcasme dans ma voix.

Kato et Flynn me tapotent la tête avant de monter à cheval, Carver me promet une joute d'épée à leur retour, et Griffin me prend dans ses bras, me dresse sur la pointe des pieds et m'embrasse devant les trois autres. J'oublie de me débattre, de le frapper ou même de respirer. Lorsqu'il me laisse partir, je retrouve suffisamment mes esprits pour tousser un :

— Beurk !

Il sourit.

— Continue de te dire ça.

Égérie arrive dans la cour, agitée, semblant peu habituée aux voyages. Je ne fais rien de ridicule comme des signes de la main en guise d'au revoir, mais je les regarde s'en aller, sans apprécier ce que je vois. Quatre hommes et une femme. Pas d'escorte. La majorité de la population est fermement de leur côté, mais nous sommes dans la moitié nord du Sinta, maintenant, et il y a plus de Magoi aux alentours. Ils pourraient tenter de faire du grabuge. Un danger peut surgir de n'importe où, même d'un accident. Si quelque chose leur arrivait, le Sinta perdrait son Alpha, son Bêta et son Delta. Sans Griffin pour donner une cohésion au royaume, je doute qu'il fasse long feu.

Anxieuse, je retourne dans ma chambre, prépare mes affaires et attends le petit déjeuner. La cuisinière me donne toujours un gâteau aux quatre épices, mais il est fade, sans personne avec qui le partager. Je n'ai rien à faire, pas aujourd'hui, ni demain ni pour les prochains jours.

Puisqu'il y a des dizaines d'enfants qui attendent aux portes du château, espérant une chance de recevoir de la nourriture ou des vêtements, je trouve Piers et le pousse à me demander d'aller superviser les gamins des rues pour un autre projet de construction. J'accepte sa demande avec réticence et lui suggère, l'air de rien, quelque chose qui me trotte dans la tête depuis des jours. Puisque je ne peux pas quitter les terres du château, je leur ferai consolider le mur nord, du côté des bois. Un coup de bélier bien placé et toute la section pourrait s'écrouler en mille morceaux.

Contrôler des enfants sans foyer qui meurent de faim est loin d'être aussi drôle que je l'imaginais. Ils ne peuvent pas travailler correctement avant d'être plus forts, alors j'arrange un pique-nique à la place. Nerissa, Jocaste et Kaia sortent du château malgré la chaleur. Nous gavons les gamins jusqu'à ce que leur ventre soit rond, puis nous les persuadons de jouer à colin-maillard à l'ombre des arbres. Pendant ce temps, des soldats ramènent des pierres depuis la carrière. Daphné est parmi eux. Son nez est toujours enflé, et elle est en sueur et pleine de poussière à force de trimballer des cailloux pendant que je joue à des jeux de cour avec des nobles. Je sens son aversion comme un scarabée qui rampe sur ma peau.

Elle ne comprend pas. C'est ma place dans la vie, et pour la première fois, je m'y plais.

***

Je m'allonge dans le lit de Griffin pour la troisième fois. Son odeur fraîche et masculine s'attarde toujours sur les draps. Son corps a laissé une empreinte peu profonde dans le matelas, m'encerclant parfaitement comme une étreinte. Je n'ai pas eu un seul cauchemar.

Je déteste ça.

Je hais avoir besoin de lui.

Je serre les paupières. *Elle le tuera.*

Ils sont à Ios sans moi, à un jour complet de cheval à l'est. Aujourd'hui, ils ont probablement discuté stratégie, ébauché des plans de bâtisses sur des parchemins et débattu sur la façon de recruter des guérisseurs.

Ceux-là les ont probablement regardés, non loin de là, en se posant des questions, en relayant des rumeurs sur la nouvelle Maison royale et en décidant de ne pas les aider. Jusqu'à ce que l'un d'entre eux le fasse. Ensuite, le reste suivra. Ils sont capricieux, mais prévisibles.

Je fixe des vêtements que Griffin a laissés sur le dossier d'une chaise, lorsqu'un coup à la porte retentit. Je sors du lit et enfile une robe de chambre légère, les chemises de nuit de l'ancienne princesse sont si diaphanes qu'elles sont pratiquement transparentes. Non, en fait elles le sont carrément. Je vais ouvrir la porte, un couteau à la main.

Jocaste ne sourcille même pas. Elle commence à s'habituer à moi. Je repose ma dague et lui fais signe d'entrer.

— Est-ce que je te dérange ? demande-t-elle.

— Pas du tout.

En réalité, elle vient juste de me sauver. J'étais sur le point de m'enrouler dans la tunique de Griffin. Elle sent toujours son odeur de sel, de citron et de soleil. Je le sais parce que j'ai déjà mis le nez dedans une fois.

— Je voulais te demander quelque chose.

Elle se tourne, hésitante, ses pieds nus s'enfonçant dans le tapis duveteux puis elle frissonne.

Je remonte sur le lit. Jocaste me suit et nous replions nos jambes sous nous. Je remonte la couverture jusqu'à nos cuisses, pour son bien, car je vois bien qu'elle a froid.

— Est-ce que c'est à propos de Flynn ? l'interrogé-je.

Elle redresse la tête brusquement et rougit de manière incontrôlable.

Je le savais ! Une fille ne peut pas savoir que son lit est assez grand pour quatre Flynn sans l'avoir imaginé dedans.

Elle se mord la lèvre inférieure et ses joues se parent d'une couleur rose alarmante.

— Tu crois qu'il m'a remarquée ? Je veux dire, je sais qu'il me connaît. Mais est-ce qu'il m'a *remarquée* ?

Je ne sais vraiment pas. Je ne les ai vus réunis que deux fois. Ils ont probablement beaucoup plus interagi avant, quand ils faisaient tous les deux partie d'une tribu.

— Je crois que, pour l'instant, il remarque les armes, la guerre et les femmes qu'il n'a pas l'intention d'épouser, répliqué-je honnêtement.

Jocaste soupire et baisse les yeux. J'ajoute :

— Il m'aidera avec le mur nord lorsqu'il reviendra. Continue à venir aux pique-niques. Il ne pourra pas te louper, là-bas.

Elle relève les yeux.

— D'accord. Mais est-ce que tu penses que c'est seulement possible ? Avant, j'étais juste la fille d'un seigneur de guerre. Ou la sœur. Maintenant, je suis Epsilon Sinta et c'est un soldat.

— Il n'est pas un soldat parmi d'autres, il fait partie de l'escouade Bêta.

— Tout comme toi.

Elle semble pleine d'espoir et je comprends pourquoi. Griffin n'a pas caché son intérêt envers moi.

— Si j'en faisais vraiment partie, je serais à Ios.

— Ce n'est pas ça, dit Jocaste. Griffin veut simplement que tu sois en sécurité.

— Soit je fais partie de l'escouade, soit non.

Ses yeux s'agrandissent. Ma voix est piquante comme une guêpe, sauf que c'est moi qui ai été touchée.

— Peut-être qu'il pense que tu es plus utile ici. Il n'est pas juste question de ce que tu désires. Il est question de ce qui est bon pour le royaume.

Je ricane.

— Vous êtes tous si idéalistes. Ça me donne la nausée.

Elle fronce les sourcils.

— Tu le penses réellement ?

— Non, avoué-je à contrecœur. C'est en fait assez sympa, du moment qu'il y a de la force derrière. S'il n'y a pas d'élément moteur, c'est le chaos. La réception royale sera un test pour ça. Tout pourrait tourner aux Enfers en une nuit.

— Griffin est assez fort pour empêcher le Sinta de craqueler.

L'assurance de Jocaste ne me dérange pas. Peut-être parce que je suis d'accord.

— Est-ce qu'il obtient toujours ce qu'il désire ?

Si elle est surprise par ma question, cela ne se voit pas.

— Griffin est très persistant. Acharné, même.

Puisqu'il n'y a pas de raison de tourner autour du nid de Harpie, je demande :

— Pourquoi est-ce qu'il me veut, *moi* ?

Elle semble sincèrement perplexe.

— Pourquoi est-ce qu'il ne te voudrait pas ?

Quelque chose se serre dans ma poitrine. Une telle loyauté aveugle, alors qu'elle ne me connaît même pas.

— Et toi, pourquoi est-ce que tu ne veux pas de lui ? ajoute-t-elle.

Cela semble la laisser sincèrement perplexe.

Je pince les lèvres sans répondre et réplique :

— Est-ce qu'il a déjà été sérieux à propos de quelqu'un auparavant ?

J'essaie d'avoir l'air détachée et j'échoue misérablement.

Elle hausse les épaules.

— Les femmes vont et viennent. Je ne l'ai jamais vu si déterminé ou seulement se soucier d'une compagne d'une manière ou d'une autre. Tu es différente.

Je deviens aussi rouge que Jocaste l'était, envahie d'un mélange de jalousie et de triomphe. J'ai envie de me frapper, car je n'ai le droit de ressentir aucune de ces émotions.

— C'est probablement juste parce que j'ai dit non.

Une ride délicate se forme entre ses sourcils.

— Pourquoi as-tu dit non ?

Je tire sur les bouloches de la couverture, sortant accidentellement un fil qui se desserre. J'essaie de le remettre à l'intérieur avant que toute la section de broderies ne se défasse, mais ça ne fonctionne pas. C'est typique de moi : je détruis tout.

— J'ai un passé compliqué, finis-je par répondre.

— Un ancien amant ?

Je renifle.

— Une ancienne mère.

Elle semble confuse.

— Quelle est l'importance si elle est morte ?

— Oh, elle n'est pas morte.

Jocaste secoue la tête.

— Je ne comprends toujours pas le rapport avec Griffin et toi.

Il n'y a pas de « Griffin et moi ». Il ne peut pas y avoir de nous.

— Ma mère a tendance à détruire tout ce à quoi je peux m'attacher.

La compréhension se dessine dans ses yeux bleus.

— Tu ne laisseras pas Griffin te revendiquer parce que tu as peur que ta mère lui fasse du mal ?

Me revendiquer ? Les gens du sud ont une façon tellement différente de présenter les choses. Tellement basique. Primaire. Au plus profond de moi, l'excitation naît en papillonnant, et quelque chose d'avide se serre d'anticipation. Je l'ignore. Peu importe quelle partie irrationnelle de moi-même est désireuse de se faire revendiquer, elle devra apprendre à vivre sans.

— Les amis et les amants rendent faibles, déclaré-je.

— Ce n'est pas vrai.

Le déni instantané. Mais elle n'a jamais regardé les gens qu'elle aime se faire assassiner sous ses yeux.

— Ça l'est, rétorqué-je. Ils te rendent vulnérable, car tu veux les protéger, et la faiblesse ne reste jamais impunie.

Éléni l'a payé de sa vie, et, à ce rythme-là, je finirai exactement comme elle.

— L'amour n'est pas une faiblesse, argumente Jocaste. Par les Enfers, qu'est-ce que ta mère t'a fait ?

Mon rire est fragile.

— Ça irait probablement plus vite de lister les choses qu'elle *n'a pas* faites.

Elle me fixe avec inquiétude.

— Un exemple, alors.

Je ne sais pas pourquoi je parle ainsi, pourquoi je révèle ces choses. Peut-être que, plus les secrets sortent, moins ceux qui restent semblent avoir de l'importance.

— J'avais un chiot. C'était la seule créature vivante à m'avoir montré de l'affection, à part ma sœur et ma nourrice. Je les aimais. Je haïssais tous les autres.

Sauf Thanos. Non pas qu'il ait été spécialement facile à aimer. Et Ianthé n'était pas si terrible.

Je continue :

— Mère savait que je l'adorais. Il était blanc avec de grosses taches brunes, les oreilles tombantes et d'immenses yeux ronds, aussi noirs que des plaques de schiste. Pas plus d'un an après me l'avoir donné, elle me l'a arraché des bras, lui a brisé le cou et l'a jeté à mes pieds. Elle m'a dit : «Ne t'attache à rien et personne ne pourra te faire du mal». Je ne devais pas avoir plus de huit ans. J'ai pleuré et elle m'a frappée jusqu'à ce que je perde connaissance. Lorsque je me suis réveillée, j'avais ça, expliqué-je en soulevant ma manche pour montrer l'une de mes longues cicatrices argentées.

Jocaste pâlit.

— J'en ai déjà vu des comme ça… Elle t'a presque battue à mort ?

Je tire sur ma manche pour la redescendre.

— Ce n'était pas la première fois. Ni la dernière.

— Qu'est-ce qui est arrivé à ta nourrice ?

Un nœud se loge dans ma gorge.

— Elle est morte.

— Et ta sœur ? demande-t-elle faiblement.

Le nœud commence à m'étouffer. Une brûlure se déclenche à l'arrière de mes yeux.

Je n'ai pas besoin de répondre. Les yeux de Jocaste s'emplissent de larmes, et elle tend la main pour serrer la mienne.

— Je suis tellement désolée.

Assise ici, avec la sœur de Griffin, je me retrouve à chanceler au bord d'un précipice, d'un côté une pente m'entraîne vers ma carapace de dureté, l'autre vers un marécage émotionnel. Le marécage déborde et il est sur le point de m'atteindre lorsque Kaia pousse la porte déverrouillée, passant la tête par l'ouverture, m'empêchant de me faire aspirer.

— Je pensais bien avoir entendu des voix.

Tout en bâillant, elle se glisse à l'intérieur et ferme la porte derrière elle. Elle titube vers le lit et monte pour s'installer au milieu, remontant la couverture jusqu'à son menton.

— Vous ne pouvez pas faire une soirée sans moi, déclare-t-elle.

— Tu es à moitié endormie ! la réprimande Jocaste. Pourquoi es-tu sortie du lit ?

— C'est plus drôle ici, marmonne-t-elle en fermant les yeux.

Pas vraiment. Kaia est profondément endormie en quelques secondes. Je tends un coussin à Jocaste et m'installe de l'autre côté du lit.

Jocaste s'allonge aussi, ses épais cheveux noirs lâchés couvrant presque tout le coussin.

— Tu n'as pas peur de nous tuer ? demande-t-elle doucement.

— Griffin avait raison, murmuré-je d'un ton agacé. Je ne fais pas de cauchemars dans son lit.

Derrière la silhouette de Kaia endormie, je vois Jocaste sourire. Sa ressemblance avec son frère, leur suffisance sont exaspérantes.

— Ne lui dis pas ! chuchoté-je avec véhémence. Promets-moi que tu ne le feras pas.

Elle sourit plus largement et se terre sous les couvertures.

— Ton secret sera bien gardé.

Je souffle la lampe, avec l'impression qu'elle ne parle pas seulement des cauchemars.

CHAPITRE 20

Griffin, Carver et Égérie sont rassemblés autour des plans du centre de soins. Il y a de la poussière sur leurs doigts. Une brise légère remue l'air. J'observe le paysage par-dessus l'épaule de Kato, écoutant le bruissement des rouleaux de parchemin tandis que le soleil de l'après-midi me brûle la nuque. Flynn boit un verre et je me demande pourquoi il ne m'en offre pas un pendant qu'il y est. Il sait que j'ai facilement chaud. Les guérisseurs et autres Magoi curieux nous regardent, réunis à l'ombre d'une épaisse toile ivoire tendue sur un treillis de bois. C'est bondé sous leur tente improvisée, et les ouvriers s'affairent à leur en construire une autre.

Les hommes ont déjà posé les pierres marquant les quatre angles du futur bâtiment. Le site est sur un terrain plat et dégagé, visible, bien que proche des bois où l'on peut s'approvisionner en eau et herbes médicinales pour les cas qui ne requièrent pas de magie. L'emplacement du centre de soins à l'extérieur des murs de la cité indique qu'il est neutre et accessible à tous. C'est néanmoins risqué et cela rend l'établissement vulnérable. Encore qu'Ios n'offre pas tellement de protection. Comme trop de cités sintannes, elle est à peine fortifiée.

Je me tourne vers les bois, scrutant les ombres pendant que Griffin discute avec Égérie. Elle veut rajouter une aile. Il dit qu'ils le feront si nécessaire.

Il relève les yeux brusquement, suivant mon regard. Je l'ai entendu, moi aussi. Un bruissement. Il pousse Égérie vers les guérisseurs et dégaine son épée. Des Tarvans jaillissent de la forêt. Ils sont recouverts de tatouages bleus en forme de tourbillons, typiques de leur tribu.

Des Tarvans du sud dans le nord du Sinta ? Cela n'a aucun sens. Ils sont au moins soixante, épées tirées, et leurs chants de guerre rythmiques battent l'air comme des tambours de bataille.

Je ne ressens aucune peur. De la magie puissante et mortelle bout dans mes veines. Si je souffle, ils meurent. Je le leur montrerai dans un moment. Je vais leur donner une chance de changer d'avis.

L'adrénaline du combat imminent se répand dans mon corps. Je tends les mains vers mes couteaux et je ne sens rien, pas même moi-même.

L'horreur me submerge.

— Griffin !

Il n'entend pas mon cri. Il ne m'entend pas lui hurler de courir, d'aller derrière les remparts. Il ne m'entend pas parce que je ne suis pas là !

Il fait face fermement, gagnant du temps pour la population en fuite. Ils le font tous. Kato, Flynn, Carver. Griffin.

Ils regardent les Tarvans avancer, prêts à l'attaque, des cris de combats sur les lèvres, et mon cœur défaille. Ils n'ont pas la moindre chance.

Mes yeux s'ouvrent instantanément et tout mon monde implose.

Je me redresse, Kaia est à côté de moi, Jocaste à sa droite.

— Réveillez-vous ! Allez chercher Piers. Tout de suite !

Jocaste saute du lit, jette rapidement un châle autour de ses épaules et sort de la chambre en courant. En moins d'une minute, je suis habillée. Puis Piers se trouve devant moi. Nerissa et Anatole aussi.

— Une tribu tarvanne va attaquer le site du chantier. Soixante hommes. Cela n'a pas encore eu lieu, mais ça arrivera dans le courant de l'après-midi. Nous devons aller à Ios, sinon ils sont tous fichus.

Ils restent figés sur place, pâles, les yeux démesurément écarquillés. Seul Anatole se ressaisit.

— À Ios ! aboie-t-il. Immédiatement !

Sa voix est comme un coup de fouet. Tout le monde se met en branle et passe à l'action. Je suis la première dehors, une épée attachée au flanc, quatre dagues à la ceinture. Je donne l'alerte à la caserne. Les soldats sortent en masse de leurs chambres pour rejoindre la cour, dans la fraîcheur de l'aube et ses premières lueurs sur le marbre blanc perle.

Piers accourt au-devant. Le pommeau d'une longue épée dépasse de son épaule, et il en a une plus courte attachée à la ceinture. Il porte une armure en cuir.

— Nous avons quarante chevaux dans les écuries, indique-t-il en s'arrêtant près de moi.

Quarante, c'est un chiffre correct. Les armées se déplacent principalement à pied.

— Prenez quinze chevaux pour transporter les femmes, deux personnes par bête. Les vingt-cinq autres transporteront vos meilleurs hommes. Et soixante hommes de plus à pied. Et qu'ils *courent*. J'ai déjà couru une journée entière. Ils le peuvent aussi.

Je finis d'ajuster la selle de Panotéen puis cherche à mettre le pied à l'étrier. Il se cabre, réagissant au stress ambiant.

Piers pose sa main sur mon bras.

— Tu n'es pas censée partir.

Je me dégage d'une secousse

— Ceci est une situation d'urgence absolue.

— Griffin ne voudrait pas que tu sois en danger.

— Je me fiche royalement de ce que veut Griffin !

— Tu as été extrêmement claire à ce sujet, répond brusquement Piers en attrapant les rênes de Panotéen. Mais j'insiste.

— Lâche, grondé-je.

— Pourquoi ? D'après ce que j'ai pu voir, tu l'abandonnerais en un clin d'œil, si tu pouvais.

Je me retiens tout juste de balancer un coup de pied dans la figure de Piers. À la place, je lève les mains en reculant.

— Tu as raison. Va te faire tuer.

Piers me jette un regard méprisant avant de se tourner vers les soldats rassemblés et de crier des ordres pendant qu'ils forment les rangs.

D'un bond, je me retrouve sur le dos de Panotéen, m'agrippe à sa crinière pour garder l'équilibre et lance ma jambe droite de l'autre côté. Avant même que je ne sois d'aplomb, nous traversons la cour en trombe, passons sous la herse levée et sortons dans les rues endormies de Sintaville.

L'urgence explose en moi. Panotéen le sent et agrandit ses foulées. L'idée d'attendre l'armée ne me traverse même pas l'esprit. Je n'ai ni à manger ni à boire. Je n'ai même pas le moindre sens de l'orientation, et je dois ralentir à la porte est, criant aux gardes de m'indiquer la route d'Ios.

Tandis que le soleil monte dans le ciel en face de moi, je suis obligée de m'arrêter dans deux villages pour que Panotéen puisse boire et se reposer. Cela le tuerait de galoper à fond de train dans la chaleur. Je bois, moi aussi, puis je lui demande de me porter de nouveau. Quand il est couvert de sueur et souffle horriblement fort, je descends et cours à côté de lui, lui répétant combien il est brave et fort alors que je hurle au fond de moi, car il faudrait que nous galopions.

Les heures passent. J'ai tellement chaud que je me fais maintenant une bonne idée de ce que l'on peut éprouver dans les prisons d'Hadès et j'ai tellement soif que ma bouche me semble être comme le fond asséché d'une flaque d'eau évaporée. De la vapeur s'élève des poils trempés de Panotéen. Je le ralentis et le fais marcher au pas pour lui permettre de respirer, puis je tends la main pour caresser son encolure brûlante. Haletant, il tremble contre moi.

— Je suis désolée. Je suis vraiment désolée, mais nous ne pouvons pas les laisser mourir.

Je descends de nouveau, et nous courons ensemble jusqu'à ce que tout mon corps me fasse mal.

Enfin, *enfin*, Ios apparaît au loin, mais Apollon a déjà parcouru la moitié du ciel avec son chariot de feu et je suis encore du mauvais côté de la cité.

Je regarde par-dessus mon épaule, plissant les yeux face au soleil. Où est Piers ? Je ne vois aucun signe de l'armée et le terrain derrière moi est plat et dégagé.

Je me hisse à nouveau sur la selle et pousse Panotéen au galop, craignant d'entendre des bruits de bataille. Y en aura-t-il seulement ? Combien de temps faudra-t-il à soixante hommes pour en massacrer quatre ?

Mon cœur connaît la réponse. *Juste le temps nécessaire pour mettre Égérie à l'abri, avec une bande de guérisseurs qui les détestent, eux et tout ce qu'ils représentent.*

L'angoisse me tord le ventre quand nous contournons le côté est de la ville, longeant les fortifications dans l'ombre afin de permettre à Panotéen de reprendre un peu de vitesse. Enfin, le site du chantier est en vue et mon corps se relâche sous l'effet du soulagement. Il y a des gens qui travaillent et d'autres qui observent la scène. La tente des guérisseurs est toujours pleine à craquer de badauds et projette une longue ombre sur le sol desséché.

Mes yeux repèrent Griffin au milieu de la foule. Il est en train de parler à Égérie quand sa tête se relève brusquement, et il regarde vers la forêt. La panique enserre mon cœur de ses doigts glacés, et le presse jusqu'à en extraire un battement douloureux, infernal. J'arrive trop tard.

Je pousse un cri d'alerte, trop loin pour être entendue.

— Allez, allez, allez ! supplié-je Panotéen, le priant de galoper une dernière fois et grimaçant au son maladif qui secoue sa poitrine.

Les guérisseurs courent vers nous, se sauvant vers la ville. Je vois Égérie parmi eux, blême de panique. Je dégringole de Panotéen et la saisis.

Elle pousse un cri strident, puis me reconnaît et tombe dans mes bras.

— Cat ! Oh grands Dieux, Cat !

Je la repousse et la bascule sur le dos de Panotéen, le redirigeant vers Ios. Je lui donne une tape sur l'arrière-train pour le remettre en route, criant d'une voix rauque :

— Fermez les portes ! Donnez à mon cheval à boire et à manger !

— Cat ! crie Égérie, se tordant sur la selle.

Je cours en direction des assaillants tarvans, saisissant une guérisseuse par la robe au passage. Je la traîne avec moi au cas où j'en aurais besoin plus tard. La magie des guérisseurs est telle une courbe : elle est limitée chez les jeunes et chez les vieux, mais elle atteint son plein potentiel au milieu de la vie.

Les femmes, c'est une vérité universelle, sont plus fortes. Celle-là doit avoir dans les quarante ans, elle est potentiellement la plus puissante du groupe en fuite. Secouée par le brusque changement de direction, elle trébuche, mais je la retiens avec moi, soit grâce à mon élan, soit par simple force de volonté. Je la sens à peine tirer sur mon bras pour se libérer.

Les Tarvans ont manœuvré avec habileté, encerclant Griffin et les siens pour leur couper toute retraite possible vers la cité. Nul besoin d'être un génie de la stratégie pour comprendre qu'ils en ont après la Maison royale dans sa totalité, et Griffin en particulier. Carver représente un bonus, et ils pensent sûrement qu'ils auront bientôt Égérie. Avec soixante hommes armés, ils ont de bonnes chances de s'emparer d'une cité non préparée et faiblement fortifiée comme Ios, et j'imagine qu'ils le savent.

Ce que les Tarvans ignorent en revanche, c'est que leur position les place maintenant entre l'escouade Bêta et moi, et ils vont tous, sans exception, comprendre une vérité fondamentale : on ne se met pas entre *moi* et *mon escouade.*

Je prends une inspiration profonde et expire la magie mortelle de Sybaris. Le Souffle du Dragon jaillit de ma bouche et fait fondre les trente hommes les plus proches de moi. Ils n'ont pas le temps de crier avant que leur peau ne se détache de leurs os et qu'il ne reste d'eux que des flaques fumantes et nauséabondes d'hommes, de métal et de cuir en bouillie.

Pendant un instant, tout s'arrête. Le cliquetis des armes cesse et tous les yeux se tournent vers moi. Je ne vois que Griffin, et la rage infinie qui m'habite s'affine, devenant moins chaotique et plus coupante, comme une lame. De la magie puissante explose en plusieurs endroits jusqu'alors en sommeil. Un vent violent soulève soudainement mes cheveux défaits. Un éclair jaillit de mon corps, fendant l'air avec le craquement du tonnerre. J'avance, et mes pas carbonisent le sol tandis que de mes pieds irradient des éclairs longs, dentelés et d'une chaleur infernale.

Une douleur lancinante palpite dans mon dos le long de chacune de mes omoplates. Je ne prends pas le temps de m'interroger dessus, ni sur la lumière ni sur le vent. Je ne me pose aucune question. Je suis *toute puissante*, et je tuerai quiconque se mettra en travers de mon chemin.

— Courez.

L'ordre, grave, résonne d'une intonation sinistre. Il ne ressemble pas à ma voix. Il frappe mes ennemis comme un orage venu de l'Olympe.

La moitié des Tarvans restants se précipitent dans les bois. Les autres campent sur leurs positions. Griffin crie mon nom ; le son de sa voix me parvient à travers d'innombrables couches de pouvoir assourdissant. Ma vue vacille comme un mirage, tout est recouvert d'orange flamboyant. Je suis trop proche pour lancer indistinctement le Souffle du Dragon sans mettre en danger ceux que je suis venue protéger, alors, à la place, je jette une boule de Feu de Chimère sur le Tarvan le plus proche de moi. Il s'enflamme en hurlant. Je recommence, lançant cinq autres boules, avant que le Feu de Chimère ne s'affaiblisse.

J'ai toujours la guérisseuse dans ma main gauche. Son visage est pétrifié de peur et de choc, mais elle me regarde, moi, pas les Tarvans, ni la bataille, ni les morts ensanglantés. Je tire une dague et la lance vers l'homme qui nous charge. Elle se plante dans son œil et il s'effondre sans un bruit.

Devant moi, l'escouade Bêta transperce les derniers Tarvans avec une efficacité féroce. Deux hommes trébuchent, leur assaut repoussé, et se retrouvent piégés entre l'escouade Bêta et moi. Le plus jeune se tourne vers moi, brandissant une petite hache de jet. Le couteau de Griffin atterrit dans son flanc avant que l'homme ne puisse lancer son arme.

Par-dessus le champ de bataille sanglant, je lance à Griffin un regard lui disant que j'aurais pu m'occuper du guerrier toute seule.

Ses yeux brillants, enflammés par le combat, me disent qu'il le sait bien.

Le dernier Tarvan patauge dans les restes liquéfiés de ses compagnons. Ses yeux vont et viennent avec frénésie entre nous, moi d'un côté, l'escouade Bêta de l'autre. Il sait que c'est la fin, la défaite totale. D'un geste d'apaisement, il dépose son épée. En tant que chef, Griffin s'avance vers lui pour accepter sa reddition, mais l'homme se redresse brusquement et lance son épée en un mouvement rapide et puissant. Elle s'envole, tournoie et s'enfonce dans la poitrine de Griffin.

Mon hurlement éteint l'orage. Le silence s'abat sur la clairière tandis que la magie retombe en moi. Je trébuche, saisie d'un mélange de confusion, d'incrédulité et de la peine la plus déchirante que j'aie jamais éprouvée. J'en lâche ma prise sur la guérisseuse qui en profite pour se sauver. Comme je suis lente à bouger, je perds du temps à la poursuivre. Je la rattrape par les cheveux et la ramène d'une secousse pendant que Carver se précipite vers le Tarvan en fuite, afin de prendre sa revanche sans pitié.

Griffin tombe à genoux, le choc creusant ses traits qui pâlissent déjà rapidement. Les épées tarvannes sont courtes. Un guerrier habile peut les lancer avec une relative précision. Ce n'est pas une technique utilisée au Sinta, et personne ne s'y attendait. Griffin empoigne le pommeau et retire la lame, le visage cendreux. Le sang inonde son torse, luisant et sombre. Kato et Flynn l'allongent sur le sol pendant que je me rue à son côté, traînant la guérisseuse avec moi. Mon ombre tombe sur le visage de Griffin.

— Tu nous as sauvés. Encore une fois.

Il cherche à toucher ma joue. Je me tends vers sa main, mais ses doigts retombent trop vite.

— Tu aurais dû m'emmener !

L'angoisse dans mon ton lui fait froncer les sourcils.

— Comment as-tu su ?

— Devineresse. Tu te souviens ?

Il sourit faiblement puis tousse. Le sang fait des bulles dans sa bouche, s'écoule de ses lèvres.

— … Je pensais que c'était une façade.

— En général. Pas toujours.

Son regard s'attache au mien. Il lui manque sa clarté perçante habituelle.

— Le trésor de mon royaume. Mon trésor. Je suis tellement heureux de t'avoir trouvée.

Mes yeux piquent, et mon cœur souffre ; j'ai envie de déchiqueter quelqu'un à mains nues. Quand il tousse, il recrache encore du sang. Beaucoup trop.

— Tu es impitoyable, Cat. Impitoyable.

Il semble fier de moi. Sa voix faiblit. Il y a du sang partout. Je suis agenouillée dedans. Il y en a sur ma main qui est appuyée sur sa blessure. Il y en a dans l'air, moite et métallique dans la chaleur sèche.

Je tire d'un coup sec sur la main de la guérisseuse aux yeux écarquillés et la pose sur la poitrine de Griffin.

— Guéris-le.

— Pas lui. Pas cette pourriture de seigneur de guerre Hoi Polloi du sud.

Tout se calme en moi. Ma colère est étonnamment froide, un torrent d'émotions gelé en un instant. Je repousse sa main loin de Griffin et souffle dessus. La plus légère de mes expirations fait fondre tout l'appendice, ne laissant qu'un moignon carbonisé, dévoilant l'os et la peau mutilée et boursouflée.

Elle commence à haleter. Son regard chavire. Comme je crains qu'elle ne perde conscience, je la secoue.

— Guéris. Le.

Elle me crache dessus.

— Plutôt mourir.

Pas de souffrance fulgurante ni d'organes brûlés pour me dire qu'elle ment. Pourquoi le ferait-elle ? Est-ce que l'imbécillité et les préjugés sont si profondément ancrés ? Griffin est mille fois meilleur que tous les princes que le Sinta a connus. Elle devrait se prosterner devant lui et lui baiser les pieds.

Je n'ai pas le temps de lui donner une leçon d'humanité ni de lui montrer combien j'en suis moi-même dénuée. J'agrippe sa tête et la serre. Elle pousse des cris aigus pendant que sa magie lui échappe et saute en moi. Je n'ai jamais absorbé de pouvoir de guérisseur auparavant. En fait, je n'ai jamais pris de magie qui ne me soit pas donnée ou bien dirigée contre moi, sauf cette euphoria à Velos. Il y a quelque chose de liquide dans la magie des guérisseurs, mais ce n'est pas un courant calme. C'est une marée déchaînée, et elle me frappe si violemment qu'elle me renverse.

Je tombe sur le dos. Carver m'aide à m'asseoir et me tient solidement pendant que j'agrippe de nouveau la guérisseuse. Comme une sangsue des marais, je lui prends tout ce qu'elle possède. Je la draine, aspirant jusqu'à ce que sa peau devienne grise. Je la draine pour qu'elle regrette son refus jusqu'à son dernier jour. Je la draine jusqu'à ce qu'elle s'effondre sur le côté, molle et vide.

Fébrile sous l'effet du pouvoir, je ramène mes mains tremblantes sur la poitrine de Griffin et envoie la magie dans sa blessure. Elle s'arrache de moi comme des couches de peau qui s'épluchent l'une après l'autre. Je gémis et Griffin blêmit, luttant pour rester conscient. La magie s'infiltre en lui, et c'est atroce pour nous deux. Je serre les dents et continue jusqu'à ce que je me rende compte qu'il ne se rétablit pas assez vite. Son état est trop critique.

— Trouvez-moi un couteau ! m'écrié-je.

Griffin me regarde intensément une dernière fois avant de fermer les yeux.

— Non ! Non ! Non ! hurlé-je en me brisant intérieurement.

Je ne sais pas qui me tend le couteau. Je l'attrape et fais une longue incision superficielle depuis l'épaule jusqu'au coude de Griffin. La chair se fend et le pourpre jaillit. Je passe le plat de la lame dans son sang, en recouvre les deux côtés. Personne ne m'a appris à faire la Marque de la Mort ou à prononcer l'incantation. La plupart des occasions où ça m'est arrivé, j'étais inconsciente. Les quelquefois où je ne l'étais pas… C'est une chose qu'on n'oublie pas.

J'élève le couteau vers l'Olympe et infuse la magie de la guérison dans le sang, scandant rapidement à voix basse. Je répète l'incantation dix fois. C'est soit six fois, soit dix fois. Tout le reste invite le chaos, et mieux vaut trop que pas assez, non ?

En prononçant les derniers mots, j'enduis à nouveau le bras de Griffin de ce sang. Jetant le couteau sur le côté, je pose une main sur sa poitrine et l'autre sur son avant-bras et fais s'écouler de moi le pouvoir de guérison. Je me vide de tout en lui, jusqu'à la dernière goutte. Quand c'est terminé, je déverse un peu de moi-même. Ma magie ne répare pas les blessures, mais je possède un pouvoir que je ne comprends pas, dont je ne connaissais même pas l'existence auparavant.

Une fois que j'ai démarré, je ne peux plus m'arrêter. Je n'ai jamais été très douée pour me contrôler. Ma magie commence à s'effilocher. C'est perturbant et douloureux de la sentir me déchirer pour s'échapper. Ses fils détachés s'emmêlent et se séparent, se fixant sur des parts de moi-même que je transmets alors à Griffin, l'esprit focalisé sur une idée fixe, comme quelqu'un sur le point de subir une perte irréparable.

Le temps n'existe plus. Je n'ai aucune idée de combien il en passe. Le flot de magie reflue à mesure que je m'épuise. Engourdie, je ne perçois que très vaguement l'arrivée de l'avant-garde de l'armée. La poussière tourbillonne, se coinçant dans mes narines et infiltrant du sable dans ma bouche. Les gens parlent. C'est indistinct, mais je pense qu'ils sont effarés de ce qu'ils voient. Le carnage, mon carnage, me paraît loin, maintenant. Terminé. Il ne me concerne plus.

Piers tombe à genoux devant moi, le visage livide. Celui de Griffin est encore plus pâle et excessivement calme. Je voudrais repousser Piers, mais je ne peux plus bouger. Ma vision se voile, mes sens s'enveloppent d'un brouillard de plus en plus épais, traversé par moment par le son affaibli des voix. J'entends Kato, et je voudrais qu'il me tapote la tête pendant que Flynn me dirait « chut » dans l'oreille. C'est un cauchemar et j'ai besoin d'eux pour me réveiller.

Mes yeux se ferment et ne veulent plus se rouvrir. Je mène un combat féroce contre la fatigue. Elle gagne, et je m'écroule en travers de la poitrine de Griffin. Sa tunique est trempée de sang et poisseuse. Je voudrais qu'il soit frais comme un lac fisan, mais il est brûlant. Il est brûlant. Je force mes lèvres à remuer, à continuer une incantation que j'ai entendu les guérisseurs utiliser, mais, après avoir bredouillé quelques mots, ils s'arrêtent. Je suis lourde à l'extérieur, vide à l'intérieur. J'ai probablement fait une erreur. Je ne sens plus ma magie. Je n'arrive plus à sentir mon sang, ni mon souffle, ni ma haine orageuse. Je ne peux même pas dire si Griffin est vivant, et je désire tellement qu'il vive que je serais prête à faire de sombres pactes avec les ombres de la nuit.

— *Poseidon ! Je ferai n'importe quoi !* supplié-je en silence.

Une voix que je ne connais pas envahit ma tête.

— *Fille du Fisa, tourne-toi vers* moi !

L'écho explose dans mes oreilles. Il est d'une telle puissance que j'utilise mes dernières forces pour me recroqueviller. Une lumière blanche éclate, assez brillante pour brûler des yeux aveugles. Le craquement du tonnerre qui l'accompagne est terrifiant. Assourdissant. Je goûte le sang de Griffin sur mes lèvres avant que l'obscurité ne déferle sur moi comme une vague.

CHAPITRE 21

Je ne suis pas certaine de l'endroit où je me trouve. Je secoue des portes qui refusent de s'ouvrir, et je frappe à des fenêtres qui n'ont pas de vue. Si je suis dans les Enfers, ce n'est pas ce à quoi je m'attendais. C'est sans fin, sans limites. Une éternité écrasante. Je pensais que je trouverais la paix, ici. Je pensais que ce serait enfin terminé. N'ai-je pas prouvé mon courage de guerrière ?

Piégée dans cette troublante obscurité, mon seul regret est de quitter Griffin.

Et puis, sa voix familière retentit au-delà du voile d'ombre. Le soulagement m'envahit, avant d'être anéanti par une pensée dévastatrice. Est-il vivant ou sommes-nous tous les deux morts ? Il parle, mais je ne peux entendre. Les mots sont confus et vagues, comme s'il était au-dessus de la surface de l'eau, et moi en dessous.

Je me débats en essayant d'atteindre la lumière, d'entendre, mais je coule plus profondément, et je me demande comment je peux respirer, là, en bas, dans les ténèbres.

CHAPITRE 22

Je me réveille en gémissant. Les bras puissants qui encerclent ma taille se contractent, et une longue expiration réchauffe le dessus de mon crâne. Je suis immédiatement consciente du torse dur et nu contre mon dos, tout aussi nu. Peau contre peau.

— Cat ?

Au son de la voix profonde de Griffin, mon cœur cogne violemment contre mes côtes, prouvant qu'il fonctionne toujours.

— Tu es en vie, murmuré-je.

— Tu n'as pas l'air déçue, me taquine-t-il doucement. Je dois être en train de monter dans ton estime.

Je sens son corps derrière le mien, et de l'eau clapote sur ma peau. J'aimerais me tourner dans ses bras, mais mes membres refusent d'obéir.

— Où sommes-nous ?

— Aux bains d'Ios.

— Qu'est-ce qui ne va pas chez moi ? Je ne peux pas bouger ni voir.

Il ne répond pas tout de suite, et l'inquiétude m'envahit comme une démangeaison qui se répand ensuite.

— Je crois que tu as trop donné pour me sauver. Je me suis réveillé dans un puissant coup de tonnerre, parfaitement guéri. Même mes vieilles cicatrices ont disparu.

Vraiment ? Celle sur son œil va me manquer.

— Je trouvais que tu avais besoin de t'embellir un peu.

Son rire léger gronde à travers moi. Ses bras se resserrent, me faisant remonter vers le haut de sa poitrine.

— Est-ce que je suis nue ?

Je ne sens pas de vêtement.

— Oui.

— Et toi ?

— Oui.

J'essaie de disparaître.

— Est-ce que je suis invisible ?

— Garde ton énergie, Cat, c'est à ton tour de guérir.

Je suppose que cela veut dire non. Je suis si vide, complètement drainée. Mes bras flottent, légers dans l'eau.

— Et si je n'y parviens pas ?

— Bien sûr que tu en es capable. Repose-toi, c'est tout.

Ses lèvres effleurent mes cheveux et sa tendresse bourrue me retourne le cœur. Puis il se décale et quelque chose de dur et épais se presse contre mes fesses.

Je sens mes joues s'échauffer malgré mon piteux état.

— Ne te fais pas d'idées, murmuré-je.

— Oh, j'ai des idées. Mais je préférerais que tu sois consciente.

Une chaleur éclot dans mon bas-ventre, irradiant dans tout mon être.

— Fais-moi confiance, chuchote Griffin dans mon oreille.

— Je ne fais… confiance… à personne.

— Tu pourrais essayer.

Je souris intérieurement, puisque c'est tout ce dont je suis capable.

CHAPITRE 23

L'obscurité recule, lente et épaisse comme de l'huile.

— Griffin ?

— Je suis là.

Il resserre son étreinte. J'aime être allongée sur son torse, montant et descendant lorsqu'il respire.

— Combien de temps ai-je dormi ?

— Des heures. Nous sommes le jour suivant. L'eau t'a réveillée hier, alors je t'ai à nouveau emmenée.

Ça semble… inquiétant.

— Est-ce que ça fait longtemps que nous sommes ici ?

— Des heures, répète-t-il. Nous sommes aussi ridés que mes parents.

Je ris. En quelque sorte. Être incapable de voir donne vie à mon sens du toucher. Son corps m'enlace tendrement, de ses cuisses dures couvertes de poils drus, à son ventre dur contre mon dos, en passant par ses bras puissants qui encerclent ma taille, me serrant un peu plus près que nécessaire.

— Merci de m'avoir ramenée dans l'eau.

Il dépose un baiser brûlant sur mon épaule.

— Merci d'avoir eu la folie de croire que tu pouvais nous sauver. Me sauver.

— Je t'avais dit de ne pas y aller seul.

— J'aurais dû t'écouter.

— Je t'avais dit d'emmener une armée.

Je sens son sourire contre la courbe de mon cou. Ma peau picote sous sa bouche.

— Il s'avère que, tout ce dont j'avais besoin, c'était de toi.

À ces mots, je fonds comme du miel sous le soleil de l'après-midi. Il est difficile d'être sans pitié lorsque je me liquéfie à petit feu.

— Libère-moi de mon serment.

Il se fige complètement. Je ne crois même pas qu'il respire. Ses lèvres tracent un chemin brûlant le long de mon épaule tandis que son pouce fait de lents cercles sensuels juste sous mes seins. Je suis soudain heureuse d'être incapable de bouger. Cela me donne une excuse pour rester où je suis.

D'un ton bas et rauque, il déclare finalement :

— Je te libère de tous tes serments envers moi.

Des étincelles de magie s'allument en moi puis s'éteignent, emportant mes promesses avec elles. La liberté a le même goût que la vie sous serment.

— Ne t'en va pas, Cat. S'il te plaît, murmure-t-il, ses lèvres rivées à ma peau, son souffle brûlant contre elle.

Mon cœur s'ouvre en grand, achevant finalement la fêlure née à l'apparition de Griffin, lors de cette chaude nuit, à la foire du cirque.

CHAPITRE 24

Il y a une main froide sur mon front. Les doigts sont légers et doux.

— Séléné ?

— Égérie.

La déception déferle en moi comme une vague tiède. Égérie soulève ma tête et pose un verre contre mes lèvres. De l'eau froide glisse dans ma gorge. Du moins, quelques gouttes. Le reste coule le long de mon cou.

— Comment va mon cheval ? l'interrogé-je.

— Il va bien. Il est à l'écurie avec les autres, en train de manger son poids en avoine.

— Il le mérite. Il vous a tous sauvés.

Elle marque un silence, qui s'étire.

— Je crois que c'est toi, qui as fait ça.

— Je ne serais pas arrivée si loin sans Panotéen.

— Panotéen ? Comme les tribus mythiques ?

Qui dit qu'elles sont mythiques ?

— Il a de grandes oreilles, lâché-je.

Une éponge froide touche mon torse. Elle se déplace sur mes bras ensuite, d'abord le droit, puis le gauche, puis mes mains, lavant précautionneusement chaque doigt. Mes yeux ne veulent pas s'ouvrir. Je suis impuissante, incapable de voir ou bouger. Complètement vulnérable.

— Qui es-tu Cat ? Réellement ?

— Où est Griffin ?

Il y a un bruit d'eau, puis l'éponge glisse sur mes jambes et mes pieds.

— Il se repose. Il n'a pas dormi depuis trois jours.

Mon premier instinct est de secouer la tête. Cela ne fonctionne pas.

— C'est impossible. Les gens dorment toujours après avoir été guéris.

— Ce que tu lui as fait a eu l'effet inverse sur lui.

Égérie passe l'éponge sur le bas de mon ventre. Mon cerveau me dit de sursauter, car je suis chatouilleuse à cet endroit, mais rien ne se passe.

— Il a à peine quitté ton chevet. Il pense que tu t'es mise en danger dans le but de le sauver.

Étant donné que j'ai été en grande partie inconsciente pendant trois jours, c'est probablement le cas.

Un frisson se répand en moi, glaçant mon sang. J'ai connu toute sorte de peur. La peur de la douleur, celle d'être découverte, celle d'être capturée. Mais celle-là est nouvelle. C'est le genre de peur qui me fait comprendre la différence entre essayer de rester en vie et vouloir vivre.

— Est-ce que c'est le cas ? demande-t-elle. Pourquoi ton état ne s'améliore-t-il pas ?

— Il s'améliore. Je peux parler.

En quelque sorte. Je bafouille tout au plus.

La porte s'ouvre en faisant grincer les charnières, et Égérie jette un drap sur moi en criant :

— Vous ne savez pas frapper ?

— Nous vous avons entendus parler. Est-elle réveillée ?

La voix de Kato aide à dissiper le gel installé dans mes veines.

— Plus ou moins, répliqué-je à la place d'Égérie.

— C'est l'heure de se lever, dit brusquement Flynn. Nous attendons tous que tu nous regardes de haut avec arrogance afin de nous prosterner devant toi et de te baiser les pieds.

Embrasser mes pieds comme à une Déesse. Comme Athéna. La sagesse et la guerre.

Enfin, surtout la guerre.

— Et tendre nos derrières pour une fessée, ajoute Carver.

Un sourire tire sur mes lèvres.

— Ne me… tente pas.

— Dehors, dit Égérie. Cat a besoin de repos.

Non !

— Restez.

Des pieds de chaises raclent sur le sol. Ils m'entourent. L'escouade Bêta. Mon escouade. Une grande main couvre la mienne, l'engloutissant.

— Qu'est-ce que tu t'es infligée ? demande Flynn.

— J'aimerais le savoir.

Il serre ma main, mais je ne peux pas serrer en retour.

— Sommeil, marmonné-je.

Kato me tapote la tête et Flynn tient ma main. Carver siffle une mélodie tribale, et avec eux proche de moi, je ne suis plus si effrayée par l'obscurité.

CHAPITRE 25

— Pourquoi une tribu du sud du Tarva attaquerait si loin au nord ? Ou attaquerait le Sinta tout court ?

Me débattant à travers la brume, il me faut un moment pour reconnaître la voix. Piers.

— Pourquoi est-ce qu'ils se soucieraient de stopper la construction d'un centre de soin ? demande Égérie.

— Ils n'en avaient rien à faire du centre de soin, répond Griffin d'une voix tendue et brusque qui me calme tout de même. Il n'y a aucune raison qu'ils s'y intéressent ou même qu'ils connaissent son existence. Quelqu'un d'autre était derrière tout cela, quelqu'un qui était au courant de nos plans et qui a assez d'argent pour payer des mercenaires.

— Un Tarvan ou un Fisan ? interroge Carver. Ou bien les deux, créant une alliance contre nous ?

— Ou quelqu'un du Sinta, suggère Piers. Les nobles ont l'habitude d'avoir une certaine influence sur la famille royale. C'est dans leur intérêt de nous remplacer par l'un des leurs.

Égérie soupire.

— J'aimerais que Cat se réveille. Elle aurait des idées sur tout cela, j'en suis sûre.

— J'aimerais juste que Cat se réveille, dit Griffin, maussade.

L'émotion enfle dans ma poitrine. Des doigts chauds effleurent mon front. Le toucher est doux, la peau est rêche. Je veux me tourner vers la main de Griffin. L'ironie ne m'échappe pas. J'ai passé des semaines à le rejeter, et, maintenant que je voudrais faire le contraire, je ne peux même pas bouger.

— Est-ce que tu as une idée de qui elle est ? demande Piers. Elle correspond parfaitement à une noble fisanne, avec un teint du nord, des yeux vert clair, une quantité terrifiante de magie et l'arrogance qui va avec. Elle pourrait pratiquement être une Magoi royale en termes de puissance.

— Sauf qu'elle n'est pas un tyran assoiffé de sang, rétorque Griffin.

Ils restent tous silencieux. Je pense que personne n'est d'accord avec lui.

— La réception royale approche, rappelle nerveusement Égérie. Et si un noble sintan était derrière l'attaque ?

— Cat le découvrira, déclare Carver avec assurance.

Il est optimiste, compte tenu de mon état actuel.

— Comment ? le questionne Égérie.

J'imagine Carver hausser les épaules, ses épaules minces et musclées roulant avec la grâce naturelle d'un épéiste accompli.

— C'est ce qu'elle fait, dit-il. Elle lit en nous tous.

— Et si son état ne s'améliore pas ?

Égérie énonce la question que tout le monde se pose, moi en particulier.

Griffin me caresse les cheveux et déclare :

— Elle va se rétablir.

— Mais si ce n'est pas le cas ? insiste Égérie.

Il y a des bruits de bottes, et la porte s'ouvre en grinçant.

— Kato ! Flynn ! Amenez-moi un guérisseur !

Les murmures d'Égérie me font comprendre qu'ils ont déjà tenté. Plusieurs fois.

— Ils ne peuvent rien faire, Griffin.

— Ils n'essaient pas ! lâche-t-il brusquement.

— Je crois que si.

Il pousse un juron.

— Je dois être sûr, dit-il en revenant vers le lit et en prenant ma main. Sinon, je l'emmènerai chez Séléné.

Oui, s'il te plaît.

— Tu ne devrais pas la bouger, s'inquiète Égérie. Ça pourrait la déranger.

— Je me fiche que ça la dérange ! Elle ne mange pas, elle ne boit pas. Elle n'a que la peau sur les os.

Moi ? La peau sur les os ? Ha !

Il y a un bruit de fracas sur ma gauche. La porte s'ouvre, des pieds battent le sol, et la porte se referme.

— On ne joue plus, guérisseur. Répare-la.

Soit Griffin pointe impérieusement un doigt vers moi, soit il se tient les jambes écartées, les bras croisés, un air féroce et menaçant sur le visage. Je n'arrive pas à choisir.

— Mes collègues et moi avons déjà essayé, répond un homme avec raideur.

— Essaie *encore*, ordonne Griffin.

— Nous ne pouvons rien faire.

Un son menaçant s'élève dans la gorge de Griffin.

— Elle est du nord. Elle est Magoi. Elle est comme vous. Elle a sauvé toutes vos pathétiques vies. Pendant que vous fuyiez tous, elle défendait cet endroit. Ce que vous pensez de moi n'a pas d'importance. Guérissez-la.

— Elle a tué Belinda.

Qui ? Une image de la guérisseuse que j'ai drainée passe dans mon esprit. Molle et vide. Morte, apparemment.

— Belinda aurait dû coopérer.

La voix de Griffin s'élève dangereusement. Le guérisseur serait stupide de ne pas faire attention à la menace.

— Je l'aiderais si je le pouvais, mais je ne peux pas. Personne d'entre nous n'en est capable. C'est ce qui arrive aux guérisseurs qui donnent trop. Elle a drainé sa force vitale, et, maintenant, elle n'est pas assez forte pour la récupérer.

— Explique, dit Griffin d'une voix acérée.

— Elle vous l'a donnée, Bêta Sinta. Elle a besoin de la reprendre.

Un cri d'alarme résonne en moi comme un éclair. Griffin doit réaliser la même chose. Avec lui, je ne peux que donner.

— Et si ce n'est pas possible ? demande-t-il.

— Elle mourra, répond le guérisseur sur un ton rationnel. Regardez-la. Elle est déjà en train de s'effacer.

Il dit la vérité. Je le saurais même sans mes pouvoirs.

La conversation devient de plus en plus vague et je me sens fiévreuse. Il paraît que les Enfers sont chauds. Est-ce qu'Hadès attise sa fournaise ? Est-ce qu'il me laissera voir Séléné ? J'imagine que les prophéties ne se réalisent pas toujours…

Les voix autour de moi s'estompent, et une vague sombre roule sur moi, suivie d'une grisaille sans fin. *Où est Éléni ?*

Non ! Pas encore !

Je me bats pour revenir, péniblement, en m'agrippant comme je le peux, et je force ma bouche à bouger.

— Griffin.

Son poids creuse le matelas en un instant, me faisant rouler vers lui.

— Reprends-la !

Il lève ma main vers son visage. Sa mâchoire est piquante et j'aimerais pouvoir voir ses traits puissants et déterminés, sa barbe noire de quelques jours, ses yeux gris qui ne manquent jamais de me démasquer. Sa voix est rauque sous l'effet de l'émotion et je me demande ce que j'ai fait pour mériter son affection. Je ne suis même pas gentille avec lui.

— Reprends ta force vitale !

Sa poigne est urgente, son visage assez proche pour que son souffle agite mes cheveux.

J'essaie de trouver ce que j'ai perdu, mais il est impénétrable. Mes piètres tentatives glissent immédiatement sur lui. Après un moment, Griffin doit comprendre que rien ne se passe, car il gronde de frustration et repose ma main.

— Elle peut prendre la nôtre. Un peu de chacun de nous, propose Kato de l'autre côté de moi.

Un instant plus tard, trois lourdes paires de mains se posent sur moi, une par une, suivies d'une plus petite, féminine, qui se joint aux autres.

Mon cœur se serre douloureusement dans ma poitrine. Je ne leur prends rien. Je ne veux pas risquer d'en prendre trop.

— Eh bien ? interroge impatiemment Griffin.

— Rien, répond Flynn. Soit il ne se passe rien, soit elle n'essaie pas.

Griffin lâche un chapelet de jurons qui apprend probablement une chose ou deux à Égérie.

— Sortez ! aboie-t-il finalement.

Grommelant tout bas contre mon entêtement, il s'allonge à côté de moi, me calant contre son flanc. Je regrette de ne pas l'avoir embrassé en retour. J'aurais dû le remercier pour le steak d'agneau.

— Est-ce que tu peux m'entendre ? questionne-t-il.

Je réussis à pousser un son hors de ma gorge.

— As-tu seulement essayé ?

Je ne réponds pas et il jure silencieusement.

— C'est bien ce qu'il me semblait. Tu n'as pas toujours besoin d'avoir le dernier mot, tu sais.

J'aimerais pouvoir rire. Je n'ai pas gagné une seule dispute contre Griffin. Maintenant, je ne peux même plus parler, mais il pense quand même que j'ai toujours le dernier mot ?

Il se tourne, me redressant en position assise et m'adosse contre lui. Ma tête tombe sur le côté, et il la remet droite, la coinçant sous son menton.

— J'ai une idée. Je ne veux pas te blesser, mais je ne sais pas quoi faire d'autre.

Il soulève ma main et frotte ma paume de son pouce calleux.

— Qu'est-ce que c'est, la force vitale ? L'esprit ? Le corps ? L'âme ? Tout cela combiné ? Est-elle dans notre sang ? Je peux te donner mon sang. Je vais me couper.

Ce n'est jamais une bonne idée.

— À toi.

Attends, quoi ?

Une lame pique la paume de ma main. Le sang s'échappe, en même temps que ma peur perpétuelle de nouvelles expériences. Il me prend sur ses genoux. Ma respiration paniquée se calme graduellement alors que Griffin me berce contre lui, nos doigts entrelacés. Des picotements naissent à l'endroit où nos sangs se mélangent, dans une incroyable intimité.

J'écoute les battements réguliers de son cœur sous mon oreille et je combats la fatigue, terrifiée à l'idée que, la prochaine fois que je m'endormirai, je ne me réveillerai pas.

CHAPITRE 26

Instinctivement, je me pelotonne contre le corps large et ferme à côté de moi, soupirant lorsque je détecte l'odeur familière de Griffin.

— Cat ?

Je me déplace un peu plus près, faisant glisser ma joue le long de son torse nu.

— Ça fonctionne !

Il s'assied et je grommelle une protestation.

— Doucement, *kardia mou*, dit-il. Je coupe plus profondément.

Mon souffle se coupe un instant. *Son cœur ?* La plupart des gens ont oublié l'ancien langage des Dieux. Les tribus doivent avoir gardé quelques mots doux. Personne ne m'a jamais appelée par un nom spécial avant, sauf Thanos, mais je ne suis pas sûre que «petit monstre» compte.

Griffin doit certainement se couper en premier. Je force mes yeux à s'ouvrir, juste au moment où il approche son couteau de moi. Tout est flou, mais mon cœur fait quand même une pirouette à la vue de ses cheveux noirs comme la nuit, de ses traits sculptés, de sa bouche large et sensuelle, de ses yeux gris magnétiques. Je pourrais le fixer pendant des heures.

Sa lame trace une ligne de feu le long de ma main.

— Elle me trouvera, grogné-je.

Je ne sais pas du tout depuis combien de temps mon sang est exposé.

— Alpha Fisa ?

Je hoche la tête. Presque.

On pourrait penser que je suis habituée à la douleur à présent. Je grince tout de même des dents lorsqu'il presse nos mains ensemble.

Tout en fronçant les sourcils, Griffin me réinstalle sur ses genoux, comme il l'a fait plus tôt. Du sang tache l'avant de ma tunique. Cette chemise est à Griffin et elle m'arrive aux genoux. Il est nu jusqu'à la taille, sa peau chaude et dure est comme du marbre au soleil. Il me caresse le dos en un geste lent et apaisant qui me donne envie de me frotter contre lui en ronronnant. Sa main est endurcie par une vie passée à manier l'épée, puissante, et elle couvre la moitié de mon dos. Cela me fait penser aux moments où nous avons combattu à main nu, à la retenue qu'il a dû montrer pour se retenir de me briser en deux, surtout quand je le méritais.

Sa bouche effleure le haut de ma tête, envoyant des picotements chauds dans tout mon cuir chevelu.

— Nous partirons bientôt, promis.

— Est-ce que c'est un serment ?

Je ne plaisante qu'à moitié. Nous devons partir.

Griffin soulève mon menton jusqu'à ce que nos yeux se croisent.

— Je t'aime, Cat. Je ferai tout pour te mettre en sécurité. C'est cela, mon serment.

Mon cœur se tord si violemment que c'en est douloureux.

— Ne dis pas ça.

Sa main reprend son mouvement régulier dans mon dos, descendant un peu plus bas à chaque caresse. Le plaisir ondule sur ma peau et déclenche des frissons le long de ma colonne. Je me blottis contre lui. La chaleur s'accumule dans mon bas-ventre et me réchauffe de l'intérieur.

— Pourquoi pas ?

Son ton est désinvolte, mais son corps est tendu sous le mien.

Je déglutis. J'aimerais être aussi calme et sûre de moi que Griffin l'est toujours.

— Ça fait de toi une cible.

Sa main se fige sur mon dos, puis il nous fait rouler de manière à se tenir au-dessus de moi. Mes yeux s'écarquillent, mon cœur s'accélère, pompant nos sangs mélangés pour réveiller mes membres.

Ses yeux, semblables à des nuages orageux, se délectent de mon visage comme s'ils pouvaient en mémoriser chaque détail.

— Je m'en fiche, déclare-t-il platement. Tu es tout pour moi.

La véracité de ses mots ricoche en moi comme les grondements du tonnerre et je pousse un cri de surprise. Griffin l'avale avec sa bouche. Ses lèvres offrent un mélange enivrant de force brute et de pression subtile. Elles bougent sur les miennes, séduisantes et insistantes, me cajolant pour me pousser à m'ouvrir à lui. Sa langue glisse sur ma bouche et le désir s'éveille, une pulsation brûlante qui demande à être comblée. J'ai désespérément besoin de lui.

Je délace nos doigts, passe mes bras autour de son cou et l'embrasse en retour, déversant toutes les émotions embrouillées, confuses, folles, idiotes qu'il éveille en moi par son baiser. Une secousse de pouvoir olympien me traverse, stimulant les ailes dans ma poitrine. Elles se déploient en moi, et je m'arc-boute sur le lit, propulsée contre Griffin.

Il grogne tout bas à ce contact. Tout en m'encerclant de ses bras, il passe sa langue sur la mienne, revendiquant ma bouche et bien plus. La passion s'embrase, et j'oublie les ailes, les Dieux et le tonnerre caché dans mes veines. Je me perds dans son étreinte ardente. Alors que je suis protégée par son large corps, qui bouge au-dessus de moi, m'entoure, me tient, le désir tourbillonne au fond de moi. Son intensité me fait gémir, et Griffin recule, le regard inquiet.

— Encore, l'exhorté-je à bout de souffle.

J'utilise la petite quantité de force que j'ai amassée pour le ramener à moi, cherchant frénétiquement à retrouver ses lèvres.

Avec un grognement de désir sauvage, Griffin pose sa bouche sur la mienne dans un autre baiser brûlant, tenant doucement ma tête entre ses mains comme si j'étais quelque chose de fragile et précieux.

— Pourquoi m'as-tu sauvé ? grogne-t-il contre mes lèvres en continuant à m'embrasser comme s'il ne pouvait plus s'arrêter.

Je prends son visage en coupe, maculant de sang l'une de ses joues râpeuses. Nous nous fixons, plongés dans les yeux l'un de l'autre. Les siens sont de la couleur d'une mer houleuse. Je vois des tempêtes et des éclairs argentés, dont la force meurtrière fait rage en moi. Lorsque je le regarde, je me sens refondre et me reformer. Voilà ce qui change la vie, ce qui modifie les raisons de vivre.

D'un geste d'une douceur à m'en briser le cœur, il repousse les cheveux emmêlés sur mon visage.

— Je pensais que tu me haïssais.

Les sentiments que j'ai finalement libérés enflent, devenant si poignants qu'ils en sont douloureux.

— J'ai essayé de te détester. Ça s'est avéré plus dur que je ne le pensais.

Son sourire soudain me serre le cœur. D'un doigt léger, je trace les rides au coin de ses yeux, m'émerveillant de la façon dont son regard s'assombrit puis se réchauffe, trahissant toute sa détermination. Attirée par une force irrésistible, je me colle à lui, ma bouche contre la sienne, pour un baiser pur, transparent et sincère.

Si j'ai initié le baiser, c'est Griffin qui domine chaque pouce de mes lèvres avec sa tendresse farouche qui déclenche des explosions d'excitation dans mon ventre. Je bouge contre lui, acculée entre l'impatience et la faim, m'accrochant à ses épaules et écrasant ses hanches. Mes genoux se relèvent, augmentant ce contact dont je suis avide. Mes mains trouvent ses larges épaules, explorant sa force masculine.

Griffin pose ses lèvres sur ma gorge, là où palpite une veine, qu'il suçote. Mon souffle devient irrégulier. J'enfouis mes doigts dans ses cheveux pour le tenir plus près. Il agrippe mes cuisses et me soulève contre lui pour que sa hampe dure et épaisse se presse contre mon bas-ventre. Je suis nue sous la tunique, et le soudain contact intime m'étourdit d'excitation. Une moiteur submerge mon entrejambe.

Le souffle haletant, Griffin plonge sa tête dans le creux de mon cou. Il se décale, glissant ses longs doigts sur mon corps, effleurant mes côtes, entraînant ma chemise avec eux. Sur leur passage, je me consume d'anticipation. Il remonte le tissu, pouce par pouce, dénudant mon corps sous son regard affamé.

— Tu es tout ce que j'ai toujours désiré.

Il prend un sein en coupe et le serre doucement. Le désir étincelle dans ses yeux gris, trop honnête pour que je me sente gênée. Son pouce caresse mon téton et le bouton sensible se durcit. Il fait rouler doucement la pointe érigée jusqu'à ce que je me tortille sous l'effet du plaisir qui cascade en moi.

— Te sentir, dit-il en baissant la tête. Te goûter.

J'inspire brusquement lorsque sa langue passe sur la pointe rigide, la taquinant à petits coups chauds et humides. Les sensations vrombissent dans chacun de mes nerfs, courent sur ma peau. Sa langue tourbillonne, délicieusement fébrile, alors que ses mains s'activent de l'autre côté. Ses phalanges frôlent le dessous sensible de mon sein et je tremble. Je fourre les mains dans ses cheveux, m'y agrippant plus fermement alors que ses doigts et ses lèvres rôdent, apprenant mes courbes et les sensations qu'elles provoquent. Griffin referme sa bouche brûlante autour de mon téton avec un son grave qui se répercute contre ma poitrine.

Je me cabre sous lui, pulsant de désir. Simultanément, mon instinct de survie se met en alerte en même temps que le besoin de protéger Griffin. Mes yeux s'ouvrent brusquement, lorsque, légers comme une plume, ses doigts descendent, à la recherche des boucles entre mes jambes. Je n'ai presque pas la volonté de l'arrêter. J'attends une seconde de trop, et il prend mon intimité en coupe, tout en glissant un doigt entre mes plis soyeux.

Haletante, j'attrape son poignet, le stoppant sans conviction.

Griffin se fige. Quelques secondes plus tard, il appuie en douceur sur un endroit qui envoie une décharge de plaisir à travers mon corps. Une palpitation naît au plus profond de moi.

— Cat.

Mon nom est une supplique torturée. Ses halètements erratiques inondent mes seins de chaleur. Ses doigts plongent plus profondément dans ma moiteur, titillant mon intimité.

Mon corps se languit de lui. Violemment. Désespérément. Le vide en moi est insoutenable et j'ai besoin d'être remplie. Je soupire, tremblante, et secoue la tête, me mordant les lèvres pour m'empêcher de dire quelque chose que je ne devrais pas. Je m'oppose à Griffin. Je m'oppose à nous deux.

Ses grondements enroués intensifient la douleur en moi. Je bouge fébrilement contre sa main, levant inconsciemment les hanches.

Tout son corps se tend.

— Ça n'aide pas, marmonne-t-il en posant son front contre mon épaule.

— Désolée, bredouillé-je, pantelante.

Il faut un long moment pour que sa respiration s'apaise. Il se retire, et s'étire sur le côté, caressant d'une main absente ma hanche, son poids chaud me faisant réaliser à quel point je suis maigre. Non, pas juste maigre. *Concave.*

Je jette un œil vers le bas. Je suis habituée à une certaine quantité de courbes, et la vue de la peau tirée sur les os me rappelle des choses qu'il vaut mieux laisser au passé.

Griffin se rallonge sur le dos, entrelaçant à nouveau nos doigts, bien que nous ayons arrêté de saigner. Je me tourne vers lui sans réfléchir.

— Est-ce que je devrais rouvrir nos plaies ? demande-t-il.

Il m'entoure de son bras libre.

Je caresse les reliefs de son abdomen, une peau chaude couvrant de l'acier.

— Nous devrions partir.

— Est-ce que tu peux marcher ?

Je prends une profonde inspiration, réticente à bouger.

— Il n'y a qu'un moyen de le savoir.

Griffin passe une main sur son visage puis se lève, tendant l'autre pour m'aider. Même si je parviens à tenir debout sur mes jambes, je me sens comme ballottée par une houle marine, prête à m'effondrer. Mon grognement inquiète Griffin. Puis mon estomac gargouille, et, cette fois, ses yeux s'illuminent.

— On mange. Puis on s'en ira.

Je secoue la tête, en agrippant la tête du lit pour maintenir mon équilibre.

— Pas le temps.

Ses yeux gris se durcissent.

— Tu dois manger.

— Je peux manger pendant que nous chevauchons. Andromède pourrait avoir des espions partout. Elle sait peut-être déjà que je suis ici.

Il crispe les mâchoires, mais hoche la tête, se détournant de moi pour récupérer une bassine et une éponge. Il retire le sang séché de nos deux corps. Ma protestation immédiate s'estompe sous son regard résolu et son insistance bourrue à prendre soin de moi. Je me mords sa lèvre et reste immobile parce que je comprends son besoin. Il m'a vue mourante pendant des jours. Je l'ai vu mourant pendant quelques minutes, et c'était plus qu'horrible.

Des frissons chauds suivent le chemin de l'éponge froide et du regard ardent de Griffin. La chair de poule m'envahit et mes tétons durcissent à nouveau. En conséquence, ses yeux restent accrochés à mes seins et ses paupières s'alourdissent. Un désir inassouvi transforme ses traits spectaculaires, qui se crispent, alors qu'il me lave avec une concentration qui fait palpiter mon cœur et affaiblit mes genoux. La chaleur s'accumule à nouveau entre mes jambes. Mes membres sont alanguis. Je n'arrive pas à reprendre mon souffle.

Griffin pose un baiser persistant sur mon épaule nue avant de passer une chemise blanche propre par-dessus ma tête. Il en enfile une aussi avant d'ouvrir la porte à la volée et de beugler pour appeler les autres.

Flynn et Kato se précipitent depuis la pièce d'à côté. Quand ils me voient, leurs visages se fendent de larges sourires. Nous nous sautons presque dans les bras, mais nous nous retenons, Griffin rôdant comme un Centaure surprotecteur. Et aussi parce que je ne porte pas de pantalon.

Griffin tend à Kato une bassine d'eau sanglante.

— Dilue ça.

Et à Flynn, il dit :

— Brûle la tunique et les draps du lit. Assure-toi qu'il ne reste aucune goutte de sang nulle part.

Je me tourne vers lui, les yeux élargis, et Griffin écarte les mains.

— Tu crois que je n'ai pas appris la leçon ?

Je souris. Aucun commentaire.

Égérie arrive ensuite. Les larmes aux yeux, elle se jette sur moi, me renverse presque et me serre si fort que je commence à réévaluer son statut de fleur délicate. Elle est forte. Ou peut-être que je suis juste très faible. Je lui tapote gauchement le dos jusqu'à ce qu'elle me lâche.

— Nous avons besoin de nourriture pour la route, lui dit Griffin. Des fruits, du pain, du fromage.

J'ouvre la bouche, mais il est plus rapide que moi.

— Pas de fromage de chèvre, précise-t-il.

Carver remonte l'escalier à pas assourdissants et arrive en respirant difficilement.

— Cat !

Il me soulève et me fait tourbillonner. Lorsqu'il me repose, je perds l'équilibre, et Griffin m'attrape avant que je ne tombe. Il m'encercle d'un bras et me plaque contre son flanc en plantant un baiser sur le haut de mon crâne. Sa démonstration d'affection possessive me fait rougir comme une baie de Kala.

— Aide Flynn avec les draps, grogne-t-il. Prépare les chevaux et préviens Piers que nous partons.

Carver me jette un coup d'œil inquiet tout en ignorant le ton maussade de son frère.

— Le soleil est encore haut dans le ciel.

Griffin regarde par la fenêtre en fronçant les sourcils.

— On ne peut pas attendre, déclare-t-il.

Je me racle la gorge.

— Est-ce que, je pourrais, s'il vous plaît, avoir un pantalon ?

Tous les yeux se posent sur mes jambes et Griffin me pousse derrière lui comme si personne n'avait jamais vu de genoux. Égérie se dépêche de sortir de la pièce et revient avec une chemise jaune pâle et un pantalon brun foncé.

— Qu'est-il arrivé à mes vêtements ?

Je ne vois que mes bottes, rangées proprement sous le lit.

— Irrécupérables, répond-elle. Nous les avons brûlés avec ceux de Griffin.

Ce qui veut dire qu'il ne me reste qu'une chemise et mon pantalon en cuir, et ils ne sont même pas ici. Au moins, ils seront à ma taille. En fait ils seront probablement trop larges.

— Je dois aller à l'agora à notre retour et je n'ai pas d'argent, dis-je à Griffin en me renfrognant. Et puis, c'est *quand* exactement le jour de paie ?

Il rit et m'embrasse devant tout le monde. Je suis trop faible pour le repousser et, à la seconde où ses lèvres touchent les miennes, j'oublie de protester.

— Tu mérites une augmentation. Vous en méritez tous une. Maintenant, allons-y !

CHAPITRE 27

Tout le monde se met en branle. Griffin reste avec moi et me persuade de boire de l'eau alors que je m'habille. Les vêtements d'Égérie sont trop grands pour moi et beaucoup plus doux que ceux auxquels je suis habituée. J'ai l'impression de marcher à travers un nuage.

Juste au moment où je commence à songer qu'il serait génial de me rasseoir, Carver ouvre la porte et passe sa tête dans l'entrebâillement.

— Tout est prêt.

Griffin me regarde faire deux pas et me soulève soudain.

— Ce n'est pas nécessaire, protesté-je en ignorant les points blancs qui maculent ma vision.

— Je suis Bêta Sinta, rétorque-t-il d'un ton bourru. Je déciderai de ce qui est nécessaire.

J'ai une réplique excellente pour cela. Je ne l'utilise juste pas. À la place, je dis :

— Attendez juste que j'aie de nouveau la force de vous combattre, Votre Tyrannique Altesse.

Il sourit comme s'il avait hâte. Il jongle avec moi dans ses bras pour nous faire passer dans l'encadrement étroit de la porte, puis il me porte en bas des escaliers et à travers une cour ombragée dont le sol est entièrement couvert de mosaïques colorées qui représentent les Olympiens vainquant les Titans pendant la Guerre des Dieux.

— Est-ce que tu as amené Panotéen pour moi ? demandé-je à Carver.

Il hoche la tête.

— Ce cheval est une légende. Personne n'arrive à comprendre comment il est arrivé ici une heure avant l'armée. Elle a quitté le château cinq minutes après toi.

Je cligne des yeux avec surprise. J'ai déversé la magie de la guérisseuse puis ma propre force vitale dans Griffin pendant *si longtemps* ? Pas étonnant que j'aie failli en mourir.

Nous passons sous une porte voûtée pour entrer dans une seconde cour, trop grande pour être ombragée. Le soleil me fait mal aux yeux, et, lorsque la chaleur me frappe comme un mur, je me protège contre le cou de Griffin.

Le reste de l'escouade Bêta et Égérie nous attendent au niveau des chevaux.

— Où est Piers ? demandé-je en bâillant.

— Il conduit l'armée, dit Griffin. Ils nous rejoindront à la porte ouest.

Panotéen hennit quand il me voit. Je descends des bras de Griffin et rejoins mon cheval pour caresser son encolure. Il me donne un coup de tête, me renversant presque.

— Tu es un héros, tu sais.

Son énorme oreille tressaille. Bien sûr qu'il le sait.

Je tente sans succès de mettre mon pied dans l'étrier. Flynn propose de me faire la courte échelle pour m'aider à monter, mais Griffin le pousse hors du chemin et me soulève lui-même. Flynn sourit d'une manière que je n'apprécie pas du tout, et Kato et lui ne cessent de se donner des coups de coude, leurs yeux naviguant entre Griffin et moi.

Je leur fais une grimace.

— Vous avez quel âge ? Cinq ans ?

Flynn me tapote la cuisse et me la serre chaleureusement, malgré le regard mauvais de Griffin.

— Ça, c'est la Cat qui nous a manqué.

Tout en échangeant un regard avec Carver, tous les deux fouillent dans le sac de Flynn. C'est Kato qui me tend la flasque qu'ils en sortent.

— Qu'est-ce que c'est ?

Je dévisse le bouchon et renifle avec méfiance.

Il refuse de répondre. À cause de la lueur joyeuse dans ses yeux cobalt, je fais semblant d'être très inquiète avant de porter la flasque à mes lèvres. Le goût familier déferle sur ma langue et m'emplit de ravissement.

— De l'eau de trèfles fisans !

Kato sourit, m'aveuglant presque avec sa beauté.

— Avec Flynn et Carver, nous nous sommes dit que tu apprécierais.

— J'ai pratiquement grandi avec ce truc-là. Ma sœur et moi avions l'habitude de nous faufiler dans les cuisines et de nous en remplir l'estomac.

Griffin me jette un coup d'œil.

— Sœur ?

— Où est-ce que vous avez trouvé ça ? demandé-je en avalant une plus longue goulée.

Kato reprend la flasque lorsque je la lui tends, la referme et la place dans la sacoche accrochée à la selle de Panotéen.

— Il y a une boutique des royaumes à Ios. Des marchands fisans sont arrivés ce matin avec de l'eau de trèfles, et avec ça.

Il se tourne vers les autres et Flynn sort un collier d'une poche en cuir. Il tient avec précaution la chaîne entre son pouce et son index.

Mon cœur manque un battement. Ou peut-être trois. De minuscules feuilles de laurier en or martelé remontent le long du pendentif, le protégeant et l'attachant à la chaîne en or. À l'intérieur se trouve un éclat de glacier des plaines de Glace, entouré d'une couche de magie qui l'empêche de fondre. La glace reflète une myriade de nuances de bleu et pulse avec tant de magie qu'elle doit avoir été extraite près du mont Olympe. Seule une poignée de gens sont capables de s'enfoncer autant dans les plaines de Glace et d'en revenir.

Mes mains tremblent alors que je les tends vers le collier. La chaîne et les pendentifs sont tous deux d'un froid mordant. Je peux déjà sentir la glace agir pour moi, stimulant le peu de force que j'ai. Je cligne plusieurs fois des yeux avant de les relever. J'ai du mal à respirer.

— Ça a dû coûter une fortune.

Tous les trois haussent les épaules, balayant d'un revers de main le prix colossal qui va de pair avec ce genre de trésor.

— Le marchand nous a expliqué que ça te connecterait à la source de ton pouvoir, quelque chose comme ça, dit Flynn. Un sort empêche la glace de fondre. Nous pensions que ça pourrait aider.

— Et c'est joli, ajoute Carver en souriant comme un idiot.

Je m'étouffe avec le nœud dans ma gorge, riant et toussant à la fois. Je passe la chaîne au-dessus de ma tête et glisse le pendentif sous ma tunique. Il tombe entre mes seins et le froid me brûle la peau.

— Merci, *oikogeneia.*

L'ancien mot pour « famille » s'élève spontanément, basculant à travers mes lèvres. Je viens juste de revendiquer ces gens. Peut-être qu'ils le sauront un jour.

Je vois Ios réellement pour la première fois alors que nous chevauchons pour rejoindre l'armée à la porte ouest. La cité est en grande partie faite de marbre et déborde de temples dédiés aux Dieux. Nous passons devant plusieurs bains publics, l'agora déborde de vie et les marchands semblent relativement prospères. Je ne suis pas surprise, plus les villes sont loin au nord des royaumes, plus elles sont riches. Ce qui me surprend, c'est le cortège que nous attirons sur notre passage.

Les Ioniens s'alignent dans les rues, habillés de vêtements colorés, comme pour un festival, et nous regardent passer. Ils *me* regardent. Les femmes et les enfants jettent des fleurs sur mon passage, puis prennent le bras de leur mari ou père pour suivre nos pas. Les fers de Panotéen cliquettent sur les pavés, piétinant les fleurs et relâchant leur fragrance entêtante dans la chaleur de l'après-midi. J'entends mon nom dans une brise parfumée et remercie les Dieux que le vent ne souffle pas vers l'est.

Même si j'aurais largement préféré baisser la tête et cacher mon visage, je réussis à sourire et faire des signes de main de temps en temps, puisque cela semble être la chose appropriée à faire.

Les résidents d'Ios m'acclament alors que nous atteignons les portes. J'aimerais qu'ils ne le fassent pas. Les sauver aujourd'hui ne veut pas dire que je ne causerai pas leur perte demain. C'est mon destin, après tout.

Je déglutis et découvre que ma gorge est douloureusement sèche.

Je respire plus facilement lorsque nous passons les portes. Griffin et moi nous plaçons à l'avant des soldats qui attendent, devant l'escouade Bêta, Piers, et même Égérie. Prendre la position de tête semble à la fois juste et injuste.

— Et le centre de soin ? demandé-je.

Griffin me jette un œil.

— Les plans n'ont pas changé.

Poussant doucement Cheval Brun plus près de moi, il tend la main et écarte doucement une boucle folle sur ma tempe. Le bout de ses doigts effleure le contour de mon oreille lorsqu'il replace la mèche et je frissonne malgré la chaleur.

Tout en fronçant les sourcils, il demande :

— Es-tu certaine de pouvoir voyager ?

Bien que l'inquiétude dans ses yeux manque de causer ma perte, j'opine tout même la tête, ce qui est un mensonge colossal. Je ne suis pas sûre du tout.

— L'attaque n'effraiera-t-elle pas les guérisseurs ? demandé-je. Ils ne voudront pas venir ici. Ils ne veulent déjà rien avoir à faire avec toi.

— Ce qui compte, c'est d'aider les gens. S'ils ne peuvent pas comprendre ça, ce sont des idiots.

— Ce *sont* des idiots.

Il hausse les épaules.

— Alors, nous emploierons des médecins Hoi Polloi. Ils sont doués, même s'ils n'ont pas de magie.

Simple et pourtant si efficace, typique de Griffin.

— C'est brillant. Les guérisseurs vont détester ça. Ça les poussera à s'en mêler. Leur ego n'acceptera pas qu'on les écarte du rôle qui leur est destiné.

Griffin hoche la tête.

Nous chevauchons dans un parfait silence pendant un moment, puis je me retourne vers lui.

— Merci de m'avoir sauvée.

— Nous nous sommes sauvés l'un l'autre, répond-il.

Ma poitrine se serre lorsqu'il tend à nouveau sa main vers moi, comme s'il ne pouvait s'empêcher de me toucher. Ses longs doigts s'enroulent autour des miens.

— Mais ne te sacrifie jamais pour moi, Cat. Je ne pourrais pas vivre avec ça.

Un nœud d'émotion s'emmêle autour de mon cœur. Sa main est si chaude. Griffin est la seule chaleur qui m'ait un jour attiré.

— Combien de temps suis-je restée dans les vapes ? demandé-je.

Il me lâche, afin de reprendre les deux rênes lorsque Cheval Brun commence à secouer la tête.

— Six jours.

Six jours ! Pas étonnant que je sois émaciée.

— Mais je ne me souviens que de quelques réveils.

Ses yeux passent sur moi, lugubres et durs.

— C'est parce que tu ne t'es réveillée que quelques fois.

Je frissonne légèrement. J'ai toujours essayé de rester en vie, mais je n'avais pas vraiment peur de la mort, avant.

Un peu plus tard, Griffin dit :

— Ces Tarvans ont envahi notre territoire et attaqué la famille royale sintanne. C'est une déclaration de guerre.

— Bienvenue dans la Lutte des Pouvoirs, murmuré-je, maussade.

— Tuer ou être tué, répond-il en adoptant visiblement ma philosophie amère.

Un sourire narquois étire mes lèvres.

— Tu es aussi sans pitié que moi. Tu le caches simplement mieux.

— Nous sommes tous les deux impitoyables lorsque c'est nécessaire. C'est pour ça qu'on va bien ensemble.

Je secoue la tête.

— Il devrait toujours y avoir quelqu'un d'humain dans le lot, pour recadrer l'autre.

Il glousse doucement.

— Nous avons Égérie pour ça.

Je ris puis je tousse. Griffin sort la gourde d'eau de trèfles et me fait boire. Il essaie de m'en donner plus, mais je le repousse, soudain nauséeuse.

— Une gorgée de plus et je vais vomir.

Les sourcils froncés, il range la flasque.

— À moins d'être entièrement sans cœur, les gens accordent une certaine valeur à la vie humaine. Cela nous retient de nous entre-tuer sans raison. Mais pour les chefs comme toi et moi, la moralité est trop absolue. Nous devons faire des choix.

— Je ne suis pas une cheffe.

Une lueur butée se glisse dans ses yeux.

— Tu l'es. Je sais comment tu as fait face à Piers et à tous les autres au château. C'est toi qui prends les décisions. Tu les exécutes. Tu protèges les tiens.

Je renifle.

— Ils ne sont pas très nombreux.

— En réalité, ils sont plus nombreux que tu ne le penses. La ville entière d'Ios te vénère.

Alors tout ça pour ça ? Maintenant, j'ai *vraiment* envie de vomir. L'eau que j'ai bue pousse de manière inconfortable sur les bords de mon estomac étréci. Je ne veux pas qu'Ios me vénère. Je ne veux pas que quiconque me vénère.

— Je n'aime pas que les gens parlent de moi.

— C'est trop tard pour ça. Tout le monde ici sait que tu as décimé ces Tarvans presque à toi toute seule. Le reste du Sinta l'apprendra bien assez tôt, et les Ioniens ont déjà commencé la construction d'un temple en ton honneur.

Quoi ? Je le regarde, stupéfaite.

— Les temples sont pour les Dieux.

Je cligne des yeux, mais non, tout est toujours flou. Ce n'est pas bon signe.

— Les Dieux, les héros.

Il m'offre ce sourire en coin qui fait cesser les battements de mon cœur. Il ajoute :

— Une mystérieuse Fisanne qui galope à la rescousse sur un cheval-âne et crache du feu…

Je me retiens de rire. Ou de tomber de ma monture.

— Panotéen va te le faire payer. Et les Tarvans en avaient après *toi*, pas après Ios.

— Ils auraient mis la ville à sac. L'endroit est pratiquement sans défense. Tout ce qu'il y a, c'est une muraille par-dessus laquelle Cheval Brun pourrait sauter, et un total de vingt gardes. Tu as sauvé Ios, et les gens, là-bas, le savent.

Je fronce les sourcils.

— Le Sinta est dans une position de faiblesse. Le royaume le plus pauvre avec le climat le plus sec et le moins de magie… L'ancienne Maison royale a presque tout ruiné par cupidité. La Lutte des Pouvoirs est là, mais tout est différent, cette fois, car Alpha Fisa est encore trop puissante. Alpha Tarva a pris le pouvoir avant son heure, et toi… ajouté-je en jetant un œil à Griffin, l'Alpha en habits de Bêta. Eh bien, je suis presque sûre que c'est avec toi que tout a commencé.

Il ne semble pas repentant le moins du monde.

— Et ce qui s'est produit à Ios, c'était le premier coup de quelqu'un d'autre. Un membre de la famille royale tarvanne ?

— C'est ce que je crois. Mais je pense que le Géant que vous avez combattu après m'avoir enlevée était, en fait, le premier pion déplacé sur l'échiquier. Nous ne le savions simplement pas, à l'époque.

— Par la même personne ?

Je hausse les épaules et secoue la tête.

— Impossible de le savoir.

Griffin scrute l'horizon puis regarde vers le sud, sa mâchoire ciselée se crispe alors qu'il observe le paysage aride.

— Je peux donner des soldats à Ios et Skathos pour protéger les centres de soin, mais je ne peux pas trop éparpiller mon armée. Nous devons protéger Sintaville et la famille. Mylos est en sécurité, mais je n'ai pas assez de gens pour couvrir Velos et Kaplos et j'ai à peine assez de soldats pour tenir les tribus tranquilles dans le sud.

— Recrute. Le Sinta est plus pauvre que par le passé, mais c'est uniquement parce que toute la fortune se trouve au château. Redistribue-la. C'est bon pour tout le monde.

Il se passe une main dans les cheveux, les repoussant en arrière. Ils sont devenus plus longs, plus sauvages, plus ceux d'un seigneur de guerre que d'un Bêta.

— Je ne fais pas confiance aux soldats qui ne sont pas les miens.

— Tu n'as pas le choix, et ils seront bel et bien à toi. La plupart des gens veulent juste manger ou nourrir leur famille. Tu auras un fruit pourri à droite à gauche, mais c'est pareil partout. Les familles royales tarvanne et fisanne en ont probablement bien plus que toi. Tout le monde les déteste. La population, parce qu'ils l'ont réprimée et terrorisée. Les nobles, parce qu'ils sont jaloux et envieux. Il y a constamment des complots pour anéantir les familles royales. Ils ne fonctionnent jamais. Enfin, sauf le tien.

J'agite la main dans sa direction.

Sa bouche tressaille. Il est toujours flou, et mes membres s'alourdissent progressivement. Je me débats avec cette sensation déconcertante tout en essayant de me concentrer sur la conversation.

J'enchaîne :

— Tu auras des problèmes avec les nobles et certains Magoi, comme les guérisseurs. Ce sont deux minorités. La plupart des Sintans sont heureux d'avoir Égérie pour Alpha. Ils t'apprécient même *toi*, dis-je avec un air qui signifie « on se demande bien pourquoi », qui le fait rire sincèrement. Ta famille donne au lieu de prendre. C'est un énorme changement. C'est inattendu.

— Alors, tu commences enfin à apprécier Égérie.

Je hausse les épaules.

— Elle n'est pas si terrible.

Ses yeux étincellent.

— Un tel compliment.

— Recrute, répété-je en ignorant son sarcasme. Si ce n'est pas assez, alors nous songerons à autre chose.

Il penche le visage et me regarde avec curiosité.

— Tu as quelque chose derrière la tête.

— J'ai toujours quelque chose derrière la tête.

Griffin se penche vers moi, sa voix devenant plus profonde :

— Moi aussi.

Son ton suggestif me réchauffe instantanément. Malgré ma faiblesse grandissante, le désir se met à pulser à un rythme régulier à l'intérieur de moi.

— Ne m'embête pas, le réprimandé-je. Nous parlons d'un sujet sérieux.

— Qui t'embête ?

Je lui adresse un regard neutre.

— Un Ipotane.

Il me rend un regard neutre.

— Ce n'est pas ça que j'avais en tête.

Je lève les yeux au ciel en essayant de reprendre mon souffle, ce qui demande bien plus d'effort que ça ne le devrait.

— Mais tu sais ce que c'est.

— Des créatures magiques. Mi-humain, mi-cheval.

Je hoche la tête et il pince les lèvres.

— Les créatures magiques ne sont pas dignes de confiance, dit Griffin.

— C'est vrai, mais il y a toujours une manière de les prendre au piège. C'est leur principale faiblesse.

— Et tu sais comment piéger un nombre important d'Ipotanes ? demande Griffin. Assez pour protéger une demi-douzaine de cités ?

— Non, mais je connais quelqu'un qui le pourrait. Un sorcier du Chaos au nord du Fisa, juste en dessous du lac Gelé.

Du tonnerre gronde dans son regard.

— Tu retournerais au Fisa ?

Je ravale l'anxiété qui creuse ma poitrine.

— Recrute d'abord. Peut-être que nous n'aurons pas besoin du sorcier ou des Ipotanes.

Je l'espère vraiment, car je n'ai plus jamais envie de remettre un pied au Fisa, et je ne veux *vraiment* pas que ce sorcier me balance une autre prophétie. La première était déjà assez mauvaise, en l'état.

— Nous y réfléchirons, dit Griffin. Voyons d'abord comment se passe le recrutement.

Je hocherais bien la tête, mais il semblerait que je n'en aie plus la force.

Le soleil devient plus chaud et encore plus intense alors que nous voyageons vers l'ouest. Ma natte sombre absorbe la chaleur et forme une ligne torride le long de ma colonne. Affaiblie, tremblante et brûlante, je serre les dents et continue à avancer. C'est ce que j'ai toujours fait. Mais la force et le courage me font défaut, et, rapidement, je courbe la nuque pour prier silencieusement Zeus de faire tomber la pluie. Rien ne se passe. Soit il n'écoute pas, soit il ne pense pas que mon incroyable inconfort soit une urgence.

Griffin me tend un fruit et me fusille du regard jusqu'à ce que je mange, mais je me sens nauséeuse et la chaleur est un fléau constant et horrible. La seule chose qui m'empêche de perdre la raison est l'éclat glacial autour de mon cou. J'appuie sur la fiole, encore et encore, l'enfonçant dans ma peau jusqu'à ce que sa froideur m'apporte un peu de soulagement.

Lorsque l'obscurité commence à tomber, je songe que Zeus m'a entendue, en fin de compte, et qu'il a envoyé une tempête pour nous rafraîchir. Je ne réalise pas que c'est ma vision qui est en train de s'assombrir, jusqu'à ce que Griffin m'attrape par la taille et me soulève du dos de Panotéen.

— Qu'est-ce que tu fais ? demandé-je.

Il me place sur ses genoux et cale ma tête sous son menton.

— Tu es sur le point de tomber. Je te tiens.

Je sais. Et j'en meurs presque d'inquiétude.

— Tout le monde va penser que je suis faible, soufflé-je.

— Ils ne vont pas penser que tu es faible. Ils savent que tu es en rémission.

Sa voix grave coule en moi, apaisante. Le rythme régulier de son cœur bat contre mon dos. J'ai envie de soupirer, mais ce serait ridicule.

— Mes soldats te vénèrent, ajoute-t-il. Tu m'as sauvé. Tu les as sauvés.

— Je ne les ai pas sauvés, murmuré-je. Ils n'étaient même pas là.

— Sous le commandement de Piers, ils se seraient battus pour libérer Ios. Combien de vies as-tu épargnées ?

Ensommeillée, je frotte ma tête contre sa mâchoire couverte de poils.

— Je ne l'ai pas fait pour eux.

Les bras de Griffin se resserrent autour de moi. C'est presque trop, mais je n'ai pas l'énergie de me plaindre. Ou peut-être que je ne le veux simplement pas.

CHAPITRE 28

— Tu ne peux pas lui faire confiance. C'est une Nordique. Une Fisanne !

La voix est féminine, et elle siffle comme un serpent.

Mes paupières sont si lourdes que je panique. Je les ouvre lentement, leur ordonnant de bouger par la seule force de ma volonté. L'éclat glacial de mon pendentif pulse de magie, son froid brûlant ma peau. Cela me donne la force de tourner suffisamment la tête pour faire face aux battants grands ouverts de la tente. Dehors se trouvent un ciel qui s'assombrit et une canopée de feuilles. Griffin se tient de l'autre côté d'un feu de camp en compagnie d'une femme.

— Je lui fais confiance, répond-il sèchement.

— Tu es aveuglé par… je ne sais quoi. Le désir ? Je ne comprends pas.

Il lâche un soupir frustré.

— Je ne suis pas aveuglé par quoi que ce soit, Daphné.

Elle. Mon entêtement m'aide à me concentrer suffisamment pour mieux les distinguer. Daphné est bien trop proche de Griffin. Ses cheveux blonds cascadent dans son dos et il est indéniable que sa silhouette haute et harmonieuse va de pair avec la puissance solide de l'homme à côté d'elle.

Je veux la frapper dans la tête. C'est indéniable aussi.

— Nous allons bien ensemble. Ça fait trop longtemps, dit-elle en tendant la main d'un geste désinvolte et en lui touchant le bras avec une familiarité que j'aimerais avoir adoptée depuis des semaines. Je sais exactement ce que tu aimes.

Griffin fait immédiatement un pas en arrière, mais j'ai l'impression qu'un Centaure m'a piétiné la poitrine. J'aimerais cracher du feu sur elle, juste pour l'effrayer, pas pour la faire fondre ou quoi que ce soit, mais je sais que rien ne sortirait. Soit j'ai perdu mon Souffle de Dragon en même temps que ma force vitale, soit je suis simplement trop faible.

— Elle m'a attaquée sans raison dans les bains, poursuit-elle et son mensonge déclenche en moi un brasier qui est encore pire dans mon état affaibli. Je l'ai observée. Elle est violente et instable. Avec la quantité de pouvoir qu'elle possède, elle représente un danger pour tout le monde.

— Cat est… pleine de vie, dit Griffin en plissant les yeux.

Daphné lâche un rire moqueur.

— Elle est cinglée, corrige-t-elle en franchissant la distance qu'il met entre eux. Il y a quelques mois, je me battais pour le royaume avec toi, bataillant auprès de toi le jour, dormant avec toi la nuit. Toutes les nuits.

Mes Dieux, comme il m'est difficile de respirer ! *Fils de Cyclope*. Nous sommes dehors, bon sang et il n'y a pas d'*air* !

L'irritation affûte le ton de Griffin.

— Tu te battais pour le royaume parce que c'est ton boulot. Et pour le reste, l'ambition brouille tes souvenirs. Je n'étais pas ton premier amant et je ne serai pas ton dernier. Aucune promesse n'a jamais été prononcée.

Sans se laisser décourager, Daphné se penche vers lui, visiblement bercée d'illusions.

Griffin l'agrippe par les épaules pour la stopper. Elle se détourne. Même de profil, son air aguicheur est une œuvre d'art, quelque chose que je ne pourrai jamais maîtriser, même en un millier d'années.

Il la maintient loin de lui.

— C'est fini, Daphné. Retourne à ton feu de camp. Si tu crées de nouveau des ennuis à Cat, tu ne feras plus partie de cette armée. Jamais.

Infiniment calme. Infiniment menaçant. *Griffin.*

Il la relâche avec un léger à-coup pour lui faire comprendre le fond de sa pensée.

Daphné serre les poings. Lorsqu'elle reprend la parole, sa voix est si basse que je dois tendre l'oreille pour l'entendre.

— Pourquoi fais-tu ça ? Qu'est-ce que cette petite brune fisanne a de plus que moi ?

Griffin tourne son regard vers moi. Il me voit les observer et ne détourne pas les yeux.

— Mon cœur.

À ces mots, ma poitrine se contracte dans un spasme brusque, expulsant l'air de mes poumons.

Daphné ne peut pas argumenter contre ça. Elle s'en va sans un mot, sans jamais jeter un œil vers moi. J'aurais aimé qu'elle s'en aille en furie. Qu'elle explose, frappe des pieds. Je peux gérer cela. La rage froide et contrôlée me rappelle trop mère.

Griffin ne lui accorde pas un regard de plus. Nos yeux restent accrochés et il semble si… *heureux* de me voir éveillée que je commence à fondre intérieurement. Ou peut-être que c'est simplement qu'il est si beau, grand, large et musclé, avec de l'humour, de la chaleur et de la stabilité au fond de ses prunelles. Je n'ai jamais connu personne comme lui.

Il s'approche sans attendre, toute son attention tournée vers moi. Je frissonne, et l'anticipation accélère mon pouls.

Il se penche pour entrer dans la tente et s'accroupit à mes côtés, les coudes posés sur ses genoux. Son sourire débonnaire fait manquer un battement à mon cœur.

— Tu es réveillée.

— Tu as envoyé balader Daphné pour moi ?

Son sourire s'estompe. Griffin s'assied sur le bord de la couverture sur laquelle je suis allongée, pose ma tête sur ses cuisses et la caresse de ses longs doigts. Ce massage m'est tout aussi étrange qu'agréable.

Lorsqu'il défait ma natte pour étaler mes longues mèches de cheveux sur ses jambes, les arrangeant avec attention, des frissons me parcourent de la tête aux pieds.

— Elle s'est méprise ou bien elle a pris ses rêves pour des réalités. Je n'ai jamais donné aux femmes aucun signe de permanence. Lorsque je t'ai vue, j'ai compris pourquoi.

— Pourquoi ?

Les émotions rendent ma voix plus rude, plus rauque et plus basse.

Un sourire étire les coins de sa bouche.

— Parce que tu es faite pour moi.

Un frisson me traverse.

— Ne me dis pas que, moi, tu prévois de me garder ?

Bizarrement, j'arrive à plaisanter.

La chair de poule naît dans mon cou lorsque Griffin enroule une boucle autour de son doigt et tire gentiment dessus. Ses dents blanches apparaissent dans la lumière tamisée.

— Je t'ai informée que j'allais te garder peu de temps après notre rencontre.

— Tu ne m'as pas laissé le choix. Foutue corde stupide, murmuré-je.

Ses doigts cessent de remuer dans mes cheveux.

— Tu as le choix à présent. Je t'ai libérée.

— Tu m'as attrapée, soufflé-je. C'est très frustrant.

Griffin rit doucement, puis se calme lorsque je ne me joins pas à lui.

— Pourquoi es-tu si molle ?

— Je ne peux pas bouger.

Je lève ma main aussi haut qu'elle veuille bien aller, à peine quelques pouces au-dessus du sol.

Il lâche une bordée de jurons suffisamment imagés pour m'impressionner, même moi.

— Pouvons-nous prendre le risque de faire couler plus de sang ?

Je hausse les épaules. Ou presque.

— Nous n'aurons peut-être pas le choix.

Griffin me porte hors de la tente et m'asseye droite en me tenant contre son flanc alors qu'il sort un couteau de sa ceinture et le stérilise dans les flammes.

Je jette un œil aux alentours. Les feux de camp constellent la zone autour de nous, mais aucun n'est trop près. Je ne peux pas distinguer les gens dans la pénombre ni entendre leur conversation. Je ne vois l'escouade Bêta, Piers ou Égérie nulle part, bien qu'ils ne doivent pas se trouver très loin.

— Est-ce que tu as récupéré mes dagues ? l'interrogé-je. Et mon épée ?

Il hoche la tête tout en faisant refroidir le métal chaud dans l'air du soir.

— Flynn a tout. Je sais à quel point tu es attachée à tes lames.

Tout en tenant mon bras, il frotte la peau sensible à l'intérieur de mon poignet avec son pouce. La chaleur se répand en moi jusqu'à ce qu'il remplace son doigt par le couteau.

— Prête ?

Pas vraiment, mais Griffin n'attend pas. Il fait une entaille superficielle le long de la veine de mon poignet droit avant de faire de même sur son gauche. J'inspire brusquement sous l'effet de la douleur alors qu'il ne semble même pas la sentir. Il pose nos mains l'une sur l'autre et enlace nos doigts. Je ne suis pas sûre de m'y habituer un jour.

Il jette un œil aux alentours en fronçant les sourcils.

— J'ai besoin de quelque chose pour nous attacher ensemble.

— Où sont les cordes enchantées quand on a besoin d'elles ? grommelé-je.

Griffin éclate de rire.

— Contrairement à ce que tu pourrais croire, je n'ai pas de faible pour le bondage.

Je ne pense pas que j'apprécierais, moi non plus. Alors, pourquoi cet endroit profondément enfoui dans mon ventre se réchauffe avec quelque chose qui ressemble suspicieusement à de l'intérêt ?

Rougissante, je me racle la gorge.

— Alors, qu'est-ce que tu aimes ? Apparemment, Daphné le sait.

Les yeux de Griffin scintillent.

— Jalouse ?

— Non ! ricané-je.

Il sourit.

— Je suis heureux de ne pas être le seul.

Je lève les yeux au ciel.

— La perte de sang te fait délirer.

Il serre ma main.

— Tu n'as aucune raison d'être jalouse. Je ne l'ai pas touchée depuis le jour où je t'ai vue, ce qui remonte à bien longtemps avant celui où, toi, tu m'as vu.

Je sens mon visage s'enflammer. Je ne comprends pas pourquoi. Si Griffin remarque mon malaise, il le garde pour lui. Il déboucle ma ceinture d'une main, la fait glisser d'autour de ma taille pour encercler nos poignets avec. Les coupures sont assez profondes pour saigner pendant un moment, mais pas assez pour être dangereuses. Elles laisseront probablement des cicatrices.

— Quant à ce que j'apprécie…

Il se penche près de moi et sa joue râpeuse me chatouille le cou.

— Nous pourrions toujours essayer la fessée.

Je ris, incapable de m'en empêcher.

— Je suppose que c'est encore une métaphore ?

— Peut-être. Peut-être pas, lâche-t-il avec un clin d'œil.

Maintenant, j'imagine les deux possibilités. Les deux en même temps.

Ses dents effleurent le lobe de mon oreille et je pousse un son qui ressemble de très près à un glapissement.

— Pourquoi es-tu si nerveuse ?

Ses lèvres se posent dans mon cou. Il aspire doucement la peau sensible sous mon oreille avant d'embrasser le même endroit.

Mes sens chancellent. Chaque caresse de ses lèvres est comme une gorgée de vin décadent, qui me rend étourdie et légère.

— Je ne suis… ah… pas vraiment expérimentée avec tout ça.

Il continue à enfouir son visage dans mon cou, attisant un feu constant dans le bas de mon ventre.

— Notre baiser n'était clairement pas ton premier, dit-il.

Je penche la tête pour lui donner un meilleur accès. Son grondement d'approbation vibre contre ma gorge. Ses doigts écartés sont comme du fer rouge sur ma hanche. Il me serre et m'arrache un gémissement doux.

— Tout le monde s'embrasse, lâché-je, le souffle court. C'est le reste dont je suis moins sûre.

Il se redresse soudain, agréablement surpris, de toute évidence.

— Jamais ?

Je secoue la tête alors que mon estomac fait des pirouettes.

Ses lèvres se courbent dans un sourire purement viril, arrogant et *possessif*.

— Je t'apprendrai.

Mon corps entier se crispe d'anticipation. *Mes Dieux, oui ! Non !*

Je panique et le frappe au niveau du torse avec ma main libre, avant de grimacer devant cette tape ridiculement aguicheuse. Il y a un mois, je l'aurais frappé avec force, ou au moins j'aurais essayé.

Griffin enroule sa main à l'arrière de ma tête et me tire vers lui pour un baiser enflammé. Nos lèvres fusionnent, plus chaudes que le sang, et j'oublie toute envie de le frapper. De le repousser. Ou même de me disputer avec lui.

Je suis tellement bête.

Il agrippe mes cheveux lâchés et me penche en arrière jusqu'à ce que mes seins se pressent contre sa poitrine. Entre deux baisers profonds et féroces, il lâche d'une voix éraillée :

— Si tu étais morte…

Il secoue lentement la tête, son souffle chaud et irrégulier contre mes lèvres fiévreuses. Les muscles de ses épaules se tendent et un frisson le traverse. Il finit :

— Ne m'effraie plus jamais comme ça.

Je me recule, étonnée par la vulnérabilité pure dans son ton.

— Je pensais que rien ne pouvait t'ébranler.

Il passe la pulpe de son pouce sur ma lèvre inférieure. Ma bouche me picote, presque trop sensible pour être touchée.

— Il n'y a pas grand-chose qui le puisse. Tout est différent avec toi. Je ne peux pas te perdre.

Ses mots éteignent la passion qui brûle en moi. Je baisse les yeux et me détourne de lui. *Que suis-je en train de faire, par les Enfers ?*

Griffin détache nos poignets, rouvre les plaies avant de les rattacher ensemble. Je regarde le liquide rouge suinter et se mélanger, tout en me demandant quel sang entache celui de l'autre. Je suis certaine que mère aurait une opinion là-dessus.

Je presse nos poignets plus fermement.

Plus nos sangs se mêlent, plus je deviens forte. Griffin insiste pour que je mange et son bonheur lorsque j'avale quelques bouchées est presque comique. Mon mince appétit doit l'inspirer, car il me force à prendre du pain et du fromage jusqu'à ce que je sois à deux doigts de tout vomir.

Il lève les mains en signe de reddition et remballe la nourriture. Efficace, comme d'habitude, il nous détache à nouveau, nettoie et panse les entailles, puis il dilue le sang avant d'allumer une lampe à huile et d'éteindre le feu de camp. Il me guide jusqu'à la tente, dont il ferme les battants lourds avant de s'asseoir, le dos contre un robuste tronc en bois. Tout en posant la lampe sur le côté, il m'observe avec intensité. Puis, d'un geste, il m'invite à m'approcher, et je m'avance vers lui, hésitant à peine.

Une fois que je suis installée à son côté, Griffin se tourne vers moi avec un sourire carnassier.

— Est-ce que tu penses que nous devrons échanger des fluides corporels tous les jours ?

Mes yeux s'écarquillent. *Oui !*

— Non !

Oh, mes Dieux, je suis en train de perdre la raison.

Je me racle la gorge.

— Non. Euh… non.

— C'est marrant, dit-il platement. J'espérais le contraire.

Je le pousse.

— Évidemment que tu espérais ça.

Il sourit.

— J'espère toujours.

Blottie contre lui, je suis plus chaude qu'Hadès et mon estomac effectue toute une panoplie de sauts périlleux. C'est inconfortable. Et énervant. Et excitant.

— Les hommes sont étranges. Comment peux-tu passer du désir de te disputer avec moi sans cesse à ton attitude actuelle ?

Il me fixe avec un mélange d'indulgence et d'arrogance qui me donne envie de planter les dents en lui, quelque part où ça fait mal.

— C'est toi qui cherches toujours la bagarre. Une fois que je t'aurai revendiquée, tu verras que se battre n'est pas la partie la plus amusante.

Les papillons qui ont colonisé mon ventre le jour où j'ai rencontré Griffin prennent leur envol, s'éparpillant à travers moi avec leurs ailes brûlantes. Il m'attire gentiment sur ses genoux comme si c'était la chose la plus normale des royaumes. Ses doigts tracent un chemin le long de ma gorge jusqu'au bout de l'un de mes seins, faisant doucement des cercles autour de mon téton à travers ma tunique. Il se durcit instantanément, pointant sous le bout de ses doigts.

Un tremblement me traverse, et je repousse sa main d'une tape.

— Sûr de toi, n'est-ce pas ?

Il hoche la tête avec une arrogance et une virilité absolues.

Je n'arrive pas à décider si je suis intriguée par sa confiance ou dégoûtée par son ego. Quand il s'agit de Griffin, tout s'embrouille.

— Et personne ne revendique personne, ajouté-je.

— Apelle ça comme tu le veux, dit-il en faisant glisser ses bras autour de ma taille puis plus bas, pour me serrer malicieusement les fesses. Ça ne change rien.

Peu importe comment nous l'appelons, ça change tout. Je me tortille sous sa prise en secouant la tête.

— Ça ne peut pas arriver.

Il rit. Espèce de créature présomptueuse. Son baiser suivant est dominant et cajoleur, long, profond, et complètement enivrant.

— Tu changeras d'avis.

Changer d'avis ? Je n'arrive déjà pas à penser. Je peux à peine respirer.

— Est-ce que c'est un défi ? demandé-je tant bien que mal. Parce que je peux être très têtue.

Les doigts habiles de Griffin trouvent à nouveau ma poitrine, la caressant, la tenant en coupe, l'apprivoisant. Il ne m'embrasse pas, à cet instant. Il me regarde avec une intensité qui me consume. Des courants brûlants se déplacent sous ma peau. Le grondement bas du tonnerre dans mes veines fait trembler tout mon corps. Je me penche vers lui, et il lâche un son rocailleux, presque sauvage.

— Ce n'est pas un jeu, Cat. Ce n'est pas comme ça que cela fonctionne quand c'est réel. Quand tu souhaites que cela dure, explique-t-il en levant ses deux mains vers mon visage pour m'empêcher de me détourner de lui. Quand l'autre personne signifie plus pour toi que ta propre vie.

Je déglutis difficilement alors qu'un poids alourdit mon estomac. Complètement déstabilisée, je pince les lèvres et ne dis rien.

Griffin m'attire sur ses cuisses et je le chevauche, les mains sur ses épaules.

— Lorsque je t'ai vue la première fois, je pensais que tu étais plus âgée, plus expérimentée, raconte-t-il d'une voix plus profonde et plus rauque. Je voulais te jeter par-dessus mon épaule, te porter loin de la foule et te faire mienne derrière l'amphithéâtre. Notre étreinte aurait été sombre et torride, et nous n'aurions rien échangé de plus que nos souffles dont le son se serait répercuté sur la pierre.

La chaleur s'écrase sur moi. Je vois instantanément le ciel étoilé, la sensation des pierres rugueuses… et le corps puissant de Griffin.

Ses mains remontent sur mes côtes, caressant le renflement de mes seins avant de redescendre en glissant sur ma taille. Ses paupières retombent à moitié sur ses yeux argentés étincelants.

— Je voulais te pousser contre le mur, t'arracher ce pantalon si serré et m'enfoncer dans ta chaleur.

Mes lèvres s'écartent alors que des images excitantes, charnelles et attirantes submergent mon esprit.

Les doigts de Griffin s'enfoncent dans mes flancs.

— Je t'aurais peut-être laissé tes bottes.

Je prends une brève inspiration alors que mon imagination m'offre une image nette. La nuit nous encercle et nous cache dans son obscurité. Mes jambes s'accrochent à sa taille. Mon dos racle contre le mur. Les mains de Griffin agrippent mes hanches, me faisant bouger contre lui alors qu'il s'enfonce profondément en moi à coups de boutoir puissants qui me rendent folle.

La tension en moi devient volcanique, entrant en fusion, voulant se fracturer, exploser. Tout mon corps se met à pulser dans une harmonie déterminée. Prends. Moi. Prends. Moi.

Ignorer cet appel urgent de me joindre à Griffin est comme me couper en deux.

— Est-ce que c'était avant ou après que je devienne empoisonnée ? l'interrogé-je aigrement sur un ton mal assuré.

— *Des semaines* avant.

Il presse ses lèvres sur les miennes pour un baiser lent et séducteur. Puis sa bouche devient plus insistante. Plus affamée.

— Et tous les jours après, conclut-il.

Ses mots s'ancrent en moi, traçant leur chemin jusqu'à mes fondations. Chaque fois qu'il m'embrasse, me touche ou me dit quelque chose à quoi j'aspire secrètement, je me sens changer, m'altérer irrévocablement.

— Et lorsque tu t'es rendu compte que j'étais plus jeune ?

Les lèvres de Griffin se courbent dans ce sourire qui a le don de stopper les battements de mon cœur.

— Lorsque je t'ai vue, lavée de tout artifice et avec l'air d'avoir vingt ans de moins, j'ai su que j'avais trouvé quelque chose de spécial.

Je souris comme une idiote.

— Et une baratineuse, finit-il.

Attends, quoi ? Je me renfrogne et il rit avant de se pencher pour capturer à nouveau ma bouche. Il m'embrasse si profondément que nous fusionnons. Me tenant par les hanches, il me fait glisser le long de son excitation d'airain. Je lâche un cri alors que le désir me foudroie. Griffin me guide à nouveau contre lui, plus fort, cette fois, et mon sang entre en ébullition. Mon intimité palpite, réclamant plus de contact, plus de friction, plus… *de pénétration.*

Mes yeux dérivent et se ferment. Un torrent de sensations me bouleverse.

— C'est de la folie, murmuré-je. Comment de la folie peut-elle être si agréable ?

Sa réponse gutturale et inintelligible me fait trembler. Je pousse sur mes genoux, glissant le long de son érection, pour essayer de calmer le désir grandissant entre mes jambes. Il est secoué d'un frisson. Quand je recommence, les doigts de Griffin se crispent sur mes hanches. Un grondement s'échappe de sa gorge.

Ses mains et sa bouche me rendent folle. J'arque le dos et me presse contre lui, en espérant que cela me libérera d'une partie de la pression qui monte, mais mes entrailles se resserrent, pleines d'envie, et la friction de nos corps me rend insatiable. Mouillant, pulsant de chaleur liquide, je suis attisée par un désir débridé qui monte sans cesse. Je roule des hanches et embrasse sa gorge et sa mâchoire à pleine bouche, donnant des petits coups de langue sur sa peau pour le goûter.

Griffin expire brutalement. Il abaisse mes hanches tout en basculant brutalement son bassin contre moi. Mon souffle s'accélère. Mes genoux s'écartent jusqu'à ce qu'il n'y ait même plus un filet d'air entre nous, seulement ce désir brûlant et son excitation enflammée.

Mes doigts s'écartent dans ses cheveux. Mes cuisses se crispent, piégeant ses hanches alors que je me frotte contre lui en gémissant son nom.

Griffin tremble. Puis ses doigts s'enfoncent dans mes fesses, sa poigne d'acier arrêtant brusquement mes contorsions d'agonie. Il me tient immobile et je geins en signe de protestation. Les nerfs tendus, une spirale de sensations, une chaleur palpitante, une pression exaltante dans mon bas-ventre… l'explosion n'est pas très loin. Le tonnerre gronde dans mes oreilles, et j'ai le besoin quasi incontrôlable d'arracher mon pantalon.

Je ne peux pas faire ça !

Je me jette en arrière si rapidement que je tombe presque à la renverse.

— Nous devons arrêter !

Avec un grondement grave, Griffin m'attrape et me tire à nouveau contre lui. J'atterris sur sa poitrine avec un bruit étouffé.

— Cat.

Ses bras se referment autour de moi. Il semble tourmenté.

Pantelante, je pousse à nouveau sur sa poitrine pour me rasseoir. J'écarte les cheveux de devant mon visage.

— Griffin !

— Pourquoi ? demande-t-il d'une voix rauque. Pourquoi devons-nous arrêter ?

Mes yeux s'écarquillent.

— Il y a tellement de raisons que je ne sais pas par où commencer !

Il fait rouler ses hanches, envoyant le désir rugir à travers moi.

— Tu es sûre ? demande-t-il.

Non !

— Oui !

Il se saisit de l'arrière de ma tête et trace un chemin de baisers fiévreux le long de mon cou, haletant et ondulant des hanches au même rythme.

— Voilà ce que ça pourrait être, *kardia mou*. Nous sommes faits l'un pour l'autre. Imagine juste.

J'imagine. J'imagine vraiment. Ma tête retombe en avant et tout mon corps devient flasque sans même me consulter.

Juste au moment où je recommence à suivre son tempo sans y penser et qu'une sensation grisante naît à la jonction de nos corps, Griffin cesse son mouvement et pose son front contre le mien. Il laisse échapper un souffle lent et laborieux, me soulève de ses genoux et me pose sur le sol à côté de lui.

La mâchoire m'en tombe. Quoi ? Maintenant ? Je palpite. C'est délicieux. C'est insoutenable. C'est… *incomplet*. Je suis à deux doigts de ramper de nouveau sur lui pour lui dire de finir ce qu'il a commencé.

— Tu es plus méchant qu'un Cyclope.

Son sourire semble peiné.

Je me renfrogne avec un son de frustration.

— Est-ce que c'était un grognement ? demande-t-il.

Sa poitrine monte et descend, comme s'il avait couru pendant des heures.

— Peut-être, lâché-je en lui jetant un regard mauvais.

Ignorant mon irritabilité, il décide que maintenant est apparemment le bon moment pour dérouler les pansements de mon poignet et inspecter la coupure. Il vérifie la croûte fraîche avant de la panser à nouveau avec un tissu propre, puis de faire tremper le bandage souillé dans de l'eau. Alors que mon rythme cardiaque se calme et que la tension fiévreuse s'évacue de moi, je ramène mes jambes sous moi et m'assieds. Je suis bien trop contente de laisser Griffin prendre soin de moi.

— Je vais prendre des nouvelles des autres. Je serai bientôt de retour, dit-il en embrassant mes doigts. Reste ici et repose-toi.

Je hoche la tête et le regarde diminuer la flamme de la lampe à huile. Il quitte la tente alors que ma main picote toujours.

Il me manque dès qu'il s'en va, ce qui est plutôt terrifiant à admettre, même à moi-même. Lorsqu'il revient, je suis plus que prête à ce qu'il s'asseye de nouveau avec moi et me rapproche de lui. Il me voit toujours éveillée à l'attendre et ne me déçoit pas.

— Plus tôt… commencé-je avant de me racler la gorge en prenant appui contre lui. Tu t'es arrêté parce que je te l'ai demandé ?

Griffin frotte lentement son menton sur ma tête.

— Oui. Et parce que tu faisais suffisamment de bruit pour réveiller la totalité du camp.

— C'est faux ! m'écrié-je, outrée.

Il rit tout bas.

— Ça, et parce que j'étais à environ trois secondes de t'arracher tes vêtements pour plonger en toi. Je ne suis pas sûr que tu sois prête pour ça.

La chaleur me submerge. Mon cœur bat contre mes côtes. Je doute d'être un jour prête pour ça.

— Tu devrais reprendre plus de force avant, dit-il.

— Je te l'ai dit, je ne peux pas faire ça.

Alors, je dois vraiment arrêter de me l'imaginer

— Ne te fais pas d'illusions, Cat. Comment est-ce que ça va finir, d'après toi ?

Ses mots expulsent l'air de mes poumons. *Est-ce qu'il a raison ? Est-ce que mes seules options sont de le quitter ou de me laisser aller ?*

Je jette un œil à son profil. Des pommettes larges, une mâchoire puissante, un nez aquilin, le tout ombragé dans la lumière ténue. Il est si calme et sûr de lui, l'exact opposé de moi. Juste pour ça, je ne veux jamais renoncer à lui. Avec chaque toucher, chaque mot, il me montre que la vie peut être différente de ce que j'ai toujours connu. Même la prophétie s'évanouit. Avec lui, je suis une simple femme, pas celle qui va détruire le monde.

Je tire sur mon bandage neuf, et Griffin enroule ses doigts autour des miens.

— Tu vas défaire le nœud, dit-il en gardant ma main dans la sienne.

La chaleur voyage de sa peau directement dans mon cœur. Pour Griffin, la vie n'est pas faite d'absolus, mais les choses sont plus ou moins noires ou blanches. Il n'acceptera rien de moins que ce à quoi il pense avoir droit, et je… je…

Je ne sais pas quoi faire.

Il prend la flasque d'eau de trèfles fisans, l'ouvre et me la tend. Je bois puis la lui rends.

— C'est bon, dit-il en goûtant pour la première fois. Un mélange de fraîches matinées de printemps et de douceur sucrée.

De fraîches matinées de printemps et de la douceur sucrée. *Éléni.* Je prends une inspiration profonde qui tremble en ressortant.

— Est-ce que ça va ? demande-t-il en me frottant le dos.

Je hoche la tête, mal à l'aise de trouver du réconfort auprès d'un autre être humain, mal à l'aise qu'on s'occupe de moi, mal à l'aise de partager des choses avec quelqu'un. Clairement, j'ai perdu la tête.

Est-ce que je pourrais de nouveau être seule ?

Je doute que Griffin me laisse faire. Quitte à m'enchaîner avec une corde magique.

Je baisse la tête pour cacher mon sourire.

— Tu me rends faible.

Il se fige. Même son souffle devient inaudible.

— Que veux-tu dire par là ?

— Ne saigne plus. Les Dieux seuls savent ce que mon sang a fait au tien.

— Qu'est-ce qui se trouve dans ton sang, Cat ?

Je me mords la lèvre.

— Sois prudent, c'est tout.

— Tu n'es pas faible, déclare-t-il d'un ton confiant et calme. Toi et moi, nous sommes forts. Ensemble, nous serons inarrêtables.

Son souffle agite mes cheveux. Je frotte mon front contre sa barbe sombre de quelques jours et pose ma main sur son genou. *Qu'est-ce que c'est, une main sur un genou ? Rien, n'est-ce pas ?*

— Je vais me rendre à Alpha Fisa.

À la seconde où je prononce ces mots, je sais que c'est vrai. Je l'ai déjà fait une fois, avec Sybaris, et c'était avant tout ça.

Ses bras se crispent autour de moi, si fort que c'en est douloureux.

— De quoi parles-tu ?

Je penche la tête en arrière jusqu'à ce que nos yeux se rencontrent. Même dans la quasi-obscurité, je distingue la nuance orageuse de ceux de Griffin.

— Andromède ne viendra plus pour moi. Si elle apprend ce qu'il y a entre nous, elle viendra pour toi.

CHAPITRE 29

À notre retour à Sintaville, les femmes de la famille de Griffin me flattent jusqu'à l'écœurement. Égérie est étouffante et toujours en train d'essayer de me donner à manger. Nerissa veut me soigner avec une concoction à base de plantes qui a le goût du fromage de chèvre. Et Kaia, trop excitée, veut savoir tout sur tout, tout le temps, tout de suite, et sautille, sautille, sautille.

Anatole n'est pas beaucoup mieux. À chaque fois qu'il me voit, il dit :

— Fondus ? Tu les as juste fait fondre ?

— Comme de la cire de chandelle, répliqué-je pour la millionième fois.

Le vieil homme semble jubiler. Il y a une lueur familière et alarmante dans ses yeux. Le caractère impitoyable doit être héréditaire. Non pas que j'en doutais.

— J'aurais aimé voir ça.

Vraiment ? C'était un peu dégoûtant.

Mon Souffle de Dragon se cache profondément quelque part en moi, je le sens, mais je ne suis pas assez forte pour y accéder. L'invisibilité fonctionne la plupart du temps. Je suis trop faible pour courir, chevaucher, faire des duels ou même lancer mes couteaux, ce qui veut dire que je suis irritable et que je m'ennuie. Lorsque je ne dors pas, je teste la famille sur leurs connaissances des nobles sintans, leurs histoires et leurs capacités magiques, pour les aider à tous se préparer à la réception royale.

Les armer d'informations est crucial. Un succès continu peut reposer sur de petites choses, ou, dans ce cas, sur une grosse fête.

Griffin pense que j'ai besoin de plus de sang. Je refuse. Pas ici. Si je fais du château de Sinta mon foyer, je refuse de le compromettre. Il se résout à échanger de la salive le plus souvent possible, et ses baisers profonds et affamés doivent fonctionner, car je vais de mieux en mieux. Physiquement du moins. Mentalement, c'est une catastrophe. Je ne cesse de rôder dans des endroits où Griffin pourrait me trouver, puis je m'enfuis dès que je l'entends arriver. Je le veux, plus que je n'ai jamais voulu quelque chose dans ma vie, sauf, peut-être, la liberté face au miasme de complots, trahisons et vengeances qui constituent la vie à la cour. Le problème est que je ne peux pas avoir les deux.

Je remercie les Dieux pour Jocaste. Elle est normale, mis à part quand elle me fait manger. Là, elle devient terrifiante. Malgré ses efforts constants et ceux d'Égérie, mon estomac a la taille d'un raisin sec et tente de rejeter tout ce qui y entre. Après lui avoir presque vomi dessus trois fois, Jocaste me demande si je suis enceinte.

J'écarquille les yeux.

— Non !

Elle hausse les épaules.

— Je t'ai vu embrasser Griffin.

— Et tu crois que je me suis tout de suite allongée, les cuisses écartées ?

— Il est vraiment beau.

— Ce n'est pas une raison !

— Ne me dis pas que vous n'avez pas…

Elle agite ses mains.

Incapable de le dire, hein ?

— Non, nous n'avons pas…

J'agite mes mains.

J'imagine que je suis tout aussi incapable de le dire.

— Mais les choses ont changé. Tout le monde peut le voir. Je ne crois pas que tu aies frappé Griffin à la table du dîner une seule fois depuis votre retour.

— C'est vrai, avoué-je, un peu dégoûtée de moi-même.

— Tu devrais.

— Le frapper ?

— T'allonger.

Elle semble très sérieuse. Non pas que je prévoie de faire quoi que ce soit dans ce sens, mais je suis, en quelque sorte, inquiète par rapport à tout le processus, surtout avec quelqu'un de la taille de Griffin. Le simple fait d'imaginer le mur de muscles au-dessus de moi et son poids qui m'enfonce dans le matelas me fait frissonner. Je ne sais pas dans quelle mesure c'est de l'anticipation et dans quelle mesure c'est de la nervosité. Sans parler du fait que je l'ai senti dur et prêt à passer à l'acte. Je le voulais désespérément en moi, à cet instant, mais, avec du recul, je ne suis pas convaincue qu'il puisse rentrer.

— Et toi, est-ce que tu t'allonges ? demandé-je.

Jocaste rit, sans grande joie.

— Avec des frères comme les miens, personne ne s'approche de moi.

Dans son cas, « personne » signifie « Flynn ».

— Est-ce qu'il a conscience de tes sentiments ?

Elle soupire en fixant le mur.

— Je ne sais vraiment pas.

Je serre sa main, puis le geste me met mal à l'aise et je retire mes doigts.

— T'épouser signifierait une nouvelle vie, pour lui. Il y a des règles et des obligations. Des responsabilités.

— Il y a des règles et des obligations dans toutes les situations.

— Oui, mais elles sont plus simples. En ce moment, celles de Flynn sont basiques. Suis les ordres. Entretiens tes armes. Ne tue pas un homme juste parce que tu n'aimes pas sa tronche. Ne baisse pas ton pantalon pour te gratter les fesses.

Jocaste éclate de rire.

Je grimace.
— Oh Dieux. Maintenant j'imagine les fesses de Flynn.
— Moi aussi.
Ses yeux pétillent et je suis presque sûre qu'elle apprécie bien plus que moi les images qui jaillissent dans son esprit.
— Flynn est un très bon guerrier, mais il n'a jamais eu à être un chef. Appartenir soudain à une famille régnante peut être intimidant, expliqué-je en lui donnant un coup de coude. Comme tu le sais.
— Et toi aussi, répond-elle en imitant mon geste.
Je sens le sang disparaître de mon visage.
— Qu'est-ce que tu veux dire par là ?
— Juste que tu fais pratiquement partie de la famille, et que Griffin va rendre cela officiel, tôt ou tard.
Mes entrailles gèlent.
— Je ne suis pas douée pour trouver ma place au sein d'une famille. Et ce n'est pas à lui de prendre la décision.
Jocaste rit.
— Tu t'accordes parfaitement à la nôtre. Nous t'aimons tous et Griffin n'a jamais été aussi concentré sur un objectif, pas même pendant sa conquête du royaume. Tu es tout pour lui. Plus que tout ça.
Elle écarte les mains, indiquant non seulement le château, mais tout le Sinta, je crois.
La glace en moi fond. Soudain, je brûle et je suis terrifiée. Je crains d'être trop faible pour résister.
Non, en réalité, je suis pétrifiée à l'idée d'avoir déjà cédé.

***

Dès que je suis capable de traverser la cour sans avoir la tête qui tourne, je tente de réemménager dans les baraquements militaires. Griffin m'a donné sa chambre et s'est installé plus en amont dans le couloir, mais je ne peux m'empêcher de penser qu'il prévoit de revenir. Bientôt. Avec moi, toujours dans la chambre. Quelques bâtiments entre nous m'empêcheront définitivement de perdre la tête.

Quand il apprend que je fais mes bagages après le dîner, il arrive dans ma chambre les sourcils froncés, les bras croisés et un seul mot à la bouche.

— *Non ?* répété-je, incrédule.

— Est-ce que je dois te le dire en langue des signes ?

Je lève les yeux au ciel.

— Ce ne sera pas nécessaire.

— Visiblement, si.

Il pose ses mains sur mes hanches, m'accule contre le mur et m'embrasse jusqu'à ce que je sois incapable de respirer. Ou de penser. Ou de tenir debout, apparemment, parce que je titube lorsqu'il me relâche.

Il m'aide à recouvrer mon équilibre, un sourire satisfait recourbant ses incroyables lèvres.

— N'aie pas l'air si arrogant, pantelé-je. Je tombe tout le temps, ces derniers jours.

— Pas quand tu es immobile.

Il retire sa chemise. Je le fixe. Il fait jouer ses muscles.

— Frimeur, murmuré-je.

Il sourit et fait tomber sa chemise sur ma tête.

— Pour que tu ne hurles pas au scandale, dit-il en sortant de la pièce à reculons.

Sa tunique m'arrive aux genoux. Je fais passer mes bras dans les manches avec un geste grossier de la main, puis claque la porte de la chambre.

Alors qu'il me manque déjà, je rampe dans le grand lit de Griffin, enroulée de sa grande chemise, et je m'endors en me demandant si ce que je fais est vraiment important quand, de toute façon, personne n'est là pour le voir.

***

Sous ma supervision, la réception royale se prépare bien et la famille royale est irréprochable en ce qui concerne l'étiquette de la cour et la mémorisation des savoirs sur la haute société. Dès que j'en suis capable, je recommence aussi à chapeauter la reconstruction du mur nord. Je demande à Flynn et Kato leur aide, tandis que Jocaste et Kaia se chargent de ramener les pique-niques.

Après être revenue d'Ios, j'ai suggéré que nous employions certains enfants parmi les plus âgés en tant que servants au château. Nous avons besoin de mains en plus pour la réception royale, mais aussi en général. Les anciens servants du château ont presque tous pris la fuite pendant l'assaut. Et, habitués à une vie plus simple, personne ici n'a ressenti le besoin de les remplacer, jusqu'à présent. Les enfants suffisamment grands ont sauté sur l'occasion de se faire de l'argent pour leur famille, et les dirigeants sintans ont, à présent, des servants loyaux qui les adorent. Une maison pleine d'enfants qui vous aiment deviendra, un jour ou l'autre, une maison pleine d'adultes qui vous défendront jusqu'à la mort. C'est quelque chose qu'Andromède ne pourrait jamais comprendre.

Jocaste et Kaia ont embarqué tous les enfants, les guidant au château pour prendre un bon bain et leur donner leurs nouveaux uniformes. Nous avons remplacé les ouvriers manquant pour la construction du mur le lendemain, recommençant les travaux dans une abondance de nourriture et de bonne humeur. Les enfants mangent toujours comme s'ils mouraient de faim, bien que leurs os ne soient plus visibles et que leurs visages n'aient plus l'air aussi creusés. Ils travaillent vite et bien, ce qui nous laisse toujours le temps d'organiser des jeux après le repas, pour qu'ils n'aient pas à travailler à l'heure la plus chaude de la journée.

Flynn n'interagit pas avec Jocaste au-delà des courtoisies habituelles, et j'apprends qu'il la connaît depuis son plus jeune âge, ce qui n'est pas prometteur pour ce que Jocaste a à l'esprit. Comme elle me l'a dit, personne ne s'approche d'elle, et Kato et lui semblent plus occupés à impressionner les enfants que les princesses. Ils soulèvent les pierres les plus lourdes, taquinent les garçons, leur montrent des mouvements de combat et les encouragent à rejoindre l'armée lorsqu'ils seront plus grands. Ils sont forts, beaux et amusants, et les gamins les vénèrent.

Même si Jocaste ne regarde jamais Flynn et que Kaia regarde beaucoup trop Kato, les hommes ne semblent pas s'en rendre compte. Ce que je remarque de mon côté, c'est que je suis le moyeu de cette grande roue et que, sans moi, tout partirait à vau-l'eau. C'est tout aussi horrible que dans le château. Si Griffin n'est pas dans les parages, tout le monde s'en remet à moi. *Moi !* Comment, par les Enfers, est-ce arrivé ? Maintenant, je dois organiser, diriger, planifier et pratiquement *jeter* certaines personnes dans les bras les unes des autres. *Mes Dieux ! Je déteste les responsabilités.*

Deux jours avant la réception, les enfants marchent devant nous, alors que nous retournons vers la grande porte, en chantant une chanson paillarde que Kato n'aurait vraiment pas dû leur apprendre. Kaia devient aussi rouge qu'une baie de Kala et Jocaste fait la sourde oreille.

Je décale mon pied de côté, l'air de rien, et la fais trébucher.

Jocaste laisse échapper un juron que je suis surprise qu'elle connaisse. Les joues roses, une boucle sombre se balançant devant son œil, elle me jette un regard mauvais depuis le sol. *Parfait.*

— Oh non ! Tu as trébuché sur une racine, déclaré-je en me penchant pour toucher sa jambe. Tu t'es tordu la cheville.

— Non, je…

— Tu ne peux pas marcher, la coupé-je. Flynn, tu vas devoir la porter.

Jocaste referme soudain la bouche, ses yeux saphir lançant des flammes bleues. Flynn se penche et la soulève dans ses bras. Elle lie ses mains autour de son cou en rougissant furieusement.

Ha ! C'était assez facile. J'attrape Kato pour le tirer vers l'avant de la troupe.

— Ne me tiens pas la main, dit-il. Si Griffin le voit, il me fera démembrer.

Je lève les yeux au ciel.

— Je ne te tiens pas la main. Je t'éloigne.

— Pourquoi ?
— Je t'expliquerai quand tu seras plus grand.
Il sourit.
— Ne te fais pas trop d'espoir. Et elle ne devrait pas non plus.
— Pourquoi ? Elle est magnifique.
— Ce n'est pas la beauté, le problème. C'est le rang.
— Je suis une moins que rien du cirque et Griffin me veut quand même.
— Une moins que rien ? raille Kato.
— Tu ressembles à Adonis, continué-je, en ignorant son scepticisme. Je suis surprise que ce ne soit pas toi qu'elle veuille.
— Je me réserve pour Kaia, dit-il avec un visage parfaitement neutre.
Mon rire ressemble à un reniflement.
— Jocaste est *une femme bien*, ajoute-t-il. Flynn est *un homme bien*.
— Et pas toi ?
Il hausse les épaules
— Flynn l'a portée à la maison après qu'elle est tombée d'un arbre quand elle avait six ou sept ans. On ne peut pas rivaliser avec ça.
Non, j'imagine que non.
— Comment est-ce que tu dors ? demande-t-il.
— Tes petites tapes sur ma tête me manquent.
Je voulais avoir l'air désinvolte, mais ce n'est pas le cas.
Il tourne les yeux vers moi, soudain sérieux.
— Des cauchemars ?
Je secoue la tête.
— Parce que tu dors avec Griffin ?
— Je ne dors *pas* avec Griffin ! Je dors dans sa chambre.
Dans sa tunique, dans son lit… ce que je ne mentionne pas. À la place, je réplique :
— C'est complètement différent.
Kato hausse les sourcils.
— Je vois, rétorque-t-il en étirant le mot.

C'est énervant, alors je le bouscule, mais il ne réagit même pas. Pas de lutte enjouée. Pas de confrontation rapide. Pas d'amusement.

Frustrée, je m'écrie :

— Je ne suis pas en sucre !

Son bras se déploie. Il me pousse et je tangue sur le côté, tombant presque.

Kato m'adresse un regard significatif.

— On combattra au corps à corps dès que tu pourras le supporter.

Renfrognée, je jette un œil vers Flynn et Jocaste en trébuchant à nouveau sur le chemin. Elle est raide et lui regarde droit devant lui.

— Qu'est-ce qui ne va pas chez ces deux-là ? Ils pourraient au moins essayer.

— Je vais faire comme si je n'avais rien entendu, dit Kato.

— Pourquoi ?

Il m'ébouriffe affectueusement les cheveux.

— Parce que je me pose la même question te concernant.

***

J'aurais dû me douter que Griffin n'attendrait pas indéfiniment. Après le dîner, et un long moment où nous avons passé en revue toutes nos stratégies pour gagner du soutien lors de la réception royale, il ne me laisse pas à la porte de la chambre comme d'habitude. Il me suit à l'intérieur et ferme le battant avec un clic décisif.

— Qu'est-ce que tu fais ?

Je recule, tout en gardant un œil sur lui.

Il fait deux pas en avant, prend mon visage en coupe et m'embrasse, avide.

— Je te veux. J'ai besoin de toi. Pour autant d'heures que possible. Je ne veux penser à rien d'autre que toi.

Mon cœur fait une embardée désespérée. Griffin m'attire dans ses bras et trace une ligne de baisers brûlants le long de ma mâchoire, puis de mon cou, raclant légèrement de ses dents-là où mon pouls palpite.

— Tu as besoin de beaucoup de choses, dis-je, déjà à bout de souffle. Comme d'un Dragon. Ça ne veut pas dire que tu en auras un.

— Je m'en moque comme des boules d'un Centaure, là, tout de suite.

— Griffin ! Ton langage !

— Est-ce que tu essaies de parler comme ma mère ? gronde-t-il contre mon cou.

— Est-ce ça te fait l'effet d'un seau d'eau froide ?

Il me soulève et me jette sur le lit.

— D'après toi ?

J'atterris avec un grognement manquant clairement de dignité. Je crois que la réponse est non.

Il grimpe sur moi, m'épingle les bras au-dessus de la tête et plante sa bouche sur ma poitrine, aspirant mon téton à travers ma robe. Je glapis et me contorsionne, le plaisir explosant sous sa bouche. Le désir me traverse comme une décharge. Je tire sur mes mains, je veux le toucher, mais la poigne de Griffin se resserre alors qu'il utilise ses dents pour faire descendre le col de ma robe. Mes seins s'échappent, exposés comme une offrande. Nous fixons tous les deux la peau nue, les pointes sombres. Puis il baisse la tête et lèche l'un de mes tétons. La chaleur afflue dans mon ventre. Il fait tournoyer sa langue sur ma pointe dressée avant de se tourner vers l'autre et d'aspirer assez fort pour me soulever du lit. J'inspire brusquement, la traînée laissée par sa bouche déclenchant une tension douloureuse à l'intérieur de moi.

Je m'arque contre lui, déjà humide d'excitation. Son érection se presse contre la partie la plus intime de mon être, envoyant des sensations brûlantes à chaque fois qu'il bouge. Il suce, lèche et bascule ses hanches alors que je me tortille d'agonie sous lui, serrant les poings de mes mains piégées. Soudain, je sens que je commence à moins songer aux conséquences, et ce sentiment éclipse toutes mes pensées.

Griffin lève la tête et lâche mes poignets. Ses doigts calleux glissent sur mes bras, ajoutant une rudesse excitante dans son toucher qui s'attarde. J'emmêle mes doigts dans ses cheveux, impuissante face à la tempête qui se prépare et à la tension et la chaleur qui s'accumulent entre nous. J'encercle ses hanches de mes jambes parce que cette proximité entravée par nos vêtements est loin d'être suffisante. Je me languis de lui. Je veux qu'il emplisse cet endroit vide qui pulse entre mes cuisses.

Ses lèvres trouvent à nouveau les miennes et il m'embrasse profondément.

— Tu me veux, dit-il d'une voix rauque contre ma bouche. Je le sens dans ton corps. Je l'entends dans ton souffle.

L'émotion me submerge. Ses mots sont si intimes. Et vrais. Ses hanches pressent les miennes dans le matelas. La majeure partie de son poids est soutenue par ses avant-bras, et ses biceps forment une cage d'acier. Je touche ses épaules et j'y sens de la tension.

— Ce que je veux n'a pas d'importance.

— Ce qu'il y a entre nous, c'est *juste*, affirme-t-il. Je le sais.

Ses baisers deviennent fiévreux, sa langue inquisitrice. Sa tunique frotte mes tétons sensibles, et je suis à deux doigts de la lui arracher dans le but de sentir sa peau nue contre la mienne. Je glisse mes mains sous le tissu, écartant mes doigts sur son large dos. Sa peau est comme du marbre chauffé au soleil, et il y a un creux délicieux dans le muscle qui longe sa colonne. Je trace le renfoncement du bout des doigts, émerveillée par la puissance physique brute qui me surplombe.

Griffin pose son front contre le mien.

— Tu vas devoir être beaucoup plus convaincante si tu veux que j'arrête.

J'essaie de calmer mon souffle.

— Je vais devoir commencer par me convaincre moi-même.

— Ne le fais pas, m'exhorte-t-il. Nous sommes destinés l'un à l'autre. Tu dois le savoir.

Ma gorge se serre, douloureuse.

— Je ne peux pas faire ça.
— Pourquoi ?
Sa question n'est qu'un grondement.
J'ai tellement de raisons, tellement de peurs.
— Elle essaiera de s'en prendre à nos enfants.
Il lève la tête.
— Je les protégerai. Je te protégerai, renchérit-il en fronçant les sourcils. Tu les protégeras, et je ne vois pas qui pourrait se mesurer à toi.
Un picotement soudain se déclenche sous mes paupières.
— Elle se servira d'eux pour m'avoir. Elle se servira de toi.
Un instinct protecteur farouche me submerge. Je n'ai même pas d'enfants, et je suis déjà prête à tout sacrifier pour eux.
Griffin tient mon visage entre ses mains et passe ses pouces sur mes joues.
— Je peux prendre soin de moi-même, et nous n'avons pas d'enfants, en tout cas pas pour l'instant. Et elle n'a pas besoin de l'apprendre, si c'est le cas. Comment le découvrirait-elle ?
Mon rire est un peu tremblant.
— Tu crois que je ne vais pas saigner ? C'est déjà assez compliqué de me débarrasser… des trucs… mensuels…
Je rougis jusqu'à ce que même mes oreilles soient brûlantes.
Il fronce les sourcils. Au moins, il me prend au sérieux.
— Si on en vient à ça, nous irons ailleurs et puis nous reviendrons avec le bébé.
Il m'embrasse, rapidement et durement, essayant de me rassurer.
— Mais les enfants saignent tout le temps, des genoux écorchés, une lèvre fendue… Leur sang sera mon sang. Elle saura. Elle les prendra.
— Certaines personnes n'ont même pas d'enfants, dit Griffin. Ça ne vient simplement jamais.
Je secoue la tête.

— Je ne peux pas parier là-dessus.

Sa bouche s'affaisse, faisant ressortir un muscle de sa mâchoire.

— Il y a d'autres méthodes. Des herbes. Des gaines. Ou je pourrais me retirer.

Dans mon inexpérience, ces choses ne me sont pas venues à l'esprit, mais je comprends ce à quoi Griffin fait référence. Une déception irrationnelle passe en moi. C'est ridicule, et dangereux, mais je peux déjà voir des petites têtes sombres courir à travers le château. De minuscules Griffin aux cheveux sombres, au nez aquilin, aux lèvres pleines et aux yeux verts fisans. Ils tirent sur la jupe d'Égérie, jouent avec Kaia, grimpent sur Flynn et Kato, et se nourrissent des herbes de Nerissa.

— Vis ta vie, dit Griffin. Pour toi-même. Pour moi. Nous nous occuperons d'Andromède en temps voulu.

Je lève les yeux vers lui alors qu'une bataille faire rage entre mon cœur et ma tête. Finalement, je ferme les paupières face à la chaleur dans les prunelles de Griffin. Je le sens se redresser, s'agenouiller entre mes cuisses. Il va me quitter et j'ai désespérément envie de l'attirer à nouveau à moi.

Ses doigts effleurent ma poitrine exposée, envoyant des frissons à travers moi. Puis j'entends un bruit de déchirure colossal et mes paupières se lèvent brusquement.

— C'était ma robe pour la réception !

Je ne l'ai portée que ce soir afin de m'assurer qu'elle n'ait pas besoin de derniers ajustements avant la soirée. Je l'avais fait faire spécialement pour s'accorder à ma nouvelle silhouette mince et il vient de la déchirer en deux !

— Je t'accompagnerai à l'agora demain.

— Tu n'as pas le temps pour ça !

— Je le prendrai, réplique-t-il d'une voix rauque en me dévorant du regard.

Ses doigts caressent légèrement mon ventre plat et l'os à présent saillant de ma hanche. Le trouble et le désir frémissent dans mon ventre, l'un autant que l'autre. Ma peau se réchauffe sous son contact.

Griffin défait les attaches de mes épaules, en des gestes lents et délibérés, libérant mes bras de la robe en lambeaux. Je crois qu'il attend que je proteste. Lorsque je ne le fais pas, une expression féroce envahit son visage, et il me tire de manière à ce que je me trouve à genoux devant lui. Chaque caresse est comme une flamme qui lèche mon corps nu, mes épaules, mon dos, mes hanches, et mes fesses qu'il presse durement pour me plaquer contre lui. Ses lèvres s'écartent pour émettre un son grave et rauque, puis ses mains reviennent sur l'avant de mon corps, prenant mes seins en coupe et frottant gentiment leur pointe.

— Plus fort, gémis-je.

J'ai besoin que ses mains apaisent le tourment qui grandit en moi. Je le veux partout. Je brûle pour lui à des endroits qu'il n'a même pas touchés.

Il fait rouler mes tétons entre ses doigts, puis les pince avec juste assez de force pour susciter une douleur délicieuse. Mon souffle s'accélère. Mes yeux papillonnent et se ferment alors qu'il embrasse mon cou, s'attardant là où je suis la plus sensible. Il aspire et suce et les ailes dans mon torse se déploient et battent à un rythme familier qui devient une part de moi. Une part de nous.

La bouche de Griffin revient vers la mienne, avide. Je plonge dans le baiser, glissant mes mains sous sa chemise, puis plus haut, sur la largeur de son torse, succombant finalement au besoin de le toucher, de découvrir son corps, de connaître chaque creux intime et chaque courbe d'acier.

Durant mon exploration, il rompt le baiser et défait lentement ma natte, répandant mes cheveux autour de mes épaules. Il frotte une boucle sombre entre ses doigts, et mon cœur tambourine contre mes côtes. Il me regarde comme s'il ne pouvait et ne voudrait pas respirer sans moi. Je ressens soudainement le poids du monde sur mes épaules, comme jamais auparavant.

C'est trop.

Lorsque je me suis enfuie, ce n'était pas simplement pour échapper à ma famille, c'était pour échapper à mes responsabilités.

Le jour où Griffin a fait irruption dans ma vie, c'est revenu. Lui, l'escouade Bêta, sa famille, le royaume lui-même…

Je ne veux pas.

Je ne veux pas.

Si je le répète encore une fois peut-être que j'y croirai ?

— Enlève ma chemise, m'ordonne Griffin d'un ton bourru.

Mon pouls afflux dans mes oreilles, sifflant comme un cyclone. *Je suis si proche. Si proche de… me rendre plus vulnérable que jamais ?*

L'amertume m'envahit. Je ferme les yeux. Mes mains retombent. Je ne peux pas faire ça. Je ne peux pas creuser la tombe de Griffin.

Un océan tempétueux prend vie derrière mes yeux clos. Des éclairs déchirent le ciel. Des éclats de lignes de lumières se reflètent dans les vagues chaotiques alors qu'un énorme trident sombre s'élève des profondeurs, cascadant d'eau de mer, d'écume et de pouvoir olympien.

Je m'écrie presque à voix haute : *maintenant ? Vraiment ?*

— *Tu as rejeté notre cadeau !*

La voix de Poséidon est une tempête de colère dans mon crâne.

— *Griffin ? Un cadeau des Dieux ? Je ferais mieux de ne pas le lui dire, ou alors j'en entendrai parler jusqu'à la fin de mes jours.*

— *Nous te l'avons donné !* explose mon Dieu-père.

Il est tout-puissant et terrifiant. Il n'apprécie pas mon humour.

— *Pourquoi ?*

Poséidon me donne la même réponse que précédemment.

— *Guérir.*

— *Je ne comprends pas ce que ça signifie !*

La tempête s'évanouit avec le trident, les éclairs et les vagues.

Le grondement éraillé dans la voix de Griffin me ramène dans la chambre.

— *Agapi mou ?*

Son amour. J'ouvre les yeux. L'homme devant moi emplit mon champ de vision. Il emplit mon cœur.

Les mâchoires serrées, Griffin m'adresse un regard pénétrant.

— Arrête de te poser des questions. Enlève-moi juste ma chemise.

Si je le déshabille, est-ce que je donne mon consentement ? Je crois que oui, et j'en suis pétrifiée, mais je le fais tout de même. Andromède m'a pris mon enfance. Elle m'a pris mon chien. Ma nourrice. Ma sœur. Peut-être même une partie de ma santé mentale. Je ne la laisserai pas m'enlever Griffin et ma famille. Une famille heureuse, si j'ai mon mot à dire. Et pour une raison que j'ignore, les Dieux veulent que nous nous unissions. Poséidon n'aurait pas pu être plus clair. Je ne suis jamais allée à l'encontre de ses souhaits. Ce serait vraiment stupide de commencer *maintenant.*

Je prends une profonde inspiration et retire la tunique de Griffin. Il arrive d'une manière ou d'une autre à paraître à la fois soulagé et anormalement intense.

Je déglutis, nerveuse.

— Je ne vais peut-être pas me montrer à la hauteur, dis-je.

Il prend mes mains et les repose sur sa poitrine, mes paumes à plat. Sa peau est chaude et douce sur ses muscles sculptés.

— J'en doute.

Je rougis à son ton graveleux et fais glisser mes mains sur son torse, butant contre les contours de son abdomen. Il grogne bien que je n'aie pas vraiment fait grand-chose, et ce son est un mélange de besoin et de maîtrise forcée. Mes battements de cœur deviennent erratiques, pulsant de peur, d'excitation et de désir. Je m'avance pour l'embrasser. Les bouts de mes seins se balancent contre la poitrine, et mes tétons se raidissent.

Les mains de Griffin se referment autour de ma taille. Il me soulève contre lui pour approfondir le baiser et je passe une main derrière son cou, tandis que l'autre glisse vers le bas.

Mes ongles effleurent son érection à travers ses vêtements, et je la sens tressauter en réaction. Des papillonnements nerveux agitent mon ventre. J'ai envie de le toucher, de lui faire du bien. J'ouvre son pantalon, le prends dans ma main et serre doucement.

Il soupire contre ma joue et se fige, semblant oublier qu'il était en train de m'embrasser. Je baisse les yeux pour admirer son membre. La peau est douce, mais il est aussi dur que de la pierre. C'est une contradiction plutôt fascinante. Je fais courir ma main avec prudence du haut au bas de sa longueur, émerveillée par ma découverte. Je le fais à nouveau et, cette fois, je caresse le bout arrondi avec la pulpe de mon pouce et je sens une perle de liquide à cet endroit.

Griffin se tend. Il se recule, puis retire le reste de ses habits avec l'efficacité qui le caractérise. Lorsqu'il a fini, son énorme érection saille vers moi. Il est difficile de ne pas en être intimidée. Je ne peux m'empêcher de la fixer.

Je lèche mes lèvres soudain sèches.

— Je ne crois pas que ça va fonctionner.

— Ça va fonctionner.

Son regard enflammé se promène sur moi. Je suis à genoux, nue sur le lit, les cheveux lâches, la peau échauffée et les seins durs. Je cesse de respirer lorsque je lève les yeux sur lui, observant sa taille svelte, ses cuisses puissantes, ses cheveux en bataille. Je tends la main et trace les contours de ses muscles près de sa hanche.

Les yeux de Griffin flamboient et il me renverse avec une poussée vigoureuse. Je tombe sur le dos, confuse, puis je couine lorsqu'il m'empoigne derrière les genoux et me tire jusqu'au bord du matelas. Avant que je ne comprenne ce qu'il fait, il s'agenouille et descend sa bouche entre mes jambes.

— Griffin !

Je sursaute, mais ses mains sur mes hanches me maintiennent en place.

— Détends-toi.

Sa voix vibre contre moi. À travers moi. Sa langue balaie mes replis intimes, les écartant et touchant l'extrémité sensible de mes nerfs. Mes yeux s'écarquillent face à la plus incroyable des sensations qui monte en spirale autour de mon corps. Puis il aspire, me transperçant d'une vive décharge de plaisir. De la lumière éclate. Du tonnerre fait vibrer le lit. Ma bouche s'ouvre et ma tête tombe en arrière. Je gémis, mes genoux s'écartant largement.

— C'est ça, *agapi mou.* Juste comme ça.

Il lèche, suce et aspire, me rendant folle. La tension s'accumule sous sa bouche, serrant le bas de mon ventre. Il halète et je rue, enroulant mes doigts dans sa chevelure sombre, puis je m'agrippe machinalement aux draps froissés. Alors que je m'agite, Griffin glisse un doigt en moi, me caressant lentement. Je pousse un cri, submergée, et pourtant j'en veux plus. Un second doigt rejoint le premier, écartant mon entrée et prenant un rythme qui menace de m'achever. Des picotements et des secousses courent de haut en bas de mon corps, si intenses que c'en est presque douloureux. Je me tortille contre sa main, sous sa bouche, en essayant de relâcher la pression.

— Griffin. Griffin ! C'est trop.

Il doit arrêter. Je veux. Je brûle de désir. Je suis en train de me déliter et je ne sais pas quoi faire.

— Laisse-toi aller, *kardia mou.* Tout va bien.

Avec un autre long coup de langue tournoyant, je vole en éclat. L'apogée est explosif. Il me secoue comme un tremblement de terre, me faisant tomber droit dans un abysse de plaisir pur. Je titube sur le bord du gouffre, agitée de frissons, vague après vague d'extase palpitante. Je ne fais rien de ridicule comme de crier. C'est pire. Je miaule comme un chaton en murmurant, encore et encore, « Oh mes Dieux. »

Alors que les ondes s'atténuent, disparaissant lentement, j'ouvre mes yeux flous, quasiment certaine que c'était la meilleure des catastrophes naturelles à avoir jamais frappé les royaumes.

Toujours agrippé à mes hanches, Griffin pose à nouveau sa bouche sur moi, une réplique de décharge me traverse et tout mon corps se crispe de plaisir. Je miaule, encore, et il lève les yeux avec un sourire.

J'ai du mal à respirer.

— N'aie pas l'air si fier de toi.

— Pourquoi ? demande-t-il en se levant, me surplombant.

Mes yeux tombent automatiquement sur le centre de son excitation. Je recule précipitamment, ce qui fait refluer une partie de mon hébétude.

— Ce n'était pas *si* bon que ça non plus, déclaré-je en mentant.

Il rit et grimpe sur moi.

— Alors, heureusement qu'il y a encore des choses à venir.

Il s'installe lourdement entre mes jambes et ses hanches obligent mes cuisses à s'écarter. L'anxiété me frappe à nouveau et je pousse sur mes talons pour me reculer.

La tête de Griffin se relève brusquement. Ses mains atterrissent sur mon estomac, me pressant dans le matelas. Tout en soutenant mon regard, il s'avance à nouveau, se repositionnant sans aller plus loin. Il attend. Je pourrais le frapper, hurler, mordre ou simplement me lever et partir.

La tension dans son visage me fait comprendre à quel point il me veut. Sa retenue me fait comprendre à quel point c'est important pour lui. Je plonge dans ses yeux orageux, et je ne peux pas résister. Je lève le bassin jusqu'à ce que son extrémité chaude se presse contre mon intimité.

Il lâche un soupir lent. Ses yeux se ferment et s'ouvrent à nouveau. Il glisse vers l'avant dans une poussée graduelle. Son épaisseur étire mon intérieur avec une pression inconfortable. Mes narines frémissent et je me tends. L'étirement se transforme en brûlure.

Griffin s'arrête en attendant que je m'ajuste.

— Détends-toi, murmure-t-il en m'embrassant entre deux halètements. Ça va aller.

Il veut que je me détende, mais lui n'a pas l'air de l'être du tout. De la sueur perle sur ses sourcils. C'est l'une des rares fois où je l'ai vu transpirer. Pourtant, il a raison. Cela s'arrange réellement, jusqu'à ce qu'il se remette à bouger.

Griffin porte son poids sur ses avant-bras, les muscles tendus. De temps en temps, un frisson le traverse. Les traits de son visage sont tirés. Il ne semble pas apprécier cette partie-là plus que moi, alors je tourne mon visage pour embrasser l'intérieur de son bras, inhalant son mélange unique de sel, de soleil et de citron.

Il plonge en moi alors que mon attention est détournée et je lâche un cri, la dernière barrière entre nous rompue.

Griffin laisse retomber sa tête dans le creux de mon cou. Le sifflement qui s'échappe d'entre ses dents serrées me fait me demander s'il a mal. Je sais que c'est mon cas.

Il reste immobile, enfoui profondément. Puis sa bouche retrouve la mienne, et il m'embrasse jusqu'à ce que mon corps se fonde dans le sien. Je finis par m'agiter, traduisant mon intérêt renouvelé. En réponse, Griffin me donne un long coup de boutoir contrôlé qui génère une friction incroyable. Lorsque je gémis, il s'enfonce davantage, m'étirant un peu plus. Je relève les genoux. Le désir qui s'était atténué avec l'inconfort s'enflamme à nouveau en un instant.

Le grognement de Griffin réchauffe mes lèvres. Nos souffles se mêlent, à la fois brefs halètements et murmures de plaisir. Son rythme régulier et ses coups lents et profonds m'entraînent aux portes de la folie. Mon corps se contracte et se serre, se tend vers la libération. J'enroule mes bras autour de son cou et l'embrasse avec toute la passion des Furies. Mes hanches se lèvent pour rencontrer les siennes et il m'écrase, heurtant mes nerfs sensibles qui palpitent.

Je pousse un cri alors que la tension s'accumule dans mon bas-ventre. Je pulse autour de lui, sur le point de me briser à nouveau.

Juste quand j'y suis presque, Griffin arrête de bouger et emprisonne mon visage entre ses mains, capturant mes yeux des siens. Sa voix se transforme en grognement bas lorsqu'il déclare :

— Je te revendique.

Il se recule puis plonge avec force, m'emplissant complètement.

— Je te revendique, répète-t-il.

Alors même que je me consume de plaisir, au bord de la jouissance, mon cœur explose presque. À présent, je comprends ce rite sudiste. Il n'a pas tant déclaré sa possession sur moi qu'affirmé mon droit envers lui. Pour toujours.

Je hoche la tête et touche sa joue, acceptant son cadeau de dévotion et de protection. Les yeux de Griffin s'enflamment tel l'argent chauffé à blanc. Il pose sa bouche sur la mienne pour un baiser à s'en meurtrir les lèvres avant de se glisser en moi, plus vite, plus fort. Les sensations croissent jusqu'à un niveau insupportable. Je passe mes jambes autour de sa taille et je plonge mes doigts dans ses cheveux, pour accueillir avec ma propre sauvagerie ses coups de reins quasi brutaux.

Griffin me tourne soudain sous un nouvel angle, plongeant profondément dans mon ventre. Je convulse avec un cri, recommençant à miauler. Je projette une lumière aveuglante et le tonnerre gronde à travers la pièce. Griffin s'immobilise. Lui aussi le voit et l'entend. Il respire fort alors que je pulse autour de lui. Un plaisir explosif irradie depuis le centre de mon être dans des battements chauds et palpitants. Ses doigts écartés se resserrent sur mes fesses, et il mêle nos corps dans une danse sauvage. Cette soudaine rudesse entraîne mon apogée vers un tout autre sommet. L'orgasme se déverse à nouveau en moi, d'une douceur douloureuse.

Pantelante, hébétée et délicieusement fragmentée, je reprends lentement mes esprits et ouvre les yeux. Je me sens déconstruite, comme s'il ne restait plus que mes composants les plus basiques. Réalignée.

Griffin cajole ma tête.

— Est-ce que je dois me retirer ?

Je ne réponds pas. Je ne sais pas.

— Cat ! Dis-moi maintenant.

J'ouvre la bouche pour lui dire que oui. C'est l'exact opposé qui en sort.

— Non.

Il pousse un grognement sauvage et guttural, trahissant sa satisfaction à son niveau le plus primaire. Griffin m'encercle de ses bras et balance ses hanches rapidement, finissant avec un grognement rude. Son soulagement m'inonde telle une chaude marée. Son souffle haché réchauffe mon visage alors qu'il se tient au-dessus de moi sans bouger. Un dernier tremblement, puis tout son corps se relâche et tombe sur le mien.

Après un instant d'immobilité absolue, il trace un chemin avec ses lèvres, de ma joue à ma bouche, m'embrassant et murmurant un éloge bourru. Je rougis et souris comme une idiote alors que ses lèvres glissent le long de mon cou et ma poitrine. Il pose son front sur mon épaule et je le sens sourire, lui aussi, contre ma peau.

Je caresse ses cheveux couleur nuit, complètement relaxée pour la première fois de ma vie. Mon sourire se dissipe lorsqu'une sensation vivifiante passe en moi. La chaleur liquide de Griffin ne s'arrête pas dans mon bas-ventre. Elle s'étend à mes membres, ma tête, mes doigts et mes orteils. Je prends une profonde inspiration, surprise, et pour la première fois, depuis Ios, je me sens enfin moi-même.

— Tu m'as guérie ! m'écrié-je en riant de bonheur.

Griffin lève la tête.

— Hmm ?

— Je crois que tu viens juste de me rendre ma force vitale.

Il a un sourire narquois, bien trop arrogant, comme d'habitude.

— Je savais que nous aurions dû faire ça il y a longtemps.

Je ne suis pas à deux doigts d'admettre qu'il a raison. Je grogne et je le pousse au niveau des épaules.

— Tu es aussi lourd qu'un taureau.

Il s'esclaffe et me déleste d'une partie de son poids. Pourtant, au lieu de bouger sur le côté, il me caresse à nouveau. À l'intérieur.

— Peut-être que tu as besoin de plus de force vitale.

Je lève les yeux au ciel.

— Mets une laisse autour de tes hanches, Bêta Sinta. J'ai besoin de me remettre.

Il arrête immédiatement de bouger.

— Est-ce que j'ai été trop brutal ?

Je secoue la tête.

— Non, tu étais…

Incroyable, époustouflant, mieux que tout ce que j'aurais pu imaginer.

— … pas trop mal, finis-je.

Il sourit et m'embrasse.

— Un beau compliment, venant de toi. Je vais laisser ces hurlements suraigus de chaton parler d'eux-mêmes.

— Fais donc ça, murmuré-je en le repoussant.

Griffin roule sur le côté, se retirant de moi. Je frissonne. Il se lève et se rend près de la bassine d'eau froide pour y tremper un linge. Malgré ma protestation plutôt virulente, il me lave entre les cuisses avant de se nettoyer lui-même. Il y a du sang sur nous. Pas beaucoup, mais assez pour nous inquiéter tous les deux. Il y a une tâche sur le drap aussi, de même qu'une marque de silhouette de Cat carbonisée qu'aucun de nous ne commente. Je vais devoir comprendre très vite comment fonctionne ce nouveau truc de tonnerre et d'éclair. Heureusement que je ne peux pas blesser Griffin avec de la magie, parce qu'il semblerait que je ne puisse pas la contrôler, et il la fait *assurément* ressortir.

Après avoir remis ses vêtements, Griffin emporte le drap, le linge et le bassin hors de la pièce pour brûler le sang dans le foyer de la cuisine et diluer l'eau dans les égouts du château.

Pendant son absence, je trouve un nouveau drap au fond de l'armoire de la chambre et le mets sur le lit. Dix minutes plus tard, Griffin se déshabille à nouveau et s'allonge sur le matelas, m'attirant contre lui, mon dos contre son torse.

Il repousse mes cheveux sur le côté et plonge son nez dans mon cou, son souffle devenant plus rapide et réchauffant ma nuque.

— Tentant, dis-je en remuant mon derrière contre lui.

— Tu joues avec le feu, gronde-t-il à mon oreille.

— En parlant de feu, répliqué-je en levant la tête et en exhalant un Souffle de Dragon qui carbonise le plafond, il est de retour !

— C'est bien, commente Griffin en posant sa grande main sur mon ventre. On ne sait jamais quand tu auras besoin de faire fondre quelqu'un.

CHAPITRE 30

J'ai bien trop chaud lorsque je me réveille. Il ne me faut pas longtemps pour réaliser pourquoi. Il y a un corps nu plaqué contre mon dos. Je m'avance d'un pouce pour essayer de m'échapper sans le réveiller.

Un bras d'acier s'enroule autour de ma taille et me ramène en arrière.

— Où penses-tu aller comme ça ?

Il n'y a pas une trace de sommeil dans la voix de Griffin. Il est réveillé depuis un moment, à m'enlacer. Mon cœur fait une embardée et je ressens le besoin intense de fuir.

Il me fait rouler pour lui faire face et m'observe comme s'il me désirait à nouveau, comme si j'étais tout ce qu'il voulait. Ses yeux sont des nappes sombres dans lesquelles je pourrais me perdre, complètement et pour toujours. Mon cœur gonfle et l'émotion me noue la gorge, m'étouffant.

Je panique, deviens invisible et me précipite hors du lit.

— Cat ?

Griffin attrape à l'aveuglette l'endroit où je me trouvais à l'instant. Les sourcils froncés, il s'assied et rejette le drap en arrière.

Je me fige en le fixant. Je ne peux m'en empêcher. Il est nu et magnifique, chaque muscle dur et défini, allongé et puissant. La chaleur me submerge et mes organes se crispent, conscients de ce que son corps peut faire au mien. Le souvenir du goût de sa peau douce et bronzée me met l'eau à la bouche.

Mes doigts meurent d'envie de le toucher. Je me retiens et me déplace sans un bruit à travers la pièce sur la pointe des pieds, ignorant l'air renfrogné de plus en plus féroce sur le visage de Griffin. Je récupère les vêtements que j'ai laissés éparpillés sur le sol, bougeant rapidement, et le plus silencieusement possible, parce qu'il me traque à présent, lui et son érection bien visible. À la seconde où j'ai mes bottes en main, j'ouvre la porte à la volée et pars en courant.

— Cat ! beugle Griffin en se jetant sur l'air vide.

Son cri résonne entre les murs de marbre.

— Je devrais te mettre une clochette autour du cou !

Mon cœur tambourine. Je cours jusqu'à mon ancienne chambre dans la caserne, m'habille, avant de ressortir comme si je m'étais trouvée là toute la nuit. J'essaie de ne pas marcher de travers. Peut-être que Griffin a été un peu brusque ? Ou peut-être que c'est ainsi que je suis supposée me sentir, sensible et un peu mouillée. Peu importe, car, aussitôt que l'adrénaline déclenchée par ma fuite reflue, une douleur sourde s'installe.

Je trouve Flynn et Kato dans le réfectoire. Ils m'accueillent en haussant les sourcils, puisque je n'ai pas pris le petit déjeuner avec eux depuis longtemps.

— Il n'y a rien à manger au château ? demande Kato.

— La nourriture est meilleure ici, répliqué-je en m'asseyant avec précaution.

Flynn me tend son jus de fruits, qu'il ne boit jamais.

— Tu t'es disputée avec Griffin ?

Je m'étrangle sur la gorgée que j'étais en train de prendre.

— Pas exactement.

— Tes joues sont toutes roses, ce matin.

Le front de Flynn se plisse alors qu'il m'étudie avec un peu trop d'attention. Il veut dire que je suis en train de devenir aussi rouge qu'une baie de Kala.

— Et il y a un suçon dans ton cou, ajoute Kato en se penchant pour mieux voir.

Je repousse sa tête.

— Ne me cherche pas. Je peux de nouveau frapper et ça pourrait même faire mal.

Il semble intrigué.

— Comment est-ce arrivé ?

— Ne me le demande pas. *Pitié*, ne me le demande pas.

Il a un sourire narquois, et je suis presque sûre de devenir encore plus rouge. J'ai plus chaud, en tout cas.

— Comment va Griffin ? demande Flynn.

Je lève les yeux au ciel.

— Comment pourrais-je le savoir ?

Ils éclatent de rire et je me renfrogne.

— Il va bien, lâché-je. Arrogant et fier de lui, comme d'habitude.

— Est-ce qu'il a une raison de l'être ? m'interroge Kato.

Il sourit toujours. Il agite aussi ses sourcils à présent. J'envisage de les lui carboniser, mais je ne veux pas l'aveugler accidentellement.

— Ce ne sont pas tes affaires. Qui aurait pensé que les hommes raffolaient tant des ragots ?

Je presse mon pendentif sur ma poitrine, reconnaissante d'avoir un morceau des plaines de Glace pour m'empêcher d'entrer en combustion spontanée.

Flynn me tend son morceau de gâteau aux épices. Mon estomac gargouille instantanément, assez fort pour être entendu trois tables à la ronde. J'ai de nouveau faim !

— C'est le tien, dis-je en le fixant.

Il hausse les épaules.

— Je n'en ai pas besoin et tu dois te remplumer.

Me remplumer ? Je ne sais pas trop quoi en penser. Mais je prends tout de même le gâteau.

— Puisque tu ne peux probablement pas chevaucher aujourd'hui, ou même marcher, qu'est-ce que nous devrions faire ? demande Kato.

Me mettant à tousser, j'envoie des miettes de gâteau aux épices à travers toute la table.

— Pardon ?

— C'est juste que Griffin n'est pas… euh…

Je plisse les yeux dans sa direction et Kato rougit pour de vrai. *Ha !*

— Connu pour sa nature délicate, complète Flynn.

— Et combien de femmes sont au courant de *ça* ?

La véhémence dans ma voix leur fait hausser les sourcils. Kato sourit encore, appréciant manifestement ma réaction.

— Assez pour qu'il sache comment satisfaire la femme qu'il souhaite revendiquer.

Il a eu plein d'entraînement, alors. Charmant. Mais ils ont tort. Griffin a été attentionné avec moi. Ou peut-être que j'ai du mal à reconnaître la gentillesse.

— Alors, tu peux marcher ? interroge Flynn.

Je résiste à l'envie de les faire rôtir vivant.

— Je suis bien arrivée ici, non ? Ne parlons plus de ça. Jamais. J'ai des emplettes inattendues de dernière minute à faire pour la réception royale, et vous deux allez m'emmener à l'agora, dis-je en les épinglant tour à tour de mon regard le plus glacial. Et nous irons à pied, pas à cheval.

Aucune chance que je monte aujourd'hui, même une monture d'aussi bonne composition que Panotéen.

Ils laissent échapper des sons qui ressemblent étrangement à des gloussements masculins.

Griffin fait irruption dans le réfectoire, son épée dans le dos, ses bottes martelant le sol, et il est fou furieux. *Oh oh.*

Il avance droit sur notre table, passe son pied autour de celui de ma chaise, la tire en arrière avec un crissement de bois sur la pierre, m'attrape par l'avant-bras et me relève d'un geste brusque. Mon cœur commence à galoper comme une horde de Centaures. Je dois pencher le visage en arrière pour le regarder.

— Ne disparais pas, Cat. *Ne fais pas ça.*

Il me laisse retomber sur ma chaise et j'atterris sur toutes les zones endolories. Puis il ordonne :

— Nous allons à l'agora. Maintenant.

Je prends une lente inspiration par le nez, refusant de bouger sur ma chaise pour trouver une position plus confortable.

— La réception royale est demain. Tu as d'autres choses à faire.

— Je t'ai dit que je t'emmènerai.

— J'irai avec Flynn et Kato. Nous emmènerons les filles.

Un muscle se contracte le long de sa mâchoire. Je le regarde, laissant mon visage trahir honnêtement mes pensées. La nuit dernière, j'ai altéré le cours entier de mon existence. Les ajustements comme celui-ci ne sont pas faciles pour moi. J'ai besoin de temps. Il doit le savoir.

Il soupire bruyamment avant de hocher la tête.

— Soyez de retour dans deux heures ou j'envoie l'armée à tes trousses.

— Trois, négocié-je. Je dois faire des essayages pour une robe, si tu te souviens bien.

Ses narines frémissent. Ses yeux aussi, mais pas de colère, et une vague de chaleur m'envahit. Il hoche à nouveau la tête avant de laisser tomber une bourse remplie de pièces sur la table.

***

Jocaste, Kaia et moi-même marchons devant. Flynn et Kato nous suivent à quelques pas. Nous nous frayons un chemin dans les rues en lacets bordées de maisons blanches. Ces dernières sont ombragées par leur toit en porte-à-faux, leurs fenêtres renfoncées, des cyprès et des citronniers. La saison des pluies, plus fraîche, approche, mais, pour l'instant, l'air est toujours ensoleillé et sec. Sintaville brille lors de journées comme celle-ci, mais à présent, son éclat se reflète dans les visages qui nous entourent. Il n'y a pratiquement plus d'enfants mendiants, puisque la plupart d'entre eux sont employés sur l'un ou l'autre des chantiers de construction de Piers. Les invalides et les soldats âgés, qui, il fut un temps, erraient dans les rues en transpirant sous le soleil, les mains tendues pour quelques pièces, sont maintenant à l'abri quelque part à l'ombre. Griffin a commencé à distribuer des pensions, même aux personnes qui se sont battues contre lui. *C'est à n'y rien comprendre.*

Je m'inquiète qu'entre la réduction des taxes et la distribution d'argent, il n'ait peut-être pas les fonds nécessaires pour recruter des soldats, mais il m'a affirmé que l'ancienne Maison royale a accaparé tant de richesses qu'il y en a assez pour supprimer toutes les taxes pendant une génération entière, s'il le souhaite. J'ai cessé d'argumenter, me posant des questions sur l'état des finances du Fisa, pour la première fois depuis des années.

Partout dans Sintaville, les visages sont plus ronds, les yeux plus amicaux. Les gens ont plus de pièces dans leurs bourses, et l'agora grouille d'activité. Nous marchons d'abord le long des stands de nourriture, attirant sur nous une bonne partie de l'attention. Les odeurs du pain qui cuit et de la viande qui rôtit font gronder mon estomac, alors j'achète un pain laqué de miel et je le mange pendant notre parcours.

Tout le monde veut toucher les princesses, leur tapoter la main ou leur effleurer l'épaule. Le simple fait de voir tous ces contacts me met horriblement mal à l'aise, mais cela ne semble pas déranger les filles. Elles adressent quelques mots courtois à chacun. Lorsqu'une vieille femme avec une carriole branlante souhaite nous vendre des citrons, j'en achète dix, non pas parce que j'en ai besoin, mais parce qu'elle se courbe très bas et longtemps devant Jocaste et Kaia, bien que ses articulations aient l'air enflées.

L'agora est une myriade de bruits, d'odeurs et de couleurs. Je suis venue ici de nombreuses fois, mais je ne l'ai jamais vue ainsi. Les vendeurs sourient et rient, se précipitent pour nous saluer et glissent des cadeaux dans les mains des princesses. J'achète tous les nouveaux vêtements dont j'ai besoin depuis des lustres, ainsi que deux pains de savon jaune qui sentent le citron. Personne ne me laisse payer la totalité du prix.

J'étais méfiante à l'idée que les filles sortent avec pour seule protection Flynn, Kato et moi. Non pas que notre protection soit risible, mais tout de même, cela ne semble pas complètement sage, même avec l'immense popularité de la nouvelle Maison royale chez la majorité des Sintans.

Toutefois, les enfants des rues parcourent toute la ville et ce qu'il se passe au mur nord doit avoir fait le tour des quartiers, car il s'avère que nous n'avons pas besoin de Kato et Flynn, à part pour porter les affaires. Jocaste, Kaia, et même moi semblons être adorées de tous. Après avoir traversé le marché à une cadence désespérément lente, il est clair que si quiconque dans Sintaville est assez stupide pour ne serait-ce que nous regarder de travers, cette personne se fera déchiqueter par une foule en furie.

Lorsque nous arrivons enfin à remonter la colline en direction des boutiques les plus luxueuses, il nous reste tout juste assez de temps avant que Griffin n'envoie son armée à ma recherche. Je choisis un établissement discret à l'allure intimiste, et après une revue rapide d'une sélection de robes toutes faites, j'opte pour une tenue ivoire avec une finition dorée, des sandales à talons hauts et une ceinture en or aux motifs géométriques qui s'accordent avec des fibules sur les épaules. J'essaie tout cela, et, pendant que la couturière fait quelques derniers ajustements au niveau de l'ourlet, le jeune et beau marchand, qui semble porter un intérêt tout particulier envers Jocaste, me convainc d'acheter un cordon doré tressé pour habiller mes cheveux.

Satisfaite de mes achats, et à nouveau dans ma tunique et mon pantalon, j'émerge de l'arrière-salle pour tomber sur Jocaste tentant avec difficulté de détacher un collier qu'elle essayait. Le marchand se précipite vers elle, désireux d'apporter son aide, mais, à la seconde où ses doigts touchent la peau de Jocaste, Flynn émerge vif comme l'éclair des ombres où Kato et lui se cachaient de toutes ces emplettes. Avec un grognement, il repousse l'homme en arrière, suffisamment fort pour l'envoyer à moitié de l'autre côté de la pièce. Flynn le jovial semble soudain enragé.

Kaia ricane puis ravale son hilarité, émettant des sons intéressants.

Les yeux de Jocaste se lèvent vers ceux de Flynn, tendus et reconnaissants. Je pourrais jurer voir ce dernier changer de couleur. Il essaie de reculer, mais elle repousse ses cheveux d'un côté et il n'a pas vraiment d'autre choix que de l'aider lui-même avec son collier.

L'ambiance du retour est un peu gênée, principalement parce que Flynn et Jocaste agissent comme s'ils ne pouvaient pas se voir bien qu'ils ne soient jamais à plus de cinq pieds l'un de l'autre. Griffin se trouve dans la cour d'Athéna à notre arrivée. Il jette un œil au cadran solaire, tourne les talons et retourne à l'intérieur. Il nous restait cinq minutes.

— Retrouvons-nous ici dans une heure, suggère Flynn. Nous prendrons le déjeuner avec les gamins au mur nord.

Il ne me regarde pas. Il regarde enfin Jocaste.

Elle hoche la tête et nous nous séparons.

***

— Ça fait beaucoup de citrons, commente Griffin en me suivant dans la chambre après le dîner.

J'ai trouvé un saladier un peu plus tôt et je les ai disposés sur la table, les utilisant comme décoration au lieu de les donner aux cuisines.

— La vieille femme qui les vendait s'est inclinée devant tes sœurs, alors je lui ai acheté ses citrons.

— *Tous* ses citrons ?

Je lui jette un regard noir.

— Non, pas *tous*.

Il s'approche par-derrière et enroule ses bras autour de ma taille, posant son menton sur le haut de ma tête. Son énervement de ce matin semble oublié. Je me sens plus assurée moi aussi.

— Tu n'es pas du tout aussi méchante que tu le prétends, dit Griffin.

— Oh, je suis méchante, lui assuré-je.

Il ricane.

— Toutes mes excuses. Je te crois.

— Tout le monde les aime, soupiré-je. Ils vous aiment tous.

— On dirait bien.

Il semble heureux, un peu fier.

— C'est révoltant, ajouté-je.

Nous savons tous les deux que je ne le pense pas vraiment.

— Espérons que les Magoi soient aussi faciles à séduire que les Hoi Polloi.

— Ne compte pas là-dessus, mais si quelqu'un est capable de conquérir grâce à son charisme, ses idées, mais aussi sa puissance, c'est bien toi. Tu as le peuple. Obtiens les nobles et la plupart des Magoi suivront. Le Sinta sera contrôlé.

Il frotte sa mâchoire sur mes cheveux, puis il inhale profondément, comme s'il appréciait l'odeur qui s'en dégage.

— Si le Sinta est définitivement pacifié, nous pouvons nous concentrer sur la prochaine étape.

Mes organes se serrent d'inquiétude. Est-ce qu'il parle d'augmenter les défenses du Sinta, de mettre en œuvre les projets qu'Égérie et lui ont sur le feu ou d'autre chose ? Quelque chose de dangereux ? Je ne veux pas savoir. Pas ce soir. Peut-être jamais.

Désireuse de changer le sujet, je me tortille pour m'échapper de ses bras, fouille dans mes achats et lui fourre le savon dans les mains.

— C'est pour toi, déclaré-je.

Il semble surpris.

— Tu m'as acheté quelque chose ?

Je lève les yeux au ciel.

— C'est juste du savon. Et tu as payé.

— Non, c'est toi qui as payé. Je ne cesse d'oublier de te donner ton salaire, alors je t'ai tout donné d'un coup.

— Oh, c'est parce que nous avons été occupés à mourir, et guérir, et… tout le reste.

Un sourire étire ses lèvres pleines.

— Tout le reste ?

Sa voix devient rauque. Il semble très intéressé par la partie *tout le reste*. Il reprend :

— Est-ce que tu es endolorie ?

Je sens ma peau s'échauffer sur toute la surface de mon corps, mais je secoue la tête.

— Ça va mieux, maintenant.

— Bien, dit-il avant de franchir la distance entre nous et d'encercler ma taille de ses bras pour me soulever et m'embrasser profondément. Tu sais ce qu'on dit d'Arès et d'Aphrodite ?

J'enroule mes bras autour de son cou. Mes pieds pendouillent au-dessus du sol. Il est fort et large et je m'accroche volontiers à sa chaleur. Nos lèvres et langues commencent à danser. Je suis envahie par la conscience aiguë des sensations que je ressens toujours près de Griffin ; un désir violent et profond explose en moi.

— Cat ? murmure-t-il contre ma bouche.

— Hmm ?

— Arès et Aphrodite.

Je suis bien plus intéressée par notre baiser. Griffin laisse mes pieds toucher à nouveau le sol de manière à pouvoir faire glisser ses mains sur la courbe de mes fesses pour me presser fermement contre lui. Sa hampe s'appuie sur mon ventre et un besoin douloureux s'épanouit entre mes cuisses.

— Elle est attirée par sa nature violente, dis-je finalement, le souffle court.

Il rit, traçant un chemin de baisers dans mon cou tout en débouclant ma ceinture en même temps.

— Ça aussi. Mais je pensais à quelque chose d'autre. Elle est tellement belle, tellement convoitée, qu'elle pourrait avoir n'importe qui et, pourtant, elle retourne chez lui, encore et encore, bien qu'il soit détesté par les autres Dieux. Il la lie à lui. Elle ne peut pas vivre sans son contact.

Je fronce les sourcils.

— Tu n'as pas besoin de me lier à toi par le sexe.

Griffin me soulève dans ses bras et me porte sur le lit, s'allongeant à côté de moi.

— Je te lierai à moi de toutes les manières possibles. Le sexe. Les enfants. L'amour.

Mon cœur sursaute. Mes poumons semblent soudain trop étroits.

— Nous sommes ensemble. N'est-ce pas suffisant ?

Il secoue la tête. Il me déshabille et je le laisse faire.

— Tu es lumineuse comme une étoile. Tu brilles pour moi, maintenant, mais le ciel tourne. Où brilleras-tu demain ? Ou le jour d'après ? Je ne te laisserai pas partir, pas sans un combat qui ferait trembler les Dieux.

Je frissonne, ébranlée par ses mots.

— Tu regrettas de t'être promis à moi. Cela raccourcira ta vie.

— Tu es ma vie, à présent. Nous vivrons ensemble ou mourrons ensemble.

Je frissonne à nouveau, de chaud et de froid à la fois.

— Tu l'as décidé, alors ? Pour nous deux ?

Il hoche la tête en faisant passer une main douce sur mon corps nu. Ses doigts chauds s'approchent tout près de l'endroit où je suis déjà humide de désir.

Je m'agite fébrilement.

— Je devrais avoir mon mot à dire, commenté-je.

Il baisse la tête et taquine ma poitrine de sa bouche tandis que ses mains s'avancent lentement vers les boucles entre mes cuisses.

— Alors, dis-moi ce que tu désires, répond-il.

Je gémis lorsque ses doigts se glissent entre mes plis, me caressant avec tendresse. Ce que je m'apprête à dire à cet instant aura des conséquences. Les mots sont des liens, chacun est une promesse ou une trahison. Il fait entrer un doigt en moi et sa paume large et chaude se presse contre la petite boule de nerfs. Je lève les hanches et j'oublie tout, y compris de parler.

— *Agapi mou ?*

La tension s'instaure rapidement en moi. Mon pouls bat fort, liquide chaud qui pulse entre mes jambes. Un doigt devient deux, qui s'enfoncent résolument. Je rejette la tête en arrière et m'agrippe aux draps.

— Je n'arrive pas à penser quand tu me touches.

Griffin s'arrête et lève les yeux, lâchant mon téton humide.

— Toi, qu'est-ce que tu veux ?

Je veux qu'il recommence à me toucher si désespérément que je pourrais dire n'importe quoi. Je ne suis pas si stupide. Ou plutôt, j'étais stupide avant.

— Au cas où tu l'aurais oublié, je me suis promise à toi la nuit dernière lorsque j'ai accepté ta revendication et que je t'ai laissé «relâcher» ta force vitale en moi.

Il ne s'aligne pas à mon ton aguicheur.

— Vivre ensemble ou mourir en essayant ?

Il me faut un moment pour arriver à prononcer les mots. Je m'inquiète pour Griffin, je m'inquiète de sa mort.

— Vivre ensemble ou mourir en essayant.

Les épaules de Griffin se détendent. Il m'embrasse avec passion. Ses doigts, durcis par le maniement de l'épée, sont incroyablement rudes contre l'intérieur de ma cuisse. Je glisse mes mains sous sa tunique et le tiens près de moi, pressant mon visage dans son cou et inhalant son odeur subtile et masculine.

J'embrasse sa mâchoire. C'est officiel, je suis une idiote. Au moins, nous sommes deux, à présent.

— Sois mon Arès et finis ce que tu as commencé. Autrement, je pourrais bien te tuer et tous ces serments seraient sans importance.

Il sourit. Je crois qu'il va recommencer à me toucher, mais il ne le fait pas. Avec langueur, il trace avec sa bouche un chemin vers le bas de mon corps. Je sais où il va et j'ai hâte. Il embrasse ma hanche, puis ma cuisse, m'écartant les jambes au passage. Puis sa bouche démarre une torture lente et délicieuse et ses mains me tiennent en place alors que je me délite. Il prend son temps, goûtant, taquinant, m'explorant à la recherche de ce qui me fait ruer, et finalement, il déclenche une libération vertigineuse, qui me laisse haletante, rassasiée et stupéfiée.

Griffin se fraie un chemin dans le sens inverse, sur mon ventre et mes seins. Il s'installe près de moi en laissant sa lourde main sur ma hanche. Mes yeux s'arrêtent sur ses doigts sombres sur ma peau pâle. Je me demande si je m'habituerai un jour à son aisance lorsqu'il me touche.

— Ton nom te va bien, dit-il.

Ses paupières sont basses et ses cils épais et noirs obscurcissent partiellement l'argent en fusion en dessous. Il explique :

— Tu fais les mêmes bruits qu'un chat, à ronronner et à miauler.

— C'est ridicule, rétorqué-je en repoussant sa main.

Griffin semble légèrement offensé, mais cela lui passe lorsque je l'attire sur le bord du lit et lui retire sa chemise. Je descends au bout du lit, les pieds enfoncés dans le tapis épais. Je l'encourage à se placer debout à côté de moi, défais sa ceinture et descends son pantalon. Il fait un pas pour en sortir, déjà pieds nus, puis il lui donne un coup pour l'envoyer sur le côté.

Mes yeux s'écarquillent devant sa taille. Son érection me surprend toujours. Et elle est toujours intimidante. Cela me fait me demander à quel point ma mâchoire peut s'ouvrir.

Je tombe à genoux. J'ai entendu dire que les hommes aiment ça.

— Cat ! s'exclame Griffin en me relevant. Tu n'es obligée de rien.

— Mais tu l'as fait, toi.

— C'était juste pour donner et j'ai aimé le faire. *Beaucoup*. Je n'attends rien en retour.

Plus les secondes passent, plus je deviens nerveuse.

— Tu es très généreux. C'est à vomir.

Les coins de ses lèvres se relèvent. Il ne semble pas perturbé par mes paroles.

— Je n'ai pas besoin d'être irascible vingt-quatre heures par jour pour prouver que je suis fort.

Je me mords la lèvre. Je l'ai probablement mérité.

— Ne t'inquiète pas, dis-je en gesticulant pour qu'il me lâche afin que je puisse me baisser à nouveau. Je n'ai aucune idée de ce que je suis en train de faire. Tu vas peut-être détester.

Une vive inspiration résonne au-dessus de moi lorsque je touche son excitation de ma langue. Sa voix est déjà tendue lorsqu'il dit :

— Aucune chance.

Je le lèche à nouveau, cette fois-ci avec plus d'audace. Je ne mentais pas. Je n'ai aucune idée de ce que je suis en train de faire. Mais j'imagine qu'il n'y a pas trop de façons de gâcher la chose, alors je commence au bout. Alors que je m'habitue à son épaisseur et au goût du liquide perlant sur le gland, je le prends plus pleinement dans ma bouche et aspire légèrement en remontant.

— Bons Dieux ! murmure Griffin en prenant appui d'une main sur l'une des colonnes du lit.

Il fourre l'autre dans mes cheveux. Je bouge de haut en bas en léchant et en faisant tournoyer ma langue. Ne voyant pas quoi faire d'autre, je prends la base de sa hampe dans ma main et je serre. Sa réaction m'encourage à recommencer. Sa respiration devient irrégulière. Ses doigts se resserrent dans mes cheveux, me guidant dans un rythme plus rapide.

Voulant prolonger son plaisir comme il l'a fait pour moi, je bascule sur mes talons pour lever les yeux. Griffin m'observe, son visage crispé de désir. Il y a d'autres sentiments, ici aussi, et cette émotion brutale me donne envie d'en faire plus pour le satisfaire. Je veux qu'il soit si fou de moi qu'il me pardonnera n'importe quoi, peu importe ce que je ferai, ou qui je suis. Je comprends ce qu'il voulait dire concernant Arès et Aphrodite. Si je peux le pousser à me désirer assez, alors peut-être ne m'abandonnera-t-il jamais.

Je prends ses bourses en coupe et le lèche de la base au sommet. Griffin suit le moindre de mes mouvements et la façon dont il me regarde, avec une intensité sombre, des yeux pleins d'envie qui flamboient d'un désir pur, me grise comme une drogue. Une pression enivrante s'accumule dans mon bas-ventre et l'humidité augmente entre mes cuisses.

Je plonge à nouveau, prenant son sexe profondément dans ma bouche. Un grognement s'élève de la gorge de Griffin. Son souffle s'accélère, ses halètements deviennent des râles. Je le prends encore plus loin, plus fort, et un frémissement le traverse.

Il agrippe mes épaules et essaie de me relever.

— Si tu continues comme ça, je vais éjaculer dans ta bouche.

Je ne le laisse pas me faire bouger. Je ne vais pas rejeter sa force vitale. Peut-être que je deviendrai deux fois plus forte qu'avant. Je plante mes ongles dans ses fesses musclées et aspire avec vigueur.

Son souffle devient erratique.

— Cat…

Je ne m'arrête pas, malgré son avertissement, essayant de compenser mon manque de savoir-faire par un enthousiasme non feint.

Griffin rejette la tête en arrière et rugit. Le son brut de son soulagement déclenche une tempête à l'intérieur de moi. Un besoin fiévreux pulse entre mes jambes. Je le veux à l'intérieur de moi, plongeant profondément et rapidement.

Son liquide est chaud et salé, et il y en a une quantité surprenante. Les spasmes s'interrompent juste au moment où je crains de ne plus pouvoir avaler sans avoir un haut-le-cœur.

Griffin me redresse d'un coup sec et m'emprisonne contre sa poitrine qui se lève et s'abaisse au rythme de ses respirations laborieuses.

— Tu peux cracher, halète-t-il en m'écrasant contre lui. Ou vomir si besoin.

Je ris, puis je m'étouffe légèrement.

— C'était incroyable, ajoute-t-il en plongeant ses mains dans mes cheveux et en faisant tomber une pluie de baisers sur mon visage. Tu es incroyable. Je t'aime.

Mon cœur fait une pirouette et je plonge mon nez dans son torse.

— Les choses que les hommes diraient pour du sexe… murmuré-je contre sa peau couverte d'une fine couche de sueur.

— C'est après le sexe.

Je relève la tête en fronçant les sourcils.

— Vraiment ? Il n'y a rien de plus ?

Le sourire le plus large et le plus désarmant que j'aie jamais vu s'épanouit sur son visage, et je perds complètement le contrôle de mon cœur. Griffin agrippe mes hanches et me jette à nouveau sur le lit. Tout en me suivant, il m'embrasse, me touche, me lèche et me taquine jusqu'à ce que je me débatte follement. Lorsqu'il vient finalement en moi, tout mon corps vibre de désir. Ce vide comblé me fait gémir et je me délecte de chacun de ses mouvements fermes, les rencontrant de mes hanches avides levées à sa rencontre, alors que Griffin nous guide vers un soulagement mutuel qui est encore plus intense et éclatant qu'avant.

Après que ma tempête s'est calmée et que nos battements de cœur sont redescendus, nous reposons ensemble, emmêlés, transpirants et épuisés. Griffin finit par se lever pour aller souffler les lampes avant de revenir dans le lit et de m'attirer contre lui. J'ai bien trop chaud, mais je ne bouge pas et je ne le repousse pas, parce que je n'en ai pas envie.

Le bonheur est une sensation étrange, effrayante et fragile lorsqu'on n'en a pas l'habitude. Je me tourne vers lui, posant une main en travers de sa poitrine et drapant ma jambe repliée sur sa cuisse. J'imagine que je peux m'habituer à être touchée.

Avec un son bienheureux, Griffin pose sa main sur la mienne. Elle l'engloutit, faisant deux fois sa taille.

Nous fixons nos mains jointes pendant un long moment en nous demandant de quoi demain sera fait.

CHAPITRE 31

Le lendemain matin, Jocaste envoie sa femme de chambre pour s'occuper de mes cheveux. Elle les coiffe en demi-queue et je fais bien attention aux nattes enroulées avec expertise et entrelacées de cordes dorées délicates alors que je finis de m'habiller pour la réception. Mes nerfs sont en pagaille. Griffin arrive au moment où je sangle les sandales. Je le trouve d'une beauté dévastatrice avec son nouveau pantalon sombre et sa tunique blanche aux motifs dorés. Il s'appuie contre le mur, croise les bras sur sa poitrine, puis les pieds au niveau des chevilles, tout en m'observant. Il semble détendu, mais ses yeux brûlent et ma température monte.

Je me redresse et marche jusqu'au miroir, me sentant fantomatique sous les plis vaporeux de ma nouvelle robe. Ils flottent autour de moi comme une couche de brume légère. Je suis bien trop mince, et dans mon reflet à la peau mate, je vois un fantôme aux cheveux sombres, yeux verts, joues creuses, et aux pupilles tourmentées. Je pensais que cette fille était morte.

Griffin vient derrière moi, fait passer mes boucles d'un côté, et embrasse ma nuque, me faisant frissonner.

— J'ai vu les autres. Ils ont beau faire partie de la Maison royale, c'est toi qui ressembles à une reine.

Je frissonne à nouveau.

— Je déteste les reines.
— Tu détestes Alpha Fisa.
Il me tend un fin torque d'or, le déplie et le passe autour de mon cou.
Je touche le métal froid et léger en demandant :
— Qu'est-ce que c'est ?
— Une décoration.
Il prend ma main droite et glisse une bague à mon majeur. Elle est faite d'or et d'une large émeraude carrée de couleur vert clair, comme mes yeux.
Mon estomac plonge brusquement.
— Et ça ?
Griffin presse mes doigts contre ses lèvres.
— Un cadeau.
— Qui vient des coffres ?
— De l'agora, corrige-t-il en relâchant ma main. Je n'ai pas pu résister quand je l'ai vue.
L'émotion me noue la gorge, rendant difficile le simple fait de respirer.
— Je n'ai rien pour toi.
Le sourire de Griffin devient carnassier.
— Nous discuterons de cet énorme mensonge plus tard, ce soir.
La chaleur m'inonde, et je rougis jusqu'à avoir l'impression que même mes cheveux vont prendre feu.
— Viens accueillir les invités, dit-il en se dirigeant vers la porte.
Je secoue la tête en résistant à l'envie impérieuse de m'éventer.
— Je descendrai plus tard, je n'ai pas de position officielle ici. Je ne peux pas faire partie de la haie d'honneur.
Son expression se durcit.
— Tu es la future femme de Bêta Sinta, je pense que c'est suffisamment officiel.
Mon esprit se vide sous le choc. Puis je lâche :
— Ex… excuse-moi ? Quand as-tu décidé *ça* ?
Ses yeux deviennent circonspects.

— Que pensais-tu que j'allais faire de toi ? Te saillir et regarder mes enfants illégitimes courir à travers le château ?

Le sang se draine de mon visage si rapidement que j'en ai la tête qui tourne. Mon cœur bat fort, et ma vision vacille. Les voyant soudain comme un cadeau de fiançailles, je retire les bijoux que Griffin m'a donnés et les jette sur lui. Il ne fait aucun effort pour attraper quoi que ce soit, et le torque et la bague rebondissent sur sa poitrine avant de tomber sur le tapis.

— Je ne peux pas t'épouser.

Son ton est étrangement neutre lorsqu'il demande :

— Pourquoi ?

Je le fixe, incapable de répondre. Je suis terrifiée à l'idée qu'Andromède découvre la profondeur de notre relation et plante ses griffes de folle dans Griffin. Mais il n'accepterait jamais cette réponse, alors je ne dis rien.

Devant mon silence, il reprend :

— Alors, qu'allons-nous faire ? Et toi, que comptes-tu faire ? Vivre ensemble ou mourir en essayant. Ce n'était pas juste des mots creux. Je le pensais, affirme-t-il en tendant la main pour toucher mon menton et me forcer à le regarder lorsque j'essaie de me détourner. Et toi ?

Griffin me surplombe. Ses yeux sondent les miens. J'aimerais qu'il soit en colère. Alors, je pourrais être en colère moi aussi.

Des émotions désespérées, folles et écrasantes me submergent et soudain, je n'arrive pas à croire à quel point il compte pour moi. Une douleur acérée me transperce, mélange de regret et de culpabilité. Mes yeux trouvent les objets sur le sol. À sa place, s'il m'avait renvoyé mes cadeaux au visage, j'aurais été folle de rage, j'aurais sorti les griffes et serré les poings et je lui en aurai sans doute voulu toute ma vie. Dieux merci, l'un d'entre nous est assez intelligent pour ne pas me laisser ruiner la seule bonne chose qui ne me soit jamais arrivée.

Pour une fois, je me reprends et me baisse pour ramasser les bijoux. Je glisse à nouveau la bague à mon doigt puis lui tends le torque comme un gage de paix. Griffin m'aide à replacer la bande d'or autour de mon cou sans un mot de reproche.

Je prends une inspiration vacillante.

— Ma notion du bien et du mal est principalement autodidacte, dis-je.

Ses yeux restent ombragés et son expression neutre.

Je déglutis et ajoute :

— Je suis clairement encore en cours d'apprentissage.

Une partie de la tension s'évacue de lui et son visage s'adoucit.

Je pose la main sur sa poitrine. Je sens les battements de son cœur sous mes doigts et prends conscience de ma chance de l'avoir. Je suis pétrifiée par toutes les manières dont je pourrais le perdre.

— Je veux être avec toi, dis-je. Je ne veux être nulle part ailleurs.

Griffin prend mon visage en coupe.

— Je veux aussi que tu sois avec moi.

Je me sens mal. Mon cœur bat trop vite. Mon estomac est un nœud.

— Mais je ne peux pas t'épouser, répété-je.

Ses narines frémissent et il se tend à nouveau, pressant légèrement ma tête.

— Pourquoi pas ?

— Tu ne sais même pas qui je suis !

— Alors, dis-le-moi, bordel ! gronde-t-il en me relâchant.

Daphné avait raison. Il *est* aveuglé. Aveuglé par l'amour et par une confiance que je ne mérite pas. J'ai fait des choses terribles, causé des choses terribles. Mon futur est empli de choses terribles, et Griffin est tellement *bon*.

— Je ne serai jamais libre, murmuré-je.

Son visage se vide progressivement de sa couleur.

— Tu es déjà mariée, déclare-t-il d'une voix étranglée.

On dirait qu'il a été frappé.

Je ris. Je ne peux m'en empêcher, bien que ce soit un peu déplacé.

— Non. Qu'est-ce que tu pensais ? Que j'étais une espèce de mariée vierge ?

Je l'encercle de mes bras et pose ma joue sur sa poitrine. Griffin glisse sa main dans mon dos en m'attirant plus près de lui. Il sent le citron et les jours clairs et ensoleillés, et je veux rester ainsi pour toujours. Ne jamais faire face à personne, à rien.

— Ce n'est pas ce que je pensais. Je veux juste la vérité, dit-il en recourbant un doigt sous mon menton pour lever mon visage. Tu peux me faire confiance. Tu le sais.

Mes yeux piquent et je cligne des paupières. Je lui fais confiance, mais est-ce suffisant ?

— J'essaie de laisser le passé là où il doit être. Je ne m'attends pas à vivre longtemps. Ça n'a jamais été le cas. Est-ce que nous pouvons simplement prendre le temps que nous avons et ne penser à rien d'autre ?

— Non.

Je fronce les sourcils en levant les yeux sur lui.

— *Non ?*

— Tu as souvent besoin de langue des signes.

Griffin baisse la tête et m'embrasse si profondément que la chaleur et le besoin me submergent en un instant. Ses lèvres se fondent avec les miennes comme si elles étaient deux pièces d'un même tout, et le désir s'élève comme une soudaine tempête, laissant un grondement de tonnerre flotter dans l'air.

Il rompt notre baiser pour parler, ses lèvres touchant toujours les miennes.

— Tu es intelligente, courageuse, douée et léthale. Tu as Poséidon et Hadès qui veillent sur toi. Je ne crois pas que tu mourras jeune, et je ne crois pas qu'ils te laisseraient faire. Et même s'ils ne font pas attention, moi si. *Je* ne te laisserai pas mourir. Je t'ai dit que j'allais te garder. Je le pensais.

Sa déclaration se répercute en moi. Je ressens la promesse en elle, et la vérité, parfaite et indéniable.

— Tu n'as aucune idée de ce dans quoi tu mets les pieds, le préviens-je.

— Alors, dis-moi, répond-il simplement en relevant la tête.

Lorsqu'il le dit, cela semble facile. *Je ne suis pas celle que tu penses, et, d'ailleurs, il y a une prophétie*… Le simple fait de penser à cette conversation me donne la nausée.

— Ce soir, c'est le Sinta qui importe. Descends. J'arrive bientôt.

— Ton œil s'agite.

Foutu œil !

— Cette conversation n'est pas finie, ajoute-t-il.

Évidemment.

Griffin m'adresse son regard dur.

— Montre-toi bientôt ou je reviendrai te chercher.

Je grimace en me sentant déjà cramer jusqu'à l'os.

— Je sais. J'ai un travail à effectuer.

— Ce n'est pas à cause des mensonges, dit-il sévèrement. J'ai besoin de toi à mes côtés.

Je hoche la tête en prétendant qu'il n'y a pas de boule dans ma gorge.

***

Invisible, je me glisse dans la foule des nobles langues de vipères. Tout mon corps se calcine de l'intérieur. Des os fondus, des organes rôtis. *Fabuleux.*

Les invités logent tous au château et, sans surprise, la plupart d'entre eux se pavanent comme s'ils étaient les maîtres des lieux ou pensaient que cela devrait être le cas. Avant d'entrer dans la vaste pièce de réception, j'aurais pu parier toute ma magie que les plus puissantes familles sont venues ici avec justement cette idée en tête. Un renversement de pouvoir. Ils sont Magoi. Ils sont meilleurs. Ils *doivent* l'être. Rien d'autre ne saurait être acceptable. Mais peu importe leurs parades et leurs manières, après deux tours complets de la salle bien éclairée, je me rends compte qu'il n'y a pas une seule personne qui considère sérieusement défier Griffin et sa famille. Ils sont tous terrifiés par lui et par ce qu'il a accompli jusqu'ici.

En sueur et transpercée d'aiguilles de feu à cause de ce que j'ai déjà entendu, je commence un troisième voyage dans l'essaim d'invités, naviguant entre les gens que je n'ai pas croisés lors des deux premiers trajets.

Une fois de plus, j'entends des conversations privées et des nobles qui se mentent les uns aux autres sans aucune bonne raison, ce qui m'offre un mal de tête de plus en plus violent, et des vérités instantanées et indiscutables.

— Ils sont si peu éduqués, les dénigre une femme.

Vérité : *Alpha Sinta et ses sœurs sont plus cultivées que moi !*

— Et tous ces centres de soins partout. Imaginez-vous ? C'est impensable ! répond son compagnon avec dédain.

Vérité : *Si j'y avais pensé, et si je l'avais vraiment fait, peut-être que les Hoi Polloi qui vivent autour de chez moi auraient pris des seaux d'eau pour m'aider lorsque ma maison a brûlé l'été dernier.*

J'avance.

Une vieille femme raille :

— Bêta Sinta n'a *pas* tué un dragon.

Vérité : *Bêta Sinta a tué un Dragon ! Il a tué un Dragon !*

L'homme à côté d'elle se tourne pour regarder Griffin.

— J'ai entendu dire que Bêta Sinta a une puissante Magoi qui travaille pour lui. Peut-être que c'est elle qui a tué le Dragon ? suggère-t-il le visage pincé. Il est impossible qu'il puisse faire tout cela tout seul. Pas comme *je* le pourrais.

Vérité : *Je ne pourrais jamais faire ça, moi. J'ai besoin de la femme. Est-ce que je peux l'enlever ? L'acheter ? La séduire ? L'utiliser ? Qu'est-ce que je ferais d'elle ?*

Je ricane. En silence, bien évidemment.

La vieille femme, qui doit être sa mère, l'attrape par le bras.

— Je te connais. Ne te fais pas d'idées. Bêta Sinta. La Magoi. Qui que ce soit. Ils se sont débarrassés de l'ancienne famille régnante. Ils ont tué un Dragon. Tu ne fais pas le poids face à eux.

Vérité.

L'homme semble irrité.

— Bien sûr que je le suis. C'est juste un Hoi Polloi.

Vérité : *Et si Bêta Sinta n'était pas qu'un simple Hoi Polloi ? Qui est cette Magoi ? Mère à raison. Je ne fais pas le poids.*

Je m'avance vers des gens plus importants et qui possèdent plus de magie. Des gens que je reconnais, même si c'est seulement grâce à des descriptions.

Calandra de Mylos attire mon attention, pas seulement parce qu'elle est jeune et belle, mais à cause de la façon dont elle observe Griffin. Elle le regardait déjà avant, lorsqu'il arpentait la pièce, tout en prestance et avec l'allure d'un parfait conquérant. Et elle le fait à nouveau maintenant, alors qu'il parle avec un groupe d'invités près d'une fenêtre ouverte. Il y a autant de chaleur dans ses yeux que dans la salle de bal.

— C'est la femme qui a fait fondre les Tarvans. J'ai entendu dire que cela venait de sa bouche, alors ça doit être le Souffle du Dragon.

— Mais c'est rare et c'est de la magie de créature. Comment pourrait-elle en posséder ? demande l'homme à ses côtés.

C'est son mari, mais sa magie à elle est plus puissante. Je le savais déjà, et je peux aussi le sentir.

Calandra hausse les épaules.

— Est-ce que c'est important ? Elle travaille pour Bêta Sinta, ce qui veut dire que Bêta Sinta possède le Souffle du Dragon.

— Et qui sait quoi d'autre, murmure son mari.

Calandra répond, bien que ce ne soit pas vraiment une question :

— Il est imperméable à la magie. Il a marché droit dans le château et s'en est emparé. Personne ne pouvait le toucher. Que ce soit avec leurs pouvoirs ou avec une épée.

Son ton s'accorde avec ses yeux, et son mari remarque enfin la fascination manifeste de Calandra.

Tout en se renfrognant, il lâche brusquement :

— Je ne comprends pas ce qui leur prend, à tous. Bêta Sinta n'a pas l'air si terrifiant ni si impressionnant que ça, à mes yeux.

Vérité : *Mes Dieux ! Il est immense ! Si cet homme me regarde de travers, je ferais dans ma culotte.*

— Non, acquiesce Calandra.

Vérité : *Il est magnifique. Je le veux dans mon lit. Je me demande s'il me fouetterait ? M'enchaînerait ? M'empêcherait de bouger ? Me forcerait à le supplier ?*

Je grimace, à la fois dégoûtée, énervée et animée d'une jalousie irrationnelle.

— La Magoi pourrait se retourner contre lui, déclare le mari. Déjà, pourquoi est-ce qu'une Magoi travaillerait pour un Hoi Polloi ?

— Aucun Magoi qui se respecte ne le ferait, réplique Calandra, hautaine.

Vérité : *S'il me regarde de la bonne manière, je ferais tout et n'importe quoi pour lui.*

Le besoin de rendre publique ma revendication sur Griffin brûle dans ma poitrine, actuellement invisible. Je continue à circuler sans me faire voir. Un homme d'âge mûr attire mon attention, et je le suis jusqu'à une alcôve isolée où il se joint à une conversation privée. Lorsque je vois qui sont les gens qui parlent ici, et que je les reconnais grâce aux descriptions qu'on m'en a faites, je songe que j'aurais aimé les trouver plus tôt.

Je connais ces personnes, du moins de nom. Agatone et Uranie sont les parents, plus vieux, mais toujours extrêmement puissants et sans aucun doute les nobles qui ont le plus d'influence dans tout le royaume du Sinta. Oreste, leur fils unique, est clairement l'homme qui vient de les rejoindre. J'ai dû, moi aussi, me remettre à niveau sur mes connaissances des nobles du royaume avant le dîner. Sauf pour ces Magoi. Je n'oublie pas les gens qui ont essayé de m'acheter pour leur fils adulte alors que je n'avais que dix ans. Ils ne m'ont jamais vue. Tout a été fait via un messager, et la réponse d'Andromède a été de le leur renvoyer sans ses membres.

Je fixe Oreste, choquée de le voir si attirant et en bonne santé. Il a quelques années de plus que moi, bien sûr, mais il n'a même pas de petite ride au coin des lèvres ou autour des yeux. Il semble parfaitement normal et plaisant, et, si mère n'était pas une telle snob, il aurait pu être mon destin.

— Eh bien ? demande Uranie.

— Elle va bien, répond Oreste. Elle se repose. Elle descendra plus tard.

Je ne sais pas à qui Oreste fait référence. Je ne lui connais pas de sœur, alors peut-être a-t-il pris femme ?

— Je ne m'attendais pas à l'être, mais je suis impressionnée, dit Uranie en jetant un œil par-dessus l'épaule de son fils pour contempler l'effervescence.

Vérité.

Agatone arque un sourcil grisonnant et déclare :

— Le Sinta est dans une position de faiblesse pour la Lutte des Pouvoirs avec une famille de Hoi Polloi sur le trône.

Vérité. En tout cas selon lui.

— Je ne suis pas sûre… répond pensivement sa femme. Si les rumeurs sont vraies, alors nous sommes peut-être mieux lotis ainsi.

Vérité.

— Comment ça ? demande Oreste.

Il semble distrait. Il observe l'escalier à la recherche de quelqu'un.

— Ce sont des temps imprévisibles. Les dirigeants tarvans préparent quelque chose, c'est certain. Et même si personne ne les a blâmés pour l'attaque à Ios, je suis certaine que c'était eux.

Définitivement ma théorie la plus probable aussi. Je pense qu'ils sont derrière les deux attaques subies depuis que je me trouve avec Griffin. Ils ont l'argent pour payer les mercenaires. Et avoir un Hoi Polloi sur le trône voisin est pratiquement une invitation à l'invasion. Mais nous les avons contrecarrés lorsqu'ils ont envoyé le Géant après Griffin, et nous les avons à nouveau battus à Ios. Malheureusement, accuser officiellement la Maison royale tarvanne revient plus ou moins à une déclaration de guerre. Alors il vaut mieux l'éviter, pour l'instant.

— Quelques hommes et une femme ont massacré jusqu'au dernier des Tarvan qui avaient été envoyés à Ios pour tuer les nouveaux dirigeants sintans, enchaîne Uranie. C'est impensable, à moins que nous ne sachions pas tout à leur sujet.

— Cela me pousse à me demander ce qu'ils ont d'autre dans leur manche, dit Agatone en regardant l'endroit où Griffin, Piers et Égérie semblent être en train de régaler un groupe de gens avec une histoire que je suis bien trop loin pour entendre.

La voix d'Agatone exprime de la curiosité, peut-être même du respect. Les tons mordants, jaloux et condescendants que j'ai entendus dans tous les coins de la pièce sont absents ici, à l'endroit où je pensais qu'ils seraient les plus vifs.

— Tout le monde sait qu'il y a eu un magnifique éclat de lumière et un assourdissant coup de tonnerre au-dessus d'Ios après la bataille, ajoute Oreste. Et si Zeus s'en était mêlé pour maintenir Bêta Sinta en vie ?

Ma mâchoire tombe sous le choc. Dans le brouillard de fatigue, cet éclair, cette explosion, cette terrible voix dans ma tête que je n'avais jamais entendue et que je n'ai pas reconnue… Tout s'est perdu dans les recoins de ma mémoire, tous ces jours sans prendre conscience, sans penser. *Zeus. C'était Zeus !*

Les yeux d'Uranie, d'un vert presque transparent, s'étrécissent.

— Les Dieux, dit-elle. De la magie puissante. Il se joue des choses importantes, ici. Nous devrons nous ranger du bon côté si nous tenons à la vie.

Vérité.

— Mais des Dieux qui soutiennent un Hoi Polloi ? demande Oreste.

Il semble plus surpris et intéressé qu'intrinsèquement ennuyé par cette notion.

— Ce n'est pas impossible. N'oublie pas, ils ont déjà cette mystérieuse Magoi, lui rappelle son père. Elle est fisanne, d'après ce que j'ai entendu, ce qui est déjà quelque chose en soi. Elle doit voir quelque chose en eux, ou au moins en Bêta Sinta. Et ne sous-estime jamais un Hoi Polloi lorsqu'il a décidé de se battre pour ce qu'il désire. Ce sont peut-être des barbares, mais les barbares peuvent être vicieux.

Griffin ? Un barbare ? Et dire que je commençais à apprécier ces gens. Ils ne m'ont pas cramée une seule fois en se mentant les uns aux autres durant toute cette conversation.

— Le Sinta sera plus fort avec tous ces projets de nouvelles routes, écoles et centres de soins. C'est sans parler de l'armée Hoi Polloi loyale et grandissante. Et la Maison royale se préoccupe réellement de défendre le royaume, pas juste d'elle-même, dit Uranie.

Ses yeux s'égarent sur Griffin. Tout le monde le regarde. Tout le temps. Il est magnétique à ce point.

— Regarde-le, ajoute-t-elle. Cette Lutte des Pouvoirs ne ressemble à aucune autre. Peut-être que le Tarva devrait s'inquiéter du Sinta, cette fois, et pas le contraire.

Je passe inconfortablement d'un pied sur l'autre. Toutes ces discussions d'invasion, peu importe d'où, me donnent l'impression d'avoir de l'urticaire.

— Et le Fisa ? l'interroge Oreste.

Ses parents haussent tous deux les épaules. Puis Agatone dit :

— Alpha Fisa est une vipère. Elle ne frappe que si tu t'approches trop près.

Cela fait bien trop longtemps qu'ils se sont isolés tous les trois et, sentant les regards curieux des autres invités tournés vers eux, la famille retourne dans la partie principale de la pièce. Je doute fortement qu'ils disent quoi que ce soit d'intéressant aux autres nobles, du moins pas ce soir, alors je m'en vais pour revenir, cette fois sans être invisible. J'en ai déjà entendu assez.

Griffin me repère presque immédiatement et m'amène à Jocaste tout en me tendant un verre de vin frais. Tandis que nous circulons tous les trois, ils me présentent comme l'amie de Jocaste. Mais à la manière dont Griffin garde une main possessive au bas de mon dos, il est clair que je suis plus. Aux côtés de lui, j'attire plus l'attention que je ne le voudrais, et les murmures à base de «Fisanne», «Magoi» et «pouvoir» emplissent l'air, me faisant suffoquer.

Au bout d'un moment, Griffin m'entraîne dans une alcôve très semblable à celle dans laquelle j'étais précédemment et se penche près de mon oreille.

— As-tu entendu quoi que ce soit à propos d'Ios ?

Je hoche la tête, envoyant accidentellement un éclair de douleur dans mon crâne qui me lance déjà.

— La confirmation de ce que nous pensions déjà. C'est probablement la Maison royale tarvanne qui a envoyé cette tribu nous attaquer.

Griffin relève les yeux.

— Qui pense ça ?

Je tourne mon regard vers la droite.

— Surtout le mage d'eau aux cheveux blancs là-bas, Agatone, et sa femme, Uranie. C'est une charmeuse de serpents.

— Et une maîtresse des poisons.

Je hoche la tête, juste légèrement, cette fois. Les cours qu'a suivis Griffin portent leurs fruits.

— Ils sont intrigués. Et impressionnés. Ils ne l'ont pas dit trop fort, mais, si la Lutte des Pouvoirs s'enclenche, je crois que tu as leur soutien.

— Est-ce qu'ils se battraient avec moi ? demande Griffin avec surprise.

— Eh bien, ils ne se battraient pas contre toi, c'est déjà quelque chose.

Ses yeux scintillent de satisfaction.

— Ce sont des pions clefs. Les autres les suivront.

— Cultiver leur bienveillance est important, acquiescé-je. Et ils semblent raisonnables et intelligents, ce qui est un bon début.

— Quoi d'autre ? questionne Griffin.

— Calandra de Mylos. Souris-lui, dis-lui de sauter et elle sautera, dis-je sur un ton aigre.

Griffin lève un sourcil.

— C'est elle qui est importante dans son couple, enchaîné-je. Pour ce qui est de l'argent et de la magie. Lui s'est marié à plus haut placé. Elle a une faiblesse pour les beaux hommes et, apparemment, les rapports sexuels étranges et violents.

Je grimace en songeant que j'aurais préféré me passer des images si vivaces de *cette* vérité.

— Il lui donne ce qu'elle veut, et il reçoit une bonne position dans la société en retour. Dès qu'elle a posé les yeux sur toi, elle a décidé que tout était génial. J'imagine qu'elle te trouve joli.

Je jette un œil à Griffin. Il murmure :

— Les Dieux m'en gardent.

Je souris faiblement. J'ai un mal de crâne de la taille de l'ego de Zeus, et je suis brûlante de fièvre. Je touche mon front de mes doigts et je le découvre poisseux.

— Elle n'est pas la plus puissante des Magoi ici, mais elle est riche et protégée par les défenses de sa ville.

— Mylos détient les parchemins du savoir, et chaque temple qui en contient a sa propre compagnie de gardes. Au final, il y a pratiquement une armée là-bas, et le commandant écoute les nobles locaux comme Calandra. Elle ferait une alliée puissante, et une ennemie potentiellement difficile. Je vais devoir m'assurer qu'elle reste de mon côté, dit Griffin en trouvant des yeux la blonde sculpturale.

Ma voix s'acidifie un peu plus :

— Oui, mais pas avec du sexe bizarre.

Les coins de sa bouche se relèvent face à mon ton jaloux. Je pourrais jurer le voir s'enorgueillir.

— Autre chose ?

— Beaucoup, mais rien d'inquiétant. Tout le monde est complètement terrifié et impressionné par toi et la manière dont tu t'es si facilement débarrassé de l'ancienne famille royale. La nouvelle que quelqu'un au Sinta a tué Sybaris a voyagé depuis le Fisa, et ils supposent que c'est toi ou du moins que ça a à voir avec toi. Et puis, il y a les Tarvans fondus, ajouté-je.

Je repense à la possible intervention de Zeus, mais sans le dire à voix haute.

— Et, bien sûr, il y a cette puissante Magoi qui travaille pour toi et qui attire presque autant l'attention que toi, dis-je avec mécontentement.

— Voire plus, indique Griffin, ce qui ne calme en rien ma nervosité. Et par rapport aux projets et aux responsabilités que nous avons annoncés plus tôt ?

Je hausse les épaules.

— Plus de surprise que de réelle résistance. De l'intérêt, en fait. Certaines personnes, comme Agatone et Uranie, semblent penser que les idées sont bonnes et que le Sinta en sera plus fort.

— Et moi qui pensais que les nobles allaient tous faire une attaque lorsque Égérie a annoncé qu'ils allaient devoir piloter l'ouverture de centres de soins dans leurs fiefs.

— C'est le cas. En quelque sorte. Ça leur est passé plus vite que je le pensais.

— Et pour ce qui est de ma demande qu'ils commencent à prendre plus de responsabilités pour consolider les défenses de leurs villes locales ?

— Même réaction. Principalement de la surprise. On ne leur a jamais demandé de faire quoi que ce soit avant, à part payer leurs taxes et rester assis avec un air de supériorité.

Je me mords la lèvre inférieure en contemplant les issues possibles dont nous avons discuté pendant des jours. Puis j'enchaîne :

— Je pense toujours que les laisser construire leurs propres défenses est risqué. Ils pourraient devenir des cités-États rebelles. Ils pourraient devenir trop puissants.

— Et comme je te l'ai dit, je les inciterai à être loyaux, grâce à de l'or, des privilèges, et en les écoutant, afin qu'ils sachent que leur voix compte, explique Griffin en contemplant la foule derrière moi. Tout le monde est venu, ce soir. Personne n'a rien fait d'offensant. Tu n'as découvert aucun complot pour nous tuer ou nous renverser. Ils veulent juste maintenir leur statut. Autrement, ils auraient déjà agi.

Il a probablement raison.

— Au moins, Mylos n'a pas besoin de protection en plus.

— Non, mais ils ont besoin d'un centre de soins, dit-il en me faisant un clin d'œil. Je vais personnellement demander à Calandra de s'en charger.

Je renifle.

— Elle va adorer ça.

— Elle va adorer avoir son mot à dire et pouvoir mener les guérisseurs à la baguette. La plupart de ces gens s'ennuient juste. C'est à moi de les pousser à faire quelque chose d'utile, plutôt que quelque chose de destructeur.

La douleur pulse dans mes tempes, mais je parviens à lui sourire.

— Et c'est pour ça que tu es un sage souverain.

Griffin m'attire plus loin dans l'alcôve, disant à voix basse :

— Mais au-delà de tout ça, nous ne pouvons pas simplement nous reposer sur nos lauriers, si Alpha Tarva prépare quelque chose contre nous. Nous n'avons fait que retarder ses plans à Ios. Galen Tarva n'abandonnera pas si facilement.

— Et si ce n'était pas Alpha Tarva ? Et si c'était sa sœur, Acantha ? Elle aurait pu tout planifier.

— Tu as une théorie ? demande-t-il.

J'ai toujours une théorie.

— Elle vous élimine tous et se déclare Alpha Sinta. De cette manière, elle n'a pas à tuer son frère et ses neveux, ce qui pourrait s'avérer difficile, elle se retrouve avec des alliés comme voisins, et finit quand même avec son propre trône, qui représente tout ce qu'elle désire.

Griffin fronce les sourcils.

— Alpha Fisa ne souhaiterait pas avoir deux royaumes alliés contre elle. Est-ce qu'elle attaquerait ?

J'ai du mal à réfléchir à cause de mon mal de tête lancinant. Je prends une profonde inspiration, mais cela n'aide pas.

— Elle renforcerait sa frontière, mais je ne pense pas qu'elle attaquerait. Elle penserait probablement que personne n'oserait essayer d'envahir le Fisa, et ne serait pas trop inquiète si cela se produisait. Les Fisans sont particulièrement convaincus de leur propre supériorité.

— Sans blague ? raille Griffin d'une voix traînante.

Je lui jette un regard mauvais. Mais je n'ai pas l'impression qu'il est si mauvais.

— La magie est plus puissante au Fisa. Le royaume possède la plus grande partie des plaines de Glace, et les membres de la famille royale fisanne sont les seuls descendants d'Origine.

— D'Origine ? Tu veux parler du premier roi de Thalyria ?

— C'était un Dieu, souviens-toi. Le fils de Zeus. Moitié Olympien, moitié Titan. Une combinaison des anciens Dieux et des nouveaux. Zeus a créé Thalyria pour lui.

Griffin pousse un juron.

— Cela veut dire qu'Andromède à des pouvoirs similaires à ceux des Dieux ?

Je secoue la tête.

— Elle est très puissante, mais la lignée est trop diluée pour cela. Cela fait des milliers d'années. Les Dieux sont immortels, pas impossibles à tuer. Les enfants demi-dieu d'Origine, deux fils et une fille, se sont retournés contre lui. Ils l'ont décapité, puis sont entrés en guerre les uns contre les autres, avant de finalement diviser le royaume de leur père en trois : le Sinta, le Tarva et le Fisa.

— Et Andromède est la seule descendante vivante d'Origine ?

— Andromède… et ses enfants.

Il fait une grimace de dégoût. Je me sens pâlir d'un ton, mais j'étais probablement déjà bien blanche pour commencer.

— Est-ce qu'elle a la faveur de Zeus ?

Je déglutis, ma poitrine se serrant d'une indéfinissable émotion, tandis qu'enfle dans ma tête l'écho d'une voix éclatante.

— Je ne crois pas.

— Pourquoi pas ? m'interroge-t-il. Elle est liée à lui par le sang.

Elle n'est pas la seule…

Griffin est si compétent que j'oublie parfois que nous venons de milieux complètement différents. Dans le sud, les gens apprennent à se battre et à survivre, à travailler la terre et à construire, à produire et à commercer. Tout est comme le climat, sec et réel. L'histoire ancienne n'est pas importante, et les Dieux sont vénérés, pas étudiés.

— Zeus hait l'infanticide parce qu'il a failli être avalé tout entier par son père. À mon avis, Andromède a provoqué la mort de trop de ses propres enfants pour être aimée de Zeus, expliqué-je.

Les yeux de Griffin passent en revue la foule, le regard froid et calculateur. Il se tient dans une posture confiante et fière. Les gens nous regardent avec curiosité, mais personne n'ose s'approcher de notre alcôve privée. Les invités ici ne sont pas assez stupides pour déranger un loup alpha dans sa tanière.

— La Lutte des Pouvoirs est en marche. On ne peut plus faire machine arrière, dit Griffin en tournant à nouveau ses yeux vers moi. Alors, faisons-le à notre manière.

— Faire quoi ? demandé-je.

— Conquérir les royaumes.

J'arrête de respirer.

— Pardon ?

— Nous reviendrons au point de départ. Plus de souverains séparés. Un seul royaume, comme celui d'Origine.

— Qui ? Quand ? bafouillé-je.

— Nous. Quand tu veux.

Et moi qui pensais que je me sentais mal avant. Cette conversation me donne une nouvelle vision des dangers de la tachycardie.

— Tu es ambitieux, n'est-ce pas ? demandé-je en essayant de ne pas hyperventiler.

— Tu crois que je me trouverais ici, si je ne l'étais pas ?

— Tu possèdes déjà un royaume. Nous pourrions tous mourir dans une guerre. Ça n'en vaut pas la peine. Nous pourrions tout détruire.

Je *pourrais tout détruire.*

— Ça en vaut la peine. Nous pourrions tout changer.

Ses yeux s'enflamment soudainement, prenant une teinte grise lumineuse. Il ajoute :

— C'est ce que tu m'as dit dans mon oracle.

— Je… Mais…

— C'est pourquoi Poséidon nous a réunis. Je comprends, à présent. C'est ce que nous sommes supposés faire.

La détermination assombrit ses traits, les modelant dans un masque de conquérant.

— Non.

Tout ce que je peux faire est de secouer la tête, niant avec entêtement ce qui sonne trop vrai à mes oreilles.

— Non, répété-je.

Griffin se tourne vers moi et pose doucement les mains sur mes bras.

— Je sais que tu as peur, mais peut-être que nous pouvons éviter une guerre totale.

— Comment ? grogné-je.

Ses doigts capturent les miens.

— J'ai une arme secrète.

Mes yeux s'écarquillent.

— Quoi ?

— Toi.

Bons Dieux ! Il ne se doute pas à quel point c'est vrai. Il me suffit de tuer une personne, de prendre ma place légitime, de déclarer le royaume d'Origine rétabli, et… Mon estomac se soulève et je lutte contre la nausée.

— Que se passera-t-il lorsque nos enfants commenceront à se combattre les uns les autres ? Ou les enfants de nos enfants ? C'est comme ça que nous en sommes arrivés là.

Griffin secoue la tête.

— Ça ne se produira pas ainsi. Nous amènerons la paix dans les royaumes. La guérison.

Guérir. C'est exactement ce que Poséidon a dit, lorsque sa voix a tonné dans mes oreilles comme un millier de tempêtes battant l'océan. Et si nous étions bel et bien supposés unifier les royaumes ? Et la prophétie ? Pourquoi mon destin est-il écrit dans la destruction ?

Griffin fronce les sourcils. Je dois avoir l'air aussi malade que ce que je ressens, car sa voix s'approfondit d'inquiétude.

— Cat ?

Je frissonne.

— Des plans comme celui-ci… Tu dois en parler à Égérie. Elle est Alpha.

Un minuscule muscle se crispe sous l'œil de Griffin. Pour la première fois, je crois que cela l'énerve de ne pas s'être placé lui-même au pouvoir. Mais, une fois de plus, j'imagine qu'il se préservait pour de plus grandes choses, à savoir pour la totale.

— C'est nous qui décidons, déclare-t-il finalement. Toi et moi.

Je ricane tout bas.

— C'est nous qui décidons ? Je ne veux pas me marier et je ne veux *vraiment pas* envahir le Fisa, mais tu sembles avoir pris ta décision sur ces deux points sans jamais m'avoir consultée.

Son expression flanche.

— Prends le temps, et tu verras que j'ai raison. Sur les deux points.

Griffin plante sa main en bas de mon dos et m'expulse de l'alcôve sans un autre mot.

La discussion est close. *Argh !*

En nous voyant à nouveau disponibles et circulants, un garçon, un de mes premiers travailleurs du mur nord, s'approche avec un chariot de nourriture. Il sourit, l'air propre sur lui et avec un charme enfantin dans son nouvel uniforme. Malgré mon mal de crâne lancinant et la tension grandissante entre Griffin et moi, je ne peux m'empêcher de lui rendre son sourire. Je prends une brochette de fruits et lui demande s'il apprécie son nouveau travail.

— En vérité, Votre Altesse, je préfère déplacer des cailloux. Cela me rendra fort. Je veux être un guerrier comme Bêta Sinta, dit-il en jetant un coup d'œil timide vers Griffin.

Je m'étouffe presque sur une baie de Kala.

— Tu n'as pas besoin de m'appeler «votre Altesse».

— Ce sera bientôt le cas, murmure Griffin.

Le garçon a un sourire rayonnant.

Fantastique. La nouvelle aura fait le tour du château au lever du soleil, et ce n'est même pas vrai.

— Nous venons juste d'en parler ! sifflé-je après que le garçon est parti.

— Tu as parlé. J'ai désapprouvé.

J'en reste bouche bée.

— À moins que tu prévoies de m'assommer, pour ensuite me traîner jusqu'au temple et pratiquer de la ventriloquie, c'est toujours à moi de dire oui !

Le visage de Griffin se ferme complètement.

— Nous en discuterons plus tard.

— Discuter ? Est-ce que c'est comme ça que tu appelles «Je décrète, tu obéis» ?

Un autre chariot de nourriture passe devant moi, et j'attrape un triangle de pâte feuilletée sans vraiment regarder. Griffin le retire de mes mains et le repose sur le chariot.

— Fromage de chèvre.

Bon sang ! Il est impossible de rester énervée, à présent.

Égérie signale que le dîner s'apprête à être servi, et tout le monde se rend dans la salle de réception pour trouver sa place. Les plats sortent des cuisines les uns après les autres, principalement des mets du nord avec quelques spécialités du sud en plein milieu. Le dîner semble interminable, pas seulement parce que j'ai chaud, mal et que je suis malade, mais aussi parce que tout le monde ne cesse de me regarder, notant ma place franchement remarquable au milieu de la famille royale, et à droite de Bêta Sinta. Par-dessus le marché, assise où je suis, je ne peux rien apprendre d'intéressant, sauf que Piers, qui est assis à ma droite, est capable d'être en désaccord avec absolument tout ce que je dis, même quand il s'agit simplement d'opinion personnelle. À la fin du dîner, je suis prête à poignarder le frère de Griffin avec une fourchette.

Avant que je ne puisse succomber à mes instincts les plus basiques, Égérie se lève et tape dans ses mains.

— Veuillez vous diriger vers les jardins pour notre divertissement d'après dîner.

De l'air frais, merci, mes Dieux…

Des musiciens sont éparpillés un peu partout sur le vaste terrain, et du vin est mis à disposition dans tous les coins du jardin. Habituellement, j'aime ce genre de choses, encore plus dans les lueurs des torches alignées sur les terrasses de marbre et dans les reflets vert vif. Pourtant, ce soir, je pense qu'un pincement de corde de lyre risque de faire exploser ma tête.

Tout en serrant les dents, je suis tout de même Griffin en direction des jardins, mais je ralentis le mouvement et nous finissons à l'arrière de l'attroupement. Les derniers nobles disparaissent de ma vue alors que nous traversons la salle de réception lumineuse, et l'éclat des lampes à huile est comme un coup de poing dans mes yeux. Je jette un coup d'œil envieux en direction des escaliers, en désirant pouvoir les grimper pour aller directement dans mon lit.

Une invitée solitaire descend d'un pas lourd l'escalier principal. Elle lève les yeux et me repère, juste au moment où tout en moi se fige.

— Talia ? Mes Dieux ! Talia, est-ce que c'est toi ?

J'arrête de respirer et continue à avancer. Griffin hésite, et j'espère que la femme qui arrive vers nous depuis le côté ne le remarque pas. Ma cousine Hélène, très enceinte, se dandine à une vitesse remarquable. Elle devait être dans l'une des chambres pendant tout ce temps, parce qu'elle ne se trouvait pas en bas jusqu'ici. Je l'aurais remarquée.

— Au château de Sinta, ça par exemple ! s'exclame-t-elle. Attends un peu que je dise à tout le monde que j'ai trouvé la…

— Je suis désolée, la coupé-je en me tournant finalement vers elle. Est-ce que je vous connais ?

Elle semble prise au dépourvu, puis lâche un rire.

— Très drôle. Nous avons grandi ensemble. Aarken nous a toutes les deux torturées. Je n'en veux pas à ce poisson de l'avoir mangé, ajoute-t-elle en se penchant comme pour me faire une confidence.

J'essaie d'avoir l'air confuse.

— Vous me prenez pour quelqu'un d'autre.

Elle fronce les sourcils.

— C'est moi, Hélène. Je me suis aussi échappée. Je n'ai pas causé autant de remue-ménage que toi, loin de là, bien évidemment. J'ai dû me marier pour le faire, explique-t-elle en grimaçant et en massant son énorme ventre. Mes parents ont trouvé l'alliance suffisamment bonne, et oncle Dimitri semblait heureux, bien que nous sachions tous la valeur de *son* opinion.

Elle lève les yeux au ciel.

— Tu sais, ces Sintans ne sont pas si mal une fois que tu apprends à les connaître.

Elle fixe Griffin sans remords et termine :

— Excusez ma tournure de phrase, Votre Altesse.

Griffin arque un sourcil, dans une expression très réussie de stupéfaction condescendante, et, si elle n'était pas Hélène Fisa, je pense qu'elle aurait pu s'évanouir. Mais dans le cas présent, elle est très sûre de sa propre valeur et elle n'en a rien à faire de ce que Bêta Sinta pense. J'ai toujours bien aimé Hélène.

— J'ai bien peur que nous ne nous soyons jamais rencontrées. Profitez de la soirée et bonne chance pour le bébé.

Je m'en vais. C'est dommage. Hélène est l'une des rares personnes qui ne m'ont pas rendue malheureuse et nous n'avons jamais essayé de nous entre-tuer, ce qui fait de nous des alliées, en quelque sorte.

Sa voix fait écho derrière moi, bien trop forte à mes oreilles.

— Qu'est-ce qui ne va pas chez toi ? Je te connais ! Talia, attends !

Je fais lentement volte-face. Griffin se tend à côté de moi, spectateur non désiré de cette mascarade. Elle m'interpelle et je vois le moment exact où elle réalise qu'elle aurait dû me laisser partir. Elle pâlit, ses yeux s'écarquillent, et elle fait passer un bras protecteur autour de son ventre enflé.

Mère est convaincue que je suis exactement comme elle, ou au moins, que je terminerai ainsi. Ma plus grande peur est qu'elle ait raison, et c'est pour ça que je n'ai jamais altéré l'esprit de personne. Si je fais ce petit pas en avant, si j'utilise la compulsion pour forcer Hélène à reculer, à préserver mon secret, et que je la renvoie, qu'est-ce qui m'empêchera de faire le pas suivant, et le suivant, jusqu'à ce que je massacre des chiots, que je terrorise des enfants et que je tue par caprice ?

Je fixe ma cousine, tout en entendant le murmure insidieux de mère à mon oreille.

— *Ce n'est rien Talia, juste cette fois…*

Hélène et moi nous regardons droit dans les yeux. Les siens s'emplissent de peur, et tout son être semble se recroqueviller autour de son enfant à naître. Je n'ai pas de pulsion violente. Je ressens de la compassion. Je ressens le besoin de rassurer et de protéger, et, à cet instant, je comprends enfin que je ne serai jamais comme ma mère.

Un poids se lève de mes épaules. Mon cœur semble léger dans ma poitrine, et, pour la première fois de ma vie, je suis entourée d'air et de lumière.

Je respire à nouveau. Je ne m'étais pas rendu compte que j'avais arrêté.

— Votre mari doit vous chercher. Et s'inquiéter de votre santé.

Je regarde ostensiblement son ventre, d'une manière qui, je l'espère, n'est pas menaçante.

Le stress dans ses yeux s'apaise, de même que son attitude protectrice.

— Merci, Votre Altesse.

Elle fait la révérence, magnifiquement, bien sûr, malgré son état. Puis, sans perdre un instant, elle traverse la pièce vide et disparaît dans le jardin empli d'invités.

Mon cœur sombre. Je regarde Griffin avec crainte, mais il ne semble pas se rendre compte que quelque chose cloche, du moins pas dans la dernière partie de cette conversation, et je réalise qu'il me voit déjà comme une princesse, *sa* princesse.

Il ne sait pas qu'Hélène ne paierait jamais ses respects à personne, excepté à la royauté fisanne. Dans son esprit, elle peut compter sur une seule main les gens plus haut placés qu'elle et j'en fais partie.

— Comment sait-elle que tu es la Faiseuse de rois ? demande Griffin à voix basse.

— Pardon ?

— Tu l'as interrompue avant qu'elle puisse dire « la Faiseuse de rois ». Comment le sait-elle ?

Ce n'est pas ça qu'Hélène allait dire, et si j'avais été capable de rire en cet instant, je le ferais.

— Nous avons grandi ensemble. Ce n'était pas un secret au château du Fisa.

— Qui est Aarken ? m'interroge-t-il.

— Son frère.

— Et le poisson ? insiste-t-il.

— La truite à trois tentacules de Poséidon. Un Oracle du lac Gelé.

— Ton Oracle ?

Je hoche la tête en me sentant de plus en plus engourdie.

— Je remettrais les pièces de ton histoire dans l'ordre, promet Griffin. Une à la fois s'il le faut.

Mon estomac dégringole.

— C'est une histoire terrible. Je préférerais que tu ne l'entendes pas.

Il passe une main dans ses cheveux, clairement frustré.

— Qu'est-ce que je rate, Cat ? Pourquoi ta famille n'est-elle pas venue te chercher lorsque tu étais prisonnière au château du Fisa ? Je ne t'aurais jamais laissée là-bas.

Ses mots me serrent le cœur. Comme d'habitude, mon silence ne fait qu'aggraver son humeur.

— Est-ce que je devrais poser la question à Hélène ? gronde-t-il.

— S'il te plaît, non.

J'ai la voix râpeuse et la gorge nouée. Je suis envahie d'une chaleur insupportable et mon mal de crâne devient lancinant. La bile me remonte dans la bouche et j'avale avec difficulté.

— Va profiter du reste de la soirée et de ton succès, lui conseillé-je. Ma magie a été dure avec moi, ce soir. Je… j'ai besoin de me reposer, à présent.

Griffin m'observe, visiblement tiraillé entre son inquiétude pour ma santé et le désir de m'interroger plus longuement. Puis, son expression se referme, il se tourne et m'oriente vers les escaliers. Je pense qu'il va me laisser là, mais mes pas faiblissent alors que je commence à monter, donc il me prend par le coude et me ramène à notre chambre. À la seconde où la porte se referme derrière nous, j'enlève péniblement mes sandales et commence à retirer les épingles de mes cheveux.

Je défais une série de tresses étroites en grognant de soulagement.

— J'ai l'impression d'avoir été piétinée par une horde de Centaures en colère.

Griffin m'observe de ses yeux sombres.

— Il y a trop de choses que je ne sais pas à propos de toi. Trop que tu refuses de me dire.

Tout en se rapprochant de moi, il tend la main et fait courir ses doigts puissants sur mon crâne pour m'aider à secouer mes boucles épaisses.

Il déclare :

— Tu peux me faire confiance Cat. Je ne te trahirai jamais.

Quelque chose de lourd s'installe dans ma poitrine.

— Je te fais confiance.

Ses mains se figent dans mes cheveux puis en tombent.

— Mais pas suffisamment.

Je sens la perte de sa chaleur si intensément que je me jette contre son torse. Il faut plus longtemps que d'habitude pour que ses bras se referment autour de moi, et cette hésitation me transperce le cœur comme la pointe acérée d'un couteau.

CHAPITRE 32

La réception royale se prolonge bien après l'aube. Les nobles qui ne se sont pas encore retirés dans leurs appartements se sont apparemment enivrés au point de penser que les plans de Griffin venaient d'eux dès le début, et qu'ils sont sacrément bons, en plus.

— À la santé du royaume ! lance quelqu'un qui se trouve encore dans les jardins.

Le nouveau toast de Griffin. Intelligent, vraiment.

Je n'arrive pas à dormir, en partie parce que Griffin n'est pas rentré, et en partie parce que je n'avais pas été aussi douloureusement assaillie de mensonges et de vérités depuis mon enfance. Je n'avais pas oublié le prix à payer. J'ai simplement décidé de le faire malgré tout. Pour Griffin. Maintenant, je suis hyperconsciente de chacun des os douloureux de mon corps. Même les plus minuscules me brûlent.

Je renonce à me reposer et saute hors du lit. Mes bras et mes jambes tremblent quand je me force à les passer dans un vêtement qui colle à ma peau moite. Me faisant discrète, je quitte le château par une porte dérobée, sur le côté, puis passe d'une allure mal assurée devant les bains royaux en direction de ceux des femmes, attenants à la caserne. Je préfère affronter des guerrières lève-tôt que des nobles ivres.

Le soleil matinal oblique passe par les hautes fenêtres voûtées, émaillant l'eau de flaques de lumière. Dans une brume de douleur et de fatigue, je retire mes habits et sombre dans le bassin désert avec un soupir. J'aurais dû le faire depuis des heures, au lieu d'attendre, et d'espérer, le retour de Griffin.

J'étends les bras et flotte dans un rayon de soleil, à moitié endormie, les oreilles sous l'eau. Dénudée. Détendue. Récupérant.

Une douleur aiguë me fend en mon centre. Je suffoque, l'eau déborde dans ma bouche tandis que j'ouvre les yeux et que mes mains se précipitent sur mon ventre. Sous le choc, je regarde fixement le couteau qui dépasse de mon estomac, le sang s'échappant de moi en vagues semblables à un coucher de soleil dans l'eau.

Des pieds nus se posent presque silencieusement sur le sol de marbre. Je tourne la tête d'un coup. *Daphné.*

Elle est tout le temps en train de m'épier. J'imagine que son espionnage a fini par payer.

— Lancer un poignard en restant tapie dans l'ombre, il n'y a qu'un lâche pour faire une telle chose.

Elle hausse les épaules.

— Ça a fonctionné.

— Griffin ne te le pardonnera jamais.

Je me sers d'une main pour surnager. L'autre est appuyée sur mon estomac, autour de la lame du poignard.

— Griffin ne saura jamais que j'étais là. Il y a des centaines d'étrangers au château, ce soir. N'importe lequel d'entre eux aurait pu t'abattre.

L'air siffle entre mes dents. Ma respiration devient difficile avec la blessure qui m'arrache les entrailles.

— Il ne t'aime pas.

— Il m'aimera, dit-elle d'une voix rauque comme si l'affirmer en faisait une vérité. Une fois que tu ne seras plus en travers du chemin.

Par les Dieux ! Étant donné tous les personnages puissants et épouvantables qui ont essayé de me tuer, ce serait très décevant que ce soit *Daphné* qui y parvienne.

J'ouvre la bouche, mais mon Souffle du Dragon me fait défaut. Je suis encore trop vidée par la nuit dernière. Ce n'est pas grave. J'ai d'autres moyens de tuer.

— Je faisais de mon mieux pour te supporter, grondé-je, mais, maintenant, je suis en colère.

J'arrache le poignard de mon ventre et le renvoie. Mes pieds ne touchent pas le fond du bassin pour me stabiliser et la douleur me déchire les entrailles lorsque je le lance. Il est plus lourd que les miens, mais je suis habituée à user de différentes lames, et j'ai l'habitude d'improviser avec les moyens du bord. Je ne vise pas le ventre pour infliger une blessure ridicule qui provoquerait une mort lente. Je vise droit dans l'œil et je l'atteins. Daphné bascule en arrière, et son crâne se fend sur le sol de marbre.

La satisfaction que je devrais en éprouver ne survient pas. Je me sens… morose. Et étourdie. Haletante, je me débats pour aller vers l'extrémité la moins profonde du bassin. Je ne devrais pas rester dans l'eau, mais cela dilue mon sang.

Une pointe de froid s'insinue en moi et je commence à frissonner. Mon cœur est lourd et ma peau glacée. Il m'est de plus en plus difficile de respirer. J'espérais me tromper en prédisant ma mort prématurée, et je n'ai jamais pensé que cela se produirait ainsi. Le bassin se colore de rose avec mon sang, c'est tout ce que j'arrive à voir.

Cela, et le visage de Griffin quand il me trouvera.

Juste quelques heures plus tôt, j'étais certaine de ne jamais utiliser le pouvoir de compulsion sur une personne, mais je commence à appeler Griffin dans ma tête. Je ne sais que faire d'autre et un appel à l'aide n'est pas exactement de la manipulation de pensée. Mais il y a toujours ces petits pas, apparemment inoffensifs qui me terrifient, accompagnés de la voix de mère dans ma tête.

Il ne vient pas. Il est peut-être trop loin. Je suis peut-être trop faible. Plus probablement, il est immunisé contre la compulsion ou alors je ne suis simplement pas douée pour. L'éclat de glace autour de mon cou commence à faire geler l'eau. Il me sent m'affaiblir et m'aide.

Je ne suis pas encore prête à abandonner. Je n'abandonne jamais. Des ombres rampent sur les bords de ma vision, mais je repousse Griffin hors de mon esprit et me concentre sur des cheveux blonds comme le blé et des yeux bleu cobalt.

Kato ! Kato ! J'ai besoin de toi !

Je crie pour l'appeler et je m'imagine dans la piscine jusqu'à ce que tout devienne distant et indistinct. Aucun homme grand, costaud, fiable ne bondit au travers des portes comme je l'espérais, et je me rends compte que j'ai été incroyablement stupide. J'aurais dû sortir de l'eau pendant que j'avais encore assez de forces pour trouver de l'aide.

Lentement, trop lentement, je me dirige vers les escaliers, avec de l'eau encore jusqu'à la poitrine, la main agrippée au bord du bassin. Le sang bat dans mes oreilles et les marches me paraissent toujours aussi loin. Mes jambes lâchent, ma main glisse du bord et ma tête sombre sous l'eau. Le silence m'engloutit. Je vais me noyer. Quelle ironie totale.

Dans cet endroit sans bruit, mes yeux se ferment et j'arrête de respirer jusqu'à ce que mon corps le décide à ma place. La première aspiration de liquide dans mes poumons me brûle la poitrine et m'étouffe. Le deuxième s'infiltre et me remplit complètement. Soudain, mon cou me pique, comme si quelqu'un avait pris un couteau pour m'entailler la peau derrière les oreilles. Les dernières bulles d'air quittent mes poumons, juste au moment où de fortes mains m'attrapent par les avant-bras et me tirent hors de l'eau.

Quelqu'un m'étend sur le sol de marbre.

— Ne meurs pas, ne meurs pas.

La voix de Kato ébranle les ténèbres qui m'enveloppent.

— Respire ! beugle-t-il, claquant ses mains de chaque côté de ma tête.

Ma poitrine se rétracte, et l'eau jaillit de ma gorge et m'étrangle. Je suffoque et tousse et respire, déchirant ma blessure. La douleur aiguë disparaît de ma nuque aussi vite qu'elle est venue.

— Allez chercher Griffin ! crie Kato.

Quelqu'un se précipite hors des bains ; la lourde démarche ressemble à celle de Flynn.

— Le sang… bafouillé-je, les lèvres engourdies.

— On s'en fout du sang !

Kato presse sa main sur mon estomac et mon corps tressaute en réaction. J'inspire brusquement.

Quelques minutes s'écoulent, qui ne paraissent durer que quelques secondes. Peut-être que j'ai perdu connaissance. La voix de Griffin me parvient ensuite, rauque de panique.

— Cat ! Mes Dieux, Cat !

Il ne panique jamais. Il est toujours d'un calme exaspérant. Je lève la main vers lui à tâtons et il attrape mes doigts, les serrant si fort que c'est douloureux.

— Je suis désolée, soufflé-je en m'efforçant d'ouvrir les yeux.

Lorsque j'arrive à le distinguer, je regrette d'avoir essayé de le voir. L'expression de son visage me terrifie. Je vois ma mort dans son regard hagard, dans les lignes sombres de ses traits ravagés.

— Ne meurs pas, ordonne-t-il d'un ton bourru. Ne pense même pas à mourir.

Des larmes coulent de mes yeux et glissent, brûlantes, le long de mon visage.

— Bordel des Dieux ! explose Griffin en se tournant vers ses frères qui ont dû arriver avec lui. Piers ! Va chercher ce guérisseur.

Il n'y a qu'un seul guérisseur parmi les invités, un homme solitaire qui n'arrêtait pas de nous lancer, à Griffin et moi, des regards noirs pendant le dîner.

— J'ignore dans quelle chambre il se trouve, hésite Piers. Il n'avait pas l'air très amical.

— Je m'en moque ! grogne Griffin. Cherche-le ! Carver, va sur le terrain du cirque. Ils sont revenus. Ramène Séléné ici.

Ils partent tous les deux immédiatement. Si le cirque est à nouveau aux abords de Sintaville, je sais où est Séléné. Ça prendra une heure pour y aller et revenir. Je n'ai plus autant de temps. Je suis étonnamment résistante à la mort, alors j'aurais pu m'en sortir si je n'avais pas été si inquiète à cause du sang et de la possibilité qu'Andromède me traque jusqu'ici. Je n'ai jamais pensé qu'il faudrait tant de temps pour que quelqu'un me trouve. C'était idiot de rester dans l'eau. Je hais mère plus que jamais. Elle m'a tout pris. Encore.

Je frissonne, je claque des dents.

— J'ai froid.

Griffin blêmit visiblement. Il me soulève et me berce contre sa poitrine. Sa chaleur agit comme un baume, mais ne suffit pas à me réchauffer. Kato ne retire pas sa main de ma blessure. Il baigne dans mon sang jusqu'aux coudes et est aussi pâle que Griffin.

Flynn va et vient fébrilement avant de se mettre à courir.

— Je crois que je sais où trouver un guérisseur !

— Viens avec moi, ordonne Griffin à Kato.

Ils sortent des bains avec moi, à l'abri entre eux, prennent l'entrée secondaire du château, et grimpent les escaliers.

— Comment l'as-tu trouvée ? demande Griffin.

— Elle criait dans ma tête. J'ai pensé que c'était un rêve, mais je trouvais ça louche, alors j'ai réveillé Flynn et nous sommes partis à sa recherche.

Les bras de Griffin se tendent autour de moi.

— Tu aurais dû m'appeler, *moi.*

Jaloux ? Même maintenant ?

— Essayé, soufflé-je. Pas fonctionné.

Il baisse les yeux, il semble encore plus abattu.

— J'aurais dû faire quelque chose au sujet de Daphné. Je n'ai jamais pensé…

— Pas ta faute.

J'aurais aimé avoir été plus honnête avec lui, et pas seulement au sujet de Daphné.

Dans notre chambre, Griffin s'avance pour m'allonger sur le lit, mais je me redresse assez pour protester. Tout ce que mon sang touche devra être détruit.

— Pas brûler le lit.

C'est le seul endroit où je me sois sentie heureuse et en sécurité.

Kato attrape une couverture de sa main libre et la jette sur le tapis en peau de mouton. Griffin m'y dépose sans que Kato ne relâche jamais sa pression sur mon estomac. Les larmes continuent de déborder de mes yeux, coulant en silence. Je vais laisser bien trop de monde derrière moi. Je vais laisser Griffin.

Tandis que je le regarde, il se déplace de côté et j'aperçois le bol de citrons. Mes yeux s'élargissent. *Et si je vivais* ?

— Prenez les citrons. Nettoyez le sang avec du jus de citron.

Griffin tourne un regard presque fou vers moi.

— C'est insensé. Cela va te brûler comme les flammes de l'Enfer.

Je pense qu'il est déjà admis que je ne suis pas complètement sensée, donc je lui lance le meilleur regard hystérique dont je sois capable, au vu des circonstances.

— Il corrompra le sang. Brouillera sa magie. Plus efficace que l'eau.

Un muscle se contracte dans sa mâchoire. Son expression devient orageuse. Il coupe cependant les dix citrons et en presse le jus au-dessus de la main de Kato et de mon estomac. Quand l'acide m'atteint, je hurle comme une enfant. Je hurle comme si j'avais le Minotaure à mes trousses et que j'étais arrivée à une impasse dans son labyrinthe. Je hurle de toutes mes forces, même après que Griffin arrête, tandis qu'il jure violemment en lançant les rondelles de citrons contre le mur.

Les sœurs de Griffin et leurs parents font irruption dans la chambre en chemises de nuit, paniqués.

— Cat !

Jocaste tombe à genoux près de moi. Des doigts tremblants écartent mes cheveux trempés de mon cou et mes joues. Elle renifle bruyamment puis éclate en sanglots. À la seconde où elle commence à pleurer, les autres femmes en font autant.

Je cligne des yeux, les paupières lourdes, mais voulant continuer à les regarder. J'ai une famille qui pleure pour moi. Quelle pensée étrange. Je me raccroche à cette idée tandis que je sombre et ressors des ténèbres. *Éléni émerge des ombres pour m'accueillir, un sourire aux lèvres, ses cheveux blonds brillants, ses yeux verts heureux, une bouteille d'eau de trèfles fisans à la main.* Est-ce que Hadès l'a envoyée pour me ramener avec elle ?

J'imagine que non parce qu'elle s'estompe, et je me réveille, avachie et endolorie. Un drap recouvre ma nudité. Griffin est à genoux près de moi, la tête inclinée, ses belles lèvres pleines remuant en silence, priant. Je lis le nom de Poséidon sur ses lèvres.

Poséidon, supplié-je, *je t'en prie, prends soin de lui.*

Piers arrive en trombe du couloir suivi de deux personnes.

— Je l'ai trouvé ! Et une autre ! Une jeune fille.

Griffin bondit sur ses pieds. Il agrippe l'homme et le traîne jusqu'à moi.

— Guéris-la !

M'observant rapidement, le guérisseur sourit. Il sourit comme quelqu'un qui sait qu'il va mourir et qui s'en réjouit.

— Elle a tué ma femme ! gronde-t-il.

Quoi ?

— Belinda est allée à Ios, explique-t-il en se tournant vers moi, les yeux brûlants et emplis de haine. Elle voulait arrêter cette saloperie de centre de soins.

Ah, Bons Dieux. Tu parles d'une fichue malchance. Il a fallu que j'attrape la femme de ce mec et que je la tue accidentellement ?

Dans les yeux de Griffin, un orage est prêt à éclater. *Crétin de guérisseur.* Il va bientôt se prendre quelques langue des signes en pleine tronche.

— Peux-tu le drainer ? me demande Griffin avec un air meurtrier. Te guérir toi-même ?

Je secoue la tête. Mes yeux lui disent le reste. Je suis déjà trop faible, et de toute façon cela ne changerait rien. Même les guérisseurs ne peuvent se guérir eux-mêmes.

— Guéris-la. C'est un ordre.

Il y a de l'acier dans la voix de Griffin.

— Vous pouvez aller pourrir dans les flammes de l'Enfer, crache le guérisseur. Vous et votre putain fisanne.

Avec un grondement, Griffin saisit la tête de l'homme, lui brise la nuque, puis jette son corps à travers la chambre. Le guérisseur fait un bruit sourd en rebondissant contre le mur et tombe sur le sol avec les rondelles de citrons.

Kaia bêle comme un mouton apeuré et s'assied brusquement sur le lit. Le teint cendreux, Nerissa enveloppe sa fille de ses bras, mais elle ne sermonne pas Griffin comme je m'y attendais à moitié.

Piers pousse la jeune fille vers moi. Elle ne doit pas avoir plus de douze ans, ce qui signifie que je suis bonne pour mourir.

— Je… Je suis juste apprentie. Je suis venue avec mes parents. Je n'ai j… jamais guéri personne jusqu'à maintenant.

Griffin la prend par les épaules, faisant de son mieux pour paraître calme et bienveillant malgré le fait qu'il vient juste de tuer un homme et de le lancer à travers la pièce.

— Aide-la simplement à tenir jusqu'à ce que quelqu'un d'autre arrive. S'il te plaît. Je sais que tu peux le faire.

Elle acquiesce dans un sursaut, tremblante de partout.

— Je suis forte. On me dit toujours que je suis forte.

— Bien, dit Griffin en la dirigeant vers moi. Nous avons besoin que tu le sois.

Puis, sans attendre, il envoie Piers aux bains.

— Lave le sol de tout le sang. Vide le bassin. Remplis-le de nouveau et vide-le encore.

Piers hoche la tête et sort de la pièce, non sans que je remarque une ombre passer dans son regard, me faisant me demander ce qu'il a lu dans ses parchemins au sujet de la magie et du sang.

La fillette s'agenouille près de moi. Elle roule la couverture jusqu'à ma taille puis pose ses mains sur mon estomac. Je ressens un picotement de magie, pur et fort, et je respire en sifflant entre les dents. La douleur s'intensifie au fur et à mesure que les parties blessées commencent le long et pénible processus de guérison. Quand je n'arrive plus à le supporter, je geins.

— Qu'est-ce que tu fais ?

Griffin écarte brusquement l'enfant de moi.

— Je… je fais ce que vous m'avez dit, halète-t-elle.

— Tu la fais souffrir !

— Je sais ! pleure la fille.

— Continue, grogné-je. Tu le fais très bien.

Elle me regarde, grands yeux bruns sur un visage pâle, ovale. Je serre les poings jusqu'à ce que mes ongles écorchent mes paumes et je hoche la tête pour l'encourager.

Je souffre sous la morsure de la magie et le supplice de la guérison, tellement vidée de mon sang que je crois que ma peau va se tordre et se mouler à mes os, en ne laissant que des creux, des bosses et de la chair affaissée. Après un moment, la sensation de la magie de la fillette change. Elle est vidée de son pouvoir de guérison. C'est maintenant sa force vitale.

J'ordonne tout net :

— Arrête. Tu donnes trop.

Elle se retire, tremblant d'épuisement.

Je tourne la tête vers Égérie.

— Lave-lui les mains. Elle a fait tout ce qu'elle pouvait sans se blesser elle-même.

Égérie se précipite et porte à moitié la petite guérisseuse hors de la chambre.

Je change de position, grimaçant de douleur, mais étonnée de pouvoir bouger. La jeune fille a commencé à réparer les dégâts, bien que la blessure soit toujours ouverte et suintante.

— Frottez les rondelles de citrons dessus, dis-je à qui veut bien l'entendre.

Griffin se penche au-dessus de moi, le regard sombre.

— Il y a déjà eu trop de sang. Ne te fais pas souffrir inutilement.

Inutilement ? Je me couperais un bras pour empêcher Andromède de me trouver. J'allais être heureuse ici. Avec Griffin.

— Fais-le ! grogné-je.

— Non !

Je suis en train de le maudire lorsque Flynn débarque, accompagné d'un étranger.

— Je l'ai rencontré dans une taverne. Je l'ai retrouvé, dit-il en reprenant son souffle. Différent des autres. Il soutient le projet de centre de soins.

Griffin jauge le guérisseur d'un coup d'œil. Et moi de même. Son torse se soulève et il est tellement à bout de souffle qu'il semble sur le point de vomir, mais il n'a pas l'air de mauvaise volonté. Il a dans les trente ans, il est donc parfaitement entraîné, mais pas encore au sommet de son pouvoir. Son regard est dénué de prétention.

— Sauve-la et tu pourras avoir le nouveau centre de soins à Ios, dit Griffin. Il est à toi.

Le regard du guérisseur se dirige vers son collègue mort, facilement reconnaissable au symbole d'Asclépios tatoué sur sa nuque brisée. Il n'hésite pas. Il tombe à mes côtés et place ses mains sur ma blessure.

— Vous avez perdu beaucoup de sang. Je suis étonné que vous soyez encore en vie, remarque-t-il en appuyant fermement.

J'inspire un grand coup.

— Forte constitution, dit Kato.

— Butée comme un Cyclope, grommelle Griffin au même moment.

— Allez-y, dis-je.

Je serre les dents. Ça va faire mal.

La magie s'allume, incinère mes entrailles, tandis que la peau, les muscles et les organes commencent à se lier à nouveau ensemble, bien plus rapidement qu'auparavant. Mon dos se cambre, et je crie, haïssant soudain la jeune guérisseuse de m'avoir guérie juste assez pour me garder consciente.

Griffin fait volte-face et plonge son poing dans le mur. Le marbre gagne la partie, et sa main revient ensanglantée.

— Ne saigne pas ! le grondé-je, avant de me remettre à crier.

Il égrène un chapelet impressionnant d'obscénités, frottant ses articulations en sang dans une peau de citron complètement vidée de son jus. Lorsqu'il en a fini, il saisit une lourde chaise et la cogne contre le mur jusqu'à ce qu'il n'en reste rien. Il fixe le morceau de bois brisé qui est resté dans sa main d'un air dégoûté et le balance par la fenêtre avec un rugissement.

Sa famille le dévisage, sous le choc. Seul Anatole semble comprendre et aurait vraisemblablement fait la même chose.

— Si ça ne vous plaît pas, enrage Griffin, dehors !

Personne ne bouge. Jocaste recommence à me caresser les cheveux.

Le guérisseur bascule sur ses talons, écarte ses mains de moi et se sert de son avant-bras pour essuyer la sueur de son front.

Griffin fond sur lui.

— Qu'est-ce que tu fais ? Tu n'as pas encore fini !

Le guérisseur essaie de ne pas se recroqueviller devant la colère de Griffin, et il réussit, à peu près.

— Il faut que je me repose pour rassembler plus de magie. C'est impossible de continuer jusqu'au bout. User une telle quantité de pouvoir de guérison aussi vite peut avoir des résultats catastrophiques.

Nous sommes bien placés pour savoir que, *cela*, c'est vrai. Avec un juron de frustration, Griffin se laisse tomber près de moi.

— J'aimais bien cette chaise, indiqué-je, renfrognée.

Il sourit, surpris.

— Je t'en donnerai une autre.

— C'est *celle-là* que j'aimais.

La lumière revient dans ses yeux. Il porte ma main à sa bouche, l'embrassant ardemment.

— Tu dois te sentir mieux. Tu cherches la dispute.

La chaleur enflamme les endroits où sa respiration glisse sur ma peau. J'ai toujours froid, et il y a une seule chose dont je suis certaine dans la vie : lui seul peut me réchauffer.

— Cat n'est plus en train de mourir, n'est-ce pas ? demande Kaia.

Griffin secoue la tête, ses yeux focalisés uniquement sur moi.

— Que tout le monde retourne au lit. Cat a besoin de calme. Et de se reposer.

La famille de Griffin sort en traînant des pieds, comme s'ils étaient réticents. Flynn et Kato se plantent près de la porte, clairement sans aucune intention de s'en aller.

Je me tourne vers le guérisseur et lui demande son nom.

— Énée, répondit-il.

— Quand pouvez-vous finir ?

— Bientôt.

Son visage est blafard, sa voix manque de vigueur.

Énée termine le travail dès qu'il en est capable. Cela ne fait plus aussi mal que précédemment, mais ce n'est pas simple pour autant. Griffin fait les cent pas dans la pièce et semble vouloir détruire tout ce qui se trouve à sa portée. Je ne cesse de gémir, un peu comme une mauviette.

Lorsque c'est terminé, Griffin se penche au-dessus de moi, ses sourcils froncés dans l'obscurité, présage de mauvais augure.

— Pourquoi y a-t-il une cicatrice ? interroge-t-il.

Énée se renfrogne.

— Ça a peut-être à voir avec le jus de citron.

Il m'étudie d'un regard oblique que me laisse comprendre qu'il sait des choses sur les sorts de localisation. Il rince avec attention ses mains pour se débarrasser de mon sang. Un homme intelligent.

Égérie passe la tête dans la pièce, l'enfant guérisseuse à son côté.

— Est-ce que vous avez de nouveau besoin de Calla ?

Je secoue la tête, mais Griffin fait signe à la fille d'avancer. S'agenouillant pour qu'ils aient plus ou moins la même taille, il demande :

— Aimerais-tu être la première et principale apprentie du guérisseur en charge d'Ios ?

Il fait un signe de tête dans la direction d'Énée. Calla rougit et plonge dans une révérence respectable.

— J'aimerais beaucoup, Votre Altesse.

Griffin se relève.

— Maintenant que c'est réglé, tout le monde dehors. Cat a besoin de dormir.

Il dirige les gens hors de la pièce et demande à Kato et Flynn de ne pas s'éloigner. Ensuite, il tire la couverture qui me recouvre et nettoie le sang alors que je reste allongée, fatiguée et courbaturée. Une fois que je suis propre, il me porte jusqu'au lit et m'enroule dans l'une de ses tuniques avant de me border en calant le drap sous mon menton.

Je l'observe sous mes paupières lourdes tandis qu'il retire toutes les traces de sang de la pièce et roule les habits trempés ou tachés dans le tapis en peau. Griffin, Kato et Flynn emmènent tout hors de la pièce, me promettant un feu de joie derrière la caserne qui me poussera bientôt à me plaindre de la chaleur.

Lorsqu'il revient, Griffin retire ses bottes et s'allonge à mes côtés, m'attirant contre lui.

— Toujours froid ? demande-t-il.

Je secoue la tête bien que j'aie toujours des frissons. Me blottir contre lui aide.

D'une voix bourrue, il dit :

— Tu m'as fait tellement peur.

— Je me suis fait peur, murmuré-je à moitié endormie.

Je m'enfonce plus profondément dans le cocon de sécurité et de chaleur, tout en sachant que Griffin tiendra les monstres à distance.

— Dors, dit-il alors que ses bras se resserrent autour de moi. Lorsque tu te réveilleras, je te ferai l'amour et je te donnerai autant de force vitale que possible.

Je souris contre son torse. J'ai hâte.

— Est-ce que tu as une expression très arrogante, là, tout de suite ?

— Très, admet-il.

— Nourris-moi d'abord.

Il pouffe.

— S'il le faut.

Puis, après une pause, il ajoute :

— Puis, toi et moi, nous aurons une conversation. Plus de secrets, Cat.

Je m'arrête de sourire. De *ça*, je n'ai pas hâte.

***

Les chuchotis d'une dispute me réveillent.

— Huit ans avec moi et juste un bras cassé parce qu'elle a été trop ambitieuse avec les acrobaties. Quelques mois avec vous et elle manque de mourir ! À plusieurs reprises ! Qu'est-ce qui, par les Enfers, ne va pas, chez vous ?

Séléné.

— Elle va bien, grommelle Griffin.

— Parce que vous avez trouvé un guérisseur qui ne vous hait pas ! Et vous ne le gardez même pas au château. Vous l'envoyez à Ios !

— Nous en trouverons un pour le château.

Séléné ricane.

— La plupart des guérisseurs se fichent de guérir un Hoi Polloi comme d'un œil de Cyclope !

La voix de Griffin devient faussement décontractée.

— Je pourrais toujours vous garder, vous.

Mes yeux s'ouvrent d'un coup. Je n'ai jamais vu Séléné, toujours parfaitement soignée, parfaitement posée, perdre son sang-froid, et je ne veux pas rater ça. Ce que je distingue est stupéfiant. Sa longue natte ne ressemble à rien. Son visage sans âge est rouge de colère et ses yeux bleus reflètent une lumière mystique que je ne parviens jamais à définir complètement. Elle semble aussi vindicative que les Furies, et tout aussi prête à faire cramer la peau de Griffin.

— Je ne serais pas arrivée à temps. C'est *terminé* ! déclare-t-elle en tranchant l'air de sa main avec finalité. Je la ramène avec moi.

— Pas tant que je serai en vie.

Il se place devant moi et croise les bras.

Séléné le regarde de haut.

— Ça peut s'arranger.

Mon cœur bondit jusque dans ma gorge. Elle ne bluffe pas.

— Personne ne tue personne, dis-je d'une voix rauque de sommeil. Et c'est un jour bien sombre pour les royaumes quand c'est *moi* qui dois maintenir la paix. Le monde doit être sur le point d'imploser.

En fait, ce n'est pas marrant.

— Cat ! s'écrie Séléné en volant à mon côté comme si elle avait des ailes.

Elle atterrit près de moi et prend mes mains dans les siennes. Ses yeux brillent anormalement.

— Merci d'être venue, murmuré-je.

Elle jette un regard sombre par-dessus son épaule.

— Je n'ai rien fait. Je serais arrivée trop tard.

Je serre sa main.

— Tu aurais trouvé un moyen.

Elle se retourne vers moi, le visage marqué par l'inquiétude.

— Même moi, je ne peux ramener les morts à la vie.

— Alors, c'est une bonne chose, que je ne sois pas morte.

Ma tentative de plaisanterie est peu convaincante, et personne ne rit.

— Dis-moi honnêtement, Cat, es-tu heureuse ici ?

Ce n'est pas une question simple, mais la réponse l'est.

— Oui.

Mes yeux trouvent ceux de Griffin. Ma voix s'adoucit. Tout mon corps fait de même.

Séléné fait la moue.

— Je vois. Aetos et Desma seront déçus. Vasili aussi. Tu manques à tout le monde, surtout à Cerbère.

Je souris. Cerbère n'en a rien à faire.

— Je vous rendrai bientôt visite.

— Lorsque tu auras repris des forces, dit-elle prestement alors que son visage retrouve sa froideur habituelle.

— Tu me manques, lui dis-je. Tout le monde me manque.

— Et tu nous manques, toi aussi.

Elle se penche plus près de moi et murmure le mot ancien pour famille dans mon oreille. Son pouvoir m'électrifie comme un éclair et la magie submerge mes veines. J'ouvre la bouche sans prononcer un son alors que mon corps s'ajuste. Séléné cache plus de pouvoir que je ne l'imaginais.

— Une vraie famille, ça va dans les deux sens, déclare-t-elle avec un sourire énigmatique avant que ses yeux ne se plissent en direction de ma maigreur. Qu'est-il arrivé à tes courbes ? Tu as le même aspect que lorsque je t'ai trouvée.

C'est marrant. Je pensais que c'était moi qui l'avais trouvée.

— Elles reviendront. J'aurai très bientôt du mal à enfiler certains pantalons. Certaines personnes sont simplement faites ainsi, et les gâteux aux épices n'aident pas.

Elle se redresse et met de l'ordre dans ses vêtements.

— Veux-tu que je reste ?

Je hausse les épaules.

— Oui. Mais tu dois faire tourner le cirque et je vais juste dormir pendant des jours.

— Dormir et manger, me corrige-t-elle fermement.

Elle se penche pour déposer un baiser sur mon front. Elle a l'odeur des fleurs et des bourgeons et je me demande si c'est ce que l'on ressent lorsque l'on a une mère qui nous aime.

— Comment va Hadès ? demandé-je avant qu'elle ne s'en aille.

Elle m'offre un regard significatif.

— Viril. Comme toujours.

Je souris. Maintenant, je comprends.

— Fais une caresse à Cerbère de ma part.

Elle arque un sourcil sculpté. Personne ne caresse Cerbère. Séléné et moi sommes les seules à pouvoir réellement l'approcher. Il terrifie tous les autres.

Elle serre mes doigts avant de se lever.

— Cerbère ne gardait pas le cirque avant que tu ne nous rejoignes. Et on ne l'a pas vu depuis que tu es partie.

Il me faut un moment pour assimiler ses mots. Hadès est peut-être son amant, mais Cerbère est mon chien de garde. Mes yeux se brouillent et mon nez picote, et je ne suis pas vraiment sûre de savoir pourquoi. Je pince les lèvres, endiguant le flot d'émotions.

Séléné repart avec Carver après avoir délivré une série de menaces effroyables à l'intention de Griffin. Je n'entends pas tout, mais il m'en parvient suffisamment pour savoir qu'il ferait mieux de s'assurer qu'il ne m'arrive rien.

Tout en prenant une lente inspiration, je me tourne vers l'homme que j'aime. Il se tient depuis un moment à ma droite, rôdant au-dessus de moi, protecteur et extrêmement mâle.

— Elle ne mettra pas ses menaces à exécution.

Il semble dubitatif. Séléné doit avoir été particulièrement convaincante.

— Tu veux dire qu'elle n'arrachera pas personnellement mon cœur encore battant et n'étendra pas mes intestins d'un bout à l'autre des Enfers ?

Je grimace.

Il ajoute :

— Ou ne me tranchera pas la tête pour la donner à Cerbère comme joujou ?

Je pince les lèvres pour m'empêcher de sourire.

— Ce serait vraiment gâcher une jolie tête.

— Ou ne demandera pas à un Cyclope de me marteler de ses poings gras jusqu'à ce que mes os soient en bouillis et mes organes suintant ?

Je grimace à nouveau.

— Beurk.

Griffin grogne.

— Plutôt aïe.

Je ris en posant une main sur mon ventre qui me lance, et à ce moment, je me fiche que Griffin ait fait vœu de découvrir tout ce que je ne supporte pas de lui confier, qu'il veuille conquérir les royaumes, qu'Andromède vienne me chercher, que j'aie du tonnerre et des éclairs dans les veines, ou que je sois destinée à mettre fin au monde tel que nous le connaissons. Mais lorsque mon sourire s'efface, je ferme les yeux pendant de brèves secondes et vois la guerre, les royaumes qui s'effondrent, avec moi au milieu de tout ça, et je ne peux m'empêcher de me demander à quel point mon bonheur sera éphémère et combien de gens souffriront avec moi.

J'ouvre les yeux et je rencontre le regard calme de Griffin.

— Je t'aime, dis-je. Et je suis tellement heureuse que tu m'aimes aussi.

Ses yeux s'écarquillent face à mon aveu. Il s'arrête de respirer et son corps se fige entièrement.

— Vivre ensemble ou mourir en essayant ? demande-t-il d'une voix profonde et râpeuse.

Je hoche la tête.

— Nous. Ensemble. Pour toujours.

Je parle d'instinct, pleine de confiance envers lui, et, cette fois, la magie fouette à travers moi, reconnaissant la promesse inviolable alors même que le destin murmure à mon oreille que «pour toujours» pourrait ne pas durer longtemps.

Je tends la main.

— Fais-moi l'amour.

Ses yeux gris s'embrasent.

— Tu es sûre ?

— Je te veux. En moi. Autour de moi. Toujours.

Il est à mon côté en un instant, douloureusement féroce, effroyablement doux, terrifié que je puisse me rompre. Avec chaque caresse, chaque mot doux prononcé doucement, ou chaque glissement sensuel de ses lèvres sur ma peau, Griffin me guérit comme aucune magie n'a jamais été capable de le faire.

Et lorsqu'il se dresse sur moi, m'emplissant complètement, il est un roc et un mur, mon abri, mon foyer. Il m'encercle de ses bras et me serre, s'enfonçant lentement en moi pour entraîner mon désir vers de nouveaux sommets. Il embrasse mon épaule lorsque je frissonne sous lui, puis il se joint à moi dans la jouissance, m'offrant sa force alors que son visage s'enfouit dans mon cou et que son corps puissant tremble et vibre. Lorsqu'il se déplace sur le côté, il prend mon visage en coupe et pose ses lèvres légères sur les miennes, murmurant des mots d'adoration et de louange qui balaient ma peur à l'idée de la confrontation qui, je le sais, viendra.

Je lui rends son baiser et touche chaque parcelle de lui à ma portée. Et quand il me refait l'amour, je ne verse pas de larmes face à sa tendresse, même si je sens que je le pourrais, et je ne lui dis pas que si je devais me briser, ce serait arrivé il y a bien longtemps.

Imprimé en France
FRHW011937230522
30904FR00004B/50

9 791038 115576